THE CROW GIRL

乌鸦女孩

〔瑞典〕埃里克·爱克斯尔·桑恩德 著
车家媛 鲁锡华 译

人民文学出版社
PEOPLE'S LITERATURE PUBLISHING HOUSE

著作权合同登记号　图字 01-2019-1256

THE CROW GIRL
Copyright © Erik Axl Sund 2016
This translation is composed of three works that were originally published separately in slight different form in 2010, 2011, and 2012 as Kråkflickan, copyright © 2010 by Erik Axl Sund; Hungerelden, copyright © 2011 by Erik Axl Sund; Pythians Anvisningar, copyright © 2012 by Erik Axl Sund, all originally published by Ordupplaget, Sweden.
Published by agreement with Salomonsson Agency AB through The Grayhawk Agency.
Simplified Chinese translation rights © 2019 by Shanghai 99 Readers' Culture Co., Ltd.
ALL RIGHTS RESERVED

图书在版编目(CIP)数据

乌鸦女孩/(瑞典)埃里克·爱克斯尔·桑恩德著；
车家媛,鲁锡华译．—北京：人民文学出版社,2019
ISBN 978-7-02-015245-2

Ⅰ.①乌…　Ⅱ.①埃…②车…③鲁…　Ⅲ.①长篇小说-瑞典-现代　Ⅳ.①I532.45

中国版本图书馆 CIP 数据核字(2019)第 090757 号

责任编辑　朱卫净　汤　淼
装帧设计　钱　珺

出版发行　人民文学出版社
社　　址　北京市朝内大街 166 号
邮政编码　100705
网　　址　http://www.rw-cn.com

印　　刷　山东临沂新华印刷物流集团有限责任公司
经　　销　全国新华书店等

字　　数　695 千字
开　　本　700 毫米×1000 毫米　1/16
印　　张　39
版　　次　2019 年 9 月北京第 1 版
印　　次　2019 年 9 月第 1 次印刷

书　　号　978-7-02-015245-2
定　　价　88.00 元

如有印装质量问题,请与本社图书销售中心调换。电话：010-65233595

目录

第一卷
001

第二卷
215

第三卷
427

以此纪念
一位姐妹，我们中的失意者，
你们中的宽恕者

  我们的生活一片混沌。我们生就抱有巨大的失望——这就是为什么在斯堪的纳维亚的森林里会绽放出这么多故事——悲哀的是，我们内心热烈的渴望化成了灰烬。许多人最后成了消耗自己心灵的烧炭工；他们如残废、像做梦一般，侧耳倾听炉子里的火焰，它叹着气熄灭了。

——《荨麻开花》哈瑞·马丁松

第一卷

第一篇

房　子

　　房子建成一个多世纪了，坚固的石墙至少有一米厚，这意味着其实不用再做隔热处理，但是她想确保万无一失。

　　客厅的左侧是一间小小的角房，她一直用作工作间和客房。一进门就是一个小小的卫生间和一个不大不小的壁橱。除了上面不曾使用的阁楼，房间里只有一扇窗，这再好不过了。

　　不再冷漠，不再有什么理所当然。

　　不再听天由命。命运是个不可靠又危险的同伴。它有时是你的朋友，但也常常是一个难以捉摸的敌人。

　　最后，餐桌和椅子靠墙挤在一起，这样，客厅中央就腾出了一大片地方。然后，就只需等待了。

　　十点整，第一批聚苯乙烯板如约送到了，是由四个人抬进来的。其中三个都是五十多岁的年纪，但第四个人顶多二十岁。他脑袋刮得精光，穿一件黑色T恤，胸前印着两面交叉的瑞典国旗，上面是"我的祖国"几个字。他胳膊肘上文着蜘蛛网的图案，手腕上是类似石器时代的图案。

　　他们走后，她坐到沙发上，打算开工。她决定先从地板着手，因为这是唯一可能出问题的地方。楼下的那对老夫妇差不多聋了，这么些年，她从未听到过他们的哪怕一点动静，但她依然觉得这是个重要的细节。

她走进卧室。小男孩还睡得很香。

她在火车上碰到他时，是多么奇特啊。没等她开口说话，他就一把抓住她的手，站起身，顺从地跟着她走了。

她得到了自己梦寐以求的孩子，她一直想有个孩子，却从未如愿。她把手放到他的额头，烧已经退了。然后，她又测了测他的脉搏。

一切都如期望的那样。她用对了吗啡的剂量。

工作室里有一块厚厚的白色地毯，它铺满了整个地板，尽管走在上面很舒服，但她一直觉得它既丑又不卫生。眼下，正好派上用场。

她用一把锋利的刀子把聚苯乙烯板裁成小块，然后在上面涂上厚厚的一层地板胶，把它们粘上去。刺鼻的气味熏得她头晕，她只好打开了临街的窗户。这是一扇三层玻璃窗，外层玻璃上还涂了一层隔音材料。

命运现在是她的朋友。

她时不时去查看小男孩的情况，所以花了一天才把地板搞定。

把所有的地板处理好后，她用银灰色的强力胶带封住了所有的裂缝。

她又花了三天时间处理墙壁。到了周五，就只剩天花板了。这个要多花一点时间，她首先要在聚苯乙烯板上涂上胶水，再把它们粘到天花板上。

没等胶水变干，她又在墙壁上钉上了几条旧毛毯，以替代之前移除了的几扇门。她在客厅的门上足足粘了四层聚苯乙烯板。

她用一张旧床单遮住了唯一的窗户。保险起见，她用了双层的隔绝材料来遮挡窗口。打理好房间后，她又给地板和所有的墙壁都覆上了一层防水布。

这项工作确实费了一番心思，最后，她看着自己的劳动成果，不由自主地感到自豪。

接下来的一周里，她又把房间修饰了一番。她买来了四个小橡胶轮子、一个铁质门闩、十米长的电线、数米长的壁脚板、一个简单的灯具，外加一箱灯泡。她还叫人送来了一副哑铃、一些砝码，还有一辆健身脚踏车。

她把客厅里一个书架上的书全部拿开，然后把书架放倒，在四个底角分别安了一个轮子。她又在书架的正面装上一段壁脚板，不让人看出它能移动，然后放到被隐藏起来的房间的门前。

她把书架固定到门的位置，然后试了试。带小橡胶轮子的"门"滑开了，没有任何声响。一切都很完美。她装上搭扣，关上门，然后用一盏台灯小心地遮住这个简单的门锁。

最后，她把书放回到书架上，然后从卧室里的一张床上拿来一张薄床垫。

这晚，她把那个睡着的男孩抱进了他的新家。

盖姆拉·安斯基德——科尔伯格家

这个小男孩最奇怪的地方不是他的死，而是他竟然在死之前撑了这么久。一定有什么东西支撑着他的生命，要是普通人早就放弃了。

当珍妮特·科尔伯格探长把车倒出车库时，她对此一无所知。她也不知道，以这个案件为开端，接下来的一系列事件将会改变她的一生。

她看到阿克站在窗边，于是朝他挥了挥手，但是他在打电话，没有看到她。他要用一个上午来洗这周攒下来的满是汗渍的上衣、沾满烂泥的袜子和脏兮兮的内衣。有这么痴迷足球的妻子和儿子，这实在是家常便饭，那台旧洗衣机快要被晃到崩溃的边缘，每周至少五次。

她知道，他会趁着洗衣机还在运转的当儿，去他在阁楼里的小画室，继续创作他许多未完的画作中的一幅。他是个浪漫派，一个很难做到有始有终的空想家。珍妮特已经催促他多次，让他去和一位对他的画作感兴趣的画廊老板取得联系，但是他总是说这些画还没有画完。还没好，但是快了。

要是真的画好了，一切就都不一样了。

要是真的取得了大突破，财源会滚滚而来，他们也终于能拥有自己梦寐以求的一切了。从修缮房子，到畅游世界。

差不多二十年过去了，她开始怀疑这一天是否还会到来。

当车转到尼奈斯港路上时，她听到左前轮在格格作响，不由得担心起来。尽管她对汽车一窍不通，但他们家的这辆旧奥迪肯定是出毛病了，很快，她又得把它送去修理了。根据过去的经验，她知道这次肯定不便宜，尽管她在波利登普兰找的那位塞尔维亚机械工既可靠收费又低。

昨天，她刚把账户里的钱都还了按揭贷款，这种情况，每三个月准会发生一次，雷打不动。她希望能赊账把车修了。她之前就这样干过。

珍妮特口袋里的手机剧烈地振动起来，随之响起的贝多芬的《第九交响曲》差点让她冲上了路边的人行道。

"是的，我是科尔伯格。"

"嗨,詹,图里尔德斯普兰地铁站附近出了点状况,"那头传来同事延斯·赫提格的声音,"我们要立刻赶去那里。你在哪儿?"电话里传来一阵刺耳的声音,她把手机从耳边拿开,以保护听力。

她讨厌被称呼"詹",听到他这样称呼自己,不由得有些气愤。这个称呼源自一次警员大会上的玩笑话,但是,从那以后,这个昵称就在国王岛上的警察总部传开了。

"我在阿斯塔,正要上埃辛基大道。发生了什么事?"

"他们在地铁站附近的灌木丛里发现了一具年轻男子的尸体,就在师范大学附近,比林要你尽快赶到那里。他听起来很不安。所有的线索都显示这可能是谋杀。"

珍妮特·科尔伯格听到车的格格声越来越响,她想自己是不是应该停下车,叫一辆拖车,然后再搭个顺风车去市区。

"要是这辆破车争点气,我五到十分钟就能赶到。你也赶过去。"汽车颠簸而行,珍妮特驶入了右侧的车道,以防发生意外。

"好的,我马上出发,可能比你还先到。"

在灌木丛中发现了一具男性尸体。在珍妮特看来,这应该是一场失控的打斗。最后很可能会以过失杀人定罪。

方向盘不停地左右颤抖。她想,谋杀往往都是因为一名妇女想要离婚而被嫉妒的丈夫杀害于家中。反正多半是这种情况。

可是,实际上,时代不同了,如今,她在警校里学到的东西不但要打上大大的问号,甚至是完全错误的。警察的工作方式也变了,在很多方面,今天的警务工作要比二十年前困难得多。

珍妮特想起了自己第一次外出巡逻时的情形。当时,人们会主动提供帮助,甚至对警察信任有加。今天,人们之所以会报案,仅仅是因为保险公司要求他们这么做,而不是因为期望能够破案。

但是,当她放弃社会工作加入警队的时候,她期待的又是什么呢?改变世界的机遇?帮助他人?这是她自豪地向父亲展示录取信时所说的话。是的,就是这样。她想成为站在坏人与受害人之间的那类人。她想成为一个真正的人。

这就是做警察的意义。

她从小就怀着敬畏的心情,听祖父和父亲讲述他们在警队的工作。无论是仲夏节,还是耶稣受难日,餐桌上的谈话总会回到残忍的银行抢劫犯、好脾气的扒手以及狡猾的骗子上来。都是些来自生活阴暗面的故事和记忆。

正如圣诞节火腿的香气唤起了满屋子的期盼，他们在客厅里的交谈声也带给了她安全感。

想到祖父对新技术工具缺乏兴趣甚至抱有怀疑，她微微笑了笑。今天，手铐已经被更为简单易用的自锁式塑料扣取代。他曾经对她说，DNA 分析只不过是昙花一现。

她想，警察的工作是改变世界，而不是把事情变得简单。而他们的工作方式要随时调整，以适应社会的变化。

做警察，意味着你想出一份力，意味着你关心发生的一切。做警察，不是坐在武装警车里，透过染色的车窗无助地看着外面。

机　场

机场如冬日的早晨一样，阴郁寒冷。他搭乘中国国际航空公司的班机，来到了一个他从未听说过的国家。他知道，在他之前，已经有数百个孩子来到这里，和他们一样，他也有一个反复排练过的故事，要说给入境检查处的边境警察听。

几个月来，他不断地重复，直到熟记于心。他流利地讲述了自己的故事，没有在任何一个音节上迟疑。

在建设一座巨大的运动场馆期间，他在工地上做泥水工。他的叔叔，一个贫穷的劳工，给他安排住的地方，但在他的叔叔受重伤住院以后，便没有人照顾他了。他父母双亡，也没有兄弟姐妹或其他亲戚可以投靠。

所以，他才被迫前往瑞典，这里有他唯一的亲人。他不知道这位亲人在哪儿，但是，据他叔叔说，他一到，他就会跟他联系的。

他来到这个陌生的国度，除了身上的衣服、一部手机和五十美元之外一无所有。手机上的通讯录是空白的，也没有短信或图片可以交代他的任何信息。

事实上，这是一部全新的手机，一次都没用过。

有一样东西，他并没有向警察交代，那就是他藏在左脚鞋子里的小纸条，上面写着一个手机号码。他一逃离营地，就会拨打这个号码。

他来到的这个国家一切都那么干净、空旷。谈话结束后，他由两名警察引着穿过机场冷清的走廊，他心想欧洲是不是都是这个模样。

那个伪造了他的背景、给他电话号码、向他提供美金和手机的男人告诉过他，过去四年间，他已经成功地把七十多个孩子送到欧洲各地。

他还说，他在一个叫比利时的国家关系最多，在那里可以挣到大钱。工作内容就是为有钱人服务，如果工作认真忠诚，自己也可以变得富有。但是比利时很危险，你要远离别人的视线。

不能让人在外面看到你。

瑞典却很安全。在那里，你主要在餐馆里工作，也有更大的行动自由。虽说工资不高，但是如果运气好，也能挣很多钱，这要看哪些服务比较紧缺。

瑞典人和比利时人想要的是相同的东西。

营地离机场不远，他由一辆没有标志的警车载到那里。他在那过了一夜，和他同住一个房间的是一个既不会说中文也不会说英语的黑人男孩。

他睡的床垫很干净，但是有一股霉味。

第二天，他就拨通了纸上的电话，一个女士向他解释如何去车站坐上前往斯德哥尔摩的火车。到了那里，他再打电话，听取下一步指示。

火车里温暖舒适，载着他飞快地、近乎无声地穿过一个银装素裹的城市。但是，也许是巧合，又或是命运的安排，他没能到达斯德哥尔摩的中央车站。

过了几站，一个漂亮的金发女人在他对面的座位上坐了下来。她盯着他看了很久，他意识到她看出来他是独自一人。不仅是在火车上，在全世界他都是孑然一身。

等火车再次停下，金发女人站起身，拉住他的手。她朝门的方向点了点头。他没有反抗，好像发呆了一样，跟着她下了火车。

他们叫了一辆出租车，穿越市区。他看到城市被水环绕，觉得很美丽。这里也没有那么多车。这里更干净，空气也更清新。

他想到了命运和巧合，有那么一会儿，也疑惑自己怎么会和她坐在那里。但是，她朝他微微一笑，他就不再疑惑了。

在国内，他们总是问他擅长什么，捏着他的胳膊看他是否足够强壮，问他一些他假装听懂了的问题。

他们总是怀疑他，有时候还故意找茬。

但是，她不需要他做任何事情就选择了他，其他人从未这样对待过他。

她把他领进了一个白色的房间，里面有一张又大又宽的床。她让他躺下，给他喝了点热饮。味道很像国内的茶，他还没喝完，就睡着了。

醒来以后，他不知道自己睡了多久，但是他看到自己到了另外一个房间。房间里没有窗户,完全被塑料覆盖。

他起身朝房门走去,发现地面异常柔软。他试了试大门把手,门是锁着的。他的衣服不见了,手机也不知所踪。

他赤裸着,重新躺到床垫上,又睡着了。

这个房间将成为他的新世界。

图里尔德斯普兰地铁站——犯罪现场

珍妮特能感觉到方向盘不停地向右转,汽车是斜着车身沿公路前进。她以六十千米的时速跑完最后一千米,等驶上通往地铁站的卓宁霍姆路时,她感觉这辆开了十五年的汽车差不多要报废了。

她停好车,朝警戒线走过去。在那里,她看到了赫提格。他比其他人高出一头,有着斯堪的纳维亚人的金发,体格健壮而不肥胖。

和他共事四年之后,珍妮特已经懂得阅读他的肢体语言。他看起来很焦虑,表情有些痛苦。但是,一看到她,他就高兴起来了,走过来跟她打招呼,还把警戒线抬高让她过去。

"看来你的车撑过来了,"他咧开嘴笑了,"我真不知道你怎么受得了开着这样的破车到处跑。"

"我也不知道,你要是给我涨工资,我就去弄一辆梅赛德斯敞篷车开。"

要是阿克能找到一份体面又高薪的工作该多好啊,这样,她就能给自己买一辆体面的汽车,她一边想,一边跟着赫提格走进警戒隔离区域。

"有汽车轮胎的痕迹吗?"她问其中一位蹲在路上的女法医。

"是的,有好几处不同的轮胎痕迹。"一位女法医抬头看着珍妮特,回答道,"我认为其中一些是来这里清理垃圾桶的垃圾车留下的。但是,还有些是更窄一点的车轮留下的。"

珍妮特到了现场以后,就成了在场的职位最高的警员,因此现场由她指挥。

晚上,她要向她的上司丹尼斯·比林局长汇报情况,然后局长又会告知检察官范奎斯特。他们两人会决定采取什么措施,而不管她有什么想法。

珍妮特转向赫提格。

"好了,给我们讲讲。谁发现的尸体?"

赫提格耸耸肩:"不知道。"

"'不知道'是什么意思?"

"报警中心接到了一个匿名电话,"他看了看手表,"大约三个小时以前,对方说这里躺着一具男孩尸体,在地铁站入口附近。就这么多。"

"但是,电话是录音了的?"

"当然。"

"那为什么过了这么久才告诉我们?"珍妮特愤怒地问道。

"话务员搞错了位置,把一支巡逻队派去了波利登普兰,而不是图里尔德斯普兰。"

"他们查到那个电话了吗?"

赫提格扬起眉毛:"是用现购现付的手机打的,没有登记注册。"

"该死!"

"但是,我们很快就能知道打电话的位置。"

"好的,不错。回去以后我们去听电话录音。有目击证人吗?有人看到或听到什么吗?"她充满期待地环视周围,但是她的下属都只是摇头。

"肯定有人把那个男孩载到这里的。"珍妮特接着说,话里的绝望语气不断增强。她知道,一旦他们不能在接下来的几个小时里找到一些线索,他们的工作将更加困难。"不太可能有人乘坐地铁运送一具尸体,但是我还是想看看地铁监控录像。"

赫提格走到她身边。

"我已经派人去取了,今晚就能看到。"

"很好。考虑到尸体很可能是通过公路运过来的,我需要过去几天所有通过收费站的车辆信息。"

"好的,"赫提格说道,同时拿出手机准备离开,"我会去落实,确保我们尽快拿到手。"

"等一下,我还没说完。很明显,尸体可能是被搬到这里的,或是用自行车之类的工具运过来的。去师范大学查一下,看他们有没有监控探头。"

赫提格点了点头,慢慢地走开了。

珍妮特叹了口气,转向一位正在灌木丛边检查草地的法医。

"有什么发现吗?"

对方摇了摇头。"没有。很显然,现场有很多脚印,我们会提取一些较为清晰的。但是不要抱太大的希望。"

珍妮特慢慢走近灌木丛,尸体在这里被发现时,被装在一个黑色垃圾袋里。

受害者是一个男孩，十三四岁的样子，全身赤裸，双手抱膝，还保持着坐姿。他的双手用胶带绑着，脸上的皮肤已经变为黄褐色，看起来像旧羊皮纸一样。他的双手则差不多变为黑色了。

"有遭受性暴力的痕迹吗？"她向前面蹲着的伊沃·安德里奇问道。

伊沃·安德里奇是一位极端死亡案例方面的专家。

那天，斯德哥尔摩警方一早就给他去了电话。他们不想把地铁站附近区域隔离太久，他得抓紧时间。

"我还说不准。不是没有可能。我不想草草地下任何结论，但是根据我的经验，通常这种极端伤害都伴随着性暴力。"

珍妮特点了点头。

她凑近了些，发现男孩是个外国人。阿拉伯人，巴勒斯坦人，甚至可能是印度人或者巴基斯坦人。

尸体是在国王岛距离图里尔德斯普兰地铁站入口几米远的灌木丛中发现的，珍妮特清楚，尸体不可能是过了很久才被发现。

警察已经竭尽全力用屏幕和防水布保护现场了，但这里地形地势起伏，这就意味着，如果站远一点，可能从上面就看得到犯罪现场。隔离带外面还站着几名手持长焦镜头的摄影师，珍妮特几乎要为他们感到难过了。他们每天二十四小时旁听警队的无线电信息，就等着有什么惊人的事情发生。

但是，她没看到哪怕一位真正的记者。也许，现如今报社都没记者可派了。

"哦，真该死，安德里奇，"看到眼前的情景，一位警官摇着头说道，"怎么会有这样的事？"

尸体已经是干尸了，所以伊沃·安德里奇认为尸体已经在一个干燥的地方存放很长时间了，肯定不是一直放在斯德哥尔摩冬日里潮湿的室外。

"施瓦茨，"他抬起头回到道，"这正是我们要查明的地方。"

"是的，但是这个男孩的尸体已经干瘪了，老天，像某个该死的法老。这可不是一时半会儿就能完成的事，对吗？"

伊沃·安德里奇点头表示同意。他是个硬心肠的波斯尼亚人，在萨拉热窝被塞尔维亚人围困的近四年时间，他一直在那里当医生。在他漫长而不平凡的职业生涯中，他曾亲眼见过许多令人不适的景象，但还是头一遭看到这般情形。

毫无疑问，受害人曾遭受残忍的虐待，可奇怪的是，没有发现自卫时造成的常见伤痕。所有的瘀伤和血肿都更像是在拳击手身上看到的，一个打了十二轮比赛、伤痕累累、最终晕厥过去的拳击手。

男孩的手臂和躯干上有几百个斑点，颜色要比周围的组织深，从整体上看，意味着他生前曾遭受无数次殴打。从他指关节上的压痕来看，他不仅遭受了击打，还可能进行了数次还击。

但是，最伤脑筋的是，男孩的生殖器不见了。

他注意到它是被一把锋利的刀子切除了。

也许是一把手术刀，或是剃须刀？

在男孩干瘪的背部，发现了大量更深的伤口，像是被鞭子抽打的伤口。

伊沃·安德里奇努力在脑海中想象当时的情景。一个男孩为了活命与别人打斗，当他不想打的时候，有人就用鞭子抽他。安德里奇知道，在一些移民社区里，还有非法的斗狗比赛。这跟斗狗有些类似，不同的是，为了活命进行打斗的不是狗，而是小男孩。

至少，其中一方是个小男孩。

至于打斗的另一方是谁，就不得而知了。

另外，男孩本该死得更早，却撑了很久。希望尸检后能发现一些毒品或者药物的蛛丝马迹，比如氟硝安定或者苯环利定。伊沃·安德里奇意识到，等尸体被运回位于索尔纳的医院的病理学研究所，他的工作才真正开始。

中午，他们把尸体装进一个灰色的塑料袋，抬进救护车，运往索尔纳。珍妮特·科尔伯格在这里的任务算是完成了，她可以前往位于国王岛另一端的警察总部了。当她朝停车场走去时，天空下起了小雨。

"妈的！"她大声骂道。她的一位年轻同事阿伦德转过头，疑惑地看着她。

"是我的车。我差点忘了，来的路上车坏了，现在我被困在这里了。我得叫辆拖车。"

"你的车现在在哪儿？"她的同事问道。

"在那边。"她指着远处那辆锈迹斑斑、脏兮兮的红色奥迪车，"怎么了？你会修车吗？"

"这是我的爱好。世上没有哪辆车是我搞不定的，给我车钥匙，我来看看是哪里出毛病了。"

阿伦德发动汽车，把车开到路上。从车外听起来，汽车的声响更响了，她估计，要打电话给父亲借一笔款了。父亲会问她阿克是否找到了工作，然后她会解释说，做一名失业的艺术家并非易事，但情况很快就会好起来的。

每次都是这样的套路。她不得不低声下气，做阿克的坚强后盾。

一切都很简单,她想。只要他收起自己的骄傲,找一份临时的工作。不为别的,哪怕只是为了表示他关心她,并意识到她是多么烦恼。有时,付清账单的前晚她都无法入眠。

围着这个街区跑了一圈之后,这位年轻的警官跳下汽车,脸上露出得意的笑容。

"是球形接头或者转向柱出了问题,也许都出了问题。你现在交给我的话,我晚上就开始修。几天之后,你就能开回去。但是,你要出零件的钱,外加一瓶威士忌,怎么样?"

"你真是太好了,阿伦德。你开回去吧,想怎么修怎么修。要是修好了,给你两瓶威士忌,另外再推荐你升职。"

珍妮特·科尔伯格朝警车走去。

真是人多好办事,她想。

克鲁努贝里——警察总部

第一次会议期间,珍妮特授权进行初步调查。

一组刚从警校毕业的警员花了一个下午在事发地点附近挨家挨户敲门,珍妮特满怀希望,以为他们能有所发现。

施瓦茨接到一项吃力不讨好的任务,去调查经过收费站的车辆,总共将近八百辆车。阿伦德则去查看从师范大学和地铁站获得的监控录像。

珍妮特当然不会漏掉那些千篇一律的调查工作,这些工作通常都扔给缺乏经验的警员。

最主要的任务是确认男孩的身份,赫提格得到的任务就是联系斯德哥尔摩周边的难民中心。珍妮特则要亲自和伊沃·安德里奇谈。

会议之后,她回到办公室,往家里打了个电话。已经六点多了,今晚轮到她下厨。

"嗨!今天过得好吗?"她尽力打起精神。

作为夫妇,珍妮特和阿克非常平等。他们共同承担日常家务。阿克负责洗衣服,珍妮特负责用吸尘器打扫。做饭则是他们和儿子约翰三个人轮流。但是,家里沉重的财务负担,则由她一个人承担。

"我一个小时前刚洗好衣服。其他都挺好的。约翰刚到家,他说你答应送他去参加比赛的。你能赶得上吗?"

"不,我赶不上了,"珍妮特叹了口气,"来市里的路上车坏了。约翰只能自己骑车去了,离得也不远。"珍妮特看了一眼自己钉在公告栏上的全家福,照片里的约翰看起来还那么小,她已经不忍看当时的自己了。

"我还要在这待几个钟头。如果找不到人送我,我就坐地铁回家。你打电话订个比萨吧。手里有钱吗?"

"有的,我有,"阿克叹气道,"就算没有,罐子里可能还有一些。"

珍妮特想了片刻,说:"里面应该有钱。我昨天刚放进去五百块。待会儿见。"

阿克没再回答,于是,她挂了电话,靠在椅背上。

休息五分钟。

她闭上了眼睛。

赫提格走进珍妮特的办公室,手里拿着那天上午报警中心接到的匿名电话的录音材料。他把光盘递给她,然后坐下来。

珍妮特揉了揉她疲倦的眼睛:"你跟找到男孩尸体的人谈过了吗?"

"谈过了。根据报告,是我们的两个警员找到的,接到匿名电话几个小时后,他们赶到了现场。正如我之前所说,因为话务员搞错了地址,他们花了很长时间才赶到那里。"

珍妮特取出光盘,放进电脑。

电话持续了二十秒。

"这里是112报警中心,请问有什么紧急情况?"

接着是噼啪一声,但是没有回复。

"喂?这里是112报警中心,请问有什么紧急情况?"话务员用更周到的语气问道。这时,听到了一阵急促的呼吸声。

"我就是想告诉你,图里尔德斯普兰地铁站附近的灌木丛里有一具尸体。"

那个人说话含含糊糊,珍妮特猜他喝多了。不是喝多了,就是吸毒了。

"您怎么称呼?"话务员问道。

"这个不重要。你听到我的话了吗?"

"是的,您说波利登普兰地铁站附近有一具尸体。"

那人听起来有点不耐烦:"是图里尔德斯普兰地铁站入口附近的灌木丛里有一具尸体。"

接着是一阵沉寂。

只听话务员犹豫不决地说:"喂?"

珍妮特皱起眉头:"不用想就知道,电话一定是在地铁站附近打的,对吧?"

"当然,但是,如果……"

"如果什么?"她听到了自己恼怒的声音。她本想电话录音至少能解决一部分问题,好让她有理由去找警察局长和检察官。

"抱歉。"她说。但赫提格只是耸了耸肩。

"我们明天再继续吧。"他站起身,朝门口走去,"回家去找约翰和阿克吧。"

珍妮特感激地笑了笑:"晚安,明早见。"

赫提格刚关上门,她就给她的上司丹尼斯·比林局长打了电话。电话响了四声之后,警察局长拿起了电话。

珍妮特向他汇报了尸体、男孩的干尸、匿名电话以及当天下午和晚上他们的调查发现。

换句话说,她没什么有用的信息可说。

"我们要看挨家挨户的调查结果,我也还在等待伊沃·安德里奇的尸检报告。赫提格正在和暴力犯罪科沟通,不过都没有什么特别发现。"

"很显然,当然你可能也认识到了,那就是我们最好尽快破案。这样无论对你还是对我都有好处。"

珍妮特无法忍受他那傲慢的态度,她知道,这都是因为她是个女人。和许多人一样,他曾认为珍妮特不该被提拔为探长。当时,在检察官范奎斯特的暗中支持下,他建议任命另外一个人,当然,是个男的。

尽管他明确反对,她依然被提拔为探长,但是,从那时起,他不友好的态度便破坏了他们的关系。

"当然,我们一定会竭尽全力。明天有了进展,我再向你汇报。"

丹尼斯·比林清了清嗓子。

"嗯。还有一件事,我想跟你谈谈。"

"噢?"

"我本该保密的,但是应该可以稍微通融一下。我需要借调你的人马。"

"不,这不可能。这是一桩重要的凶杀案。"

"只要二十四个小时,明晚开始,完事了他们就能归队。虽然这个案子紧急,但是人我还是要借调。"

珍妮特已经累得无力反对了。

丹尼斯·比林继续说:"米克尔森要用他们。他们正准备发动一系列针对儿童色情嫌疑犯的突袭行动，他需要支援。我已经和赫提格、阿伦德和施瓦茨谈过了。明天他们会正常工作，之后加入米克尔森的队伍。我就是跟你说一声。"

她已经没什么好说的了。

玛利亚广场——索菲娅·柴德兰的办公室

被鲜血浸透的十八世纪末期，国王阿道夫·弗雷德里克以自己的名字命名当时的玛利亚广场，条件是它永不用作死刑场。从那以后，至少有一百四十八个人在那里丢掉了性命，情形多多少少都类似行刑。从这个方面来说，叫"阿道夫·弗雷德里克广场"和"玛利亚广场"没有太大区别。

这一百四十八场死刑中，很多都是在距离索菲娅·柴德兰的私人心理诊所所在的大楼不足二十米的地方执行的。这是一座老建筑，位于斯德哥尔摩圣保罗大街上，邻近王宫，诊所在大楼的顶楼。这层楼上的三套公寓被改建成了办公室，分别租给了两个牙医、一个整容医生、一个律师和一位心理治疗师。

共用的客厅装饰冷峻而现代，室内设计师选择了数幅亚当·迪赛-弗兰克的巨幅画作，它们跟沙发和两把扶手椅同样都是灰色。

客厅的一角，放着一尊由德裔艺术家娜迪亚·乌沙科娃创作的铜制雕塑，是一大瓶即将凋谢的玫瑰。其中一株玫瑰的茎上刻着一行小字——神话触手可及。

开张那天，人们都在讨论这句话的意思，但是没人能给出一个合理的解释。

神话是可触摸的。

苍白的墙壁、昂贵的地毯以及独有的艺术品，总的来说，这里处处透着矜持与阔绰。

经过一番面试之后，一位前医学秘书安-布里特·埃里克森受雇成为大家共有的接待员。她负责安排会面，另外还负责一些行政事务。

"有什么重要的事情需要我知晓吗？"像往常一样，早上八点整，索菲娅·柴德兰准时到诊所后问道。

安-布里特从摊在面前的报纸上抬起头。

"是的，胡丁厄医院打来电话，他们想把你和泰拉·梅克勒的会面提前到十一点整。我告诉他们你会打电话确认。"

"好的，我现在就给他们打电话。"索菲娅朝办公室走去，"还有什么事吗？"

"有，"安-布里特说，"迈克尔刚打来，说他可能赶不上下午的飞机了，不过他明天一早就能赶到阿兰达机场。他让我转告你，你今晚可以住在他的公寓，这样你们明早能够见到面。"

索菲娅的手停在了门把手上。

"嗯，我今天第一个会面是几点？"她讨厌更改计划。她本打算给迈克尔一个惊喜，请他到冈多伦饭店吃饭，但是他又一次打乱了她的计划。

"九点钟，下午还有两个。"

"第一个是谁？"

"卡罗莱娜·格兰茨。报纸上说她刚得到一份主持人的工作，满世界跑去采访名人。很搞笑吧？"安-布里特摇摇头，深深地叹了口气。

电视上充斥着形形色色的选秀节目，卡罗莱娜·格兰茨从其中一档选秀节目中脱颖而出，冲进了人们的视野。她可能没有完美的歌喉，但是据评审所言，她拥有明星的一切素质。整个冬天和春天，她不断现身于小型夜店，用假唱演绎一首由一位没她漂亮、嗓音却更加洪亮的女孩录的歌。卡罗莱娜在晚间的小报上曝光率很高，丑闻也一件接着一件。

眼下，媒体把注意力转移到了别处，她便开始怀疑自己以及自己选择的演艺之路。

索菲娅不喜欢接待假冒明星，尽管她需要钱，也不愿意和她会面。她觉得自己是在浪费时间。跟那些迫切需要帮助的人见面，她的才能才更有价值。

她更想跟实实在在的人打交道。

索菲娅在办公桌前坐下，立刻给胡丁厄医院打去电话。会面提前到十一点，意味着她只有一个小时左右的准备时间。她放下电话，拿出了泰拉·梅克勒的资料。

这摞纸总共将近五百页，等案子结束时，数量至少要翻一倍。

她已经逐页看过两遍了，现在她着重看中心问题，泰拉·梅克勒的精神状况。

专家的意见不统一。负责调查的精神病专家、心理顾问以及一位心理学家都倾向于"监禁"。但是另外两位心理学家反对这一做法，他们提议进行"安全的精神护理"。

索菲娅的任务就是让他们形成一个统一的最终裁定，她认识到这并非易事。

泰拉·梅克勒和她的丈夫被判杀害了他们十一岁的养子。男孩被诊断患有脆性X染色体综合征，该疾病会同时导致生理和智力问题。他们住在一所乡下的房子里，与世隔绝。法医的证据毋庸置疑，真实地揭示了男孩所遭受到的残暴行径。他的肺部和胃里发现了大便残留，身上还有香烟的烫痕，并曾被人用吸尘器的软管抽打。

尸体是在房子不远处的林地里发现的。

媒体对此进行了大量的报道，尤其是因为孩子的母亲也涉案了。在几位有影响力的政客和记者的鼓动下，公众几乎一致要求给予她法律所允许的最严厉的惩罚。他们要把泰拉·梅克勒扔进辛斯堡监狱，能关多久关多久。

但是索菲娅知道，进行"安全的精神护理"的囚犯通常会比进监狱服刑被关押得更久。

能不能证明泰拉·梅克勒在施暴那一刻精神正常呢？证据显示，男孩遭受虐待至少已经持续三年了。

这真是真实的人面临的实实在在的问题。

索菲娅写下了一串自己想要跟即将被定罪的杀人犯讨论的问题，这时，卡罗莱娜·格兰茨走进来，打断了她的思绪。她穿着红色的高筒靴、红色的胶质短裙，上身是一件黑色的皮夹克。

胡丁厄医院

索菲娅到达胡丁厄医院时，时间刚过十点半，她把车停在医院大楼前面。

整座大楼镶有灰色和蓝色的嵌板，与周围颜色鲜亮的建筑形成了鲜明的对照。她听说，在第二次世界大战期间，这个做法是要迷惑医院可能遭受的空袭，目的是从空中俯瞰，医院看起来像是一汪湖水，而周边的建筑则看似农田和草地。

她走进一家自助餐馆，买了一杯咖啡、一块三明治，还有当天的报纸，然后才朝医院大门走去。

她把物品放在储物柜里，经过金属探测仪，进入一条长长的走廊。她走过113号病房，像往常一样，又听到了里面的喊叫声和挣扎声。这里关着最难对付的病人，他们服用大量的药物，等待被送往全国各地的看护机构。

她沿着走廊继续走，然后右转进入了112号病房，朝心理学家们共用的诊疗室走去。她看了一下时间，发现自己早到了十五分钟。

她关上门，在办公桌前坐下，比较了一下两份报纸的头版。

一份的头版是《斯德哥尔摩市中心的可怕发现》，另一份是《灌木丛中的干尸！》

她咬了一口三明治，喝了一口热咖啡。在图里尔德斯普兰地铁站附近发现一具男孩的干尸。

又死了一个孩子，她带着沉重的心情想。

开门的是一个壮硕的精神科男护士。"我猜这就是那个要跟你会面的人。一个下流痞子，良心上长了一坨屎。"他指着身后说道。

她不喜欢这些护士的语言。尽管他们面对的是重罪罪犯，但也不该如此无礼傲慢。

"请让她进来，然后你就可以离开了。"

玛利亚广场——索菲娅·柴德兰的办公室

两点钟，索菲娅·柴德兰回到了位于市区的办公室。她还有两个病人要见，之后才能下班，她感觉从胡丁厄医院回来后，自己很难保持专注。

索菲娅在办公桌前坐下，开始起草建议书——判泰拉·梅克勒接受"安全的精神护理"。顾问团成员会议上，精神科首席专家的立场已经有些松动，索菲娅希望他们能很快作出最终决定。

即使不为了别的，仅仅是为了泰拉·梅克勒。

这个女人亟需接受治疗。

索菲娅总结了这个女人的背景和性格。泰拉·梅克勒曾两次试图自杀：第一次是她十四岁时，故意服用大剂量药物，并于二十岁时，因长期抑郁开始接受伤残补助；在和哈里·梅克勒共同生活了十五年后，她再次试图自杀，之后又杀害了他们的养子。

她的丈夫已经被认定为精神清醒，而被判入狱。索菲娅相信，和她的丈夫一起生活加剧了这个女人的病情。

索菲娅的结论是，在发生虐待的几年间，泰拉·梅克勒十有八九有重复性的精神病发作。她在去年的两次精神科就诊经历也佐证了她的观点。这两次，她都被发现在街头游荡，住院治疗数天后，才得以离开。

索菲娅发现，还有其他因素可以减轻泰拉·梅克勒在本案中的罪责。她的智商很低，几乎不可能犯下谋杀罪，而这一点，却或多或少被法庭忽视了。在索菲娅看来，泰拉·梅克勒是一个经常被酒精麻醉、把自己的丈夫理想化了的女人。她的顺从，意味着她可能被定为虐待案的共犯，同时，由于自身的精神状态，她又没有介入的能力。

判决已经由最高委员会通过，剩下的只是宣判了。

泰拉·梅克勒需要接受治疗。她犯下的罪行已经无法弥补，但监禁对谁都没有好处。尽管本案中犯罪手段残忍，但决不能因此混淆了判断。

　　那天下午，索菲娅完成了关于泰拉·梅克勒的建议书，还见了三点钟和四点钟的两位病人：一位是疲倦不堪的商人；另一位是个青春不再的女演员，她因为得不到任何角色而患上了深度抑郁。

　　五点钟，她正往外走，安-布里特在前台拦住了她。

　　"你下周六要去哥德堡，你没忘吧？我买好了火车票，给你在斯堪迪克酒店订了房间。"安-布里特把一个文件夹放到柜台上。

　　"当然没忘。"索菲娅说道。

　　她要去见一位出版商，后者想出版前童兵伊斯梅尔·比亚的作品《长路漫漫》的瑞典语版本。出版商希望索菲娅能依据自己与精神受创伤的孩子的接触经历，帮助他们把关稿件质量。

　　"我几点出发？"

　　"很早。车票上有发车时间。"

　　"五点十二？"

　　索菲娅叹了口气，走回办公室，找出了她七年前写给联合国儿童基金会的报告。当重新在办公桌前坐下，翻开那份文件时，她不由得想到，自己是否真的准备好了重拾那时的记忆。她依然会梦到塞拉利昂洛科港的童兵。两个站在货车边的小男孩，一个失去了双臂，一个失去了双腿。呼吁大家帮助这些孩子的是联合国儿童基金会的儿科医生，而杀害这名医生的，恰恰是这两个孩子。受害者变成了行凶者。她的耳畔又响起了歌声："玛姆巴曼亚尼……玛玛尼曼依米。"已经过去七年了，她想。

　　真的有那么久了吗？

克鲁努贝里——警察总部

　　第二天，珍妮特有条不紊地翻看赫提格交给她的各种文件。审讯记录、调查报告以及鉴定报告，全都是关于涉及施虐倾向的虐待或者谋杀案。珍妮特注意到，其中只有一个案件中的凶手不是男性。

　　这个特例的名字叫泰拉·梅克勒，前不久，她和她的丈夫刚被认定杀害了他们的养子。

她在图里尔德斯普兰的犯罪现场所看到的，是她从未经历过的，她感觉自己需要支援。

她拿起电话，给国家犯罪中心的拉斯·米克尔森打过去，他负责以儿童为对象的暴力和性犯罪案件。她决定尽可能简要地介绍案情。如果米克尔森愿意帮她，她再作详细介绍。

真是个糟糕透顶的工作，她等他接电话时这样想着。

要审讯和调查恋童癖者，要观看数千小时的虐待视频和数以百万计的受虐儿童的照片，一个人得有多坚强，才能应付这些啊？

你还会想要自己的孩子吗？

和米克尔森聊完以后，珍妮特·科尔伯格再次召集调查组成员开会，试图把所有的事实串起来。目前，他们并没有太多的调查线索。

"给报警中心的电话是在DN塔附近区域打的。"阿伦德举着一张纸说道，"我们很快就能知道具体地点。"

珍妮特点了点头。她走到白板前，上面钉着好几张男孩尸体的照片。

"那么，我们现在都知道些什么？"她转向赫提格。

"我们在尸体所在的草地和泥土里提取了手推车的痕迹，还有一辆小型车辆的印迹。轮胎痕迹是一辆垃圾收集车留下的，我们已经和垃圾收集工谈过了，可以排除这个可能。"

"所以，可能是有人用手推车或者购物车把尸体运到了那里？"

"是的，没错。"

"有没有可能是有人把尸体扛到那儿的？"阿伦德问道。

"如果你足够强壮，应该不成问题。那个孩子绝不超过四十五公斤。"

房间里一片沉默。珍妮特想，和她一样，其他人也都在想象一个人用黑色垃圾袋装着一个男孩的尸体，驮在肩上到处走的情景。

阿伦德打破了沉默："当我看到男孩受虐待的程度时，我立刻想到了哈里·梅克勒，如果他不是被关在库姆拉的监狱里，那么——"

"那么，什么？"施瓦茨笑着打断了他。

"那么，我敢说他就是我们要找的人。"

"你这么想的？你觉得我们就没想到这一点吗？"

"别争了！"珍妮特快速翻看手里的文件，"忘了梅克勒。我从国家犯罪中心的拉斯·米克尔森那里听说了一个叫吉米·弗鲁加德的家伙。"

"这个弗鲁加德是谁？"赫提格问道。

"一名前联合国士兵。头两年在科索沃,然后在阿富汗待了一年。他最后一次在联合国服役是在三年前,之后就离开了,别人对他褒贬不一。"

"他跟我们有什么关系?"赫提格打开笔记本,翻到新的一页。

"吉米·弗鲁加德曾数次因强奸和暴力袭击而被定罪。他袭击的人中,大部分不是移民就是男同性恋者,不过看起来弗鲁加德还有毒打女友的习惯。他曾三次被控强奸,两次被认定有罪,一次被判无罪。"

赫提格、施瓦茨和阿伦德互相看了看,缓慢地点了点头。

他们有些兴趣,珍妮特想,但还不相信。

"好的,那么这个急脾气为什么不再为联合国工作了呢?"阿伦德问道。施瓦茨瞪大了眼睛看着他。

"在现有的资料来看,这发生在他在喀布尔数次嫖妓而被惩戒之后。只有这些。"

"他现在没有被关在监狱里?"施瓦茨问道。

"没有,他去年九月底被释放,离开了霍尔监狱。"

"但是,我们真的是在找一个强奸犯吗?"赫提格说,"不管怎样,米克尔森怎么会提到他呢?我是说,他是负责针对儿童的犯罪案件的,不是吗?"

"别急,"珍妮特说,"任何形式的性犯罪都跟我们的调查有关。看起来,这个吉米·弗鲁加德是个很令人生厌的角色,并非不会攻击儿童。至少有一次,他被怀疑袭击并企图强奸一个小男孩。"

赫提格转头看着珍妮特:"他现在在哪儿?"

"米克尔森说,他消失无踪了,我已经给范奎斯特发了邮件,要他发布抓捕令,但是他没有回复。我猜他想要更多的证据。"

"不幸的是,在图里尔德斯普兰我们没有发现更多的证据,而且范奎斯特也不是很聪明……"赫提格叹气道。

"那么,"珍妮特打断了他,"眼下我们就按正常程序走,等待法医的鉴定结果。我们要讲究方法,绝不能先入为主。有问题吗?"

他们都摇头表示没有问题。

"很好。好了,大家回去工作。"

她用钢笔敲着桌子,想了片刻。

吉米·弗鲁加德,她想,很明显是个人格分裂的家伙。看起来不认为自己是个同性恋者,并设法克制内心的渴望。内心充满了自我厌弃与愧疚。

有个地方不对劲。

她翻开一份报纸,这是她上班的路上买的,还没时间看。她已经注意到两份报纸的头条内容大同小异,除了标题不一。

她闭上眼睛,一动不动地坐着,默默地从一数到一百,然后,她拿起电话,给检察官范奎斯特打了过去。

"你好。你看了我发给你的邮件了吗?"她开口就问。

"是的,我想是的,我到现在还搞不清你的想法。"

"什么意思?"

"我的意思是,你看起来完全失去理智了!"

珍妮特听得出他非常失望。

"我不明白……"

"吉米·弗鲁加德不是你要找的人。你知道这个就够了。"

"那么……"珍妮特有些愤怒了。

"吉米·弗鲁加德是一个尽职尽责、受人尊敬的联合国士兵。他多次受到嘉奖,而且……"

珍妮特努力克制自己。她认识到检察官不会听她的,不论她觉得他犯了多么离谱的错误。

"我要挂了。"珍妮特恢复了平静,"我们要寻找其他的线索。谢谢,占用你的时间了。"

她挂了电话,然后把双手放到桌子上,闭上眼睛。

这些年来,她已经认识到,人可以被强奸、虐待、侮辱,可以被无数种方式杀害。她此刻紧握双拳,认识到,同样也有无数种方式来搞乱一项调查,而一位检察官可以随便找个不明不白的理由,来阻止调查工作。

她站起身,走到外面,沿走廊朝赫提格的办公室走去。他在打电话,招呼她坐下。她环视四周。

赫提格的办公室跟她的完全两样。书架上的档案盒都编好了码,桌子上的文件夹也摆放得整整齐齐。连窗台上的盆栽也看起来被照料得很好。

赫提格说完了,挂了电话。

"范奎斯特怎么说?"

"他说弗鲁加德不是我们要找的人。"珍妮特坐下说。

"也许他是对的。"珍妮特没有回答。赫提格把一叠文件推到一边,继续说,"从明天开始,我们会来得晚一点,这个你知道吗?"

珍妮特觉得赫提格有些难为情。"别担心。你们只不过是去帮着抬一些装满了儿童色情片的电脑，之后就回来了。"

赫提格微微笑了笑。

盖姆拉·安斯基德——科尔伯格家

珍妮特·科尔伯格离开警察总部时，时间刚过晚上八点。前一天，在图里尔德斯普兰地铁站附近发现了一具尸体。

赫提格提出开车送她回家，但是她谢绝了。她想走到中央车站，然后乘地铁回安斯基德。

她需要一个人待一会儿，好放松一下头脑。

当她走下通往昆士布罗河滨大道的台阶时，她的手机震了一下，她收到一条信息，是她父亲发来的。

"嗨，"他写道，"你还好吗？"

快到克拉拉高架桥的时候，她的思绪又回到工作上去了。

她家三代人都做了警察。祖父，父亲，现在是她。祖母和母亲都是家庭主妇。

阿克，她想，是个艺术家，兼家庭主夫。

当父亲知道她想追随自己的脚步的时候，为了让她打消这个念头，他给她讲述了无数的故事。关于支离破碎的人们、瘾君子和酒鬼、毫无意义的暴力。告诉她，"人们从不落井下石"是个谎言。大家一直都是这么做的，也会一直这样干下去。

但是，做警察，有一点是他特别憎恶的。

他所在的警局位于斯德哥尔摩南部郊区，距离地铁和轻轨都很近。每年至少有一次，他不得不强迫自己到其中一条线路上去捡拾残存的尸体。

一个头，一只胳膊，一条腿，一个躯干。

每一次，都是极大的打击。

他不想让她看到自己看到的景象，而他想说的总结起来就是一句话："做什么都行，就是不要做警察。"

但是无论他说什么，都无法动摇她的想法。恰恰相反，他的话反而更加坚定了她的决心。

而要进入警校，第一个障碍就是她左眼的视力。手术花去了她所有的积蓄，还要连续六个月每个周末都长时间加班，才付得起手术费。

第二个障碍就是，她发现自己太矮了。一位脊椎按摩师帮助她解决了问题。经过两周的背部治疗，他成功地帮她补上了那不足的两厘米。

去体检的路上，她一直平躺在汽车里，她知道，哪怕只坐一小会儿，身高就会收缩。

如果我失去了动力怎么办？她想。

这根本不可能发生，她想。你只需要坚持下去。她穿过通往中央车站的公共汽车站，乘扶梯下去，穿过轻轨和地铁之间拥挤的通道。

她打开钱包，里面只有两张皱巴巴的百元克朗纸钞，回家的车票要花去三十块。她希望周一给阿克用于家庭开支的钱还剩下一些。即使阿伦德能把车修好，她猜至少也要花上几千块。

工作和钱，她想，到底该怎么摆脱它们呢？

等儿子约翰睡下了，珍妮特和阿克就坐在客厅里喝茶。欧锦赛就要开始了，这个赛前节目正在详细分析瑞典国家队的夺冠形势。与往常一样，至少可以打进八强，期望能进半决赛，甚至夺得金牌。

"对了，你爸打电话来了。"阿克眼睛盯着屏幕说。

"他说了什么特别的事吗？"

"和往常一样。他问你怎么样，还问了约翰和他的学习情况。然后他问我是否找到工作了。"

珍妮特知道她父亲和阿克之间有过节。他曾骂阿克是懒鬼，还有一次说他是个空想家，说他懒惰，是个懒骨头。他起的负面绰号可谓异常丰富，有时，他直接当着阿克的面说出来。

通常，这种时候，她会感觉对不住阿克，并马上跳起来维护他，但是最近，她发现自己越来越同意父亲的看法了。

他常常说自己很高兴做她的家庭主夫，可实际上她在家干的活并不比他少。如果他真的在绘画方面有些作为也就算了，但是说实在的，他在这方面真的没有什么太大的动静。

"阿克……"

他没有听到她的话，他正聚精会神地看一则关于历届瑞典国家队队长的报道。

"我们的经济状况真的糟透了，"她说，"我都没脸再给我爸打电话了。"

他没有回答。

"阿克?"她试探性地问,"你在听吗?"

他又叹了口气。"是的,是的,"他说,眼睛依然盯着电视屏幕,"但至少现在你有理由给他打电话了。"

"你什么意思?"

"博斯那会儿打电话来,"阿克口气里透着不耐烦,"不就是想让你给他打回去吗?"

太让人难以置信了,珍妮特想。

她不想跟他吵架,于是,她从沙发上站起身,走进厨房。

这里有一大堆东西要洗。阿克和约翰刚做过煎饼,证据还在呢。

不,她才不要洗。就放在这儿,等着他来洗。她在餐桌旁坐下,拨通了父母家的电话。

这是最后一次,我发誓,她想。

打完电话,珍妮特回到客厅,重新坐到沙发上,耐心地等待节目结束。她很喜欢足球,可能比阿克还要喜欢,但是她对这种节目却没有一点兴趣。里面的空话太多。

"我给爸爸打电话了,"当出现结尾的字幕时,她说,"他会给我打五千块,好让我们熬过这个月。"

阿克漫不经心地点了点头。

"但以后再也不会这样了,"她继续说道,"我这次是说真的。你明白吗?"

他动了动身子。"是的,是的,我明白。"

维塔山——索菲娅·柴德兰的公寓

索菲娅和她的前男友拉斯通过复杂的三角交易,拥有了这间公寓,索菲娅卖掉了她位于伦德大道上的两房公寓,拉斯卖掉了他在莫斯贝克附近三房公寓,然后两人买下了这套位于阿索山上的宽敞的五房公寓,这里离尼托尔戈特街和维塔山公园不远。

她走进门廊,把帽子挂在衣架上,然后进了客厅。她把装着印度饭店外卖的袋子放到桌子上,走去厨房拿来餐具和一杯水。

她打开电视,坐在沙发上,吃了起来。

身体需要补充能量,她想。

一个人吃晚饭,让她备感沮丧,她吃得很快,一边还快速地换频道。儿童节目,美国情景喜剧,广告,教育类节目。

她看了看时间,发现晚间新闻差不多要开始了,于是放下了遥控器。这时,手机震动了一下。是迈克尔发来的信息。

"你好吗?想你……"他写道。

她咽下最后一口食物,开始回复信息。

"无聊。我晚上可能要在家加班了。抱抱。"

好一阵子了,一个人引起了她越来越大的兴趣,索菲娅也形成了每晚做一些记录的习惯。每次,她都希望自己能看到一些新的东西,一些确凿无误的东西。

索菲娅起身走进厨房,把剩下的食物倒掉。她听到客厅里晚间新闻开始了,和昨天一样,今天的头条依然是图里尔德斯普兰地铁站附近的凶杀案。

主持人说,前一天上午,报警中心接到了一个电话,警方才得知此事。

索菲娅想,这个打电话的人一定醉醺醺的。

她从包里拿出优盘,插到电脑上,然后打开了那个关于维多利亚·伯格曼的文件夹。

维多利亚·伯格曼的性格中似乎少了一些东西。从她们的谈话中,她清晰地看到,维多利亚在童年经受了许多创伤。她们的很多谈话都变成了她冗长的自言自语,而从任何意义上说,都不能算是交谈了。

听着维多利亚单调、低沉的声音,索菲娅经常都要睡着了。她的自言自语好像某种自我催眠术,也能引发索菲娅的睡意,她很难记清楚维多利亚所说的所有细节。当她向办公室的心理医生提及此事时,他建议她把谈话内容录下来,还把自己的袖珍录音机借给了她,以获得一瓶好酒。

她在录音带上标上时间和日期,现在已经有二十五盘了,都在办公室的柜子里锁着。但凡她觉得有趣的,她都敲成文字,存到优盘里。

索菲娅打开那个标注为"VB"的文件夹,里面存放着许多文本文件。

她双击其中一份文件,然后开始读屏幕上的文字:

有些时候情况会好一些。就像我的肚子能告诉我,他们什么时候会打架一样。

索菲娅从自己做的记录中看到,这段话是关于维多利亚童年时期在达拉纳省的暑期生活的。几乎每个周末,伯格曼一家都会驱车两百五十公里,去位于弗卢达的小别墅度假。维多利亚跟她说过,假期里,他们经常会在那里度过整整四周。

她继续读道：

我的肚子从不犯错，在他们开始大喊大叫之前，我就提前几个小时躲到我的秘密洞穴里去。

我常常为自己做三明治。我不知道他们要打多久，也不知道妈妈什么时候有时间做饭。

一次，我透过木板的缝隙，看到他追着她满地跑。妈妈拼命逃跑，但是他跑得更快，追上妈妈后他一拳打在她后颈上并把她扑倒在地。当他们穿过院子往回走的时候，她的眼睛上方有一道长长的伤口，而他则在绝望地抽泣。

妈妈为他感到难过。

肩负着管教两个女人的重担，是命运对他不公。

要是我和妈妈能听他的话，而不是这么固执就好了。

索菲娅记下一些要跟进的问题，然后关掉了文件。

她随手打开了另一份文件，立刻意识到这是维多利亚陷入自言自语时的谈话之一。

谈话的开头与往常一样：索菲娅问问题，维多利亚回答问题。

随着问题的增加，她的回答越来越长，越来越不连贯。比如，维多利亚在讲述一件事的时候，会突然讲起另一件完全不相干的事，而且频率越来越高。

索菲娅找出这段谈话的录音带，放进录音机，按下播放，然后背靠在椅子上，闭上眼睛。

是维多利亚·伯格曼的声音。

然后，我吃了起来，好让她们停止那该死的喊叫声，而她们也立刻安静下来了，因为她们看到我准备做她们的朋友，而不是与她们为敌。假装喜欢她们。让她们尊重我。让她们认识到我有自己的想法，我可以思考。

索菲娅睁开眼睛，看了看录音带上的标签，发现这段话是好几个月之前录的。维多利亚是在讲述她在锡格蒂纳人文中学寄宿时遇到的一起极其严重的霸凌事件。

她继续说，维多利亚转变了话题。

书屋建好了，我却觉得它不再好玩了，我不想跟他一起躺在里面看漫画书了，所以等他睡着了，我就离开了书屋走到船上，拿来一块木板从外面顶住门，然后钉上几个钉子，直到他被吵醒了，问我在干吗。你就待在里面，我说。然后继续钉钉子，直到把盒子里的钉子用光。

声音越来越小，索菲娅认识到自己快要睡着了。

……而窗户又太小，爬不出来，但是，当他坐在里面哭泣的时候，我却拿来了更多的木板,横着钉到上面。晚些时候,我可能会放他出来,也可能不放他出来,但是,在黑暗中,他就能够思考他有多喜欢我了……

索菲娅关掉录音机,站起身,看了看时间。

一个小时了?

不,不对,她想。我一定是睡着了。

莫纽门特——迈克尔的公寓

九点钟,索菲娅决定按迈克尔的意思,去他在奥兰德大道上名叫莫纽门特街区的公寓。她在路上买了明天的早餐,因为她知道他的冰箱里肯定空无一物。

到了迈克尔的公寓之后,因为太累了,她就在他的沙发上睡着了,直到他亲吻她的额头才醒来。

"嗨,亲爱的,惊喜!"他轻声说。

他粗糙的黑胡须蹭得她发痒,她大吃一惊,边用手搔痒,边看了看四周。

"嗨。你怎么到了?现在几点了?"

"十二点半,我努力赶上了最后一班飞机。"

他把一大束玫瑰放到桌子上,然后走进厨房。她厌恶地看着那些花,然后站起身,跟着他穿过客厅。他已经从冰箱里拿出了黄油、面包和奶酪。

"要来一点吗?"他问,"来一杯茶和一份三明治?"

索菲娅点点头,在厨房的餐桌旁坐下。

"这周过得怎么样?"他继续问道,"我这周可糟透了!有个记者认为我们的产品有危险的副作用,在电视和报纸上大做文章。这边有这方面的报道吗?"

他放下两盘三明治,走到炉子边,水已经开了。

"我没看到。不过可能有。"她还有些昏昏欲睡,同时又惊讶于他的突然出现,"我要听一个自认为被媒体毁谤的女人说话——"

"我理解。听起来不太好,"他打断她,递给她一杯热腾腾的黑莓茶,"但是我敢说,会过去的。我们已经查出来了,那个记者是个环保主义者,曾经参加一个在水貂养殖场举行的抗议活动。等这个消息登出来……"他大笑一声,然后把手从脖子前划过,表示任何想跟这家大型制药企业作对的人会有的下场。

索菲娅不喜欢他傲慢的神气,但是她不想跟他争论。时间太晚了。她站起身,清理了桌子,洗好了茶杯,然后才走进盥洗室刷牙。

一周以来，迈克尔第一次在她身边睡着了，索菲娅意识到，自己终究还是想他了。

他让她想起了拉斯。

一辆汽车的前灯从天花板上扫过，索菲娅醒了。起初，她不知道自己身在何处，但是，当坐起来时，她认出了迈克尔的卧室，从闹钟上看，自己睡了还不到一个小时。

她小心地关上卧室的门，走进客厅。她打开窗户，点燃一支烟。一阵轻风吹进房间，烟雾在她身后消失在黑暗中。她抽着烟，看着下面的街道上一个白色的塑料袋随风飞舞，最后搁浅在了对面人行道上的一洼水坑里。

我要从头开始，再次研究维多利亚·伯格曼，她想。我漏掉了某些东西。

她的包在沙发旁，她坐下来，拿出笔记本电脑，放到面前的桌子上。她打开文档，里面是她为维多利亚·伯格曼的病例撰写概述而收集的简要记录。

生于 1970 年。

未婚。未育。

会话治疗，主要关注童年时期的创伤经历。

童年：独女，父亲本特·伯格曼，瑞典国际发展合作署（SIDA）调查员，母亲比吉塔·伯格曼，家庭主妇。对其父亲的汗味的最初记忆，在达拉纳省的暑期时光。

青春期早期：在格里斯林奇长大，位于斯德哥尔摩郊外的韦姆德。暑假在达拉纳省的弗卢达的别墅度过。非常聪明。九岁开始上私立学校。提前一年上学，并从八年级跳级进入九年级。青春期早期开始便遭受性虐待（被其父亲？或其他人？）。记忆支离破碎，叙述不连贯。

青少年时期：有极大的冒险倾向和自杀欲望。（从十四到十五岁开始？）形容自己青少年早期的几年为"虚弱"。对记忆的叙述再次出现碎片化。高中在锡格蒂纳人文中学寄宿。反复出现自残行为。

索菲娅认识到，维多利亚·伯格曼的高中生涯是一个冲突时期。她去上学的时候，比同学小了两岁，身体和心理都不如他人成熟。

根据自己的经验，索菲娅知道体育课后，十几岁的女孩能有多么恶劣，而维多利亚只能任凭她们捉弄。但是，这里漏掉了什么东西。

成年时期：认为事业成功"不重要"。社交有限。兴趣不多。

中心主题/问题：创伤。维多利亚·伯格曼都经历了什么？她跟父亲的关系如何？支离破碎的记忆。解离性障碍？

索菲娅认识到，还有一个中心问题需要探究，于是增加了一个新的记录。

"虚弱"是什么意思？她写道。

她看到维多利亚·伯格曼内心巨大的恐惧和深深的内疚。

随着时间的推移，也许她们可以协力深挖，解开其中一些疑团。但是这有巨大的不确定性。

很多方面暗示维多利亚·伯格曼患有解离性障碍，而索菲娅知道，这种问题百分之九十九是由性虐待或类似的经常发生的创伤导致的。索菲娅见过一些人，她们曾有过创伤经历，但都明显完全记不得那些经历。有时候，维多利亚·伯格曼会说起那些可怕的受虐经历，但是，其他时间又完全不记得有这种事。

这种反应其实完全符合逻辑，她想。人的心灵会自动屏蔽其认为烦恼的事情，而为了让自己过上正常的生活，维多利亚·伯格曼刻意压制了这些记忆，转而创造了一些不同的回忆。

但是，维多利亚说自己虚弱是什么意思呢？是说遭受虐待的人虚弱吗？

她关掉了文件，关了电脑。

有一次，她给了维多利亚·伯格曼一盒帕罗西汀，尽管她无权这么做。这不仅是违法的，而且不道德、不专业。但是，她依然成功说服自己，不去理会这些规定，而这些药物也并未产生任何伤害。相反，有那么一阵，维多利亚·伯格曼看起来好多了，所以，索菲娅认为她做的事是正确的。维多利亚需要接受药物治疗，这是最基本的。

除了解离性障碍，还有强迫症症状，索菲娅甚至做过记录，暗示可能是学者症候群。一次，维多利亚·伯格曼对索菲娅抽烟的行为进行了评价。

"你已经抽了差不多两盒烟了，"她指着烟灰缸说，"一共三十九个烟头。"索菲娅独处的时候，专门数了数烟头好确认，结果发现维多利亚是对的。但是，当然，这可能只是个巧合。

总之，毫无疑问，在索菲娅成为独立的心理咨询师十年以来所接触过的人中，维多利亚·伯格曼的性格可算是最复杂的了。

索菲娅先醒了，她伸了伸懒腰，然后用手指抚摸迈克尔的头发，直到他的胡须。她看到胡须已经开始灰白了，会心一笑。

这天上午，她没有病人来访，于是决定晚去一会儿。

迈克尔精神大好，绘声绘色地讲述他是如何查出那位记者的不光彩事迹的，以及他这周是如何跟柏林的一家大医院签订一份大合同的。他因此得到的提成足够他们去世界上任何地方进行一次奢侈的旅行了。

她想了想,但是想不出一个想去的地方。

"纽约怎么样?去大百货商场购物,蒂凡尼的早餐之类的,怎么样?"

纽约,她想,往事让她不寒而栗。她和拉斯一起去过纽约,可是之后不到一个月,他们就分手了。

揭开这些旧伤疤,实在太让她伤痛。

"或者你想去个阳光充足的地方?来个跟团旅行?"

看得出来,他很期待。但是,无论怎么努力,她都无法像他那样热情。她觉得心里悬了块石头。

突然,她想到了维多利亚·伯格曼。

她们上次谈话时,维多利亚陷入了冷漠,没有任何情感反应。现在,她有同样的感觉。她想,下次去看医生的时候,要让他加大帕罗西汀的药量。

"我不知道自己怎么了,亲爱的。"她吻了他,"我真想去,可是现在我好像没有力气做任何事。可能是因为工作上的事太多了。"

"那么,这样的话,去度假就再合适不过了。我们不需要离开很久。就一个周末?"

他翻过身,面对着她,手滑过她的腹部。

"我爱你。"他说。

索菲娅没有反应,她的心思全不在这儿。但是,他突然掀开被子站起身,她感觉到了他的愤怒。她没有积极回应。他的反应这么快,这么冲动。

迈克尔叹了口气,提上内裤,走出房间进了厨房。

她为什么会感到自责呢?她就应该这样吗?她为什么要感到愧对于他呢?谁给他的权利?自责一定是人类发明的最令人讨厌的东西,她想。

她咽下怒气,跟着他出去。他正在往咖啡机里装水,回过头忧郁地看着她。突然,她感到内心对他的温存。毕竟,他这样做,不是他的错。

她走到他身后,亲吻了他的后颈,然后脱掉了晨衣。

天塌不下来,她想。

玛利亚广场——索菲娅·柴德兰的办公室

索菲娅·柴德兰结束了一天的工作,正准备回家,这时电话响了。

"你好，我是哈塞尔比社会服务部门的罗斯-玛丽·布乔恩。你现在方便讲话吗？"这个女人听起来挺客气，"我想问的是，你曾经与遭受战争创伤的儿童打过交道，这是真的吗？"

索菲娅清了清嗓子："是的，没错。你想知道什么？"

"哈塞尔比有一个家庭，家里的儿子需要一位更加了解他经历的人的帮助。当我听说你的时候，我想也许跟你取得联系是个好主意。"

索菲娅能感受到自己多么疲惫，她最想要的就是结束通话。

"我要说的是，我的日程都排满了。他多大了？"

"他十六岁了，他叫塞缪尔。塞缪尔·柏，来自塞拉利昂。"

索菲娅思考了片刻。

真是个奇怪的巧合，她想。我已经好几年没有想起塞拉利昂了，现在突然之间，我得到了两份工作，都跟这个国家有关。

"嗯，不是不可能，"她终于说道，"你要我什么时候见他？"

她们约定，一周后，男孩会过来进行一个初步评估，这位社工承诺会把他的档案资料发过来，之后她们结束了通话。

离开办公室前，她换了一双红色的高跟鞋。她知道，没等她走到电梯前，脚后跟上的伤疤就又会流血了。

弗卢达，1980

她从装满了胶水的袋子里吸气。起初，她的头开始旋转，然后身边的响声都大了一倍。最后，乌鸦女孩从空中看到了自己。

他在博尔斯塔郊区下了高速路。整个上午，她都在提心吊胆，害怕他把车停到路边、关掉引擎的那一刻。她闭上眼睛，尽力不去思考。他拉着她的手，放到那个地方，她感觉到那里已经变硬了。

"你知道我有自己的需要，维多利亚，"他说，"这没什么好奇怪的。所有的男人都这样，唯一自然的事。就是你帮我放松一下，然后我们好继续赶路。"

她没有回答，紧闭双眼，他一手抚摸她的脸颊，一手拉开了裤子拉链。

"帮我一下，不要老绷着脸。不会很久的。"

他的身体透着汗味，呼出的气息带着一股酸奶味。

她按他教她的做了。

随着时间的推移,她更加熟练了,当他表扬她的时候,她几乎感到自豪了。因为她知道了怎么做一件事,并能够做好。

完事以后,她拿起变速器旁边的卷纸,擦了擦黏糊糊的双手。

"要不要在恩雪半的购物中心停一下,给你买点好东西?"他温柔地看着她,微笑着说。

"好的。"她低声说。对他的提议,她总是低声回应。她不知道那到底是什么意思。

他们要去弗卢达的别墅,他们要在那里,独自度过整个周末。

只有他们俩。

她并不想去。

吃早饭时,她说她不想跟他去,说更想待在家里。然后,他站起身,打开冰箱,拿出一盒还未打开的牛奶。

他站在她身后,打开牛奶盒,然后慢慢地把冰冷的牛奶倾倒在她身上。牛奶从她头上流下,顺着头发和脸颊,流到她的腿上。地板上也出现了一大摊白色。

妈妈什么都没说,只是把头转开了。他默默地走进车库,把行李装到那辆沃尔沃上。

此刻,她坐在这儿,怀着极大的焦虑,乘车穿过达拉纳省西部夏日里的绿色。

整个周末,他没再碰她。

当她换睡衣的时候,他可能看了她,但是他并没有爬到她的床上。

她躺在那里,无法入睡,留意着他的脚步声。她假装自己是一座钟。她面朝下趴在床上,代表六点,然后,她顺时针旋转,左手在下侧躺着,代表九点。

时针又转了四分之一圈,她又平躺着了,代表十二点。

之后,右手在下侧躺,三点。

之后,面朝下,又是六点了。

左手在下,九点,平躺,午夜。

如果她可以控制时间,他就会被捉弄,就不会进来找她了。

她不知道是不是那个原因,不过他远离她了。

周日上午,他们本该开车返回韦姆德的家。他正在做粥,她说出了自己的想法。那时是暑期,她告诉他,如果能待久一些就好了。

起初,他说她太小了,还不能一个人在这儿住一周。她说她已经问过邻居家的艾尔莎姨妈了,自己能不能住在她家,艾尔莎很乐意。

当她在餐桌前坐下来时,粥已经凉透了。想到那灰色的东西在她嘴里膨胀,她就觉得恶心。似乎是觉得还不够甜,他在里面放了很多糖。

为了冲淡那膨胀的、破裂的冷燕麦粥的味道,她喝了一小口牛奶,尽力咽下去。但是,这很困难,燕麦粥好像还想泛上来。

他在桌子对面盯着她看。

他们默默地坐着,一言不发。

"好吧,那就这样吧,你可以留下。你知道,你永远都是爸爸的乖女儿。"他抚弄着她的头发说。

她认识到,他永远都不会让她长大。

她永远都是他的。

他答应开车去商店买一些补给,这样她不会缺什么了。等他回来时,他们把东西卸在艾尔莎姨妈家,然后他开车载她走了五十米,回别墅拿衣服。当他在门前停下时,她快速在他未剃须的脸颊上轻吻了一下,她已经看到他伸出了双手,想先发制人。

也许他想要一个吻。

"照顾好自己。"说完,他关上了车门。

他在车里坐了好几分钟。她拿着包,在房子前的台阶上坐下。这时,他才转过头去,驾车离开。

燕子在院子上方俯冲翻飞,塔普-安德斯家的奶牛在红色的外屋后面的草地上吃草。

她看着他开上了主路,然后穿过树林,她知道,他很快就会回来,理由是忘了什么东西。

她也同样确定无疑地知道,他想要她做什么。

一切都可以预见,整个过程至少要重复两次,他才会真的离开。他可能要回来三次,才会觉得放松够了。

她咬紧牙关,望着远处树林的边缘,透过树林刚好可以看到后面的湖水。三分钟后,她看到白色的沃尔沃朝这边驶来,于是她回到了厨房。

这次,十分钟就结束了。之后,他重重地坐进车里,向她道别,然后转动钥匙发动了汽车。

维多利亚看着汽车再次消失在树林里。声音越来越远了。但是,她坐着,等着,那坨燕麦粥还在胃里,还不能提前庆祝胜利。她知道庆祝后,自己会多么失望。

但是，他没再回来。

当意识到他不会再回来之后，她走到井边去洗澡。她艰难地提起一桶冰凉的水，一边把自己擦洗干净，一边打颤，之后去艾尔莎姨妈家吃午饭，打牌。

现在，她可以呼吸了。

吃过饭，她决定去湖里游泳。小路很窄，落满了松针。光着脚走在上面，软软的。从树林里，她能听到有声音唧唧地响个不停，原来是饥饿的小鸡在等待父母带吃的回来。叫声很近，她停下来，环视四周。

鸟巢是一个小洞，在一棵老松树上，离地不足两米。

到了湖边，她躺在小船上，仰面看着天空。

这时已是六月中旬，空气依然有些冰冷。

在她身下，冰冷的湖水随着波浪此起彼伏。天空中泛着一抹红色，如同弄脏的牛奶，一只黑喉潜鸟在树林边缘鸣叫。

她想让波浪把她带走，带到无边的自由国度，远离一切。她困倦了，但是，内心深处，她很久以前就认识到，自己永远都不可能深深睡去，逃离这一切。她的头就像安静又黑暗的房子里开着的台灯，总有飞蛾在裸露的电灯周围盘旋，她的眼睛里映着它们干燥的翅膀。

像往常一样，她在码头和离岸五十米的大石头之间游了两个来回，然后铺好毯子，在距离窄窄的白沙滩不远处的草地上躺下。鱼儿在埋伏以待，成群的蠓虫嗡嗡地飞过水面，还有蜻蜓和池蝇。

她闭上眼睛，享受着无人打扰的清静，这时，她突然听到树林里传出了声音。

一个男人和一个女人正沿着小路走来，在他们前面跑着一个小男孩，留着长长的、漂亮的鬈发。

他们跟她打招呼，问这是不是一个私人沙滩。她回答说自己也不是很确定，但是据她所知，任何人都可以来这。反正她常常来这游泳。

"啊，这么说，你已经在这里住了一段时间了？"男人微笑着说。

小男孩兴奋地朝水边跑去，女人赶忙追上去。

"那边是你家的房子吗？"男人指着问。刚好能透过树林看到远处的别墅。

"没错。我爸妈在城里工作，所以我自己在这待一周。"

她撒了谎，想看他如何反应。她想验证一下自己的想法。

"我明白了，这么说你是一位年轻独立的女士了？"男人说。

她看着女人在水边帮小男孩脱掉了衣服。

"算是吧。"她转向男人回答道。

他看起来被逗乐了。

"那你多大了？"

"十岁。"

他微微一笑，然后开始脱衬衫。

"才十岁，就独自一人过一周，就像长袜子皮皮一样。"

她躺下来，抚弄着自己的头发。然后，她看着他的眼睛。

"所以呢？"

让她失望的是，男人并不吃惊。他没有回答，而是转过身看他的家人。

男孩正朝水里走，女人的牛仔裤卷到膝盖，跟在他后面。

"好样的，马丁！"他自豪地喊道。

然后，他脱下鞋子，并开始脱裤子。牛仔裤里面，他穿了一条印着美国国旗图案的紧身泳裤。他全身被晒成了古铜色，她觉得他很英俊，不像她父亲，有个大肚腩，而且全身煞白。

他上下打量了她一番。

"你看起来是个很有主见的女孩。"

她没有回答，但是有那么一会儿，她觉得自己看到了某种自己认识的东西，是她并不喜欢的东西。

"该去游泳了。"他说，然后转过身去。

他走过去，试了试水温。维多利亚站起身，收拾好东西。

"改天见，可能的话，"男人朝她挥了挥手，"再见！"

"再见。"她回答道，突然感觉自己好孤独。

沿着树林的小路返回别墅的时候，她努力想着他要多久才会来拜访。

他可能明天就来，她想，他想借割草机。

她的安全感不复存在了。

盖姆拉·安斯基德——科尔伯格家

斯德哥尔摩就像一位老妓女一样背信弃义。自十三世纪以来，它躺在动荡的水中，用大小岛屿和天真无邪的外表诱惑他人。美丽而阴险奸诈，它的历史中充满了大屠杀、炮火和驱逐。

还有破碎的梦想。

那天早上,珍妮特朝安斯基德路上的地铁站走去时,空气中有一层冰冷的薄雾,它渐渐变成浓雾,别墅周围的草地上沾满了昨夜的露珠,湿漉漉的。

瑞典的晚春,她想。漫长、明亮的夜晚和绿色植物,以及忽冷忽热反复无常。其实,她挺喜欢这个季节,但是,此时这些只让她感到孤独。要好好利用这段短暂的时光,不过她也有一个共同的愿望。开开心心,好好生活,及时行乐。在这个城市,晚春是个危险的时期。

这是上班早高峰,地铁上挤满了人。因为信号问题,地铁运次减少,而一个技术错误又导致了延误。她被挤到一个门边的角落里,不得不站着。

技术错误?她猜应该是有人在地铁前跳下轨道了。

她环顾四周,面带微笑的人多得出奇。可能再过一两周,大多数人就要开始度假了。

她不知道办公室的同事都怎么看她的。有时会觉得她是一头痛苦的母牛吧,她猜。专横霸道。盛气凌人,也许吧,有时候脾气暴躁。

和其他的高级警员相比,她并没有什么不同。工作中需要一定的权威和果断,而出于责任,有时又对下属要求太多。这些会磨掉你的幽默感和耐性,和她共事的人真的喜欢她吗?

延斯·赫提格喜欢她,她知道。阿伦德敬重她。施瓦茨既不喜欢她,也不敬重她。其他人基本都是介乎两者之间吧。

但是,有一件事一直困扰着她。

他们大多叫她詹,而他们肯定知道,她不喜欢这个称呼。

这表示他们对她不够尊重。

他们可以分成两拨。施瓦茨是叫她詹叫得最多的,后面还有一众警员。叫她珍妮特的一拨里有赫提格和阿伦德,但是他们偶尔也会溜到另一拨人中。还有其他警员以及新近入职的新人,他们都只见过她的全名。

为什么她没有得到和其他高级警员一样的尊重?她的能力更强,破案率也比大多数人高。每年调整工资的时候,她都有确凿的证据,显示她的工资低于同级别警员的平均工资。新人得到了提拔,别人都升迁了,却全然不顾她十年的从警经验。

真的是因为她是个女人,所以才得不到大家的尊重吗?

地铁到古尔马斯普兰站了。许多乘客下车,她趁机坐到了车厢尽头的空位上，车厢里很快又挤满了乘客。

她所在的是一个男性居多的层级，女人很难做到高级警员。在工作中，她们无法指挥全局，就如同在足球场上一样。她们不够果断，不够霸道，也不像她这样有影响力。

列车颤动一下，离开古尔马斯普兰站，开上了斯堪斯蒂尔大桥。

詹，她想，是个男人的名字。

克鲁努贝里——警察总部

自从在国王岛上发现尸体，已经是第三天了，但至今仍然没有任何新发现，调查工作也因此止步不前，珍妮特备感泄气。失踪儿童的名单中，也没有跟死去的男孩相符的，至少乍一看是这样。当然，瑞典有数以百计甚至数以千计的无身份儿童，但是与教会和救世军的非正式接触，也都显示没有与受害者相符的儿童。

斯德哥尔摩老城的城市使命救助会也没有消息。但是，一位参加夜间扶贫项目的工作人员说，中央大桥下面常常会聚集一大帮儿童。

"他们都神出鬼没的，"这位男性慈善工作者痛惜地说，"我们到那里以后，他们就出来拿一个三明治和一茶缸汤，接着就消失了。很明显，他们不想与我们有任何瓜葛。"

"社会福利部门能做些什么吗？"珍妮特问道，尽管她已经知道了答案。

"我很怀疑。我知道他们一个月前就在那里行动，这些孩子分散各处，几周都没有再露面。"

珍妮特·科尔伯格对他表示了感谢。她想到那里去一趟，不知道能否有所发现，当然得成功说服其中一个孩子对她开口。

师范大学周围进行的挨家挨户的询问毫无成效，与难民中心联系的工作相当耗时，如今工作的范围已经扩展到整个瑞典中部了。

但是，没有人丢了一个跟在地铁站附近的灌木丛中发现的干尸男孩相符的孩子。阿伦德看了从地铁站和邻近的大学调出的长达几个钟头的监控录像，但是依然一无所获。

十点半，她给索尔纳的病理学研究所的伊沃·安德里奇打去电话。

"告诉我你找到了一些线索！我们现在停滞不前了。"

"好吧，"安德里奇深吸一口气，"以下是我的发现。第一，他所有的牙齿都被拔掉了，所以就没必要让法医检查他的牙齿就医记录了。第二，尸体完全干枯、干化，事实上……"

他沉默了，珍妮特等着他继续往下说。

"我重新开始。你想让我怎么说？是用专业术语，还是更加简单易懂的语言？"

"用你觉得最好的方式。如果有不懂的地方，我会问你，你来解释。"

"好的。如果把一具死尸放到一个干燥高温的环境中，且通风良好，尸体很快便会干化。这样就几乎不会腐烂。在极度干化的情况下——比如这具尸体——不能说不可能，但是很难除去皮肤，特别是头部皮肤。脸部皮肤已经完全干化，无法移除，下面的——"

"对不起，打断一下，"珍妮特不耐烦地说，"我不想表现得不友好，但是我主要想知道他是怎么死的，以及死亡的大概时间。连我都看得出来尸体完全干化了。"

"当然。可能是我有些偏题了。但是，你要明白，基本不可能知道确切死亡时间，不过，我可以告诉你，他的死亡时间不超过六个月。尸体干化需要时间，所以我猜死亡时间是在十一月至一月之间。"

"好的，但是这依然相当粗略，不是吗？你有没有查DNA？"

"是的，我们获取了死者的DNA，并从袋子里获取了尿液。"

"什么？你是说有人在袋子上撒尿了？"

"是的，但不一定是凶手，对吧？"

"对，的确。"

"但是还得一周，我们才能得到DNA的综合结果，并描绘出一个更大的轮廓。这是个棘手的工作。"

"好的。你觉得尸体之前被保存在哪里呢？"

"这个……就像我说的，一个干燥的地方。"

电话那头陷入了沉默，珍妮特想了片刻，继续说：

"就是说可能是任何地方了？我在家可以做得到吗？"

她在脑海里想到了这个令人作呕而极其荒谬的画面。

她位于安斯基德的家中放着一具男孩尸体，尸体一周比一周干燥。

一个极其恐怖的画面正在形成，伊沃·安德里奇说这话是有目的的。

"我不知道你家什么样，但即使是一套普通的公寓，都可以做到。起初可能有些难闻，但是如果有一台热气通风机，并把尸体放在一个封闭的空间里，就可以神不知鬼不觉地让尸体干化。"

"你是说一个衣柜?"

"可能没这么小。壁橱、卫生间之类的。"

"这也没多大用。"她觉得自己更加泄气了。

"是的,我知道。但是有一点可能对你有用。"

珍妮特专心听着。

"初步的化学分析显示,尸体里充满了化学品。"

终于有了个发现,她想。

"首先,我们在胃和静脉中发现了安非他命。所以,他吃或喝了大量安非他命,也有证据显示是被注射的。"

"一个瘾君子?"她希望他说"是的",因为如果他们要找的是一个死在毒窟里、随着时间的推移尸体干化了的瘾君子,问题就简单多了。他们就能结案,案件的结论是小男孩的毒友在混乱之中,把尸体扔到了灌木丛中。

"不,我不这么认为。他可能是被强行注射的。针眼分布散乱,大部分都没有扎在静脉上。"

"噢,他妈的。"

"是的,这一点我跟你意见相同。"

"你肯定他不是自己注射的?"

"我可以肯定。安非他命还不是最有意思的。真正奇怪的是,尸体里还含有麻醉剂。准确地说,是一种名为利多卡因肾上腺素的物质,是瑞典人在四十年代发明的。首先,阿斯利康公司把利多卡因作为一种昂贵药品推向了市场:教皇庇护十二世用它治疗打嗝,总统艾森豪威尔用它治疗忧郁症。如今,它是称职的止痛药,给牙齿麻醉的时候,牙医往牙床里注射的就是这个东西。"

"好吧……我不明白你的意思。"

"好吧,我的意思是男孩的嘴里没有,但是全身各处都有。这太奇怪了,非要我说的话。"

"他还遭受了残忍的虐待?"

"是的,他遭受了无数次殴打,但是麻醉剂让他活了下来。最终,经过数个小时的痛苦煎熬,药物麻痹了他的心脏和肺。死得缓慢而极度痛苦。可怜的孩子……"

珍妮特快要睡着了。

"可是,为什么?"她问,徒然地希望伊沃能给她一个合理的解释。

"如果你允许我猜想的话……"

"当然可以。"

"我想到的第一个画面就是有组织的打斗活动。你知道，两条获奖的狗彼此撕咬，直至其中一条死掉。郊区有时候会有这种活动。"

"这听起来太不着边际了。"珍妮特本能地说，极其厌恶这个让人毛骨悚然的想法。但是，她不能完全排除这个可能。这些年来，她已经学会不排除哪怕最不可能的想法。很多时候，真相大白时，事实比任何版本的设想都要奇怪得多。她想起了那个德国的食人者，通过互联网找到了一个准备好让他吃掉自己的男性。

"好吧，这只是我的猜想，"伊沃·安德里奇继续道，"另一个想法听起来可能更有道理。"

"什么想法？"

"他已经被打得面目全非、奄奄一息，可是打人者依然没有停止。这个人给他注射药物，然后继续虐待他。"

珍妮特感到记忆一闪而过。

"还记得韦斯特罗斯的冰球手吗？他被人捅了近一百刀。"

"不，我不记得。可能发生在我来瑞典之前。"

"是的，有一段时日了。九十年代中期。一个光头党用氟硝安定把他迷昏了。大家都知道那位冰球手是个同性恋者，你知道新纳粹分子对同性恋的看法。人已经死了，光头党还捅个不停，最后手臂都要痉挛了。"

"对，这跟我说的差不多。一个内心充满仇恨的残酷无情的疯子。是氟硝安定，也可能是合成代谢类固醇？"

珍妮特挂了电话。她饿了，看了看时间。她决定在警察总部下面的餐厅不慌不忙地吃一顿午饭。她要去房间尽头占一个小隔间，这样就没人打扰了。餐厅里很快就会人满为患了，她想一个人待着。

端着盘子坐下之前，她抓起一份别人丢弃的晚报。她几乎一眼就看出，报纸在警局内部的消息源是她身边的人，因为文章所基于的事实，只有与案件密切相关的人才能知晓。她肯定不是赫提格，那不是阿伦德就是施瓦茨。

"原来你已经到了？"

珍妮特从报纸上抬眼看。

赫提格正咧着嘴站在她身边。

"我可以跟你坐一起吗？"他朝她对面的空位点点头。

"你已经回来了？"珍妮特招呼他坐下。

"是，我们大概一个钟头前就完工了。在丹德吕德，有个混蛋富人弄了一个装满了儿童色情片的硬盘驱动器。太混蛋了。"赫提格走到桌子对面，放下盘子，坐了下来，"他老婆直接崩溃了，他们十四岁的女儿就站在那里，眼睁睁看着我们逮捕他。"

"除此之外呢？"她问道。

"我妈上午打来电话，"他边吃边说，"我爸身体不太好，他在耶利瓦勒住院了。"

珍妮特放下刀叉，瞪大了眼睛看着他："严重吗？"

赫提格摇摇头。"更多的是难以置信。好像是他的右手卡到圆锯上了，妈妈说他们大概可以挽救大部分手指。她设法找到了残指，然后装到了一个冰袋里。"

"该死。"

"但是，她没找到大拇指。"赫提格咧嘴笑了，"可能被猫叼走了。没事的，受伤的是右手，对他来说已经是万幸了。他喜欢雕刻还有拉小提琴，做这两件事时，他的左手都更重要。"

珍妮特想了想，自己到底对她的同事了解多少，但不得不承认，自己知道得并不多。

赫提格在克维克约克长大，在约克莫克上学，高中是在布登上的。高中之后，他工作了几年——她不记得他干了什么——然后，在于默奥大学开始培训警员的时候，他成了第一批学员。在吕勒奥警局工作了一段时间后，他申请调到了斯德哥尔摩。这全是一些客观事实，她想，并没有什么私人的信息，她只知道他一个人住在索德马尔姆的公寓里。女朋友？可能有吧。

"他为什么在耶利瓦勒的医院？"她说，"他们还住在克维克约克，不是吗？"

他停下来，看着她："你觉得一个只有五十人左右的小村庄里会有医院吗？"

"这么小的村子啊？那我明白了。所以，你妈妈要开车把你爸送到耶利瓦勒的医院？肯定糟透了吧。"

"距离医院大约两百公里，通常要接近四个钟头才能赶到。"

"啊！"珍妮特说，同时为自己匮乏的地理知识感到羞愧。

"是的，一点都不容易。拉普兰地区面积很大，太他妈大了。"

赫提格默默地坐了片刻，然后继续说："你觉得它会好吃吗？"

"什么意思？"珍妮特疑惑地看了看他。

"我爸的大拇指。"他咧开嘴笑着说，"你觉得猫会喜欢吃吗？一个拉普兰老家伙的大拇指可没有长多少肉。你觉得呢？"

赫提格是个萨米人①，她想，又一件我不知道的事。她觉得，下次他问她想不想去喝啤酒，就答应他。如果她想成为一名好上司，而不是假装是个好上司，那她真的该去了解她的下属了。

珍妮特端起餐盘，站起来，然后去取了两杯咖啡。她抓了一些饼干，回到座位。"那个匿名电话，有什么进展吗？"

赫提格咽下食物。"是的，我下来之前刚收到一份报告。"

"然后呢？"珍妮特喝了一小口热咖啡。

赫提格放下刀叉。"就像我们猜测的那样。电话是从 DN 塔附近打的。更确切地说，是洛拉姆布斯维根。你呢？"赫提格捏起一块饼干，在咖啡里蘸了蘸，"你上午都在忙什么？"

"我和伊沃·安德里奇进行了一次有趣的谈话，那个男孩的身体里似乎充满了药品。"

"什么？"赫提格露出好奇的表情。

"大量的麻醉剂，被注射的。"珍妮特深吸一口气，"很可能是被人强行注射的。"

"噢，他妈的。"

那天下午，她试着找检察官范奎斯特，但他的秘书告诉她，他目前在哥德堡参加一场电视辩论，明天才回来。

珍妮特登上这场活动的网站，看到辩论主题是关于郊区逐渐上升的暴力。肯尼斯·范奎斯特倡导严厉的打击措施以及更长的刑罚，和他辩论的将是前司法部长。

出去的路上，珍妮特和赫提格见了一面，他们说好晚上十点钟在中央车站碰头。他们要尽快和那些聚在桥底下的孩子们谈一谈。

盖姆拉·安斯基德——科尔伯格家

四点半，圣埃里克斯大道上的交通完全瘫痪了。

这辆破奥迪花了珍妮特八百瑞典克朗的零件费，外加两瓶尊美醇，不过她觉得物有所值。阿伦德修了之后，这辆车跑起来非常带劲。

乡下来的游客不适应首都疯狂的节奏，正竭尽所能地跟着那些经验更加丰富

---

① 萨米人，亦称拉普兰人，约七万人，分布在挪威、瑞典、芬兰和俄罗斯。

的本地人，挤在这有限的空间里。事情进行得并不顺利。

在斯德哥尔摩的公路刚修的年代，车要比现在少得多，说实话，这些公路更适合海讷桑德那样的小城镇，而不是一个拥有百万居民的大城市。而西桥上还有一个车道在修路，无疑让情况更糟了。珍妮特花了一个多小时才回到位于盖姆拉·安斯基德的家中。通常，顺利的话，同样的路程用不了十五分钟。

她走进房门时，几乎撞到约翰和阿克了。他们正要出发去看球赛，穿着同样的球服，戴着同样的绿白相间的围巾。他们看起来信心满满又充满期待，但是根据过往的经验，珍妮特知道，几个小时后，他们就会满怀失望而归。

"今天我们一定会赢！"阿克快速地在她脸颊上吻了一下，然后催着约翰出了门，"待会儿见。"

"你们回来的时候，我可能不在家了。"珍妮特看到阿克脸上的笑容消失了，"我要因公出去一趟，应该会在午夜后回来。"

他耸了耸肩，抬头看着天花板，然后出去找约翰了。

这不是他们第一次在门口见面然后很快分别。住在同一片屋檐下，却过着完全不同的生活，她这样想。笑容变成了失望和愤怒。

她和阿克走在各自不同的路上，怀着相异的梦想。更像是朋友，而不是爱人。

他们走后，珍妮特关上门，脱掉鞋子，走进客厅，然后一屁股坐到沙发上，想休息一下。大约三个小时后，她又要出发了，希望至少能打个盹。

各种各样的想法在她的头脑里漫无目的地飘来飘去，案情中模模糊糊出现了几个实际问题。草坪要修剪了，有信要写，还要安排见面。她本应该是个照看孩子的妈妈，一个有能力去爱并能有自己的渴望的女人。

除此之外，她还应该有自己的时间。一觉睡到天亮，一夜无梦。永恒劳作中的短暂休息。不断地从一个地方移动到另一个地方的人生过程中，一小段宁静的时光。

她想到了西西弗斯。

中央大桥

路上车流已经很少了，停车时，她从中央车站入口上方的时钟上看到，时间是九点四十。她下了车，关上车门，上了锁。赫提格正站在一个速食摊位旁，一手拿着一个热狗。看到珍妮特以后，他露出了尴尬的笑容，就好像他做了什么错事。

"这是晚饭?"珍妮特朝那些巨大的香肠点点头。

"给,吃一个吧。"

"你看到那些孩子了吗?"珍妮特接过他给的热狗,指着中央大桥问。

"我到的时候,看到了一辆城市使命救助会的厢式货车。我们过去问问他们。"他用餐巾纸把脸上的酱汁擦掉。

他们走过克拉拉立交桥匝道下方的停车场,街对面是泰戈尔巴肯广场和喜来登酒店。在一个不足足球场大的地方,有两个完全不同的世界,珍妮特想。她看到在一根灰色的混凝土柱子边的黑暗中有一群人。

差不多有二十个年轻人,有些还是儿童,聚在一辆侧面印着城市使命救助会标志的厢式货车周围。

看到来了两个陌生人,几个孩子退后了,然后消失在桥下面。

城市使命救助会的两名志愿者并不知道任何有用的信息。孩子们来来往往,他们几乎每天晚上都在这儿,但很少有人开口说话。只是一些喊不上来名字的面孔,一茬又一茬。有些回家了,有的挪到其他地方了,还有不少人死了。

这就是事实。

服药过量,或是自杀。

钱,准确说是缺钱,是所有的年轻人共同面临的难题。一位志愿者告诉他们,有些餐馆允许这些孩子偶尔去洗盘子洗碗。他们工作一整天,二十四小时,能换来一顿热饭和一百瑞典克朗。其中一些孩子还提供性服务,珍妮特对此并不感到意外。

一个十五岁左右的女孩走上前来,问他们是谁。女孩笑了笑,珍妮特看到她掉了几颗牙齿。

珍妮特不知道该怎么回答。撒谎不是个好主意。如果她想抓住机会获得女孩的信任,最好实话实说。

"我叫珍妮特,我是警察,"她说,"这是我的同事,延斯。"

赫提格微笑着伸出手。

"哦。你们想要干什么?"女孩直视珍妮特的眼睛,丝毫没有注意到赫提格伸出了手。

珍妮特告诉她一个小男孩被谋杀了,需要有人认出他的身份。她拿出一张警局的拼图师画出的图片。

这个名叫阿提法的女孩说她常去市中心玩。根据志愿者的说法,她的情况非常典型。她的父母从厄立特里亚逃难而来,双双无业。她和六个兄弟姐妹跟父母住在胡弗德斯塔的公寓里,四个房间,一个厨房。

不论是阿提法,还是其他的孩子,都不认识这个死去的男孩。两个小时后,他们放弃了询问,朝停车场走去。

"一帮小大人。"赫提格边拿出车钥匙,边摇头,"上帝,他们还只是孩子。他们本该在玩耍,玩玩具堡垒。"

珍妮特看到他非常沮丧。

"是的。很明显,就算立刻消失,也不会有任何人想念他们。"

一辆急救车呼啸而过,闪着蓝灯,但并没有鸣响警笛。他们在泰戈尔巴肯广场左转,消失在了克拉拉隧道。

珍妮特把外套裹得更紧了。

阿克正在沙发上打鼾,她为他盖上一条毯子,然后走进卧室,脱了衣服,光着身子钻到羽绒被下面。她关了灯,躺在黑暗中,睁着眼睛。

她听到风吹窗户的声音,花园里树叶发出的沙沙声,以及远处高速路上传来的隆隆声。

她感到很伤心。她不想睡觉。

她想弄个明白。

玛利亚广场——索菲娅·柴德兰的办公室

离开胡丁厄医院时,索菲娅感到精疲力竭。她和泰拉·梅克勒的谈话产生影响了。索菲娅还答应接受另一份工作,而且看起来相当费力。国家犯罪中心的拉斯·米克尔森邀请她加入他对一个恋童癖者的调查工作,此人被控虐待自己的女儿以及散播儿童色情影片。被捕时,这个人当场认罪。

这种事永远没有尽头,她一边把车开上了胡丁厄路,一边怀着沉重的心情想。

她似乎不得不去面对泰拉·梅克勒所经历的一切。耻辱的记忆,内心深处迸发出来的揭示自身脆弱的伤痕。认识到一个人可以给另一个人造成多大的痛苦,这种认识如同一种无法穿破的盔甲一般,再也不会被破除。

这层盔甲,也不放任何东西出来。

失望的心情一路跟随着她回到办公室,接下来还有她和哈塞尔比的社会福利部门安排的会面,见的是来自塞拉利昂的前童兵塞缪尔·柏。

她知道，谈话将会围绕着疯狂的暴力行径和可怕的虐待展开。

碰上这种情况，连吃午饭的时间都没有，只能在休息室里稍微待一会儿。闭上眼睛，躺下来，尽力恢复平静。

塞缪尔·柏是个高大壮硕的年轻人，刚开始，他看起来有些冷漠。但是，当索菲娅建议他们不用英语，而是用克里奥尔语交谈时，他便不再拘束，而且立刻变得健谈了。

在塞拉利昂的三个月期间，她学会了这门西非通用的语言。他们花了很长时间谈论弗里敦，以及他们都知道的地方和建筑。随着谈话的进行，塞缪尔开始信任她了，因为他意识到她能够理解他所经历的一些东西。

二十分钟后，她开始希望自己也许能够贡献一些积极的东西。

塞缪尔·柏难以集中注意力，不能安静地坐上三十秒，难以控制自己突然的冲动和情感爆发，含有明显的多动症的症状并缺乏冲动控制机制，这些都是注意力缺陷多动障碍（ADHD）的症状。

但是，问题没有这么简单。

她注意到，塞缪尔的音调、语调和肢体语言都会随着话题的变化而改变。有时，他会突然讲英语，而不是克里奥尔语，偶尔也会说一种她从未听过的克里奥尔语。当他变换语言和手势的时候，他的眼睛也会有变化。他正坐得笔直，眼睛里透着热烈的感情，大声而清晰地说将来某一天要开一间餐馆；随后又突然弯下腰，眼神呆滞，嘴里咕哝着哪种奇怪的方言。

如果说，索菲娅在维多利亚·伯格曼身上看出了解离性倾向，那么，这种倾向在塞缪尔·柏身上有了结果。索菲娅怀疑塞缪尔患有创伤后应激障碍，这是他儿童时期可怕的经历导致的，又诱发了人格障碍。他似乎拥有几种不同的人格，而他自己在毫无意识的情况下，在其中来回切换。

这种现象有时被称作"多重人格障碍"，但是索菲娅更喜欢用"分离性身份识别障碍"。她也知道，这种病人很难治疗。

首先，这种疾病的治疗非常耗时，不论是每次谈话的时间，还是治疗全过程的时间，都非常长。索菲娅认识到，她通常一次四十五分钟或者六十分钟的谈话不够用。她不得不把和塞缪尔的会面时间增加到九十分钟，另外，她还向社会福利部门提议，让她每周和他会面至少三次。

但是，治疗起来依然非常困难，因为在会谈期间，治疗师需要精神绝对集中。

在和塞缪尔·柏的第一次谈话期间，她感受到了在维多利亚·伯格曼的自言自语中相同的经历。和维多利亚一样，塞缪尔也是一位才华出众的自我催眠师，他昏昏欲睡的状态也影响到了索菲娅。

她知道，如果她想帮助塞缪尔，就必须保持自己的最佳状态。

她为刑事司法体系所做的工作，跟帮助那些她关心的人毫无关系，而与之不同的是，她真的觉得自己在这里可以有所帮助。

他们谈了一个多小时，当塞缪尔离开她的办公室时，索菲娅感到他那受伤的心灵图像稍微清晰了一些。

她很累，但是她知道自己今天的工作还没有结束，她要总结泰拉·梅克勒的文件，还要准备那本有关童兵的图书的核查工作。书里讲的是当孩子们有能力杀人时，会发生什么。

她把自己全部的材料都拿了出来，然后一页页地翻看原本的英文版。出版商给她寄来了一张问题列表，希望在哥德堡会面时，她能一一回答这些问题，但是她很快就认识到，自己无法给出任何直接的答案。

问题太复杂了。

这本书已经翻译好了，她所能做的只是核对一些专业术语。

但是，塞缪尔·柏的书还未完成，它就在她面前。

去他的，她想。

索菲娅让安-布里特把火车票和哥德堡的酒店退了，出版商爱怎么想就怎么想吧。

有时，意气用事是好的决定。

下班之前，在给胡丁厄医院的调查组成员发的邮件中，她说出了自己的最终结论，算是给泰拉·梅克勒的案子画上了一个句号。

这真的只是另一个技术问题。

他们一致同意，判泰拉·梅克勒接受"安全的精神护理"，正如索菲娅提议的那样。

她感到自己有能力带来变化。

莫纽门特——迈克尔的公寓

晚饭后，索菲娅和迈克尔一起收拾干净桌子，把盘子放到洗碗机里。迈克尔说他想在电视机前放松一下，索菲娅也觉得这是个好主意，因为她有工作要做。她走进他的书房，在桌子前坐下。外面在下雨，她关上那扇小窗，打开笔记本。

她从包里拿出一盘标着"维多利亚·伯格曼14"字样的录音带,放到录音机里。

索菲娅记起,某次会面时,维多利亚·伯格曼有些伤心,应该是发生了什么事,但是当她问的时候,她只是摇头。

她听到了自己的声音。

"如实跟我说你想做什么。如果你愿意,我们可以就这样静静地坐着。"

"嗯,也许吧,如果沉默不是那么让人不安、这么亲密的话。"

维多利亚·伯格曼的声音更忧郁了,索菲娅靠在椅背上,闭上了眼睛。

我有一段记忆,那是我十岁的时候。是在达拉纳省。我在找鸟窝,我看到一个小洞,就悄悄地爬到树边。到了以后,我就用力敲打树干,里面的叫声停止了。然后,我后退几步,在蓝莓丛中坐下,等着。过了一会儿,一只小鸟出现了,站在洞口。它钻进去,叫声又响起来。我记得自己当时很生气。之后,那只鸟又飞走了,我找到了一个老树桩,斜靠在树上。我找来一根不大不小的小棍,然后爬到树桩顶端。随后从洞口向下用力捅,直到叫声停了才罢休。我爬下树,等着那只鸟回来。我想看看它在发现幼鸟死后会作何反应。

索菲娅感到嘴里发干,就站起身,走进厨房。她倒了一杯水,一口喝下。

维多利亚所讲的故事里,有种似曾相识的东西。

这让她想到了什么。

也许是一次梦境?她回到书房。录音机依然在播放。她忘记关掉它了。

维多利亚·伯格曼的声音出奇地刺耳、干涩。

当录音机停止时,索菲娅猛地一惊。她用困倦模糊的眼睛环顾四周,已经是后半夜了。

窗外,奥兰德大道上静悄悄的,没有一个人。雨已经停了,但是路面还是湿的,路灯闪闪发着光。

她关了电脑,走进客厅。迈克尔已经去睡了,她小心翼翼地在他身旁躺下。

她许久没有入睡,脑袋里想着维多利亚·伯格曼。

最奇怪的是,自言自语之后,维多利亚立刻就恢复了那个正常、注意力集中的她。就好像她换了一个不同的频道。快速地按一下遥控器,她就转换了频道,连声音也变了。

塞缪尔·柏也是这样吗?说话时在不同的声音之间来回切换?很有可能。

索菲娅发觉迈克尔没有睡着,就吻了他的肩膀。

"我没想叫醒你,"他说,"你坐在那里,看起来那么安静。你在说梦话。"

三点钟,她下了床,取出一盒录音带,打开录音机,靠在椅子上,让自己淹没在那个声音里。

维多利亚·伯格曼支离破碎的人格开始有头绪了,索菲娅想,她开始慢慢理解她、同情她了。

她可以清晰地看到维多利亚·伯格曼用言语绘就的画面,如同一部影片。它太庞大了,让人难以理解。但是,维多利亚内心深深的悲伤着实吓到了她。

十有八九是她不断地培育自己的记忆,日复一日,年复一年,在她的头脑中创造了一个世界,有时,她在里面自我宽慰,有时,则把一切都归咎于自己。

听到维多利亚的咆哮,索菲娅浑身一颤。

有时是耳语,有时又激动地从嘴里往外喷唾沫星子。

索菲娅睡着了,直到迈克尔敲了门才醒过来,他说已经是上午了。

"你一整晚都坐在这儿吗?"

"是的,差不多吧,我今天要见客户,我要找到接近她的办法。"

"好吧。听着,我要走了。晚上见?"

"好的,我会给你打电话。"

他关上门,索菲娅决定继续听录音,于是把录音带换了面。当维多利亚·伯格曼停下来呼吸时,她能听到自己的呼吸声。当她重新开口讲话时,语气变得严厉了。

……他浑身是汗,想要骚扰我,尽管已经那么热了,他还继续往炉子上洒水。当他弯下腰从木桶里取水的时候,我能看到他两腿间的袋子,我真想推他一把,那样他就会倒在滚烫的石头上了。那些石头好像从未变凉过。每周三,都靠着一股热量暖和起来,但这热量从未深入我的骨髓。我只是安静地坐在那里,像一只小老鼠,自始至终,我都能看到他看我的眼神。他的眼睛变得奇怪起来,呼吸也变得急促,等游戏结束了,我就出去冲个澡,把自己洗干净。尽管我知道我再也不干净了。我应该对他心存感激,因为他向我展示了许多秘密,这样,等我和男孩子约会时,就轻车熟路了,因为他们笨手笨脚、粗鲁莽撞。他可不是这样的,他一生都在训练这个,他受过奶奶和她兄弟的训练,没有人受到伤害,只是让他变得更加强大而坚韧。他已经参加过瓦萨越野滑雪比赛一百次了,甚至断了肋骨、伤了膝盖,也不曾有过半句怨言,尽管他曾经在埃沃茨贝里呕吐过。当他在桑拿椅上结束了,把手指抽出来时,我下面造成的擦伤根本不值一提。当他玩够了,关上了桑拿房的门,我想到,母蜘蛛会在交配之后,吃掉体型更小的雄蜘蛛……

索菲娅一个激灵,她感到恶心。

她一定又睡着了，睡觉时梦到了许多可怕的事情，她意识到这都是因为录音机还在播放。那个单调的声音影响了她的思想和梦境。

维多利亚·伯格曼的自言自语已经渗入她的潜意识了。

弗卢达，1980

苍蝇的翅膀紧紧地粘在口香糖上了。你再怎么扑扇翅膀也没用，乌鸦女孩想。你再也飞不走了。明天，太阳依然会普照大地，但再也照不到你身上了。

当马丁的爸爸碰到她时，她本能地退后一些。他们正站在艾尔莎姨妈房子外的砾石小路上，他刚从自行车上下来。

"马丁一直在找你，我觉得他想念有人跟他玩的时光了。"

他伸出一只手，轻轻地摸了摸她的脸颊："我希望你有时间的话能过来和我们一起游泳。"

维多利亚转头看向别处。她已经习惯被人抚摸了，也非常清楚接下来会发生什么。当他点头、告别，然后沿着小路继续往前走的时候，她从他的眼睛里看到了。正如她预料的那样，他停下车，转身回来了。

"对了，我想借一台割草机，你那里没有吧？"

他和别人一个样，她想。

"就在厕所旁边。"她说完，跟他挥手道别。

她在想，他什么时候会过来取。想到这个，她的胸脯一紧，因为她知道，到时候他又会碰她了。

她很清楚，但是依然不肯远离那片沙滩。

在某种程度上，她并不是非常清楚，她发现自己很享受和这个家庭在一起的时光，特别是和小马丁一起。

他话还说不好，但是他那简短、有时难以理解的爱的表达，是别人对她说过的最甜美的话语。

每次见到她，他都眼睛发亮，然后朝她跑过来，紧紧地抱着她。

他们一起玩耍，一起游泳，一起到树林里散步。马丁跌跌撞撞地走在不平坦的路面上，边走边指东指西，维多利亚则耐心地向他解释。

"这是蘑菇，"她说，"这是松树，那是土鳖虫。"而马丁则尽力模仿那些声音。

她教他认识树林。

她先脱掉鞋子,感到沙子钻进脚趾之间的缝隙,这逗得她好痒。她又脱掉上衣,感到温暖的阳光洒在肌肤上。跳入水之前,波浪拍打着她的双腿,有些凉意。

她在水里待了太久,身上的皮肤都皱了,她盼着它能离开或者脱落,这样她就能长出全新的、未被碰触过的皮肤了。

她听到他们一家沿着小路走近了。马丁看到她,发出兴奋的尖叫。他朝水边跑来,她赶忙接住他,以免他跑进水里弄湿了衣服。

"我的皮皮。"他抱着她说。

"马丁,你知道我们决定待到秋季学期开学时,"他爸爸看着维多利亚说,"所以你不用今天就把她挤扁。"

维多利亚也抱了抱马丁,突然她灵机一现。

就那么一瞬间。

"要是只有你和我就好了。"她对马丁耳语道。

"你和我。"他重复道。

他需要她,而她也越来越需要他。她向自己保证,要尽力跟她爸爸说,好让她待得尽可能久一些。

维多利亚把上衣套在湿漉漉的泳衣外面,穿上凉鞋。她抓住马丁的手,领着他沿着岸边散步。在镜子般平静的水面下,她看到一只鳌虾在水底爬。

"你还记得那种植物叫什么名字吗?"她问道,好让马丁看向一株蕨类植物,自己则伸手去抓鳌虾。她抓住了它,藏在身后。

"倔?"马丁一边说边用疑惑的眼神看着她。

她哈哈大笑起来,马丁也笑了。

"倔。"他重复道。

没等他停下,她拿出鳌虾,放到他眼前。她看到它出于恐惧扭动着身体,马丁则突然歇斯底里地大哭起来。好像出于歉意,她把鳌虾扔到地上,用力踩它,直到钳子不动了。她伸出双臂抱着他,但他还是止不住地哭。

她觉得自己控制不了他了,与他真诚相见已经不能安抚他了。

失去了对他的控制,如同失去了对自己的控制。

他对她的信任第一次产生了动摇。他以为她想伤害他,以为她跟别人一样,是坏人。

她不想就这样结束和马丁在一起的时光,但是她知道,星期天爸爸就要来接她了。

她想在别墅里永远待下去。

她想和马丁在一起。

一直在一起。

她完全被他吸引住了。她可以坐着看他睡觉,看他的眼睛如何在闭着的眼皮底下打转,听他发出微微的呜咽声。他睡得多么安稳。他让她看到了安稳的睡眠是什么样子,让她看到安稳的睡眠是存在的。

但是,周六还是无情地到来了。

像往常一样,他们来到沙滩上。马丁坐在毯子的边沿,在他打瞌睡的父母的脚边,慵懒地玩着他们在冈内夫的商店里买来的两只达拉木马。

天空中的云层渐渐多了起来,午后的太阳在云层后面时隐时现。

"好了,差不过该回家了。"马丁的妈妈说。

他的父亲抖了抖毯子,把它叠好。草丛中微微弯折的草叶显示出他们所躺的位置。很快,叶片会再次直立起来,等她再看时,就好像他们从未来过一样。

"维多利亚,你今晚愿意来和我们共进晚餐吗?"马丁的妈妈问道,"我们还可以试着玩门球。你跟马丁一队。"

她开口了。时间更多了,维多利亚想。我的时间更多了。

她觉得如果自己的最后一晚不跟艾尔莎姨妈一起过,她一定会伤心的,可是尽管这样,她还是不忍心说不。这不可能。

当一家人沿着小路往前走时,她的内心充满了镇定的期待。

她仔细收拾好沙滩包,却没有径直回家。相反,她靠着湖边的木制沙滩棚,享受着这份安宁与清净。

她把双手在光滑的木头上来回摩擦,想象着这些木材所经历的时日,以及所有触碰过它们、把它们打磨得如此光滑没有任何阻力的双手。就好像什么都不能再影响它们了。

她想变得跟它们一样,不受影响。

她在树林里游荡了几个小时,观察那些树。它们弯曲了树干好让阳光照到叶片上,它们被风吹弯了腰,表面被苔藓和寄生虫侵蚀。但是,在表皮之下,每一根树干都是完美的木材。你只需要知道如何发现它。

然后,她走出树林,来到一片空地上。

在茂密的树林深处,有这么一个所在,阳光透过树梢,照在细长的松树和柔软的苔藓上。

如同梦境一般。

之后的几天里，她一直想重新找到这片林中空地，但是，无论她如何寻找，都再也没能找到，随着时间的推移，她开始怀疑它是否真的存在。

但是，此刻她就在这里，这个地方同她一样真切。

当维多利亚来到艾尔莎姨妈门廊前的台阶前时，她突然担心起来了。失望的人们可能会伤害你，尽管这并非他们的本意。这是她学到的道理之一。

她打开门，听到了艾尔莎姨妈穿着拖鞋走来的声音。当她出现在过道时，维多利亚看到艾尔莎的背比平时弯得更厉害了，脸上也比平时更加苍白。

"你好，亲爱的。"艾尔莎说，但是维多利亚什么都没说。

"快进来，我们坐下来谈谈。"艾尔莎边朝厨房走去，边继续说。

维多利亚从艾尔莎的眼睛里看到了她的疲惫，她拉着脸，嘴角向下。

"我的小维多利亚。"她说道，尽力挤出一丝微笑。

维多利亚看到她的眼睛发亮，似乎是在流泪。

"我知道，这是你在这里的最后一个晚上，"她继续说道，"我本想给你做一顿好吃的，再打一夜纸牌……但是，你也看到了，我现在身体不太舒服。"

维多利亚深呼一口气，她看到了艾尔莎眼中的内疚。她认出了它，仿佛那是自己的。仿佛艾尔莎也跟她一样，害怕被冰冷的牛奶从头顶浇下，害怕被逼着吃扁豆直到呕吐，害怕因为说错了话得不到生日礼物，害怕每次做了错事都被惩罚。

维多利亚觉得，她在艾尔莎姨妈的眼里看到，她也明白就算竭尽全力也不够。

"我去沏茶，"维多利亚愉快地说道，"然后帮你掖好被子，也许还能给你读点东西，直到你睡着。"

艾尔莎的脸颊松弛了，嘴角也露出了笑容，接着她笑出了声。

"真是个好孩子，"她摸着维多利亚的脸颊说，"可是你走之前就吃不上好吃的饭菜了。另外，等我睡下了，你会做什么呢？一个人孤零零地坐在黑暗中，可没什么好玩的。"

"别担心，"维多利亚说，"马丁的父母说，我可以帮着哄他睡觉，还说我可以在那里吃饭。所以，我先让你睡下，然后是马丁，最后还能填饱肚子。"

艾尔莎笑着点了点头。

"我们来做一个沙拉给你带上。"

她们一起在厨房的柜台边坐下，开始切蔬菜。每次维多利亚和艾尔莎靠得太近，她都闻到一股尿酸味。这让她想到了她爸爸。

冷酷无情的爸爸。

这味道让她想吐，她太熟悉这个味道了。

艾尔莎的厨房柜台上有一罐橘子糖，每次想赶走他的形象，维多利亚就打开罐子。她不知道哪段记忆会爬上心头，所以她从不把糖嚼碎，哪怕嘴里只剩薄薄的一小片。

她一边吸吮嘴里的糖果，一边把黄瓜切成了均匀的小片。尽管艾尔莎已经仔细冲洗过了，生菜叶上还是有一点泥土，但是，维多利亚什么都没说，因为她知道，艾尔莎已经老眼昏花，看不到这些小细节。

就像她答应的那样，她帮艾尔莎掖好被子，可是，她脑子里正想着马丁。

"你是个好姑娘，永远不要忘记这一点。"艾尔莎说完，维多利亚关上了门。她拿起沙拉，用双手捧着，满怀期望地朝马丁家的别墅出发了。

她心里琢磨，要是能说服爸爸，让她再待一个星期该多好啊。这对大家都好。她还有很多刺激好玩的东西没给马丁看呢。

唯一破坏这童话般的故事的，就是马丁的爸爸。她觉得他看她的眼神越来越不对劲了，他的笑声更大了，他的手搭在她肩膀上的时间也更久了。但是，她准备好了接受这些，就为了再逃离她爸爸一周。最初的几次通常也没那么糟糕，她想。只有当他们开始觉得理所当然的时候，才敢不那么谨慎。

当她沿着车道朝别墅走去时，她听到有人在里面大喊大叫。听起来像是马丁的爸爸，于是她放慢了脚步。门是半开着的，她能听到东西四处飞溅的声音。

她走到门边，推开门，恰好碰到了门口挂着的旧门铃，发出了几下低沉的铃声。

"是你吗，皮皮？"马丁的爸爸在厨房里喊道，"进来吧。"

过道里传来一股香甜的味道。

维多利亚走进厨房。马丁在地上的浴缸里，他妈正坐在靠窗的摇椅上，忙着织东西。她没有面朝他们，不过也扭过头跟维多利亚打招呼。马丁的爸爸在浴缸边，他光着上身，只穿了一条短裤。

看到他在做的事，维多利亚整个人都惊呆了。

马丁全身上下满是肥皂泡，他爸爸对她露出了灿烂的笑容。他一只手搂着马丁的屁股，一只手给他洗澡。

维多利亚只是睁大了眼睛盯着。

"出了点小意外，"马丁的爸爸说，"我们在树林里玩的时候，马丁弄脏了裤子。"

他轻轻地捏了捏马丁的生殖器。

"我们要把你洗得干干净净，对吧？"他说。

维多利亚看着他用拇指和食指夹着那个小阴茎，用另一只手小心地擦拭粉色的顶端。

她认得这个画面。爸爸和孩子在一起，妈妈也在房间里，眼睛却看向别处。

突然，那只碗变得好重，从她手中滑落了。番茄、黄瓜、洋葱、生菜，溅了一地。马丁哭了起来。他妈妈放下手里的活计，从摇椅上站起来。

维多利亚朝房门退去。

她一到过道里，就开始跑。

她跑下台阶时，绊了一跤，重重地摔倒在碎石路上，但是她立刻爬起来，继续往前跑。她沿着车道跑出了大门，然后沿着大路跑回了家。她流着泪撞开别墅的门，扑到自己的床上。

她痛苦极了。她意识到，马丁要被毁了，他会长大，他会成为一个男人，他会变得和其他人一样。她本想保护他，不让他变成那样，牺牲自己来拯救他。但是，她来晚了。

一切美好都不复存在了，这都是她的错。

有人轻轻地敲了一下门，她听到外面传来马丁爸爸的声音。她爬到门边，上了锁。

"出什么事了，维多利亚？你为什么这么伤心？"

她知道她现在不能开门，这样太难堪了。

相反，她爬进卧室，打开了后面的窗户，然后爬了出去。她从厕所后面绕了一个大弯，上了大路。他们听到她走近的声音，转过身，朝她走来。

"啊，你在这儿呢，我们还以为你在里面。你去哪儿了？"

她觉得自己快要笑出来了。

妈妈，爸爸，怀里抱着用毯子包着的孩子。

他们看起来那么可笑，那么害怕。

"我想上厕所。"她撒谎了，虽然不知道哪来的灵感，不过听起来不错。

马丁的妈妈抱着她回到了他们的别墅，没有什么奇怪的地方。

她的怀抱很安全，就如同一切恢复平静后的怀抱一样。

她每走一步，维多利亚的双腿都会碰到她的大腿，但是她好像并不在意。她只是一心一意地往前走，就好像维多利亚是他们的孩子一样。

"明年夏天，你们还来吗？"维多利亚问道，她感觉到马丁妈妈的脸贴着她的脸颊。

"是的,我们还会来,"她小声说道,"每年夏天我们都会回来找你。"

那年夏天,马丁还有六年可活。

胡丁厄医院

卡尔·伦德斯特劳姆将被控持有儿童色情制品,以及对自己的女儿琳内娅进行性虐待。当索菲娅·柴德兰转弯朝胡丁厄医院开去时,她开始回顾他的背景资料。

卡尔·伦德斯特劳姆,四十四岁,斯堪雅建筑集团高管,负责国内的数个大型建筑工程项目。他的妻子,安妮特,四十一岁,女儿琳内娅,十四岁。在过去的十年间,一家人在北方的于默奥和南方的马尔默之间来回搬了六次家,目前住在丹德吕德市艾兹维肯海湾边一栋建于世纪之交的大别墅里。现在,警方正在深入调查,试图确认他是否恋童癖圈子的一员。

一直在搬家,她边想边把车开进了停车场。典型的恋童癖者的行为。为了防止被人发现,逃避他人对家里的奇怪行为的怀疑,所以一直搬家。

不管是安妮特·伦德斯特劳姆,还是他们的女儿琳内娅,都不愿承认所发生的事。孩子的母亲陷入绝望,对一切矢口否认,女儿则无动于衷,彻底沉默。

她把车停在了正门外,然后走了进去。路上,她决定最后看一次笔记。

根据警方的盘问结果,卡尔·伦德斯特劳姆很明显是个极其复杂的人物。在笔录中,他交代了自己和可能存在的恋童癖圈子的其他成员的行为。他讲到了其他人很少注意到的儿童对他肉体上的吸引力。有时,在适当的环境中,他们可以从对方的肢体语言或者眼神中看出彼此的爱好。

至少从表面上看,他非常符合她之前遇到过的患有恋童癖或恋少人格障碍的那类人。

他们的主要武器就是控制、操纵受害者,并在受害者内心建立信任、植入愧疚和从属思想。最后成为受害者和作恶者之间常常形成互相的依赖。

对儿童的癖好,并非他们唯一的共同点。他们还对女性持有相同的看法。他们的妻子都处于他们的控制之下。她们知道发生了什么,但从不插手。

"那我们就开门见山地谈吧。你来这里,就是为了评估我是否能为自己的行为负责。你想知道什么?"

索菲娅看着这个坐在她面前的男人。

卡尔·伦德斯特劳姆的头发稀疏,已经有些花白了,但打理得挺漂亮。他眼神疲惫,眼睛有些许浮肿,她觉得这些透着一种可悲的一本正经。

"我想和你谈谈你跟你女儿的关系。"她说。是的,还是直截了当的好。

他的手梳过发根。

"我爱琳内娅,但是她不爱我,我虐待了她。我之所以承认,是为了让我们都好受些。我是指我的家人。我爱我的家人。"

他的声音里透着厌倦和懒散,冷淡的语气让人觉得他没有说实话。

他是被长时间监控之后才被逮捕的,在他的电脑里发现的儿童色情物品包括他女儿的数张照片和视频片段。除了坦白,他还有什么选择?

"你为什么觉得这会让她们好受些?"

"她们需要保护,免受我和其他人的伤害。"

他的回答很奇怪,让她不得不接着问一个问题。

"免受其他人的伤害?你是指谁?"

"那类只有我能够保护她们免受其伤害的人。"

他用胳膊做了一个擦拭的动作,她能闻到他的体臭。他很可能好几天没洗澡了。

"如果我向警方坦白,安妮特和琳内娅的生活细节就能被设为机密。因为她们知道得太多了。外面有危险的人物,一条人命对他们来说无关痛痒。相信我,我知道的。上帝和他们没有一点关系,他们不是他的子民。"

她认识到,卡尔·伦德斯特劳姆说的是儿童性贸易中的玩家。在和警方的谈话中,他明确表示,组织、俄罗斯黑手党不断地威胁他,他担心家人的生命安全。索菲娅和拉斯·米克尔森谈过了,他觉得卡尔·伦德斯特劳姆在撒谎。他所描述的并不是俄罗斯黑手党的行事风格,而且他说的话前后矛盾。另外,他不能向警方提供哪怕一个实实在在的证据,来证明威胁的存在。

米克尔森说过,他觉得卡尔·伦德斯特劳姆想保护他家人的身份,原因很简单,就是为了不让她们蒙羞。

索菲娅怀疑卡尔·伦德斯特劳姆是在为自己制造某种可被认定为"可减轻罪行的情节"的情形。这样,与实际情况完全相反,他呈现出一个带有英雄主义的形象。

"你对自己的所作所为感到后悔吗?"她早晚要问这个问题。

他看起来非常冷漠。

"我后悔吗？"他沉默了片刻以后说道，"这很复杂……对不起，你叫什么名字？索菲娅？"

"索菲娅·柴德兰。"

"当然，索菲娅的意思是智慧，这个名字很适合心理学家……对不起。好的，嗯……"他深吸一口气，"我们……我是说，我和其他人，我们可以自由地交换妻子和孩子，而且我觉得安妮特对此是默许的，其他人的妻子也是……我们可以凭直觉发现彼此，同样的，我们在选择妻子时都非常小心。我们在影子之家碰头，你明白我的意思吗？"

影子之家？索菲娅想。她在初步报告中也看到了这个说法。

"不知怎么了，安妮特的大脑像是停转了，"不等她回答，他就继续说，"她并不傻，但是她选择忽视不喜欢的东西。这是她的自我保护机制。"

索菲娅知道这种现象并不少见。在那些接近这种事情的人身上都有一定程度的默从，这也使得这类虐待行为得以继续。

但是卡尔·伦德斯特劳姆的回答是一种托词。她问的是他是否后悔自己的所作所为。

"你难道从来没有认识到，你所做的是错的吗？"她换了个问法。

"我不明白你的意思，你得跟我解释一下什么叫'错'。在文化上错了，在社会层面上错了，还是在别的地方错了？"

"卡尔，不用说别的，告诉我你觉得自己哪里错了。"

"我从未说过我做错了。我只是顺从了所有的男人内心真实存在、却被压抑了的想法而已。"

索菲娅认识到，他的自我辩护开始了。

"你不读书吗？"他继续说道，"从古至今，有一条清晰的轨迹。读一下阿尔齐洛科斯的作品……'她手里欣喜地捧着一簇番樱桃，秀发上插着美丽的玫瑰，我的身影投在她的香肩，她童贞的身体唤醒了老者心中爱的火花……'希腊人对此有过描述。阿尔克曼曾在他的抒情诗中赞颂儿童的淫荡，'没有子女的孤单的男人终其一生，与他们擦肩而过。他被内心的渴望吞噬，于是走进了影子之家……'在二十世纪，纳博科夫和帕索里尼也写到了同样的话题，这里只说他们两位。帕索里尼写的是有关男孩的。"

索菲娅又听到了他在和警方的谈话中提到的说法。

"你说你们在影子之家碰头，是什么意思？"她问。

他对她笑了笑。

"只是一个形象,象征着一个秘密、禁人的所在。如果你希望被人理解,诗歌、心理学、人类学和哲学中有大量的东西可以给你慰藉。当然,我并不孤单,只是在这个时代,似乎我是孤独的。现在,我的欲望还是错的吗?"

索菲娅看得出来,这个问题,他已经考虑很久了。她知道恋童癖无法被治愈,更多能做的是让恋童癖者认识到他们的变态心理令人无法接受,并会对他人造成伤害。但是她没有打断他,她想听他继续为自己辩解。

"这不是一个根本性的错误,我不认为它错了,而且我还觉得对琳内娅来说也没错。这是一个人为捏造的社会性或文化性错误。因此,它的本意并没有错。同样的思想和感受,两千年前就有了。但是被当时的文化所接受的,今天却被认为是错的。我们只是被告知这是错的。"

索菲娅觉得他的辩解极为挑衅而荒谬。

"那么,照你这么说,重新评估过去的认识,也不是不可能?"

他看起来信心满满。

"当然,只要不违背天性就不是不可能。"

卡尔·伦德斯特劳姆交叉双臂,突然变得不友善了。"上帝就是自然……"他低声说道。

索菲娅一言不发地坐在那里,等着他继续往下说,看到他没再说什么,她决定转变谈话的焦点。

回到羞耻上来。

"你说,你想保护家人免受有些人的伤害。我看过你和警方的谈话记录,你提到被俄罗斯黑手党威胁过。"

他点点头。

"你不想公开安妮特和琳内娅的身份,还有其他原因吗?"

"没有。"他简短地回答道。

他的自信并不能令她信服。相反,他不愿意谈论这个问题才值得怀疑。这个人还是有羞耻心的,尽管它被深深地埋藏在心底。

他身体前倾到桌子上方。他的眼神又恢复了专注,闻到他的体臭后,她立刻后仰。

不仅仅是汗臭,他的呼吸里还透着丙酮的味道。

"我告诉你一件事,"他继续说道,"我还没有跟警察说过……"

他的情绪波动引起了索菲娅的疑虑。丙酮的臭味可能是缺少热量和营养的迹象,这意味着他没有进食。他在服药吗?

"有些人，就是我们周围的普通人，可能是你的同事、亲戚，我不知道。我从未买过儿童，但是这些人买过……"

他的瞳孔看起来很正常，但是她在精神药物方面的经验告诉她，这有点不对劲。

"你是什么意思？"

他往后靠到椅子上，看起来放松了一些。

"警察在我的电脑里找到了一些不太好的东西，但是如果他们想找到真材实料，就应该去搜查一栋位于翁厄的别墅。有一个叫安德斯·维克斯特劳姆的家伙。警察应该去看一下他的地下室。"

伦德斯特劳姆的眼睛转来转去，索菲娅怀疑他是否在说实话。

"安德斯·维克斯特劳姆从一个组织那里买入儿童。他们好像叫它第三旅，松采沃兄弟会。橱柜里有两盒录像带。第一盘录像带里，是一个四岁的男孩和一位来自瑞典南部的儿童医生。录像中看不到他的脸，但是他的大腿上有一个胎记，像一片三叶草。第二盘录像带上是一个七岁的女孩和安德斯，其他两个男人，还有一个泰国女人。去年夏天录制的，是最卑劣下流的录像。"

卡尔·伦德斯特劳姆透过鼻孔急促地呼吸，喉结随着他的讲话上下移动。看着他，索菲娅感到恶心。她觉得自己不想再继续听下去，而且，对于他说的话，她觉得自己很难保持客观的态度。

但是，无论她作何感想，这是她的职责，她需要听他说，并尽力理解他。

"去年夏天？"

"是的……录像里有安德斯·维克斯特劳姆和一个胖家伙。里面的其他人都不想说出自己的姓名，你可以看到那个泰国女人根本不想录像。她喝了很多酒，有一次，她没有照安德斯说的做，他就打了她。"

索菲娅不知道该说些什么。

"我知道你看过那些录像带了，"她试着说道，"但是，你怎么对录像的细节如此熟悉？"

"录像时我就在场。"他说。

索菲娅知道，他刚才所说的，她需要告诉警方。

"你还经历过其他类似的虐待吗？"

卡尔·伦德斯特劳姆露出了遗憾的神情。"我来告诉你它的工作机制，"他说，"目前，有近五十万人通过网络互相联系，彼此交换儿童色情照片与录像。要想加入，你要拿出自己的材料。如果你找到正确的联系人，这并不难。之后，你就可以在网上预订儿童。花上十五万克朗，你就能买到一个拉美男孩。官方记录上他并不存在，他就是你的。不用说，你想怎么对待他都行，通常的结果是他会消失。如果你不能亲手杀了他，那就要花钱找人让他消失。通常要多于十五万克朗，和那帮人没有讨价还价的余地。"

索菲娅对这些都不陌生。谈话记录里都有。但是她依然觉得恶心，她感到胃里发胀，喉咙干燥。

"你是说，你自己也买过一个孩子？"

卡尔·伦德斯特劳姆冷淡地笑了笑。"没有。但是，如我所言，我认识那些买过孩子的人。我跟你说的录像带上的孩子，都是安德斯·维克斯特劳姆买来的。"

索菲娅咽了口口水。她的喉咙像是着了火，双手不停地颤抖。

"眼睁睁地看着那一切，你有何感受？"

他又笑了笑。"我感到很兴奋，你觉得呢？"

"你参加了吗？"

他大笑一声。"不，我只是看着……上帝可以作证。"

索菲娅看着他。他的嘴角还挂着笑容，但是眼神却悲伤而空洞。

"你常常提到上帝，你可以跟我说说你的信仰吗？"

他耸了耸肩，疑惑地皱起眉头。

"我的信仰？"

"是的。"

他又叹了口气。他再次开口时，口气有些顺从。"我相信一个神圣的真理。一个超出我们理解能力的上帝。在时间之初，他与人类同在，但几个世纪以来，他在我们内心的福音已经逐渐消退了。上帝越是被教堂和牧师等人类的发明制度化，最初的东西就越来越少。"

"最初的东西是什么？"

"真知、纯净和智慧。琳内娅小的时候，我曾经觉得上帝在她的身体里，而且……我以为我找到他了。我不知道，我可能错了。今天的孩子，出生时已经没那么纯净了。他在子宫里时，就已经被外部世界的噪声污染了。人类喋喋不休的愚蠢的谎言，鸡毛蒜皮的杂事，有关物欲的毫无意义的话语和思想……"

他们默默地坐了片刻，索菲娅思考着他所说的话。

她怀疑卡尔·伦德斯特劳姆的宗教信仰是否能在一定程度上解释他虐待他女儿的行为，她觉得她要接近谈话的内核才行。

"你第一次性虐琳内娅是什么时候？"

他不假思索就给出了回答。

"什么时候？嗯……她三岁那年。我应该再等一年左右的，但是它太……它就那样发生了，我想。"

"告诉我你第一次是什么感受，告诉我你现在如何看待那次经历。"

"嗯……我不知道。这很难。"伦德斯特劳姆在椅子上扭动身体，几次想开口讲话，"它……嗯，就像我说的，它就那样发生了，"他终于说道，"当时的情况并不好，因为我们那时还住在克里斯蒂安斯塔德。就在市中心，所有人都看得到发生了什么。"

他停下来，好像在思考。

"我当时在花园里帮她洗澡。她有一个戏水池，我问她我能不能也进来，她同意了。水有点凉，所以我修了一下软管，好再加点热水。软管上有个老式的、铁质圆形喷口。因为在太阳底下晒了一天，摸上去暖暖的，很舒服。然后，她说它像一个阴茎……"

他有些难为情。索菲娅朝他点了点头，让他说下去。

"然后，我认识到她是在说我。嗯，我不知道……"

"你当时有什么感受？"

"我，我只是觉得头晕……我觉得嘴里有一股铁的味道，有点像血液。可能来自心脏？反正血液都来自那里。"他沉默了。

"所以你把软管的喷口伸进她的身体，却不觉得自己做错了？"索菲娅感到恶心，觉得快要吐出来了。

卡尔·伦德斯特劳姆看起来有些疲倦，他没有作答。

她决定继续问。"你之前说过，你觉得在琳内娅身上发现了上帝的影子。这跟在克里斯蒂安斯塔德发生的事有什么关系吗？跟你的是非观有关系吗？"

他缓缓地摇了摇头："你不明白……"

接着，他直视索菲娅的眼睛，详细地解释了他的理由。

"我们这个社会的基础是道德准则……如果人类是上帝的反映，那么为什么人类不是完美的呢？"

他伸出一只手臂，自己回答了这个问题。

"因为《圣经》不是上帝写的，而是人写的……真正的上帝超越了是与非，超越了《圣经》……"

索菲娅认识到他可能会在是非问题上进行循环论证。

也许她一开始就问错了问题？

"《旧约》中的上帝善变又妒忌，因为他基本上就是一个人。有一种关于人性本质的原始真理，而《圣经》中的上帝对此却一无所知。"

她看到他们的谈话时间马上要结束了，就让他继续说下去。

"真知。真理和智慧。既然你叫索菲娅，就应该知道的，这是希腊语，意思是'智慧'。在诺斯替教中，索菲娅泄漏了天机，就是她造成了人类堕落。"

伦德斯特劳姆被带回自己的牢房后，索菲娅仍旧坐在那里，陷入了沉思。她不断地想着伦德斯特劳姆的女儿琳内娅。豆蔻年华，却已经遭受了严重的伤害，这伤痕将影响她的一生。她以后会怎么样？琳内娅会像泰拉·梅克勒一样，成为一名施虐者吗？一个人承受了多大的痛苦，才会崩溃而成为一个恶魔？

索菲娅一页页地翻过文件，努力找寻关于琳内娅的信息。有的只是她在校期间的零星记录。她在锡格蒂纳人文中学的第一年，成绩很好，擅长运动，是学校的八百米冠军。

一个比大多数人跑得都快的女孩，索菲娅想。

锡格蒂纳，1984

老人可能是任何人，她从未见过他。但是很明显，他觉得自己可以对她的衣着评头论足。而她呢，乌鸦女孩觉得他身上的厚呢短大衣看上去不错，所以转而朝他的脸上吐口水，这也合情合理。

锡格蒂纳西部的山坡立着寄宿学校的十栋学生宿舍。这所学校历史悠久，国王卡尔十六世古斯塔夫、前首相奥洛夫·帕尔梅，以及瓦伦贝里家族的堂兄弟，彼得·瓦伦贝里和马库斯·瓦伦贝里都曾是该校学生。

也正是由于这个原因，丑闻无法穿破这栋宏伟的黄色主体建筑。

维多利亚·伯格曼首先学到的就是，这里发生的一切只会留在这里，她已经非常熟悉这条特殊的规则了。她的整个童年都生活在无声的恐惧中。那是她最深刻的记忆，比其他任何回忆都来得清晰。

与此相比，锡格蒂纳人文中学的丑闻根本不值一提。

一下车，她就感觉自由了，这是自从她独自住在弗卢达以来从未感受到的。

她立刻感觉可以呼吸了。她知道她可以不必倾听卧室门外的脚步声了。

在新生欢迎仪式上，她认识了这个学期的两名室友。

她们是汉娜和杰西卡。她们同样来自斯德哥尔摩地区，她感觉她们都很安静、有条理，甚至可以说无聊。她们热切地告诉她，她们的父母在斯德哥尔摩的法院系统占有高位，并暗示她们将遵照他们的意愿、追随他们的脚步成为律师。

维多利亚看着她们天真的蓝眼睛，她认识到她们永远不会对她构成威胁。

她们太弱了。

在她眼里，她们只是两个提线玩偶，只会让别人为她们出谋划策。她们如同别人的傀儡，很少对什么事感兴趣。几乎不可能让她们作出任何承诺。

第一个星期，维多利亚注意到几个高年级女孩在谋划什么。她注意到隔着桌子的愉快的眼神、夸张的客气，还有，她们总是想接近她和其他新生。这一切让她了疑心。

事实证明，这并非没有根据。

经过仔细观察她们的眼神和动作，维多利亚很快就摸出了谁是这群人的非正式领导人。她叫弗雷德丽卡·格鲁内瓦尔德，一个黑头发的高个子女孩。维多利亚觉得，弗雷德丽卡的长脸加上硕大的门牙，让她活像一匹马。

一次午休期间，维多利亚采取行动了。

她看到弗雷德丽卡进了洗手间，就悄悄地跟了进去。

"我对整个入会仪式了如指掌。"她当着弗雷德丽卡的面扯谎，后者听后大吃一惊，"我不可能同意的。"她手臂交叉在胸前，毫不在乎地歪着脑袋，"也就是说，绝不缴械投降。"

很明显，弗雷德丽卡被维多利亚骄傲自大和胸有成竹的行事风格镇住了。在接下来的秘密谈话中，她们每人偷着抽了一支烟，同时，维多利亚提出了一个计划，据她自己所言，这将提高以后所有入会仪式的标准。

毫无疑问，这将引发一桩丑闻，维多利亚甚至想象得到晚报上的报道——《国王母校惊现丑闻！年轻女学生仪式上遭辱》弗雷德丽卡·格鲁内瓦尔德尤其被维多利亚激动人心的想象吸引住了。

接下来的一周里，她跟两个室友汉娜和杰西卡更亲近了。她引诱她们说出自己的秘密，并且很快就跟她们成了朋友。

"看看这个。"她说。

汉娜和杰西卡睁大了眼睛看着那三瓶奥罗拉酒，这是维多利亚偷偷带进来的。

"谁想喝一点？"

汉娜和杰西卡都犹豫地笑了笑，担忧地看了看对方，然后双双急切地点头表示同意。

维多利亚给她们每人倒了一大杯，还说她们远不知道自己的酒量到底有多大。她们喝得很快，心里满是好奇，说话声很大。

开始时的咯咯笑声很快变成了含糊不清的字句和昏昏欲睡。到了两点，瓶子都空了。汉娜在地板上睡着了，杰西卡费了很大的力气回到了床上，很快就失去了知觉。

维多利亚只喝了几小口，满怀期待地上了床。

她睁着眼躺在那儿，等待着。

按照约定，凌晨四点，那些高年级女学生准时出现了。汉娜和杰西卡被抬着穿过走廊，下了楼梯，她们穿过院子朝看门人的房子旁边的工具房走去，汉娜和杰西卡醒过来了，但是她们太困了，毫无反抗之力。

这些女学生在工具房里换了衣服，披上粉色的斗篷，戴上猪面具。面具是她们用塑料杯和粉色布料做的，在眼睛的位置挖了小孔。她们用黑色的马克笔画上了咧嘴笑着的嘴巴，猪鼻子的位置画了两个硕大的黑点，那是鼻孔。

塑料杯里塞满了碎铝箔纸。她们用橡皮筋把面具固定在头上。换好衣服后，一个女孩拿出了一台摄像机，另一个人开始说话。从她那突出的鼻子中传出的声音更像是金属的沙沙声，而不是话语。

维多利亚看到一个高年级女学生走出了工具房。

"把她们绑起来。"另一个人又发出了嘶嘶声。

戴着面具的学生扑到汉娜、杰西卡和维多利亚身上，把她们分别放到一把椅子上，把她们的双手在椅背后绑了起来，还蒙上了她们的眼睛。

维多利亚满意地靠在椅子上，她听到那个走开的女生回来了。

维多利亚闻到了这个女孩带回来的东西的味道，她着实吓了一跳。

后来，维多利亚努力把这味道从皮肤上擦掉，但是它就像长在了上面一样。

这比她设想的还要糟糕。

黎明时分，她撬开了弗雷德丽卡的房门，当她醒来时，维多利亚正骑在她身上。

"把录像带给我。"她低声说道，为的是不吵醒弗雷德丽卡的室友，弗雷德丽卡则在努力挣脱。

维多利亚紧紧地抓着她的双手。

"没门。"弗雷德丽卡说，但是维多利亚听得出来她非常害怕。

"我知道你的底细，你似乎忘记了这一点。我是唯一知道戴面具的人身份的人。你真想让你爸知道你对我们做了什么吗？"

弗雷德丽卡意识到她别无选择。

维多利亚上楼来到媒体室，拷贝了两份录像带。其中一份，她会放到公交车站旁的邮筒里寄给她自己，地址是韦姆德。另一份她会保留着，一旦她们再打她的主意，就寄给报社。

斯瓦尔茨乔兰德特——犯罪现场

珍妮特·科尔伯格又要调查一起小男孩被杀案，这是两周内的第二起。

早上赫提格打来电话，她开车直奔斯瓦尔茨乔兰德特指导调查工作。尸体是一对外出锻炼的老夫妇发现的。

跟图里尔德斯普兰地铁站的男孩不同，这一次，男孩的身份非常清楚。他叫尤里·克雷洛夫，白俄罗斯人，三月初从乌普兰斯韦斯比市郊的移民中心消失后被报告失踪。根据移民局的资料，无论是在瑞典还是在白俄罗斯，他都没有亲人。

珍妮特走到防波堤上的尸体旁。腐臭味扑鼻而来。经过长时间的浸泡，尸体上的脂肪已经变成了发着恶臭、如油灰一般的黏稠物。她知道，尸体在水里浸泡几个小时后，就遭到了苍蝇的攻击，他的眼睛、鼻子和嘴周围有一些黄中带红的珠状物。几天之后，苍蝇的卵就孵化成幼虫了，这就是所谓的尸蛆。男孩的手和脚上的皮肤由于吸水太多，已经松弛了，看上去像手套和袜子。

她只说了一句"该死"，就离开了防波堤，朝伊沃·安德里奇走去。

"跟我说，目前为止你查到了什么？"她问道。尽管她知道，要等到尸检之后他才能把所有的相关信息提供给她。

那天上午，检查官范奎斯特同意对尤里·克雷洛夫进行详细的尸检，这是瑞典国内最为详尽的尸检，只在最为严重的犯罪案件中使用。

伊沃·安德里奇挠了挠头。"漂在水里的尸体，都呈一个特别的姿态，脑袋、手臂和双腿下垂，背部向上拱起。这意味着脑袋被腐蚀得最快，因为那里聚集了大量的血液。"

珍妮特点点头。

"当我按压胸腔时，发现肺里的水不多，这能证明他不是溺水而亡，这——"

"意味着他是死后被放到水里的。"珍妮特总结道。

伊沃·安德里奇微微一笑。"尸体在水中腐烂后被鱼类攻击并不鲜见。你一定注意到了,这也发生在本案中。男孩的部分眼睛已经被吃掉了,下巴边缘有大块的血肿。"

"生殖器呢?"

"这个男孩的生殖器也被切除了。"

伊沃·安德里奇继续解释道,这次的手法与上次同样精准。同样的,尸体上有遭受极端暴力的痕迹,背部大量的皮下出血说明这个男孩同样被鞭子抽打过。

"如果尸体中也含有大量的利多卡因肾上腺素,我也毫不觉得意外。"这位医务官员总结道。珍妮特希望法医化学实验室能尽快分析采样。

她意识到他们要对付的很可能是同一个凶手,也就是说他们在调查一起双重谋杀案。

这个案子结案前,还会有多少个孩子丧命呢?

他们发现的唯一有价值的线索就是两个鞋印,一大一小,小的差不多是个孩子的脚印,还有某种车辆的轮胎印。法医已经提取了印迹,但是,有东西可以比照的时候,这些线索才有用。

在离尸体发现地点几百米的地方,阿伦德发现同一辆车剐蹭到了一棵树,所以,如果这是凶手的车,那么可以确定这辆车是蓝色的。

有人在诱拐那些无人关心的儿童,然后虐待他们直至丧命。尽管媒体进行了大量的报道,也请求公众协助确认图里尔德斯普兰被害男孩的身份,但是举报电话始终没有响起。

但是,第三频道《犯罪观察》那期节目播出后,众多的精神病患者都声称对那起犯罪行为负责。这类报道常常能给陷入僵局的案件带来帮助,但是这一次,只是浪费了宝贵的时间。打来电话的人,都应该被送到精神病院接受专业的帮助,都是因为各种各样的政治决定,他们还在斯德哥尔摩的大街上游荡,靠酒精和毒品来压制内心的恶魔。

福利国家制度——是的,多好啊!她想。

克鲁努贝里——警察总部

"忘了弗鲁加德吧!"这是范奎斯特在电话里说的唯一一句话。

"什么？你是什么意思？"珍妮特·科尔伯格站起身，走到窗户旁，"但是，这个家伙极其……我一点都不明白。"

"弗鲁加德有不在场证据，他跟本案毫无关系。我跟你说了，我们要绕开他。当初我听了你的，是我的重大失误。"

珍妮特听得出他是多么失望，也能想象得到他气得通红的脸。

"弗鲁加德是清白的，"他继续说，"他有不在场证据。"

"真的吗？是什么证据？"

范奎斯特沉默了片刻，然后继续说：

"我要跟你说的是绝密信息，只能你知我知。我只是在表达一个事实。明白吗？"

"是的，当然。"

"瑞典驻苏丹国际维和部队，我只能说这么多。"

"然后呢？"

"弗鲁加德在阿富汗被招入部队，整个春季都驻扎在苏丹。他是无辜的。"

珍妮特不知道该说些什么。

"苏丹？"她勉强挤出来两个字，她感到非常没用。

又回到了起点。没有犯罪嫌疑人，只有一名被害者的身份被确认。

谁也不知道，在斯瓦尔茨乔兰德特发现的男孩尤里·克雷洛夫是如何以及为什么来到瑞典的。位于利丁奥的白俄罗斯大使馆也没能提供特别大的帮助。

图里尔德斯普兰地铁站附近的灌木丛中发现的干尸男孩的身份还未确认，珍妮特联系了海牙的欧洲刑警组织，希望得到他们的帮助，但是毫无效果。欧洲到处都是从未和任何部门联系过的非法难民儿童。到处都有孩子来来去去，没有人知道他们的下落。即使有人知道，也从未有任何表示。

毕竟，他们只是孩子。

伊沃·安德里奇从索尔纳打来电话告诉她，尤里·克雷洛夫似乎生前就被摘除了睾丸。

她在想，能从这点能推断出什么。根据经验，这种极端的残忍和折磨，都暗示凶手是一名男性。

但是这一切也带有一种近乎仪式的色彩，所以也不能排除多人共犯的可能性。会不会是人贩子呢？

现在，她只能集中在可能性最大的解释上。一个孤独、暴力的男子，可能已经在他们的数据库里了。从这个设想出发的最大困难是，类似的人太多了。

她盯着桌子上成堆的文件。有几千页资料,覆盖了近百个潜在凶手。

三个小时后,她有了一个有趣的发现。她站起来,走到外面的走廊里,敲了敲延斯·赫提格的房门。

"有时间吗?"

他转过身看着她,看着他疑惑的表情,她露出了笑容。

"跟我走。"她说。

他们坐在她的办公桌两侧,珍妮特递给了赫提格一份文件。

他翻开文件,然后惊讶地抬起头。

"卡尔·伦德斯特劳姆?可是我们已经把他排除了。他的电脑里装满了儿童色情物。他有什么问题吗?"

"听我解释。卡尔·伦德斯特劳姆曾经被国家犯罪中心审问过,在审问记录中,伦德斯特劳姆详细解释了购买儿童的方法。"

他一下来了兴趣:"购买儿童?"

"是的,而且伦德斯特劳姆看起来对此非常熟悉。他提到了具体确切的金额,他说他知道那些买过孩子的人,但是声称自己从未直接参与。"

赫提格靠到椅子上,深吸一口气。

"妈的,这有点意思。有具体的人名吗?"

"没有。但是伦德斯特劳姆的资料还不完整,在他接受警方询问期间,精神病司法鉴定专家也在对他进行评估。也许跟他交谈过的心理学家能给我们一些信息。"

赫提格一页页地翻过文件。"还有什么吗?"

"是的,还有几点。卡尔·伦德斯特劳姆主张对恋童癖者和强奸犯进行阉割。但是细读之后,你会发现他觉得这还不够。他认为所有的男人都应该被阉割。"

赫提格看着天花板。"这会不会有点牵强?我是说,两个案子里涉及的可是小男孩。"

"也许吧,但是还有几点让我觉得我们需要再调查一下他,"珍妮特继续说道,"有一个案子撤销了起诉,是关于诱拐、性虐、强奸一个孩子。那是七年前。那个女孩举报他时才十四岁,名叫乌尔瑞卡·温丁。你猜,是谁撤销了起诉?"

他咧开嘴笑了:"检察官肯尼斯·范奎斯特,我猜?"

珍妮特点了点头。

"乌尔瑞卡·温丁住在哈马比高地,我建议我们尽快赶到那里。"

"好的……还有什么?"

他好奇地看着她。她停顿了片刻,然后回答:

"卡尔·伦德斯特劳姆的妻子是个牙医。"

他看起来不明所以。

"牙医?"

"是的。伦德斯特劳姆的妻子是牙医,这意味着他能够获得药品。我们知道,至少一位受害者被注射了牙医使用的麻醉剂,利多卡因肾上腺素。如果检验结果显示克雷洛夫的血液中也含有利多卡因肾上腺素,我不会觉得惊讶。换句话说,这些问题之间存在关联并非不可能。"

赫提格放下文件,站起身来。

"好吧,你说服我了。伦德斯特劳姆听起来值得调查一番。"

"我会打电话给比林,"珍妮特说,"希望他能说服检察官,安排一次会面。"赫提格在门口停下,转过身。

"必须经过范奎斯特吗?这只是一个初步的探索性审讯。"

"我想是的,"珍妮特说,"伦德斯特劳姆已经面临一项指控,我们必须通知范奎斯特。"

赫提格叹了口气,走开了。

她给局长丹尼斯·比林打去电话,令她意外的是,他异常配合,还承诺尽力说服检察官。然后,她又给国家犯罪中心的首席审讯官拉斯·米克尔森打了电话。

她说明了自己的目的,但是当她提到伦德斯特劳姆的名字时,他笑了。

"我觉得这不可能,"米克尔森清了清嗓子说道,"他不是杀人犯。这么多年以来,我接触了许多杀人犯,我能认出他们。这个人很下流,但是他不是杀人犯。"

"这个有可能,"珍妮特说,"但是我想调查一下他跟贩卖儿童活动之间的联系。"

"伦德斯特劳姆确实说过他对贩卖儿童的活动知根知底,但是我觉得你不大可能从他那里得到太多信息。这是一种跨国犯罪行为,我觉得你即使跟国际刑警组织联系,也不会得到太多帮助。相信我,我跟这个混蛋打交道二十年了,我们还在不断努力。"

"你怎么这么肯定伦德斯特劳姆不是杀人凶手?"她问道。

他又清了清嗓子。"嗯,我想任何事都有可能吧,但是当你见到他时,你就会明白了。也许你应该先跟心理学家谈一谈。我们请一位叫索菲娅·柴德兰的女士对他进行专业评估。但是，调查工作才刚刚开始，所以你可能要等几天再去胡丁厄医院。"

他们挂了电话。

珍妮特没有什么损失，也许这位心理学家能给她一些信息，哪怕只是一个小细节。以前发生过这种事。事情到了这个地步，她有足够的理由给这位索菲娅·柴德兰打电话。

但是，早过了下班时间了，珍妮特决定先不打电话。现在她只想回家。

盖姆拉·安斯基德——科尔伯格家

她在车里给阿克打电话，看看家里的冰箱里是否还有吃的。但是他们刚吃了比萨，冰箱是空的，于是，她在爱立信球形体育馆附近的挪威国家石油公司加油站停下来，吃了几个热狗。

车里很温暖，她摇下车窗，让清新的微风吹拂脸庞。她把车停在房子前面，当她穿过花园时，闻到了刚修剪过的草坪的清香，她转过屋角，看到阿克正坐在阳台上喝啤酒。他刚在陡峭多石的花园里干完活，身上又是汗又是泥。她走到他身边，在他胡子拉碴的脸上吻了一下。

"嗨，帅哥，"她习惯性地说，"你把它收拾得真漂亮。它正需要修剪呢！我看到了他们在篱笆上面冷笑的德行。"她朝着邻居的房子点了点头，假装要呕吐。阿克大笑着点了点头。

"约翰呢？"

"他跟几个朋友去看足球比赛了。"

他微笑着看着她，把头歪向一边。

"你真美，尽管看上去有些疲惫。"他抱着她的腰，一把把她拉到他的腿上。她的手指穿过他的短发，挣脱了他，站了起来，然后穿过阳台的门进了厨房。

"家里有酒吗？现在我真想喝一杯。"

"柜台上有一瓶未开的，冰箱里还有几片比萨。不过，既然我们有一个小时的独处时间，也许应该到房间里待一会儿。"

他们已经几周没有做爱了，她知道他在浴室里自慰，但是她实在太累了。她转过身，看到他走过来了。

"好吧。"她说，话里没有一点热情。

她听到了自己的语气，但是她毫无力气假装热情。

"算了吧，如果你不想的话。"

她转过身，看到他回到椅子上喝啤酒了。

"对不起，"她说，"但是我真的累坏了，我现在唯一想做的，就是趁着约翰还没回来，换身舒服的衣服，休息一下。睡觉之前再做，好吗？"

他眼睛看着别处，低声说："当然可以。"

她深呼一口气，感到一股强烈的失落。

她坚定地大步朝阿克走去，她站在他面前，分开双腿。

"不，这还不够！我想要你闭上嘴，进来，好好慰劳我一次。不要搞什么前戏！"她抓住他的手，把他从椅子上拉起来，"在厨房地板上刚好合适！"

"天啊，你总是这么会撩拨我！"阿克挣脱了她的手，走向房间的角落，"我要骑车去接约翰了。"

所有的这些男人，她想，都觉得自己有权提出要求，然后让她觉得愧疚。她的上司们，阿克，还有那些她白天费力抓捕的混蛋。

所有这些男人都对她的生活产生了影响，没有他们，生活就简单多了。

胡丁厄医院

卡尔·伦德斯特劳姆离开房间以后，索菲娅感到精疲力竭了。尽管他极力否认，她看得出他感到非常羞耻。当他谈到在克里斯蒂安斯塔德发生的情形时，他的眼神中分明透着羞耻，而他的宗教思想和他讲述的儿童色情交易后面，也藏有它的影子。

这一切的最终，他始终在压抑这种羞耻。

这份愧疚和羞耻并不属于他，而是人类共有的，或者可能是俄罗斯黑手党。

这些故事是他下意识里编造的吗？

索菲娅决定把谈话中出现的这一信息告诉拉斯·米克尔森，尽管她不太相信警方能在西诺尔兰省找到一个叫安德斯·维克斯特劳姆的家伙，更不要说在他的地下室楼梯下面的壁橱里发现什么录像带了。

她给国家犯罪中心打去电话，转到米克尔森，向他简要总结了卡尔·伦德斯特劳姆所说的话。

最后，她用一个反问句结束了谈话。

"在瑞典最大的医院之一，难道真的不可能不使用抗焦虑药物吗？"

"伦德斯特劳姆精神不好吗？"

"是的。另外，如果以后想要我做好工作，那么我希望跟我谈话的人能先洗个澡。"

索菲娅离开胡丁厄医院的112号病房时，她反思了自己对工作的态度。

她想跟什么样的人打交道？她能怎么样以及在哪里能够起到最大的作用？在糟糕的睡眠和胃部不适方面，她会付出多大的代价？

她想跟塞缪尔·柏和维多利亚·伯格曼之类的客户打交道，但是，事实证明，她并不能胜任。

在维多利亚·伯格曼的案件中，她加入了太多个人感情，因此失去了判断力。

不然呢？

她走进停车场，拿出钥匙，然后迅速看了一眼医院大楼。

一方面，她要在这里跟卡尔·伦德斯特劳姆一样的人打交道。她不能独自作决定，她为调查工作提供建议。充其量，她的结论会被采用，从而被呈给法庭。

她觉得这就像是一个打电话的游戏。

她把自己的意见小声告诉一个人，然后再传给下一个人，这样传下去，最终传到法官那里，由他来作最终的决定，而这个决定常常与她的意见截然不同，而且很可能受到某个重要的顾问影响。

她打开车门，坐到驾驶座上。

另一方面，她要在诊所工作，跟卡罗莱娜·格兰茨之类的客户打交道，在那里，她按小时收取费用。

客户为约定好的时间支付费用，从而获得治疗师的使用权，而后者通过允许自己被客户使用而获得报酬。

这是一种相当可悲的看法，她边想边开出了停车场。

我就像一个妓女。

克拉拉湖——公诉机关

检察官肯尼斯·范奎斯特的办公室是一个内敛而富有男性色彩的房间，黑色的皮革座椅，一张大办公桌，还有许多自然主义的艺术品。

尽管胃疼，他还是给自己倒了一杯烈性威士忌，并把酒瓶递给律师维戈·杜勒，后者摇了摇头。

范奎斯特举起酒杯，小心地喝了一小口，享受着浓烈的烟草的芳香。

和维戈·杜勒的会面并没有任何进展，不论好坏。尽管杜勒承认他跟伦德斯特劳姆一家并非泛泛之交。

"维戈……"检察官范奎斯特长叹一口气，说道，"我们已经认识多年了，我一直帮你，就像你在我需要你时帮助我一样。"

维戈·杜勒点点头："这话不假。"

"但是，眼下我觉得我帮不了你。事实上，我甚至不知道自己是否愿意帮你。"

"你这话什么意思？"维戈·杜勒不解地看着他。

"卡尔承认虐待过琳内娅，他让自己陷入了麻烦。"

维戈·杜勒耸了耸肩，尽力表现出厌恶的表情，然而却并不十分成功，"但这跟我有什么关系？"

"琳内娅也确认了他的说法。"

维戈·杜勒露出了惊讶的表情。"但是，我以为安妮特……"他沉默了，肯尼斯·范奎斯特则惊讶于他的欲言又止。

"安妮特，什么？"

他的眼睛飞快地转动。"嗯，我以为她已经忘记了。"

维戈·杜勒的态度有问题，这更加重了肯尼斯·范奎斯特的疑心，他怀疑这个女孩所言不虚。

"琳内娅同时暗示，你也参与了卡尔的……我该怎么说呢……活动。"

维戈·杜勒脸色煞白，用手捂住胸口："该死。"

"怎么了，你没事吧？"

律师呻吟着，深呼吸了几次，然后举起一只手。"我没事，"他终于说，"但是你说得太令人不安了。"

"我知道，所以你必须实际一些。你明白我的意思吗？"

玛利亚广场——索菲娅·柴德兰的办公室

当索菲娅回到办公室时，她感到极度空虚。还有一个小时，她就要跟下一位客户见面，一个中年妇女，她之前已经见过两次，她的主要问题就是她很有问题。本来谈话是要理解一个本来并不是问题的问题，但是随着谈话的进行，不是问题的问题偏偏变成了问题。

之后，她要见塞缪尔·柏。

实实在在的人的问题，她想。

一个小时。

维多利亚·伯格曼。

她拿起耳机。

维多利亚的话里透着顽皮。

这太容易了，看着他们严肃的表情，你简直控制不住要笑出来。当我花一毛钱买些个太妃糖，上衣口袋里装满了糖果，我可以卖给那些争着看谁敢碰我的胸脯或两腿之间的人，他们就笑；我生气了，就往锁眼里喷点胶水，这样他们就迟到了，留着胡须的老家伙就用书使劲打我的头，我的牙齿都打颤了，迫使我吐出口香糖，反正早就没有味道了，后来我在上面粘了一只苍蝇……

嗓音随着联想的变化而变化，索菲娅感到非常惊异。仿佛不同的人的记忆在争夺对媒介的控制权。一个个的半句，维多利亚的声音里透着忧郁。

……当然口香糖我还多着呢，也能够再偷偷弄进来一条。他正坐在那里读东西，检查我是否用手上的答案作弊，但是被汗水弄得模糊了，我只是拼写错了，因为我只是紧张，并不是因为我像其他那些可怜虫一样笨，他们能用球玩出无数种花样，但是对首都这座城市或者战争一无所知，他们应该知道战争，因为一直以来，就是他们这样的人发动了战争，而且永远不知道适可而止，只会找那些显眼的人的茬，裤子的商标错了，头发理得太丑了，或是太胖了……

声音越来越刺耳。索菲娅记起当时维多利亚生气了。

……比如那个又高又胖的女孩，她老是骑着自行车四处转悠，脸看上去有些奇怪，她老是流口水，一次，他们让她脱掉衣服，但是直到他们开始扒她的裤子她才明白过来。他们一直以为她还小，只不过个子高而已，所以当看到她下面已经相当茂密时，他们着实吃了一惊，当他们用手指戳你的肚子，你只是笑，没有告诉任何人，也不抱怨，坚强而专注，好像什么都没发生过，你也会挨揍……

之后，陷入了沉默。索菲娅能听到自己的呼吸声。她为什么没有让维多利亚继续说下去呢？

她按下快进键。将近三分钟的沉默。四分钟，五分钟，六分钟。她为什么要录下这个？她所能听到的只是呼吸声和纸张的沙沙声。

七分钟后，索菲娅听到了她的钢笔的撞击声。之后，维多利亚打破了沉默。

我没有打马丁。从来没有！

维多利亚几乎是在尖叫了，索菲娅不得不调小了音量。

从来没有。我从不让别人失望。我为了她们吃过一坨屎。狗屎。妈的，我都习惯了吃屎！去你妈的锡格蒂纳的势利鬼们！我为了她们吃过屎！

索菲娅摘下耳机。

她知道，维多利亚混淆了自己的记忆，她常常不记得自己几分钟前刚说过的话。

但这些只是普通的记忆差错吗？

和塞缪尔见面之前，她有些紧张。谈话不能再像上次那样被引入死胡同。

在他从她的手里彻底溜走之前，她要尽快接近他。她知道，要想应付这次谈话，她需要使出全身解数。

像往常一样，塞缪尔·柏和一位社工从哈塞尔比准时赶到。

"两点半？"

"我觉得这次我们应该聊得久一些，"索菲娅说，"你可以三点钟过来接他。"

社工出去了，朝电梯走去。索菲娅看着塞缪尔·柏，他吹了个口哨。"很高兴见到你，夫人。"他说，脸上露出了灿烂的笑容。

索菲娅认识到站在面前的是塞缪尔的哪一面时，她松了一口气。

这个是"坦率"的塞缪尔，索菲娅在笔记中这样写道，礼貌、外向、讨人喜欢的塞缪尔，他每隔一句话都会以"坦率地说，夫人，我必须跟你说……"开头，他总是说一口朴实的英语，索菲娅觉得略微有一些好笑。

上次，社工一离开，他们握过手，他就显出了这一面的个性。

有趣的是，当他见到我时他会选择自己礼貌的一面，她一边领他进来，一边想到。

到目前为止，"坦率"的塞缪尔的礼貌是索菲娅在他们的会面中观察到的不同个性中最有趣的一面。"正常的塞缪尔"被她叫作"普通的塞缪尔"，这是他的主要个性，内敛，准确，而且不善表达。

"坦率"的塞缪尔会谈论他儿时做过的可怕的事情。他时不时微笑着，夸赞索菲娅美丽的眼睛和丰满的胸部，然后再说到他坐在弗里敦郊外拉姆利海滩上的黑屋子，割下一个小女孩的耳朵，这让人感觉非常奇怪。有时，他会突然发出极富感染力的笑声，这让她想起了足球运动员兹拉坦·伊布拉西莫维奇，深沉而愉快的哈哈大笑，脸上挂满了笑容。

但是，有好几次，他的眼睛发亮，这让她怀疑是否还有另一个塞缪尔从未现身。

　　索菲娅的目的就是搜集所有的人格，组成一个连贯清晰的人。但是，她也知道，对待这样的案例，不能急于求成。客户要有能力应付他或她所经历的一切。

　　在维多利亚·伯格曼身上，一切都自然而然地发生了。

　　维多利亚就像一座长成人的模样的污水处理厂，用她单调的自言自语过滤掉了有害物质。

　　但是，塞缪尔·柏不一样。对他，她要小心谨慎，也并非没有成效。

　　坦率的塞缪尔跟她讲述他过去的可怕经历时，并没有显示出严重的创伤。但是，她越来越觉得他是一颗定时炸弹。

　　她请他坐下，坦率的塞缪尔像蛇一样坐到了椅子上。这一面个性伴随着一种灵活而狡猾的肢体语言。

　　索菲娅看着他，朝他谨慎地微微一笑。

　　"那么……你好吗，塞缪尔？"

　　他用硕大的银戒指敲了敲桌子的边缘，兴奋地看着她。之后，他做了一个动作，仿佛一个波浪从他的一个肩膀传到了另一个肩膀。

　　"夫人，不能再好了……坦率地说，我必须跟你说……"

　　坦率的塞缪尔喜欢与人交谈。他表现出了对索菲娅发自内心的兴趣，问她一些私人问题，直率地问她对多个问题的看法。这样很好，因为这意味着她能够引导谈话朝她认为重要的话题上发展，这样才能在治疗中取得突破。

　　会面进行了半个小时，这时，塞缪尔突然变成了普通的塞缪尔，这让索菲娅大失所望。她哪里做错了？

　　他们正在谈论种族隔离制度，这是坦率的塞缪尔感兴趣的话题，他问她住在哪里，以及如果有人想要拜访她，哪个地铁站离她最近。她回答说自己住在索德马尔姆，斯堪斯蒂尔站和市民广场站离她最近，之后，那个坦率而有礼貌的笑容消失了，他变得冷淡了。

　　"离莫纽门特很近，噢，妈的……"他用不连贯的瑞典语说道。

　　"塞缪尔？"

　　"你想干什么？他朝我脸上吐口水……胳膊上有蜘蛛网。文身……"

　　索菲娅知道他在说什么。哈塞尔比的社会福利部门告诉过她，说他曾经在奥兰德大道上一个的地铁入口处被人暴打。在莫纽门特附近，他是指斯堪斯蒂尔地铁站附近的莫纽门特街区。

　　离迈克尔的公园不远，她想。

"看我的文身：R 代表革命（Revolution），U 代表联合（United），F 代表阵线（Front）。看！"他把上衣往下拉，露出了胸口上的文身。

RUF，三个锯齿状的字母，其中的含义她再清楚不过了。

是那次遇袭的记忆召唤来了普通的塞缪尔吗？她思考了片刻，而他则一言不发地坐在那里，眼睛盯着桌子。

也许，坦率的塞缪尔无法承受被暴打的耻辱，于是把所有的事情都扔给了普通的塞缪尔，让他去跟警察和社会福利部门打交道。这可能就是一提到莫纽门特街区，坦率的塞缪尔就消失不见的原因。

肯定是这样，她想。语言是心理象征的载体。

她突然想到该如何找回坦率的塞缪尔了。

"稍等我一下好吗，塞缪尔？"

"什么？"

她对他微微一笑。"我想给你看样东西。我很快就回来。"

她离开房间，径直走进了隔壁的牙医约翰逊的候诊室。

她门也不敲，直接走进了牙医的治疗室。约翰逊正忙着清洗一位老太太的口腔，看到她进来，他吃了一惊。她向他道歉，并问她能否借用一下他身后的书架上放着的一辆老式摩托车的模型。

"我就用一个小时。我知道你很喜欢它，我保证会非常小心。"

她对这位六十岁的老牙医露出了讨好的笑容。她知道他对她是个软心肠，他可能是有些孤独吧，她一直这样想。

"心理学家，到底是心理学家……"他戴着口罩咯咯地笑了。他站起身，把那辆迷你金属摩托车从书架上拿下来。

这是一辆漆着红漆的老式哈雷-戴维森摩托车模型。做工很精巧，约翰逊曾说它是 1959 年在美国生产的，用的是真正的哈雷-戴维森摩托上的钢铁和橡胶。

完美，索菲娅想。

约翰逊把摩托车递给她，并提醒她它是多么贵重。在网上拍卖，至少能卖两千瑞典克朗，如果卖到日本或者美国，或许能卖更多。

它至少有一公斤重，她一边走回办公室，一边想到。她再次跟塞缪尔道歉，然后把摩托车放到了桌子左边的窗台上。

"上帝啊，夫人！"他大声喊道。

她没想到他转变得如此迅速。

坦率的塞缪尔眼神里透着兴奋。他跑到窗户边，索菲娅饶有乐趣地看着他一边小心翼翼地把摩托车转过来，一边小声地吹着口哨，发出兴奋的叫喊声。

"上帝啊，太美了……"

在之前跟坦率的塞缪尔的谈话中，她发现他有一个特殊的爱好。他曾多次提到弗里敦的摩托车俱乐部，他常常去那里欣赏排成长排的摩托车。十四岁时，他经不住诱惑，偷了一辆哈雷，开着它在城外宽阔的海滩上飞驰。

现在，塞缪尔坐在椅子上，怀里抱着摩托车，不断用手拍着它，仿佛它是一只小狗。他两眼放光，脸上带着灿烂的笑容。

"自由，夫人。那就是自由……摩托车对我来说，就像妈妈的乳房对婴儿一样。"

他谈论起他的爱好。对他来说，拥有一辆摩托车不仅意味着自由，也能给女孩留下好印象，还让他交到了许多朋友。

"跟我说说他们，你的朋友们。"

"哪些朋友？是酷得有病的朋友，还是酷得带劲儿的朋友？我自己更喜欢酷得带劲的。坦率地说，我在弗里敦有很多这样的朋友……先说酷得带劲的科林吧……"

索菲娅谨慎地对他笑了笑，让他谈论科林以及其他的朋友，一个比一个酷。十到十五分钟后，她意识到，他很可能会把余下的时间都用来详细讲述他的朋友们的奇闻趣事，有时羡慕，有时吹嘘。

她知道她要小心。坦率的塞缪尔源源不断的话语和肢体语言让她无法集中注意力。

她要把谈话转到其他的话题上。

这时，发生了一件事，她虽曾考虑过，却不曾想它会出现在此时此刻。

另一个塞缪尔现身了。

客　厅

客厅洒满了电视屏幕上的闪光。发现频道播放了一个晚上，早上五点半，她在沙发上醒来，听到了解说员单调的声音。

"Pla Kat 是泰语，意思是'抄袭'，但同时，它还是一种极富侵略性的斗鱼的名字，这种鱼产于泰国，用于一些壮观的比赛。两条雄性斗鱼被放到一个玻璃缸里，与生俱来的领地意识让它们立刻开始互相攻击。直到其中一条死去，这场残忍血腥的力量之争才告结束。"

她微微一笑，坐直了，然后走进厨房，打开咖啡机。等待咖啡的时间，她站在厨房窗户旁，看着下面的街道。

公园、枝繁叶茂的树木、停着的汽车以及暖和起来的人们。

斯德哥尔摩。

索德马尔姆。

家？

不，家跟这些完全不同。

它是一种归属。一种她永远都无法经历的感受。永远。

渐渐地，一点一点地，一个想法开始成形了。

她喝了咖啡，收拾干净，然后回到客厅。

她移开落地灯，拿起挂钩，打开了书架后面的房门。

她看到男孩睡得很香。

客厅的桌子上摆满了上周的报纸。她盼着报纸上铺天盖地的头版，至少会提到一个孩子失踪了。

一个孩子无端失踪了，肯定算得上大新闻吧？

这至少能让那些晚报大卖一个星期。

通常都是这样的。但是，她没有发现任何迹象显示他失踪了。广播里也没有通告，她认识到，他甚至比她料想的还要完美。

如果没有人找他就意味着，只要她满足他的基本需求，他就会来找她寻求庇护，她知道她会满足他的需求。

她不仅仅要满足他的需求。

她要改进他的需求，好让它们符合她的需求，这样他们两个就能合二为一。她就成了这个新生命的聪明的大脑，而他则是它的躯体。

眼下，他昏睡在床垫上，他还只是一个胚胎。但是，当他学会像她一样思考，便只有一条真理了。当她教会他同时作为受害者和凶手的感受时，他便会明白。

他会成为一头野兽，而她则是那个决定野兽是否要屈从于它的欲望的人。他们两人会成为一个完美无缺的人，意志被一种感觉支配，身体欲望被另一种感觉支配。

她可以通过他满足自己的欲望，而他也会享受其中。

谁也不必为对方的行为负责。

身体将由两种生物组成，一个是野兽，一个是人。

一个是受害者，一个是凶手。

自由的意志和身体的本能水乳交融。

两个极端合于一体。

房间里黑暗阴郁，她打开了天花板上的顶灯。男孩醒了，她给他喝了点水，擦了擦他汗涔涔的额头。

她把小浴室的水池放满温水。她用一条小浴巾给他洗澡。然后，她小心地帮他擦干。

回到公寓之前，她又给他注射了一针镇静剂，等着他再次失去意识。

他头靠着她的胸口睡着了。

收获家庭餐厅

像往常一样，顾客中混杂着当地艺术家、一些不太出名的音乐家和演员，以及想体验一下所谓的波希米亚风情的索德马尔姆的游客。

事实上，这里是整个瑞典最为中产、种族最为趋同的社区。同时，这里也是犯罪行为最为高发的地区之一，却总是被媒体描述成时髦、智慧的所在，而不是暴力与危险。

软弱，维多利亚·伯格曼轻蔑地想。她已经接受索菲娅·柴德兰的心理治疗长达六个月了，她们现在得出什么结论了？

起初，她觉得这些谈话让她有些收获，她有机会表达自己的感受和想法，索菲娅·柴德兰也很善于倾听。之后，她开始觉得自己并没有得到任何反馈。索菲娅·柴德兰只是坐在那里，好像睡着了一样。当维多利亚敞开心扉与她真诚相待时，索菲娅只是坐在对面冷漠地点点头，做做记录，翻翻文件，摆弄她的小录音机，一副心不在焉的样子。

她从包里掏出一盒烟，放到桌子上，手指紧张地敲打着桌面。她内心感到巨大的不适，这种不适已经存在很久了。

太久了，以至于她无法承受了。

维多利亚正坐在邦德大道旁的桌子边。自从她搬到索德马尔姆，她常去那里喝上一两杯。

店员很友善，但也不会太随意。她讨厌那些酒吧男招待刚去几次就直呼你的名字。

维多利亚·伯格曼看得出索菲娅·柴德兰脸上的睡意和冷漠，这时她想到了一个主意。她从上衣口袋里拿出一支笔，在面前的桌子上并排放了三支烟。

她在第一支上面写上"索菲娅"，第二支上写上"软弱"，第三只上写着"瞌睡"。然后，她在香烟盒的表面画上了"索菲娅ZZZZZZZZZZ……"。

她点着了写着"索菲娅"的香烟。

去他娘的，她想。再也不要什么会面了。她为什么还要去呢？索菲娅·柴德兰自称为心理治疗师，但她是个软弱的人。

她想到了高，她和高可不软弱。

最近的事情依然历历在目，她几乎感到愉悦了。但是，尽管愉悦，依然有种不满足感啃噬着她。仿佛她还需要更多。

她认识到要对高进行一次他不可能成功的测试。这样，也许她就能找回最初的感觉了。她知道，她想看到的是高的眼神，而不是旁人的。当他意识到她背叛了他时的眼神。

她知道她是把背叛用作药物，她不断地编织谎言来抚慰自己。控制着两个人，可以任意决定拥抱哪一个，殴打哪一个。如果你不断地轮换拥抱和殴打的对象，他们就会彼此憎恨，为了得到你的认可在所不惜。

一旦他们感受到了足够的不安全，你就可以让他们渴望杀了对方。

高是她的孩子，她的责任，她的一切。

在他之前，只有一个人做到过。马丁。

她喝了一小口酒想，他消失了是不是自己的错。不，她想。这不是她的错，她那时还只是个孩子。

都是她爸爸的错。他摧毁了她对成人的信任，而马丁的爸爸则要承担天下所有男人的罪孽。

他只是喜欢我，我误解了他碰我的意思，维多利亚想。

我当时只是一个迷惑的孩子。

她喝下一大口酒，慵懒地看着菜单，甚至觉得自己不打算吃东西了。

邦德大道——商业区

索菲娅·柴德兰去了邦德大道上的提亚拉马拉商店，本打算去买一些漂亮衣服，出来时却拿着卢·里德的之前所在的"地下丝绒"乐队的小幅画像。青少年时期，她经常听他们的歌。

这个商店也卖艺术品，她感到非常意外，过去从来没有卖过。但是，她没有半点犹豫；她觉得这幅画买得很值。

距商店不远的地方，她在收获家庭餐馆外面沿人行道摆放的一张桌子边坐下，把画放到旁边的椅子上。

她点了半瓶招牌白葡萄酒。女服务生认出了她，对她微微一笑，她也回以微笑，然后点燃了一支香烟。

她在想着塞缪尔·柏以及他们几个小时前的谈话。想到她释放出来的塞缪尔以及自己的反应，她不禁有些发抖。

当他生气时，他是那么难以捉摸，外表无动于衷，完全脱离理性。

索菲娅想着她是如何努力切入一个嘈杂、混乱的内心，在那里生根并成为他的寄托和依靠的。但是她失败了。

她解开围巾，感到脖子疼痛。她能活下来，实在是万幸。

在新的塞缪尔出现之前，一切都进行得非常顺利。

在毫无征兆的情况下，她亲眼见证了一个恐怖的转变。当他正谈论着儿时的一个朋友时，塞缪尔提到了帕得姆巴路监狱。

当他说到"监狱"时，他的声音突然变了，这个词变成了低沉的嘶嘶声。

"监狱……"

她知道分离性障碍患者的人格可以快速转化，一个简单的词语或手势就足以改变塞缪尔的人格。

他大笑一声，她吓得魂不守舍。他灿烂的笑容依旧，但完全是空洞的，眼睛里也毫无表情。

对接下来发生的事，她的记忆并不清晰。

她记得塞缪尔从椅子上起身，敲着桌子，把笔筒打翻到她的腿上。

她还记得他对着她咆哮。

"我准备好了，我来找你了。如果你敢玩火，你会后悔的！"

"玛姆巴曼亚尼……玛玛尼曼依米……"

听起来就像婴儿在咿咿呀呀地说话，语法很奇怪，但是话里的意思很清楚。她听别人说过这话。

然后，他紧紧地抓住了她的脖子，把她拽起来，仿佛她是一个洋娃娃。接着，一切变成了漆黑一片。

当索菲娅用颤抖的手把酒杯端到唇边时，她发现自己在哭泣。她用上衣袖子拭去眼泪，意识到自己必须理清她的记忆。

社工来把他接走了，她想。

索菲娅记得她微笑着把塞缪尔交给了他在社会福利部门的联系人，就像什么异样都没有发生一样。但是，在那之前呢？

奇怪的是，她只记得自己闻到了一种熟悉的香水味。

维多利亚·伯格曼常用的那种。

我无法区分我的客户，她一边喝了几小口酒，一边麻木地总结道。这是我处理不好这个问题的真正原因。

塞缪尔·柏和维多利亚·伯格曼。

震惊加上缺氧，她无法作出正确的判断，也正因如此，她对跟塞缪尔在诊所发生的事的唯一记忆，却是维多利亚·伯格曼。

我做不来，她无声地对自己重复说。仅仅推迟下次会面是不够的，我必须取消整个治疗计划。眼下，我帮不了他。有时，你必须被允许做一个弱者。

她的思绪被手机打断了，是一个她不认识的号码。

"喂？"她警惕地说道。

"我是珍妮特·科尔伯格，来自斯德哥尔摩警察局。你是索菲娅·柴德兰吗？"

"是的。"

"关于你的一位病人，叫卡尔·伦德斯特劳姆。我们怀疑他可能参与了我正在调查的一起案件，拉斯·米克尔森建议我跟你联系，了解一下你跟伦德斯特劳姆的谈话。我很想知道他是否曾向你透露一些可能对我们有所帮助的信息。"

"很明显，这不一定。我想你也知道，我有责任为病人保守秘密，除非我搞错了，必须有法院命令授权我讨论病人的情况。"

"命令很快就到。我正在调查两起儿童谋杀案，两个男孩在死前遭受了虐待。我猜你应该也看报或者看电视，我想你应该知道这事。如果你能向我提供一些伦德斯特劳姆的信息，无论看上去多么微不足道，我都不胜感激。"

索菲娅不喜欢这个女人的腔调，既讨好逢迎，又盛气凌人。看起来这个女人企图骗她说出自己无权泄露的信息。"我已经说了，我不能谈论任何东西，除非你拿出法院的命令。另外，关于卡尔·伦德斯特劳姆的记录眼下也不在身边。"

她能听出这个女人话语中的失望。"我理解。好吧，如果你改变了注意，请随时和我联系。任何信息，我都非常感激。"

莫纽门特——迈克尔的公寓

那天晚上,索菲娅和迈克尔正在电视机前聊天,像往常一样,他主要忙着跟她讲自己在工作上取得的成就。她知道他有点自恋,大部分时间,她也喜欢听他说话。但是,那晚,她觉得需要说说自己的经历。

"我今天被一个病人袭击了。"

"什么?"迈克尔惊讶地看着她。

"并不严重,他只是打了我一下,不过……好吧,我想说,我不能再见那个病人了。"

"不过,这种事情一定常常发生吧?"迈克尔抚摸着她的手臂说道,"当然,你不能老是见危险的病人。"

她说她需要一个拥抱。

晚些时候,当她躺在迈克尔的胸口时,昏暗的卧室里,她看到他的侧脸紧挨着她,在墙上投下影子。

"几个星期前,你问我想不想跟你去纽约。你还记得吗?"她抚摸着他的脸颊,他翻过身来面向她。

她看得出他的热心,有那么一会儿她后悔重提这个话题了。但是,另一方面,也许是时候告诉他了。

"我和拉斯去年去了那里,然后……"

"你确定我想听到这个吗?"

"我不知道。但是在那发生的事对我很重要,我当时想和他生儿育女,然后……"

"我明白了……这是我想听到的?"迈克尔叹了口气。

她打开灯,在床上坐了起来。"我让你听我说,"她说,"就一次,我要对你说的事对我真的很重要。"

迈克尔往身上拉了拉羽绒被,转过身去。

"我想和他生儿育女,"她说,"我们在一起十年了,但是一直没有动静,因为他不想要孩子。但是,在那次旅行中,发生了一些事,并让他改变了主意。"

"灯光很刺眼,你不能把它关掉吗?"

她为他的无动于衷感到心痛，但依然关了灯，背朝他躺下了。

"你想要孩子吗，迈克尔？"过了一会儿，她问道。

"嗯……眼下先不要吧。"

她想到了拉斯常常说的话。他说"眼下先不要"说了十年。但是，在纽约，他改变了主意。

她确定他当时是真心的，尽管到家后情况又变了。

之后发生的事，她并不愿回忆。人是多么善变，有时，仿佛每个人都有不同的版本。拉斯曾和她很亲密，他选择了她。但是，同时还有另外一个拉斯，他却把她推开。这真的只是基础心理学，她想。但是，这并不能改变什么，她依然感到恐惧。

"有什么东西是你害怕的吗，迈克尔？"她轻声问道，"让你觉得打心底恐惧的东西？"

他没有回答，她知道他已经睡着了。

她躺在那儿，没有入睡，脑子里想着迈克尔。

她看上了他的什么？

他很英俊。

他看起来像拉斯。

他抓住了她的心，尽管他看上那么客气，也许恰恰是因为这个原因。

典型的中产阶级家庭背景。在萨尔特舍巴登长大，家里有爸爸、妈妈和一个妹妹。生活稳稳当当，不必为钱烦恼。上学，踢球，最后追随了爸爸的脚步。一切尘埃落定。

他们相遇之前，他爸爸自杀了，但是迈克尔从来不想谈论此事。每次她提到这个话题，他就离开房间。

他父亲的死是个不曾愈合的伤痕。她认识到他们过去很亲密，她只见过他的母亲和妹妹一次。

她在他背后睡着了。

凌晨四点钟，她醒了，全身是汗。这是她连续第三个晚上梦到塞拉利昂，醒来后心烦意乱，没办法再次入睡。旁边的迈克尔睡得很沉，为了不吵醒他，她小心地下了床。

他不喜欢她在房间里抽烟，但是她打开了厨房里的排风扇，坐下来，点了一支烟。

她想着塞拉利昂，怀疑自己是否不该拒绝为那本书校对的差事。比起和一位前童兵塞缪尔·柏面对面，从这件事开始处理她在那里的经历，应该会更加明智和谨慎。

在很多方面，塞拉利昂都是个令人失望的地方。她从未成功接近那些儿童，她本想自己能够帮他们找到更好的生活。她还记得他们毫无表情的脸庞以及对待救援人员警惕的态度。她很快认识到她跟别人一样。与她对他们的帮助相比，一个白种的成年陌生人带给他们更多的是恐惧。孩子们朝她扔石子，他们对成人的信任已经消失了。她从未感到如此无力。

现在，她在塞缪尔·柏身上所作的努力失败了。

失望，她想。如果塞拉利昂是个令人失望的地方，那么，七年之后的她的生活，也同样令人失望。

她做了一个三明治，喝了一杯果汁，脑子里想着拉斯和迈克尔。

拉斯让她大失所望。

但是，迈克尔也让她感到失望吗？开始时是那么美好。

他们还未充分接近对方，就已经开始出现裂痕了吗？

她的工作和私生活其实没有任何区别。所有人都混杂在一起。拉斯，塞缪尔·柏，迈克尔，泰拉·梅克勒，卡尔·伦德斯特劳姆。

她身边的每个人都是陌生人。

慢慢地远离她，不受她的控制。

她重新在炉子边坐下，又点燃了一支烟，看着烟雾消失在了排风扇中。那台微型录音机还在桌子上，她伸手拿了过来。

很晚了，她应该努力睡觉的，但是她抵挡不住诱惑，打开了录音机。

……一直恐高，但是他很想到那个大轮子上。如果不是因为他，就不会发生了，现在，他也能带着斯科讷口音说话，长大了，知道怎么系好鞋带了。上帝，这太难记住了。但是他太娇惯了，凡事都自行其是。

索菲娅感到自己放松了。

在她睡着之前的那一刻，她的思绪自由漫步了。

门

门开了，那位漂亮女人走进他的房间。她同样全身赤裸，这是他第一次看到一丝不挂的女人。他的母亲也从未在他面前如此暴露自己。

他闭上了眼睛。

她在他身旁躺下，没有一丝声响，她闻着他头发的味道，温柔地抚摸他的胸膛。她并不是他的生母，但是她选中了他。仅仅是看着他，微笑着抓起他的手。

从未有人这样抚摸过他，他从未感到如此安全。

别人都怀疑他。他们捏他，而不是去感受他，为的是检查他的力量。

但是这个漂亮女人没有怀疑他。

他再次闭上眼睛，任凭她为所欲为。

他们剧烈的运动把床垫都弄湿了。一连数日，他们一直待在床上，时而练习，时而睡觉。

当他不知道她想让他做什么时，她会向他如实说明自己的想法。即使不曾接触过这些，但他学得很快，随着时间的推移，他越来越熟练了。

他最难掌握的是那个爪形物体。

他常常拉得太轻，她只好向他展示怎么抓她，直到她开始流血。

当他用力拉时，她会呻吟，却没有要惩罚他的意思，他意识到他拉得越用力越好，虽然他并不明白其中的原因。

也许是因为她是天使，所以感觉不到疼痛吧。

天花板和墙壁，地板和床垫，他脚下吱吱作响的塑料，还有带淋浴和马桶的小房间。这一切都是他的。

他每天只是举重，忍着痛做仰卧起坐，花上几个小时在她安装在房间的一角的健身脚踏车上锻炼。

浴室里有一个小壁橱。上面摆满了精油和乳霜，每天晚上她都把这些擦到他身上。有一股浓烈的气味，但是它们能帮助他消除疼痛。其他的都很好闻，还能让他的皮肤柔软而富有弹性。

他看着镜子里的自己，绷紧肌肉，脸上露出了笑容。

这个房间就像这个国家的微缩版本。宁静，安全，干净。

他还记得中国伟大的哲人关于人的学习能力的名言。

闻之不若见之，见之不若知之，知之不若行之。

语言都是多余的。

他只需看她一眼,就知道她想让他做什么。然后,他会照做,之后便会明白。

房间里很宁静。

每当他想说话,她就把手放到他的嘴上,让他别出声,他是通过短暂而精准的低沉的咕哝声或者手语跟她交流的。很长一段时间里,他一个字都没说。

他看得出来当她看着他时,她是多么开心。当他把头放在她的腿上,她用手抚摸着他的短发,他感到非常平静。他通过小声地哼唱向她表明他很高兴。

房间里很安全。

他看着她,他慢慢地学习,记住她想让他做的事,而随着时间的推移,他从开始靠字句思考,变成了把经历与自己的身体相联系。幸福时,就感到腹中一股暖流,而焦虑时,颈部则会紧张起来。

房间里很干净。

他只是机械行事,理解。纯粹的感受。

他从未说过一个字。当他思考时,他就画画。

他只会是一个躯体,仅此而已。

语言毫无意义,语言甚至不能存在于思想中。

但是,它们现在就在那里,他也无能为力。

高,他想。我的名字叫高濂。

克鲁努贝里——警察总部

挂断索菲娅·柴德兰的电话时,珍妮特·科尔伯格感到非常沮丧。她知道获得法院命令会遇到问题。范奎斯特会提出反对意见,她对此非常确定。

还有就是这个索菲娅·柴德兰。

珍妮特不喜欢她的冷漠态度。她太理性太冷漠了。他们可是在调查两个孩子的凶杀案,如果能提供帮助,她为什么就不愿意伸出援手呢?真的只是出于职业道德和她的保密承诺吗?

看起来他们依然没有任何进展。

那天上午,她和赫提格竭力想找到乌尔瑞卡·温丁,七年前那个报警说卡尔·伦德斯特劳姆对她进行强奸和性虐的女孩,结果一无所获。姓名地址录上的电话号码已经作废,他们开车到她位于哈马比高地的住址,那里也没有回应。珍妮特希望她塞到信箱里的便签能鼓励女孩到家后尽快和他们取得联系。但是，到目前为止，电话依然没有动静。

这个案子真成难题了。已经两周了，他们依然没有任何线索，而且一个男孩的身份至今没有确定。

她觉得她需要作出改变。开始一个新的挑战。

如果她想在警界爬得更高，那就意味着她需要埋头苦干，或者肩负起更多的行政职责。

这是她想要的吗？

她在看一份关于一个为期三周的培训课程的内部备忘录，是关于如何询问儿童的，这时，传来了敲门声。

赫提格走了进来，后面跟着阿伦德。

"我们要去喝杯啤酒，你要来吗？"

她看了看时间，四点半，阿克一定在忙着做饭。坐在电视机前，吃通心粉和肉丸子。沉默，而且有迹象表明，厌倦是他们最近的共同点。需要改变，她想。

"不了，我去不了。下次吧。"她说，同时又想起自己曾经暗自承诺要对他们说"好"。

赫提格笑着点点头："没问题，明天见。工作不要太卖力。"他关上了门。

就在她收拾东西准备回家的时候，她下定决心了。

她迅速给约翰打去电话，问他能不能先到大卫家睡，等她打电话再回来。之后，她预定了两张早场的电影票。当然，这说不上大的改变，但是至少是为了改变他们日复一日灰暗的生活而迈出的一小步。先看电影，然后一起吃顿饭。之后，也许再喝一杯。

阿克接电话时有些不耐烦。

"你在干什么？"她问。

"做我每天这个时候通常做的事，你在干什么？"

"我正准备下班，但是我想也许我们可以在市区碰头。"

"噢，有特别的计划吗？"

"也没什么，我只是觉得我们很久没有一起做一些有意思的事了。"

"约翰在回家的路上了，我正站在——"

"约翰会在大卫家过夜。"她打断道。

"噢，好吧。我们在哪儿见？"

"市民广场，市场外面。六点十五见。"

他们挂了电话，珍妮特把手机放到上衣口袋里。她还盼着他会很高兴呢，但是他听起来相当冷漠。可话说回来，只不过是看个电影而已。即使这样，他本可以再热情一些吧，她一边关电脑，一边这样想。

珍妮特走过市民广场和安娜·林德纪念碑的台阶，看到了阿克。他看起来有些紧张，她停下脚步，看着他。在一起二十年了。两个十年了。

她走到他身边。"七千上下吧。"她面带笑容说道。

"什么？"阿克露出了不解的神情。

"可能七千多一点，我数学不好。"

"你在说什么？"

"我们在一起七千多天了，知道吗？二十年。"

"嗯……"

英迪拉——餐厅

《人类堕落的杰出研究》，第一部用手机拍摄的故事片长度的电影。它可能不是珍妮特看过的最好的电影，但绝没有阿克认为的那么糟。

"你饿吗？"珍妮特转身问阿克，"还是我们直接去哪里喝一杯？"

"似乎有点饿了，"阿克直直地看着前方，"吃点东西也没什么不好。"

珍妮特觉得这听起来像是作出了某种牺牲。他好像是在努力忍受再多跟她待几个小时。

印度餐厅客满了，他们等了十分钟才有空位。她在想他们有多久没有吃印度菜了。五年了？说到这儿，他们多久没有在餐厅用餐了？两年，也许吧。

珍妮特点了一份简单的菠菜奶豆腐，阿克要了一份味道很浓的辣味鸡肉。

"你总是点同样的菜。"阿克说。

总是点同样的菜？珍妮特知道他也一样老套。他总是挑最辣的菜，然后向她解释为什么要吃辣的食物，吃完后，他又会觉得不舒服，吵着要回家。

他接下来所说的话给她一种似曾相识的感觉。

"首先，它对你有好处。辣味能杀死胃里的细菌，让你流汗。这时，身体的冷却系统就开始起作用了。这就是为什么在炎热的国家里，人们会吃很辣的食物。但是，它还能让人兴奋。它把胺多酚传遍大脑，就好像被毒品麻醉了一样。"

珍妮特伤心地认识到他让她感到厌倦。她尽力改变话题，但是他似乎并不感兴趣，她认识到她可能也让他感到厌倦。

我们全部的关系陷入了停滞，她带着挫败感想，她看着阿克，他正埋头玩手机。

"你在跟谁联系？"

他抬起头看着她。"噢……一个新的艺术项目。一个新联系人。"

珍妮特又产生兴趣了，终于有所突破了吗？

阿克想尽力微笑，但并没有做到。他站起身，去了洗手间。

一项新的艺术项目，她在想，这个新联系人是谁。

五分钟后，他回到桌旁，没有坐下，而是拿起了椅子上的上衣。他们在餐厅外面叫了一辆出租车。珍妮特打开车门，坐到了前排座位上。她回想着今晚的花销。这又是为了什么？她这样想着，阿克坐到了后排座位上。

她转向司机："去盖姆拉·安斯基德。"

珍妮特善于记忆人的面孔，她只用了几秒就认出了他。

他曾和她在同一所中学上学，眼睛和鼻子还是老样子，但是嘴唇没有当时那么饱满了。仿佛一张孩子的面孔躲在一层脂肪和松弛的皮肤下，她禁不住笑了起来。

"天啊！是你吗？"

他也笑了，用手摸了摸差不多全秃了的脑袋，好像是要掩盖岁月的伤痕。

"珍妮特？"

她点点头。

"那么……"他边把车开上了二环路朝斯堪斯蒂尔驶去，边说道，"你最近在干什么？"

"我是一名警察。"

他转弯朝斯堪斯蒂尔大桥驶去。"说实话，你做了警察，我不觉得意外。"

"不意外，为什么？"

"这很明显。"他看了看她，"当时你就是班里的警察。"

她做的一切真的这么容易预见吗？

可能吧。

菠菜奶豆腐。

初中时就是班里的警察了。

乌普萨拉市，1986

那年夏天，她是在那里工作的唯一的女孩。十五个十几岁的男孩互相怂恿着，那间棚屋并不算大，天又一直下雨，他们不能坐在外面。他们打牌决定谁跟乌鸦女孩去另外一个房间。

波拉克山下的大片草地上布满了车辆、嘉年华摊位以及小吃摊。这是八月初，一个移动游乐场将在乌普萨拉停留一周。

她要带着马丁四处逛逛，而他的父母去里面吃饭了。

马丁非常迷人，她看得出他多么喜欢跟她单独在一起。一起度过几个夏天后，她成了他最好的朋友，如果想跟人谈论重要的事，他第一个就会找她。如果伤心了，或者想做一些刺激的、被禁止的事情，他也会来找她。

她觉得这会是他们在一起的最后一个夏天，因为马丁的爸爸在斯科讷省得到了一份薪水更好的新工作。八月中旬，他们一家就要搬走了，而马丁的妈妈刚刚说，他们已经为他找到了一个寄宿生，一个认真负责的女孩。

维多利亚答应在八点钟和他的父母在摩天轮旁碰头。作为晚上的最后一个活动，马丁将从上面看到广阔无垠的乌普萨拉平原。当然，他们也能够从上面看到他在伯格布鲁纳的家。

马丁整个下午都在盼着登上摩天轮。不论站在游乐场的哪个位置，你都能看到摩天轮上那些离地三十米的小房子。

至于她，却并不盼望乘坐摩天轮，因为这不仅意味着这个夜晚的结束，可能也是他们能一起做的最后一件事。

在那之后，不会再有了。

她也不希望他的父母和他们一起乘坐。所以，她建议他们俩现在就去坐摩天轮，然后等他父母回来了再坐一次。这样，还没等他们看明白下面都是什么，他就能跟他们一一指出来了。

马丁觉得这是个好主意，去排队之前，他们一人买了一瓶饮料。他们站在摩天轮下面朝上看，已经感到眩晕了。它是那么高。她一只手揽着他，问他害怕不害怕。

"有一点点。"他回答说。但是她看着他，看得出来这不全是实话。

她拨弄着他的头发，看着他的眼睛。

"没什么好怕的，马丁，"她说，尽力说得令人信服，"我陪着你呢，也就是说不会发生意外的。"

当他们在一个小房子里坐下来时，他对她笑了笑，握住她的手。随着不断有乘客坐上来，他们转得越来越高，而马丁的手也抓得越来越紧。吊舱在接近顶端时停顿了一下，有些摇晃，最下面的一个吊舱也坐上了乘客。他说他不想继续坐了。

"我想下去。"

"可是，马丁，"她试着劝说道，"既然已经到了顶点了，我们可以一直看到伯格布鲁纳——你想看这个的，对吗？"她指着郊区说。这是以前她给他看树林里的东西时惯用的方法。"看那边，"她说，"那是我们去游泳的码头，还有那边是工厂。"

但是，马丁并不想看。

她突然有种用力摇他的冲动，但是当看到他哭起来时，她克制住了。

摩天轮又转了起来，他看着她，用袖子擦了擦眼泪。到了第三圈时，他的恐惧似乎消失了，现在，他似乎很想看看四周开阔的景色。

"你是世界上最棒的。"她在他耳边小声说。他们咯咯地笑了，抱住了对方。

可以看到树林里沿河的一排船屋。一群孩子在一个码头上游泳，坐在吊舱里都能听到他们的笑声。

"我也想去游泳。"他说。

她知道，如果风向不对，就会把远处污水处理厂里浓重的污泥和排泄物的气味吹过来，那一定臭气熏天。

坐完了摩天轮，他嚷着要去河边。

他们离开了游乐场里的人群，绕过主营房，沿着深谷般的斜坡上的小路朝菲里斯河走去。

片刻前还有孩子游泳的码头，现在已经空荡荡了，只有柱子上挂着一条被遗忘的毛巾。黑漆漆、空荡荡的船屋在浑浊的河面上上下摇晃。

她沿着码头大步走下去，弯下腰，试了试水温。

之后，她实在不明白她怎么会把他弄丢了。

他就突然消失了。

她呼唤他。她在岸边的灌木丛和芦苇丛里不顾一切地寻找。她摔倒了，在一块尖利的石头上划伤了，但是依然没有找到马丁。

她跑回到码头上，只看到水面一丝未动，没有一点动静。

她仿佛被关在一个水泡里面了，它隔绝了所有的声响，所有的感官印象。

当她意识到她找不到他时，她拖着疲惫的双腿跑回游乐场，无助地游荡在小吃摊和旋转木马之间，最后，她在人流最多的一条路的中央坐下了。

来来往往的腿和脚，还有令人窒息的爆米花的味道。闪烁的灯光，每一盏的颜色都不相同。

她觉得有人在折磨马丁。想到这儿，她的眼泪掉下来了。

当马丁的父母找到她时，她已经神志不清了。她不住地抽泣，全身都湿透了。"马丁丢了。"她不断地说。她迷迷糊糊地听到马丁的爸爸呼叫急救人员，同时感到有人为她裹上了一条毯子。一个人抓着她的肩膀，把她放到复原卧式姿势。

开始，他们并没有特别担心马丁，因为游乐场面积很大，有很多人可以照顾一个孤身一人的孩子。

但是，寻找了将近半个小时后，他们越来越担心了。马丁不在游乐场，又过了半个小时，他爸爸报了警。之后，他们开始更加系统地搜寻离游乐场最近的区域。

但是那天晚上，他们没有找到马丁。第二天，当他们在水里打捞时，才发现了他的尸体。

从他身体上的伤痕判断，他似乎是在头部撞击石头之后溺水而亡。值得注意的是，尸体已经被严重破坏，很可能是在晚上或深夜发生的。调查结果显示，伤痕是由船的螺旋桨造成的。

维多利亚被送进大学附属医院观察数日。最初的二十四小时内，她只字未谈。医生说她遭受了严重的精神打击。

直到第二天，警察才对她进行询问，但是她却歇斯底里地发作了二十多分钟。

她告诉前来询问她的警察，马丁是在他们坐了摩天轮之后消失的，还说当她找不到他时，她一时惊慌失措了。

在医院的第三天，维多利亚半夜醒过来了。她感觉自己被监视着，房间里也很臭。当她的眼睛适应了黑暗，她看到房间里没有一个人，但是她依然摆脱不了有人在看着她的感觉。那股令人作呕的气味还在，就像粪便的气味。

她小心翼翼地爬下床，离开房间，走到走廊里。走廊灯光通明，但是静悄悄的。

她环顾四周，寻找她忧虑的根源。然后，她看到了它。一盏闪着红光的灯。

这个发现非常残忍，她的肚子仿佛被狠狠地打了一拳。

"把它关掉！"她大喊，"你他妈没有权利拍我！"

立刻出现了三个值夜班的护士。

"出什么事了？"一个人问她，另外两个抓住了她的手臂。

"滚开！"她喊道，"放开我，停止拍摄！我什么事都没做！"

护士死活不放手，她越是挣扎，他们抓得越紧。

"好了，该冷静了。"一个人说道。

他们努力让她冷静下来。他们当着她的面撒谎，她没人可以呼救，没人能帮她。她只能任由他们摆布。

"不要！"她大叫，她看到一个人在准备注射器，"放开我的手臂！"

之后，她沉沉地睡着了。

休息。

早上，精神科医生来看她。他问她感觉如何。

"什么意思？"她说，"我没有任何问题。"

精神科医生向维多利亚解释，说她产生幻觉了，因为她觉得自己对马丁的死负有责任。精神错乱，妄想症，创伤后应激反应。

维多利亚安静地听他说，但是在她内心，无声、顽固的抵抗情绪正在慢慢升起，如同即将来临的暴风雨。

厨 房

厨房被布置成了一间简单的解剖室。餐具室里的架子上没了瓶瓶罐罐的食物，换成了成瓶的甘油、乙酸钾，以及一大堆其他的化学药品。

干净的台子上摆放了一系列常见的工具，宛如一个手术台。有一把斧子，一把锯，好几副老虎钳，有些是平头的，有些用来切割，还有一把大号拔钉钳。

小一些的工具整齐地摆放在毛巾上。一把解剖刀、镊子、针和线，还有一个一端带钩子的长工具。

完成之后，她用一条干净的白毛巾把尸体裹起来。她把装着被摘除的生殖器的盒子放到厨房橱柜里其他的容器旁边。

她往他的脸上扑了一些粉，然后小心地画上眼线，还涂了一层淡淡的唇膏。

最后，她把尸体上所有精美、柔软的体毛刮掉，因为她发现福尔马林使尸体有些僵硬，皮肤肿胀了。现在头发会被拽进皮肤，皮肤会变得更加平滑。

完成以后，男孩仿佛跟活着一样了。

仿佛睡着了。

丹维科斯图尔——犯罪现场

第三个男孩被发现，是在第一个男孩被发现四周以后，地点在丹维科斯图尔下面的滚木球俱乐部。据专家所言，尸体的防腐工作做得非常到位。

珍妮特·科尔伯格的情绪糟透了。不仅因为她的足球队输给了格朗达尔，还因为她又要赶去犯罪现场，而不是回家冲澡。她满身是汗地到了现场，身上还穿着足球装备。她跟施瓦茨和阿伦德打了招呼，然后朝赫提格走去，他正在警戒线边抽烟。

"比赛怎么样？"阿伦德问道。

"2比3，输了。一个有争议的点球，一个乌龙，我们的守门员膝盖韧带撕裂了。"

"你看，就像我经常说的那样，"施瓦茨咧着嘴说，"女孩就不该踢球。你们总是弄伤膝盖。你们天生不是干这个的料。"

她顿时感到气不打一处来，但是实在不想再进行一次老套的争论。每次提到她的足球队，这算是她同事的标准评语。但是，施瓦茨这么年轻就抱有如此陈旧过时的观点，她依然觉得很奇怪。

"我知道。这边情况怎么样？知道死者的身份吗？"

"还不知道，"赫提格说，"但是我担心，这跟之前的案件惊人相似。尸体经过了防腐处理，看起来就跟活着一样，就是稍微有点苍白。有人把他放到一条毯子上，这样他看起来就像是在晒日光浴。"

阿伦德指向滚木球俱乐部旁边的树丛。

"还有吗？"

"按照安德里奇的说法，尸体已经在这里几天了，从理论上来说，"赫提格回答道，"我个人觉得这不太可能。我的意思是，他就在空地上。如果看到一个人深更半夜躺在毯子上，我一定会觉得有点怪异。"

"可能昨天晚上没人经过。"

"可能吧，可是一样……"

珍妮特·科尔伯格做了她该做的，然后让安德里奇完成报告后尽快给她打电话。

到达犯罪现场两个小时后，她坐回到车内，开车回家。她这才意识到比赛过后，自己全身酸痛。

当她经过西克拉环形路口时，她给丹尼斯·比林打去了电话。

警察局长听起来气喘吁吁的："我在回家的路上，那边情况怎么样？"

"又死了一个男孩。伦德斯特劳姆和范奎斯特那边怎么样？"

"我担心范奎斯特不愿意我们审问伦德斯特劳姆。眼下我也做不了什么。"

"我知道了。他妈的他怎么就这么不配合？他们一起打高尔夫吗？"

"小心点，珍妮特。你我都知道范奎斯特是个很有才华的——"

"狗屁！"

"好吧，事实就是这样。我要挂了，明天再谈。"丹尼斯·比林挂了电话。

她右转进入安斯基德路，在环形路口的红灯处停下了，这时，她的手机响了。

"嗯……你好，我是乌尔瑞卡。是你找我吗？"

她的声音有些冷漠，珍妮特意识到这一定是乌尔瑞卡·温丁。

"乌尔瑞卡？谢谢你给我回电话。"

"你想要什么？"

"卡尔·伦德斯特劳姆。"珍妮特说。

电话里安静了。"好吧，"女孩终于说，"怎么了？"

"我想和你谈谈他对你的所作所为，我希望你能给我一些帮助。"

"他妈的……"乌尔瑞卡叹气道，"再回忆一次，我不知道自己能不能承受得了。"

"我知道这对你很困难。但是这是一件善事。你告诉我你所知道的，就能帮助其他人。如果他罪名成立，被关起来，你也算得到了某种公正对待。"

"他犯了什么罪？"

"我明天再跟你详细说，你明天可以见我吗？我过来找你，可以吗？"

又一阵沉默，珍妮特听着女孩大口喘气。

"应该可以吧……什么时间？"

盖姆拉·安斯基德——科尔伯格家

当珍妮特被电话吵醒时，早已过了半夜。

是伊沃·安德里奇。

他告诉她，解剖学研究所的一位夜班保洁员恰好是个乌克兰人，他在哈尔科夫大学读的医科。保洁员一看到尸体，就说这让他想起了列宁。伊沃·安德里奇就让他说。保洁员说，他记得读过一位沃若比沃夫教授的作品，后者曾在二十世纪二十年代奉命对列宁的尸体进行防腐处理。

"我上网查证了一下，"伊沃说，珍妮特从声音里听得出他非常疲惫，"列宁去世一周后，他的遗体就显示出腐烂的迹象。皮肤开始变暗，变得更黄，出现了斑点，有真菌生长的迹象。负责保存遗体的人就是弗拉基米尔·沃若比沃夫，一位哈尔科夫大学解剖学研究所的教授。"

伊沃·安德里奇解释了整个过程，珍妮特入迷地听着。

"首先，他们移除内部器官，用乙酸冲洗遗体，然后，向软组织中注射福尔马林。经过几天的忙碌工作之后，他们把列宁放进了一个玻璃浴缸，并用水和化学药品的混合物浸泡遗体，另外，还放入了甘油和乙酸钾。我立刻意识到，对男孩的尸体进行防腐处理的人一定是在用沃若比沃夫的方法。"

法医最初判断凶手一定是个有专业知识的人，但是他现在承认这个判断太过草率了。

"现在，只要能上网就足够了，"他说道，然后叹了一口气，"另外，既然我们差不多可以断定凶手跟之前案子的凶手是同一个人，而且能够获得大量的麻醉剂，那么应该也不难得到对尸体进行防腐处理的化学药品。"

尸体上的伤痕跟前两个男孩身上的伤痕一样。背部有超过一百处瘀伤、针孔和伤口。

如珍妮特所料，男孩的生殖器也被摘除了。用的是相似的锋利刀片，手法同样精确。

最后，安德里奇说他做了一副男孩牙齿的石膏模型——神奇的是，男孩的牙齿完整无缺——将要送给牙医进行鉴定。

当他们挂断电话时，已经是凌晨两点半了。

现在，有人连续杀害了三个人，珍妮特想，而且他们不可能就此罢休。

当她终于闭上眼睛再睡会儿时，她感觉自己要冻僵了。阿克的呼噜声让入睡变得更难了，但是她已经学会了应对方法。她轻轻地推了推他，他就嘟囔了一声，然后侧过身去。

直到四点半，她还没有睡着在床上翻来覆去。她实在受不了了，就悄悄地下了床，走到厨房，煮上了一些咖啡。

咖啡机煮咖啡的时候,她走到地下室里,把衣服放进洗衣机。她做了几个三明治,端了一杯咖啡,然后走到花园里。

坐下来之前,她顺着小路走到信箱边,取了报纸。

很明显,主要的新闻是关于在丹维科斯图尔被发现的男孩的新闻,珍妮特感觉自己似乎被跟踪了。在路的另一侧,一个邻居的信箱旁边,孤零零地停放着一辆婴儿车。

早晨的太阳从树篱后面升起来了,阳光蒙住了她的眼睛,她把手举到眼睛上方,好看看是怎么回事。

灌木丛里有动静。一个年轻人快速穿过道路,边走边提裤子,她意识到他刚在她的树篱边撒尿了。

他走到婴儿车边,拿出一份报纸,放到邻居的信箱里。然后,他朝下一家走去。

一辆婴儿车,她想,一个念头浮上心头。

克鲁努贝里——警察总部

珍妮特·科尔伯格到办公室后的第一件事就是给负责配送报纸的公司打电话。

"你好,我是珍妮特·科尔伯格,斯德哥尔摩警察局。我想查出五月九日早上是谁负责国王岛上师范大学附近区域的配送工作。"

接线员听起来有些紧张。

"好的……应该查得到。关于什么事?"

"谋杀案。"

珍妮特一边等她打回来,一边把赫提格叫到了办公室。

"你知道吗?送报纸的人有时候用婴儿车而不是用带拖车的自行车。"赫提格走进来,在她对面坐下,她说。

"不,我不知道。你是什么意思?"他疑惑地看着她。

"你记得我们在图里尔德斯普兰发现了婴儿车的痕迹吗?"

"当然。"

"那谁会大早上就出门呢?"

赫提格微笑着点了点头:"送报纸的人……"

"电话很快就会响,"珍妮特说,"你来接吧。"

他们静静地坐了一分钟,然后电话响了,珍妮特按下了免提。

"延斯·赫提格,斯德哥尔摩警察局。"

配送公司的女孩作了自我介绍:"一位女警官告诉我说,她想知道五月九日早上是谁负责国王岛西部的配送工作。"

"是的,没错。"

珍妮特看得出来,赫提格已经明白了。

"他叫马丁·特林,但是他已经离职了。"

"你有他的联系方式吗?"

他记下了电话,然后问接线员她是否还有这个前雇员的其他信息。

"是的,我这里有他的个人信息。你想要吗?"

"如果你不介意的话。"

赫提格记下了马丁·特林的身份证号码,然后挂了电话。

"那么,你有什么想法?"珍妮特问道,"一个嫌疑犯?"

"嫌疑犯或者目击证人。用婴儿车运送尸体非常有可能,不是吗?"

珍妮特点点头。"或者就是马丁·特林在送报纸的时候在图里尔德斯普兰发现了男孩的尸体,然后报了警。"

她给阿伦德打了电话,让他努力找到特林。她把电话号码给了他。

"好的,我们快速梳理一下,"然后她说,"告诉我,目前谁的嫌疑最大。"

"卡尔·伦德斯特劳姆。"赫提格毫不犹豫地回答。

"好,"她说,"为什么?"

赫提格似乎被这个情形弄迷糊了。

"恋童癖者,知道如何从第三世界购买儿童,认为阉割是个好办法。而且能够获得麻醉剂,因为他的妻子是个牙医。"

"我同意,"珍妮特说,"那么,让我们把火力集中在他身上吧。今天上午我拿到了乌尔瑞卡·温丁案子的初期调查报告,我建议我们先作点准备工作,然后开车去见她。"

哈马比高地——一个郊区

开门的是个又矮又瘦的女孩,看起来最大不过十八岁。

"你好,我是珍妮特·科尔伯格,这是我的同事延斯·赫提格。"

女孩避免眼神接触。她点了点头,领着他们进入一个小厨房。

珍妮特在她对面坐下,赫提格则站在门廊里。

"门上的姓氏跟你的不一样。"珍妮特说。

"是的,我这是租的三手或四手房。"

"我了解这种情况。斯德哥尔摩完全没有希望,如果你不是百万富翁,根本找不到住的地方。"珍妮特露出了微笑。

女孩没有起初那么害怕了,她也小心地笑了笑。

"乌尔瑞卡,我会直奔主题,这样你就不用在我们身上花费过多时间。"

乌尔瑞卡·温丁点点头,手紧张地摆弄着桌布。

珍妮特向她简单介绍了卡尔·伦德斯特劳姆的案情,当她认识到此案的证据确凿、很可能会判这位恋童癖者有罪的时候,女孩看起来放松了一些。

"七年前,你举报他强奸了你。你的案子可以重新审理,我觉得你获胜的可能性很大。"

"获胜?"乌尔瑞卡·温丁耸了耸肩,"我不想重审……"

"你愿意告诉我们当时发生的事情吗?"

女孩沉默地坐在那里,眼睛盯着桌布,珍妮特看着她的脸。看到的是恐惧和困惑。

"我不知道从何说起……"

"从头说起。"珍妮特说。

"当时……"她尝试着说,"当时,我和一个朋友回复了一则网络广告……"乌尔瑞卡·温丁陷入了沉默,她看着赫提格。

珍妮特意识到他的在场让乌尔瑞卡不敢开口,她小心地做了个手势,让他知道他最好离开房间。

"开始,就是为了好玩,"赫提格去了大厅,女孩继续说,"但是很快,我们就认识到我们可以赚钱。打广告的那个男人想同时跟两个女孩睡觉。我们能够得到五千……"

珍妮特看得出,她讲这些是多么的艰难。

"好的。之后发生了什么?"

乌尔瑞卡·温丁依然低头看着桌子。"那些天我有些失控了……我们喝醉了,答应和他见面,他开车来接我们。"

"卡尔·伦德斯特劳姆?"

"是的。"

"好，继续。"

"我们去了某地一个酒吧。所有的酒都是他买单，我朋友离开了。开始，他很生气。但是，我答应以一半的价格跟他走……"

珍妮特看得出女孩觉得很难为情。

"我不知道为什么……"

她的声音越来越小了。"一切都那么模糊，他把我领回车里，然后就一片空白了。等我醒来时，是在一个酒店房间里。"

珍妮特猜她是被下药了。

"你知道是哪家酒店吗？"

乌尔瑞卡·温丁第一次看了珍妮特的眼睛。

"不知道。"

开始，女孩讲的时候犹豫不决，而且支离破碎，但是从这以后，开始变得清晰而真实。她讲述她被迫和三个男人发生性行为，而卡尔·伦德斯特劳姆则站在一边录像。最后，他自己也对她进行了强奸。

"你是怎么知道他是卡尔·伦德斯特劳姆的？"

"我在报纸上看到了他的照片，才知道他是谁。"

"也就是在那时，你举报了他？"

"是的。"

"而且你还能够在一群人中认出他来？"

乌尔瑞卡·温丁看上去有些疲倦。"是的。但是他有不在场证据。"

"有没有可能是你搞错了？"

女孩的眼中闪过一丝轻蔑。

"那一幕还在眼前！就是他。"

乌尔瑞卡·温丁叹了口气，茫然地盯着桌子。

珍妮特点了点头："我相信你。"

珍妮特和赫提格离开公寓、穿过停车场的时候，赫提格开口了，这是他们到达以后他第一次说话。

"你觉得如何？"他问。

珍妮特开了锁，打开车门。"范奎斯特最好重启她的案件，否则就是玩忽职守。"

"我们的案子呢？"

"疑问重重。"他们坐进汽车，珍妮特发动了引擎。

"疑问重重？"赫提格笑了一声。

珍妮特摇了摇头。"看在上帝的分上，延斯，已经过去七年了。她当时喝醉了，被下了药。而且，跟我们的手头的案子没有太多相似点。"

她在一个路口停下了，是她的手机响了。他妈的是谁打来的？她想。

是阿伦德。

"你在哪？"他问。

"哈马比高地，正往市里走。"珍妮特回答。

"你最好掉头。我们要找的送报男孩马丁·特林，就住在卡尔托普。"

卡尔托普——一个郊区

前送报人马丁·特林开门时看起来宿醉未醒，穿着运动裤和一件没有系扣子的衬衫。他没有刮胡子，头发都竖了起来，呼出的气息能熏倒一头大象。

"你们有什么事？"马丁·特林清了清嗓子，珍妮特后退一步，担心他要吐了。

"我们能进来吗？"赫提格举起他的警官证，指着公寓里面说。

"可以，但是里面有点乱。"马丁·特林耸了耸肩，领着他们进去了。

珍妮特看到，他们的出现对他丝毫没有影响，这让她非常意外，他可能觉得他们迟早会找到他。

公寓里散发着啤酒和垃圾的臭味，珍妮特努力通过嘴巴呼吸。特林引他们进了客厅，然后在唯一的扶手椅上坐下，接着打手势让珍妮特和赫提格坐到沙发上。

"开一下窗户，好吗？"珍妮特看了看四周，等这个宿醉的家伙点了点头，她走过去开了一扇窗，然后坐到赫提格身边。

"告诉我们，在图里尔德斯普兰发生了什么。"珍妮特拿出笔记本，"是的，我们知道你去过那里。"

"不用着急，"赫提格说，"我们需要你讲得尽可能详细。"

马丁·特林前后摇着，珍妮特意识到他在努力搜索自己被酒精浸泡得支离破碎的记忆。

"那天早上我的状态不太好，"他说，说着伸手去拿一盒烟，摇出来了一支，"头天晚上还有第二天凌晨我一直在喝酒，所以……"

"但是你仍然去上班了?"珍妮特在笔记本上做了记录。

"没错。完成工作以后,我在地铁站外面停下来,去撒了泡尿,那个时候我看到了那个袋子。"

尽管他还未完全清醒,但是他的讲述非常详细,而且很连贯。他去地铁站左边的灌木丛里撒尿,然后发现了那个黑色垃圾袋。他打开了,被眼前的景象吓了一跳。

他迷迷糊糊的,不知道该怎么办,就回到了路上,抓起他用来运报纸的婴儿车,快速穿过公园,朝洛拉姆布斯维根走去。

到 DN 塔后,他就打电话报警了。

没有了。

其他的他什么也没看到。

赫提格专心地看着他。"说实话,你没有跟我们取得联系,我们完全可以拘留你。但是,如果你能去警局留下唾液样本,我们可以不追究这个。"

"唾液样本?"

"是的,这样我们就能把你的 DNA 排除出调查范围,"珍妮特解释道,"毕竟,袋子上有你的尿液。"

塑　料

塑料随着另外那个男孩的动作而沙沙作响。他已经睡了很久了。高数着,差不多十二个小时了,他摸索出远处微弱的钟声每小时响一次。

然后,钟声又响了,他想那里是不是一座教堂。

他用文字思索,虽然他并不想这样。

玛利亚,彼得,詹姆士,玛格达琳娜。

高濂,来自武汉。

他听到那个男孩醒了。

黑暗里,男孩造成的声响显得更大了。抽泣声,扯动链子时的格格声,呻吟声,还有哀伤而陌生的言语。

高没有戴链子。他可以随意对那个男孩做任何事情。如果他对那个男孩做一些事,她会不会回来呢?他渴望她,但是不知道她为什么不来。

他注意到男孩在黑暗中不断地摸索，仿佛在寻找着什么。有时，他还喊出他那奇怪的语言。听起来像咻哇，咻哇，咻哇。

他想让那个男孩走开。他憎恨他，他在房间里，让高感到孤单。

最后，她终于来了。

他在黑暗中待得太久，所以当光线照进来时，他的眼睛都痛了。那个男孩大喊大叫，还乱踢一通。接着，当他看到光亮里的高时，他就安静一些了，很有侵略性地瞪着高。也许，那个男孩只是因为高不用戴链子而感到嫉妒吧？

那个漂亮的女人走进房间，手里端着一个碗朝高走去。她把冒着热气的汤放在地上，亲吻了他的额头，用手抚摸了他的头发，他想到他是多么喜欢她的触碰。

过了一会儿，她带着另一个碗回来了，给了另外那个男孩。他贪婪地吃起来，但是高等着，等到她关上了门，房间里再次暗下来。他不想让她看到他的饿相。

刚过了一个小时，她又走进房间。她肩上放着一个袋子，手里拿着一个看起来像是大槌的黑色物体。

男孩死了，鲜红的血溅上了天花板。高不再孤单了，他可以在房间里随意走动了，不用再躲着那个男孩。现在她来得更频繁了，这点也很好。

但是，有一件事是他不喜欢的。

他的脚开始痛了。他的脚指甲长得很长，已经向下并向内弯曲，他每走一步，都觉得很痛。

一天晚上，他正睡着，她趁他不注意进来了。当他醒来时，发现自己双手被反绑在背后，双脚也被绑住了。她跨坐在他身上，他能看到她背部的轮廓。

他立刻明白她想做什么了。之前只有一个人这么做过，那是在他长大的儿童福利院。不止一次，那个有疤痕的老人在走廊里追着他跑。他最后总会被抓到，然后老人就会拿出刀子。他把高的脚抓得太紧，他都开始哭了，而当他从木制小刀鞘里取出刀子时，他张开没了牙齿的腮帮，笑了。

他那么喜欢她，她却这样对他，这一点都不好。

之后，她松开绳子，给了他一些吃的和喝的。他碰都不碰，当她厌倦了打他的额头，就离开了，他在那里躺了很久，想着她的所作所为。

就在那一刻，他恨她，他不想再待在那里了。他已经清楚地表明了他不喜欢这样，她为什么还要伤害他呢？她过去从来没有这样做过，这感觉很不好。

但是过了一会儿，她又进来了，他发现她哭过。他感到脚不痛了，也没有像以前老人剪的时候那样流血。

那时，他第一次对她开口说话了。

"高，"他说，"高濂。"

盖姆拉·安斯基德——科尔伯格家

太阳已经升起来几个小时了，草地上的露水也干了。

珍妮特·科尔伯格透过厨房的窗户往外看，认识到这将是一个炎热的六月天。没有一丝风，路对面房顶的瓦片上已经泛起了热浪。

早上七点整，推着装满报纸的婴儿车的送报人准时经过这里。

马丁·特林，她想。就像吉米·弗鲁加德一样，特林的不在场证据也难以质疑。只不过，弗鲁加德是在苏丹执行秘密任务，特林是在进行戒毒康复治疗。赫提格仔细查看了他离开诊所的记录情况。马丁·特林没有嫌疑。

现在是七点半，她正一个人坐在餐桌前吃早餐。

约翰还在床上埋头大睡。阿克在哪儿，她不知道。他头天晚上跟一个朋友出去了，没有回家。半个小时前给他打电话，他也没有接。

他身无分文，怎么能去酒吧呢？她想。

她从她父亲那里借来的五千克朗里，拿出两千给了阿克。我的朋友们请客，他说。当然。喝了几杯之后，他会怎么表现，她再清楚不过了。挥金如土，请大家喝酒。阿克，这个慷慨大方的朋友。那是他们的钱。不，是她的钱，是她从她父亲那里借来的，还要拿来养活约翰的。

她和阿克已经好几天没怎么见面了，她想到了看电影以及去餐馆吃饭的那个失败的晚上。

费尽心思去重燃一段死气沉沉的感情，意义何在呢？它可能早就不在了，为什么还要千方百计回去呢？

继续往前，可能更好。换个方向。

分开的想法并没有吓到她，她只是觉得是个麻烦事。

不自在，就像一位不受欢迎的客人。

他们已经变得如此不同。

变化不是一夜之间发生的，它缓慢地爬到他们身上，几乎不知道发生在何时。五年前，两年前，六个月前？她说不上来。

她只知道她很想念他们过去的交流方式。即使在很多事情上意见相左，他们也能谈论、交流，充满好奇，并让对方感到惊喜。谈话渐渐变成了两个人沉默的自说自话。工作和家庭开支是他们主要的谈话主题，即使这种时候，他们也不能心平气和地对话，尽管这应该很容易。

她感觉自己在抱怨，他则是烦躁，心不在焉。

珍妮特喝完了咖啡，清理了桌子。之后，她走进浴室，刷了牙，去冲澡。

和足球队的女孩们交流是那么容易。尽管不总是这样，但是如果太久不比赛或者训练，她还是会常常想念她们。

十个、十五个各不相同的人组成一个团队，大家的观点、喜好和背景也各不相同。很明显，她们不能彼此都友好相处，但是至少能够坦诚相见。大笑、开玩笑、争执，都没有关系。

在球场上一同拼搏的两个人可以成为朋友，即使她们在球场之外判若水火。

但是，在球场之外，她没有和其中的任何人建立起亲密的朋友关系。她们彼此认识好几年了，也会一起参加聚会，一起去酒吧。但是她从未邀请任何人到家里做客。

她知道其中的原因。她没有这份精力，就是这么简单。她需要把全部精力放到工作上，她知道只要她还在做这份工作，就必须是第一位的。

珍妮特走出淋浴，擦干身子，然后开始穿衣服。她瞥了一眼时间，认识到自己马上要迟到了。

她离开浴室，轻轻地推开约翰的房门，看到他还在睡。然后，她走进厨房，给他写了一张留言条。

"早上好。昨晚回来晚了。饭在冰箱里，只要热一下就好。玩得愉快。爱你，妈妈。"

太阳下面差不多有三十度，她真想和约翰躺在某个沙滩上。但是她知道，得过段时间才能考虑休假的事。

克鲁努贝里——警察总部

半个小时后，她已经坐在国王岛上的办公桌前，跟赫提格、施瓦茨和阿伦德进行了一次简短而令人沮丧的梳理。

上午，珍妮特发现她必须继续调查，原因很简单，如果这么快就放弃，那也太难看了。

　　认真体会其中的言外之意，没有人在意这三个男孩。珍妮特认识到她工作的唯一目的就是收集信息，也许当另一个真正被人挂念的男孩丧命时，这就能成为重要线索。一个死了的、饱受折磨的瑞典男孩，他的家人会找来媒体，指责警方工作不力。

　　珍妮特觉得这不太可能发生，因为她相信凶手并非随意选择受害者。手段的残忍和作案手法如此相似，凶手肯定是同一个人。但是，她还不能确定。有时，巧合会使一切陷入混乱。

　　她排除了所有的常规的谋杀案。他们面对的是一个经验老到、有着漫长的暴力行径的人，凶手既有麻醉学知识，也能获得麻醉剂。受害人都是小男孩，他们的生殖器都被移除了。如果有正常谋杀这种东西的话，那这就是它的反面。

　　有人轻轻地敲了敲门，赫提格进来了。他在她对面坐下，表情里透着无奈。

　　"那么，我们该怎么办？"他问。

　　"说实话，我也不知道。"她回答道，仿佛他的萎靡状态能传染一样。

　　"我们还有多长时间？我想这不是最紧要的任务吧？"

　　"只有几周吧，还不确定，但是如果我们不能尽快有所发现，那只能查其他案子了。"

　　"好的。我建议我们再跟国际刑警组织联系一次，然后再去难民中心查查。如果没有用，我们还可以再去中央大桥试试。我不相信那些孩子就这样凭空消失了。"

　　"我同意，但是这恰恰相反。"珍妮特看着赫提格的眼睛说。

　　"什么意思？"

　　"我的意思是这些孩子看起来是凭空出现了，而不是消失了。"

　　两点半，阿克打来了电话。起初，她不明白他在说什么，因为他太兴奋了，当他稍微平静了一些，她就差不多知道事情的原委了。

　　"你还不明白吗？我要举行画展了。那个画廊太他妈漂亮了，她已经帮我卖出去三幅了。"

　　这个"她"是谁？珍妮特想。

　　"就在市中心，在奥斯特马尔姆！天啊，我几乎不能相信这是真的！"

　　"阿克，冷静一下。你之前为什么只字未提？"

　　当然，那天看完电影吃饭的时候，他确实提到了在准备什么东西，但是她同时也不禁想到，这二十年来，他一直闲散在家，她始终支持并鼓励他进行艺术创作。现在，他要把自己的画拿去展览了，却对她一字不提。

她在电话里听到他的呼吸，但是他并没有开口。

"阿克？"

过了片刻，他才回过神来。"是的……我不知道。我也是临时有了一个想法。我在《艺术透视》上读到了一篇文章，于是决定和她谈一谈。似乎一切都符合她在文章中所说的。起初，我有些担心，但是我大概始终清楚这是正确之举。是时候了，大概就是这样吧。"

所以，这就是他昨晚没有回家的原因，珍妮特想。

"阿克，你这是在打哑谜。你去找谁了？"

他解释说那个女人是斯德哥尔摩一家大型画廊的代表，她完全被他的作品折服了。她动用自己的关系，已经卖了接近四万五千克朗了，而展览甚至还没有开始。

策展人估计他们能卖到这个数目的四倍，还允诺在她们的哥本哈根分馆再办一次展览。

"差不多赶上路易斯安那博物馆了。"阿克笑了，"虽然它只是位于新港的一家小型画廊。"

珍妮特心里感到暖暖的，但是尽管为事情有了进展而感到高兴，直觉告诉她这其中有问题。

他的艺术真的只是他一个人的吗？

她已经不记得有多少个夜晚，他们坐起来讨论他的作品。通常，他最后总会哭着说这行不通，她又要安慰他，鼓励他沿着自己选择的道路继续前行。她信任他。

她知道他很有天赋，尽管她算不上这方面的专家。

"阿克，你一直给我惊喜。但是这次完全出乎我的意料。"她禁不住笑了，尽管她更想问他为什么一直对她保密。毕竟，这个他们已经讨论很多年了。

"我想，我是害怕失败吧，"最后他承认道，"我的意思是，你一直都支持我。天啊，你一直养活我，让我继续走下去。就像一个保护人。你为我所做的一切，我真的非常感激。"

珍妮特不知道该说些什么。一个保护人？他就是这样看待她的吗？就像一台私人提款机？

"你知道吗？你知道在同一地点，同一时间，谁跟我一起办画展吗？"

他逐字拼了出来："迪——赛——弗——兰——克，"然后他大声笑了起来，"亚当·迪赛-弗兰克！听着，我得挂了。我要去见亚历山德拉，跟她谈一下具体的细节。晚上见!"

所以,她叫亚历山德拉。

盖姆拉·安斯基德——科尔伯格家

珍妮特转进车道时,突然看到车库门前停了一辆陌生的汽车,她用力踩下刹车才没有撞上去。这辆红色跑车的车票揭示了车主的姓名。科瓦尔斯卡是阿克联系的那家画廊的名字,珍妮特猜想这辆车的主人一定就是亚历山德拉·科瓦尔斯卡。

她打开门,走进房子。

"人呢?"

没有人应答,于是她上楼。她听到阿克的画室里传出了说话声和笑声,于是敲了敲门。

声音立刻消失了,她走了进去。阿克的几幅画摊在地板上,桌子旁坐着阿克和一位异常美丽的金发女人,四十多岁。她穿着一条黑色紧身裙,脸上化着淡妆。所以,这就是亚历山德拉,珍妮特。

"你要和我们一起庆祝吗?"阿克指着桌子上的那瓶酒说,"不过,你要先拿个杯子。"他发现那里没有杯子了,补充说。

这是在搞什么鬼?珍妮特看到摆着的面包、奶酪和橄榄油,这样想着。

亚历山德拉笑了笑,看着她。珍妮特不喜欢这个女人的笑声,听起来很假。

"也许我们应该互相介绍一下吧?"亚历山德拉直截了当地扬了扬眉头,站了起来。她很高,比珍妮特高了不少。她走过去,伸出一只手。

"亚历克斯·科瓦尔斯卡。"她说道。珍妮特从她的口音听出,她不是瑞典人。

"珍妮特……我去拿个杯子。"

亚历山德拉——或者亚历克斯,她更喜欢别人这样叫她——一直待到接近午夜才叫了一辆出租车离开。阿克在客厅的沙发上睡着了,珍妮特端着一杯威士忌,独自坐在厨房里。

珍妮特很快就认识到,亚历克斯·科瓦尔斯卡是个善于操控别人的人。

晚上,亚历克斯向阿克承诺会再举办一次画展。在波兰克拉科夫,那里似乎不仅是她的基地,还有重要的联系人。她很多关于突破和成功的言论,都让珍妮特觉得是公然挑衅。她对阿克作品的过度夸赞以及她对未来的宏伟计划是其中一方面。但是接着,她就又开始赞美了,亚历克斯形容阿克是一个罕见的善于交际的人,她视他为一位天赋秉异、令人兴奋的艺术家。他的眼睛清澈、热情而智慧,等等。亚历山德拉甚至说他的手腕很漂亮,当阿克低下头,面带微笑看着它们时,她用手指滑过他手背上的静脉,称它们是画家的线条。珍妮特惊呆了。这个女人不知道羞耻吗?她觉得亚历克斯晚上说的话,大部分都很乏味,但是很明显,她的奉承话让阿克非常受用。

这个女人是一条蛇,珍妮特想,她已经预想到当阿克的希望不能完全实现时,他会感到多么失望了。

他们的感情怎么到了这一步?这是要结束的兆头吗?

她关掉厨房的灯,走进客厅,打算叫醒正在打呼噜的阿克。但是他睡得跟死人一样,于是她只好一个人上床睡觉了。

珍妮特睡得很不好,一直在做噩梦,她醒来时,感觉很消沉。床单被汗水浸湿了,她一点都不想起床。但是,她不能就这样躺在那儿。

要是有一份正常的工作该多好啊,她想。那种你说病了就可以休息一天的工作。那种你可以被他人替代、你的工作指责可以推迟一两天的工作。

她伸了伸懒腰,身体一阵颤抖,然后把被子拉好。她还没弄明白是怎么回事就起床了。她的身体出于本能帮她作了这个决定。要负起责任,它说。尽职尽责,不要屈服。

冲了澡之后,她穿好衣服,下楼进了厨房,约翰正坐在那里吃早饭。她的睡意消失了,她感觉准备好应对新一天的工作了。

"你这么早就起床了?才八点钟啊。"她把咖啡机装满。

"是的,我睡不着。今晚我们有比赛。"他快速地翻看报纸,找到了体育版,然后看了起来。

"是场重要比赛吗?"珍妮特拿出一个杯子和一个碗,放到桌子上,然后从冰箱里拿出牛奶和酸奶。

约翰没有回答。

珍妮特拿起咖啡壶,倒了满满一杯,在他对面坐下,重复了一遍问题。

"是场杯赛。"他小声说,视线没有离开报纸。

珍妮特再次为自己的一无所知感到无奈。她不知道儿子每天的生活是什么样的。她意识到自己上个学期从未去过他的学校,除了学年的最后一天。

"你们跟谁踢?是什么杯赛?"

"省省吧!"他合上报纸,站了起来,"你其实并不关心。"

"约翰!我当然关心,但是眼下我手头很多工作……"她失去了条理,想了想自己的话。这是她能想到的最好的借口?她感到无比羞愧。

"我们和尤尔加登队踢。"他拿起盘子,放进了洗碗池,"今晚是决赛,我觉得爸爸会来看的。"他走进了门廊。

"你们一定会赢的,"她对他喊道,"尤尔加登队很差。"

他没有回答,径直进了自己的房间,关上门。

当她要走的时候,她听到阿克在沙发翻身的声音。她走进客厅。他已经醒了,正坐在那里揉脸。他脸上沾满了头发,眼睛里满是血丝。

"我走了,"她说,"我不知道什么时候能回家。可能会很晚。"

"好的,好的。"他看着她,珍妮特从他脸上厌烦的表情看出,她今晚回不回来,他都不在乎。

"不要忘了,约翰今晚有场比赛。他希望你能到场。"

"看看吧。"他站起身,"我有时间就去,但是我不确定一定能去。我要去见亚历克斯,跟她商定一个展览目录,这要花点时间。你为什么不去?"他露出了讽刺的笑容。

"算了吧。你知道我去不了。"她转过身,走进门廊,朝门口走去。他们的鞋子和靴子堆在一起,周围是砂砾和泥块。

不称职,她想。不成器,自大狂。

"我晚点打电话看情况如何。"

她打开门,走到外面的门廊上,没等他回答就关上了门。

克鲁努贝里——警察总部

去往市里的交通像往常一样缓慢,但是过了古尔马斯普兰就缓解了一些,所以当她停好车时,时间刚刚九点整。她决定绕着国王岛走一圈,梳理自己的思绪,以此开始一天的工作。

当她来到办公室时,赫提格正坐在她的办公桌后面等她。

"最重要的人总是晚点出场。"他咧开嘴笑了。

"你在这里干吗?"她走过去,清楚不过地表示她希望他离开座位。

"如果我错了,就纠正我,珍妮特,"他开口说,"但是我们现在处于糟糕的境地,不是吗?"

珍妮特点点头:"你想说什么?"

"我自作主张查看了数宗极端暴力案件……"

"好吧,我同意。"她突然兴奋起来了,因为她知道赫提格一定有所发现,不然他不会过来烦她。

"我意外地发现了这个。"他扔给她一个棕色的档案夹。封面上写着"本特·伯格曼。案件审结"。

"过去几年间,伯格曼来这里接受过七次询问,最近的一次是周一。"

"周一?为什么?"

"一个名叫塔蒂亚娜·阿卡托娃的女孩举报他强奸。她是一名妓女,另外……"赫提格停下来,"好了,不用在意她,这不是让我怀疑的地方,而是案件中的残忍手段。当我拿它跟之前的举报进行比较时,发现手法如出一辙。"

"暴力?"

"是的。女孩都遭受暴打,有些被人用腰带抽打,她们的肛门都被什么东西捅伤了。很可能是用瓶子。"

"我猜他从未被定罪,因为他没有犯罪记录。"

"没错。证据总是不足,而且大部分受害者是妓女。他的说法比她们的更可信,而且如果我没有搞错,每次他妻子都为他做不在场证明。"

"所以你觉得我们应该把他带来?"

赫提格笑了笑,珍妮特知道他是要把谜底留到最后。

"其中两起举报案件中涉及性虐未成年人。一个是女孩,一个是男孩。是同胞两姐弟,出生于厄立特里亚。另外还存在暴力行径……"

珍妮特立刻拿起文件,开始翻看。"该死,赫提格。跟你合作我真高兴。我们找找……找到了!"

她拿出一份薄薄的文件,快速浏览了一遍。

"一九九九年六月。女孩十二岁,男孩十岁。极端暴力,鞭打伤,性虐待,两人有外国背景。未予立案,原因是……什么?两个孩子的说法不可信,因为俩人的证词不吻合。他的妻子再次为他做了不在场证明。把他跟我们的案子联系起来有困难。我们还需要其他东西。"

赫提格已经想到这一点了。

"我们可以试试运气,"他说,"在伯格曼的文件里,我发现了他女儿的名字。也许我们试着给她打个电话?"

"我不敢苟同,你怎么觉得她会帮助我们?"

"谁知道呢,也许她不愿像她母亲那样为她的父亲做不在场证明。好吧,这算是瞎猜，但是之前奏效过，不是吗？你觉得怎样？"

"好吧，但是电话由你来打。"珍妮特把电话递给他，"你有她的电话吗？"

"文件里没有，但是……"赫提格说着用一个夸张的动作翻到了笔记本的下一页，然后拨了电话，"可惜，只是个手机号码，没有地址。"

珍妮特咯咯地笑了："你早知道我会同意的。"

赫提格边笑着看着她，边安静地等着。

"是的，你好……我找维多利亚·伯格曼。这个号码对吗？"赫提格看起来有些吃惊。"你好？"他皱起了眉头，"她挂了。"

他们看着对方。

"我们先等一等，然后我来跟她谈。"珍妮特站起身，"也许她更愿意和一个女人谈。无论如何，我现在要去喝杯咖啡。"

他们走进走廊，朝厨房走去。

珍妮特刚从机器上取下那个烫手的塑料杯子，施瓦茨就跑进来了，后面紧跟着阿伦德。

"你听说青年大道上的运钞车抢劫案了吗？"施瓦茨调整了一下他的手枪皮套，"比林让我们过去帮忙，他们好像缺人手。"

"好的，好的。他既然这么说，那你们最好立刻出发。"珍妮特耸了耸肩。

十分钟后，赫提格把电话递给珍妮特，她看了看电脑屏幕上的时间，然后作了如下记录：给本特·伯格曼的女儿打电话。

电话响了三声之后，一个女人接了电话。

"伯格曼。"声音很低沉，像一个男人的声音。

"维多利亚·伯格曼？本特·伯格曼的女儿？"

"是的。"

"好的，你好，我叫珍妮特·科尔伯格，斯德哥尔摩警察局。"

"我知道了，那么有什么可以效劳吗？"

"嗯……其实是你父亲的律师给了我你的电话，他想知道你能否作为你父亲的品德信誉见证人，出席即将到来的庭审。"

赫提格点点头，为她的谎话露出了赞许的微笑。"聪明。"他小声说道。

电话了沉默了片刻，之后那个女人才回答。

"我明白了。所以，你给我打电话就是为了这个？"

"如果你觉得不舒服，我能理解。但是据我了解，你的证词可能对他有所帮助。我猜你大概知道他是以什么罪名被起诉的吧？"

赫提格摇了摇头,"天啊,你疯了!"

珍妮特举起一只手,让他住嘴,她听到对方叹了口气。

"不,抱歉,我已经二十多年没有跟他或者我的母亲说过话了,说实话,我很意外他还想跟我有任何关系。"

这个女人的回答让珍妮特想赫提格也许是对的。

"啊,这可跟我听说的不太一样。"她撒谎道。

"不,但是此事我无能为力,不是吗?如果你想知道,我可以告诉你,他肯定有罪。特别是如果和他两腿之间的东西有任何关系的话。当我还只有三四岁的时候,他就侵犯了我。"

这个女人直截了当的回答让珍妮特无言以对,她不得不清了清嗓子。

"如果你所说属实,我禁不住要想你为什么从未举报过他。"

这到底是为什么?她想,赫提格冲她竖起了大拇指,脸上露出了胜利的笑容。

"这个我自己知道就行了。你无权拨打这个电话问我关于他的问题。对我来说,他已经死了。"

"好吧,我理解。我不会再打扰你了。"

电话里传来咔嗒一声,珍妮特放下电话。

赫提格默默地坐在那里,等着她开口。

"我们把他带来。"她终于说道。

"好的。"赫提格站起身,"你想自己审问他,还是想让我来?"

"我来,但是如果你愿意,可以坐在我旁边。"

赫提格刚刚关上了门离开,她的电话就响了,珍妮特看到是她的上司。

"你到底在哪里?"比林听起来非常气愤。

"在办公室,怎么了?"

"我已经等你等了快十五分钟了,你忘了我们有一个督导小组会议了吗?"

珍妮特拿手捂住额头。"不,没有忘。我这就过来。"

她挂了电话。当小跑朝会议室赶时,她想,这将是漫长的一天。

盖姆拉·安斯基德——科尔伯格家

第二天早上,珍妮特正吃着早饭,她翻开报纸,看到了照片,这么久以来,她第二次感到羞愧。

在晨报的体育版上，有一张约翰的球队的照片。哈马比队以四比一击败了尤尔加登队，赢得了冠军，约翰还进了两个球。

珍妮特因为头天晚上忘了打电话问比赛结果而感到羞愧，尽管约翰说过那是杯赛的决赛。

督导小组会议拖了很长时间，因为比林非常啰嗦，然后，下午接下来的时间她都忙着找本特·伯格曼，以及审问那个举报他的妓女。她的回答一直非常简洁，只是重复她在初始报告中的内容。珍妮特离开警察局总部的时候，已经是晚上八点钟了。还没等阿克和约翰回家，她就在电视机前的沙发上睡着了，等她半夜醒来，他们已经上床睡觉了。

珍妮特认识到自己花在那些死去了的男孩身上的精力，比花在自己活着的儿子身上的还要多。但与此同时，她也无能为力。尽管他今天很失望，也有理由说她忽视了他，希望将来有一天他能认识到这并不是真的，能够明白他的境遇并不太坏。头上有屋顶，桌上有食物，有一对父母，尽管忙于自己的工作，但依然把他视为掌中宝。

但是，如果他长大后看不到这一点、而只是记住了他认为错误的事情呢？

她听到约翰从自己的房间出来进了浴室，这时，阿克也下楼了。珍妮特站起来，又取出了两副杯盘。

"早上好，"阿克说，他从冰箱里拿出橙汁，对着盒子喝了几口，"你和他谈过了吗？"

他拉开一把椅子，坐下来，看着窗外。外面阳光明媚，天空一片湛蓝。几只燕子在草地上方翻飞，珍妮特想向他建议到花园里吃早饭。

"没有，他刚起来。现在在冲澡。"

"他对我们非常失望。"

"我们？"珍妮特试图看他的眼睛，但是他继续盯着窗外，"我还以为他只对我一个人生气？"

"不是。"阿克转过身。

"那你做了什么，惹他生气了？"

阿克砰的一声放下杯子，把椅子向后移，然后突然站了起来。

"生气？"他从桌子上方探身过来，"你就是这么认为的吗？觉得约翰就是生了我们的气了？"

珍妮特被这突然的爆发吓住了。

"但是——"

"他并没有生气，也没有不高兴。他很伤心，对我们很失望。他觉得我们不在乎他，觉得我们总是吵架。"

"你昨天没去看比赛？"

"没有，我去不了。"

"你什么意思，你去不了？"珍妮特认识到她这是要把自己的不称职转嫁给阿克。同时，她依然觉得他有责任保证家里一切正常。她竭尽全力工作，当这还不够时，她就给父母打电话向他们要钱。他要做的就是洗盘子，偶尔洗洗衣服，以及确保约翰完成家庭作业。

"是的，我去不了！就这么简单！"

珍妮特看到他现在非常伤心。

"我有事要做，你知道的，"他摊开双臂继续说，"上帝，你真令人窒息！"

珍妮特感受到了自己的愤怒。"那就做点什么！"她大声喊道，"找一个正当工作，而不是赖在家里无所事事！"

"你们在吵什么？"约翰站在门口。他已经穿好衣服了，但头发还是湿的。珍妮特看到他非常伤心。

"我们没有吵架，"阿克走到咖啡机旁，"我和你妈妈只是在谈话而已。"

"听起来不是这样。"约翰转身朝自己房间走去。

"过来坐下，约翰。"珍妮特深吸了一口气，看了看表，"错过了昨天的比赛，我和你爸都很抱歉。我看到你们赢了。祝贺你！"珍妮特举起报纸，指着图片说。

"哦。"约翰说。他叹了口气，在早餐桌边坐下。

"你知道，"珍妮特说，"我们现在手头都有很多事情，你爸和我，工作上以及……"她开始做三明治，同时尽力寻找词句，但是不知道该说些什么。他们让他失望了，没有什么借口。

她把三明治放到约翰面前，他厌恶地看着它。

"其他人的父母都去了，他们也都有工作要做。"

珍妮特看着阿克，想寻求他的帮助，但是他仍然站在那里，眼睛看着窗外。

无条件的爱，她想。她本该是这爱的给予者，但是不经意间，她已经把这个重担转到了儿子的肩上。

"可你要知道，"她说，同时给了约翰一个恳求的目光，"妈妈出去抓坏蛋，这样，你和你的朋友们还有他们的父母晚上才能睡个安稳觉。"

约翰瞪着她，他的眼睛里闪过一丝愤怒，这是她从未见过的。

"自打我五岁起，你就跟我这样说了！"他咆哮着站了起来，"我已经不是那个傻孩子了！"

约翰砰的一声关上了房门。

珍妮特坐在那里，双手握着那杯咖啡。杯子很温暖。这是那一刻唯一温暖的东西。

"怎么会弄成这样？"

阿克转过身，若有所思地看着她。"我不记得还有其他样子。"他看向别处，然后又看了看她，"我去开洗衣机。"

他转过身，走了出去。

珍妮特双手捂脸，滚烫的泪水灼烧她的眼睛。她感到脚下的地面在塌陷。她认为理所当然的一切都被夷为了平地。没有了他们，她又是谁呢？

她恢复了镇定，走进门廊，拿起上衣，没有道别就离开了。他们不想让她待在那里。

她坐进汽车，开向了她剩余的那部分生活。

克鲁努贝里——警察总部

在等待范奎斯特的时候，她读完了她能找到的关于麻醉剂，特别是利多卡因的所有信息。

十点半，她终于接通了检察官的电话。

"你为什么不肯罢休？"他说道，"据我所知，你与那个案子没有任何瓜葛。那是米克尔森的案子，不是吗？"

珍妮特厌恶他这蛮横的口气。

"是的，没错，但是我想搞清楚一些问题。他在询问报告中提到的问题，我一直感到疑惑。"

"我明白了，比如呢？"

"最重要的一点是，他说他知道怎么购买儿童。一个无人问津的孩子，之后你还能花钱让人把他处理掉。然后，还有几个问题我想弄清楚。"

"比如？"

"死去的男孩都被人阉割了，他们的尸体里含有牙医使用的麻醉剂。卡尔·伦德斯特劳姆对于阉割持有相当极端的看法，而且我相信你也知道，他的妻子刚好是个牙医。总之，我相信他跟我的调查工作有关系。"

"对不起……"范奎斯特清了清嗓子，"但是我觉得这听起来很牵强。并没有什么确凿的证据。而且还有一件事情是你不知道的。"他沉默了。

"真的吗？什么事我不知道？"

"在那些询问期间，他受到了大剂量药物的影响。"

"好吧，但是这也不能解释……"

"亲爱的。"他打断了，"你不知道我们说的是什么药物。"

检察官屈尊俯就的傲慢态度让她怒火中烧，但是她知道自己必须保持冷静。

"是的，没错。那么我们是在说什么药物呢？"

她听到他翻了几页纸，发出沙沙的声音。

"阿普唑仑这个名字听起来熟悉吗？"

珍妮特想了想。

"不，我不能说——"

"我想也是这样。因为你要是熟悉，就不会把伦德斯特劳姆说的话当真了。"

"什么意思？"

"阿普唑仑就是让托马斯·奎克把几乎所有的凶杀案都揽下的药物。如果他愿意，很可能还把谋杀帕尔梅以及暗杀肯尼迪的罪责揽到自己名下呢，甚至是卢旺达种族大屠杀。"范奎斯特为自己的玩笑话咯咯地笑了。

"所以你的意思是——"

"你没必要再往下查了，"他打断了她说道，"我跟你这么说吧：我禁止你继续查下去。"

"你能这么做吗？"

"我当然可以，我已经跟比林谈过了。"

珍妮特被气得发抖。如果不是检察官的傲慢口气，她也许可以接受他的决定，但是现在它反而坚定了她反抗他的决心。她不在乎当时伦德斯特劳姆服了多少药，他说的话绝对不能这样被搁置不管。

她不会放弃。

玛利亚广场——索菲娅·柴德兰的办公室

雷雨敲打着慕尼啤酒厂的铜制屋顶，里达尔湾的水面时不时被闪电照亮。

索菲娅的头痛更严重了，她走进浴室，冲了把脸，然后吃了三片阿司匹林。她希望这能让她找回一点力量。

她打开桌子下面的橱柜，拿出卡尔·伦德斯特劳姆的文件通读一遍，好巩固自己的记忆。

她的建议是以事实为依据的，那就是，在他们的交谈过程中，没有任何迹象支持"安全的精神护理"。对她的决定，她给出的解释是，卡尔·伦德斯特劳姆的观点是建立在意识形态之上的，因此她建议收监。

但是，这不太可能。

所有的迹象都显示，地方法院会判卡尔·伦德斯特劳姆进入精神病医院。因为他在接受询问以及与她在胡丁厄医院会面期间受到了阿普唑仑的影响，她的结论不能作为法庭判决的可靠依据。

地方法院只看到了一个令人同情而又有些糊涂的男人，但是索菲娅认识到，卡尔·伦德斯特劳姆对她说过的话，绝不是他在药物的作用下编造出来的。

卡尔·伦德斯特劳姆认为，只有他能看到真理。他深信强力是唯一重要的，进而引申出，虐待弱者是他的特权。他非常重视自己的性格，并为之感到骄傲。

她想起了他说过的话。

那是一段很长的自我辩白。

"我不觉得我做错了，"他说，"它只是在今天的社会里错了。你的德行被玷污了。这种冲动古而有之。上帝之道并未禁止近亲之爱。所有的男人都和我有同样的欲望，自打有了性别之分，便存在这种冲动了。很早以前的五步诗中便有表述。我是上帝的创造，我只是遵照上帝的旨意行事。"

道德哲学和伪宗教的借口。

她只能得出结论，卡尔·伦德斯特劳姆深信自己的伟大，这使得他变成了一个极度危险的人物。

一个相信自己无比聪明的人，同时极度缺少同情。

卡尔·伦德斯特劳姆的操控能力很可能意味着，一段时间过后，他将获得从赛特或者其他安全精神护理机构中离开的权利，而他自由活动的每一刻都将陷他人于危险之中。

她下定决心给珍妮特·科尔伯格探长打电话。

这次，她有义务忽视那些法律细节。

当索菲娅说她想安排一次会面，以告诉她卡尔·伦德斯特劳姆的信息时，珍妮特·科尔伯格听起来非常惊讶。

"你怎么改变主意了呢？"

"我不知道这是否跟你的案子有关联，但是我觉得伦德斯特劳姆可能牵涉更大的案子。米克尔森查证伦德斯特劳姆关于安德斯·维克斯特劳姆以及录像带的说法了吗？"

"据我所知，他们眼下正在查。但是米克尔森相信安德斯·维克斯特劳姆是伦德斯特劳姆编造的人物，觉得他们不可能找到任何东西。我听说你受邀对此给出建议？他看起来确实病了。"

"是的，但是没有病到可以推卸自己责任的地步。"

"没有？好的……但是不是有个不健康程度的计算方法？"

"是的，不同的不健康程度有相应的不同的惩罚措施。"

"也就是说，如果一个人有变态的观点，也会因此受到惩罚？"珍妮特说。

"是的。但是惩罚措施要适合凶手，在这个案子中，我建议收监。我相信精神治疗对伦德斯特劳姆没有帮助。"

"我同意，"珍妮特说，"但是他受到了药物的影响。你这么看待这个问题？"

索菲娅笑了笑："从我读到的信息来看，药量还不足以产生任何决定性的影响。我们说的是非常小剂量的阿普唑仑。"

"托马斯·奎克使用的是同一种药物。"

"是的，但是奎克所用的剂量完全不同。"

"所以你认为我不用担心这个问题？"

"没错。我认为可以就那几个死去的男孩审问伦德斯特劳姆，从一扇开着的门里吹来的气流有时可以推开另一扇门。"

珍妮特笑了。

"从一扇开着的门里吹来的气流？"

"是的。如果他所说的购买儿童的方法不假，也许你能在他身上发现更多信息。"

"我明白了。好，感谢你抽时间打电话过来。"

"不用客气。我们什么时候见面？"

"我明天上午给你电话，我们可以边吃午饭边聊。可以吗？"

"很好。"

她们挂了电话，索菲娅看着窗外。太阳又照耀大地了。

莫纽门特——迈克尔的公寓

晚上下起了雨，一切突然变得脏兮兮的。索菲娅·柴德兰收拾好东西，离开了办公室。

如果说天气很糟糕,那她和迈克尔的晚餐也好不到哪里去。她真的费了好大工夫,因为他们要分别一段时间,这是分别前的最后一餐。迈克尔受邀即将前往德国的公司总部工作,要离开几个月。但是,一阵东拉西扯的谈话之后,刚吃完索菲娅做的甜点,他就在沙发上睡着了。这是她花了一个半小时做的,干酪葡萄干胡萝卜蛋糕。她站在洗碗池旁冲洗杯子,听着他从客厅里传来的呼噜声。她不得不承认,自己并不开心。

工作也不顺心。她对每一个涉及伦德斯特劳姆的案子的人都感到厌烦。社工、心理学家,以及法医精神病学家。她厌恶诊所的病人。至少,她有一段时间不用见卡罗莱娜·格兰茨,因为她已经取消了最近的会面,而索菲娅从晚报上看到,她最近靠拍摄色情影片维生。

维多利亚·伯格曼也不来见她了,这倒让她感觉有点失落。现在,她整天忙于给企业老板讲授领导技巧以及做讲座。大部分都是老一套,基本不需要什么准备。但是,真到了上场的时候,她又觉得太无聊,开始怀疑是否值得去做。

她决定丢下剩下的清洗工作,端着一杯咖啡进了书房,然后打开电脑。她从包里拿出优盘,放到桌子上。

维多利亚·伯格曼正在和一个跟她小时候的自己很像的小女孩作斗争。

一个单一的事件产生了决定性的影响?

维多利亚不断地讲到她高一那年发生的某个事件,但是索菲娅仍然不知道是什么事,因为每每说到那个部分,维多利亚总是快速地略过。

但是也可能不只是一个单一事件。一种暴露感持续了数年,可能持续了她的整个童年。

因为是社会的弃儿,弱势群体?

索菲娅倾向于相信维多利亚憎恶软弱。

她翻到新的一页,提醒自己当她听她们的对话录音时,时刻要把笔记本放在面前。

她从录音带上的标签上看到,这段对话就发生在不到一个月之前。

维多利亚枯燥的声音:

……然后双手反绑着站在那里一天,其他人的手都能自由活动,想做什么做什么,尽管我不想这样。他们不哭的时候,我不想哭,因为那样太丢人了,特别是他们大老远跑来就为了跟我睡觉,而不是跟他们的老婆睡。他们可能觉得这样很好吧,可以不用待在家里,为整天鬼混而买单,也不用因为拖动而把手臂和腿都擦伤了……

她觉得很疑惑、疲惫、厌恶。一种身体上的疲惫，好像刚做完运动。

电视的噪声。雨滴拍打窗户的声音。

还有那个没完没了的声音。她应该停下来吗？

……当然那些老家伙想早上离开，然后回来吃美味、营养又能填饱肚子的食物，虽然它有性的味道，而且没有放调料……

索菲娅能听到维多利亚哭了起来，她觉得奇怪，自己竟然不记得她哭过。

没人看的时候，你当然可以把口水吐到炖锅里，然后在里面放上你应该冲走的脏东西。然后，就剩下我和我的祖父母了。这样很好，因为我可以远离跟爸爸的争吵，没有他，我可以更容易入睡，也不用喝酒或者，当然，如果你想让头脑里产生不错的感觉，倒可以一试。就为了让那个声音停下来，不再不停地问今天你敢不敢……

十二点半，索菲娅在电脑前醒来，她感觉浑身不舒服。

她关掉文件，走到厨房拿了一杯水，但是她改变了主意，转而走进门廊里，拿出上衣口袋里的那包烟。

她在排风扇下面抽着烟，想着维多利亚讲的故事。

一切都可以拼合起来，或多或少，尽管起初看起来有些不连贯，但确实没有什么间断。这是一个漫长而单一的故事。一个小时被拉成了一生，如同一片口香糖。

它能拉到多长才会断开呢？她边想边把燃着的香烟放到烟灰缸里。

她回到书房，拿起笔记。上面写着：桑拿，雏鸟，小狗布偶，祖母，跑，录音带，声音，哥本哈根。都是她的笔迹，尽管比平时脏乱潦草一些。

有意思，她边想边把微型录音机拿到厨房。她拉过来一把椅子靠在炉子上。

她把录音带往回倒，同时拿起烟灰缸里的香烟。到一半的时候，她停下，按下播放键。她先听到的是自己的声音。

"当你们出门的时候，都去什么地方？"

她能在脑海中想象到维多利亚换了换姿势，整理了一下滑到大腿上的裙子。

"这个，我当时还小，当然，但是我想我们常去拉普兰地区南部的多罗泰阿和威廉敏娜。但是我们可能去过更远的地方。我第一次坐在前排座位上，觉得自己像个大人。他跟我讲很多东西，然后会检查我是否记住了。一次，他在方向盘上放了一本百科全书，考我世界上各个国家的首都。那本书上说奎松城是菲律宾的首都，但是我说其实是马尼拉，不是别的。他就生气了，我们打赌，赌注是一双新滑雪靴。最后我赢了，但是我只得到了一双二手的皮质滑雪靴，那是他从跳蚤市场上买的，我从来没有穿过。"

"你们去多久？你妈妈跟你们一起吗？"

她听到维多利亚笑了。

"上帝，不，她从不跟来。"

她们差不多沉默地坐了一分钟，然后，她听到自己指出维多利亚提到了一个声音。

"那是一种什么声音？你经常听到说话声吗？"

索菲娅对自己的重复感到厌烦。

"是的，我小时候有时会听到，"维多利亚回答，"但是刚开始只是一阵强烈的噪声，后来慢慢地声音越来越响。就像声音一直在变大的嗡嗡声。"

"你现在还能听到吗？"

"不，那是很久以前的事了。但是当我十六七岁的时候，那个单调的噪声变成了说话声。"

"那声音说什么？"

"大多数时候是问我今天敢不敢。你敢吗？你敢吗？你敢吗，今天？是的，有时它非常讨厌。"

"你觉得那个声音问你敢不敢是什么意思？"

"很简单，敢不敢自杀！上帝，你要是知道当时我是如何跟那个声音作斗争的就好了。所以，当我真的做了，它就消失了。"

"你是说你自杀过？"

"是的，十七岁那年，我跟几个朋友出去旅行。我记得我们正从法国还是什么地方往回赶，到了哥本哈根之后，我整个人精疲力竭了，于是想在酒店房间里上吊自杀。"

"你要上吊自杀？"

听到自己的声音，她觉得声音有些颤抖。

"是的……当我醒来时，我正躺在浴室的地板上，脖子上系着腰带。天花板上的钩子松动了，我的嘴和鼻子摔到了瓷砖上。血流了一地，我削掉了一颗门牙。"

她张开嘴，让索菲娅看了她右边的门牙的牙冠，它确实跟左边那颗的颜色略微有些差别。

"也就是那个时候，那个声音消失了？"

"是的，看起来是这样。我证明了我敢，所以我觉得它没必要继续唠叨了。"

维多利亚笑了。

索菲娅听到她们静静地坐着,只有呼吸声,这样持续了几分钟。然后是维多利亚移动椅子的声音,她拿起外套,离开了。

索菲娅把第三支烟掐灭,关掉排风扇,然后上床睡觉了。差不多凌晨三点了,雨已经停了。

发生了什么事,使得维多利亚停止了她们的会面?她们刚刚有了进展。

她认识到自己想念和维多利亚·伯格曼的谈话了。

道　路

道路蜿蜒曲折地穿过斯瓦尔茨乔兰德特,很长时间里,路上都空无一人,但是最终她还是找到了一个男孩。

孤身一人站在路边,他的自行车坏了。

需要搭个顺风车。

信任所有人。

还未学会如何分辨那些曾经被辜负的人。

房间被天花板上的一个灯泡照亮,她坐在角落里的椅子上观看表演。

通往客厅的门被隐蔽起来了,她在门对面的墙上安装了一副坚固的挽钩。

他们脱掉了男孩的衣服,在他的脖子上套了一个铁项圈,并用一根两米长的铁链拴到钩子上。

他有四平方米的地方可以自由活动,但是无法触及她。

她身边的地板上放着一根电线,腿上放着一把电击枪,需要的时候,可以发射两颗金属弹。射中男孩以后,一个持续五秒钟的五万伏电压会穿过他的身体。他会肌肉痉挛,变得毫无伤害力。

她示意高,表演可以开始了。

他整个上午都在清空自己,通过几个小时的沉思,把自己的思维过程降至最少。不能有任何逻辑思维来妨碍他做事,他们训练他就是为了这个。

现在,离开始表演还有几秒钟,他需要清除最后的思想残余。

他必须变成一个只有四种生存需要的躯体。

氧气。

水。
食物。
睡眠。
仅此而已。
他是一部机器,她想。

随着男孩开始移动,地板上的塑料也沙沙作响。他刚刚苏醒,还有些困惑不解,犹疑地看着四周。他轻轻地拉了拉脖子上的铁链,他已经认识到挣扎没有任何意义,于是小心地向后爬,站起身来,背靠着墙。

高在这个赤裸无助的男孩面前前后移动。

他一脚踢中他的肚子,男孩跪倒在地上,大口喘着粗气。接着,他狠狠地踢中了耳部,男孩瘫倒在地上,呜呜咽咽地哭了。

咔嚓一声,鲜血从男孩的鼻孔中流了出来。

她认识到这场打斗实力太过悬殊,于是松开了男孩身上的铁链。

天花板上的灯泡微微地晃动着,男孩在地上爬着,影子在他的背后乱舞。高懂得眼前的情形,立刻明白自己需要做什么。但是那个男孩却觉得他的乞求和抽泣能够救自己,从来没有搞明白形势的严重性。

他躺在地上,腿脚乱踢,就像一只温顺的小狗。

她想是不是因为这是他第一次感受到真正的疼痛,所以不具备必要的求生本能。也许他从小就相信人性本善?如果他抱有这个幻想,那他不可能保护自己。

高的拳打脚踢如雨点般落在男孩身上。

最后,为了让这场较量变得均衡,她给了男孩一把刀,但是他却把它扔了,恐惧地大叫起来。

她从椅子上站起来,把装着安非他命的瓶子交给高。他全身是汗,上身的肌肉随着他的深呼吸而微微颤动。

她和他将变成一个完美的整体。

在阴暗里,他们是一个人。

开开合合。

血与痛。电脉冲。

慢慢地,她开始用电线抽打男孩的背部,频率越来越快,她的怒气也越来越大。

男孩的背部大量流血。

她拿起一支注射器,但是她正要把麻醉剂注射到他的颈部时,她发现他已经死了。

结束了。

克鲁努贝里——警察总部

目前,卡尔·伦德斯特劳姆是嫌疑人名单上唯一值得关注的人。索菲娅能跟她联系,珍妮特·科尔伯格感到既惊讶又感激。也许她能给调查工作带来转机?

一切都陷入了停顿,现在急需转机。

特林和弗鲁加德很早就被排除了,而对强奸嫌疑犯本特·伯格曼的审问也毫无发现。

珍妮特发现伯格曼是个特别令人讨厌的家伙。情绪变幻无常,同时冷漠无情而老谋深算。他好几次都讲到自己的移情能力,但与此同时,他所表现出来的恰恰相反。

她禁不住想到他与卡尔·伦德斯特劳姆的相似之处。

每次他被怀疑做了什么事,他的妻子都出面为他做不在场证明。当珍妮特建议再次审问他时,她曾经愤怒地向范奎斯特指出这一点。她还提到她与卡尔·伦德斯特劳姆的妻子安妮特的相似之处。即使是在虐待亲生女儿一案中,安妮特依然站在了他的一边。

像往常一样,检察官依然不为所动,珍妮特只好暗下决心,她无论如何都要在本特·伯格曼身上赌一把。

一场还未成功的赌博。

但是珍妮特很清楚,从她跟他女儿简短的电话谈话来看,本特·伯格曼干了很多见不得人的事。

珍妮特消沉地认识到,如果检察官决定放弃对妓女塔蒂亚娜·阿卡托娃被严重侵害一案提起诉讼,她丝毫不会感到意外。

再说,一个有过数次吸毒经历的中年妓女,如何能跟瑞典国际发展合作署的高级管理人员相抗衡呢?谁的话更可信?不难推测检察官范奎斯特将会相信谁。

是的,塔蒂亚娜·阿卡托娃没有任何希望,珍妮特想。

她再次感到身心俱疲,希望能暂停工作休息一下,去享受夏日的阳光和热度。但是阿克和亚历山德拉·科瓦尔斯卡去了克拉科夫,约翰和几个朋友去了达拉纳省。她发现如果她现在休假，只会落得孤身一人。

"有人要见你。"赫提格走进房间，"乌尔瑞卡·温丁正坐在接待室里，她不想上来，但是说想见你。"

这位年轻女士正站在街上抽烟。尽管天很热，她依然穿着一件加厚的黑色夹克，黑色的牛仔裤，还有一双沉重的军靴。她头上套着上衣兜帽，下面是一副硕大的黑色太阳镜。珍妮特朝她走去。

"我想重新审理我的案子。"乌尔瑞卡熄了烟说道。

"好的……我们去个适合聊天的地方吧。我请你喝咖啡。"

她们沿着工人大道默默地向前走，到达咖啡馆之前，乌尔瑞卡又抽了一支烟。她们每人点了咖啡和一份三明治，然后在外面的阳台上坐下来。

乌尔瑞卡拿下那副大太阳镜，珍妮特立刻明白她为什么戴眼镜了。她的右眼浮肿，呈黑紫色。发青的眼圈足有拳头大小，从颜色判断，不过几天时间。

"这到底是怎么回事？"珍妮特叫道，"谁干的？"

"不用担心这个。就是一个我认识的家伙。其实是挺好的一个人。我是说当他不喝酒的时候。"她难为情地笑了笑，"酒是我买的，我当时想把音响的声音调小一些，然后我们就吵了起来。"

"该死，乌尔瑞卡。那也不是你的错啊！你跟什么人在一起？就因为你怕音乐的声音太大引得邻居抱怨，那家伙就把你打了？"

乌尔瑞卡·温丁耸了耸肩，珍妮特知道她不想再谈这个。

"那么……"她转而说道，"如果你想申请重新对伦德斯特劳姆提起诉讼，我可以在法律方面协助你。"她估计范奎斯特不可能主动行动。"是什么让你改变了主意？"

"嗯，上次我们谈了以后，"她说，"我意识到我跟这个案子还没完。我想把一切都说出来。"

"一切？"

"是的，当时太难了。我觉得很丢人……"

珍妮特仔细地看着这个年轻的女人，被她脆弱的外表触动了。

"丢人？为什么？"

乌尔瑞卡有些局促不安："他们不仅强奸了我。"

"你还有什么没告诉我们？"

"那太丢脸了，"乌尔瑞卡终于说道，"不知他们做了什么，让我腰部以下失去了知觉，所以当他们强奸我的时候……"她再次陷入了沉默。

珍妮特急切地问道："什么？"

乌尔瑞卡掐灭了烟，然后立刻又点了一支。

"它直接喷了出来。我是说，屎。就像个婴儿一样。"

珍妮特看到乌尔瑞卡要哭出来了。她的眼睛闪着泪光，声音颤抖。

"就像是某种仪式。他们享受其中，实在太丢脸了，我从未跟警方说过。"

乌尔瑞卡用上衣袖子擦了擦眼睛。

"你是说他们给你用了某种麻醉剂？"

"是的，类似的东西。"

她看着乌尔瑞卡的瘀伤。破裂的血管形成了一张网，从她的右眼一直延伸到她的右耳。

最近被一个所谓的男朋友打。七年前被四个男人强奸羞辱，其中一个人是卡尔·伦德斯特劳姆。

"我们去我办公室吧，你可以向我详细地讲一下。"

麻醉剂？珍妮特想。调查组之外的人不可能知道死去的男孩体内含有麻醉剂。这不可能是个巧合。

珍妮特感到自己的心跳加速了。

玛利亚广场——索菲娅·柴德兰的办公室

当电话响起时，索菲娅正在沉思。刺耳的铃声差点让她把咖啡洒了出来。她在想拉斯。

"我是珍妮特·科尔伯格。能不能早点吃午饭，这样我们能多聊一会儿？我路上买点中餐，然后在津肯斯达姆运动场下面见。对了，你喜欢中餐吗？"

两个问题，一个假定，一口气说完。珍妮特·科尔伯格一点都不拐弯抹角。

"听起来不错。今年奥运会要在北京举行，我可以借这个机会练习一下。"索菲娅开玩笑道。

珍妮特笑了，然后她们挂了电话。

索菲娅发现自己很难集中精力。她还想着拉斯。

她拉开办公桌的抽屉，拿出他的相片。

又高又黑，眼神热切。但是她记得最清楚的是他的手。尽管他在办公室里工作，但是生就一双适合干体力活的强健而粗糙的手。

她庆幸自己能压抑住思念他的念头，取而代之的是与之矛盾的心情。他不值得想念。

她想起他们的关系崩溃前，她在纽约的酒店房间对他说的话。

我把自己交给你，拉斯。你得到了我，我的全部，我相信你能照顾我。

多么天真。她再没犯过这样的错误。没有人能跟她如此亲近。

索菲娅穿上夹克，走了出去。

津肯斯达姆运动场

"哎呀，我终于可以把脸和声音对上号了。"珍妮特·科尔伯格边说边伸出了一只手。

微笑。

"是啊。"索菲娅·柴德兰微笑着回答。这位女探员四十多岁了，比索菲娅预想的矮了不少。

珍妮特转过身，迈着敏捷而自信的步子朝前走，索菲娅在后面跟着她。她们在津肯斯达姆运动场崭新的巨大混凝土看台上坐下，看着远处的人工草皮。

"真是个不同寻常的午餐地点。"索菲娅说。

"津肯的标志性建筑，"珍妮特说，脸上恢复了笑容，"很难找到比这更好的地方了。我觉得卡纳尔普兰运动场可能算一个吧。"

"卡纳尔普兰运动场？"

"是的，纳卡队过去在那里踢球。现在哈马比女子足球队在那里踢。不好意思，我跑题了，我们开始吧。你还有病人要见吗？"

"没问题，如果需要，我们在这里坐一天都行。"

珍妮特正集中精力吃鸡翅膀。"好的，这可能需要一段时间。伦德斯特劳姆是个难以捉摸的家伙。另外，已经查到的事实中，还有好几个地方没搞清楚。"

索菲娅把包放在隔壁的座位上。

"你们找到了伦德斯特劳姆在翁厄的朋友维克斯特劳姆了吗？"

"没有，我今天上午跟米克尔森谈过了。翁厄确实有一个人叫安德斯·维克斯特劳姆。更准确地说是安德斯·埃夫拉伊姆·维克斯特劳姆。但是他已经八十多岁了，过去五年里一直住在蒂姆罗郊外的养老院里。他从来没有听说过卡尔·伦德斯特劳姆，也不太可能跟此案有什么关系。"

听了珍妮特的话，索菲娅并不感到意外。这跟她预料的一样。安德斯·维克斯特劳姆是卡尔·伦德斯特劳姆想象出来的人物。

"好的，你还发现了什么？"

珍妮特把剩下的食物丢到袋子里。

"伦德斯特劳姆身上的秘密还多着呢。昨天晚上，一个年轻女士说了一些可能对我手头的案件有用的事。目前我只能说这么多，它跟我正在调查的谋杀案有关联。"

珍妮特点着了一支烟，咳嗽了几声。

"上帝，我真该戒掉的……对了，你要不要来一支？"

"谢谢，我要……"

珍妮特把打火机递给她。

"你们问过他妻子是否知道视频的事了吗？"

珍妮特沉默了一阵，然后回答：

"当米克尔森问她的时候，他只得到了一个模模糊糊的回答。她不知道，她记不起来了，她不在场，等等。她这是为了保护他在撒谎。对于卡尔·伦德斯特劳姆的说法，我觉得很难连贯起来。还有他说的安德斯·维克斯特劳姆以及俄罗斯黑手党。米克尔森觉得全是一派胡言。"

"我不相信卡尔·伦德斯特劳姆仅仅是撒谎这么简单，"索菲娅说道，然后吸了一大口烟，"这也是我给你打电话的原因之一。"

"你的意思是？"

"我觉得事情没这么简单。"

"真的？怎么说？"

"我的意思是，他有时可能说的确实是实话，但是那是他想象出来的。或者说是他的幻想，他的自我欺骗。他做了大不敬的事。他虐待了自己的亲生女儿。"

"你是说他需要找到一个应付内心的负罪感的办法？"

"是的。他开始厌恶自己，以至于觉得对自己没有犯过的罪行也负有责任。"

索菲娅吐了几个烟圈。

"在我们的谈话中，讲到男性喜欢年轻女孩时，他几次都谈到了'错误'这一概念，清楚不过的是，他认为这种喜欢是正常的。为了让自己深信不疑，他编造了一系列极端事件，太过极端，令人无法忘怀。"索菲娅掐灭了烟，"琳内娅怎么样？"

珍妮特看起来若有所思："除了伦德斯特劳姆电脑里的视频和照片，他们还在地下室里发现了不少 VHS 录像带。"

"你是说在他们家？"

"是的，在录像带上，他们不仅发现了伦德斯特劳姆的指纹，还有琳内娅的。"

索菲娅吃了一惊："这么说她也看过那些视频？"

"是的，我们也这么想的。据我们分析，请原谅我的用词，它们是经典的儿童色情片。我们可以确定的是，它们是上世纪八十年代末期在巴西拍摄的，已经在恋童癖者圈子里流传很久了，再次原谅我的用词，它们在收藏者中拥有传奇地位……"

"所以它们跟俄罗斯黑手党没有任何关系？"

"对，俄罗斯黑手党似乎跟此案没有任何关联，就像伦德斯特劳姆想象出来的安德斯·维克斯特劳姆一样。但是影片中的内容确实跟他在你们的谈话中所说的相符，只是最大的不同就是，视频是二十年前在巴西拍摄的。"

"这听起来有些道理。所以他编造关于安德斯·维克斯特劳姆的谎言是受到真正存在的儿童色情片的启发。这也能解释为什么他的谎话如此详细了。"

"他们还在伦德斯特劳姆的一个抽屉里发现了他女儿的一绺头发和一条短裤。你能解释一下这是怎么回事吗？"

"嗯，我清楚这种行为。他是在收集战利品，"索菲娅说，"目的是控制受害者。他可以利用那些物品在想象中重现并再次体验当时的虐待情形。"

她们安静地坐了片刻，可能是因为这太怪异了。

索菲娅想着琳内娅·伦德斯特劳姆以及她所经历的一切。维多利亚·伯格曼再次浮现在她的脑海中，索菲娅在想琳内娅又是如何处理自己的经历呢。维多利亚已经学会了如何疏导自己的经历。琳内娅是如何处理的呢？

"那个女孩现在怎么样？"

珍妮特摊开双手，一脸茫然。

"米克尔森说，他从之前遇到的孩子身上看到了她的反应。他们愤怒，感到极度气馁。他们不相信任何人。她不哭的时候，就会大喊着说她恨她的父亲，但是同时，毫无疑问她也想念他。"

索菲娅又想到了维多利亚·伯格曼。一个成年女性，却还是个孩子。

"我理解。"她说。

珍妮特的视线越过人工草皮，看着远处。"你有孩子吗？"她边问边点着了一支烟。

索菲娅对这个问题感到非常意外。

"不……还不到时候。你呢？"

"有的，一个男孩。"珍妮特看起来若有所思，"他……"珍妮特变得严肃起来，"他和琳内娅同岁。在这个年龄，他们是那么脆弱，如果你明白我的意思……"

"我明白。"

"无论如何，据米克尔森说，这是你的专业领域？遭受创伤的儿童……"珍妮特举起双手补充道，"说实话，我真的很难理解这类罪犯。到底是什么在背后驱使着他们？"

这个问题很直率，索菲娅觉得她得给出一个同样直率的回答，但是刚开始她不知道怎么开口。珍妮特的在场以及她的强烈感情，既让她兴趣盎然，又使她分心。

"这有时也不好说，"她停顿了一下然后说，"但是关于卡尔·伦德斯特劳姆，有几件事让我觉得很奇怪。"

"什么事？"

"我不知道这意味着什么，他一直反复讲到阉割。一次，他问我是否知道如何阉割一只驯鹿，然后说你可以把睾丸咬碎。还有一次，他竟然说他觉得所有的男性一出生就应该被阉割。"

珍妮特一言不发地坐了几秒钟。

"今天我们说的只限于你我之间。你刚刚说的肯定强化了我的猜测，因为被谋杀的三个男孩都被阉割了。"

"见鬼……"

珍妮特责备地看着索菲娅："我们第一次打电话时你竟然没有告诉我。"

"你第一次跟我联系时，我没有任何理由放弃我的保密誓言。我看不出这跟你的案子有任何直接的关联。"

珍妮特双手做了个道歉的手势。

索菲娅认识到珍妮特是个暴脾气，而令她意外的是，她竟然挺喜欢这一点。

珍妮特·科尔伯格没有掩饰她的感受，索菲娅看到她眼中责备的神情消退了，取而代之的是忧郁和惆怅。

"好了，为这个争吵没有意义。你还有其他有用的信息吗？"

"利多卡因肾上腺素。"索菲娅说。

珍妮特吸入了手里的烟冒出的烟，剧烈地咳嗽起来。

索菲娅因为她的剧烈反应大吃一惊，她不知道如何继续下去，但是珍妮特却一边咳嗽一边先开了口。

"你说什么？"

"嗯……卡尔·伦德斯特劳姆说安德斯·维克斯特劳姆通常会给受害者注射利多卡因肾上腺素。我不熟悉这种药物，不知道它是否会让人陶醉。"

珍妮特摇了摇头，然后深吸一口气。"这不是用来爽一下的那类东西，"她带着无奈的口气说，"这是一种麻醉剂。跟我们在死去的男孩体内发现的麻醉剂一样。利多卡因肾上腺素一般被牙医使用，而且，安妮特·伦德斯特劳姆是一位牙医。还用我多说吗？"

她们再次陷入了沉默。

"不得不说，这听起来确实有定罪的可能。"片刻之后，索菲娅说道。

她们被珍妮特的手机铃声打断了，她表示了歉意。

索菲娅听不到电话那头说了什么，但是很明显是让珍妮特感到生气的事情。

"去他妈的。好吧……还有什么？"

珍妮特站起来，开始在看台上座位前后之间的走道上走来走去。

"好的，我明白。但是怎么会发生这样的事？"

她重新坐了下来。"好的。我马上过来……"接着她砰地合上手机，绝望地叹了一口气，"他妈的。"

"发生了什么事？"

"我们刚刚还在说他……"

"什么意思？"

珍妮特·科尔伯格靠在座位上，一边大口地抽烟一边默默地咒骂。她的脸就像一本打开的书。失望、愤怒、无奈。

索菲娅不知道该说些什么。

"我们不会再谈到伦德斯特劳姆了，"珍妮特·科尔伯格低声说道，"他在监狱里上吊自杀了。你有什么要说的吗？"

多伦多，2007年

东部沿海地区的暴风雪意味着4592次航班不能按计划降落在约翰·F. 肯尼迪机场，而要转场到多伦多降落。结果，他们被航空公司安排在一家四星级酒店，然后乘坐第二天早上的航班离开。

洗完澡以后，他们决定待在酒店房间里喝香槟酒。

"上帝，太好了！终于来度假了！"

拉斯躺下来，在床上伸开手脚。索菲娅站在那里，只穿着内衣，她正在床边的镜子前化妆，她拿起一条湿毛巾，朝他扔过去。

"过来，跟我生个孩子，"他突然说道，脸上还蒙着毛巾，"我想和你生个孩子。"他重复道，索菲娅整个人僵住了。

"你刚刚说什么？"

"我说我希望我们生个孩子。"

"你是认真的？说真的？"索菲娅不知道他是不是在跟她开玩笑。

有时他说的话，稍后就会马上收回，但是这次他的声音有些异样。

"是的，怎么了！你都四十岁了，已经有点晚了。不是为我，是为了你。我感觉我们可以继续……哦，你懂我的意思。"他拿掉脸上的毛巾，她看到他一脸严肃。

可能是喝了酒或者漫长而累人的飞行，她哭起来了。也可能二者都有。

"喂，你在哭？"他从床上爬起来，走到她身边，"出什么事了吗？"

"不，不，不。我只是太高兴了。我当然想跟你有个孩子。你知道我一直都想。"她看着镜子里他的眼睛。

"好的，那我们现在就来吧！机不可失！"

她走到床边。他抱住她，亲吻她的后颈，然后开始解她的内衣。

他的眼睛像往常一样闪闪发光，她感觉自己的五脏六腑都在颤抖。

完事之后，他们去了一家位于拿索街上的夜总会。那是那条街上为数不多的排队人数不太多的几家店之一。

店里灯光昏暗，里面用红色的法兰绒帘子隔成了几个独立的空间。第一个是一个小舞台，他们到的时候还是空的。

那里没有多少人，于是，他们在吧台边坐下，要了一杯酒。几个小时过去了，慢慢地她的醉意越来越浓，店里的人越来越多，舞台上的音乐声也越来越响。

一对男女来到吧台边，跟他们相邻而坐。后来，她甚至记不得他们的姓名，但是她绝不会忘记之后发生的事情。

开始，他们只是互相看了看，笑了笑。那个女人赞美索菲娅身体的某个部位。

喝的酒越来越多，很快，他们四个人就转移到了一个安静些的角落里更舒服的座位上去了。

一个大房间。为了配合音乐，灯光被调暗了些。沙发是个心形。

然后，她意识到了拉斯带她来的是个什么地方。是他提出要来夜总会的。不是他一直引着他们直接来到了拿索街吗？

她感觉自己太蠢了，这么久才发现他们是在什么地方。

之后，一切都发生得那么迅速，那么简单。

而且并不仅仅是因为喝了酒。而是因为当着两个陌生人的面，他们俩之间发生了一些事。

他介绍说她是他的终身伴侣。他的肢体语言表示他们是一对，她认识到这是因为他想让她在这个场合有安全感。

她离开座位去上洗手间，当她回来时，那个女人正坐在拉斯身边，而那个男人身旁的座位是空着的。她觉得自己立刻兴奋起来了，她坐下时，太阳穴上的脉搏跳得越来越快。

她看着拉斯，意识到他看出她已经明白当前的情形了，还看出她对此并不抵触。

她完全可以想象跟别人分享他。毕竟，她也在，她知道没有她的同意，他什么事都不会做。

不再有什么秘密了。他们会这样爱着彼此，无论发生什么事。

而且他们就要一起生个孩子了。

第二天早上，索菲娅醒来的时候感到头痛欲裂，连打哈欠都觉得眼冒金星。

"醒醒，索菲娅……我们的飞机差不多一个小时后起飞。"

她瞥了一眼床头柜上的闹钟。

"该死，五点四十五……我睡了多久了？"

"半个小时吧，"拉斯笑了，"你真该看看自己昨天的样子。"

"昨天？"

她对他笑了笑，因为头疼，连笑都成了一件费劲的事。"你是说刚刚？过来！"

她没有穿衣服，被子滑落下去。她趴在床上，一条腿蜷到身子下面。"快来！"

拉斯又笑了。"上帝，你这样趴着，可真美啊……你不会忘了我们有客人吧？"

她听到浴室里的水流声。她翻身吻他的时候，透过门上的缝隙看到了两个赤裸的身体。

"这能阻挡我吗？"

他们做的事对吗？不论对错，她感觉很好，他看起来也很开心。

"那就速战速决，"他小声说道，"飞机可不等疯子。"

现在，她只觉得头痛是令人愉悦的晕眩了。

"索菲娅？你真该看看这个。看起来有点未来主义的味道……"

她靠着他的肩膀睡着了，她生硬地直起身子，朝飞机舱窗外望去。白雪覆盖的纽约，哈德逊河像一条长长的黑色线条，将城市一分为二。布朗克斯和布鲁克林的街道宛如白纸上的细线。摩天大楼的影子就像柱状图一样。

有他在身边，她感觉很安全。

当他们到达位于曼哈顿上西区的酒店时，太阳照耀着大地，天空湛蓝，万里无云。索菲娅之前来过纽约几次，但是上次来已经是十年前了，她已经忘记了这个城市有多美了。

拉斯抱着她站在酒店房间的窗户边。从十五楼，他们可以看到壮丽的中央公园，昨夜的大雪将它裹得严严实实。

她转过身，吻了他。

"我感觉我正在把自己交给你，拉斯。你得到了我，我的全部，我相信你能照顾我。"

"我……"他没再说下去，而是把她紧紧地抱在怀中，抱了很久。她预感到他有话要说。

"我也爱你。"他停顿了一下之后说。但是她禁不住想，他刚刚想说的并不是这个。

她能从镜子里看到他面对的窗户。玻璃上可以看到他的脸，她觉得他在哭。她想到了自己几周前的感受，那简直是另一个世界。现在，他想和她生个孩子，一切都会不一样了。

然后，他放开她，再次看着她。是的，他是在哭。但是，现在他的脸上挂满了笑容。"你知道我觉得我们现在应该做什么吗？"

"不知道……我们应该做什么？你已经来过几百次了，你应该知道。"她微笑着说。

"首先，我们在酒店餐厅里吃午饭。这里的食物非常好，至少去年我在这里的时候是这样。然后，我将带你去一个地方。这个季节，那个地方非常特别。"

该吃甜点的时候，他的眼睛突然闪过一丝淘气的神情，他离开餐桌，走到吧台边，然后探身给了吧台后面的男人什么东西。他们小声交谈了几句，然后，他面带笑容回到餐桌边。

突然，广播系统里传出了吉他和小军鼓的声音。索菲娅立刻认出了这首歌，但是记不得是在哪里第一次听到它的了。

"哦,上帝,拉斯!我爱这首歌……你怎么知道?"

接着,她想起这首歌的出处了。

大约一年以前,她看的一部亚洲电影里的插曲。那部电影倒没有给她留下很深的印象,但是她忘不了这首歌,里面播放了很多次。

等她到了家,她已经记不得电影的名字了,但是还记得自己对拉斯说她喜欢里面的一首歌。当她努力把歌唱给他听的时候,他还嘲笑她,很明显,他完全明白她的意思。

"谁唱的?这是那部电影里的……但是你甚至没有看过那部电影?"

他探身过来。"对,不过我听你唱过。我们喝一杯,然后我会跟你解释。"

他把两人的杯子倒满,然后继续说:"歌里的那个女孩就来自我们要去的地方。这张唱片起码在音响下面的橱柜里待了十年了,但是你很少让我播放它,每次播放你都没有听到最后。你总是说,老人家喜欢听的歌。这是唱片上的最后一首。"

他们喝了一杯,然后拉斯就安静地坐在她面前。她等着,听着歌词陷入了沉思。很快,她明白了。

我知道的最直率的家伙一直容忍我……噢,我康尼岛的宝贝,现在。我是康尼岛的宝贝,现在。

她叹了口气,面带笑容地靠在椅背上。"康尼岛?我们要去康尼岛?大冬天的?"

"相信我,那是个好地方,"他一脸严肃地说道,"你会喜欢的。"

她摩挲着他的手背。"沙滩,旋转木马,融化了的雪,风,加上荒无人烟?瘾君子和流浪狗?我会喜欢这些?这个唱歌的笨蛋是谁?"

他们长久地吻了对方,然后他告诉她是卢·里德。

"卢·里德?我们没有卢·里德的唱片吧?"她迟疑地说道。

他微微笑了笑。"你不记得封面了吗?卢·里德穿着西装,戴着领结,他的脸半掩在一顶黑色的帽子下面?"

她笑了。"拉斯,你是在逗我。我知道家里没有这张唱片。我可不像某些人,回回都是我打扫的那个橱柜。"

他看起来有些迷惑:"我们肯定有这张唱片,不是吗?"

他的疑问把她逗乐了。"我非常肯定我们没有,你也从来没有给我播放过。不过这并不重要。你刚刚的举动刚好弥补了你的心不在焉。"

"我刚刚的举动?"

"是的,播放这首歌,傻瓜。"她又笑了,"你记得我喜欢它。"

他松了一口气,脸上疑惑的表情也不见了。

"是的……好了,那我们一饮而尽吧!"

他们再次碰了碰杯子,她想自己多么地爱他。

当她看完电影回家给他唱那首歌时,他并没有听出来的迹象。但是他一直在等待一个合适的时机放给她听。

为了这个机会,他等了一年,他一直等着,他一直记得。

这只是一个细节,但是她非常认真地对待它。他在意她,即使他从未用许多言语来表达。

他们最后一天用来购物以及在酒店房间里放松。

康尼岛非常精彩,就像他说的那样。

在回家的飞机上,索菲娅想到他们已经多久没有这样放松过了。她觉得自己刚刚重新发现了一个拉斯,她知道他就在那里,但是已经好几年没见了。

突然,他回来了,那个她曾经爱上的拉斯回来了。

但是一回到斯德哥尔摩,一切又变得暗淡了。刚过几周,索菲娅就注意到,无论她多么不愿意相信,他一定会伤害她的。

就像他突然回到她身边一样,他又突然消失了。

他们正坐在早餐桌旁看报纸。

"拉斯?"

"嗯……"他全神贯注地看着报纸。

"孕检结果……"

他甚至没有从报纸上抬起头来。

"结果呈阴性。"

他抬起头,有些惊讶。

"什么?"

"我没有怀孕,拉斯。"

他默默地坐了几秒钟。"对不起,我都忘了这回事……"他难为情地笑了笑,然后继续看报纸。

他的心不在焉不再那么迷人了。

"忘了? 你已经忘了我们在纽约说过的话了?"

"不，当然没有。"他看起来有些不耐烦，"我只是工作上有太多事了。我都快不知道今天的日期了。"

报纸沙沙作响。

他低头看着报纸，但是她看到他没有在看报纸。他的眼睛没有动，看上去也没有聚焦。他叹了口气，看起来更加不耐烦了。

他们在纽约的时光开始变得像模糊不清的梦境。他的亲密，他们之间的理解，他们在康尼岛度过的那一天，都不见了。

梦被日复一日的暗淡、平庸的苦差事代替了，她和拉斯像影子一样从彼此身边走过。

很明显，他把她当作理所当然。他还忘了他们要一起生孩子。她弄不明白。

她感到自己要爆发了。

"对了，索菲娅。有件事，"终于，他把报纸推到一边，说，"汉堡打来电话，说他们那里乱成了一团。他们要我过去，我无法拒绝。"

他伸手去拿果汁，毫无把握地看着她。他先给她倒了一些，然后自己倒了一些。

"你知道，德国人从不休息。连假期都不休息。"

她失控了。

"我他妈求你了！你一定是在开玩笑！"她大喊道，把报纸朝他扔过去，"仲夏日你不在。圣·露西亚节你也不在。现在是圣诞节和新年！这太荒谬了。你是老板，上帝！假期期间，肯定有办法把你那该死的工作让别人去干吧？"

"拜托，索菲娅，冷静一下。"

他举起双手，摇了摇头。

她能感到他的假笑。她生气了，他甚至不当回事。

"事情没你想的那么简单。如果我袖手旁观，一切就都崩溃了。当然，德国人很聪明，但是他们并不是非常独立。你知道，他们喜欢规章制度，喜欢沿直线前进。"

他笑了，面带笑容朝她走来，但是她依然怒不可遏。

"你不在的时候，可不止德国的事情会崩溃。"

他突然露出了担心的神情。"你什么意思，崩溃？发生了什么事吗？"

他的反应与她的预想不同，她的愤怒慢慢消散了。

"我不知道我是什么意思，又要一个人过节，我只是太他妈生气和失望了。"

"我知道，但是我也没办法。"他说着站起来，转过身去，把早餐的用品放到冰箱里。突然，她感觉他好遥远。

晚些时候，当他洗澡的时候，她做了一件他们在一起的十年间从未做过的事。

她走进门廊，从他的上衣口袋里拿出他的工作电话。他在家以及不工作的时候总是把它调成静音。她输入密码，找到了拨号记录。

前四个是德国的电话号码，但是第五个是斯德哥尔摩的电话。接下来又是德国的号码，然后又是那个斯德哥尔摩的电话。

她往下翻，这个号码每隔一段时间就会出现。从日期上看，他每天给一个斯德哥尔摩的人打好几次电话。

她找到这个未知电话，拨了过去，一边听电话铃声一边盯着浴室门。

电话了传来了一个温柔的女人声音。

"喂，亲爱的！我还以为你会很忙呢！"

索菲娅挂了电话。

她在餐桌旁坐下。

背着他？一切都在背着我崩溃。

拉斯从浴室里出来了，腰里围着一条毛巾。他对她微微一笑，然后走进浴室穿衣服。她知道他穿好以后会来冲咖啡。

她打开冰箱，拿出那盒牛奶，然后倒进了洗碗池。她把空包装盒捏扁，塞进了垃圾桶。

他从浴室出来进了厨房。

"你要是想喝咖啡的话，得去买牛奶。没有牛奶了。"

"好的，我去商店买，你可以先煮上咖啡。"

听到大门关上以后，她走到门廊，看到他没穿外套就出门了。他的上衣还在。

她再次拿出手机，看到有两个未接来电。

应该是那个女人打回来的，但是她不敢看，因为那样未接来电的提示就会从屏幕上消失。

她转而找到了他的短信息，然后打开收信箱。

她看了将近三十条过去几个月里拉斯和这个女人互发的信息，她感觉头像被墙撞了一样。

克鲁努贝里——警察总部

斯德哥尔摩警察总部通过一条"叹气通道"和市法院相连，被拘捕的人经过这里接受审判。这条通道沿着地下的隧道曲折前行，据说这里曾是数起自杀案件的现场。

在牢房里上吊之后，卡尔·伦德斯特劳姆目前还处在昏迷中。

珍妮特·科尔伯格意识到，这意味着对他的罪责的疑问可能永远也得不到澄清了。

他自杀后的第一天晚上，消息就上了电视，几名非常嫌疑犯抱怨刑事司法系统没有做好安保工作。连心理医生都因为未能发现伦德斯特劳姆的自杀倾向而受到了重罚。

珍妮特靠在办公室破旧的椅子上，看着窗外。

至少，她尽力了。

现在，她要给乌尔瑞卡·温丁打电话，通知她情况有变。

当珍妮特把这个消息告诉她、还说在伦德斯特劳姆清醒之前不会重新审理此案时，女孩听起来并不吃惊。

阿伦德和施瓦茨被派去查明卡尔·伦德斯特劳姆的蓝色沃尔沃跟在斯瓦尔茨乔兰德特擦碰了一棵树的那辆车是不是同一辆，但是初步分析显示，似乎并不是同一辆车。

车身的油漆颜色不同，二者是深浅不同的蓝色。

窗外，午后的烈日照耀着大地。

这时，电话响了，又出现了一具尸体。

差不多在卡尔·伦德斯特劳姆在克鲁努贝里监狱里把床单系上脖子的同一时间，在索德马尔姆的一个阁楼里又发现了一具尸体。

莫纽门特——犯罪现场

并没有太多证据暗示，这个在邻近斯堪斯蒂尔地铁站的莫纽门特街区的阁楼里发现的男孩，跟之前的男孩是同一个凶手的受害者。

眼睛的部位是两个空空的洞，只能勉强辨认出鼻子和嘴唇。整张脸布满了充满液体的大水泡，头上也只剩下几簇头发。

阁楼沉重的铁门打开了，伊沃·安德里奇走了进来，跟他一起的还有法医赖登。

"你好，赖登。我想，一切都在掌控之中吧？"珍妮特说道，然后转向伊沃·安德里奇。

"啊,你也来了。"

"碰巧罢了。有人休假了,我又主动要求了。"伊沃·安德里奇挠了挠头。

乍看上去,水泡像是烧伤,但是尸体其他部位并未烧伤,且衣服上也没有烟灰的痕迹,另一种解释的可能性更大。

"看起来像是某种酸液。"伊沃·安德里奇说,赖登点头表示同意。

男孩身下的地板以及邻近的墙壁上都有液体飞溅的痕迹,赖登拿出一块纱布,按在其中一个干了的黄色痕迹上。他闻了闻纱布,看上去若有所思。

"尽管不能确定,这看起来像是盐酸,从他脸上的烧伤情况来看,浓度应该很高。我在想,做这件事的人是否知道其中的风险?在这个过程中受伤的几率很高。"

伊沃·安德里奇抚摸着下巴。"那堵墙看起来很新。"他指着左手边的墙面,继续说,"建筑工人常常使用酸液。我想他们是要把旧的墙面腐蚀掉,好让泥灰粘到墙上。"

"有道理。"赖登说。

"知道他的身份吗?"珍妮特转身面对他们。

"我觉得这是你的工作,"赖登回答说,"我和伊沃来这只是要查出确定他身份的方法,而不是要查出是谁干的,更不是其中的原因。但是那个孩子戴着一条非常奇怪的项链。我们取走之前拍了照片。尽管我对民族学一无所知,但是我确定这是非洲的。"

珍妮特朝施瓦茨和阿伦德走去,他们正在阁楼的另一端交谈。

"你们哥俩也在啊。"她咧开嘴笑了,"是谁发现的尸体?"

阿伦德大笑。"住在这栋房子里的一个瘾君子,他说他上来取一箱老唱片,打算拿去卖。因为走廊那头的储物区都被砸开了,他可能确实是要找唱片,这时,他发现了天花板上吊着的男孩。要我说,他肯定吓得不轻。"然后他补充说,发现男孩尸体的那个人正前往国王岛接受询问。没有迹象显示他跟案件有关,但还不能排除这个可能。

接下来的几个小时里,犯罪现场被封锁起来,多件物品被装进证物袋并编上号码。套索是常见的晾衣绳,打的是祖母结。男孩的颈部有典型的套索勒痕,像一个倒置的"V",勒痕的顶端是由绳结造成的,足有一厘米深。绳子留下的勒痕呈红褐色,皮肤干燥,如同皮革一般。珍妮特注意到,伤口的边缘有轻微的流血痕迹。

男孩吊着的下方地板上有尿液和粪便的痕迹。

"嗯,不会有人认为他是自杀。"赖登指着男孩的脸说。

"除非他先把绳子固定在屋顶上,绕着脖子系一个结,然后再把一桶盐酸倒在自己头上,坦白说,我觉得这根本不可能。另外,如果一个年龄不大而又情绪不稳定的年轻人想要自杀,不管多么令人不舒服,通常不会让人怀疑是他杀,除非行不通,比如这个案子。"

"什么意思?"珍妮特问。

"那条吊着男孩的绳子太短了,至少差了十厘米。"

"太短了?"

"正是。绳子太短了,他即使站在锯木架上也不能把它系到房顶上。基本演绎法,我亲爱的华生。"赖登指着天花板说。

"另外,他是被活活吊死的。他排便了,我们可能还会发现他还射精了。"

"你是说他在被勒死的过程中射精了?"施瓦茨转向赖登,珍妮特觉得他几乎要笑出来了。

"是的,这很常见。好了,就像我说的,有人把他吊在房顶上,可能用的就是那边的梯子。"赖登指着不远处一把靠墙的梯子说,"然后,他们把锯木架放好,好让这看起来是他自己站在了上面。之后,他们往他脸上泼了盐酸。他们为什么要这么做呢?"

"问得好……"

"我最初的想法是,这是为了掩盖男孩的身份。"伊沃·安德里奇转向珍妮特说,"当然,这不是我们的工作。一个事实就是绳子太短了,你们可以从这一点查起。"

"有趣的是,这是我短时间内第二次遇到这样的案子。"赖登看起来有些莫名其妙的欣喜。

"什么意思?"

"嗯,并不是酸液,而是关于绳子太短这一点。"

"真的吗?"珍妮特好奇地问道。

"是的,那个案子也是上吊。一个欺骗情人的中年男子,他其实有家室。那个案子里唯一让我们怀疑的就是绳子太短了。其他一切都显示是自杀。"

"你从未怀疑过他杀吗?"

"没有,她的情人说她刚外出归来就发现了他,是她报的警。椅子边有一堆电话目录。"

"所以,你觉得他把书放到椅子上,然后站在上面系的绳子?"

"是的,那是我们得出的结论。他的情人说她当时很吃惊,为了放他下来,就挪开了那些电话目录，这点没什么可质疑的。没有迹象显示有人去过那里，另外，如果我没记错的话，她还有不在场证据。她的说法得到了一位停车场服务员和一名列车检票员的证实。"

"你们检测了他的血液吗？"

珍妮特有种不安的预感，觉得面前有种她看不到的东西。某种她说不上来的联系。

"不，据我所知没有。没有必要，案件被判定为自杀。"

"所以，你觉得它跟本案没有任何联系？"

"你这是垂死挣扎，詹，"赖登说，"这两个案子截然不同。"

"好吧，可能吧。但还是把尸体送到索尔纳，让法医检查是否有麻醉剂。"

赖登看起来像是受到了侮辱。伊沃·安德里奇知道珍妮特的想法，他就对赖登解释：

"我们的解剖室里放着三具尸体。三个男孩，我们认为他们被同一个凶手所害。不可否认，这个男孩跟那三个有许多不同之处。那三个都遭受了残酷的虐待，且都被阉割了。而且他们都被注射了麻醉剂，血液中有药物残留。所以，如果我们能查出这个男孩的情形，那么……"他做了个手势，示意珍妮特接着说。

"嗯，我不知道。这只是个预感。"她感激地对伊沃笑了笑。

克鲁努贝里——警察总部

他们在男孩的衣服口袋里发现了一封来自哈塞尔比社会福利部门的信，是通知他去参加一个会议的。所以，他们现在有了男孩的姓名。施瓦茨和阿伦德开车去接他的父母，载着他们到索尔纳辨认尸体身份。

男孩戴的项链是他祖上传下来的传家宝。

因为男孩的脸部受损，无法完全确认他的身份，但是当孩子的父母看到他身上的文身时，他们便确定这是他们的儿子了。用玻璃片刻上的"RUF"三个字母，这在斯德哥尔摩并不常见。十一点二十二分，确认男孩身份的文件便被签署了。

至于酸液，赖登说得没错，是浓度高达百分之九十五的盐酸。

珍妮特·科尔伯格给伊沃·安德里奇打去电话，法医向她简要说明了自己的发现。

"这跟其他几个男孩的情况有些相似,"他说,"但是检测结果还没有出来,我还不能确定他体内是否含有利多卡因肾上腺素。到目前为之,我们只发现了安非他命,但是并不是注射的。"

"不是注射的?"

"是的,没有注射器针孔,所以肯定是通过其他方法进入体内的。但是我在他的胸部发现了两个小斑点。"

"什么样的斑点?"

"看起来像是被电击枪击中了,不过我不能确定。"

"你确定其他的几个男孩身上没有类似的痕迹吗?"

"不是完全确定,因为那些尸体受损严重。不过,我会把它们弄出来,再检查一下。我会跟你保持联络。"

他们挂了电话。

电击枪,珍妮特想。这人肯定是疯了。

在莫纽门特街区被吊死的男孩叫塞缪尔·柏,十六岁,离家出走后被报失踪。哈塞尔比的社会福利部门已经发来了他的犯案记录,包括吸毒、盗窃和暴力。

他的父母逃离了塞拉利昂,已经被调查过无数次。这个家庭最大的问题就是家里的大儿子塞缪尔,他有战后心理创伤的迹象,每隔一段时间就去玛利亚·普莱斯特加德路上的儿童心理治疗中心接受治疗,同时还有一位名叫索菲娅·柴德兰的私人治疗师。

珍妮特出发了,又是索菲娅。先是伦德斯特劳姆,现在是塞缪尔·柏。如果世界本不大的话,那斯德哥尔摩就更小了。

奇怪的是她的名字总是不断出现,珍妮特想。也许不奇怪。整个瑞典警方才有五名儿童性犯罪方面的专家。儿童战后创伤方面的心理学家能有多少呢?

也许两三个吧。

她拿起电话,拨了索菲娅·柴德兰的号码。

"你好,索菲娅,又是我,珍妮特·科尔伯格。这次我打电话是关于来自塞拉利昂的塞缪尔·柏。我知道你曾经治疗过他。他死了。"

"死了?"

"是的,谋杀。我们下午能见个面吗?"

"你可以直接过来。我正要下班回家,不过我可以等等。"

"好的,待会见。我十五分钟后到。"

玛利亚广场——索菲娅·柴德兰的办公室

珍妮特在玛利亚广场周围的街道上转了两圈才找到停车位。

她乘电梯上去，接待她的是一位自称安–布里特的女子，是索菲娅的秘书。

珍妮特说明了来访的原因，趁着女人去叫索菲娅的时间，她四处看了看这个房间。特别的装饰风格，加上真正的艺术品以及昂贵的家具，她觉得，要想赚大钱，就应该干这个，而不是在国王岛上像奴隶一样工作。

秘书带着索菲娅回来了，索菲娅问珍妮特想喝点什么。

"不，不用了。我不想占用你太多时间，所以我们还是直入正题吧。"

"真的没关系，"索菲娅说，"如果可以，我很乐意效劳。能尽一份力的感觉很好。"

珍妮特看着索菲娅，本能地觉得自己喜欢她。上次见面，她们之间还有些距离，但现在，只用了一分钟，珍妮特就感受到了索菲娅眼中的热情。

"我会尽力避免口误。"珍妮特开玩笑道。

索菲娅同样报以微笑："你真好。"

珍妮特不知道是怎么回事，也不知道哪来的这样亲密的语气，但是它的确发生了。她慢慢体会它，回味了片刻。

她们在索菲娅的办公室里隔桌而坐，好奇地看着对方。跟上次相比，这次的索菲娅有些不同。她很漂亮，珍妮特暗自想到，然后立刻把这个想法放到了一边。

"那么，你想知道些什么？"索菲娅问。

"我是因为塞缪尔·柏才来的……嗯，他死了。他被人发现吊死在一个阁楼上。"

"自杀？"索菲娅问。

"不，完全不是。他死于谋杀，而且——"

"但是你刚刚说——"

"我知道，但是他是被别人吊死的。可能是想造成自杀的假象，但是……事实上，不，并不是企图掩盖谋杀的事实。"

"我不理解你的意思。要么是自杀，要么不是。"索菲娅疑惑地摇了摇头，点燃了一支烟。

"我觉得我们可以跳过细节。塞缪尔是被别人谋杀的，就这些。我们可以换个时间讨论这个问题，现在我希望能对他多了解一些。任何可以让我对他有所了解的信息都行。"

"好吧。不过，更确切地说，你想知道什么？"

她看得出索菲娅有些失望，但是没有时间详细解释。

"首先，你是如何见到他的？"

"我其实并没有接受过儿童心理学的培训，不过我曾经在塞拉利昂工作，所以我们破了例。"

"好的，这听起来很沉重，"珍妮特同情地说，"你说我们？还有其他人参与决策？"

"是的，哈塞尔比的社会福利部门问我是否可以考虑承担塞缪尔的治疗工作。当然，他来自塞拉利昂，你们应该已经知道了吧？"

"是的。"珍妮特想了片刻，然后继续说，"你对他的经历知道多少，在——"

"弗里敦，"索菲娅补充说，"他跟我说，他是一个犯罪团伙的成员，过去靠盗窃和入室抢劫维持生计。他们常常按照当地的黑帮老大的命令恐吓他人。"索菲娅停下来换气，"我不知道你是否了解，塞拉利昂的准军事武装组织利用儿童来做一些成人做不到的事。儿童很容易领导，另外……"

珍妮特注意到，索菲娅感到这个话题很沉重，但是她并没有出手相助。无论她多么不想伤害索菲娅，她必须这么做，她需要知道更多。

"塞缪尔当时多大年龄？"

"他告诉我他第一次杀人时是七岁。等他到了十岁，便已经数不清曾经杀害、强奸过多少人了。这些都是在动乱和酒精的影响下做的。"

"上帝，太可怕了。人性怎么能变成这样？"

"没有人性。只是人……你可以除掉其他任何一个人的人性。"

她们默默地坐着，珍妮特想索菲娅在非洲期间都经历了些什么。她难以想象她能在那里工作。穿这双鞋子、这样的头发的她。

她是那么干净。

"我抽一支可以吗？"珍妮特指着桌子上电话旁边的那盒烟说。

索菲娅缓慢地把烟推过来，她一直看着珍妮特的眼睛。她把烟灰缸放到两人之间的桌子中间。

"对塞缪尔来说，适应瑞典的生活异常困难，他从第一天起就难以适应这里。"

"嗯，谁不是呢？"她想到了约翰，他也曾难以集中注意力。而跟塞缪尔相比，他经历的事根本不值一提。

"是的，没错。"索菲娅点点头，"他不能在学校安静地坐着。"

"你知道他空闲时间都做什么吗？我是说当他不在学校也不在家的时候。你觉得他害怕什么人吗？"

"塞缪尔坐立不安，加上他的暴力经历，意味着他总是在警察与其他的政府机构那里陷入麻烦。最近的一次，今年春天，他被人攻击和抢劫了。"索菲娅伸手去够烟灰缸。

"你觉得他为什么离家出走？"

"他出走之前，他和家人刚刚收到通知，他将被关进当地的看护中心。我觉得他就是因为这个才离家出走的。"索菲娅站起身来，"我不知道你怎么想，我现在要去喝杯咖啡。给你也拿一杯，行吗？"

"好的。"

索菲娅朝前台走去，珍妮特听到了咖啡机的呼呼声。

珍妮特想，这个情形多么奇怪啊。

两个完全正常、智慧的女人在讨论一个有暴力倾向、不正常的年轻人的被杀案。

她们跟他的世界没有任何共同点，但是她们却坐在这里。

她们应该怎么做？发现一个并不存在的事实？理解一件并不能被人理解的事情？

索菲娅端着两杯热气腾腾的咖啡回来了，她把咖啡放到桌子上。

"对不起，我现在没什么好说的了。不过如果你能再给我几天时间，我再看看资料，也许我们可以再见个面。"

奇怪的女人，珍妮特想。就好像索菲娅能猜透她的心思。这既神奇又——尽管珍妮特不明白其中的原因——可怕。

"你愿意吗？我将不胜感激。"她笑了，感觉自己对索菲娅的信任不断增加，"如果你不介意，也许我们可以把工作和娱乐结合起来，一起去吃饭如何？"

珍妮特听到自己的话，自己都有些吃惊。她从哪冒出来的吃饭的想法？这很容易被误解成她在故意亲近对方，而这并非她的本意。是吗？

我在干什么？她想。

她很少跟人这么亲近。她甚至从未邀请球队里的女孩到家做客，尽管她已经认识她们好多年了。

但是，索菲娅并没有拒绝，相反，她凑过身子，看着她的眼睛。"我觉得这是个绝妙的主意。我已经很久没有跟别人一起吃饭了。"索菲娅停顿了一下，然后继续说,她的眼睛始终没有离开珍妮特,"对了,我正在翻修厨房。不过如果你不介意吃外卖的话,我将很高兴请你到我家里去。"

珍妮特点点头。"周五怎么样?"

玛利亚广场——索菲娅·柴德兰的办公室

索菲娅把珍妮特·科尔伯格送进电梯,然后回到办公室。她觉得很兴奋,几乎有些欣喜了。自己邀请了珍妮特到家里吃饭。她真的做对了吗?

她对珍妮特有好感,并不代表对方对她有同样的感受。她到底感到了什么呢?那是某种联系,这很明显。一种亲近感。

但是,她真正想要的是和珍妮特的肌肤之亲吗?

索菲娅想了片刻,然后得出了肯定的结论。尽管她不确实那是不是仅仅意味着一个拥抱。

不管怎么样,至少她能跟珍妮特私下里见面,谁也不知道以后会发生什么。索菲娅跟女人以及男人的亲密关系告诉她,最好走着瞧。一切顺其自然。

就像她跟拉斯在纽约一样。

够了,她想。继续工作。

她拿出维多利亚·伯格曼的录音带,把其中一盒放进录音机,按下播放键。她听着维多利亚的声音,把笔记本放在腿上。她靠着椅子,闭上眼睛。

……所以那个懦弱的婊子一定早就知道了,尽管她假装这没什么好笑的——独自醒来,发现他在我的房间里,内裤扔在地上,上面带着难闻的黄色斑点。

索菲娅努力排斥维多利亚描绘的令人反感的画面。我要职业一点,她想,我不能太过感情用事。尽管如此,她脑海里还是浮现出了一个父亲偷偷溜进女儿房间的画面。

爬上她的床。

索菲娅可以想象到性的味道,她感到呼吸困难,开始觉得恶心。

到处都是污秽的味道,那种永远都洗不掉的味道。

……当然,我不能大声喊叫,因为之后会遭到毒打,落个掉眼泪的下场。不用我的眼泪,鸡肝酱上面的腌黄瓜已经够咸的了,所以我最好保持安静,附和他,并回答问题。结束之后,能跟我的表姐打招呼真好,她住在厄斯特松德,或者博里霍尔姆,或者随便什么地方。爸爸说四处转悠的蠢货已经够多了,我总是同意他的说法。我附和他,坐在那里,身下是我的巧克力牛奶,当妈妈看向别的地方的时候,他的手又放在那里了……

索菲娅觉得自己不愿再听下去了,但是某个东西在阻止她关掉录音机。

……你可以跑得更远更快,但依然不足以得到一个奖励,可以放到书架上小男孩的照片旁,他看到那个景象,就不想游泳了……

声音越来越急切,越来越响,但是依然那么乏味。

声音的频率和音色变了。

先是男低音。

……只想要一个拥抱,但是他已经找到一起去度假的新同伴了……

然后是男中音。

……当她被允许一路前往帕杰兰塔国家公园的时候,她就会对他过分体贴……

女中音,女高音,声音越来越轻。

……一天徒步二十公里,闻着蔷薇根的香味,这是唯一让人兴奋的事物,因为泥土下面还有一种东西并不肮脏……

她依然闭着眼睛,手在桌子上摸索,她找到了录音机,把它碰到了地上。

沉默。

她睁开眼睛,低头看了看笔记本。

只有两个字。

帕杰兰塔,蔷薇根。

维多利亚·伯格曼在说什么?

是在最意想不到的时候突然抽离她的生活吗?

是关于在诚实中寻求安慰、变得不可触碰吗?

索菲娅感到自己在黑暗中胡乱摸索。她想弄明白,但是维多利亚仿佛彻底崩溃了。不论维多利亚向哪看,她都看到自己,如果她试图寻找自己,却只找到一个陌生人。

索菲娅合上笔记本,准备回家。她看了看时间。已经九点四十了,她还能睡五个小时。难怪她会觉得头疼了。

盖姆拉·安斯基德——科尔伯格家

自从和索菲娅·柴德兰见面以后,珍妮特一直难以集中精力工作。她感到震惊，但是说不上来为什么。可是她期待再次见到她。事实上，她盼着周五快点到来。

当她驶离尼奈斯港路时，差点撞上了一辆从右边驶出的红色跑车，跑车本该让路的。当她愤怒地按响汽车喇叭时，她意识到开车的是亚历山德拉·科瓦尔斯卡。

该死的蠢货，她一边想一边冲她兴奋地挥手。亚历山德拉把车倒回去，抱歉地摇了摇头。

她把车停到车道上，进了家门。阿克正在厨房里煎肉丸。他一副神采飞扬的样子。

珍妮特在餐桌旁坐下，餐桌已经布置好了。

"你知道这意味着什么吗？"他突然说道，"亚历克斯刚刚过来说，哥本哈根的画展已经开始了。我已经卖了两幅画了。看！"他从口袋里掏出一张纸，用力甩到桌子上。她看到那是一张八万瑞典克朗的支票。

"这才刚刚开始。"他兴高采烈地说。他一边搅动着煎锅，一边从冰箱里拿出两瓶啤酒。

珍妮特安静地坐着。原来，当事情发生根本性改变时，就是这种感觉。那天上午，她还在担心他们的钱够不够熬到月底，而现在，仅仅几个小时之后，她就在这里，拿着一张价值两个月工资的支票了。

"好吧，现在又怎么了？"阿克站在她面前，把一罐打开的啤酒递给她，"这么多年来，你一直觉得这只是个爱好，现在我终于靠它挣了些钱了，难道你觉得不好吗？"她能听出他语气中的失望。

"噢，阿克，你怎么会这么说？你知道我一直是相信你的。"她正要把手放到他的手臂上，他却躲开了，走回到炉子旁。

"是的，你现在说这些话了。可是，几周之前你还抱怨我不负责任呢。"

他转过身，面带微笑看着她。但是，这不是他平常的微笑，更像是傲慢的笑。

看到他这么得意，她不禁生气起来。难道他们不是一起一路走过来的吗？他真的全忘了吗，这些年来，多亏了她，他们才有了吃的，他的调色板上才有了颜料？

阿克走过来，抱了抱她。

"对不起。这话太愚蠢了，"他说，但是她觉得他的话很虚伪，"亚历克斯说周日的《每日新闻报》上会有一篇评论，他们想为周六的副刊做一次采访。上帝啊，我终于熬出头了。"

他高举双臂,好像他刚进了一个球。

维塔山——索菲娅·柴德兰的公寓

"就像我说的,现在厨房暂时还不能用,所以我们就在客厅里吧。"索菲娅一边开门一边说。

珍妮特走进去,立刻闻到了一股陌生的味道。在家总是一股松节油和旧运动服的味道,但这里的空气弥漫着某种强烈、纯净的味道,中间混杂着索菲娅用的淡淡的香水味。

"还不错,"珍妮特环视着陈设不算多的大客厅说,"我是说,像这样住在市中心,又是你一个人住。"她长舒一口气,在沙发上坐下来,"有时候,我愿意付出一切,只要能回家,只是坐着就好。"她身体后倾,靠在垫子上,透过门缝看着索菲娅,"不用理会那些工作职责,不用四处奔波,不用考虑去哪里吃饭,不用坐在电视机前进行痛苦的对话,这样多好啊。"

"可能吧,"索菲娅露出了犀利的笑容,"不过这样也会很孤单。"她走进客厅,"我有时就想卖掉公寓,换个地方住。"她从正面装饰着玻璃的橱柜里拿出两只高脚杯,倒了些酒,然后坐到珍妮特身边。

"你很饿吗,我们还是等一等?我叫的意大利菜。"

"我完全可以等。"

她们看着彼此。

"那么,你想搬到哪里去?"珍妮特继续说。

"问得好!如果我知道答案,明天就把房子卖了,但是我完全不知道。国外,也许吧。"

索菲娅举起酒杯。

"听起来让人兴奋,"珍妮特把酒杯举向索菲娅,"但是我觉得,这样不见得就不孤独了。"

索菲娅笑了。"我可能是听信了保守的瑞典人民的话,觉得登上了大陆,一切就都美好而富有活力了。"

珍妮特也笑了,不过她学会了那活泼话后面的严肃腔调,那份冷静。仿佛她从未有过这种感受。"我倒觉得,避免理解人们说的话更有吸引力。"

索菲娅脸上的笑容消失了。"真的吗?你是认真的吗?"

"不，不是真的，不过，有时当你不想听别人喋喋不休时，能把责任推给语言也挺不错……"珍妮特停下来，换了一口气，"好吧，我们俩还没那么熟悉呢。"她凝视着索菲娅的眼睛，喝了一口酒，"你能保守秘密吗？"

她立刻后悔自己的话造成了强烈的紧张气氛。她们像十几岁的孩子一样，坐在卧室里，一起探索这个世界，仿佛只有交谈才能让她们感到安全。

她还不如问她们能不能做好朋友呢。这个想法同样天真，想用话语控制混乱的现实，而不是让现实环境操控话语。

用话语代替行动。

话语，而不是安全。

"那要看是不是跟犯罪相关。不过同时，你也知道我曾宣誓保守秘密。"索菲娅露出了微笑。

索菲娅如此巧妙地应对这个天真的问题，珍妮特非常感激。

索菲娅看着她，好像她想看到、倾听她，好像她希望被理解。

"如果你是基督教民主党党员，大概会觉得这是犯罪。"

索菲娅仰头大笑。她的脖子那么长，那么柔软，既脆弱又强壮。

珍妮特也咯咯地笑了，她挪近一些，把膝盖放到了沙发上。她感觉像在家一样自在。她想事情是不是真的就像她想的那么简单：这么多年来，她的朋友都消失了，就是因为她总是把工作放在第一位。

这次不一样。

再明显不过了。

"我和阿克结婚二十年了，我开始觉得乏味了。"她转过身，好再次面对索菲娅，"有时候，我实在受够了能预料到他下一句要说什么。"

"有些人把这称为安全感。"索菲娅带着专业性的好奇心低声说道。

"当然，能有一个这么亲近的人，确实有安全感，但是即使这样……就像是跟你的亲哥哥在一起生活一样。噢，我不知道什么是亲近……但不能仅仅是地理位置上的远近。上帝，我觉得自己太刻薄了。"珍妮特无助地耸了耸肩，尽管她知道索菲娅不会批评她。

"没关系。"索菲娅温柔地笑了笑，珍妮特还以微笑，"我很高兴能听你说，只要你愿意把我当朋友。"

"好的，我的确爱阿克，但是我不确定自己想和他生活在一起。事实上，我知道自己不想。我唯一的牵绊就是我儿子约翰。他十三岁了，我不知道他能不能承受离婚。嗯，也许'承受'并不合适。他可能已经明白了，这种事情常常发生。"

"阿克知道你的想法吗？"

"他可能已经猜到了，我不再百分之百投入这段关系了。"

"可你们从未谈过这个吗？"

"我……没有。我们之间更像是一种气氛。我做我的事，他忙他的事。"

"一直都在，却一直都不在？"索菲娅挖苦地说道。

"另外，我觉得他在跟一个画廊老板搞暧昧。"珍妮特听到自己这么说。

是因为索菲娅是个心理学家，跟她交谈才这么轻松吗？

"要想有安全感，还想要有人能理解你。"索菲娅喝一小口酒，"但是，这也是大多数关系的根本性弱点。人们总是忘记关注对方、欣赏对方的工作，因为唯一值得选择的道路是你自己的道路。我把这归咎于个人主义。它已经变成了一种信仰。在这样一个充斥着战争和痛苦的世界里，人们对安全感和忠诚如此不屑，实在是奇怪。真是自相矛盾！"

珍妮特看到索菲娅身上发生了某种变化，她的声音变得越来越阴暗无情。她不太明白她的情绪怎么突然变了。"对不起，我没想惹你生气。"

"没关系，只是因为我也有被人看作理所当然的经历。"索菲娅站起身来，"好了，你觉得怎么样？我们吃点东西吧？"

珍妮特听得更清晰了，索菲娅的声音更加深沉，也没有那么悠扬了，她认识到自己触到了她的痛处。

索菲娅把饭菜拿出来放好，往酒杯里倒上酒，然后坐下了。"你跟他说过你的想法吗？经济压力是婚姻关系紧张最常见的诱因之一。"

"当然了，我们偶尔也会吵架，但是就像……我不知道，有时我觉得他根本无法想象，当我们付不起账单，我不得不跟父母打电话借钱的时候，我是多么痛苦。仿佛那是我的责任。"

索菲娅一脸严肃地看着她。

"听起来他从不需要承担任何责任，好像总会有人为他料理一切。"

珍妮特默默地点点头，仿佛一切都变得清晰了。

"噢，不说这个了，"她把手放到索菲娅的肩上，说道，"我们会再见面，讨论塞缪尔，对吗？"

"我想我们会有时间谈那个的，尽管今晚不行了。"

"你知道吗，"珍妮特小声说道，"我真高兴遇到你了。我喜欢你。"

索菲娅靠近了一些，把手放到珍妮特的膝上。当她看着索菲娅的眼睛的时候，珍妮特听到脑袋里响起一种冲击声。

在那里，我也许能够找到我所寻找的一切，她想。

同时，她听到一个邻居在挂一幅画。

有人在用锤子敲敲打打。

斯德哥尔摩，2007

当你回首往事的时候，有时，你可以确认一个新阶段的开始，即使当时看起来，日子像往常一样，还是一天天地过。

对索菲娅·柴德兰来说，这个新阶段发生在纽约之行之后。当圣诞节来临的时候，她的私生活越来越多地占用着她的精力。

度假回来后的第一天，她决定给税务局打电话，索要一个人的详细信息，她曾经认为她对这个人无所不知。

税务局只需要她提供身份证号，就能把他们手上关于拉斯·马格努斯·彼得松的所有信息发给她。

她为什么等到今天呢？

她是不想知道吗？

还是她已经认识到了？

制药公司的人不知道她要找的拉斯·彼得松是谁，但是当她坚持时，他们就给她转接了销售部门。

接线员很乐意帮忙，她力所能及地帮助索菲娅。一番搜索之后，她找到了一个名叫马格努斯·彼得松的家伙，但是他八年多以前就离开公司了，而且他只在位于汉堡的德国公司工作了很短的时间。

他们手上他最新的地址是在萨尔特舍巴登的帕尔纳斯瓦根。

她直接挂断了电话，拿出那张写有她在拉斯手机里发现的未知电话的纸。地址簿上说这个号码属于一个名叫米娅·彼得松的女人，住在萨尔特舍巴登的帕尔纳斯瓦根。那个地址下面还有一个电话，是一个名叫彼得松花店的电话，地址在菲斯克塞特拉。尽管她已经意识到她在跟别人共享拉斯，但是她还是宁愿相信这只是个巨大的错误。

希望不是同一个拉斯。

她仿佛站在一条走廊里，面前的门一扇接着一扇打开。突然之间，所有的门都开了，她看到走廊一直延伸过去，就在远处，她看到了真相。

就在那一刻，她看清了一切，明白了一切，一切都变得清清楚楚了。

拉斯有两个家庭。一个在萨尔特舍巴登，另一个，是跟她一起在索德马尔姆的公寓里。

很明显，她应该老早就意识到的。

他粗糙的双手说明他经常干粗活，尽管他自称在办公室里上班。

不安和嫉妒撕咬着她，她知道自己不能进行逻辑思考了。她是唯一没搞明白这一切的人吗？

他需要帮助，她想。但是她帮不了他。

她不能拯救他这样的人，即使他真需要救赎的话。

她站起身，走进书房，开始翻看他的抽屉。她不知道自己希望找到什么，但是总该有什么东西可以让她了解，这个跟她一起生活的男人到底是谁。

她在一些印着制药公司标识的小册子下面，找到了一封南斯德哥尔摩医院寄来的信。她把信抽出来，读起来。

这是一份预约通知，已经是九年前的了。信上说拉斯·马格努斯·彼得松被安排在泌尿科接受绝育手术。

起初，她完全不明白，然后，她才认识到拉斯绝育了，在九年前。

所以，这么多年来，她一直想要个孩子，却始终生不出。他在纽约说的话，不仅仅是谎言，那根本就是一件不可能的事。

仿佛有人在她胸口绑了一根绳子，越拉越紧，她感觉自己快要晕厥了。她见过恐慌发作的病人，她知道自己正在经历同样的事。

但是，无论头脑多么清晰，她依然感到害怕。

我要死了吗？她想。紧接着，一切都变成漆黑一片了。

二十八号这天是周五，她来到了菲斯克塞特拉。天空正下着雨夹雪，哈马比工厂那侧的温度计显示，气温只是稍稍高出零度。

她把车停在船坞旁，步行朝市中心走去。

她想知道但还不知道的是什么？

她猜自己只是想见见那个未知的女人吧，就这么简单。

可是，当现在她独自站在广场上时，心里却没那么有底气了。她犹豫了，但是如果没有完成任务就回家，这些想法只会继续撕咬她。

她坚定地走进花店，却失望地发现，站在柜台后面的是一个二十到二十五岁之间的小姑娘。

"您好，圣诞快乐！"姑娘绕过柜台，朝索菲娅走过来，"您需要什么样的花？"

索菲娅犹豫了一下，然后转身打算离开，但正在这时，花店的后门开了，一位美丽的黑发女人走了进来。她五十多岁的样子，左胸前的名牌上刻着"米娅"两个字。

这个女人跟索菲娅差不多高，有一双黑色的大眼睛。索菲娅不停地看着这两个女人，她们是那么相像。

她们是母女。

在这个年轻女人身上，她能清楚地看到拉斯的影子。

他略微弯曲的鹰钩鼻和瓜子脸。

"请问，您需要什么样的花？"小姑娘打破了尴尬的沉默，索菲娅朝她转过身去。

"给我的……"索菲娅哽住了，"给我的父母。是的，今天是他们的结婚纪念日。"

小姑娘走到玻璃橱柜边，里面放着剪好的花束。

"我觉得这些应该合适吧？"

五分钟后，索菲娅走进彼得松花店旁边的报刊亭，买了一大杯咖啡和一个肉桂面包。她在一个能看到广场的长椅上坐下来，喝了一口咖啡。

一切都出乎她的意料。

小姑娘给她准备花束的时候，米娅回到了储物室。然后什么也没有发生。索菲娅想，她应该付钱了，但并不是十分确定。她一定付钱了，因为没人追出来。她还记得门上小铃铛的声音，还有踩在雪地上的嘎吱声。她想到了拉斯，她越是想他，就觉得他越不真实。

她把花束揉成一团，塞进了银行外面的垃圾桶里。接着，她把咖啡也塞进去了，咖啡毫无味道，甚至不能让她暖和起来。

愚蠢的眼泪就要掉下来了，她竭力不让它们流出来。她把脸埋在手掌里，尽力想些拉斯和米娅之外的事情。

米娅，她一直跟拉斯做爱。那个女孩，是拉斯的女儿？他的孩子。他却不愿跟她要个孩子。她想起了卢·里德的唱片，他在纽约的酒店餐厅里为她放的。她现在明白了，那一定是他在萨尔特舍巴登的收藏，他跟米娅一起听过。

索菲娅把头向后仰，不让泪水从脸颊上流下。她知道她必须结束和拉斯的关系。不会再有任何瓜葛了。没有想念，不再担心，什么都没了。让他自己照顾自己吧，但是对她来说，他已经死了。

　　有时候，为了活下去，你必须抛开生活中的一些东西。她之前已经做过了。

　　但是，首先，她还要先做一件事。无论这会让她感到多痛苦。

　　她要看到他们在一起，拉斯、米娅和他们的女儿。

　　她知道自己必须看到，不然她会一直想着他们。一家人在一起的温馨画面会一直缠着她，她很清楚这点。她需要直面它。

　　新年前的几天里，索菲娅·柴德兰没做什么事。她只跟拉斯谈过一次，整个谈话不超过三十秒。

　　新年前夜，十一点钟，索菲娅驱车来到萨尔特舍巴登。她很快就找到了帕尔纳斯瓦根。

　　她把车停在离这栋大房子一百米远的地方，然后走回车道。这是一栋两层别墅，白色的山墙盖板，还有一个修整得很好的大花园。拉斯的车就停在车库前。

　　她绕过车库，来到房子后面。在几棵树的掩护下，她可以透过硕大的落地窗清楚地看到里面的情形。黄色的灯光既舒适又温暖。

　　她看到拉斯拿着一瓶香槟进了客厅，同时朝身后的房间喊话。花店里的那个美丽的黑发女人端着一盘香槟酒杯进来了。女儿也从隔壁房间里出来了，跟她一起的还有一个长得很像拉斯的年轻人。

　　他还有一个儿子？两个孩子？尽管现在他们已经长大了。

　　他们在那张大沙发上坐下，拉斯为他们每一个人倒上香槟，他们面带微笑，干了一杯。

　　三十分钟里，索菲娅像瘫痪了一样，她一动不动地站在那里，看着这场有趣的表演。

　　这既真实，同时又那么虚伪。

　　她想起曾经参观过的一家中国剧院。那是一次令人不安的经历，从舞台后面看舞台背景。从舞台前面看，那是一个酒吧或者餐馆，窗外是大海和落日。一切看起来那么真实。

　　但是，当她到了舞台后面，布景却是那么华而不实。都是用硬纸板、胶带和夹子做成的。跟台上舒适的房间的差别太大了，她感到受骗了。

　　她现在看到的景象很相似。表面上温馨感人，内在却是虚伪欺诈。

　　临近午夜时分，她看到幸福的一家人站起来，打算再次干杯，她拿出手机，拨通了他的号码。她看到他稍作迟疑，意识到他把手机调成振动了。

他说了什么，然后上了楼。她看到一扇窗户后面亮了灯，几秒钟后，她的手机响了。

"嗨，亲爱的。新年快乐！你在做什么？"她听得出，他在尽力显得压抑。当然，因为他还在德国的办公室呢，新年前夜还要工作。

她还未开口说话，就不得不把手机移到一边，呕吐起来。

"嗨，你好吗？我几乎听不到你说话。我晚点再打给你，好吗？现在这边有点乱。"

她听到他打开了洗手池的水龙头，这样楼下可爱的家人就听不到他说的话了。

大坝溃堤了，丑陋的背叛倾泻而下。她不可能接受做别人的情妇。

她挂了电话，走回汽车里。

她一路哭着回家，雨夹雪抽打着挡风玻璃，混杂了她的眼泪。她能尝到睫毛膏的味道，又辣又苦。最后，她哭得太伤心，不得不把车停到路边。

十年来，她一直一个人玩球，她一直想着他会接过球然后扔回给她，但是他只是站在那里，手臂放在身体两侧。

"拉斯，你觉得我们要不要给自己放四周的假，夏天去意大利租个房子？"

"拉斯，你觉得我停止吃药好吗？"

"我在想……"

"我想……"

十年里，她一直在提建议，展示自己和自己的梦想。而在他那边，却是十年的犹豫和借口。

"我不知道……"

"有很多工作要做……"

"现在不合适，但是很快……"

只在一个缓慢的瞬间，他就夺走了她的一切。

几天前还是实实在在、触手可及的一切，现在变成了假象和骗人的把戏。

她要眼睁睁地看着自己的生活被搞得支离破碎吗？

一辆卡车尖叫着呼啸而过，几乎擦到了她的车身。她打开了应急灯。即使死，也要死得有风度，而不是死在维斯伯加工业区的臭水沟里。

她的新病人维多利亚·伯格曼绝不允许自己被当作厌倦了就可以随意扔掉的东西，她想。

尽管她们彼此见得还不多，索菲娅已经认识到维多利亚拥有一种她梦寐以求的力量。毕竟，维多利亚挺过来了，并把自己的经历变成了觉醒。

在突如其来的冲动的驱使下，索菲娅决定给维多利亚打电话。接着，她看到拉斯发来的一条信息。"亲爱的，我正要乘飞机回家。我们需要谈谈。"她关掉信息，拨通了维多利亚的号码，等待着接通的声音。让她失望的是，电话正在通话中。这时，她意识到自己的所作所为，不禁笑了起来。维多利亚·伯格曼？是她要治疗维多利亚，而不是相反。

她想到了拉斯发的信息。回家？这是什么？乘飞机？他只不过是从萨尔特舍巴登开车回来而已。但是，他可能开始怀疑她知道真相了。一定有什么事情让他这样突然想要离开他真正的家庭。毕竟，这是新年前夜。

毫无征兆地，她又觉得要吐了，刚打开车门她就吐到灰色的烂泥上。

她发动汽车，打开暖气，朝阿斯塔驶去，然后进入隧道，继续朝哈马比滨湖城行驶。

她在挪威国家石油公司加油站停下来加油，之后，她走进商店。她在货架之间转悠，想着要去哪里，同时咒骂自己太过于孤僻，现在只落得个孤家寡人。

她走到柜台前时，看了看自己的购物篮，发现自己拿了一副汽车雨刷、一个空气清新剂，还有六包巴列尼娜饼干。

她付了钱，朝出口走去。这时，她经过了一个摆着廉价老花镜的柜台。她机械地试戴了几副度数最小的。最后，她看中了一副黑框眼镜，戴上后显得她更瘦、更严谨，同时也有点显老。索菲娅看到收银员转过身时，就迅速把眼镜放进了口袋。怎么回事？她可从未偷过东西。

她回到汽车里，拿出手机，打开拉斯发来的信息，点击回复。

"好的，家里见。如果我不在家，等我。"

然后，她开进市中心，把车停在了奥洛夫·帕尔梅路上的停车场里。她用信用卡买了一张二十四小时的停车票。

时间足够了。

然后，她并没有把票放在仪表盘上，而是放到了钱包里。

现在是新年第一天早上五点半。到了中央车站，她走进候车大厅，站在显示火车出发时刻表的大屏幕前。韦斯特罗斯、哥德堡、松兹瓦尔、乌普萨拉，等等。她走到一台自动售票机前，再次拿出信用卡，买了一张往返哥德堡的车票，八点钟发车。

她在报刊亭买了两包烟，然后在一家咖啡馆里坐下，等待发车。

哥德堡？她想。

突然，她知道自己要做什么了。

盖姆拉·安斯基德——科尔伯格家

周日早上，天气异常地好，珍妮特一早就醒了。很长时间以来，她第一次觉得休息得很好。

这周末没有发生什么重大的案件。阿克的父母来了，不过这也轻松地过去了，尽管他妈妈觉得猪肉有点太干了，还有她不该在ICA买番茄酱。除此之外，他们过得挺愉快。看电视，玩游戏。

她的公婆想上午乘火车离开，好让她有时间休息。她躺在床上，计划着如何打发时间。

肯定不能工作。在附近闲逛一下，看会书，或者进行一次长时间的散步。

她听到阿克醒了。他深吸了几口气，在床上扭动身体。

"其他人都起床了吗？"他一边把被子拉过去盖住脑袋，一边疲惫地说。

"我觉得没有。才七点半，我们可以多躺一会儿。你妈开始在厨房里折腾的时候，我们会听到声音的。"

阿克下床，开始穿衣服。

噢，走就走吧，反正这里也没什么了，她想，同时她眼前浮现了索菲娅苍白的脸庞。

"他们的火车几点出发？"

"将近中午的时候，你想让我去送他们吗？"珍妮特说着，尽量显得事不关己。

"我们一起去，可以吗？"他回答道，明显想尽量显得友好。

半个小时后，她下楼来到厨房，和其他人一起吃早餐。早饭过后，清理了桌子，她端着一大杯咖啡，来到花园里。

无论如何，她此刻感到很开心。

她和索菲娅的会面跟她预料的完全不同，她希望索菲娅也是这样想的。她平生第一次对一个女人产生了一种她过去对男人才有的感觉。

也许，性不一定非要在男女之间吧？她疑惑地想到。也许，最平凡的道理就是，关键是你在乎的那个人。男人，或女人，并没有什么区别。

一切多么简单，同时又多么复杂啊。

该前往中央车站了,珍妮特把行李箱拿到车上,她不想妨碍公婆收拾最后的行李,以及跟约翰伤感地道别。

珍妮特把车停在车站前面两辆出租车之间。他们一起拿出行李,再次含泪在站台上挥手告别了。珍妮特突然觉得呼吸顺畅了些,她抓住阿克的手,朝汽车走去。

她白天令人烦恼的想法似乎烟消云散了。无论如何,她属于阿克,他也属于她。

索菲娅能给她什么她不能从阿克身上获得的呢?她想。

刺激和新奇并不是一切。

咬牙忍住。

回家的路上,他们在一个书报亭前停下,买了一份《每日新闻报》。上面应该有一篇对阿克画展的评论文章。他本打算在早饭之前就买一份的,但是他忍住了,他不想让他的父母看到一篇对他猛烈抨击的评论。

到家以后,他们一起在餐桌旁坐下,把报纸摊在面前。珍妮特从未见他如此紧张。

他在笑,故意装作不在意的样子。

"在这儿。"他说的同时把报纸折好,放在两人之间。

他们默默地读了。当珍妮特意识到自己在读关于阿克的评论时,开始觉得晕眩了。

这位男性评论家对阿克大加赞扬。在他看来,阿克的画作是瑞典绘画界过去十年间最伟大的作品,他预测阿克将拥有辉煌的未来。毫无疑问,他将成为瑞典下一个伟大的文化输出者,而与他相比,恩斯特·比尔格伦和麦克斯·布克都像是苍白的模仿者。

"我要打电话告诉亚历克斯。"阿克站起身,走进门廊去拿手机,"然后,我要去市里一趟。你能送我一下吗?"

珍妮特坐在原地,不知道该作何感想。

"好啊。"她回答道,她知道从现在开始,一切都不再一成不变了。

阿尔赫尔格纳街——一个街区

熟悉的手风琴音乐淹没了达尔斯兰德大道上车辆的吵闹声。一扇打开的窗户里传出《蓝鸟双桅船之歌》，索菲娅·柴德兰停下来听完，然后继续前往玛利亚广场。

又有一些路人停下来，面带微笑，一个女人开始跟着忧伤的歌词哼唱，歌词讲的是船上的一个小伙子被绑到桅杆上，船沉没时被人忘记了。音乐营造了一个意想不到的想象空间，并且起到了交谈催化剂的作用，这里的人们没有特别的原因是不会和别人交谈的。每个人都知道他们的艾菲特·陶布，上天把他跟鲱鱼和母乳一起赐予他们。

到了阿尔赫尔格纳街，她停下来，从包里拿出那台小录音机，插上耳机。录音带盒子上显示这份录音是四个月之前录制的。

索菲娅按下播放键，继续向前走。

……于是，我跟汉娜和杰西卡乘渡船到了丹麦，她们是我在锡格蒂纳认识的两个虚伪的臭婆娘。很明显，她们要去罗斯基勒音乐节，把我独自留在帐篷里，和四个糟糕的德国人在一起，他们整个晚上都在怂恿她们去，他们不停地玩弄、摩挲、强迫、发牢骚，我被他们限制住，不能动弹，只听得到远处音速青年乐队和伊基·波普的歌声……

她完全被隔绝了，进入了如梦如幻的状态，她无法看到或者听到身边的任何事物。

……知道我所谓的朋友就在舞台前面。我被他们的餐后甜酒灌醉了，躺在那里，被他们强奸。她们对此毫不在乎，事后也不关心我为什么伤心，只想离开那里……

马格努斯·拉杜勒街，她的身体不自觉地走着。

到了蒂默曼街，话语变成了她从未见过但熟悉的图像。

……然后到了柏林，我把她们的背包都倒空，然后对她们撒谎说她们出去购物的时候，我睡着了，东西被偷了。她们买了更多的酒，好像我们还没喝够一样。她们可是要物尽其用，因为她们的父母不在身边，而是在位于丹德吕德的家里挣钱，好给她们寄到德国，这样我们才有钱继续旅行……

这时，她意识到了维多利亚·伯格曼在谈论的话题，她记得自己实际上听过这段录音好几次了。她至少已经听维多利亚的欧洲之行不下十次了。

她怎么能忘了呢？

……到希腊，结果被堵在了边境上，嗅探犬检查了我们的行李，我们也被粗俗的老男人进行全身搜查，他们直勾勾地看着我们的胸脯，就好像他们从未见过女人胸脯一样，他们觉得对你上下其手的时候戴着塑料手套是个好主意。然后那些糟糕的事情过去了，我们喝伏特加，把在意大利和法国发生的事忘得一干二净，醒来的时候就到了荷兰。然后，那两个臭娘们说她们玩够了，说她们要回家，我离开了她们，最后碰到了一个阿姆斯特丹的家伙，他也不老实，所以头上被扣了一个花盆。偷他的钱包准没错，用里面的钱在哥本哈根的酒店里住一晚绰绰有余，在这里，一切都该结束了，那个声音消失了，我最终证明我敢做。但是，带子断了，我摔到地上，磕断了一颗牙……

突然，她感觉有人抓住了她，她惊醒了。

她一个趔趄，向一侧跨了一步。

有人拔掉了耳机，一瞬间，一切都静默了。

她不存在了，平静下来。仿佛在水里，潜得太深了，终于重新回到水面，把肺里装满新鲜空气。

接着，她听到了汽车喇叭声、喊叫声，她茫然地看着四周。

"你没事吧？"

她转过身，看着人行道上的一排人，这才意识到自己正站在霍恩大道的中央。

无数双眼睛盯着她，严厉地审视着她。她身旁有一辆汽车，司机正愤怒地按着汽车喇叭，晃动着拳头，汽车引擎轰隆作响。

"你需要帮助吗？"

她听到有人说话，但是分辨不出是人群里的哪个人说的。

她很难集中精力。她快速走回人行道，继续朝玛利亚广场走去。

她拿出录音机，想把录音带放回到盒子里。

她按下弹出键。

令人震惊的是，她看着录音机，发现里面空空如也。

稍早之前，维塔山——索菲娅·柴德兰的公寓

玛姆巴曼亚尼……玛玛尼曼依米……

索菲娅·柴德兰醒来时感到头疼欲裂。

她梦到和一个年长的男人在山中徒步。他们在寻找什么东西，但是她记不得是什么了。那个男人让她看一朵平凡的小花，并让她把它挖出来。土里很多石子，她弄伤了双手。她终于把整株花挖出来了，他让她闻一闻花的根部。

闻起来像一大束玫瑰花。

蔷薇根，她想，然后走出去进了厨房。

她最近总是偶尔感到头疼，但通常一个小时左右就好了。这次，她却觉得不好，就像它成了她身体的一部分。

等待咖啡的时间，索菲娅快速翻看她在跟维多利亚·伯格曼谈话的过程中所做的记录。

她读道：桑拿，雏鸟，小狗布偶，祖母，跑，录音带，声音，哥本哈根，帕杰兰塔，蔷薇根。

她为什么会写下这些字眼呢？

可能是她觉得对维多利亚有重要意义的细节。

她点了一支烟，继续往下翻笔记本。在倒数第二页上，她看到一些新记录，都是上下颠倒的，好像是她从另一个方向在笔记本上做的记录：烧光，鞭打，在肉体中寻求美好……

起初，她并没有认出是谁的笔迹。弯弯曲曲的，像孩子写的，几乎认不出来。她从包里拿出一支笔，试着用另一只手写这些字。

她意识到这些字是她写的，不过是用左手。

烧光？鞭打？寻求美好？

索菲娅感到有些眩晕，除了头疼，她还听到脑袋里轻轻地嗡嗡作响。她想出去走走，也许呼吸点新鲜空气头脑能清醒一些。

脑袋里的嗡嗡声更大了，她无法集中注意力。

街上孩子的吵闹声透过窗户传进来，一股辛辣味刺激了她的鼻子，是她自己的汗水。

她站起来想去打开咖啡机，但她看到咖啡机已经打开了，就转而从橱柜里拿出一个杯子。她把杯子倒满，回到餐桌旁。

桌子上已经有四个杯子了。

一个是空的，其他三个都倒满了咖啡。

她感到自己记忆力衰退了。

仿佛她一直在重复，像是进入了一个怪圈。她醒了多久了？她想。她真的去睡了吗？

她努力打起精神，绞尽脑汁思考，但是，她的记忆仿佛被分成了两部分。

一部分是过去的记忆，都是关于拉斯和他们的纽约之行。但是他们回家之后发生了什么？

她在塞拉利昂的往事就像她跟塞缪尔的谈话一样清晰可见，但是那之后发生了什么？

街上的吵闹声很大，索菲娅开始焦躁地在厨房里来回踱步。

她的另一部分记忆更像是凝固的画面和印象。她去过的地方，她遇到的人。

但是毫不连贯，也没有面孔，只是一闪而过的片段。月亮看起来像灯泡，或者反过来？

她走进门廊，穿上外套，然后照了照镜子。塞缪尔的手弄的瘀伤开始消退了。她把围巾又在脖子里缠了一圈，好遮住它。

还不到十点，夏日的天气已经很热，但是，这热量似乎触不到她。她眼睛向内聚焦，想努力弄清楚自己怎么了。

一些她辨认不出的想法一闪而过。

维多利亚·伯格曼所讲的身体遭受暴力。她想，当一个人的幻想、冲动以及欲望超出社会的接受能力而变得有破坏性时，谁来作决定。

维多利亚关于善恶的言论，邪恶如同癌症一样，可以在一个表面看上去健康的生物体内生存并生长。或者，这是卡尔·伦德斯特劳姆说的？

到了比约恩公园后，她在树下的长椅上坐下。脑袋里的嗡嗡声变小了，她不知道自己能不能撑到家。

维多利亚单调的声音响起。

你敢吗？你敢吗？你今天敢吗，你个懦弱的笨蛋？

不，她需要回家，躺到床上。吃一片安眠药，然后睡上一会儿。她可能只是过度劳累了，她渴望公寓里一个人的黑暗。

上次吃饭是什么时候？她不记得了。

她营养不良了。是的，一定是这个原因。尽管没有胃口，她必须强迫自己进食，然后尽力不吐出来。她不会呕吐的。

正当她站起来的时候，好几辆警车响着警报呼啸而过。后面跟着三辆黑色玻璃、闪着警灯的越野车。索菲娅知道，一定发生了什么大事。

索菲娅在市民广场附近的麦当劳买了两袋吃的，她从其他顾客激动的话语中得知，青年大道上发生了一起运钞车遇袭案。有人提到了枪击，还有人说有好几个人受伤。

索菲娅拿起食物，离开了。

她到了青年大道，没看到塞缪尔·柏，于是开始往家走。

但是，他看到她了，并跟着她。

她走过警戒线，右转上了东加塔大街，穿过科克斯街，然后左转进入奥索街。

在小公园前，塞缪尔追上她，拍了一下她的背。

她吃了一惊，转过身。

他快步走到她前方，她转了一圈才看到他。

"嘿！好久不见了，夫人！"塞缪尔脸上挂着灿烂的笑容，他后退一步说，"汉堡吃得完吗，吃够了汉堡还是烦透了我？看你都吃了两个人的量。"

她仿佛停止呼吸了。

镇定，她想，镇定。

她的手不自觉地伸到了颈部。

镇定。

她听出了"坦率的塞缪尔"的语调，并意识到塞缪尔观察她一段时间了。

微笑。

她面带微笑地说还有吃的，并提议他们去她的住处吃。

他也还以微笑。

很奇怪，看到他的微笑，她的恐惧很快消失了。

她突然知道该做什么了。

塞缪尔拿过去一袋，他们继续往前走，穿过恩斯提亚纳斯街，转上市长大道。

她把装着汉堡的袋子放到客厅的桌子上。他问自己能不能先去冲个澡，然后再吃东西，她就给他拿了一条干净的毛巾。

他关上了浴室门。

怎么回事？

桑拿，雏鸟，跑，录音带，声音，哥本哈根，蔷薇根，烧光，鞭打。

水管咕噜噜作响。

"索菲娅，索菲娅，镇定下来，索菲娅。"她小声对自己说，并努力缓缓地深呼吸。

雏鸟，跑，录音带。

她等了一会儿，才回到客厅。汉堡散发出一股煳了的肉味。

烧光，鞭打。

她突然感到反胃，重重地跌坐在沙发上，双手捂着脸。

桑拿。

淋浴的水在流，她的脑袋里全是维多利亚的声音，仿佛要吞噬她，吞噬她的大脑。

她听着维多利亚这个声音讲述了她的一生，却从没有适应过。

你敢吗？你今天敢吗？

她颤巍巍地站起来，走进厨房倒了一杯水。加油，她想，我必须镇定。

她看到了镜子中的自己，认识到自己是多么疲惫。疲惫，精疲力竭。

她打开厨房的水龙头，但是水似乎不愿意变凉，她在脑海里看到水被从她脚下深处的古老岩石中抽出来，那里热得像地狱。

她被喷出来的水烫伤了，她看到眼前出现了火焰。

孩子们在篝火前面。

玛姆巴曼亚尼……玛玛尼曼依米……

索菲娅想起了孩子们唱的那首歌，不禁浑身发抖。

她走进门廊，在包里找那盒帕罗西汀。

她努力积攒足够的唾液好把药片咽下去。她喉咙干燥，但她还是把一片药片放进了嘴里。她没想到药片这么苦，当她努力往下咽的时候，它却粘在喉咙里了。她咽了一次又一次，感觉到它顺着喉咙一点一点往下走。

你今天敢吗？你敢吗？

"不，我不敢。"她平静地低声说，身体跌靠在门廊的墙上，"我坚不可摧。"

她蜷在那里，等着药物起作用。强迫自己平静下来。

等待，摆脱不了的低沉的声音。

桑拿，雏鸟，小狗布偶。

她不断地想着布偶狗，镇定。"布偶狗，布偶狗。"她自己重复着，为的是赶走那个声音并重新掌控自己的思想。

突然，她的手机响了，这声音仿佛来自另一个世界。

一个她再也无法触及的世界。

她挣扎着站起来，去回复在她即将失控的时候命运扔给她的手机铃声。这通电话是回家的路，连接着她和现实世界。

只要她能接电话，她就能回到现实中来，找到回家的路。她知道就是这么回事，这个想法让她有了力量握住手机。

"喂？"她低声说道，身体又顺着墙滑下去了。她做到了。她抓住了救生索。

"喂？有人吗？"

"是的，我在。"索菲娅·柴德兰回答，再次确信自己回家了。安全到家。

"好的，你好……我要找维多利亚·伯格曼。这是她的电话吗？"

她挂断了电话，哈哈大笑起来。

玛姆巴曼亚尼……玛玛尼曼依米……

突然，她听到了维多利亚的声音，立刻站起来，看着四周。

你觉得我不知道你打什么主意吗，你个懦弱的笨蛋？

索菲娅顺着声音走进客厅，但是房间里没有人。

她觉得自己要抽支烟，就去摸口袋。她一阵乱摸，最后找到了一支，放进嘴里，点着，吸了一大口，等着维多利亚再次发声。

她听到塞缪尔在浴室里发出咔嗒咔嗒的声音。

你今天不在排风扇下面抽烟了？

索菲娅为之一惊。维多利亚怎么知道她经常这么做的？她来这里多久了？不，她尽力让自己镇定下来。不可能。

你的厨房里到底发生了什么？

"维多利亚，你是什么意思？"索菲娅尽力重拾自己的职业角色。无论发生什么，她都不能让她看出自己害怕了，她要保持镇定，恢复理智。

浴室门打开了。

"你在自言自语？"

索菲娅转过身，看到塞缪尔光着身子站在门口。他仔细地看着她，身上的水往下滴。他笑了。

"你在跟谁说话？"他环视房间，"这里没有其他人。"塞缪尔朝门廊走了几步，然后朝门口走去，"谁在那儿？"

"不要提她了，"索菲娅说，"我们在捉迷藏。"她抓住塞缪尔的胳膊。

他看起来很吃惊，把手抬到她的脸部。

"你的脸怎么了，夫人？看起来很奇怪……"

"穿上衣服，去吃东西，快凉了。"她打开梳妆台的抽屉，又递给他一条毛巾。他裹在身上，走回浴室。

她关上浴室门，从手提包里拿出那盒戊巴比妥，全部倒进了那杯可乐里。

你也要把他关起来吗？

"维多利亚，求求你，"索菲娅乞求道，"我不知道你在说什么。你是什么意思？"

你在公寓里囚禁了一个小男孩，在书柜后面的房间里。

索菲娅感到莫名其妙，她变得越来越不安。

然后，她想起了第一次听到这首歌时的意义，那时她被绑着，坐在森林里的一个沟里。

玛姆巴曼亚尼……玛玛尼曼依米……

邋遢的孩子……一定有个肮脏的阴道……

你这个令人作呕的胖妓女。用刀片割你的手腕，就对你没有一点作用吗？

索菲娅想到自己过去常常坐在艾尔莎姨妈的房子后面割自己，用长袖上衣掩盖流血的伤口。

而现在，你买的鞋都小，为的是让你记住那种痛。

索菲娅低头看着她的双脚。因为多年的自我折磨，脚后跟上有难看的老茧。手臂上也有刮胡刀片、玻璃片和刀子的伤痕。

突然，她的另一部分记忆的门打开了，之前模糊静止的画面变成了连续的电影片段。

爸爸的手，妈妈审视的眼神。坐在摩天轮上的马丁，菲里斯河边的码头，接着是失去他的自责。乌普萨拉的大学医院，药物，以及治疗。

锡格蒂纳的种种，戴着面具、把她团团围住的女孩们。

羞辱。

在罗斯基勒强奸她的男孩们，然后她乘飞机去了哥本哈根，自杀未遂。

塞拉利昂和那些不知道自己恨的是什么的孩子们。

锡格蒂纳的工具室，坚硬的泥地，一只灯泡，蒙住双眼。

同样的画面。

索菲娅已经进入了维多利亚的内心世界，不断地看到维多利亚一生都在努力忘却的经历。现在，维多利亚就在她的家中游走。她无处不在。

还有你每天花费数个小时的录音机，没完没了的谈话。难怪拉斯离开了你。他很可能受不了你没完没了地说自己糟糕的童年。是你想去多伦多的性爱俱乐部，是你想要群交。谢天谢地他不想和你生孩子。

索菲娅想反驳，但是发不出声来。可他已经绝育了，她想。

你是个变态。你想偷走他的孩子。迈克尔是拉斯的儿子。你忘了吗？

这个声音这么大，她退缩了，瘫坐在沙发上。她的太阳穴快要崩裂了。

迈克尔？拉斯的儿子？这不可能……

一家人在位于萨尔特舍巴登的家中欢度新年夜的情景，索菲娅看到拉斯和迈克尔举杯喝酒。

你刚把拉斯杀了，就捡起了迈克尔。你难道不记得了？你把电话簿扔到地板上，好让它看起来是自杀。绳子太短了，是吧？

索菲娅远远地听到塞缪尔从浴室里出来了，模糊地看到他在咖啡桌前坐下。他打开装着食物的袋子，吃了起来。她坐在那里，看着他。

塞缪尔大口喝着可乐。

"你在跟谁说话,女士?"他摇了摇头。

索菲娅站起来,走进门廊。"闭上嘴,吃东西吧。"她对他咆哮道,但是他并没有回应什么,她不知道他有没有听到她说话。

她看着门廊里梳妆台上方镜子里的自己,仿佛一半瘫痪了。她认不出自己了。她看起来多老啊。

"怎么回事?"她对着镜子里的人低声说。她走近一步,笑了笑,把一根手指放到那颗二十年前她在哥本哈根的酒店房间里上吊时磕断的门牙上。

模仿。

镜子里的人和自己一模一样。

现在她明白了一切。

然后,她的电话又响了。

她看着屏幕。

十点二十二。

"伯格曼。"她回答说。

"维多利亚·伯格曼?本特·伯格曼的女儿?"

她回头看着客厅。安眠药起了作用,塞缪尔在沙发上睡着了。尽管没了意识,他的眼睛还在缓慢地转动。

"是的。"

我的父亲是本特·伯格曼,索菲娅·柴德兰想。

我是维多利亚,是索菲娅,以及二者之间的一切。

一个她似乎认识的声音问她关于她父亲的问题,她机械地回答,但是当她挂了电话,却一点都不记得自己说了什么。

然后,她清楚地知道当她给父母打电话时犯了一个大错。他们一定是记下了她的电话号码。现在,不知怎么地,警察就找上了门。

这个号码无法查询,但是她仍然会处理掉这个手机。

她抓着手机,看着塞缪尔。犯下了那么多罪行,却又那么无辜,她想,然后走到书柜前,松开了挂钩。打开那扇隐藏的门时,一股陈腐的恶臭扑面而来。

高坐在角落里,双手抱着膝盖。他斜着看了看从门口射进来的光线。一切都在控制之下,她走出房间,把书柜推回原位,之后开始脱衣服。她很快地冲了澡,裹着一条红色的大浴巾,然后把公寓里所有的窗户都打开了几分钟,通通风。她点燃一根香,倒了一杯酒,然后挨着塞缪尔在沙发上坐下。他的呼吸深而均匀,她轻轻地抚摸他的头。

他在塞拉利昂当童兵的时候做了很多坏事，但是他没有罪，她想。他是个受害者。

他的想法很单纯，没有受到报复或者嫉妒的污染，这些正是她的生活的动力。

太阳渐渐下山，黄昏笼罩了窗外的一切，整个房间蒙上了一层忧郁的灰色。塞缪尔动了动身子，打了个哈欠，然后坐了起来。他看着她，脸上露出了灿烂的笑容。她松开了浴巾，挪了挪位置，坐到了他面前。他的目光顺着她的双腿向上，进入浴巾下面。

你现在可以选择了，她想。顺从自己的本能，或者拒绝。

你来选择。

她也笑了。

"这是什么？"她指着他的项链说，"你从哪里得来的？"

他高兴起来，拿下项链，拿在面前。

"是干过大事的象征。"

她假装很吃惊，当她俯身向前好仔细观察项链的时候，她注意到他正看着她的双乳。

"那么，你都做了什么，能得到这样的好东西？"

她靠在沙发上，并把浴巾往上拉了拉，好让他看到自己没有穿内裤。他咽了口唾沫，又向她凑近了些。

"杀了一只猴子。"

他笑了，把一只手放在她赤裸的大腿上。

因为他的眼睛看着别处，没有看到她拿出了藏在垫子下面的锤子。

当你没有负罪感的时候，你能作恶吗？她想，然后用尽全力把锤子砸向塞缪尔的右眼。

或者，负罪感是作恶的前提吗？

克鲁努贝里——警察总部

索菲娅·柴德兰挂了电话，想着发生了什么事。

珍妮特说她想谈谈，听起来挺急的。她说塞缪尔·柏的案子查到了一些新线索。

珍妮特需要和她谈什么？她是发现了什么吗？

有人看到她跟塞缪尔在一起了？

索菲娅走进客厅，确定书柜没有问题。现在，里面只有高了，他没有问题。

她回到门廊里，检查了一下妆容，然后拿起手提包，走到街上。青年大道，四个街区，然后乘地铁。这段路太短，没有思考的时间来改变主意。

她习惯了维多利亚的声音，但是头痛依然还在，在脑袋里叫喊。

随着警察总部越来越近，她越来越心神不宁，但是维多利亚仿佛在推着她向前。告诉她要做什么。

一次迈一只脚。一只脚在前。重复。人行横道。停。向左看，向右看，然后再向左看。

索菲娅·柴德兰向前台说明了身份，简单的安检之后，她被带到了电梯前。

打开门。一直向前走。

几分钟的等待之后，珍妮特喜气洋洋地来找她了。

"太好了，你这么快就来了，"当电梯里只有她们俩时，她说，"我最近一直想着你。能有个理由给你打电话，我真高兴。"

索菲娅有些迟疑，她不知道该作何反应。

她的脑袋里有两个声音在争抢她的注意力。一个说给珍妮特一个拥抱，然后告诉她自己的真实身份。放弃吧，那个声音说。结束这一切。把你跟珍妮特的会面看作一个信号。

不，不，不！还不到时候。你不能相信她。她跟其他人一样，你一暴露自己的弱点，她就会背叛你。

"最近发生了很多事……"珍妮特看着索菲娅说，"我们受到各方面的压力，而塞缪尔的案子变得越来越诡异了。不过这个问题我们晚点再谈。咖啡？"

她们每人接了一杯咖啡，然后沿着走廊往前走，一直来到珍妮特的办公室门前。

"这就是我的办公室。"珍妮特说。

房间很小，里面放满了档案和纸堆。狭窄的窗户上放着一盆发蔫的植物，旁边是一个男人和一个小男孩的合影。索菲娅意识到他们一定是阿克和约翰。

"你还记得塞缪尔跟你说他被暴打吗？一年之前？"

想想事情的细节，索菲娅。

索菲娅想了想。"是的，他说过自己在奥兰斯根坦附近的某个地方被人打了——"

"靠近莫纽门特，"珍妮特补充说，"他在莫纽门特街区遭人暴打。后来他被人发现吊死在同样的地方。"

"是的，可能是的。我记得他说攻击他的人里有一个手臂上有蛇形文身。"

"不是蛇，是蜘蛛网。"珍妮特把空杯子扔进垃圾桶，"那家伙年轻的时候是个新纳粹分子，在那个圈子里，胳膊肘上有蜘蛛网文身是身份的象征。这意味着你曾经杀过人，尽管我很怀疑他真的做过。不过，这不重要。"

珍妮特站起来，打开窗户。

她们能听到孩子们在克鲁努贝里公园里玩耍的声音。

索菲娅的脑海里浮现出高无情地攻击塞缪尔的画面。后者受伤太重，根本无力反抗。塞缪尔跟跟跄跄地躲着，虚弱无力地保护自己，抵挡高的拳打脚踢。

索菲娅看着窗外，想象着血液从他被砸伤的眼睛里流出，最终使他失去了意识。他一定意识到自己要死了。

他一昏过去，这个面对着他的发疯的生物就会扑上去，把他撕个粉碎。他在塞拉利昂亲眼见过，他知道这是个猫和老鼠的游戏，结局早已确定。

办公桌上的电话响了，珍妮特先表示歉意，然后拿起了电话。

"当然，她就坐在我身边，我们尽快过去。"

珍妮特挂了电话，注视着索菲娅。

"有蜘蛛网文身的家伙名叫彼得·克里斯托弗松，他现在就在这里。他因严重的人身伤害被拘，看起来他觉得自己可以通过向我们透露一些信息来跟我们讨价还价。他可能看了太多糟糕的美国电影了，觉得在这里也行得通。"

索菲娅感到头晕目眩，还开始出汗。

"我在想，你可以跟我一起过去，听他怎么说。他说他有一些关于塞缪尔的信息。他表示自己在他遇害前一天曾看到过他。在市民广场的麦当劳外面，跟一个女人在一起。很明显，他知道那个女人是谁，而且……"珍妮特沉默了，"嗯，你明白的。"

索菲娅想着，高轻而易举地肢解了那个他们在斯瓦尔茨乔兰德特的路边找到的男孩。

珍妮特去她家里做客的时候，高正在用锤子把他的脑袋敲碎。后来，他们把骨头碎片和剩下的烧鸡一起扔掉了。

撒谎。编个理由。采取进攻态势。

"嗯,我不确定这样是否合适。我不知道这样是否符合规定……不过,没关系,我跟你去。"

索菲娅看到珍妮特在仔细观察她的反应,好像是在试探她。

"你说得对,这不符合规定。不过你可以坐在外面看,听他怎么说。"

她们站起来,走到外面的走廊上。

审讯室在下面一层,珍妮特把索菲娅带到了旁边的一个小房间里。她们可以透过窗户看到审讯室的情况,彼得·克里斯托弗松正靠在椅子上,看起来很轻松。索菲娅看着他的文身,就想起来了。

是他。

她上次见到他时,他穿着一件胸前印着瑞典国旗的T恤衫。他来送她用来建造书架后面房间的建筑材料。聚苯乙烯板,钉子,胶水,防水油布,以及胶带。

她怎么碰上了这么巧的事?她感到背上的汗水在往下滴。

"这是单向镜。"珍妮特指着窗户说,"你能看到他,但是他看不到你。"

索菲娅摸索着上衣口袋,找到了一张纸巾,擦了擦湿冷的手心。她觉得身体不舒服。

她的鞋子把脚磨得生疼,喉咙也紧绷着。

"你没事吧,索菲娅?"珍妮特看着她说。

"我突然觉得很难受,我感觉要吐了。"

珍妮特露出关心的神情。"你想回我的办公室吗?"

索菲娅点点头。

她回到了走廊上。

她回到了珍妮特的办公室,走到书架边,立刻看到了一个厚厚的文件夹,上面写着"图里尔德斯普兰——未知"。经过一番搜寻,她找到了其他的文件夹,"斯瓦尔茨乔兰德特——尤里·克雷洛夫"以及"丹维科斯图尔——未知"。

她转身看了看凌乱的办公桌。电话旁边放了一摞光盘,她拿起来,看到这些都是审讯录像。

她快速翻看这些光盘,并没有留意上面的标签。但是,当她看到最后一张光盘时,突然僵住了。

起初,她觉得是自己看错了,当她再次确认时,发现一张光盘上写着"本特·伯格曼"。

她赶紧找空白光盘,她觉得在这里的某个地方应该有,最后她在书架顶上找到了,旁边放着一个装着橡皮筋和回形针的玻璃罐子。

她走到桌子对面,坐在电脑前,然后把原始光盘和空白光盘插入电脑,当电脑询问是否复制内容时,她点击了"是"。

时间一秒秒地过去,她想着她和高是如何开车把塞缪尔的尸体运送到迈克尔位于莫纽门特的家里的。

他们把他抬到阁楼上,然后同心协力把尸体吊到屋顶上。

不到两分钟之后,电脑弹出了两个光盘,她把原始光盘放回原处,把复制的光盘放进手提包。

索菲娅坐下来,拿起一份报纸。

是高找到了酸液,并把一整桶倒到塞缪尔的脸上。

十分钟后,珍妮特回来了。索菲娅正在读一本旧书,名叫《瑞典警察》。

"有什么有趣的事吗?"她若有所思地问道。

珍妮特看着索菲娅,她好像知道了什么,索菲娅又开始不安了。

"我本打算玩字谜游戏,"索菲娅回答,"可是没有找到,所以就看了看图片。你跟蜘蛛侠聊得怎么样?有什么发现吗?"

珍妮特还是一副若有所思的样子。

"你在市长大道住多久了?"她突然说道,索菲娅吓了一跳。

"从1995年开始……我已经住了十三年了。上帝,真是时间飞逝啊。"

"那么在此期间,你有没有注意到什么奇怪的事情?特别是过去六个月里。"

这好像是一场审问,而她有犯罪嫌疑。

"'奇怪'是什么意思?"索菲娅咽了口唾沫,"我是说,我们说的可是索德马尔姆,这意味着酒鬼、打斗、自言自语的怪胎、被人破坏的汽车,以及——"

"丢失的男孩——"

"是的,还有这个。还有死在阁楼上的男孩。所以你可能要更精确一些,这样我才能说一些有用的信息。"

索菲娅感到维多利亚接管了她,谎言自己往外蹦,她都不用思考。整个过程就是一场戏,她深知自己的角色。

"去年冬天,彼得·克里斯托弗松在位于西科拉的弗雷德尔建材公司工作。他说他记得刚过新年,他曾经开车把许多隔音材料送到一套位于索德马尔姆的公寓里。他不记得具体地址了，是在索福的某个地方。他说他们去送货的女客户，跟塞缪尔的尸体被人发现前一天一起出现的女人是同一个人。"

索菲娅清了清嗓子。

"你能确定他说的是实话，而不是在试图增加自己的砝码吗？你不是说他想讨价还价吗？"

珍妮特抱着手臂，在椅子上摇来摇去。她的眼睛始终没有离开索菲娅。

"这正是我在考虑的问题。不过有一件事是可信的，一些细节让他的话听起来可信。"

她探身向前，稍微放低了声音。

"不可否认，他的描述非常模糊。一个金发女人，比普通人高一些，蓝色眼睛。他说他觉得她很漂亮，说可能比大部分人都要漂亮。但是，这个描述可能谁都符合。我是说，说的甚至可能是你。"

微笑。

索菲娅大笑，拉着脸表示她觉得这是一个多么荒唐的想法。

"我看你现在不舒服，"珍妮特说，"你最好回家吧。"

"是的……我同意。"

"休息一下，我下班后过来找你。"

"你想来吗？"

"当然，回家休息吧。我会带着酒，可以吗？"

珍妮特久久地看着索菲娅。

维塔山——索菲娅·柴德兰的公寓

乘地铁从市政大厅到中央车站，然后换乘绿线到市民广场。再步行一段，跟几个钟头前一样，只是方向相反。青年大道，四个街区，就到家了。一百一十二步。

到家后，她把复制的光盘放进笔记本电脑。

"第一次审问本特·伯格曼。时间是 13:12。主审官珍妮特·科尔伯格，陪审人员延斯·赫提格。本特，你被控多项罪名，但本次审问只关于强奸和（或）暴力强奸，以及人身伤害和（或）严重人身伤害，该项罪名至少判两年监禁。可以开始了吗？"

"嗯……"

"现在开始，请你对着麦克风清晰作答。很明显，如果你只是点头，便无法录音。我们要你尽量清晰地表达自己。好了，开始吧。"

有一段短暂的停顿，索菲娅听到有人在喝水，然后把玻璃杯放到桌子上。

"感觉如何，本特？"

"首先，我在想你都受过什么样的正规教育？"

她随即听到了父亲的声音。

"你凭什么审问我？我接受过八年多的高等教育，我拿到了学位，我还自学了不少心理学。你知道爱丽丝·米勒吗？"

他的声音吓了索菲娅一跳，她不由自主地有些退缩，抬起双臂保护自己。

尽管已经是成人了，她的身体处于紧绷状态仍会作出本能的反应。肾上腺素急剧升高，她的身体作好了战斗的准备。

"本特，你要明白一点，是我主导这次审问，而不是你。清楚了吗？"

"我真的不知道——"

珍妮特·科尔伯格立刻打断了他："我说，清楚了吗？"

"清楚。"

索菲娅知道，他的反抗行为是因为他还习惯处在掌控地位，被告的身份让他感到不舒服。

"我问你感觉如何？"

"嗯，你怎么看？你会喜欢坐在这里，被错误地指控一大堆恶心的罪名吗？"

"我可能会觉得很糟糕，然后不惜一切把问题说清楚。你是这样的感受吗？想告诉我们你为什么被捕吗？"

"我确定你们很清楚，我是在城市南部被警察拦住的，我正要返回位于格里斯林奇的家中。我们住在那里，在郊外的韦姆德。我刚把路边一个浑身是血的女人放到车上。我只想帮她，送她去南斯德哥尔摩医院接受治疗。这不犯法，对吧？"

他的声音、他发音的方式和语句间的停顿，以及他强装的镇定都让她觉得自己回到了十岁。

"你的意思是原告塔蒂亚娜·阿卡托娃的伤害不是你造成的，不是像你读的控诉书上记录的那样。"

"这简直荒唐透顶！"

"你想读一读控诉书的内容吗？"

"我跟你说清楚——我憎恨暴力。我看电视只看新闻，偶尔看电影，也是看高质量的电影。我根本不想跟这种恶行有任何瓜葛，它是那么普遍，在这个——"

就像走在通往湖边的松针散落的小路上的感觉。她六岁的时候就学会了如何触碰他，他才会态度和善，她想起了艾尔莎姨妈糖果的甜味。冰凉的井水，还有刷洗皮肤的硬毛刷子。

珍妮特·科尔伯格再次打断了他："你想自己读，还是我来读？"

"嗯，还是你来读吧。我说了，我不想——"

"根据对塔蒂亚娜·阿卡托娃进行检查的医生的说法，她于周日晚上将近七点的时候进入南斯德哥尔摩医院，受伤情况包括：数处肛门破裂，以及……"

他们仿佛是在说她，她想起了那份疼痛。

当时多么痛啊，尽管他说很可爱。

当她认识到他们行为的不伦时，她是多么迷茫啊。

索菲娅听不下去了，关掉了它。

他的恶行终于让他尝到苦果了，她想。可是他却不会因为他对她的所作所为而受到惩罚。这不公平。我被迫带着伤疤苟活于世，而他却一而再，再而三地作恶。

索菲娅躺在地板上，盯着天花板。她只想睡觉。但是她怎么做得到呢？

她叫维多利亚·伯格曼。他还在那里。本特·伯格曼，她的父亲，他还活着。

离她不超过二十分钟。

拥抱的时候，索菲娅看出珍妮特洗了澡，身上的香水也跟之前的不同了。她们走进客厅，珍妮特把一瓶酒放到咖啡桌上。

"坐吧，我去拿杯子。我猜你想喝一点吧？"

"是的，这周忙坏了。"

去拿玻璃酒瓶。装满酒。把杯子倒满。

索菲娅倒了一些酒。

审时度势。问一些私密问题。

索菲娅注意到珍妮特的眼睛是湿润的，而且不只是因为疲惫。

"你好吗？你看起来有些伤心。"

她看着珍妮特的眼睛，给她一个同情的微笑。

珍妮特默默地看着桌子。"该死的阿克，"她突然爆发了，"我觉得他是爱上那个画廊老板了。你知道有多愚蠢？说实话，我根本不在乎。他让我感到恶心。"珍妮特深吸一口气,"什么味道?"

索菲娅想起了厨房里的玻璃罐子,书架后面的高,同时也闻到了弥漫了整个公寓的化学品的酸臭味。

"是下水道的味道,有邻居在整修卫生间。"

珍妮特还有些怀疑,不过看起来对这个解释挺满意。

把谈话转到其他话题上去。

"你还有伦德斯特劳姆的信息吗?他还处于昏迷状态吗?"

"是的,不过这改变不了什么。检察官一直担心他的药物治疗之类的事……你知道……"

"你去查过蜘蛛侠说的话吗?"

"你是说彼得·克里斯托弗松?不,我们还没有任何进展。我真不知道该怎么办。说实话,我觉得他主要是对我的胸部感兴趣。"她大笑起来,索菲娅也笑了。

索菲娅松了口气。

"你对他有什么感觉吗?"

"就是个普通人吧,我想。充满了错综复杂的情结,缺乏安全感,迷恋性爱,"珍妮特说,"可能有暴力倾向,至少在他觉得重要的事情上。我指的是任何违背他的想法或者质疑他的信仰的事情。他绝非不聪明,但是他的聪明是破坏性的,看起来有些适得其反。"

"你听起来像个心理学家。"索菲娅喝了一小口酒,"我得说我有一些好奇你对那个年轻人的诊断……"

珍妮特默默地坐了片刻,然后用夸张的严肃口吻继续说,"假设彼得·克里斯托弗松被迫要解读一个模糊不清的情形。假设他的女朋友在一个男性朋友那里住了一晚。他会把这看作背叛,他总会选择对自己以及牵涉其中的每个人最为不利的解读,特别是她的不忠——"

"然而,她实际上是独自在朋友的沙发上睡的——"索菲娅插进来说。

"不过,"珍妮特继续说,"对他来说,在朋友家过夜和跟朋友过夜是一回事,无论如何,他都会联想到……"

珍妮特停下来,让索菲娅接着说。

"之后,他们还谈论他是个大傻瓜,坐在家里,没有任何疑心。"

她们大笑起来,当珍妮特靠在沙发上时,索菲娅看到浅色的沙发外饰上有一个红棕色的斑点。她赶紧抓起一个垫子,闹着玩似的朝珍妮特扔过去,后者一把抓住，放在身边，遮住了塞缪尔的血迹，谢天谢地。

"上帝，你听起来像我的同行。你确定你从未学过心理学吗？"

珍妮特几乎有些难为情了。

"你怎么看他说他看到的那个女人？"

"我觉得他确实看到了一个漂亮的金发女人和塞缪尔在一起。他认为他甚至盯着她的臀部看了。他年轻，脑子里时刻想着性。注意，凝视，注意，凝视，想象，然后就手淫。"珍妮特大笑，"但是，另一个方面，我觉得这跟他送建筑材料的女人不是同一个人。"

表示出兴趣。

"噢？为什么不是？"

"这是一个只看到女人的胸部或臀部的家伙，所有的女人都是一个样。"

她喝完剩下的酒，又倒了一杯。

她们一言不发地坐了片刻，只是看着彼此。索菲娅喜欢珍妮特的眼睛。她的眼神很坚定，充满好奇，透过它们能看出她很聪明。但是，其中还有其他东西。勇气，个性，很难弄明白那是什么。

索菲娅认识到自己越来越为她着迷了。不到十分钟，她就看清了珍妮特的感情和性格。开心，自信，聪明，悲伤，失望，怀疑，失意。

换个时间，换个地方，她想。她需要做的就是不让珍妮特看到她内心的黑暗。每次见面，她都要把它隐藏起来，而且珍妮特永远都不能见到维多利亚·伯格曼。

但是她跟维多利亚像连体婴儿一样被铐在一起，因而也彼此依赖。

她们拥有同样的心脏，流经她们身体的也是同样的血液。但是，维多利亚鄙视索菲娅的软弱，索菲娅则羡慕维多利亚的坚强，并且觉得自己不如她。

她想起每当有人取笑她，她就把自己关在房间里。她像个乖女儿一样把饭吃光，还让他碰她。

她进化了，维多利亚却永远也做不到这点。

维多利亚深深地隐藏了自己。

维多利亚一直在等待时机，等待着索菲娅为了防止自己沉沦而被迫把她释放出来的那一刻。

只要她审视自己的内心，就会发现那份力量。然而，与此同时，她努力地把维多利亚从她的记忆中抹去。几十年来，维多利亚一直试图让索菲娅明白，握有钥匙的是她，而不是索菲娅，但索菲娅很少真正听进去。

比如当她让在河边发牢骚的男孩闭嘴的时候。

比如当她照顾拉斯的时候。

索菲娅感到头痛减轻了，而她良知的橡皮筋越来越长，到了崩断的边缘。她感到自己想要把一切都告诉珍妮特。告诉她父亲是如何虐待她的，向她描述晚上不敢睡觉，唯恐睡着后他会来到她的房间。白天上学则睡不醒。

她想告诉珍妮特，狼吞虎咽地吃下食物然后再呕吐出来的感觉，以及被刮胡刀片割伤的疼痛。

她想把一切都告诉珍妮特。

接着，维多利亚的声音突然回来了。

"实在抱歉，酒劲上来了，我得去一下洗手间。"

索菲娅站起身，感到酒精直冲上头顶，她咯咯地笑了，然后扶着珍妮特站稳，后者把手放到她的手上。

"索菲娅……"珍妮特抬头看着她，"遇到你我真的很高兴。这是我遇到的最好的事，在……嗯，我也不知道多长时间里。"

索菲娅停下来，这份表白让她有些不知所措。

"如果我们不能再见了，我们会怎么样呢？因为工作，我是说。"珍妮特问。

微笑。如实回答。

索菲娅露出了微笑："我反正觉得我们可以继续见面。"

珍妮特继续说道："我想哪天让你见见约翰，你会喜欢他的。"

索菲娅僵住了。约翰？

她完全忘记了，珍妮特的生活中还有其他人。

"你说过他十三岁了？"她说。

"是的，今年秋天就要上初中了。"

今年马丁也该十三岁了。

如果他的父母没有偶然发现一则弗卢达的房屋出租广告。

如果他没有想上摩天轮。

如果他没有改变主意想去游泳。

如果他没有觉得水太凉了。

如果他没有掉下水。

索菲娅想到他们从摩天轮上下来以后马丁消失的经过。

她深深地看着珍妮特的眼睛，这时，她听到头脑里响起了维多利亚的声音。

"找个周末带约翰去蒂沃尼游乐园怎么样？"

索菲娅等着珍妮特的回答。

"好主意，多可爱的主意啊，"珍妮特笑着说，"你一定会爱上他的。"

维塔山——索菲娅·柴德兰的公寓

珍妮特点燃一支烟。那么，索菲娅·柴德兰到底是谁呢？她感到对她很亲近，但同时，她又难以捉摸。有时无比热情，有时又会突然变成另外一个人，毫无征兆。

也许正是因为这个，她才对她如此痴迷。准确地说，是因为她总是给人惊喜，从不老套乏味。

她的声音有时也会变化，不也是同样的原因吗？

当索菲娅关上卫生间的门，珍妮特起身走到书架前。书架上有许多心理学、精神诊断分析以及儿童认知发展的大部头书籍。还有许多哲学和社会学书籍、传记以及小说。托马斯·德·昆西，《索多玛 120 天》《玩弄：美国人的背叛》，还有杨·库卢的政治小说以及斯蒂格·拉森的犯罪小说三部曲。

远处，在书架的左端，一本书的名字引起了她的兴趣，《长路漫漫：一个童兵的自传》。当她把书从书架上抽出来的时候，注意到书架的边缘伸出一个小挂钩。在书架上装锁倒不常见，她正想着，索菲娅走进了房间。

"所以，你喜欢拉森的作品？"索菲娅说。

"哪一个？斯迪格还是斯蒂格？那个邪恶的，还是那个好的？"

珍妮特笑了，然后让她看了看书的封面。斯迪格·拉森的《新年》。"我猜是邪恶的那个吧？"

"我看到你有两本瓦莱丽·索拉纳斯的《SCUM 宣言》。"

"是的，我当时还小，总是怒气冲冲。那时我只是觉得这是本有趣的书。我当时对一些东西特别当真，现在觉得很好笑。"

珍妮特把书放回去。"SCUM。肢解人体协会 (The Society for Cutting Up Men)。尽管读过，但我对这本书的了解并不多。我当时应该还小，十几岁吧。你觉得它哪个方面有趣？"

"它很激进，它的娱乐价值就在于它的激进。它对人性黑暗面的描写是那么无情，看到那些家伙的可笑结局，我不禁要笑出来。我第一次读它的时候十岁，当时我对它深信不疑。毫不夸张。现在，我只觉得它好笑，包括书的细节以及整体。这样好多了。"

珍妮特把剩下的酒喝光。"你说当时才十岁？我十来岁的时候，被我有浪漫倾向的爸爸逼着读《指环王》。你那么小就读这样的书，你的童年该多么悲惨啊？"

"实际上，书是我自己选的。"

索菲娅默默地站着，做着深呼吸。

珍妮特看得出索菲娅很低落，就问她怎么了。

"我进来的时候你拿着的那本书，"她回答，"它对我的影响很大。"

"你是说这本？"珍妮特抽出那本关于童兵的书，看着封面。一个小男孩肩上扛着一支步枪。

"是的，是这本。塞缪尔·柏在塞拉利昂是个童兵，就像伊斯梅尔·比亚一样。我受邀对瑞典语版做查证工作，但是我担心自己太懦弱了，做不来。"

珍妮特快速浏览了一下书封底的文字。

"大声读出来，"索菲娅说，"二百一十七页上画横线的那段。"

珍妮特翻开书，读起来。

一名猎手走进灌木丛去猎杀猴子。他靠得足够近，躲在一棵树后面，可以清楚地看到那只猴子，他举起步枪，瞄准。正当他要扣动扳机的时候，那只猴子开口了："如果你射杀了我，你的母亲就会没命，如果你不射杀我，你的父亲就得死。"猴子待在原地，吃着东西，时不时地用爪子挠脑袋或一侧的肚子。

如果你是那个猎手，你会怎么做？

珍妮特抬起头看着索菲娅，把书放下。

"我不会开枪。"索菲娅说。

格里斯林奇——一个郊区

索菲娅·柴德兰从斯堪斯蒂尔乘地铁来到古尔马斯普兰，她前一天把车停在这里了。她不想让它被工作日里监控着进出斯德哥尔摩市中心的道路摄像头拍到。

从斯堪斯蒂尔桥上看去，阿斯塔森林一片墨绿。码头上一片热闹景象，斯堪斯克瓦恩餐馆的室外露台已经挤满了人。

几个月来，索菲娅一直没什么胃口，她已经分辨不出不同疼痛的差别了。她感到反胃，一天要吐上好几回，加上头痛和挤脚的鞋子，各种疼痛合而为一了。经过了夏天，她内心的黑暗变得更浓厚了。

她发现越来越难欣赏自己过去觉得有趣的东西，而她过去喜欢的东西也开始令人生厌。

　　无论洗多少次澡，她都觉得自己身上有汗味，冲澡后一个小时左右双脚就开始发臭。她仔细观察周围的人，看是不是有人闻到了她的体臭。看到别人没什么反应，她才觉得自己是唯一受到困扰的人。

　　她的帕罗西汀已经吃光了，也没有精力再找人弄一些。

　　她甚至不能再用录音机了。

　　每次会面之后，她都疲惫不堪，要几个小时之后才能缓过劲来。

　　起初，有个能倾诉的对象感觉很好，但是，到了最后，便无话可说了。

　　她不需要分析。那个阶段已经过去了。

　　她需要行动。

　　索菲娅拿出车钥匙，打开车门，坐到驾驶座上。她不情愿地抓住变速杆，把它推到空挡上。这违背她所有的本能，她开始头晕起来。变速器边上的那卷卫生纸，还有他的呼吸，记忆是那么清晰。在去往弗卢达的路上，马上要到博尔斯塔的时候，他把车开下了高速公路，那时她才十岁。

　　她感到变速杆冰凉的皮革抵着掌心。起皱的表面激起了她的活力，她紧紧地握住变速杆顶端。

　　她打定主意了。

　　毫不犹豫。

　　没有疑问。

　　她稳稳地挂上一挡，猛踩油门，沿着哈马比路朝韦姆德驶去。当她经过奥敏奇时，天空下起了大雨，空气变得又湿又冷。呼吸都有些受阻。

　　她又感到呼吸困难了。

　　现在，等待结束了，她边想边开进了暮色。

　　路灯引着她前行。

　　车里暖和了一些，但她还是感到深入骨髓的冰冷，热量让她皮肤上流下汗水，却无法进入她的体内。

　　无法触到她冰冷、清晰的信念。

　　什么都不能柔软她的心。

　　十五分钟后，她到了古斯塔夫斯贝里的威利斯折扣超市，她开下公路，把车留在了顾客停车场。在这里，她的记忆清晰起来了。那时还没有这个超市。她吃惊地认识到，事情能发生如此巨大的变化，就在几百米之外，时间似乎凝住了。她的记忆凝住了。

这里过去是一片树林，据说总有脏兮兮的老男人和酒鬼。但是，陌生人都很好，只有那些亲近她的人才能真正伤害她。

那片树林是个安全的地方。

她还记得挨着小木屋的林中空地。她再也没有找到过。阳光透过树叶，满地都是斑驳的白色苔藓。汽车后排座椅上有一件旧运动上衣，对她来说太大了。她看了看四周，然后套上那件带帽上衣，锁上了汽车。

她早先已经决定步行走最后一段路。那段路需要机动性。她需要思考，而思考则可能导致妥协，但是这段车程更加坚定了她的决心，而她也不打算清醒过来。她拒绝任何和解的想法。他已经作出了选择，现在轮到她行动了。

每一块铺路板上都写满了过往的种种，眼前的一切都让她想起自己逃离的生活。

她知道自己将要做的将不可挽回，他触发的事情必须终止。

善有善报，恶有恶报，她想。

她戴上上衣帽子，沿着斯卡加德斯路朝格里斯林奇走去。

童年的木底鞋声一直跟着她，回荡在房子之间。

她想到，在本该尽情玩耍的年纪，自己却无数次沿着街道跑来跑去。

过去的那个小女孩想要阻止她，她想继续存在下去。

但是那个孩子必须被抹掉。

她父母的房子是一栋三层的现代风格别墅。现在看起来没有过去那么大了，但依然那么吓人地耸立着。房子的窗户都拉上了窗帘，修整良好的花草爬在窗户上。

房子外面停放着一辆白色的沃尔沃汽车。他们在家。

她看到了房子左边的那棵花楸树，那是她的父母在她出生天种下的。跟上次相比，长大了不少。七岁那年，她试图放火烧它，但就是点不着。

他为了最大程度降低邻居看到屋内情况的可能性而建起的高篱笆，刚好为她打了掩护，她沿着房子的外墙爬行，爬上露台，透过那扇不大的地下室窗户往里看。

她猜对了。他们的生活还是那么可笑地有规律，就像每一个周三晚上一样，他们在桑拿房里。

透过窗户，她看到他们的衣服整齐地叠放在长椅上。

她想起了他内裤的味道，不禁觉得反胃，裤子拉链被拉下来的声音，随着他的裤子掉到地上而袭来的一阵阵汗臭味。

她小心翼翼地推开未锁的前门，步入门廊。

她首先注意到的是令人作呕的薄荷茶的味道。这里弥漫着病态，她想，一种侵入了墙壁的病态。她犹豫了一下，然后脱下网球鞋，她闻到了自己的味道。她散发着恐惧和愤怒的味道。

现在，她的鞋又挨着他的鞋了。

有那么一瞬，她强烈地感觉到一切都还是原样。好像她从学校回到家，好像她依然属于这里的生活。

她赶走了这个想法，不让它咬住她。

这里不属于我，她告诉自己。

我们已经作出了选择。

她轻声走进客厅，环顾四周。一切都是原来的样子。每件物品都待在原来的地方。

偌大的客厅摆设了了，她一直觉得清苦得可悲，因为难为情，她记得自己总是避免邀请朋友到家里做客。

白色的墙壁上挂着几幅画，大部分画的都是民间传说，包括一幅卡尔·拉森的复制品，出于某种原因，他们一直为它感到无比骄傲。这幅画还在，还是那么毫无价值。

她可以一眼看穿他们的谎言和骗局。

他花了一大笔钱，从博达拿的拍卖会上买了餐厅的家具。家具需要大规模翻修，装修工不得不用相似的材料换掉原来的织物。当时，一切都那么完美，但现在，新的材料上也显现出岁月的痕迹。

有一股轻微的风光不再的衰败味道。

他厌恶改变，他希望一切都保持他习惯的样子。他讨厌妈妈重新布置。

仿佛他在某个特定的时刻认识到一切都是完美的，并决定把时间永远凝固在那一刻。

他错误地以为完美是一种不需要保养的永恒状态。

他看不到衰败，她想，看不到他生活的破败，她如今清楚看明白的一切，他都看不到。

污垢。

陈腐的味道。

她的学位证书挂在通往顶楼的楼梯旁。它所在的位置过去挂着一个非洲面具，但现在已经不见了踪影。

她悄悄地走上楼梯，左转，打开了她儿时的卧室门。

她无法呼吸了。

房间还是她怒气冲冲地离开时的样子，她当时确定自己再也不会回来。床铺得整整齐齐，没有人碰过。书桌和椅子还在，窗台上放着一株枯死的植物。又一个凝固了的时刻，她想。

他们把她过去的生活关在门内，再也没有打开，这样就保存下了她的记忆。

她打开衣橱，发现衣服还在里面。正中的木板上，一颗钉子上面挂着她已经二十多年没有用过的钥匙。地板上放着那个红色的木箱子，上面画着传统的图案，这是她第一次见到马丁的那年夏天，艾尔莎姨妈送给她的。

她抚摸着盖子上的图案，坚定了一下意志，才打开箱子。

她不知道能在里面发现什么。或者说，她清楚地知道能在里面发现什么，但是不知道会对自己有何影响。

箱子里有一个信封、一本相册，还有一个破旧的毛绒动物。信封上面是她那时寄给自己的那盒录像带。

她朝书桌桌面看去，她曾在上面刻了无数的心形图案和各种各样的名字。她抚摸着刻出的字母，努力回想这些名字对应的面孔。她一个都记不起。

唯一有意义的名字就是马丁。

他们在小屋认识彼此的时候，她十岁，他三岁。

当他第一次把小手放到她的手里时，他别无所求。他只想触摸她的手。

索菲娅摩挲着桌面上马丁的名字，感到胸口涌起了伤感。她曾经抱着他，他曾经对她言听计从，充满了信任。

她看到自己挨着马丁的爸爸。她曾经觉得他是个威胁。她太熟悉这些游戏了。她一直等待着那一刻，他抓住她、把她据为己有的那一刻。她想保护马丁，让他远离那成人的怀抱、成人的身体。

想起往事，以及自己当时天真地认为所有的男人都一个样，她不禁咯咯地笑了。如果她没有看到马丁的爸爸触碰他，一切就都不同了。就是在那一刻，她毫不怀疑地相信，所有的男人都没有底线、无恶不作。

但是，她误会他了。

马丁的爸爸是个再普通不过的爸爸，他只是在给儿子洗澡。仅此而已。

罪恶，她想。

本特和其他的男人让马丁的爸爸背上了骂名。十岁的维多利亚在他身上看到了男人所有的罪恶，在他的眼神和他触碰她的方式里。

他是个男人，这就够了。不需要分析，只需要她自己逻辑的结论。

她看了看手里的录像带上的标签。

锡格蒂纳，1984年。

一辆汽车沿着斯卡加德斯路飞速驶过，她手里的录像带掉到了地板上。她觉得这声音震耳欲聋，整个人僵住了，但是没有迹象显示他们在下面的桑拿房里听到了她的声音。

房子里依然非常安静，她感觉自己从他们的生活中消失以后，一切都停止了。

也许她才是一切罪恶的根源？

当真如此的话，那她便无需遵从任何准则，也不用理会她的信仰。尽管没有把握，她依然抵挡不住观看录像的冲动。她必须重新体验一次。

放松，她想。

她坐在床上，把录像带放进播放机，然后打开电视。

录像开始后有一阵嘶嘶声，她把音量调低。画面很清晰，一个被一只灯泡照亮的房间。

她看到三个女孩跪在一排猪头面具前面。

她在左边，维多利亚，微微地笑着。

能听到那台旧录像机发出的声音。

"把她们绑起来！"有人大声呵斥道，接着哈哈大笑起来。

三个女孩的手被用胶带反绑在身后，蒙着双眼。一个戴面具的女孩拿来一桶水。

"安静。开始！"拿着录像机的女孩说，"欢迎来到锡格蒂纳人文中学！"她继续说。同时那桶水被浇到了三个人的头上。汉娜咳嗽起来，杰西卡大叫了一声，但是索菲娅看到自己安静地坐在那里。

一个女孩走到镜头前，戴上学生帽，弯腰，朝镜头做了一个挥手的姿势，然后转身朝向地上的三个女孩。杰西卡开始前后晃动，索菲娅则看得入了迷。

"我是学生代表！"其他人都大笑起来，索菲娅探身向前，又把电视声音调低了一些，女孩继续她的演说，"想要成为正式成员，你必须吃掉我们学校最著名的女校长送出的见面礼。"

笑声更响了，但是索菲娅看得出这笑是装出来的。仿佛这些女孩是出于义务而笑，而不是因为她们真的觉得好笑。是受了弗雷德丽卡·格鲁内瓦尔德的胁迫。

镜头拉近，画面里只有杰西卡、汉娜和维多利亚三个人坐在地上。

索菲娅·柴德兰一言不发地坐在发光的电视屏幕前，感到义愤填膺。她们已经答应给她们吃巧克力布丁，但是弗雷德丽卡·格鲁内瓦尔德却给她们吃真正的狗屎，为的是巩固她对低年级女孩的控制。

看到录像里的自己，她感到骄傲。因为她反抗了，并且通过最后的冲击赢得了胜利。

她从头至尾演完了自己的角色。

她习惯了对付人渣。

索菲娅取出录像带，把它放回箱子里。水管嗡嗡作响，地下室里的锅炉开始工作了。她听到桑拿房里传出他愤怒的声音，她的母亲在尽力使他平静下来。

索菲娅觉得房间里有股霉味，就小心翼翼地打开了窗户。她看着下面笼在暮色中的花园。她的旧秋千依然挂在下面的树上。她记得它是红色的，但是现在红色完全褪去了。只剩下干巴巴的黄棕色碎片。

一个虚伪的世界，她边想边转身环顾卧室。墙上有一张她的照片，是她九岁那年拍的。她脸上挂着灿烂的笑容，眼神里充满生机。丝毫看不出她真实的内心世界。

她学会了这个游戏。

索菲娅感到泪水要流出来了。并不是她后悔什么，而是因为她突然想到了杰西卡和汉娜，她们被拉进了维多利亚的游戏中，却从未发现这其实是她的预谋。

它变成了一个关于罪恶的实验，一个变得严肃的玩笑。

在汉娜和杰西卡面前，她扮演着受害者的角色，尽管事实恰恰相反。

这是背叛。

三年中，她一直和她们共同承受着那份屈辱。

三年中，复仇的想法让她们紧紧地抱在一起。

她恨弗雷德丽卡·格鲁内瓦尔德和所有来自丹德吕德和斯托克松德的叫不上来名字的高年级女生，她们花父母的钱、买最好最贵的名牌衣服，还因为有个漂亮名字而觉得自己很特别。

比她大四岁，比她早成熟四年。

如今这些人谁更焦虑？她们忘记这一切了吗？抑制住这些回忆了吗？

索菲娅在柔软的浅蓝色地毯上坐下，脑袋后仰。她看着天花板，看到泥灰上的裂缝还在。跟上次相比，又出现了一些裂缝。

她想知道她们中的谁遵守了她们用血写就的契约。

汉娜？杰西卡？她自己？

她们在一起三年，然后便失去了联系。

她上次见到她们，是在从巴黎火车北站发出的火车上。

她拿出那本破旧的相册，翻开第一页。她不认得照片里的自己了。那个孩子不是她，当她回忆小时候的自己时，没有任何感触。

那不是我，那个五岁的小孩不是我，那个八岁的小孩也不是我。她们不可能是我，因为我没有她们当时的感受，也没有她们当时的想法。

她们已经死了。

她还记得八岁的时候刚学会看钟表上的时间，就躺在床上，假装是一台钟。但是，她从未玩弄过时间。倒是时间把她夹在胳膊下，把她从那里带走了。

在面前的相册里，每翻一页，她都长大一些。季节不断更替，生日蛋糕一个接着一个。

她在锡格蒂纳的照片后面放了一张城际铁路卡，边上是一张罗斯基勒音乐节的门票。背面一页上是三张模糊的照片，分别是汉娜、杰西卡，还有她。她一边继续浏览照片，一边听着地下室的动静，不过听起来他已经平静下来了。

她们曾是三个火枪手，尽管最后另外两个人不再理会她，证明她们跟其他人并无二致。起初，她们分担一切，共同解决问题，但是到了关键时刻，她们却让她失望了。当事情变得严重、到了展示她们品质的时候，她们却哭了起来，像小女孩一样跑回家找父母去了。

她曾以为她们愚蠢透顶。现在，看着她们的照片，她认识到她们只是未受污染罢了。她们对人们充满信任。她们信任她，就是这样。

当她听到地下室里传来的猛烈的撞击声和喊叫声，索菲娅吓得跳了起来。桑拿房的门开了，多年以来，她第一次亲耳听到他的声音。"我不是幻想你能变得干净，但至少这可以除去那股味道！"

她猜他抓住妈妈的头发，把她拽出了桑拿房。他是要烫她，还是要强迫她在冰冷的水里站上几分钟？

索菲娅闭上眼睛，想着如果他们决定走出桑拿房，她将如何应对。她看了看时间。不，他是个极有规律的人，所以，折磨还将持续至少半个小时。

索菲娅想知道妈妈通常怎么跟她的朋友说的。你能在厨房橱柜上把眉骨撞裂多少次？你能在浴室里滑倒多少次？过去六个月里已经在楼梯上跌倒四次了，你不应该更加小心吗？人们肯定会问的，她想。

有一次，他抬起手，准备打维多利亚，可当她用平底锅猛击他的脑袋时，他却像一头鲨鱼一样退缩了，然后在接下来几个月里一直抱怨头疼。

妈妈从不反击，她只是哭泣，走过来在维多利亚身旁躺下，寻求安慰。维多利亚总是尽力安慰她，一直醒着，直到她妈妈睡着。

一次，他们吵架之后，妈妈开车离开了，在一个酒店里住了几天。爸爸不知道她去了哪里，开始担心起来，他靠在维多利亚怀里抽泣，维多利亚不得不安慰他。

碰到这样的情况，她就不去上学，花几个小时去骑车，等旷课通知到了，他们就不声不响地签字。他们吵架还是有些好处的。

想到这儿，索菲娅笑了。那个有好处的想法，是个秘密。

维多利亚内心深处承受着他们的软弱。他们都清楚，她可以随时用它对付他们。她从未这么做过。她选择把他们视作透明的空气，她从不在意他们，所以他们也不曾有机会为自己辩护。

她坐在床上，拿起那只用兔子皮毛做的小黑狗，把鼻子埋在它身上。它透着尘土和潮湿的味道。它那玻璃做的黄色小眼睛盯着她看，她也盯着它。

小时候，她常常紧紧地抓着这只狗，直勾勾地看着它的眼睛。过了一会儿，就出现了一片小天地，通常是一片沙滩，她会在这个微型世界里探索，直到睡着。

但是，现在她不会睡着。

这趟路程将彻底解放她。

她将烧毁与过去所有的纽带。

她再次抱了抱她的狗。就像她过去想的那样，只要她把一切深藏于内心，顺从他们的意愿，并努力变得更加聪明，别人便无法伤害她。她相信，你可以通过毁灭他人而赢得胜利。

这就是他攻击别人时的逻辑。

"爸爸，爸爸，爸爸。"她小声地对自己说，努力去除这个字眼里的一切意义。

他正坐在楼下的桑拿房里，从未有人敢离开他，除了维多利亚。他灌输给她的唯一一样东西就是逃离的渴望。他从未教她渴望留下。

逃离，不顾一切地逃离，她想。自卫机制和破坏性紧密相关。

往事从心底不断袭来，它们刺痛她的喉咙，每一样都让她感到心痛。她没有准备好应对这记忆的泛滥，或是她已经二十多年没有想到过的画面。她意识到自己当时的感触本应多得多，但她知道自己从一件事到另一件事，总是笑着。从一次羞辱到另一次羞辱。

她还能听到那个笑声。声音越来越大，变得震耳欲聋了。她在儿时的卧室里前后摇着。她小声地哼着歌，仿佛她脑袋里的声音从她紧咬的嘴唇里冒了出来。一个漏气的自行车轮胎的声音。

她捂住耳朵，试图挡住那狂躁的声音，一个她曾经觉得代表着幸福的声音。

楼下桑拿房里的那个男人摧毁了本应幸福的一切，一部分通过他病态的、虐待狂的欲望，一部分通过他泪汪汪的自卑自怜。

索菲娅从箱子里拿出那封信。信封上面有个"M"标志，里面有一封信和一张照片。

写信的日期是1982年7月9日。很明显是马丁写的，不过只写了他自己的名字，信上说阳光明媚，天气很热，他几乎每天都去游泳。然后，他画了一朵花，还有一个看起来像一只小狗的东西。

画的下面写着"海蚀柱和蜘蛛花"。

她从照片的背面看出照片是在法罗的艾克维肯拍的，时间是1982年夏天。照片上，五岁的马丁站在苹果树下，怀里抱着一只看起来想要逃跑的小白兔。他正面带微笑斜着眼看太阳，稍稍歪着头。

他的鞋带开了，他看起很开心。她用手轻轻地摸了摸马丁的脸颊，想着他从来没有学会系鞋带，所以总是绊倒。她还想到了他那让她禁不住想要抱他的笑声。

她看着照片，看着他的眼睛、他的肌肤，入了迷。她还记得他在太阳底下晒了一天后、晚上洗完澡、早晨脸上还有枕头褶皱的印记的时候的皮肤的味道。她想到了他们在一起的最后几个小时。

索菲娅闭上眼睛，手臂交叉在胸前，抱住了自己。

床边的水管叫了起来。接着，她听到了上楼的脚步声。那是她熟悉的脚步声。

她心跳加速，几乎不能呼吸了。不是我干的，她想。

是你。

她听到他在厨房发出的声响，然后打开了水龙头。接着，他关了水龙头，又去了地下室。

她不想记起其他的任何事情，只想结束一切。剩下的就是下去找他们，然后完成此行的目标。

她离开卧室，走下楼梯，不过在厨房门口停住了脚步。她走了进去，环顾四周。

有什么不一样了。

厨房柜台下面本来闲置的地方，现在放了一台崭新的洗碗机。有多少次，她藏在那里，在小帘子的后面，听他们说话？

但是，其他的东西都还在，就像她猜的那样。

她走到冰箱前，看着那张从《乌普萨拉新报》上剪下的纸片，过了将近三十年，现在已经完全变黄了。

《悲惨的意外：九岁男孩被发现死于菲里斯河》。

索菲娅看着剪报。很多年中，每天她都一遍又一遍地看着，她对报上的内容已经熟记于心了。一阵不安突然袭来，这是她过去读它时不曾有过的感受。

这不安并非忧伤，而是其他的东西。

像过去一样，读到九岁的马丁莫名其妙地溺死在菲里斯河里，警方觉得此事没有任何可疑之处，便将其视作一起悲惨的意外事故，这让她感到一丝安慰。

她感到一丝平静传遍全身，而内疚之情逐渐退去了。

那是一场意外，仅此而已。

乌普萨拉市，1986

在码头上，她把手放在水里来回拨弄着。

"水没那么凉。"她撒谎说。

但是他不想过去找她。

"我们不能回去吗？水很臭，我快冻僵了。"

他的犹豫不决让她感到厌烦。先是要去摩天轮，然后又改变了主意。之后又想来游泳，现在又不愿意游了。

"如果觉得臭你就捏着鼻子，你看水不凉！"

她环顾四周，确保周围没人。唯一能看到她的就是坐在摩天轮上的人，不过她看到摩天轮没动，上面一个人都没有。

她脱掉羊毛衫和上衣，然后坐在码头上。接着，她脱掉了裤子和袜子，只穿着内衣躺在码头上。一阵冷风吹过，她身上立刻起了一层鸡皮疙瘩。

"你看，水不凉。拜托，马丁，快过来！"

他小心翼翼地朝她走去，她侧过身子，解开了他的鞋子。

"我们穿着外套呢,所以不会冻僵的。而且,水里也比陆地上暖和。"

她伸手向前,把柱子上的毛巾拽了下来。"你看,我们还有一条毛巾呢。毛巾没湿,你可以先用。"

突然,污水处理厂附近的昆士安艮大桥响起了刺耳的警报。马丁吓得跳了起来。她笑了起来,因为她知道那不过是大桥将要被抬起、好让河里的船只通过的信号。第一个信号之后是几个稍短的信号,码头上已经暗下来了,他们头顶上方的树上可以看到有规律地闪烁的红光了。但是,并不能看到桥。

"别怕。不过是大桥开启,好放船只通过。"

他茫然地站在那里。

当她看到他还站在原地,就把他拉过来,紧紧地抱着他。他的头发搔着她的鼻子,弄得她咯咯地笑了。

"如果你不敢去游,就不用游了……"

开合桥打开了,很快,一条亮着灯的小木船划了过去,后面跟着一艘大一些的赛艇,驾驶舱被遮了起来。

他们抱在一起躺在码头上,看着船只驶过。她想等秋季来临,他不在她身边了,该会多么空虚啊。

他蜷着身子,安静地躺在她身边。

"你在想什么?"她问。

他抬头看着她,她看到他在笑。

"搬到斯科讷省该多好玩啊。"

她的心立刻变得冰凉了。

"我的表哥住在赫尔辛堡,我们差不多每天都能在一起玩了。他有一条很长的玩具汽车轨道,他还会给我一辆汽车。"

她感到身体开始变得软弱无力,几乎瘫痪了。他想搬到斯科讷省去吗?

她觉得他们将要把他从她身边带走,她想到自己将从他的生活中消失。

她看着他。他躺在她身旁,出神地看着天空。

他的脸上出现了一个阴影,像一只鸟的翅膀。

她想站起来,但是好像有人用铁夹子夹住了她的胳膊和胸口。

我能去哪儿?她恐惧地想。她想把他的话抹去,她想把他从那里带走。

带回她家。

这时,发生了一件事。

她的视线模糊了,她感觉自己要吐出来了。

听起来好像一只乌鸦在她的耳畔大叫。

她恐惧地抬起头,眼前出现了他大笑的面孔。

不,不是他,是他爸爸的眼睛和他那令人作呕的湿嘴唇在轻蔑地对着她笑。现在,那只乌鸦钻进了她的脑袋,黑色的翅膀在她眼前扇动。她身体的每一块肌肉都紧张起来了,出于恐惧,她努力保护自己。

乌鸦女孩抓住了他的头发,她的力量那么大,结果一大团头发掉了下来。

她拼命打他。

头上,脸上,身体上。血从他的耳朵和鼻子里流出来,在他的眼睛里,她第一次看到了恐惧,可是接着,还有其他东西。

在他的眼睛深处,他不明白发生了什么。

乌鸦女孩不停地击打他,当他不再动弹了,她的拳头才逐渐变轻。

她哭着弯下腰。他没有一点声响,只是躺在那里,眼睛瞪着她。他的眼睛无神,但还在动,他不停地眨眼。他呼吸急促,喉咙里嘎嘎作响。

她感到头晕,身体沉重。

她迷迷糊糊地站起来,走下码头,从河岸上捡起一块大石头。她拿着石头回到他身边,她感到世界在旋转。

当石头砸中他的脑袋时,声音就像你踩到一个苹果。

"不是我干的。"她说。然后,她把他沉入了河水里。

"现在,你得游泳了……"

格里斯林奇——伯格曼家

索菲娅·柴德兰取下剪报,小心地折好,放进口袋里。

不是我干的,她想。

是你。

她打开冰箱,看到里面像往常一样放满了牛奶。一切都是老样子,一切都是它应有的样子。她知道他每天喝两升牛奶,牛奶是纯洁的。

她记得那次她不愿意去小木屋,他就把一整盒牛奶浇到了她头上。牛奶顺着她的头、她的身体流到地板上,不过最终她还是跟他去了,然后她就第一次见到了马丁。

流下的应该是泪水,她想,然后关上了冰箱门。

突然，她听到一阵嗡嗡声，不是冰箱发出的，而是从她的口袋里传出来的。

她的手机。

她一直等到手机不响了。

她知道他们很快就会完事，她如果想有足够的时间就得抓紧了，但是她却上楼回了自己的卧室。她想确保自己没什么想保留的，没什么可留恋的。

她决定拯救那只兔皮小狗。

它不曾伤害她，倒给了她多年的安慰，聆听她的倾诉。

是的，她不能离开它。

她从床上拿起那只狗。有那么一会儿，她还考虑带上那份相册，但是，不行，必须毁掉它。那些是维多利亚的照片，不是她的。从现在开始，她将只是索菲娅，即使她将被迫永远和另外一个人共度一生。

下楼之前，她看了一眼她父母的卧室。和客厅一样，它看起来跟过去一模一样。连棕色的绣花床单都没变，只是比她记忆中的破旧了些，颜色浅了些。她在楼梯转台上停下来，仔细听。根据桑拿房里的低声说话声判断出他们正处于和解阶段。她再次看了看时间，意识到这是一次马拉松式桑拿。

她下楼回到客厅，听到有人走出了桑拿房。

每次桑拿都有固定的程序。

第一个阶段通常是沉默和紧张不安，尽管第二个阶段总会到来，但是她从未停止过希望，希望这次例外，他们只是蒸个桑拿，就像其他人一样。当他开始坐立不安，用手抚摸他日渐稀疏的头发，意味着第二个阶段要开始了，这是给妈妈的信号。多年来，她已经理解了这个信号，这是让她走开，留下他们两个人。

"不，这儿太热了，"她总是会说，"我要出去，烧点水泡茶。"

但是，现在，这头肥母牛无法脱身了。

根据桑拿房里的动静，她明白，跟她在里面的时候不同，最近第二个阶段以暴力为主。

她那个时候，通常要二十分钟才会到第三个阶段，那是最糟糕的部分，他哭着想要补偿她，如果你出错了牌，就意味着你可能要再经历一次第二个阶段。下楼之前，她最后一次环顾客厅。从现在开始，便只剩回忆了，没有任何真实的东西可以证实的回忆。

达拉纳省的一所房子的内部。

她站在近景处，全身赤裸，除了那双及膝的黑色大马靴。她的背后藏着一条脏兮兮的床单。背景是马丁坐在地板上，对她毫无兴趣。

现在，她只看到一个面带微笑的小女孩，一个心不在焉地玩着锡人或者积木的乖小孩。每次被他虐待时她被迫穿上的马靴变成了两只普通的袜子，上面带有她的血和他体液的床单变成了一件干净的睡衣。

就像一幅卡尔·拉森的画作。

只有她知道那田园生活是假的。

其他人只看到了一幅装饰画。

她深呼一口气，陈腐的霉味刺得她的鼻子发痒。

她讨厌卡尔·拉森。

走在通往地下室的楼梯上，她避开了那些会嘎吱作响的台阶，走进修理间。她拿起一根足够长的木板，然后走进桑拿房外面的淋浴间。她现在能清楚地听到他们的说话声了。说话的是他。

"上帝，你是不会变瘦了，对吧？你就不能围上一条浴巾吗？"

她知道妈妈心甘情愿地按他说的做。她很久之前就停止哭泣了，她已经接受了这个现实，生活永远不会如意。

没有悲伤。只有冷漠。

"我要不是觉得你可怜，我就让你消失。我不是说让你离开桑拿房，而是永远消失。可是，你又怎么活得下去呢？嗯？"

妈妈什么也没说，就像她一直做的那样。

她迟疑了一下，也许他是唯一该死的人。

可是，不，妈妈也需要为她的沉默和顺从付出代价。没有她，什么都不会发生。沉默是前提条件。

保持沉默就是默许。

"说话啊，我他妈求你了！"

他们太过专注了，根本没有听到她用木板顶住了桑拿房的木制把手，另一端顶着门对面的墙。

她拿出打火机。

克鲁努贝里——警察总部

电话响了，珍妮特看到是丹尼斯·比林局长打来的。

"你好，珍妮特。"他说，他讨好的语气立刻让她起了疑心。

"你好，丹尼斯，我的朋友。"她挖苦地回答，然后不由自主地补充道，"有什么可以为您效劳的吗？"

"噢，少来了，"他笑呵呵地说，"这不是你说话的风格！"

虚伪的假象破碎了，珍妮特立刻感到自在一些了。

"两个月以来，我一直看你的报告，可从来没有搞明白你的调查方向在哪儿，突然，我拿到了这个。"局长不说了。

"这个？"珍妮特假装不知情地问。

"是的，这份关于这些恐怖事件精彩的总结，围绕着这些死去的……"他的声音越来越轻。

"你是说我对那些男孩的谋杀案所做的最新的总结报告？"

"是的，没错。"丹尼斯·比林清了清嗓子，"你干得很棒，我很高兴案子了结了。给我一份休假申请，你最早下周就能躺在沙滩上了。"

"我不明白——"

"你为什么不明白呢？一切迹象都暗示卡尔·伦德斯特劳姆就是凶手。他还在昏迷中，他即使醒过来了，也不可能起诉他。医生说他遭受了严重的脑部创伤。他将变成植物人。至于受害者，嗯，其中两个人身份不明……是的，我怎么说呢？"他费力寻找正确的词汇。

"孩子？"珍妮特提示道，她感到已经无法抑制内心被压抑的怒火了。

"也许不能这样说。不过，如果不是他们非法来到这里，那么——"

"情况就不同了，"珍妮特说完他的话，然后继续说道，"然后，我们就会派五十个警员办理这个案子，而不是现在这么几个人。我和赫提格，加上施瓦茨和阿伦德从旁协助。这是你要说的吗？"

"拜托，詹，不要这样。你在暗示什么？"

"我没有暗示什么，不过我明白你打电话是要告诉我案子要结案了。我们拿塞缪尔·柏怎么办？连范奎斯特都知道不可能是伦德斯特劳姆杀的他。"

比林深呼吸一口气。"你还没有找到任何嫌疑人！"他在电话那头咆哮道，"一条调查线索都没有！这个案子可能牵涉到有组织的贩卖人口活动，你觉得我们能拿它怎么办？"

"我明白，"珍妮特叹了口气说道，"所以你的意思是要我们把手头的一切整理好，送给范奎斯特吗？"

"没错。"比林回答。

珍妮特继续说道："然后范奎斯特会看我们的文件，因为没有犯罪嫌疑人，便了结这个案子。"

"是的。你看,如果努把力,你是做得到的。"局长笑了,"然后,你和延斯去度个假。大家皆大欢喜。你同意吗?明天午饭时间把调查报告和你的休假申请放到我的办公桌上?"

"同意。"珍妮特回答,然后挂了电话。

她觉得有必要把这项新指示告诉赫提格,于是走进了他的办公室。

"我刚听说我们要结束手头的调查工作了。"

赫提格开始有些意外,然后身体前倾,摊开双手。这时他看起来非常失望,"可这也太荒唐了。"

珍妮特一屁股坐下,感到非常疲惫。她的身体仿佛要从椅子上流下来,流到地上。

"是吗?"她问。她感到自己没有精力故意唱反调,但是她知道,作为他的上级,她有责任维护他们上司的决定。

"毕竟,到现在为止还没什么进展,也没什么线索。而且,就像比林说的那样,我们要对付的很可能是贩卖人口活动,而这超出了我们管辖权。"

赫提格摇了摇头。"那卡尔·伦德斯特劳姆呢?"

"他还在昏迷中,看在上帝的分上。他对我们几乎没什么用处!"

"你真不会撒谎,詹!很明显,一个恋童癖者——"

"事情就是这样,我也无能为力。"

赫提格抬头看着天花板。"一个谋杀犯逍遥法外,而我们还被一个混账律师束缚住了手脚。只是因为我们的受害人是无人在意的男孩!太他妈扯淡了!那伯格曼怎么办?我们不是要跟他的女儿谈谈吗?她看起来知道很多东西,不是吗?"

"不,延斯。这不可能,你非常清楚。我觉得我们最好的做法就是结案。至少先暂时放一放。"

现在,她要回家,然后在沙发上睡着。

"我要走了,"她说,"我还有事。"

"好的,请便吧。"赫提格转过身去。

盖姆拉·安斯基德——科尔伯格家

一切都自然地发生了。每个细节她都经历过数千次了。

她经过球形体育馆,就在斯德哥尔摩南部的一家面包店附近的环形立交边。安斯基德路。一切都像是例行公事,当珍妮特开进车道的时候,差点撞上了亚历山德拉·科瓦尔斯卡的红色跑车,这已经是几周以来的第三次了。像第一次一样,这辆车斜着停在车库前面,珍妮特不得不急踩刹车。

"妈的!"她喊道,安全带勒进了她的肩膀。她怒气冲冲地把车倒回来,停在树篱边,然后砰的一声关上了车门。

在安斯基德,夏日的晚上总是散发着烤焦的肉味,当她走下车,就闻到了一百块烤肉的味道。香甜浓重的味道弥漫了整个街区,飘进花园,珍妮特觉得这是家庭幸福和彼此相伴的味道。烧烤意味着有人陪伴——独自一个人不会去烧烤。

脆弱的安静被邻居们的说话声、笑声以及足球场上的叫喊声打破了。她想到了索菲娅,不知道她在干什么。

珍妮特走上房前的阶梯。正当她要开门的时候,门把手被人从里面转动了,她只好迅速躲开,才没有被门撞到。

"回见,帅哥。"亚历山德拉·科瓦尔斯卡站在门口,回过头跟阿克挥手道别,后者站在门廊里,面带微笑地看着她。

看到珍妮特,他的笑容消失了。

亚历山德拉转过身。"噢,你好,"她说,脸上带着愉快的笑容,"我正要走。"

他妈的臭婊子,珍妮特想,她没有回答,径直走了进去。

她关上门,把上衣挂好。帅哥?

她走进厨房,阿克正站在窗边,朝外挥手。她把包重重地扔到了餐桌上,他小心翼翼地看着她。

"坐下!"她一边厉声说道,一边打开了冰箱门。"帅哥?"她继续说,然后哼了一声,"好了,是时候给我个解释了。这他妈是怎么回事?"珍妮特努力压抑着自己的声音,但她能感觉到内心汹涌的怒潮。

"你在说什么?你想要我解释什么?"

她决定开门见山。她决不能被他那小狗一般的眼睛给骗了,每逢这样的情况,他都会装出这样的眼神。

"告诉我,你昨晚为什么没有回家,连电话都不打?"她看着他。果然,那双小狗一样的眼睛出现了。

他努力挤出一丝微笑,可他笑不出来。"我……嗯,我是说我们。我们出去了,在欧佩拉卡拉仓餐厅。我们喝了不少酒。"

"然后呢?"

"嗯,我在市里过的夜,亚历山德拉把我送回来了。"阿克转过头去,看着窗外。

"你为什么看起来这么局促不安?你跟她上床了?"

他沉默得太久了,珍妮特想。

阿克把手肘放在桌子上,双手捂着脸,然后眼睛茫然地看着前方。

"我觉得我爱上她了……"

果真如此,珍妮特叹了口气想道:"该死,阿克……"

她没再说什么,站起身,抓起包,走到门廊里,打开前门,出去了。她顺着车道走到路上,坐进车里,拿出手机,给索菲娅·柴德兰打电话。

没有人接听。

她刚到尼奈斯港路,阿克就打来电话,说他打算把约翰送到他父母家里过周末。他觉得他们最好分开几天,好好想一想。还说他需要思考一下。

珍妮特知道这只是个借口。

沉默是最好的武器,她边想边开上了古尔马斯普兰边上的环形立交。

缓兵之计。

她几个月前还觉得理所当然的生活,现在已经不复存在了,而可怕的是,她甚至不知道自己是否真的在乎。

她打开广播,来分散自己的注意力。

她已经为不得不独自在房子里醒来感到担忧了。

哈马比滨湖城——加油站

从格里斯林奇回家的路上,索菲娅·柴德兰在哈马比滨湖城的加油站停下来,换了衣服。在洗手间里,她把那件昂贵但是现在已经被火烧坏了的裙子塞进了垃圾桶。想到它超过了四千克朗,她不禁咯咯地笑了。她走进商店,买了一大片山羊干酪、一包饼干、一罐黑橄榄,还有一盒草莓。

付账的时候,口袋里的手机又响了。这次,她拿出手机看是谁打来的。

当收银员给她零钱的时候,手机不响了。两个未接来电,她一边看着手机屏幕,一边对收银员说了声谢谢。她注意到珍妮特·科尔伯格试图联系她,然后把手机放回口袋。

等会儿吧,她想。

往外走的路上,她瞥见了展台上的近视眼镜。她的视线落在跟她七个月前也就是新年那天偷的那副一模一样的眼镜上,她停下了脚步。

她当时去中央车站,买了一张去往哥德堡的往返车票。火车八点钟准时出发了,她点了一杯咖啡,坐在空无一人的餐车里。

离站后不久,列车员就过来检票了,当她把车票递给他时,她故意用另一只手把那杯热咖啡打翻在桌上。她尖叫了一声,列车员迅速跑开,去拿东西来擦拭干净。

想着这些,她脸上露出了微笑,然后从支架上拿起那副眼镜。她戴上眼镜,对着那面小镜子看。

列车员给她拿来了一些餐巾纸,她探身向前,好让胸脯露出来,问他是否看得到她的衬衫上的污渍。幸运的话,他会记得她的,如果有需要,他就能为她做不在场证明。

但是,她甚至还没有让警察看她那张已经检过的票——那是她用信用卡买的,警察就毫不怀疑地相信了她的说法。

火车在南泰利耶南站停下以后,她冲进洗手间,把头发盘成紧致的圆发髻,戴上那副偷来的眼镜。

下车前,她把黑色的外套里外反过来,这样她就换上了一件浅棕色的外套了。她坐在长椅上,点着一支烟,等待返回斯德哥尔摩的通勤列车和拉斯。

没有什么好说的,她边想边把眼镜放回支架上。

怎么解释都不够。

他背叛了她。

耍了她。

侮辱了她。

很简单,她以后的生活中不再有他的位置。只是离开他、诅咒他下地狱并不能让她满足。他还是会出现在某个地方。

她走出加油站的商店,走到汽车边,才注意到她的头发上有烟味。

她打开车门。她还记得拉斯晕倒在客厅的沙发上的情形。一瓶威士忌几乎喝光了,她觉得他应该醉得不轻。一个男人被发现过了十年的双重生活,喝醉后自杀了,这应该没什么奇怪的。

这很可能正是大家希望的结果。

她发动引擎。汽车发动了,她挂上一挡,离开了加油站。

他张着嘴，大声打着呼噜，她硬着头皮，强忍着叫醒他、让他接受应有的惩罚的冲动。

她静静地地走进浴室，解下拉斯酒红色睡衣的腰带。那是他从纽约的酒店里偷回来的。

她开车进入了市区。

222号公路，向西行驶。路灯的灯光在挡风玻璃上方闪过。

拉斯侧躺着，脸朝着沙发垫子，后颈不受保护。重要的是绳结要系到合适的位置上，并且只留下一道细小的勒痕。她把腰带打成了结，小心翼翼地套过他的脑袋。

当绳结到了合适的位置，她所要做的就是用力拉，但是她犹豫了。

她停下来，评估其中的风险，但是想不到任何可以牵连她的问题。

完事以后，她会回到中央车站，等着下午从哥德堡驶来的火车到站，然后，她会去停车场取车。汽车应该得到了一张罚单，但是当服务员看到她的有效车票后，便只好放弃收费。他们会相信——即使不能证实，她一整天都在往返哥德堡的火车上。

她驶过哈马比高地，穿过老旧的斯堪斯蒂尔大桥，进入了克莱瑞恩酒店下面的隧道。

纪律，她想。你必须保持警惕，不能意气用事，因为那会出卖你自己。

停车场服务员、火车票，加上在餐车里见过她的列车员，应该可以排除任何她涉案的嫌疑了。椅子旁边的地板上的电话簿是这个画面最后的细节。

她沿着恩斯提亚纳斯街继续行驶，经过斯科讷大道和邦德大道，然后右转进入奥索街。

她紧紧地抓住睡衣腰带，用尽全力拉。拉斯上气不接下气了，但是酒精让他变得迟钝了。

他没有再醒来，她把他吊在天花板上的吊灯挂钩上。她在他下面放了一把椅子，直到他的脚碰不到椅子，于是就用电话目录填补空隙，并扔到地上。一个再清楚不过的自杀案件。

斯堪斯蒂尔——一个社区

快到约翰内斯霍夫大桥的时候，珍妮特·科尔伯格从斯堪斯蒂尔的大圆钟上看到，时间是九点二十了，她决定再给索菲娅打个电话。

她拨了电话，把手机贴在耳朵上，她听到一辆急救车辆的警笛声。透过后视镜，她看到三辆消防车快速朝她驶来。

电话通了，但是没有人接。

珍妮特希望自己现在身在他处，过着全然不同的生活，她想起了她看过一部纪录片，讲的是一个突然受够了目前生活的男人。

那个男人不再像往常一样，去哥本哈根的大学医院上班，而是转过身，一路骑车去了法国南部。他把妻子和孩子留在了丹麦，自己在一个小山村里，作为一名铁匠，开始了全新的生活。当记者们找到他时，他说他不想跟过去的生活有任何瓜葛。他让所有人滚蛋。

珍妮特知道她也可能这么做，把问题留给阿克去解决。

唯一让事情变得复杂的就是约翰，不过他以后可以来找她。她的护照就在包里，所以其实没有什么能阻止她。不知为什么，她的焦虑缓和了，仿佛是因为她意识到自己并非无法脱身，冲破藩篱变得不那么紧迫了。

广播上的音乐被一个声音打断了，声明表示，因为一栋房子发生了大火，请住在格里斯林奇的人们要关好窗户。

她漫无目的地继续行驶。

自由自在。

维塔山——索菲娅·柴德兰的公寓

索菲娅·柴德兰发现公寓里空荡荡的，没有一个人。高不见了踪影，当她走进书架后面的房间，她看到他把里面整理打扫了一遍。房间里弥漫着洗涤剂的味道，不过还有一丝尿骚味。

粗毛毯整整齐齐地叠放在垫子上。

注射器放在那瓶利多卡因旁的小桌子上，她不知道为什么她在诊所的同事，牙医约翰逊没有发现这些东西不见了。命运再次做了她的朋友。

高有了自主思想，竟然没有得到她的命令便私自行动，这让她非常愤怒。到底是怎么回事？

她感到内心升起一股难以抑制的恐惧，这个情形对她非常陌生。突然之间，发生了太多她不能施加影响的事情，而且似乎有种她无法控制的东西正在生长。

她也不知道怎么回事，便开始歇斯底里地大叫起来。眼泪顺着她的脸颊流下，她不停地嚎叫。在同一时间，有太多东西失去控制。她用力击打着墙壁，直到两个手臂都失去了知觉。

击打持续了近半个小时，当因精疲力竭而安静下来时，她像婴儿一样蜷曲着躺在柔软的地板上。

烟的味道刺得她鼻子发痒。

她梦到了身上的伤疤。伤口已经愈合，在她的皮肤上留下了浅色的疤痕。

其他人的呼吸令她作呕，这使她很难亲吻别人。

经历对记忆至关重要。事情发生了，被人吸收而成为记忆，但是随着时间的推移，这个过程逐渐趋于平静，进而形成了一个整体。数个事件变成了一个。她感到自己的生活就是一大团，虐待和殴打成为了一个单一的事件，这进而成为一种经历，并最终形成一种现实。

不曾开始，也没有结束。

她身上过去经历的，已经不复存在了吗？

她过去看得到而再也看不到的东西是什么？她试图找到发展个性的新途径。不是作为替代或补充，而是作为一个全新的人。毫无条件地接受。

她切掉了把她和疯狂隔开的那层薄皮。我并非任何事物的开端，她想。我的心如一潭死水。我是死去的果实，慢慢腐烂。

我的生活由一长串片刻组成，一个接着一个，像一系列彼此相关却又略有不同的事件。

盖姆拉镇——斯德哥尔摩老城

自打从武汉来到这个新的国度，高濂第一次独自一个人步行穿梭于斯德哥尔摩。他从市长大道上的公寓出发，走下克里普街上光滑的石阶。他穿过青年大道，然后走上通往厄斯塔医院的台阶。

他在弗耶尔路上的长椅上坐下，俯瞰着斯德哥尔摩。巨大的客轮和小型游艇在远处的水面上上下摇动。

在他的左侧，他可以看到斯德哥尔摩老城和宫殿。

叫嚷着俯冲捕捉昆虫的燕子跟武汉老家屋檐下的燕子一模一样。

这里的味道也一样，只是更加清新。

他穿过通往老城的桥。他好奇地听着这些奇怪的语言，他身边的人们仿佛在唱歌一样。这个全新的语言让他感到很和善，仿佛是用来创作优美的诗歌的。他在想如果这些人生气了，听起来会是什么样。

他花了几个小时穿梭于迷宫一样的狭窄的街道和小巷，过了一段时间，他就熟悉了这里的道路，可以毫不困难地找到他想去的地方。等黄昏降临时，对这个桥梁之间的小城，他脑子里已经有了一幅清晰的地图。他还会回到这里，他将从这里出发，探索这个城市的其他地方。他沿着加塔街往家走，一直走到斯科讷大道，然后左转，继续往前走，最后回到了公寓。

他发现那个金发女人在那个柔软黑暗的房间里。她躺在地板上，不省人事，从她的眼睛里，他看得出她非常遥远。他弯下身子，亲吻了她的脚，然后脱下衣服。

他认真地折好衣服，就像她多次展示过的那样，然后在她身旁躺下。他闭上眼睛，等着这位天使对他下达指示。

维塔山——索菲娅·柴德兰的公寓

电话响的时候，索菲娅·柴德兰的头发还是湿的。

"是维多利亚·伯格曼吗？"一个陌生的声音问道。

"你是谁？"她用夸张的怀疑语气回答，尽管她非常清楚他们早晚会跟她联系的。

"我这里是韦姆德警察局，我找维多利亚·伯格曼。是你吗？"

"是的，是我。有什么事吗？"她努力用担心的语气，就像其他人半夜接到警察的电话时表现的那样。

"你是来自韦姆德的格里斯林奇的本特·伯格曼和比吉塔·伯格曼的女儿吗？"

"是的，我是……发生了什么事吗？有什么事吗？"她完全调动了自己的情绪，有那么几秒钟，她甚至真的有些担心了。仿佛她游离了自身，真的不知道发生了什么。

"我是戈兰·安德森，我一直在找你，不过始终找不到你的住址。"

"这倒怪了，发生了什么事？"

"我很遗憾地通知你，我们发现你的父母死了。今天晚上，他们的房子被烧毁了,我们找到的是他们的尸体。"

"可是……"她结结巴巴地说。

"很抱歉,这样通知你这个消息,因为你登记的住址还在你父母的住处,我从你的律师那里得到了你的电话——"

"死了?什么意思?"维多利亚提高了嗓门,"几个小时前我刚跟他们通了电话,爸爸说他们正要去桑拿室。"

"是的,没错,我们在桑拿室找到了你的父母。根据我们目前掌握的情况,火是从地下室里着起来的,他们没能逃出来。门上的门栓可能被锁住了,不过到目前为止,这还只是猜测。仔细调查之后,我们会知道更多细节。不过,看起来只是一场不幸的意外。"

意外,她想。如果他们觉得是意外,那他们肯定还没有发现这块木板。她预想得对,他们把火扑灭之前,木板就已经烧光了。

"我想你可能需要找个人谈谈。我把值班心理医生的电话给你,你可以给他打电话。"

"没这个必要,"她回答道,"我自己就是个心理治疗师,所以我会自己联系心理医生。不过还是谢谢你的好意。"

"噢,我明白了。好的,我们明天再联系,到时会有更多的信息。喝杯烈酒,或者给朋友打个电话吧。这样通知你这个不幸的消息,我真的很抱歉。"

"谢谢。"索菲娅·柴德兰说道,接着挂了电话。

终于,她想。她的双脚有些痛。不过,她觉得活过来了。

现在,已经不剩什么了。

她终于看到它结束了。

克鲁努贝里——警察总部

珍妮特刚关上前门,就听到雨点击打挡风玻璃的声音。天空中乌云密布,她能隐隐地听到远处的雷声。她坐进车里,驾车离开了盖姆拉·安斯基德空无一人的房子,这时,夏末的第一场暴风雨笼罩了灰色的斯德哥尔摩。

到了警察总部,她清理了桌子上的物品,给植物浇了水。离开前,她去看了看延斯·赫提格,祝他假期愉快。

"你有什么计划?"她问。

"我后天乘坐晚上的火车去艾尔夫斯宾,然后换乘巴士去约克莫克,妈妈会去那里接我。我要放松一下,钓钓鱼。可能还会帮爸爸干点家务。"

"上次被锯伤之后他过得怎么样?"她问道,同时为自己没有早点关心而感到难为情。

"很明显,他还能拨弄琴弦,尽管他并不擅长拉小提琴。有点不幸的是,妈妈不得不帮他系鞋带。"赫提格一脸严肃,然后露出了笑容,"你呢?一个人安静地待着?"

"很难。会去蒂沃尼游乐园,跟约翰和索菲娅一起。你知道我有点恐高,不过她建议去游乐场,所以我只好咬牙坚持了。"

他咧开嘴大笑。"去试试儿童过山车,或是娱乐房。"

珍妮特笑着,顽皮地推了一把他的肚子。

"几周后见。"她说。完全没想到他们不到三天之后就又见面了。

那时,她的儿子已经失踪将近二十四个小时了。

维塔山——索菲娅·柴德兰的公寓

索菲娅·柴德兰和维多利亚·伯格曼一起醒来,她感觉自己完整了。

两天以来,她一直和高躺在床上,跟维多利亚对话。

索菲娅把她们二十年前分开以来发生的一切都告诉了她。

维多利亚大部分时间里都保持沉默。

她们一起听录音带,一遍又一遍,每次维多利亚都会睡着。过去的情况恰恰相反。

只有此时,四十八个小时之后,索菲娅才感觉准备好面对现实了。

她倒了一杯咖啡,在电脑前坐下。被告知父母的死讯后,她便查看了福纳斯的网页,这是最大的殡葬企业之一,她想好了把他们的遗骸埋入地下最简单的办法。葬礼安排在周五,地点是林地公墓。

当她查看手机时,看到珍妮特打了好几个电话,她感到非常自责。她记得自己答应和约翰一起去蒂沃尼游乐园,于是立刻给珍妮特打去电话。

"你到底去哪里了?"珍妮特急切地问道。

"我这几天心情不太好,不想接电话。那么,去蒂沃尼游乐园怎么样?"

"周五你还能来吗?"

"当然，"她回答，"我们在哪里见面？"

"在于高登渡口，四点钟怎么样？"

"好的！"

接着，她又给负责处理房产问题的律师打去电话。他叫维戈·杜勒，是家里的老朋友。她小时候见过他几次，不过对他的记忆已经很模糊了。只记得老辣椒男士香水和白兰地的味道。

提防着他。

律师告诉她，作为唯一的继承人，她将得到一切。

"一切？"她惊讶地说道，"可是房子都烧毁了……？"

维戈·杜勒解释说，除了价值四百万克朗的房屋保险，还有价值一百多万克朗的宅基地。她父母有九十万克朗的存款以及股票，如果抛售，又可以带来五百万克朗的收入。

索菲娅让律师尽快卖掉股票。维戈·杜勒竭力劝她不要这么做，不过在她的坚持下，他最终同意按她说的做。

她简单地算了一下，意识到很快自己的身家就要超过一千一百万克朗了。她变成了一个富人。

第二卷

第二卷

盖姆拉·安斯基德——科尔伯格家

珍妮特高兴地放下电话。索菲娅是因为病了才不想接她的电话,她想多了。

去蒂沃尼游乐园,意味着她终于可以给约翰一个惊喜了,同时,她还能见到索菲娅。

现在终于休假了,她要好好放松几天,然后想想未来的计划。

她的思绪被门铃声打断,她走过去开门。

门外站着一位身穿制服的警察,她从没见过他。

"你好,我叫戈兰,"他同时伸出一只手,"你是珍妮特·科尔伯格吗?"

"戈兰?"珍妮特说,"有什么事吗?"

"安德森,"他补充道,"戈兰·安德森。我在韦姆德警察局工作。"

"我明白了,有什么可以帮你的吗?"

"嗯,是这样的……"他清了清嗓子,"我在韦姆德工作,几天前,那里发生了一场严重的意外。两个人在一场看似意外的事故中丧生。他们当时在桑拿房内,另外……"

"另外?"

"在大火中丧生的夫妇是本特·伯格曼和比吉塔·伯格曼,看上去是一场意外,但其实没那么简单。"

珍妮特请他进来,同时对没有早些让他进来表示了歉意。

"我们坐在厨房里吧。咖啡?"

"不用了，我很快就走。"

"那么……你为什么来这里？"珍妮特进入厨房，在餐桌边坐下。警察也跟着她坐下。

"我去调查他们，然后看到你曾经审问本特·伯格曼，因为他被怀疑强奸。"

珍妮特点点头。"是的，没错。不过审问没有任何结果，他被释放了。"

"是的……现在他死了……当我给他女儿打电话、通知她他们的死讯时，她的反应有点……该怎么说呢……"

"怪异？"珍妮特想起了她跟维多利亚·伯格曼的谈话。

"不，更像是冷漠。"

"对不起，戈兰，"珍妮特开始有点不耐烦了，"可你为什么来找我？"

戈兰·安德森身子靠向桌子上方，面带笑容。

"她并不存在。"

"谁不存在？"珍妮特开始不安起来。

"他们女儿的反应让我非常好奇，所以我作了一番调查。"

"你发现了什么？"

"什么都没有。零。没有记录，没有银行账号。什么都没有。过去二十年间，维多利亚·伯格曼没有留下任何踪迹。"

圣十字教堂

一场夏日的暴雨作为本特·伯格曼和比吉塔·伯格曼葬礼的背景应该更合适，但是偏偏阳光明媚，斯德哥尔摩看上去异常美丽动人。

邻近哈马比的公园里，树木颜色缤纷多彩，从柔软的金棕色到深紫色，最漂亮的算是深绿色的枫叶了。

林地公墓里有十几辆汽车，但是她知道，没有一辆属于参加葬礼的人。她将是唯一到场的人。

她熄灭汽车引擎，打开车门，下了车。外面很冷，她深吸了几口新鲜空气。

她可以远远地看到牧师。

表情忧郁，低着头。

他面前的地面上放着一个可以装两个人的骨灰的罐子。

深红色的樱桃木。根据殡葬企业网站上的说法，这是一种可以降解的材料。

一千多克朗，每人五百克朗。

只有他们在那里，她和牧师。这是她的意思。

没有死亡通知，不在报纸上发布任何消息。一个安静的告别，没有眼泪，没有强烈的感情。没有慰藉的和解，没有把亡人上升到他们从未达到过的高度这些无谓的努力。

没有赞颂他们从未有过的德行的悼词，没有什么让他们像天使。

这里不会创造出新的神明。

她问了好，牧师解释了葬礼的流程。

她拒绝了一切葬礼仪式，所以只能说些实在无法省去的话。

火化之前的祈祷都略过了，像是把他们交到造物主上帝的手里、耶稣基督的死而复活、在上帝依着自己的形象创造的子民身上重现奇迹等。没有索菲娅。

你本是尘埃，将归于尘土。

整个仪式不到十分钟就能结束。

他们一起走过一个小池塘，走进了墓地的树林里。

牧师又高又瘦，看不出具体年纪，他抱着骨灰罐。

他像个上了年岁的老人一样，拖着瘦削的身子，缓慢地迈着步子，眼睛却像个年轻小伙子一样，充满了好奇。

他们没有说话，她目不转睛地盯着那个罐子，里面放着她父母的骨灰。

火化之后，烧焦的骨头被放到一个托盘上冷却。凡是烧不着的，比如本特的人工髋关节，都被移除了，然后骨头被磨碎了。

说起来有点矛盾，她的父亲死了，可对她来说，他也活了。一个门被打开了，仿佛天空中切开了一个口子，在她面前打开来，自由在向她招手。

印记，她想。他们在身后留下了什么印记呢？她想起了很久之前发生的一件事。

她那时四岁，本特刚在地下室的一个房间里铺了水泥地板。尽管她知道自己会惹怒他，而且自己也害怕他发怒，可是她还是禁不住诱惑，把手按在了平整而厚实的水泥上。直到大火之前，那个小手印还在，它很可能还在，在房子的废墟下面。

可是他留下了什么呢？

他留下的所有物质的东西，不是被烧毁了、卖了、送去拍卖，就是随风飘散了。它们很快就会成为陌生人手中无名的物品。没人知道它们的历史。

另一方面，他在她心里留下的印记却会永远在羞耻和愧疚中存活着。

这份愧疚,她永远都无法偿还,不论她如何努力。

它只会越来越大。

我对他到底了解多少?她想。

他总是不满意。不论他多热,却总是打寒战。无论吃多少,他的胃总是饿得生疼。

牧师停下来,放下罐子,低下头祈祷。来自万卡的红色花岗岩墓碑前,铺了一块绿色的布,布的中心有个洞。

七千克朗。

她紧紧地盯着牧师的眼睛,最后他抬起头,看着她,点了点头。

她向前几步,绕过那块布,弯下腰,抓起绑在罐子上的绳子。她的第一个感觉是罐子很沉,绳子深深地勒进她的手掌。

她小心地走到洞口边,停下来,慢慢地把罐子放进那个黑漆漆的洞里。稍作停顿之后,她松开绳子,绳子落在了骨灰罐的盖子上。

她感觉手心刺痛,她抬起手,看到两只手上都有红色的勒痕。

耻辱的印记,她想。

自由坠落

蒂沃尼游乐园最著名的景点就数那座翻修了的观景塔,有一百米高,从斯德哥尔摩的大部分地区都能看得到它。游客被拉到八十米的高度,在那里,他们会停留片刻,然后以接近一百二十公里的时速往下落。这个下落过程持续二点五秒,当机器减速时,游客所承受的压力相当于三点五倍的重力。

换句话说,当它降落时,每个人的身体都比正常情况下重三倍多。

下降的过程中,体重就显得重要了。

一个人以一百公里的时速运动时,体重超过十二吨。

"你知道吗,他们去年夏天关掉了自由坠落?"索菲娅问。

"真的吗?为什么?"随着他们所在的队伍往前走了几步,珍妮特捏了一下约翰的胳膊。想到索菲娅和约翰马上要上到那么高的地方,她已经觉得头晕了。

"美国一个游乐场有人被电线割断了双脚。他们不得不关闭,做一次彻底的安全检查。"

"上帝……别说了！现在真不是说这个的时候，你们马上要上去了。"

约翰笑了起来，他轻轻地推了推她。

她笑着看着他，她很久没看到他怎么兴奋了。

过去的几个小时里，约翰和索菲娅一路玩了扫帚过山车、大章鱼、极限挑战和弹射器。还有他们在飞毯上尖叫时的照片。

珍妮特一直都待在地面上，她胃里七上八下不是滋味。

他们来到了队伍的前面，她站到了一边。

约翰差点要退出，但是索菲娅走上了平台，他跟着她，脸上挂着不自在的笑容。

一个工作人员检查了他们的座椅，确保系好了安全带。

然后，一切都发生得很快。

座椅开始上升，索菲娅和约翰紧张地挥挥手。

正当珍妮特看到他们的注意力转移到城市的美景上时，她听到了身后传来玻璃破碎的声音。还有惊慌失措的叫喊声。

珍妮特转过身，看到一个男人正要打另一个人。

珍妮特用了五分钟才让事态平息下来。

三百秒。

爆米花，汗水，还有丙酮。

气味混杂一起，让索菲娅有些迷惑。她分辨不出哪些是真实的，哪些是她想象的，当她经过遥控汽车的时候，空气令她感到兴奋得窒息。

想象中烧焦了的橡胶的气味，混杂着现实中男厕所令人作呕的臭味。

天渐渐黑了，不过夜色温柔，天空中已经没有云了。突然的暴雨之后，沥青路面上还是湿的，水洼里映出的缤纷的灯光刺痛了她的眼睛。过山车上有人突然尖叫一声，她吃了一惊，后退了一步。有人从后面跟上来了，她听到他们的咒骂声。

"你他妈在干什么？"

她停下来，闭上眼睛。她努力把她的感官印象跟她头脑里的声音分离开。

你现在要怎么办？坐下来开始哭泣？

你把约翰怎么了？

索菲娅看了看周围，发现她是独自一人。

"……他说他怕高，可是当安全带系好后，开始下雨了，他们挺直身子坐在那里的时候,她看得出他害怕得发抖,当座椅开始移动的时候,他突然改变主意想要下去……"

她的脸颊刺痛,她能感到脸上又湿又咸。坚硬的砾石摩擦着她的背部。

"她怎么了?"

"谁能叫个医生来?"

"她在说什么?"

"有人懂得急救吗?"

"……然后他哭了起来,他很害怕,开始的时候她努力安慰他,他们越升越高,可以看到对面的乌普萨拉以及菲里斯河上所有的船只,她让他停止哀号,她对他说他们可以看到往返斯德哥尔摩和于高登的客轮……"

"我觉得她说她来自乌普萨拉。"

"……头顶上出现了雷声和闪电,然后一些都归于安静了,下面的人们就像一个个的小黑点,如果想的话,你可以像捏苍蝇一样,用手指把他们捏扁……"

"我觉得她要晕过去了。"

"……正在这时,你感觉胃里翻江倒海,一切都冲你跑来,就好像你想要它……"

"让我过去!"

她认识这个声音,不过记不太清是谁。

"让开,我认识她。"

一只凉爽的手放到了她滚烫的脑袋上,她认识这个味道。

"索菲娅,发生了什么事?约翰在哪儿?"

维多利亚·伯格曼闭上了眼睛。

自由坠落

噩梦穿着钴蓝色的外套,比于高登和拉杜加德斯兰德湾上方的夜空稍微暗一些。它金色头发、蓝色的眼睛,肩膀上背着一个小包。穿着的红色的鞋太小了,磨得她脚疼,不过她已经习惯了,现在伤痕已经成了她性格中的一部分。疼痛让她时刻保持警惕。

她知道,如果她能宽恕,他们就都自由了,不管是她自己还是那些被宽恕的人。多年来，她一直努力忘却，不过总是失败。

她的报复行为是一个连锁反应，只是她自己看不到这一点。

多年以前，在锡格蒂纳人文中学的工具房里，雪球已经蓄势待发，她被雪球追上了，带着她继续已经注定的旅程。

有人可能会问，那些制造这个雪球的人对它的旅程了解多少。十有八九一无所知。她们很可能把它抛到了脑后。完全忘了这码事，仿佛它不过是一个发生并结束于那个小木屋的天真而幼稚的游戏。

她自己却被困住了，冻结在了那一刻。对她来说，时间是无形的，它没有治愈功能。

仇恨不会融化。它更加坚硬了，变成了尖锐冰冷的水晶，把她团团围住。

晚上有点凉，天空时不时就会下一阵雨，这样的状况持续了整个下午和晚上，空气湿漉漉的。还能听到过山车上传来的尖叫声。她站起身，整了整衣服，然后看着周围。她停下来，深吸一口气，想起了自己为什么会在那里。

她有一个任务，她知道她必须做什么。

她站在那座被翻修过的高高的观景塔下面，看着不远处忙乱的景象。

游乐场多彩的灯光投射在湿漉漉的沥青路面上。

她意识到，她必须行动的时刻到来了，尽管这并非她当初的计划。命运让她它变得更容易了。它太过简单，没有人知道会发生什么。

她看到男孩就在不远的地方，一个人待在自由坠落游戏的栏杆外面。

宽恕那些可以宽恕的东西并非真的宽恕，她想。真正的宽恕是宽恕不可宽恕的东西。这只有上帝能够做到。

男孩看起来有些迷惑，趁着他转过身去，她悄悄地走到他身边。接近他实在太过容易了，现在，她离他只有几米远了。他还是背对着她。

真正的宽恕是不可能的，是疯狂的，是无意识的，她想。她还期望有罪的一方能真诚悔悟，那宽恕就无从谈起了。那些记忆是她心头的一块伤疤，永远无法愈合。

她一把抓住了男孩的胳膊。

她把注射器针头扎进他的左臂，他吃了一惊，转过身来。

有那么几秒钟，他直勾勾地看着她的眼睛，一脸疑惑，接着，他双腿一软，瘫倒了。她抓住他，轻轻地把他放到一张长椅上。

没人看到她的动作。

一切正常。

她从包里拿出一个东西，小心地套到他头上。

这个面具是用粉色的塑料做成的，那是一个猪脸的形象。

蒂沃尼——游乐园

珍妮特·科尔伯格非常清楚当她听说首相奥洛夫·帕尔梅在斯维阿街上遇刺时自己所在的位置。

她正坐在一辆出租车上，正在赶往法斯塔的路上，坐在她旁边的男人吸着薄荷香烟。天空下着小雨，喝了太多的啤酒，感觉有点难受。

但是，约翰失踪的那一刻将是一个永远的污点。消失了的五分钟，被一个来自弗伦、短暂造访首都、过于爽快的水管工偷走了。

她走到旁边，眼睛盯着上面。约翰和索菲娅坐在座椅上，慢慢往上升，尽管待在地面上非常安全，她还是觉得头晕。

突然，传来了玻璃破碎的声音。

有人大叫。

有人在哭喊，珍妮特看到座椅继续上升。

两个男人扭打在一起，珍妮特准备介入了。她抬眼看了看约翰和索菲娅，他们的腿悬在下面，摇晃着。

约翰在对着什么笑。

很快就到了顶部。

"我要杀了你，混蛋！"

珍妮特看到一个人无法控制自己的身体。酒精使得他的腿太长，关节变得僵硬，麻痹了的神经系统太过迟钝。

那个人绊了一跤，无力地摔倒在地上。

他站起来，脸上被路上的砂砾擦伤了。

有些孩子哭起来了。

"爸爸！"

一个不过六岁的小女孩，手里拿着粉红色的棉花糖。

"我们走好吗？我想回家。"

男人没有回答，他只是看着四周，试图找到他的对手，然后把自己的失意发泄在他身上。

出于警察的本能，珍妮特不假思索地行动了。她抓住了男人的胳膊。"好了，"她温柔地说，"放轻松。"她是想让他想点别的事情，不想听起来是在训斥他。

那个人转过身，珍妮特看到他眼神呆滞，眼睛里布满了血丝。伤心又失望，甚至有些羞愧。

"爸爸……"小女孩再次说，但是男人没有回应，只是茫然地盯着前方。

"你他妈是谁？"他挣脱了手臂，"滚开！"

他的气息里带着酒味，嘴唇上盖了一层白色的薄膜。

正在这时，她听到上面的座椅被放下了，混杂着兴奋和恐惧的叫喊声让她没了思路，无法集中精力。

她看到了约翰，头发吹得凌乱不堪，张开嘴大叫着。

她听到小女孩说，"不，爸爸！不！"

但是，她没有注意到那个男人举起了胳膊。

瓶子击中了珍妮特的太阳穴，她一个踉跄。她感觉血顺着脸颊流下来。不过她没有失去意识，反而更加清醒了。

她一个熟练的动作，把男人的手臂扭在他的背后，把他放倒到地上。很快，游乐场的保安来帮忙了。

现在，五分钟之后，她发现约翰和索菲娅都不见了。

三百秒。

尤金王子美术馆——于高登岛

就像那些一生都不幸的人们依然心存希望一样，在工作中，珍妮特·科尔伯格一贯对哪怕只有一丝的悲观持否定态度。

因此，她从不放弃。所以，每次施瓦茨警官用挑衅的口气大声抱怨天气、抱怨劳累、抱怨在寻找约翰方面没有任何进展的时候，她都会作出那样的反应。

珍妮特·科尔伯格大怒。

"我他妈求你了！回家去吧，你他妈对我们没有一点用！"

这很有效果。施瓦茨像一条羞愧的猎狗一样退缩了，阿伦德则中立地站在一边。她的怒气使得她头上缠着绷带的伤口阵阵作痛。

珍妮特平静下来，叹了口气，不屑地指着施瓦茨："明白了吗？你被解职了，等候通知。"

很快就只剩珍妮特自己了。她眼神空洞,呆呆地站在瓦萨沉船博物馆的后甲板上等待延斯·赫提格,一听到约翰不见了,他就中止了假期,加入搜寻工作。

当她看到一辆未涂警察标志的警车穿过公园往这边驶来时,她知道那是赫提格,他还带了一个人过来。那是一个目击证人,她说前一天晚上看到一个年轻人独自待在水边。根据赫提格在无线电里的说法,她知道自己不能对她的证词抱有太大的希望。不过她依然努力说服自己,不能放弃希望,无论它多么渺茫。

她努力整理思绪,梳理过去几个小时里发生的所有事件。

约翰和索菲娅不见了,他们就这样突然消失了。半个小时后,她让人通过游乐场的广播系统呼叫约翰,自己则在服务台边焦急地等待。

然后,来了几个保安,他们向她保证会寻遍整个游乐场。这时,他们发现索菲娅躺在一条路上,周围围着一堆人,珍妮特挤过人群,目不转睛地看着索菲娅。可索菲娅脸上近乎解脱的神情,却只加重了她的焦虑和忐忑。索菲娅完全处于神志恍惚的状态。珍妮特怀疑索菲娅是否还能认出她,更不要说告诉她约翰在哪里了。珍妮特没有和她待在一起,她觉得必须继续寻找。

又过了半个小时,她联系了警局的同事。她和二十个警察寻遍了游乐场附近的水域,还仔细搜寻了整个于高登岛,但都没有找到约翰。得到了他的外貌特征后,几支巡逻队去市中心寻找,但也一无所获。

之后,当地的电台播放了一条警示信息,但一直没有结果,直到四十五分钟之前。

珍妮特知道自己做得对,但是像个机器人,一个被情感麻痹了的机器人。彻底的矛盾。表面上冷酷无情、理性,可内心却乱如麻,愤怒、生气、恐惧、痛苦、困惑、无奈,她夜里的种种感受汇聚成了一团难以分辨的糊状物。

唯一不变的是感觉自己不称职。

不仅仅是对约翰。

她不知道怎么跟身在波兰的阿克说。

珍妮特想到了索菲娅。

她怎么样了?珍妮特给她打了好几次电话,可是都没有接通。她如果知道约翰的消息,肯定会跟她联系的吧?除非她知道什么,只是没有勇气说出来?

现在不管这个了,她想,赶走了那些绝不可能的想法。集中精力。

汽车停下了,赫提格下了车。

"该死,"他说,"这看起来可不太好。"他冲着她缠着绷带的头点点头。

她知道它没有看上去那么糟糕,伤口立刻就缝了针,绷带上浸透了血,还有她的上衣和夹克。"不碍事，"她说，"你没必要为了我取消去克维克约克的计划。"

他耸了耸肩。"别说傻话了。我在那里能干什么？堆雪人？"

在过去的十二个多小时里，珍妮特第一次露出了笑容。不需要再说什么，因为她知道他看得出她对此非常感激。

她打开后排车门，帮助老太太下了车。赫提格给这个女人看过约翰的照片，他提醒过珍妮特，她的证词很无力，她甚至说不出约翰衣服的颜色。

"你是在那里看到他的吗？"珍妮特指着码头边多石的堤岸说，码头边停着灯塔船费因格伦德号。

老太太点点头，冻得发抖。"他躺在石头上睡着了，我把他摇醒。你管这种行为叫什么？我问他。酗酒，这么年轻就已经……"

"我知道了，"珍妮特耐心地说，"他说了什么吗？"

"没有，他一个劲地咕哝。他就是说了什么，我也没听到。"

赫提格拿出约翰的照片，又让老太太看了一次。"你不确定这个就是你看到的那个男孩吗？"

"嗯，就像我说的那样，他的头发跟这个一个颜色，不过脸……很难说。我说了，他喝醉了。"

珍妮特叹了口气，朝沿着河岸的小路走去。喝醉了？她想，约翰？胡说。

她看着水中的船，它被笼罩在苍白的雾气里。

怎么会这么冷？

她朝水走去，走到石头上。"他当时是躺在这里吗？你确定吗？"

"是的，"那个女人坚定地说，"就是这里的某个地方。"

赫提格转身看着女人。"然后他就走开了？朝着六月坡儿童博物馆？"

"不……"老太太从上衣口袋里抽出一块手帕，使劲擤了一下鼻涕，"他跌跌撞撞地走开了。他醉了，几乎站不住了……"

珍妮特有些不耐烦了，"可是他朝那边走了？朝六月坡儿童博物馆？"

老太太点点头，又擤了一把鼻涕。

这时，一辆急救车辆从于高登路上经过，根据警笛的声音，它朝着岛中心的方向去了。

"又一个假警报？"赫提格咬着牙说，珍妮特沮丧地摇了摇头。

这已经是她第三次听到救护车的笛声了，前两次都跟约翰无关。

"我要给米克尔森打电话。"珍妮特说。

"国家犯罪中心？"赫提格惊讶地问道。

"是的。在我看来,他最适合这类案件。"她站起身,快步跨过石头,回到小路上。

"你是说针对儿童的犯罪?"赫提格看起来立刻后悔说了这话,"嗯,我是说,我们还不知道这到底是怎么回事。"

"可能不是,但是如果把这种可能排除在外就错了。米克尔森一直在协调贝克霍尔门、蒂沃尼游乐园以及周边博物馆的搜寻工作。"

赫提格点点头,同情地看着她。

珍妮特拿出手机,发现手机电池没电了;这时,十米外的地方,赫提格车里的警察无线电响了起来。

等她明白过来时,感到心里装了块铅。

仿佛她体内的血液在往下流,要把她拉到地下去。

他们找到了约翰。

卡罗林斯卡医院

起初,医护人员认为孩子死了。

他是在博物馆附近的旧风车边被人发现的,当时他几乎没有了呼吸和心跳。

他的体温极低,非常危险,他们看到,在这个无比寒冷的夏末夜晚,他已经呕吐了好几次了。

开始,他们担心他的呼吸,以防有胃酸进入他的肺部。

刚过十点,珍妮特·科尔伯格爬进了救护车,它将把她的儿子送去卡罗林斯卡医院的重症监护病房。

房间里没有开灯,但是午后微弱的阳光透过百叶窗,黄色的光线在约翰光溜溜的身体上形成了一条条的图案。床那侧心肺机的脉冲光线在动,珍妮特·科尔伯格感觉自己在梦里一般。

她摸着约翰的手背,看着床边的显示器。

他的体温在逐渐恢复正常。

她知道他的体内含有大量酒精。当他被送到医院的时候,酒精含量接近千分之三。

她一分钟都没睡,身体已经麻木了,她甚至分辨不出胸腔里的心跳与额头上的跳动是否一致了。无法辨认的想法在她的头脑里回响,是失意、愤怒、恐惧、茫然、无奈。

她一直是个理性的人,直到此刻。

她看着他躺在那里。这是他第一次来医院,不,第二次。第一次是十三年前,他出生的时候。那个时候,她完全镇定自若。她准备充分,以至于医生还没有作出决定,她就预料到自己需要做剖腹产。

而这次她并没有准备好。

她把他的手抓得更紧了,它还是冰凉的,不过他看上去很放松,呼吸也很平缓。房间里静悄悄的,只有医疗机器的嗡嗡声。

"听我说……"她小声说道,她知道人失去了意识照样能够听到别人说话,"他们认为一切都会好起来的。"

她停止了给约翰灌输希望的努力。

他们认为?更像是他们不知道。

他们能够跟她解释心电图、氧气和点滴,解释他喉咙里有个探测仪,可以测量他的体温,以及心肺机正在让他的体温慢慢上升。

他们能够向她解释临界低温,以及长时间浸泡在水里,加上在大雨和强风中度过一夜对身体的影响。

他们能够解释酒精使血管扩张,使体温加速下降,以及由于血糖水平下降,存在脑部损伤的风险。

他们说他们认为最大的危险已经过去了,解释说他的血液气体和肺部 X 光检查结果乍看上去都很乐观。

这是什么意思?

他们认为,但是他们什么都不知道。

如果约翰听得到,那他已经听到他们在这个房间里对她说的话了。她不能对他撒谎。她抓住他的手,放到他的脸颊上。这不是撒谎。

赫提格走进房间,打断了她的思绪。

"他怎么样了?"

"他还活着,他会完全康复的。没事,延斯。你可以回家了。"

班德哈根——一个郊区

闪电每秒钟击中地面一百次,意味着一天击中八百万次。一年中最猛烈的暴风雨扫过了斯德哥尔摩，十点二十二分，闪电同时击中了两个地方。一个是城市南部的班德哈根，另一个在索尔纳的卡罗林斯卡医院附近。

延斯·赫提格警长正站在医院停车场里，准备驾车回家，这时他的手机响了。他打开车门，坐进车里，然后接通了电话。他看到是丹尼斯·比林局长打来的，他猜他打电话来是询问事情的进展情况。

"我听说你们找到了珍妮特的儿子，他怎么样了？"他听起来有些担心。

"他现在在睡觉，她在陪着他。"赫提格把钥匙插进点火开关，发动引擎，"看起来没有生命危险，谢天谢地。"

"好，好。那她过几天就能回来了。"警察局长咂了咂嘴，"你呢？"

"什么意思？"

"你累吗？你想去班德哈根看看吗？"

"看什么？"

"他们发现了一具女性尸体，很可能是强奸。"

"好的，我这就去。"

"我就喜欢这样。你是个好人，延斯。你……"比林局长咽了下口水，"告诉詹·科尔伯格，我觉得她最好在家待几天，好好照顾儿子。说实话，我觉得她真应该多照顾一下家庭。我听说阿克离开她了。"

"什么意思？"赫提格有些讨厌局长含沙射影的批评，"你想让我告诉她，她要待在家里，因为你觉得女人不应该工作，而应该在家相夫教子吗？"

"该死，延斯，别说了。我还以为我们彼此理解呢，还有——"

"我们都是男人，"赫提格打断了他，"并不代表我们有相同的观点。"

"不，当然不。"局长叹了口气，"我还以为也许——"

"嗯，我不知道。就这样吧。"赫提格不等丹尼斯·比林再说任何笨拙或愚蠢的话，就挂断了电话。

在索尔纳的十字路口，他看着远处的潘帕斯码头和成排的帆船。

一艘船，他想，我要买一艘船。

瓢泼大雨下到班德哈根高中的操场上。赫提格戴上夹克的帽子，关上车门。他看了看四周，一切都非常熟悉。

当珍妮特·科尔伯格在警察男女混合队踢球的时候，他作为观众来过多次。看到她踢得那么好，他记得自己有些惊讶，她甚至比大部分男队员踢得好，作为进攻型中场，她是他们中间最具创造性的，能传出极具穿透性的球，能看到别人看不到的空当。

奇怪的是，他在球场上也看到了她作为一名警察的个性。她有影响力，但并不占支配地位。

他不自觉地想她现在怎么样了。尽管他自己没有孩子，也不打算要，但他还是意识到她现在一定很辛苦。阿克离开了，谁来照顾她呢？

他知道，那几起男孩被杀的案件对她的打击很大。

现在她的儿子也发生了意外，这让延斯希望自己不只是她的下属，而是朋友。

他想起了那几个无名无姓的男孩。如果有人不见了，肯定会有人惦记他们的。

延斯·赫提格沮丧地朝操场旁边的大楼快步走去。

伊沃·安德里奇进入班德哈根高中的停车场时，看到了赫提格、施瓦茨和阿伦德。他们正坐在一辆警车里，准备离开。延斯·赫提格抬手跟他打招呼，他也挥了挥手，然后把车停在了那栋高大的砖砌建筑边。

安德里奇坐在车里，看着外面被水淹没的黑漆漆的足球场，足球场一头是一个法医取证的帐篷，另一端是一个凄凉的孤零零的球门，上面挂着一张破了的球网。大雨还在下，丝毫没有减弱的迹象，他打算尽可能待在车里。他全身又痛又累，眼睛干涩，像进了沙子。他想着最近发生的一连串事件和男孩被杀的案件。炎热的夏天，一连好几周，这些事情占据了他所有的时间，伊沃·安德里奇仍然相信他们对付的是同一个凶手。

珍妮特·科尔伯格做得很好，但是警察局长和检察官并没有尽职尽责，整件事让他大失所望。他本来就不太信任国家的刑事司法制度，现在残存的那份信心也被一扫而光。

当检察官下令停止调查的时候，他觉得完全没有希望了。

伊沃·安德里奇拉紧夹克，戴上棒球帽。他打开车门，走进大雨中，然后朝犯罪现场慢跑过去。

维塔山——索菲娅·柴德兰的公寓

索菲娅·柴德兰的记忆中有大段的空白。那是她在梦里或者无休止的散步中思绪飘飞的黑洞。有时，当她闻到一种气味或者当有人用特别的眼神看她的时候，那些黑洞就变得更大了。当她听到木底鞋踏在碎石路上或者在街上看到某人的背影时，那些画面就再次浮现出来。每逢这样的情形，就好像有一阵旋风扫过了索菲娅称为"我"的地方。

她知道自己的经历不能向他人诉说。

从前，有一个叫维多利亚的小女孩，她三岁那年，她爸爸在她的心里建造了一个房间。一个空荡荡的、只有痛苦和苦难的房间。随着时间的推移，悲痛造就了它坚固的四壁，复仇的欲望铺就了地板，而坚硬的房顶则由仇恨支撑。

房间与外界完全隔绝，维多利亚始终无法从里面出来。

她现在就在那里。

还不到时候，索菲娅想。不是我的错。她醒来的第一个感受是内疚。她身体的每一个系统都作好了战斗和保卫自己的准备。

她伸手去拿那盒帕罗西汀，就着唾液咽了两片。她靠在后面，等着维多利亚的声音归于静默。不会完全静默，它从来不会，不过足够她听到自己的声音了。

听到索菲娅的心声。

到底发生了什么？

关于气味的记忆。爆米花，雨后湿漉漉的小径。泥土。

有人想把带她去医院，但她拒绝了。

然后就没有记忆了。一片黑暗。她不记得通往公寓的楼梯，更不记得她是如何从蒂沃尼游乐园回到家的。

几点了？她想。

手机在床头柜上。一部诺基亚手机，老款式，维多利亚·伯格曼的手机。她要扔掉它，这是她跟旧生活最后的联系。

手机上显示的时间是七点三十三，她有一个未接电话。她按下按键，看了看。

她不认识那个号码。

十分钟后，她镇定下来，起床了。公寓里一股霉味，她打开了客厅的窗户。市长大道上很安静，路面还是湿的。左边，索菲娅大教堂庄严地矗立在夏末草木青葱的维塔山的中心，稍远一些的奈托盖特，飘来了新烘焙的面包以及废气的味道。

几辆停着的汽车。

街对面的自行车支架上，停放着十二辆自行车，其中一辆轮胎瘪了。昨天不是这样，不论她是否愿意，这些细节都清楚不过地显现出来。

如果有人问她，她可以按顺序说出十二辆自行车的颜色。从左到右，或者从右到左。

她甚至不用思考。

她知道她是对的。

不过，帕罗西汀让她温和了一些，让她的大脑平静下来了，让她可以打理日常生活。

她决定去冲个澡，不过这时，手机响了。这次是她的工作手机。

她开始冲澡的时候，手机还在响。

水有让人清醒的作用，她一边擦干身子，一边想到她很快就会完全一个人了，可以随心所欲地做任何事。

她父母已经死亡三个星期了。她很快就能得到那一千一百多万克朗了，她完全不用担心下半生的经济问题。

她可以关掉诊所。

搬到她想去的地方，重新开始。变成另外一个人。

不过还没到那时候呢，她想。也许很快，不过还没到。现在，她需要按部就班地工作。她什么也不用想，只要挂在空挡上就行。什么都不用想，这让她平静下来，远离维多利亚。

擦干以后，她穿上衣服，走进厨房。

她打开咖啡机，拿出笔记本电脑，把它放在餐桌上，按下开机键。

她在号码查询网站上看到，那个陌生号码属于韦姆德警察局，她感到胃里一紧。他们发现了什么吗？如果是这样，发现了什么？

她站起来，一边倒一杯咖啡，一边决定保持镇定，静观其变。将来这可能是个问题。

她坐在电脑前，打开名叫维多利亚·伯格曼的文件夹，看着里面的二十五个文件。

都用"乌鸦女孩"进行了编码。

她自己的记忆。

她知道她病了，把她的记忆编织出来非常重要。多年来，她一直在跟自己对话、记录、分析她的独白。她就是这样了解维多利亚、并最终甘心接受她们将永远生活在一起的想法。

不过，当她知道维多利亚的能耐之后，她丝毫不想让自己被她操控。

她选中所有的文件，深吸一口气，然后按下了删除键。

弹出一个对话框，询问她是否确定要删除这些文件。

她想了想。

她想删除跟自己的对话已经有一段时间了,不过一直没有勇气这么做。

"不,我不确定。"她大声说道,然后点击了"否"。

她长舒一口气。

现在,她开始担心高了。

她做了一大锅清淡的粥,用保温瓶装满,拿到房间里给他。他正赤裸着躺在柔软黑暗的房间里的床上,她从他的眼神里看出,他的心思在别的地方。他画的画整整齐齐地叠放在地板上,尽管她清洁了几个小时,但除臭剂的味道里依然混杂着尿液的酸臭味。

她要拿他怎么办?现在,他更多像一个障碍,而不是一种财富。

她把保温瓶放在床边的地板上。她走出去,把书架推回原位,挡住了房间门,并上了锁。他要挨到天黑。

舌 头

舌头会撒谎和诽谤,来自武汉的高濂必须小心人们的看法。

任何东西都不能让他感到吃惊,因为他能控制自己,而且他并非禽兽。他知道禽兽无法为偏离常规的情况作准备。松鼠会在冬季到来前把松子储存在树洞里,但是,如果树洞被冻住了,它们就无法理解。它们会觉得从来没有松子,因为它们够不到。松鼠放弃了,然后饿死了。

高濂知道,他必须为无法预测的情况作好准备。

眼睛看到了不该看到的东西,高必须闭上眼睛,等待它消失。

时间如同等待,时间便空无一物。

与时间对抗后会发生什么?

当他的肌肉紧张起来,腹部收紧,呼吸变浅却富含氧气,他便和万物合而为一。他之前缓慢的脉搏变成飞快,一切就立刻发生了。

那时,时间不再荒谬,它变成了一切。

每一秒钟都有生命,都有一个有始有终的故事。一百分之一秒的迟疑都可能导致决定性的结果。这可能是生与死的差别。

时间是意志薄弱和缺乏行动力的人最好的朋友。

那个女人给了他纸和笔,他可以在黑暗里坐上几个小时,画画。他从记忆的仓库里取出他画中的形象。他见到的人,他想念的事物,他曾忘记的自己的感受。

鸟巢里的一只小鸟和它的幼鸟。

画好以后,他把纸放到一边,又开始画起来。

他从不停下来去看自己画的画。

给他食物的女人既不真也不假,对高来说,在她之前已经没有时间了。之前没有,之后也没有。时间空无一物。

他整个人都转向内心,朝着他的记忆。

卡罗林斯卡医院——阿米卡小酒馆

珍妮特走出约翰的病房,出发去医院大门旁边的餐馆。她是一名警察,还是一名女警察,这意味着她不能把工作推到一边,即使是在这种情况下。她知道,这日后会对她不利。

电梯门开了,她走出电梯,进入人声喧闹的一楼,她抬起头看他们的动作、他们的笑容。她用充满活力的空气填满她的肺部。尽管不愿意承认,她知道她需要从床边的守候中休息一下。

赫提格用托盘端着两杯热气腾腾的咖啡和两个肉桂面包。他把托盘放在两人之间的桌子上,然后坐了下来。珍妮特端起一杯。热咖啡很温暖,她想抽烟。

赫提格端起自己那杯,眼睛紧紧地盯着她。她不喜欢他眼睛里批判的眼神。

"那么,他现在怎么样了?"赫提格问。

"情况正常。现在,最糟糕的是不知道发生了什么。"

"我理解。不过我想,这个问题,等他好点了,可以回家了,你就可以和他谈了。不是吗?"

"当然。"珍妮特叹一口气,继续说,"可是,我一个人静悄悄地坐在那里,我快发疯了。"

"阿克还没来过吗?"

珍妮特耸了耸肩。"阿克在波兰有画展;他想回家,不过我们找到约翰的时候,然后……"她再次耸了耸肩,"反正,他也帮不上什么忙。"

珍妮特看到赫提格想说什么,不过她没让他开口。

"比林说什么了?"

"你是说,除了说觉得你应该待在家里陪约翰,阿克离开了都是你的错,还有他想离婚也是你的错之外,他还说了什么吗?"

"他这样说的?阴险小人。"

"是的,非常直白,一点都不拐弯抹角。"他轻蔑地扬了扬眉毛。

珍妮特感到既疲惫又无用。

"该死。"她小声咕哝,环视整个房间。

赫提格一言不发地坐着,撕下一块面包,塞进嘴里。她看得出他有心事。

"怎么了?你在想什么?"

"你还没有放下,对吗?"他试探性地说,"这很明显。案子中止调查让你很生气。"他拂去了粘在胡子茬上的面包屑。

"延斯,听我说……"她想了片刻,"对于发生的一切,我跟你一样感到很沮丧,我觉得这太他妈糟糕了。不过,同时,我也意识到,在经济上并不划算,要去——"

"难民儿童。他妈的非法的难民儿童……在经济上不划算。这让我觉得恶心。"赫提格站起身,珍妮特看到他非常愤怒。

"坐下,延斯。我还没说完。"尽管非常疲惫,她的口气依然如此坚定,她自己都有些惊讶。

赫提格叹了口气,重新坐下。

"我们这样做……我要照顾约翰,不知道要多久。"她顿了顿,然后继续说,"不过你和我一样清楚,这样我们就有时间做其他事情……你明白我的意思吗?"她看到赫提格的眼睛一亮,感到自己的内心也有东西燃烧起来。一种她几乎忘却了的感觉。激情。

"你是说我们继续调查,只不过是偷偷地干?"

"没错,不过这个只有你知我知。如果走漏风声,我们俩就玩完了。"

赫提格露出了笑容:"事实上,我已经接触了几个人,估计这周能有回复。"

"很好,延斯,"珍妮特说,她也露出了笑容,"在这个问题上,我支持你的做法,不过我们要做得妥当。你跟谁联系了?"

"按照伊沃·安德里奇的说法,图里尔德斯普兰的男孩尸体内含有青霉素,还有其他的药物和麻醉剂。"

"青霉素?这意味着什么?"

"意味着那个男孩联系过卫生服务部门。可能是某个治疗藏匿起来的、非法入境的难民的医生。我认识一个在瑞典教会工作的女士,她承诺会为我提供一些可能的名字。"

"太好了。我还跟日内瓦的联合国难民署保持联络。"珍妮特感到未来慢慢回来了。至少有了未来，而不只是一个无底洞似的现在。"我还有一个主意。"

赫提格用期待的眼神看着她。

"你觉得做一个凶手的档案怎么样？"

赫提格一脸惊讶。"可是我们怎么找一位心理学家参与到一项非正式的……"他说，然后立刻恍然大悟了，"啊哈，你是说索菲娅·柴德兰？"

珍妮特点点头。"是的，不过我还没有问她。我想先问一下你的意见。"

"见鬼，珍妮特，"赫提格咧开嘴笑着说，"你是我见过的最好的上司。"

珍妮特看得出这是他的真心话。

"非常感谢，不过我眼下没多大心思。"

她想到了约翰，以及她跟阿克的分居。眼下，她对自己的未来没有任何想法。在约翰床前的独自守候是对以后生活的尝试吗？注定的孤独。

阿克搬过去和他的新情人同居了。

亚历山德拉·科瓦尔斯卡。珍妮特带着怨恨思量着她。修复师，她的名片上这样写着。这听起来像是一种努力把鲜活的生命注入死气沉沉的东西的职业。

阿克永远离开了吗？她不知道。可如果真是这样，最好不过了。他已经迈出了第一步，现在该她推他——可能还有她——一把了。

"我们出去抽支烟可以吗？"赫提格站起来，仿佛意识到他需要打断珍妮特的思绪。

"可是你不吸烟吧？"

"有时也可以破个例。"他从口袋里拿出一盒烟，递给她，"我不懂烟，这是给你的。"

珍妮特看着烟盒，笑了："薄荷味的？"

他们穿上外套，走到大门外面。雨开始变小了，远处的地平线上，微微有一丝光亮。赫提格点着了一支烟，递给珍妮特，然后给自己点了一支。他吸了一大口，咳嗽了两声，然后把烟从鼻孔里呼出来。

"如果你跟阿克分开了，你会留着那栋房子吗？"他问道，"你负担得起吗？"

"我不知道。不过为了约翰，我必须尽力保住房子。另外，阿克的事业也有了起色，开始有人买他的画了。"

"是的，我读了《每日新闻报》上的评论文章。他们简直欣喜若狂。"

"感觉真有点苦涩，资助了他二十年，之后却得不到报答。"

她从未相信她跟约翰的分量这么轻，他竟然会转身离开。

赫提格看着她，熄灭了烟，开着门不让它关上。"升起时像太阳，落下时像煎饼……"

他拥抱了她，她也意识到自己需要一个拥抱。她想到，爱慕之意可以像垂死的树木一样空洞。她感到自己没有能力区分死物与活物，然后硬着头皮回到了静默的房间里，回到约翰的身边。

维塔山——索菲娅·柴德兰的公寓

索菲娅·柴德兰关掉电脑，然后把它合上。决定不删除关于维多利亚的文件，她感觉轻松了些。

她站起身，走到洗手池边，把池子放满水。热水使她手上的皮肤收紧并有些刺痛，手变红了，但她还把手放在水里。她测试自己，强迫自己坚持到底。

她之所以和迈克尔相处，只是因为她想报复拉斯。现在看来毫无意义。空洞而华而不实。拉斯死了，他的儿子迈克尔也慢慢让她感到厌倦了，因为他出差了，尽管她很想向他展示自己的真实面目。

我要结束这段关系，她想。终于把手从热水中抽了出来。她打开水龙头，调成冷水。开始，感觉很好，很舒服，接着她开始觉得冰冷了，但依然强迫自己坚持到底。必须征服疼痛。

她越是思考，对迈克尔的思念也越少。我是他的继母，又是他的情人。不过，不能把实情告诉他。

她关掉水龙头，放空水池里的水。过了一会儿，她的双手恢复了正常的颜色，然后，当疼痛完全消失后，她重新在餐桌边坐下。

她的手机就在她面前，她知道她应该给珍妮特打电话。但是她不愿意这么做，她不知道说什么。她不知道应该说什么。

焦虑让她感觉胸口疼，她双手捂着腹部。她全身发抖，心跳加速，仿佛被人切断了动脉，所有的能量都被抽走了。她脑袋发烫，感觉自己要失去控制了，她不知道自己的身体将会做些什么。

拿她的头撞墙？从窗户跳下去？大喊大叫？

不，她需要听到一个真实的声音。一个可以向她证明她还真实存在的声音。只有它能抚平她内心的嘈杂，于是，她拿起手机。手机响了十二声后，珍妮特·科尔伯格接电话了。

她能听到电话里的声音失真了,嘈杂的背景中混杂着哔哔声。

"他怎么样了?"索菲娅费劲全力说道。

珍妮特·科尔伯格的状态听起来和电话的信号一样差。"我们找到他了。他还活着,现在在我身边躺着。目前来说已经足够了。"

你的孩子正躺在你身边,她想。高也跟我在一起。

她的嘴唇动了。"我今天可以过来。"她听到自己说。

"你来吧,一个小时左右后过来。"

"我今天可以过来。"她的声音在厨房里回响。她重复了自己的话吗?"我今天可以过来。我……"

约翰失踪了一整夜,而索菲娅在家陪着高。他们睡觉了。就这么多。没错,不是吗?

"我今天可以过来。"

她内心的不安扩散开来,她突然意识到,自己对她和约翰坐上自由坠落的座椅上后发生的事情一无所知。

她远远地听到珍妮特的声音。"好的,晚点见。想你。"

"我今天可以过来。"电话里没声音了,她看着手机屏幕,发现通话持续了二十三秒。

她走进门廊,准备穿上鞋和夹克。当她从鞋架上拿下靴子的时候,发现靴子是潮湿的,好像刚被人穿过。

她仔细地看了看。一片黄色的树叶粘在左脚的鞋跟上,两根鞋带上沾满了松针和草,鞋底上也粘上了泥。

镇定,她想。最近下了很多雨,皮靴要多久才能干?

她伸手去拿夹克,它也有些潮湿,她同样仔细地看了看。

一只袖子上被撕开了一个口子,大约五厘米长。她在裸露的衬垫上发现了一些沙砾。

什么东西从一个口袋里探了出来。

到底怎么回事?

一张宝丽来照片。

看了照片之后,她不知道该作何感想。

照片上是她,大概十岁左右。她正站在一片空寂无人的沙滩上。风很大,她金色的长发被吹得几乎跟头平行了。沙滩上有一排折断了的木桩,在照片的背景里,她能看到一座红白相间的灯塔。几只海鸥在灰色的天空中飞翔。

她的心怦怦作响。这张照片对她毫无意义,照片上的地点也非常陌生。

丹麦,1988

睡不着,她听着他的脚步声,假装自己是一座钟。如果她能控制时间,他就会被愚弄并且远离她了。

他很重,背上很多体毛,和堆肥撒布机缠斗了两个钟头以后,他满身是汗,身上散发着氨的味道。他在厕所里的咒骂声能一路传到她的房间。

他骨头突出的髋部摩擦着她的腹部,她越过他下倾的肩膀看着上方。

挂在天花板上的丹麦国旗是个倒十字,由血红色和骷髅白两色组成。

按照他的意愿行事很容易。抚摸他的背部,在他耳畔呻吟,这样能把整个过程缩短五分钟。

等那张旧床不再吱吱作响,他也离开了。她下床,走进浴室,得洗掉那股粪便的臭味。

他是一位霍尔斯特布罗的修理工,她把他称作"霍尔斯特布罗猪",这是一种当地的猪品种,专门用于屠宰。

她把他的名字写进了日记,还有其他人的名字,第一个就是她的养猪户,她得感谢他给了她住的地方。

另一个人其实接受了良好的教育,是个律师之类的,不在农场上杀猪的时候他就到瑞典工作。她把他叫作"德国王八蛋",不过都是在他听不到的时候。

德国王八蛋很喜欢用经过反复验证过的传统的工作方法。他养的日德兰猪都用烤焦的方法去除猪毛,而不是用热水烫。

她拧开水龙头,搓着手。她的手因为杀猪肿了起来,因为猪毛扎到了指甲下面,发炎了。戴上保护手套也没有用。

她杀猪。先用电击让它们失去知觉,接着放血,然后清洗干净,冲洗排水管,宰杀之后收拾烂摊子。一次,他让她用一架弩射杀一头猪,她差点把箭射向他。真希望看到他的眼睛变得像猪眼睛一样空洞。

她把自己洗干净以后便擦干身子,回到房间里。

她受不了了,她想。我必须离开这里。

穿衣服的时候,她听到霍尔斯特布罗猪的那辆破车发动了。她透过窗帘往窗外看。汽车离开了农场,德国王八蛋则朝厕所走去,打算继续修理堆肥撒布机。

她下定决心要走到格里塞塔角,也许过了桥去奥德逊。

风嗖嗖地直往她衣服下面钻,尽管穿着羊毛衫和夹克,还没绕到房子后面她就冻得浑身发抖了。

她顺着铁路往前走,一直走到海岬上。每走一段,她都会经过二战期间遗留下来的碉堡和混凝土燃料库。海岬越来越窄,很快,她能看到两边的水了,当铁路一转,朝大桥延伸过去的时候,她看到前方几百米处的灯塔。

她走到下面的沙滩上,发现只有她一个人。她躺在那座红白相间的小型灯塔边的草地上,看着上方湛蓝色的天空。她想起自己曾经像这样躺着,还听到树林里的说话声。

那时,跟现在一样,都刮着风,其中一个是马丁咿呀学语的声音。

他怎么会失踪呢?

她不知道,不过她相信是有人把他溺死了。乌鸦女孩到那里的同时,他也从码头边消失了。

但是她的记忆很模糊,有一个黑洞。

她用手指夹着一片草叶,看着旋转的种球在阳光下变换颜色。草的上方有一滴露水,下面有一只蚂蚁,一动不动。她看到蚂蚁少了一条后腿。

"你在想什么呢,小蚂蚁?"她小声说道,然后对着种球吹了一口气。

她侧身躺下,把小草小心地放到身边的石头上。蚂蚁开始移动了,它向下爬到石头底部。少了一条腿,但它看上去并没有受到很大的困扰。

"你在这里做什么?"

听到他的声音的同时,一个影子落到了她的脸上。一群鸟从他头顶飞过。

她站起来,跟着他去了碉堡。用了十分钟,因为他体力不支。

他跟她讲述战争,被德国占领期间丹麦人所遭受的苦难,以及妇女遭受强暴和凌辱的情形。

"还有所有的下流的德国娼妇,"他叹气道,"她们都是娼妓,跟五千个德国猪睡觉。"

他好几次都跟她讲到丹麦女人主动跟德国兵发生关系,她也早就猜出他是个德国人,德国人的私生子。

往回走的时候,她跟在他身后,离他几步远,整理她脏兮兮的衣服。她的上衣撕破了,她希望他们不会碰到什么人。她全身都疼,他比一般人要笨拙,而且这里的地上有很多石头。

丹麦真是人间地狱，她想。

卡罗林斯卡医院

"天气糟透了。"索菲娅·柴德兰走进病房时说。她的嘴角挂着不安的微笑，珍妮特·科尔伯格小心地点了点头。她很高兴再次见到索菲娅，不过她的脸上有种异样的神情，她猜不透的新东西。

雨点敲打着窗户，房间里偶尔会被闪电照亮。她们面对面站着。

索菲娅担忧地看着约翰，珍妮特走过去，抚摸着她的背。

"嘿，很高兴见到你。"她小声说道，索菲娅抱了抱珍妮特作为回应。

"预后怎么样？"她问。

珍妮特露出了微笑。"如果你是说天气，那非常糟糕。"她轻松的语气并非是装出来的，"不过要是说约翰，情况看起来不错。他开始好转了。现在可以看到他的眼珠在眼皮下面转动了。"约翰的脸上终于有了血色，她抚摸着他的手臂。

医生终于敢对他的情况作出一个清楚的积极的评估了，而能有一个同事之外的人陪着感觉真好。一个她不用以上司的姿态对待的人。

索菲娅松一口气，她又变回了自己。

"你不用为这件事责备自己，"珍妮特说，"他的失踪不是你的错。"

索菲娅阴沉地看着她。"不，可能不是。可我为自己的惊慌失措感到羞愧。我想成为一个可靠的人，可是很明显我不是。"

珍妮特回想着索菲娅当时的反应。她心神错乱，悲痛欲绝，哭泣着，脸朝下趴在地上。

"我希望你能原谅我把你丢在那里，"珍妮特说，"可当时还没有找到约翰，而且——"

"哎呀，当然，"索菲娅打断她的话，"我总能照顾好自己。"她看着珍妮特的眼睛，"记住：我总能照顾好自己，你永远不用为我担心，不论发生什么。"

珍妮特几乎被索菲娅严肃的表情和语气吓到了。

"如果我能对付哭哭啼啼的企业管理者，就有能力应付我自己。"

看到索菲娅笑了，珍妮特松了一口气。

"好吧，很明显，我连一个醉汉都对付不了。"珍妮特说。她指着眉头上的绷带笑着说。

"你的预后如何?"索菲娅问道,她的眼睛也笑了。

"被瓶子砸了脑袋。缝了四针,过几周拆线。"

房间里再次被闪电照亮了。窗户格格作响,珍妮特被这道明亮的强光照得看不清了。

白色的墙壁,白色的地板和天花板。白色的床单,约翰苍白的脸庞。她的眼睛模糊了。

"可是到底发生了什么?"问这个问题时,珍妮特几乎不敢看索菲娅。心肺机上的红灯闪着光。她揉了揉眼睛,颜色恢复正常了。现在,她可以看清索菲娅的脸了。

"嗯。"她叹了口气,然后抬头看着天花板,仿佛在寻找合适的词句,"事实证明,我比自己想象的要怕死得多。就这么简单。"

"你没有预想到吗?"珍妮特好奇地看着她,她立刻感到内心涌起一股对无法避免之事的恐惧。

"没有,跟我预想的不一样。比我预想的要强烈。仿佛直到有了孩子,死亡的概念才真正显现出来,那时,约翰跟我一起在上面,而且……"她停下来,把手放在约翰的腿上,"生活突然有了不同的意义,我没想到会是这种感受。"她转过身,面带微笑看着珍妮特,"我猜是突然意识到了生活的意义,让我感到很震惊。"

珍妮特第一次意识到,索菲娅不只是一个随和的心理学家。

她也有自己的负担、一份失落或渴望,或者悲痛。

她也有需要面对的过去、需要填补的空白。

她很惭愧没有早点知道,知道索菲娅也是一个不能一直付出的人。

"一直坚强跟死了没什么区别。"她说,希望索菲娅意识到这话是想安慰她。

突然,约翰发出了一声呜咽,她们惊讶地看了看对方,这才明白她们听到的声音。珍妮特感到如释重负,她探身到他身体上方。

"亲爱的,"她小声说,双手摩挲着他的胸膛,"欢迎回来。妈妈在这儿。我等着你。"

她叫来一位医生,医生说这是他苏醒过程中的自然反应,不过,要恢复意识,还需要很长时间。

"我们的生活慢慢恢复正常了。"等医生离开以后,索菲娅说。

"是的,可能吧,"珍妮特说,这时她决定把自己知道的事情说出来,"对了,你知道隔壁病房里昏迷不醒的是谁吗?"

"不知道，我认识吗？"

"卡尔·伦德斯特劳姆，"珍妮特说，"今天早些时候我经过他的病房。感觉真奇怪，"她继续说道，"两条走廊之外的地方，卡尔·伦德斯特劳姆和约翰一样，躺在同样的病床上，医护人员以同样的态度照顾他们。看起来生命的价值是一样的，不论你是谁。"

"我们生活在一个男人的世界里，"索菲娅回答，"在这个世界里，约翰并不比一个恋童癖者更有价值。没有人能比恋童癖者或强奸犯更有价值。你的价值只会更低。"

珍妮特笑了。"什么意思？"

"嗯，如果你是一位受害者，你就比恋童癖者更没有价值。与一个假定的受害者相比，他们更愿意保护一个假定的行凶者。男人的世界。"

珍妮特点点头，她不确定自己理解了她的意思。她看着约翰躺在那里。一个受害者？她还没敢这样想过。一个什么的受害者？她想到了卡尔·伦德斯特劳姆。不，不可能。她把他排除了。

"你跟男人有过什么过节？"她冒险问道。

"我想我仇恨他们，"索菲娅回答，她的眼神茫然，"我是说作为一个整体，"她补充道，再次转过身看着珍妮特，"你呢？"

珍妮特没想到她会把问题扔回来。她看着约翰，想着阿克以及她的上司和同事。当然，他们中间也有令人讨厌的人，不过并不是所有的人都这样。索菲娅所表露的情感来自一个跟她不同的世界。这是你的直观感受。

索菲娅的阴暗面，到底有什么？她的眼神很难捉摸。

是仇恨还是讽刺，是愤怒还是智慧？真的有区别吗？珍妮特想。

"我想抽支烟，"索菲娅说，"你想过来吗？"

至少她不会让她觉得厌倦，不像阿克。

"不……你去吧，我坐在这里陪约翰。"

索菲娅·柴德兰拿起外套，走了出去。

斯德哥尔摩，1987

那棵花楸树是她出生那天种下的。她曾经想放火烧死它，可它就是烧不着。

隔间里很温暖，还有在她之前坐在这里的人的味道。维多利亚打开窗户，想通通风，可这味道就像长在天鹅绒座椅上一样，挥之不去。

自从她脖子里套着绳结在哥本哈根的酒店房间里醒来时就有的头疼，现在开始减轻了。不过她的嘴还有点疼，磕断了的牙齿疼得要命。她的舌头沿着牙齿转动，感觉到一颗牙断了一截，她想，一到家就要把它治好。

火车晃动一下，驶出了车站，同时天空也下起了大雨。

我可以做自己喜欢做的事，她想，我可以把一切都抛到身后，再也不会回到他身边。他会允许她这么做吗？她不知道。他需要她，她也需要他。

至少目前是这样。

一周之前，她和汉娜还有杰西卡搭乘客轮从希腊科孚岛出发去了意大利布林迪西，然后乘火车从罗马一路去了巴黎。一路上，灰蒙蒙的雨从窗户打进来。那是七月，却更像十一月。在巴黎漫无目的地过了两天，汉娜和杰西卡开始想家了，她们坐在火车北站，身上又冷又湿。

维多利亚蜷缩在角落里，把夹克拉到头上。在欧洲转悠了一个月，这是仅剩的一点时间了。

整个旅途中，汉娜和杰西卡就像两个布娃娃。她受够她们了，当火车在法国里尔停下时，她决定下车。一名丹麦卡车司机让她上车，一路送她到阿姆斯特丹。到了哥本哈根以后，她把最后的旅行支票兑换成了现金，预订了一家酒店。

那个声音给了她指示，不过它错了。

她活下来了。

当火车接近赫尔辛格的轮渡码头时，她在想自己的生活是否可能变成另一番模样。可能不会。她的父亲在她的童年中插了一把刀，刀片还在下面颤抖。不过现在已经不重要了。她和仇恨注定在一起，就像雷声和闪电，就像紧握的拳头和重重的一击。

回家的旅程用了一整夜，她睡了一路。火车到站之前，列车员把她叫醒了，她感到头晕，浑身难受。她做梦了，但不记得梦到了什么，剩下的只有焦虑。

还是清晨，空气中透着一丝凉意。她背上背包，走下火车，走进宽敞的拱形大厅。和她预想的一样，没有人来车站接她，于是，她坐上扶梯去搭地铁。

乘公交车从斯鲁森到韦姆德的格里斯林奇需要半个小时，她用这段时间编了一些路上的小故事。她知道他肯定什么都想知道，如果没有细节，他会不高兴的。

维多利亚走下公交车，沿着道路慢慢地向前走。在这条路上，她曾经给好多东西起了名字。

她看到了"爬树"和"垫脚石",被她称作"山"的土堆,还有曾被她叫作"河"的小溪。

尽管迈着十七岁的步子,部分的她却只有两岁大。

那辆白色的沃尔沃停在车道上,她看到他们在花园里。

他背对着她站在那里,在玩弄着什么东西,妈妈则蹲在一块花圃边除草。维多利亚拿下书包,放在台阶上。

他这才听到她的动静,转过身。

她笑着朝他挥手,可他只是面无表情地看了看她,然后转过身继续手里的工作。

妈妈从花圃上抬起头,小心翼翼地朝维多利亚点点头。她也朝她点点头,然后拿起书包,进了房子。

她在地下室拿出她的脏衣服,放到洗衣筐里。她脱下衣服,开始冲澡。

突然,一阵风吹动了淋浴的帘子,她意识到他正站在浴帘外面。

"你玩得开心吗?"他说。他的影子落在帘子上,她感到胸口一紧。她不想回答,可是尽管他已经无数次玷污她了,她依然不能默不作声,这样只会让他露出邪恶的本性。

"噢,是的。玩得很好。"她尽量显得轻松愉快,不去想他就站在她赤裸的身体旁边。

"你的钱够你走完整段旅程?"

"是的,我还剩了一些。别忘了,我有自己的零用钱,所以……"

"很好,维多利亚。你……"他的声音变小了,她听到他在抽鼻子。

他在哭吗?

"我很想你。没有了你,这里空荡荡的。嗯,显然我们都很想你。"

"可我现在回来了。"她尽力让自己听起来很高兴,可是觉得心里越来越堵,因为她知道他想要什么。

"很好,维多利亚。冲完澡,穿上衣服,我和你妈妈想跟你谈谈。妈妈正在煮茶。"他在手帕里擤了一下鼻子,然后哼了一声。

是的,他在哭,她想。

"我快洗好了。"

她等着他走开,才关掉水龙头,擦干身子。她知道他随时可能回来,所以尽快穿好衣服。她甚至没有找一件干净的内衣,又穿上了她从丹麦一路穿回来的那件。

他们正安静地坐在餐桌边等着她。唯一的声音来自窗户边的收音机。桌子上放着茶壶和一盘杏仁饼。妈妈倒了一杯茶,有一股浓烈的薄荷和蜂蜜的味道。

"欢迎回家，维多利亚。"妈妈说，她端着那盘甜饼，看也不看她的眼睛。

维多利亚努力捕捉她的视线，试了一次又一次。

她根本没看我，维多利亚想。

真正存在的只有那盘甜饼。

"你应该很期待能好好……"妈妈没了思路，她放下盘子，把一些看不到的碎屑从桌子上擦掉，"发生了这么多奇怪的事情之后……"

"好啊。"维多利亚的视线在厨房里转动，然后，她看着他。

"你说你有话要跟我说。"她把带有糖衣的甜饼蘸到茶里，一大块甜饼脱落下来，掉进杯子里。她着迷地看着它分裂成小块，沉到杯底，变得越来越小，仿佛它从未完整过。

"你不在的时候，我和你妈妈考虑了一下，我们决定搬离这里一段时间。"

他上身倾到桌子上方，妈妈点点头表示同意，仿佛是在强化他说的话。

"搬走？去哪儿？"

"我需要去塞拉利昂领导一个项目。我们会先在那里待六个月，如果愿意的话，我们可以再待六个月。"

他慢慢地揉搓自己细长的双手，她注意到它们看上去多么苍老，布满了皱纹。

那么强烈而急切，像火一样。

想到他的触摸，她不禁浑身发抖。

"可是我已经向乌普萨拉大学提交申请了，而且……"她感到眼眶里噙着泪水，但是她不想显示自己的软弱，这样可能给他安慰她的机会。她低头看着茶杯，用调羹搅动杯子里的茶，用甜饼碎屑做一杯粥。

"非洲那么遥远，我……"

她将完全受他摆布了。一个人都不认识，需要逃跑的时候也没地方可去。

"我们已经为你安排好了，你可以上函授课程。你一周可以得到几次指导。"

他用他水汪汪的蓝灰色眼睛看着她。他已经决定了，她说什么都没有用了。

"什么样的课程？"她感到牙齿一阵疼痛，用手揉了揉下巴。

他们还没有询问她的牙齿。

"是心理学的基础课程，我们觉得这很适合你。"

他抱着双臂，等着她的回答。

妈妈站起来，把她的杯子拿到水池边。她一言不发地把它洗干净，仔细地擦干，然后放回到壁橱里。

维多利亚什么也没说，她知道反抗毫无意义。

最好把这份怒火储藏起来,让它变旺。有一天,她会打开闸门,让这怒火荡涤整个世界,到了那一天,她会非常冷酷无情。

她笑着看看他。"我相信会很不错的。毕竟,也就几个月的事。见识一下新鲜事物也挺好玩的。"

他点点头,站起身,表示谈话结束了。

"好了,我们都忙自己的事吧,"他说,"维多利亚可能需要好好休息一下。我继续到花园里工作。六点整的时候,桑拿房就热起来了,到时可以继续我们的谈话。好吗?"他先是期待地看了看维多利亚,然后看了看她妈妈。

她们都点头表示同意。

那天晚上,她躺在床上,辗转反侧,难以入睡。

她有些痛,因为他是那么粗鲁。她的皮肤被滚烫的热水烫得刺痛,胯部也痛。不过她知道第二天就会好了。只要他感到满足,并且睡着了。

她嗅了嗅那只用真正的兔子皮毛做成的小狗。

她在脑海里列出自己遭受的不公,她盼着那一天的到来,到时他,还有其他所有人都将祈求她的怜悯。

卡罗林斯卡医院

杀死一个人很容易。困难主要来自心理层面,其中的原因千差万别。对大多数人来说,都要排除许多障碍。同情、良心和反省是致命性暴力行为的常见障碍。

而对一些人来说,它就跟打开一盒牛奶一样简单。

现在是探视时间,来来往往的人很多。外面下着大雨,暴风雨抽打着窗子。闪电时不时地把夜空照亮,雷声便接踵而至。

暴风雨就要来了。

电梯旁边的墙上有一张楼层平面图,她不想开口让别人指路就走过去看,确保自己没有走错地方。

她一只手里握着一束黄色郁金香,每次从别人身边经过,她都低下头,以避免眼神接触。她的外套并不显眼,还有她的裤子和软橡胶鞋底的白色鞋子。没有人注意她,即使出人意料地有人记得她,他们也不会记得她的外貌特征。

她可能是任何人,她也习惯被人忽视。现在,她已经不在意这个了,但是在过去,这种粗心大意常常让她心痛。

很久以前，她是一个人，但现在她不再是一个人了。

至少不是过去那种状态了。

左边第二扇门就是他所在的房间。她快速地溜进去，关上门，然后停下来去听，可是没有听到任何让她担心的动静。

周围非常安静，如她所料，房间里只有他自己。

窗台上有一盏小台灯，微弱的黄光给房间蒙上一层狂热的色彩，房间显得更小了。

床尾放着他的病历卡，她拿起来，看了看。

卡尔·伦德斯特劳姆。

床边有一些不同的小玩意儿，两个吊瓶架连着他的脖子。从他的鼻孔中伸出两根透明管子，还有一根在他嘴里。

他只是一摊肉，她想。

一台呼吸机正有规律地哔哔作响，让人昏昏欲睡。她知道她不能简单地关掉它们。警报会响，医护人员一分钟之内就能赶到。

如果她选择闷死他，也会发生同样的事情。

她看着他，他的眼珠在眼皮底下不停地转动。也许他知道她来了。

也许他甚至知道她为什么来，自己却无能为力。

她把包放在床尾，打开包，拿出一支小注射器，然后走到吊瓶边。

她看了一下上面的标签：吗啡和营养液。

房间里悄无声息，只有外面的雨声和呼吸机的声音。

她举起注射器，把它扎进袋装营养液的上方，然后把里面的液体推了进去。她拔掉针头，轻轻地摇了摇袋子，让吗啡和葡萄糖溶液混合均匀。

完事以后，她在浴室里把花瓶装满水，然后散开郁金香，把它们插进花瓶。

离开房间之前，她拿出了宝丽来相机。

相机的闪光灯亮起的时候，窗外正好打了一个闪电，照片从相机里出来了，画面呈现在她的眼前。

她看着照片。

闪光灯把墙壁和床单完全照白了，但是卡尔·伦德斯特劳姆的尸体和那瓶黄色郁金香的曝光效果非常好。

卡尔·伦德斯特劳姆。那个虐待自己的女儿多年的男人，那个没有任何悔意的男人，那个想用上吊来结束自己毫无价值的生命的可悲的男人。

任何人都能做成的事，他却失败了。

就像打开一盒牛奶。

不过她可以帮助他实现自己的愿望。她结束了一切。

当小心地打开房门的时候，她听到他的呼吸开始变慢了。

很快，他的呼吸完全停止了，为活着的人们省下了几立方米的新鲜空气。

盖姆拉·安斯基德——科尔伯格家

他们默默地坐在车里。只有挡风玻璃的雨刷声和警察无线电发出的微弱的噼啪声。延斯·赫提格开车，珍妮特和约翰坐在后排座位上。

赫提格把车拐上安斯基德路，瞥了一眼约翰。

"你看起来气色不错。"他对着后视镜笑着说。

约翰点点头，没有说话，然后转过头去，望着窗外。

他怎么了？珍妮特想，她又想开口问他感觉如何。但是，这次她克制住了。她不想给他任何压力。唠叨不会让他开口说话，她知道，这时候，必须由他迈出第一步。只能顺其自然。他可能对发生的事情一无所知，可是她感到他心里有话没说。

车里的沉默让人感到压抑，赫提格把车开进了房子外的车道。

"今天上午，米克尔森打来电话，"他说着，关掉了引擎，"伦德斯特劳姆昨天晚上死了。我只是想在你从晚报上读到之前告诉你。"

她感到自己瘫倒了。雨点重重地打在挡风玻璃上，有那么一瞬她感觉汽车还在动，尽管她知道车已经停在了车库门前。她寻找杀害几个男孩的凶手的唯一的线索也断了。

"你在这等一下，好吗？我很快就出来。"她说，然后打开了车门。"来，约翰，我们进去。"

约翰走在她前面，穿过花园，走上台阶，走进门廊。他默默地脱下鞋子，把湿漉漉的外套挂好，然后进了自己的房间。

她站了片刻，盯着他看。

当她重新回到车道上时，雨势减弱了，变成了阵雨。赫提格正站在车旁抽烟。

"已经成习惯了，怎么样？"

他咧着嘴笑了，递给她一支烟。

"所以，卡尔·伦德斯特劳姆昨天晚上死了。"她说。

"是的，看起来是他的肾脏不起作用了。"

两条走廊的距离。同一天晚上，约翰恢复了意识。"没什么疑点吗？"

"对，很可能没有，更像是他们给他用的药造成的。米克尔森承诺明天把检查报告给我们。另外……嗯，我只是觉得你应该知道。"

"没有别的？"她问。

"不，没什么。可是他死之前有一位访客。发现他死亡的护士说，那天晚上病房里多了一束花。黄色郁金香，可能是他妻子送的，或者是他的律师。昨天晚上只有他们两个的访客记录。"

"安妮特·伦德斯特劳姆？她不是在医院里吗？"

"不，没在医院，尽管只有她独自一个人。米克尔森说，几周以来，除了去探望她丈夫，安妮特·伦德斯特劳姆几乎没有离开过他们位于丹德吕德的别墅。他们今天上午去找她，把消息告诉她……从房子的味道来看，已经好几周没有通风了。"

有人送给卡尔·伦德斯特劳姆一束黄色的花，珍妮特想。黄色通常代表背叛。

"我是个不称职的妈妈吗？"她问。

赫提格不安地笑了笑。"不，看在上帝的分上。约翰已经不是小孩了。他会跑开，碰到一个人，喝了点酒。他喝醉了，出了岔子，现在他觉得很惭愧。"

这样说只是为了让我打起精神，珍妮特想。但事情不是这样的。

"你在挖苦人吗？"

可她知道他没有那个意思。

"不，约翰很羞愧。你应该看得出。"

他靠着引擎盖。也许他是对的，珍妮特想。赫提格用手指敲着车顶。

他们告了别，她回到房子里。她从厨房接了一杯水，拿到约翰的房间里。

他睡着了，于是她把杯子放在床头柜上，摸了摸他的脸。

接着，她走进地下室，洗衣机旁放着一堆约翰的脏衣服。他的运动装备和足球袜。还有阿克留下的衬衫。

她倒了一些洗涤液，然后在转筒前面坐下。过去生活的痕迹在她的眼前转动。

她想着约翰。回家的路上一直沉默无语。没说一句话，没有看她一眼。他觉得她不称职，已经有意识地选择不再与她交流。

这让她心痛。

维塔山——索菲娅·柴德兰的公寓

索菲娅·柴德兰打扫，付了账单，还努力应付一些实际问题。

午饭时间，她给迈克尔打去电话。

"你还活着？"她听出来他非常生气。

"我们需要谈谈……"

"现在不方便，我要去参加一个午餐会议。你晚上再打吧？你知道我白天很忙。"

"你晚上也很忙，我给你发了好几条信息——"

"听着，索菲娅。"他叹了口气，"我们在干什么？你不觉得我们应该到此为止了吗？"

她无言以对，咽了好几次口水："你是什么意思？"

"很清楚，我们没有时间见面，那我们为什么还要继续呢？"

明白了他的意思，她感觉如释重负。他先她几秒钟说了出来，他想跟她分手。简单，没什么大不了。

她发出一声短促的笑声。"迈克尔，我最近跟你联系就是为了这个。你就没有五分钟让我们谈谈吗？"

打完电话，索菲娅在沙发上坐下。

洗衣服，打扫，付账单，为植物浇水，结束一段感情。意义差不多的实际问题。

她无法想象自己会想念他。

桌子上放着她在口袋里发现的宝丽来照片。

我该拿它怎么办？她想。

她不明白。照片上是她，可又不是她。

一方面，她的记忆并不可信，维多利亚·伯格曼的童年布满了黑洞，可是，另一方面，照片上的细节是如此清晰，应该唤起她的某些记忆。

她穿着一件红色的棉袄，上面带白色的花纹，还有白色的雨靴，红色的裤子。她可不会穿成这样。看起来是别人给她打扮的。

背景里的灯塔也是红白两色，这让照片看起来就是围绕这两个颜色拍的。

你看不到太多周围的环境，除了竖着断掉了的木桩的沙滩。整个画面显得很荒凉，低矮的小丘上长满了高高的、正在变黄的草。

可能是在哥得兰岛，或者是英国的南海岸，或者是丹麦。斯科讷？德国北部？

她去过这些地方，不过那时没这么年幼。

看起来像是夏末，考虑到她穿的衣服，可能是秋天。看起来风很大，天很冷。

那个跟她一个模样的小女孩嘴角挂着微笑，可是眼睛却没有笑。当她更仔细地看着照片时，她觉得她的眼神里透着绝望。

它怎么会在我的口袋里？它一直都在那里吗？是我在烧毁房子前在韦姆德拿的吗？

不，当时我没穿那件夹克。

维多利亚，她想。告诉我，我忘记了什么。

没有反应。

她没有感觉到任何东西。

国王大道——斯德哥尔摩市中心

在布兰克堡山脊挖掘了数年之后，国王大道于一九一一年十一月正式开通。建造过程中，他们发现了一处维京人定居点遗址，大概在今天赫广场所在的位置。

最初，这条路叫赫尔辛格路，十八世纪初被重新命名为卢顿大道。那里比较艰苦，道路两旁是简陋的小屋和破旧的木房子。

作家伊瓦尔·洛-约翰松曾经描述过这条路，路上是生活在克拉拉街区的波西米亚人，以及在那里生活和工作的妓女。

六十年代，当市中心朝着哈麦大道向南转移的时候，这条路就开始没落，不过经过八十年代的整修，它又恢复一些往日的地位。

检察官肯尼斯·范奎斯特在赫广场站下了地铁，然后像往常一样，他不知道该怎么走。这里的出口太多，他的方向感在地下失灵了。

几分钟后，他站在了音乐厅外面。

下雨了，他撑起伞，然后沿着国王大道，慢慢地朝西走去。

他并不着急。

事实上，他很不愿意提早到达他的办公室。

他很担心。无论他怎么看，事情都不对劲。无论他做什么，他都注定是那个失败者。

他穿过德劳特宁大道、马拉尔大道和克拉拉·北基尔克大道。

如果他什么都不做，只是把文件藏在办公桌最下面的抽屉的最下面，那么会发生什么？

她可能永远都不会听说，然后，随着时间的推移，会出现新案子，旧案子就会被忘记了。

不过，考虑到要对付的是珍妮特·科尔伯格，他怀疑她不会就此善罢甘休。

她在那几个死去的男孩身上投入太多了，她太固执了。对工作投入太多。

他寻找她的负面信息，结果一无所获。

对她的工作，没有任何可挑剔的。

她是家里的第三代警察。她的父亲和祖父都曾在西区供职，他们的档案中也没有任何可以挑剔的地方。

他经过奥斯卡剧院和赌城，这里过去是一家歌舞餐厅，名叫巴尔宫。

整个案子弄得一团糟，现在，只有他能够解决这个问题。

除非还有他没有想到的问题？

一条被他忽略的路径？

眼下，珍妮特·科尔伯格正全身心地照顾儿子，可等他好些了，她就会重新开始工作，她早晚会发现这个新消息的。

他没有办法阻止她。

不是吗？

克鲁努贝里——警察总部

有人敲门，局长丹尼斯·比林走进了她的办公室。

珍妮特注意到他的皮肤被晒得黝黑。

"你已经回来了？"他喘着气，拉过来一把椅子，拖着他高大的身躯坐了下来，"你怎么样？"

珍妮特怀疑这个问题问的可不止她的身体状况。

"还能控制,我在等赫提格报告班德哈根的案情。"

"那还等什么呢?"他打开了通向走廊的门,赫提格正在门外等。

"你有什么新消息吗?"珍妮特靠在椅子上,盯着比林宽阔的背影说。他的腰带上方有一大片被汗水浸透了。很明显,他坐得时间太长了,她想。

"不,没有。现在很平静,所以也许你们两个可以回去继续各自的假期。"

珍妮特和赫提格不约而同地摇了摇头。不过赫提格先开了口:"这不可能。我会在冬天休假。"

"我也是,"珍妮特补充说,"休假实在太麻烦了。"

比林转过身看着她。"那好吧。花上几天时间玩单人纸牌游戏,直到有情况出现。或者重装电脑操作系统。总的来说,就是放轻松。再见。"他不等他们回答,就从赫提格身边经过,走出去了。

赫提格咧着嘴关上了门,把办公桌旁的椅子拉了出来。

"班德哈根的强奸犯认罪了吗?"珍妮特身子后倾,伸了伸懒腰,然后把双手放在脑袋后面。

"案子了结了。"赫提格坐下来,继续说,"他将被控数次强奸并虐待他的妻子,另外,如果他所言不假,还会被控剥夺他人人身自由。"赫提格停下来,看起来像在思索,"我觉得,能有机会说出来,他反倒觉得轻松了。"

珍妮特很难对这样的人产生同情。

感到被人排斥算不上借口,她想,就像她脑海里想着阿克和亚历山德拉。它只是生活的一部分。

"好的,那么我们可以把他放到一边,回到那几个男孩被害的案子上了。"

她打开一个办公桌抽屉,拿出一个粉色的文件袋,这让赫提格咯咯地笑了。

她笑了:"我学会了如何让重要的东西看起来无趣,没有人会打开它。"她一页页地翻看文件。

"有几个人需要我们追踪,"她说,"安妮特·伦德斯特劳姆和琳内娅·伦德斯特劳姆。乌尔瑞卡·温丁,肯尼斯·范奎斯特。"

"乌尔瑞卡·温丁?"赫提格有些惊讶。

"是的,我觉得她没有把一切都告诉我们。我们需要跟着感觉走。"

"还有范奎斯特?"赫提格摊开双手。

"范奎斯特和伦德斯特劳姆一家的关系有些可疑。我还不知道是怎么回事,不过……"珍妮特深吸一口气,然后继续说道,"还有一个人需要我们调查。"

"谁?"

"维多利亚·伯格曼。"

赫提格看起来大吃一惊。"维多利亚·伯格曼？"

"是的。约翰失踪前一两天，一个韦姆德的警察来找过我。他叫戈兰·安德森。因为约翰的事情，我还没顾得上调查他给我的信息，不过他告诉我，维多利亚·伯格曼并不存在。"

"不存在？可是我们给她打过电话！"

"没错，但是我再次查证了那个电话，已经不再使用了。她还活着，但是用了另外一个名字。二十年前发生了什么事，然后她就消失得无影无踪了。发生了什么事，让维多利亚·伯格曼过起了秘密生活。"

"她爸？他当时在虐待她。"

"是的，很可能跟他有关。不过我有个预感，伯格曼这条线索还没有断。"

"伯格曼这条线索？这跟我们的案子真的有联系吗？"

"这也是我的直觉。我情不自禁地想到，为什么这两个名字会几乎在同一时间出现。命运？巧合？这并不重要。我们的案子和伯格曼及伦德斯特劳姆家族有某种关系。你知道吗，多年来，他们两家的律师是同一个人。维戈·杜勒。这不太可能是个巧合，所以我让阿伦德去调查杜勒了。"

珍妮特看到，赫提格完全理解其中的重要意义。

"本特·伯格曼和卡尔·伦德斯特劳姆都虐待他们的亲身女儿以及其他的孩子。你还记得本特·伯格曼和那两个厄立特里亚的孩子吗？一个十二岁的女孩和一个十岁的男孩。像往常一样，比吉塔·伯格曼为他做了不在场证明。和安妮特·伦德斯特劳姆一样，她也总是保护她的丈夫，即使他自己承认参与来自第三世界儿童的性交易活动。"

"我明白了，其中有些线索。我想唯一的区别就在于，卡尔·伦德斯特劳姆承认了，而本特·伯格曼则矢口否认了所有的指控。"

"是的。其中的线索乱成一团麻，不过它们一定在某处汇合。一切都说得通，也跟我们的案子相符。整个案子都是遮遮掩掩的。我们说的是两个成功的男人，伯格曼在瑞典国际发展合作署工作，而伦德斯特劳姆在斯堪雅建筑集团。他们都有很多钱。家里的耻辱。我们说的是处理不当的法律案件，很可能是故意处理不当。"

赫提格点点头。

"围绕着这两个家庭还有些并不存在的人，"她继续说，"维多利亚·伯格曼并不存在。你可以在网上买一个无名的儿童，然后阉割之后扔到灌木丛中，这样的孩子也不存在。"

"你是一个阴谋论者吗？"

如果赫提格的话里有什么挖苦意味的话，那她完全没有体会到。

"不，我不是。也许是个整体论者，如果有这么个词的话。"

"整体论者？"

"我相信整体大于部分之和。如果我们不明白大环境，就不可能弄清楚细节。你不这样认为吗？"

赫提格看起来若有所思的样子。"乌尔瑞卡·温丁、安妮特·伦德斯特劳姆和琳内娅·伦德斯特劳姆。维戈·杜勒，维多利亚·伯格曼。我们从哪儿开始？"

"我建议从乌尔瑞卡·温丁开始，我现在就给她打电话。"

虐童案，她想，从始至终，一切又回到了这些案子上。两个身份不明的孩子，白俄罗斯男孩尤里·克雷洛夫，还有来自塞拉利昂的前童兵塞缪尔·柏。还有三个幼年时曾遭受性虐的女人。维多利亚·伯格曼、乌尔瑞卡·温丁，还有琳内娅·伦德斯特劳姆。

有人敲门，接着阿伦德走了进来。

"你很快呀。"她用期待的眼神看着他说。

"是的，我之所以快，是因为维戈·杜勒已经死了。"

"死了？"

"是的，两周前，他的游艇失火了，他和他的妻子双双丧命。"

"一场意外？"

"是的，燃油泄漏。船几秒钟内就被大火吞噬了，他们根本没有幸存的可能。地点在锡姆里斯港。"

阿伦德递给她一张纸条，上面有一个电话号码。"跟负责调查此案的警察打电话谈一谈，"他说，"我记得他叫古尔伯格。"

珍妮特拨了那个电话，不如现在就打过去。

古尔伯格很健谈，也很友善，带有很重的斯堪讷口音。他告诉她，海岸警卫队接到了从维戈·杜勒的电话打来的求救电话。根据杜勒所说，他的船失火了，他需要帮助。但是，当他们赶到那里时，船已经完全被大火吞噬，两具尸体也差不多烧成了灰烬。

他们在小船坞里发现了一辆登记在亨丽埃塔·杜勒名下的汽车，以及一袋两人的物品，其中包括身份证。

"最终确定他们是杜勒夫妇的是他们的结婚戒指。"古尔伯格有些自鸣得意，

"上面刻着他们的姓名和日期。因为他们没有家人,验尸官的工作完成以后,尸体便被火化了。"

"那是个意外?"珍妮特问道。

"法医说大火是从油箱烧起来的。是条旧船,输油管也不好使了。我们觉得不存在他杀的可能,如果这是你暗示的意思的话。"

"我什么也没有暗示。"珍妮特说完,挂了电话。

津肯斯酒吧

当乌尔瑞卡·温丁走进津肯斯达姆运动场旁边的小酒吧时,珍妮特立刻注意到她瘦削了很多。她穿着她们上次见面时的那件上衣,不过现在看起来大了好几个码。

乌尔瑞卡在珍妮特面前的椅子上坐下。"该死的公交车,"她说着扔下了包,"我刚刚跟一个混蛋检票员纠缠了半个小时,他就是不接受我的票。就因为一个愚蠢的司机搞错了印章上的日期,害得我花了一千两百克朗。"

"想要点什么?"

女孩紧张地笑了笑,她的眼神游离,肢体语言一点都不放松。"你要什么,我就要什么。"

她们点了菜,珍妮特靠在沙发上。

"趁着还没有上菜,我能抽支烟吗?"乌尔瑞卡不等珍妮特回答就站起身来,坐立不安仿佛成了她的根本特征。

"好的。"

她们走到外面。乌尔瑞卡坐在酒吧外面的窗台上,珍妮特递给她一支烟,"乌尔瑞卡,我知道这对你来说很困难,我想谈谈卡尔·伦德斯特劳姆。你之前说过想把一切都告诉我,你做到了吗?"

乌尔瑞卡·温丁点着烟,透过烟雾不耐烦地看着珍妮特,"有什么关系吗?他已经死了,不是吗?"

"这不意味着我们必须停止,你跟别人谈过所发生的事吗?"

女孩深吸了一口烟,叹了口气,"没有,他们在初步调查时就放弃立案了。没有人相信我。我觉得我妈妈都不相信。检察官不停地说,对我这样的人,有一系列社会保障措施,结果他只是觉得我想博眼球,应该接受心理治疗。他觉得我就是一个十几岁的愚蠢的妓女。至于那个该死的律师……"

"他怎么了？"

"我读过他的总结，范奎斯特说那叫辩护陈述。"

珍妮特点点头。有时候，初步调查期间会有一位辩护律师，尽管这并不常见。"当然，辩护陈述。继续。"

"他写道，我的话多么不可信，我一无所有，有的只是问题——一切，从学校到酗酒。尽管他从未见过我，却已经看出我一文不值。我当时非常伤心，我对自己说永远都不会忘记他的名字。"

珍妮特想到了维戈·杜勒和肯尼斯·范奎斯特。

不予立案的案件。

还有吗？她认识到必须调查一下他们，必须仔细调查律师和检察官的背景。

"维戈·杜勒死了。"珍妮特说。

"没有人哀悼他。"乌尔瑞卡在窗台上熄灭了烟，"我们进去吧？"

她们的食物已经摆在桌子上了，珍妮特吃了起来，但是乌尔瑞卡却不怎么看那盘炸薯条。相反，她看着窗外，很明显是在思考什么，同时不停地用手指敲打着桌子。

珍妮特什么都没说，她等着。

"他们彼此认识。"过了片刻，乌尔瑞卡说道。

珍妮特放下刀叉，用鼓励的眼神看着她，"你是说谁？"

乌尔瑞卡·温丁开始有些迟疑。然后，她拿出手机，是最新的型号，看起来更像一台小型的手持电脑。

她怎么买得起这样的东西？

"我在闪回上发现了这个，你看一下。"

"闪回？"

"是的，看了你就知道了。"

屏幕显示的是一个网站，上面有一系列评论。

其中一条罗列了一个名单，据说这些瑞典人为一个名为"流亡的锡格蒂纳"的基金会提供资金。

名单上有近二十个人，看完以后，珍妮特立刻明白了乌尔瑞卡·温丁的意思。

除了乌尔瑞卡提到的两个名字，她还认出了另外一个人。

维塔山——索菲娅·柴德兰的公寓

索菲娅·柴德兰正坐在客厅里的沙发上，眼睛盯着黑暗。她到家以后，并没有开灯，除了街上路灯射进来的光线，房间里几乎漆黑一片。

索菲娅感到自己抵挡不住了，她也知道抵挡是不理性的。

她们必须合作，她和维多利亚。否则，事情只会越来越糟。

索菲娅知道她病了，她知道该做什么。

她和维多利亚是她们共同的往事造就的复杂结果，却在绝望中分裂成了两个不同的人格，来对抗日常生活中的残酷。

她们保护自己的方式截然不同，自我修复的策略也大为迥异。索菲娅通过按部就班的生活来遏制她的病情。在诊所的工作给了她一个框架，来困住她内心的混乱。

维多利亚则完全被仇恨和愤怒控制了，只需要剪除一切，简单的解决方法，黑白分明的逻辑。

维多利亚鄙视索菲娅的软弱和她融入与改变的渴望，鄙视她不断地努力压制各种不公以及平静地接受受害者的角色。

自从维多利亚回来后，索菲娅便充满了自我厌恶，并且看不清眼前的道路。一切都变得泥泞不堪。

没有什么是显而易见的。

两个大相径庭的意愿想同时得到满足，这是一个无解的方程式，她想。

据说，一个人会受到其所恐惧的事物的深刻影响，索菲娅的性格则深受自己是维多利亚的恐惧的影响。维多利亚潜伏在索菲娅体内，如同一个相反的极，如同一个蹦床。

没有了维多利亚的性格，索菲娅便不复存在，便会成为一个空壳。

没有实质内容。

索菲娅·柴德兰从哪里来？她想。她不记得了。

她用手抚摸着手臂。

索菲娅·柴德兰，她品味着这个名字，她震惊地意识到自己是别人创造的。她的手臂属于另外一个人。

一切都始于维多利亚。

我是另外一个人的产物,索菲娅想。另一个自我。这个想法让她有些头晕眼花,她觉得自己呼吸困难。

她在哪里可以找到一个接触点?索菲娅能满足维多利亚的什么需要?她必须找到这个点,但是要做到这一点,她必须不再害怕维多利亚的想法。她必须敢于用开放的心态直视她的眼睛,要接受自己毕生竭力回避的一切。

首先,她必须分清,哪部分记忆是她自己的,而不是维多利亚的。

她想到了那张宝丽来照片。差不多十岁,在沙滩上,穿着红白两色的丑陋衣服。很明显,她不记得这张照片。那个时间、那组画面,属于维多利亚。

索菲娅摸着另一条胳膊,那些浅色的疤痕是维多利亚的。她过去常常躲在艾尔莎姨妈位于弗卢达的房子后面,用刮胡刀片或者玻璃片割自己的手腕。

索菲娅是什么时候出现的?她曾在锡格蒂纳吗?她跟汉娜和杰西卡去四处游荡了吗?记忆都模糊不清,索菲娅认识到只有到她上大学期间,记忆中的画面才变得有逻辑并且脉络清晰,她那时二十岁。

索菲娅·柴德兰进入了大学,在乌普萨拉的一个学生公寓里生活了五年,然后她搬去了斯德哥尔摩。先是在纳卡医院的心理实习工作,然后在胡丁厄医院的司法精神病鉴定中心工作了数年。

之后,她遇到了拉斯,并设立了自己的诊所。

还有什么?很明显,还有塞拉利昂。

她的生活突然变得令人消沉、短暂而没有意义,她知道这都是因为一个人。她的父亲,本特·伯格曼偷走了她一半的生命,并强迫她作为一个按部就班的囚徒挣扎着度过余生。工作,金钱,远大的抱负,做个好人,半心半意地为爱情努力。通过让自己尽可能忙碌,来压抑自己的记忆。

二十岁的时候,她已经足够坚强了,可以接管维多利亚的生活,把她抛在身后,并开始了自己的新生活。在大学里,只有一个人,那就是索菲娅·柴德兰,她把维多利亚藏起来了,就像忘却了她父亲对她的虐待那样。她毁掉了维多利亚存在的一切痕迹,但同时,她也失去了对她的控制。

索菲娅站起身,走到门廊里的镜子前。她对着镜子里的自己微笑,看到维多利亚在哥本哈根的酒店房间里磕断的那颗牙齿、她用绳结套住的脖子。她能感到它是多么柔软,多么强壮。

她解开衬衫的扣子,让手在衣服下面游走。感受一个成熟女人的身体,想着拉斯和迈克尔触碰它的方式。

想象着当珍妮特触碰她时的感受。肌肤相亲。珍妮特的手凉爽而柔软。

她的手试探性地滑过她的皮肤。她闭上眼睛,把手伸进去。空虚。她脱掉衬衫,看着自己站在那里。她对着镜子勾勒自己的曲线。

身体的边缘是如此明确,皮肤的尽头便是世界。

内部的一切都是我,她想。

她双臂交叉放于胸前,双手放在肩膀上,如同拥抱。她的双手顺着脸颊向上,摩擦着自己的双唇。她再次闭上眼睛。她突然有种干呕的感觉,嘴里泛着苦味。

这感觉既熟悉又陌生。

索菲娅缓慢地脱掉裤子和内裤。她看着镜子里的自己。索菲娅·柴德兰。你来自哪里?维多利亚什么时候把她自己交给了你?

索菲娅感觉到了她的双脚,她疼痛的脚后跟,上面的老茧永远都不够厚,无法阻止它们再次裂开。

索菲娅的脚后跟。

她双手顺着小腿肚向上,停在了膝盖的地方。她摸了摸膝盖上的疤痕,回想着膝盖下的沙砾,当时,本特从后面把她压在下面,他的体重把她的膝盖往路上的沙砾里挤压、摩擦。

维多利亚的膝盖,她想。

大腿,她感到它们非常柔软。她闭上眼睛,她知道完事之后它们的模样。她试图遮盖的蓝色痕迹,感受两腿内侧肌腱的疼痛,就像他紧紧地抓着它们而不是她的骨头的时候那样。

维多利亚的大腿。

她继续向上,朝着背部,向上。感受着她过去从未注意过的伤痕。

她闭上眼睛,她闻到了一股温热的土壤的味道,她只从塞拉利昂的红色土壤中闻到过的特殊味道。

索菲娅记起来了塞拉利昂,但是她不记得她背上的伤疤,也看不到索菲娅努力向她展示的那种联系。有时候,你必须用象征手法应付了事。然后想起了她在一个被遮盖的坑里醒来,相信自己被愤怒的童兵活埋了。她感到身体很沉,险恶的黑暗,腐烂的布的味道。她设法逃脱了。

现在她把它看作一项非凡的成就,但是同时,她并没有意识到她所做的根本不可能。

她是同伴中唯一幸存下来的人。

唯一跨越了现实和幻想之间的断层的人。

津肯斯酒吧

三个名字，三个男人。

首先是卡尔·伦德斯特劳姆和维戈·杜勒。两个人的命运似乎以一种奇怪的方式相连。可是同时，又不奇怪，珍妮特想。他们是同一个基金会的会员，肯定在会议或者宴会期间见过。当伦德斯特劳姆遇到麻烦时，他就联系了一位他认识的律师，维戈·杜勒。就是这么回事。投之以桃，报之以李。

不过，"流亡的锡格蒂纳"，一个她从未听说过的基金会，其赞助人名单中还包括本特·伯格曼。

消失了的维多利亚·伯格曼的父亲。

珍妮特·科尔伯格感觉房间变小了。

"你是怎么发现这个的？"珍妮特把手机还给她，看着对面的年轻女人。

乌尔瑞卡·温丁笑了笑。"这并不难，我在网上搜到的。"

我一定是个差警察，珍妮特想。

"闪回？这个可靠吗？"她问，乌尔瑞卡大笑。

"上面有很多虚假信息，不过也有不少是真的，大部分都是那些自己搞砸了的名人的传闻。他们的名字会出现在上面，然后，当晚报报道以后，他们就可以说网上已经有这个消息了。有时候，你不禁会想，是不是那些记者自己散布了这些丑闻。"珍妮特想，她可能是对的。"流亡的锡格蒂纳，它是一个什么样的组织？"

乌尔瑞卡拿起叉子，开始戳她盘子里的薯条。"某种基金会。不过，关于它我找不到太多信息……"

一定有什么猫腻，珍妮特想。我让赫提格去查。

"维戈·杜勒是怎么死的？"乌尔瑞卡抬起头问道。

"在一条着火的船上，一场意外。斯堪讷警察局在锡姆里斯港外的海面上发现了他。"

"他受了折磨吗？"

"我不知道，很可能吧。"

"真的发生了吗？"

"是的，他和他的妻子已经被火化并下葬了。"

珍妮特看着女孩瘦削的身体。她眼神空洞，仿佛要看穿盘子，一只手漫无目的地在那盘蛋黄酱薯条里画着图案。

她需要帮助。

"乌尔瑞卡……你想过接受心理治疗吗？"

乌尔瑞卡抬眼看着珍妮特，耸了耸肩，"心理治疗？不可能！"

"我有一个朋友，是心理学家，她习惯于跟年轻人打交道。我看得出你心里藏着很多东西。这很明显。"珍妮特顿了顿，然后继续，"你有多重？四十五公斤？"

她再次漫不经心地耸了耸肩。"不，四十八。"乌尔瑞卡不自然地笑了笑，珍妮特内心充满了对她的同情。

"我不知道这是否适合我。我可能太笨了，不适合接受这种帮助。"

你错了，珍妮特想，完全错误。

除了身体虚弱，珍妮特还看到这个年轻女孩身上的坚强。如果有人向她伸出援手，她会解决这个问题的。

"那位心理学家名叫索菲娅·柴德兰。如果你愿意的话，最早下周就可以见到她。"

她意识到这只是个猜测，不过她了解索菲娅，知道她肯定会同意的。只要乌尔瑞卡她自己愿意。

"我可以把你的号码给她吗？"

乌尔瑞卡扭动着身子，"嗯，我想可以吧……不过，不要闹着玩，好吗？"

珍妮特大笑。

"不会，我保证。她很在行。"

塞拉利昂，1987

"把它吃光，维多利亚。"他瞪着餐桌对面的她，"吃完以后，你可以在泳池里放一个氯片。上午开完会后我要游泳。"

外面已经超过三十五度了，他擦了擦眉头上的汗水。她点了点头，拨弄着冒着热气的令人作呕的粥。每一勺都在她嘴里扩散开来，她讨厌他强迫她洒在上面的甜肉桂。他在发展合作署的同事很快就会到来，他会离开餐桌，然后，她就能倒掉剩下的早餐了。

"你的学习怎么样？"

她没有看他，不过能感到他在盯着她。"很好，"她直截了当地说，"我们在读马斯洛的书，是关于需求和动机的。"她觉得他并不知道马斯洛是谁，希望他的无知能让他闭嘴。

她是对的。"动机，"他小声说道，"是的，好，你可以运用其中的一些东西。"他看向别处，继续吃他的早餐。

需求，她想。

当她假装喝粥的时候，她想到了读到的关于需求金字塔的内容，最基础的是生理上的需求。例如食物和睡眠，她想到他是如何系统性地剥夺她的这些需求的。

在这之后是安全需求，然后是对爱和归属的需求，再是对尊重的需求。这些需求全被他剥夺了，而且还会继续被他剥夺。

金字塔的顶端是自我实现的需求，一个她甚至无法理解的词汇。她不知道她是谁，也不知道她想要什么；她的自我实现根本不可能，因为她无法理解，它在她的自我之外。她的需求，全部被他剥夺了。

通向露台的门开了，门外站着一个比维多利亚小几岁的小女孩。

"你来了！"他嘴角挂着笑容看着女孩说，她是女仆。从第一天起，维多利亚就喜欢上了她。

本特也对这个苗条快活的小女孩产生了好感，一直用赞许和讨好的话语追求她。

第一天的晚饭期间，他决定，因为一些实际的原因，她应该搬出仆人的住所，住到主屋里来。从那天开始，维多利亚就比以前睡得踏实了，连妈妈也喜欢这样的安排。

你这个盲目的婆娘，她想。有一天，你会尝到苦果的，并为自己蒙蔽的双眼付出代价。

小女孩进入厨房。开始，她看起来有些害怕，不过看到维多利亚和比吉塔之后就稍微镇定了一些。

"我们吃完以后你再清理桌子，"他看着女孩说，这时他被窗外传来的汽车引擎声和车轮压在车道上的声音打断了，"该死，他们已经到了。"

他站起来，走到女孩身边，拨弄着她的头发。"你睡得好吗？"维多利亚看到女孩很可能根本没睡。她的眼睛又肿又红，当他碰她时，她看起来很紧张。

"坐下来吃饭吧。"

他对女孩使了个眼色，递给她一张钞票，她立刻塞进了口袋，然后挨着维多利亚坐下。

"来，"他继续说道，"你可以教教维多利亚什么叫胃口。"他朝着盘子点了点头，然后大笑着走进了门廊。

维多利亚知道晚上会非常难熬。如果他上午心情这么好，晚上通常都会有个黑暗结局。

他就像一个该死的殖民者，瑞典国际发展合作署和人权？这不过是胡作非为的混账奴隶主打的幌子罢了。

她看着这个瘦削的小女孩，她正专心吃早餐。

他对她做了什么？她的脖子上有几处瘀伤，耳垂上也有一处擦伤。

"嗯，我必须说……"妈妈叹了口气，"我要去洗衣服了。你们两个可以照顾好自己，不是吗？"

维多利亚没有回答。嗯，我必须说？你什么都不会说。你就是一个沉默、盲目的影子，没有任何意义。

女孩吃完了，维多利亚把自己的盘子推给她。她露出了笑容，看着她开始吃那盘被半温的牛奶围着的灰色烂泥，维多利亚禁不住也笑了。

"你可以帮我收拾游泳池吗？我可以教你怎么做。"女孩抬起头看着她，边吃边点头。

她吃完以后，他们走到外面的花园里，维多利亚告诉了她保存氯片的地方。

瑞典国际发展合作署在弗里敦市郊有几处房产，他们住在其中最大同时也是最偏僻的一处。这栋白色的三层建筑被一堵高墙围住，入口处有身着迷彩服的武装人员守卫。

维多利亚能听到他们在房子里的说话声。因为当前弗里敦形势不太稳定，他们才把会议地点挪到了这里。

"你撕开包装的边缘，"维多利亚说，"然后小心地把氯片放进水里。"

她看到小女孩眼中的疑虑，想起来仆人们被严禁进入泳池。

"没关系，"维多利亚说，"这也是我的泳池，所以我可以决定对它做什么，我现在说你可以去。"

她脸上露出得意的笑容，就像一个被暂时允许进入上层社会的人，她用一个精致的动作把氯片放进水里。她的手在水里上下划动了几下才松开，她看着氯片缓慢地沉到池底。她抽出那只湿漉漉的手，看着它。

"水温合适吗？"维多利亚问道，并得到了对方点头的回答。

"他来之前我们去游一下吧？"她继续说道。

女孩摇了摇头,说不允许她这么做。维多利亚消除了她的疑虑,"我现在说你可以游,"她说着朝房子的方向看了一眼,并开始脱衣服,"不要担心他们,当他们快结束的时候我们会听到的。"

她潜入泳池,在水下游了一个来回。

她在池底漂了一会,享受着水对耳鼓的压力。在她和上面的世界之间,水形成了一块密实的盾牌。

当氧气将要耗尽的时候,她继续向前游。当接近泳池的边缘时,她看到女孩已经把双腿放进了水里。维多利亚在她身边浮出水面,迎面射来了耀眼的阳光。女孩正背对着太阳,微笑着坐在台阶上。

"像鱼。"她指着维多利亚说,维多利亚也笑了。

"你也进来,就说是我让你进来的。"

没用多久就说服她了,但是她拒绝像维多利亚一样只穿着内裤和胸衣游泳。

"嗯,你需要脱下凉鞋,你可以穿上这个。"她把自己下水前穿着的紧身背心扔给她。

女孩脱下裙子,穿上背心,维多利亚看到她的肚子和臀部有几大块瘀伤。她有一种怪异的感受。

她先是对他的所作所为感到愤怒,接着又庆幸被打的不是自己。

然后是一种隐隐约约的羞愧,还夹杂着一种她从未有过的感受。她为是她父亲的女儿感到羞愧,但同时,某种东西让她失去了教女孩游泳的渴望。

她看着那个面带笑容的瘦弱的女孩,她站在泳池边,穿着一件对她来说过于肥大的背心。她的背心上面绣着锡格蒂纳人文中学的饰章。

看着女孩穿着自己的衣服走进泳池的浅水区,她突然感到一阵恶心。她美丽而质朴,她更年轻,很可能并不像维多利亚开始时那样,对他说不。

你算老几,觉得你可以取代我的位置吗?她想。

"到这边来。"维多利亚尽力显得友好,但是她听到自己的话更像是命令。

往事浮现在她的脑海里。一个她爱过的小男孩,却令她失望了,然后溺水而亡了。多么容易啊,她想。

"面朝下趴在水里,我会从下面托着你。"

维多利亚走过去,站在女孩旁边,她犹豫了。"没事的,不要害怕。我会托着你的。"

她慢慢地划到水里。

她在维多利亚怀里,跟一个小孩一样轻。

女孩按照她的指示划动双臂和双腿，可是当维多利亚松开手的时候，她就立刻不游了，并开始手脚乱动起来。每次这样，都让维多利亚感到厌烦，但她忍着，缓慢而坚定地引着女孩向深水区游去。

在这里，她够不着池底了，维多利亚想，她踩着水把头露出水面。

她松开了手。

克鲁努贝里——警察总部

"Sihtunum i Diasporan？这是什么意思？"延斯·赫提格好奇地看着珍妮特·科尔伯格。

"这是古北欧瑞典语的'锡格蒂纳'，和古希腊语的'流亡'。所以，它的字面意思是'流亡的锡格蒂纳'，它是一个由曾经在锡格蒂纳生活过的人组成的基金会。他们的共同点是，所有的成员都跟那里的寄宿学校有或者曾经有过关系。"

"寄宿学校？简·库卢上过的那所？"

"不，不是那个。这是国王上过的那所。锡格蒂纳人文中学是瑞典最大、也最有声望的寄宿学校。奥洛夫·帕尔梅在那里上过学，还有博维尔·拉梅尔，以及彼得和马库斯·瓦伦贝里兄弟，你知道这些人吧？"珍妮特咧开嘴笑了，赫提格也笑了。

他关上门，在办公桌对面坐下。"所以，你是说国王也资助这个基金会？"

"不，基金会成员的名字并非那么有名，不过我肯定你至少能认出其中的三个。"

当珍妮特向他展示那份赞助人名单时，赫提格吹了一声口哨。

"据说自从七十年代中期以来，杜勒、伦德斯特劳姆还有伯格曼，三个人捐了大量的金钱，"珍妮特继续说，"但是当地并没有这个基金会的记录，它却在瑞典如此活跃，这点很奇怪。"

"还有吗？"

"他们曾经在丹麦拥有一处物业，不过现在已经被卖掉了。他们唯一有价值的资产就是一艘机动游艇，名叫吉拉号，就是杜勒和他妻子在上面死了的那艘船。"

"有意思。上面对这个基金会的活动是怎么描述的？"

珍妮特抽出一张纸，念道："基金会旨在全世界范围内消除贫困，提升儿童的生活水平。"

"一个恋童癖者还能帮助儿童了?"

"两个恋童癖者,至少。这个名单上有二十个名字,我们已经确定两个人是恋童癖者。伯格曼和伦德斯特劳姆,这就是十分之一。其他人我不认识,除了杜勒,他是他们两人共同的律师。但是有嫌疑的可能不止他们两个。你明白我的意思吗?"

"明白,还有吗?"

"暂时就这些。"珍妮特探过身来,压低了声音,"赫提格,在电脑方面你比我更擅长。你觉得能够追踪到是谁在闪回上发布的这份名单吗?你可以做到吗?"

赫提格笑了笑,不过没有回答她的问题。"就因为我是男的,并不代表我就比你更擅长电脑。"

"不,不是因为你是男的,"她说,"而是因为你比我年轻,而且你还在玩该死的电脑游戏。"

赫提格大吃一惊。"电脑游戏?我不会说——"

"废话。每次去市里,你总会在游戏商店的橱窗外面逗留,你的手指上都有老茧了,有时甚至是水泡。一次,我们吃午饭的时候,你说那个做比萨的家伙喜欢你在侠盗猎车手里的角色。你就是个游戏瘾君子,赫提格。毫无疑问。"

"好吧,不过……"他有些犹豫,"追踪发帖者?这不是数据侵权吗?"

"谁都不需要知道。如果能够找到 IP 地址,我们也许就能找到一个名字。也许那会带着我们向前,也可能不会。我们不需要小题大做。我们不会骚扰任何人,也不会监视他们或者记录他们的观点。我想要的只是一个名字。"

"好的,我试试吧,"赫提格继续说,"如果行不通,我知道有个人应该可以做到。"

"很好。然后就是那份捐赠人名单,你去查一下,我会尽力找到维多利亚·伯格曼。"

赫提格离开以后,她在警方的数据库里查找维多利亚·伯格曼,不过就像她预料的那样,什么也没找到。

上面有两个维多利亚·伯格曼,但都跟在锡格蒂纳上过学的维多利亚年龄不符。

下一步是人口数据库,珍妮特登录进入税务部门全体在世瑞典人的登记系统。

有三十二个不同的维多利亚·伯格曼。

她们中的大部分都是用常见的瑞典拼法,Viktoria,不过这并不意味着她们可以被自动排除掉。拼写是可以随着时间变化的，珍妮特记得高中的时候有个同学，她将自己名字里的 S 换成了 Z，转瞬之间，就从平凡的"苏珊娜（Susanne）"变成了洋气的"祖赞娜（Zuzanne）"。若干年后，祖赞娜因为过量吸食海洛因而死。

她继续搜索，调出了这些人的纳税申报单。

所有人都申报了，只有一个除外。

列表上的第二十二号，是一个登记在韦姆德的维多利亚·伯格曼。

强奸犯本特·伯格曼的女儿。

珍妮特改变了搜索方法，想调出她去年的纳税申报单，不过也是同样的结果。维多利亚·伯格曼并没有公布自己的收入以及可能减免的税额。

她又后退了十年，但依然没有任何记录。

没有任何信息，只有姓名、身份证号码、出生日期和位于韦姆德的住址。

珍妮特咬着舌头，搜索了她能登录的所有登记系统，但无论她多么努力，结果只是验证了韦姆德的警员戈兰·安德森对她说的话。

在过去的二十年间，维多利亚·伯格曼一直住在她从小生活的地方，不曾有过哪怕一克朗的收入，没有任何支出，没有信用评级，和执法部门没有任何瓜葛，一次医院都没有去过。

她决定白天什么时候亲自给税务部门打电话，看是不是出了什么差错。

接着，她想起来跟赫提格说过要做一份凶手档案，便想到了索菲娅。

也许是时间开始做这个了。

这个看似大胆的尝试也许不失为一个好办法。在她看来，索菲娅有足够的经验，可以做一份凶手的临时档案。但是同时，如果太过依赖一份描述，并完全相信心理评估，将会有灾难性的后果。

一份准确的凶手档案会对调查工作产生帮助，而一份考虑不周的凶手档案则会把调查工作引入歧途。珍妮特想起了号称"哈加人"的尼克拉斯·林德格伦。不就是因为凶手档案完全错误而阻碍了调查工作吗？是的，是那个案子。

国内很多知名的司法精神病鉴定专家都声称凶手一定有些怪异，缺少亲近的朋友和亲密的人际关系。后来，当因为八起暴力强奸和谋杀未遂案被抓的时候，却发现他是个外向并讨人喜欢的父亲，有两个孩子，自他还年轻的时候起，便不曾换过工作，感情生活也很稳定。

所以，她必须小心，不能让自己被索菲娅·柴德兰牵着鼻子走。

做或不做，她都没有什么损失。无论如何，她都要跟索菲娅谈谈乌尔瑞卡·温丁的事。

她拨打了位于玛利亚广场的诊所的电话,然后走到窗户边。

外面的克鲁努贝里公园里没有一个人,只有一个漫无目的地遛狗的年轻人。珍妮特漫不经心地看着那条狗的绳子被一个垃圾箱绊住了,它停下来,用期待的眼神望着它的主人。

安-布里特接了电话,并立刻替她转接了。

"你好,"珍妮特说,"你对制作凶手档案了解多少?"

"什么?"索菲娅回答,珍妮特感觉她很镇定、很放松,"是你吗,珍妮特?"

"是我,不然还能是谁?"

"我猜就是你。毫不拐弯抹角,还是老样子!"索菲娅不说话了,珍妮特听到她靠在椅子上时椅子发出的咯吱声,"你想知道我对凶手档案了解多少?"她继续说道,"说实话,并不多,不过我想你可以研究一下凶手可能有的最合理的人口、社会以及行为特征。然后我也许可以看看他最可能出现的地方,再加上一些运气——"

"完全正确!"珍妮特打断了她的话,她很高兴索菲娅毫不犹豫地开始思考这个问题了,"现在,我们把它称作凶手档案,"她继续说,"不过没有太大希望。"她顿了顿,"就像你说的那样,它的目的是减少嫌疑犯的数量,最好能把调查工作引向某个特定的人。"

"你都不休息吗?"索菲娅大声说道。

约翰出院才几天,珍妮特就已经重新投入到工作中去了。索菲娅是这个意思吗?说她为人冷漠无情,太过理性?可是她不这样又该怎么样呢?

"你知道,我休息的,"她回答道,不知道索菲娅是在羞辱她还是关心她,"不过我这次真的需要你的帮助。出于种种原因,我没办法找别人。"她认识到自己只能对她坦诚以待。如果索菲娅不接受这份任务,珍妮特真的没人可找了。

"好的,"索菲娅稍作犹豫之后回答说,"我想整件事情的出发点就是,我们在生活中的所作所为都与我们的性格类型相对应。所以,一个有强迫症的人的桌子通常会非常整洁,也通常不会穿一件没有熨烫过的衬衫。"

"没错,"珍妮特说,"通过再现犯罪过程,你可以得到凶手的一些信息。"

"现在你想让我帮你?"

"我们要对付的很可能是一个连环杀手,现在有几个人有嫌疑。一些描述以及一切其他的细节。"她作了一个长久的停顿,来凸显她将要说的话的重要性,"做凶手档案的人要绝对避免见到可能的嫌疑人。这会对整个案子的方向造成影响;它会变成一个滤光镜,让人更加难以看清。"

索菲娅沉默无语，珍妮特听到她的呼吸越来越快，但是什么都没说。

"晚上到我家，我们再谈谈好吗？"珍妮特问道，她想抓住索菲娅，以防她变卦，"我还有件事想跟你谈。"

"真的吗？什么事？"

"我们晚上再谈，你觉得可以吗？"

"当然，我会过去。"索菲娅的声音突然没有了热情。

她们挂了电话，珍妮特又一次为对索菲娅一无所知感到震惊。

你用几分钟就能知道你喜欢某个人，可是要了解他们，可能要花上许多年。

尽管珍妮特想拉近与索菲娅的距离，但是感觉这非常困难。不过她不能自己。她无论如何都要试一试。

她决定给阿克的妈妈打电话，安排约翰到祖父母家过周末。

他跟他们在一起很安全，也许还会发生一些变化。得有人宠着他、全心全意地照看他。现在她做不到这些。

阿克的妈妈很乐意帮忙，并同意晚上过来接他。

然后，她打电话了解维多利亚·伯格曼的情况。

税务部门的电话系统并不考虑呼叫者的身份，珍妮特·科尔伯格警长只好耐心地等待。

一个刺耳的电脑录音友好但顽固地告诉她，一共有三十七位咨询人员接听电话，她是等候者中的第二十九号。等候时间大约为十四分钟。

珍妮特按下免提键，然后利用这段时间浇浇花草，把垃圾篓里的垃圾倒了，同时，那个单调的声音一直在倒计时。

您是第二十二号等待者，等待时间为十一分钟。

一定有人事先录下了所有可能的数字组合，她想。

电话咔哒一声，紧接着是噼啪一声。"这里是税务部门，需要什么帮助？"

珍妮特表明了身份，接线员为她的等待表示了歉意，然后问她为什么不打直线号码。珍妮特解释说她不知道有这个号码，而等待的时间也给了她时间进行一番思考。

男接线员笑了，问她为了什么打电话。她说她想知道1970年出生、登记在韦姆德的维多利亚·伯格曼的一切信息，他请她稍等。

几分钟后，他有些困惑地回答。

"我想你要找的是维多利亚·伯格曼，700706号吧？"

"可能吧，应该是。"

"如果是这样的话，那可能有点问题。"

"哦，是什么问题？"

"嗯，我只能找到一份转往纳卡地方法院的说明，别的什么也没有。"

"那上面到底说了什么？"

接线员清了清嗓门。"我读给你听。'根据纳卡地方法院的决定，该人的身份受到保护。咨询任何信息须联系前述机构。'"

"就这么多？"

"是的。"接线员简洁地叹气说道。

珍妮特对他表示了感谢，挂了电话，然后给警署接线员联系，让对方帮她转接纳卡地方法院。最好通过直线号码。

法院的工作人员可没有税务部门的接线员好说话，不过也答应会把他们手上关于维多利亚·伯格曼的一切信息尽快发过来。

该死的官僚主义做派，珍妮特想，然后祝对方晚安，挂了电话。

四点二十分，她收到了法院的邮件。

珍妮特·科尔伯格打开了附件。令她大失所望的是，纳卡地方法院提供的信息只有三行。

维多利亚·伯格曼，1970-××-××-××××。

信息保密。

一切信息都被销毁。

盖姆拉·安斯基德——科尔伯格家

珍妮特听到汽车开进了车道，停在了她的奥迪车后面。

她内心十分忐忑。

走过去给索菲娅开门之前，她照了照镜子，整理了一下头发。

也许我应该化化妆的，不过她并不经常化妆，化了反而觉得奇怪而不自然。她也不会化妆。她会擦擦唇膏，涂点睫毛膏，可是然后呢？

她打开门，索菲娅·柴德兰走进门廊，关上了门。

"嗨，欢迎！"珍妮特轻轻地抱了抱索菲娅，不过她还是担心自己抱得太久了。她不想做得太明显。

什么太明显？她边想边松开双手。

"来杯酒如何?"

"好的。"索菲娅面带微笑看着她,"我想你了。"

珍妮特也笑了,她在想自己为什么会紧张呢。她看着索菲娅,注意到她有些疲倦。

珍妮特走进厨房,索菲娅跟着她。

"约翰去哪儿了?"索菲娅问道。

"他去他祖父母家过周末了,"珍妮特回答,"不久前阿克的妈妈刚把他接走。走之前他甚至没有说再见。很明显,他只拒绝跟我说话。"

"给他时间。会过去的,相信我。"

索菲娅环视厨房,仿佛是在避开珍妮特的视线。"你对蒂沃尼游乐园发生的事情还知道什么吗?"

珍妮特叹了口气,打开一瓶酒,"他说他碰到一个女孩,她给了他一些啤酒。之后他就不记得了,至少他目前是这么说的。"

珍妮特递给索菲娅一杯酒。

"你相信他的话吗?"索菲娅接过杯子,问道。

"我不知道。不过他现在比之前好点了,我决定不再逼问他了。那样我什么也问不出来。"

索菲娅若有所思的样子。"你想让我帮他预约青少年精神科吗?"

"上帝,不!他会非常生气。我想他需要的是正常人的生活,比如当他放学回到家时,有妈妈在家等他。"

"所以你跟约翰都觉得,一切都是你的错?"索菲娅说。

珍妮特僵住了。我的错,她想,品味着这几个字。做了对不起孩子的事感觉很苦涩,犹如外溢的污水池和脏脏的地板。她盯着索菲娅,听到自己问她是什么意思。

索菲娅微笑着把一只手放在珍妮特的手上。"放松,"她用安慰的语气说,"这可能只是对离婚的反应,因为你是跟他最亲近的人,所以他全怪在你身上了。"

"你的意思是,我让他失望了?"

"是的,"索菲娅用同样温柔的声音回答,"但很明显这并不理智。让他失望的是阿克。也许约翰把你和阿克当成了一个整体。你们是他的父母,你们让他失望了。因为你们是他的父母,阿克的背叛行为,成了你们共同的背叛⋯⋯"她顿了顿,然后继续说,"抱歉,听起来我是在取笑你。"

"没关系。可是我们该怎么摆脱目前的困境？怎样才能让一个人原谅别人的背叛？"珍妮特喝了一大口酒，然后沮丧地把酒杯推得远远的。

索菲娅脸上的温柔消失了，她的声音变得无情，"你不会原谅别人的背叛，但是要学会承受它。"

她们默默地坐着，看着彼此。

尽管不情愿，但珍妮特明白了她的意思。生活中充满了背叛，如果你无法学会承受，就无法继续前行。

她身子后倾，长舒一口气，同时丢掉了这一天里累积的对约翰的紧张和焦虑情绪。

深吸一口气，她的大脑开始工作了。

"索菲娅，"珍妮特有些犹豫地说，"我想让你见一个女孩。其实，是我跟她说了她可以见你，这可能有点愚蠢，不过……"

她停下来，好让索菲娅有机会表示同意，当她看着她时，得到了她的点头应允。

"她现在一团糟，我觉得她一个人解决不了所有的问题。"

"她有什么问题？"

"嗯，其实我知道的也不多，我只知道她认识卡尔·伦德斯特劳姆。"

"啊，"索菲娅说，"好吧，这就够了。我会看看现在有什么预约，明天告诉你。"

索菲娅的表情有些神秘，她的笑容看起来差不多是害羞了。

"你真是太好了。"珍妮特说。认识到索菲娅如她想的一样愿意帮忙，她也松了一口气。当被人需要的时候，她从不犹豫。

"既然你还想做凶手档案，我想伦德斯特劳姆没有杀人嫌疑了吧？"

珍妮特哼了一声，"嗯，首先，他死了，归根结底，我觉得他也只是个替罪羊。你对性动机杀人犯了解多少？"

"你看，直截了当，不拐弯抹角。有两种，有组织的和无序的。有组织的通常来自富裕阶层，至少表面上如此，他们通常看起来不像杀人犯。他们精心策划，很少留下破绽。杀害受害人之前，他们会把他们绑起来，折磨他们，而且他们会去一些追踪不到他们的地方寻找受害者。"

"另一种呢？"

"他们是无序的性动机杀人犯。通常，他们生活困难，也只是随机地进行杀害。有时，他们甚至认识那些受害者。你记得'吸血鬼'吗？"

"不，我一时想不到。"

"他杀害了他的两个继妹，并最终喝下了她们的血液。我觉得他甚至吃了……"索菲娅不说话了，她做了一个厌恶的表情，然后继续说，"不可否认，很多杀人犯同时拥有两种特征，但是有证据显示，大部分人非此即彼。我想，不同类型的杀手会在犯罪现场留下不同的证据。"

她再次被索菲娅的速度惊呆了。"上帝，你太神奇了！你真的没有制作过凶手档案吗？"

"从未做过。不过我会阅读，我还是个受过训练的心理学专家，我曾经接触过精神病患者，等等，等等，等等。"

她们都笑了，珍妮特意识到她是多么喜欢索菲娅，以及她在严肃和幽默之间的快速转变。她既严肃地对待生活，也能够开生活的玩笑。关于生活中的任何事情。

她想到了阿克令人失望的态度，就仿佛他一直承受着某种她从不能理解的体力劳动。毕竟，他从未担当过任何责任。

她的视线沿着索菲娅面庞的轮廓移动。

她的细长的脖子，她高高的颧骨。

她的嘴唇。

她看着她的双手，精心修剪过的涂成珍珠色的指甲。那么干净，她想，她知道自己有过同样的想法。

她现在就在这里，不加掩饰。只有时间知道接下来会发生什么。

盖姆拉·安斯基德——科尔伯格家

索菲娅坐在沙发上，身边是一个她逐渐喜欢上了的人。她越来越被珍妮特吸引，她也知道其中的原因。有一种肉体上的吸引力。不过她也感到珍妮特已经意识到了她内心的黑暗。跟珍妮特在一起，她感到很安全，虽然她并不了解她，也不知道她在寻找什么。

珍妮特给她惊喜，并挑战她，同时又真的尊重她。这是她的吸引力的根本所在。

索菲娅深吸一口气，注意到珍妮特的呼吸声中夹杂着雨点敲打窗户的声音。

一时冲动之下，她同意帮助珍妮特，但是她已经开始后悔了。

理智地说，珍妮特的建议应该让她感到害怕，她明白这一点。不过同时，她也有机会利用当前的形势。她能摸清楚警方的调查工作，也有机会误导他们。

珍妮特正镇定地把谋杀案的详细信息一五一十地告诉她。

同时，她很清楚她是谁，她不应该做什么，以及她不想做什么。

"他们的背上都有伤痕，说明他们曾被人鞭打。"

在她的内心深处，记忆之门被打开了。她想起了自己背上的伤痕。

她想把过去的自我完全抛弃，只留下一副骨架。

索菲娅认识到，只要她不接受她的所作所为，就永远无法跟维多利亚融合。她必须理解，并把维多利亚的行为当成自己的。

"他们的身体都残缺不全，生殖器都被摘除了。"

索菲娅突然想逃入无知的状态，关上门，把维多利亚锁在内心深处，并期望她能慢慢地消亡。

眼下，她必须装作一个念剧本的演员，让她的角色从内心显现。

而这需要的不止情感的共鸣。

她要变成另外一个人。

"一个男孩完全干化了，而另外一个男孩的尸体则几乎专业的手段保留下来了。他的血液被抽干并代之以福尔马林。"

她们一言不发地坐了片刻。索菲娅感到手心直冒冷汗，她在腿上擦了擦才开口说话。

这些话不由自主地脱口而出，谎言不自觉地就说出了口。

"我需要研究一下你给我的信息，不过目前来说，我觉得凶手应该是个三十到四十岁之间的中年男性。他能得到麻醉药，说明他在卫生部门工作。可能是医生、护士、兽医之类的工作。不过，就像我说的，我需要作进一步分析。我会回复你的。"

珍妮特用感激的眼神看着她。

玛利亚广场——索菲娅·柴德兰的办公室

索菲娅正坐在办公桌边吃午饭。珍妮特说服她跟乌尔瑞卡·温丁见面之后，这天的日程就很紧张了。

当她把剩余的快餐塞进垃圾箱时，她的笔记本电脑响了。

一封新邮件。

发件人信息让她中途停了下来。

安妮特·伦德斯特劳姆?

她打开邮件,读起来。

你好,我知道你见过我丈夫。我想和你谈谈卡尔和琳内娅,希望你能尽快打下面这个电话,我将不胜感激。

有意思,她同时看了看时间。一点差五分。乌尔瑞卡很快就要到了,不过她还是拿起电话,拨通了那个电话。

乌尔瑞卡坐下来,一条腿放在另一条腿上面,胳膊肘放在椅子扶手上,双手紧扣放在腿上。索菲娅也如是坐下。

这全在于模仿、复制肢体语言,比如肢体动作和面部表情。乌尔瑞卡·温丁需要在索菲娅身上看到自己的影子,并感到跟她打交道的是一个站在她身边的人。如果奏效,乌尔瑞卡就会开始模仿索菲娅,然后索菲娅就可以用一些自己肢体语言的难以觉察的细微变化,来让女孩放松一些。

现在,她的手臂和双腿都交叉着,胳膊肘朝外,像荆棘一样。

她整个身体都透着不安全感。

你不能比这更有防御性了,索菲娅想,同时把一条腿从另一条腿上放下,然后身体前倾。

"你好,乌尔瑞卡,"她说道,"谢谢你能来。"

第一次见面就是要建立信任。乌尔瑞卡需要立刻感受到这种信任。她让乌尔瑞卡随意谈论自己想谈的话题。

索菲娅身体后倾,饶有兴趣地听着。

乌尔瑞卡说她几乎不跟其他人见面。

她大概很想跟人交流,但是每当身处社交场合,她又会惊慌失措。她曾经参加过一个成人教育课程。第一天,她去了,希望能结交一些新朋友,学习新的技能,但是身体却在大学门口突然停住了。

她没有进去。

"我不知道自己怎么敢来这里。"乌尔瑞卡紧张地笑着说。

索菲娅认识到她之所以笑,是想掩饰她话里的严肃。"你还记得当你推开门的时候脑子里的想法吗？"

乌尔瑞卡认真地思考着这个问题。

"我想是'就这样做'吧，"她惊讶地说，"可是这听起来真的很奇怪，我怎么会这么想呢？"

"只有你知道答案。"索菲娅笑着说。

她意识到她面对的是一个打定了主意的女孩。

一个不想再做受害者的女孩。

根据乌尔瑞卡的讲述，索菲娅了解到她正遭受很多问题的折磨。噩梦，强迫症，急性焦虑症，身体僵硬，失眠，厌食症，吃的喝的都让她感到恶心。

乌尔瑞卡说她唯一能喝下的就是啤酒。

索菲娅意识到，这个女孩需要持续不断的支持和一只强壮有力的手。

得有人打开她的双眼，让她看到她可以过上不同的生活，而它就在她眼前。

一切顺利的话，索菲娅一周会跟她见两次面。

如果两次会面之间相隔太久，她可能会开始产生疑问，这会把整个过程变得更加困难。

但是乌尔瑞卡不想这么做。

哪怕她说她不收费，可是无论索菲娅怎么劝说，乌尔瑞卡坚决不同意频率多于两周一次。

乌尔瑞卡离开的时候，她说的话让索菲娅非常担心。

"有个问题……"

索菲娅从笔记本上抬起头，"什么问题？"

乌尔瑞卡看起来那么小，"我不知道……有时我不……确定到底发生了什么。"

索菲娅让她关上门，过来重新坐下。

"跟我说说。"她尽量温柔地说。

"我……有时我觉得是我主动让他们羞辱我、强暴我的。当然我知道这不是真的，可是有时候早上醒来，我就相信我真的那么做了。我感到羞愧难当……然后我意识到事情不是那样的。"

索菲娅紧紧地盯着乌尔瑞卡。"你跟我说这个很对。经历了你所经历的那些事，有这样的感受很正常。你会觉得自己也有错。我知道，这个不会因为我说它是正常的而减轻你的厌恶感，但是你必须相信我。至少，我说你没有做错任何事，这点你必须相信我。"

索菲娅等待着乌尔瑞卡的反应，但是她只是坐在椅子里，冷淡地点着头。

"你确定下周不想过来？"索菲娅再次问道，"我周三和周四两天有时间。"

乌尔瑞卡站起来。她凄凉地看着地板，仿佛她做了什么傻事。"对，我确定。我要走了。"

索菲娅真想站起来，抓住她的胳膊，让她看清楚事情的严重性，但她抑制住了这股冲动。现在做这种举动还太早。相反，她深吸一口气，定了定神。"好的。如果改变了主意就给我打电话。我会空出那两段时间，以防万一。"

"再见，"乌尔瑞卡说着推开了门，"谢谢！"

乌尔瑞卡消失在门外，索菲娅坐在桌子后面，听到她走进了电梯。

乌尔瑞卡感谢她的方式是对她释放的信号。从那简单的两个字里，索菲娅推断，乌尔瑞卡并不适应别人看到她真实的自我。

索菲娅决定明天一早就给乌尔瑞卡打电话，看她是否重新考虑了并准备好下周再来。如果不行，她就让珍妮特周中去见乌尔瑞卡。她一定不能放弃她。

她想帮助她在废墟中开始新生活。

索菲娅双臂抱着自己，感受着背上不规则的伤痕。

维多利亚的伤痕。

塞拉利昂，1987

她抓住男孩的头发，她那么用力，把头发都拔下了一大簇。她手里的头发看起来就像细线。

她用力击打他的头、脸和身体，她打了很久。她晕乎乎地站起来，离开码头，从岸边找来了一块大石头。

不是我干的，她说着把男孩的尸体扔进了河里。现在，你得游泳了……

女孩立刻开始手脚并用地胡乱扑腾起来，不过喝了很多水，沉了下去。

维多利亚在一米开外的地方眼睁睁地看着。

有两次，女孩露出了水面，但是她碰不到泳池的边缘，便又沉了下去。不过，维多利亚镇定地游到她身边，从下面抓住她的胳膊，把她拉了上来。女孩的双腿无法站立，她瘫倒在了泳池边的露台上。她侧过身，剧烈地呕吐起来。首先出来的是被氯消毒过的水，然后是她早餐吃的灰色的黏糊糊的粥。

几分钟后，女孩安静下来，维多利亚摇着她的胳膊。"你看，"维多利亚说，

"你还踢我,我差点被你踢晕了。"

女孩在哭泣,过了片刻,她呼哧着气轻轻道了歉。

"没关系,"维多利亚抱着她说,"不过我们不能把这件事告诉其他人。"

女孩摇了摇头。"对不起。"她重复道,维多利亚便不再恨她了。

十分钟后,她用花园里的水管把露台清理干净。女孩重新穿好了衣服,坐在走廊上的阳伞下面的沙滩椅上。她的短头发已经干了,当她朝维多利亚微笑的时候,似乎还有些难为情。那是做了蠢事后懊悔的微笑。

在爱抚和击打之间转换,先保护,再破坏,维多利亚想。这是他教给她的。

客厅里的谈话声消失了,窗户被关上了,维多利亚希望没人听到。前门开了,四个男人坐进了停在车道上的硕大的黑色奔驰车。她爸爸站在台阶上,看着汽车开出了大门。然后,他低着头,双手插在口袋里,走下台阶,走上通向泳池的小路。维多利亚看到他很失望。

当他脱下内裤、换上泳裤时,女孩转过头去。维多利亚看着他那条绣花紧身泳裤,禁不住咯咯地笑了。那还是七十年代的,他一直不舍得扔掉。

突然,他转过身,朝她走了两步。

她从他的眼神里看到即将要发生什么。

他有一次想打她,但是那次她抓起一个平底锅,打了他的头。从那以后,他从未再试着打她。直到现在。

不,不要打我的脸,维多利亚想,然后一切都变成了红色,她身体后仰,靠在露天的墙上。

又一拳,击中了她的额头,然后是肚子。她的眼睛像着了火,她蜷作一团。

她躺在碎石上,听到软管的声音,然后她感到背部一阵烧灼感,她大叫起来。他站在她后面,她不敢睁开眼睛。灼热感传遍了她的脸和背部。

她听到他迈着沉重的脚步从她身边走过,朝泳池走去。他一直不敢直接跳进去,都是先用台阶,然后再滑到水里。她知道他会像往常一样游五个来回,不多不少。他游完后出了泳池,回到她身边。"看着我。"他叹气道,同时用手从上往下摸着她的背。

她能感觉到软管的喷嘴在她的左肩胛骨下面弄了一个大口子。

"你看起来糟透了。"他站起来,朝她伸出手,"进来,我给你包扎一下。"

他帮她包扎好伤口以后,她坐在沙发上,裹着毛巾,在毛巾后面偷笑。击打,抚摸,保护,破坏,她在心里默默地重复,他解释说他们的谈判遇到了问题,他们因此不得不提前回家。

弗里敦的项目看起来以惨败告终，这让她很高兴。

没有一点成效。

他说他们在这个国家北部的灌溉工程失败了，后果很严重。他说钱消失了，人也消失了，大搞国家建设的口号跟政府的保险箱一样空虚。

三十个人中毒而死，谣传有人在搞破坏和被施了咒语。工程停止了，他们要提前四个月回家。

他离开了房间，她坐在那里，看着他的恋物收藏品。

他设法得到了二十个女性人物的木刻，它们在桌子上排成一列，等着被打包。

殖民者，维多利亚想，来到这里就是为了收集战利品。

还有一个真人大小的人脸面具。这是一个腾内部落的祖先面具，让她想起他们的女仆。

她的手指抚摸着木刻粗糙的表面，想象着那张脸是活的。她摸着它的眼睛、鼻子和嘴。木刻表面在她的指尖下变得温热了，在她的触碰下，木质纤维变成了真正的皮肤。

她不再厌恶这个女孩了，因为她已经认识到她们之间不存在竞争。

她在泳池下面认识到了这一点。

对他来说她更重要，他们的女仆只不过是一个玩具、一个木制玩偶、一个战利品。

他要把这个面具带回家。挂在某个地方，也许是客厅。

一件有异国情调的东西，好给客人看。

不过，对维多利亚来说，那个木质面具不仅仅是一件装饰品。她可以用自己的双手赋予它生命和灵魂。

如果他把面具带回家，她就可以把女孩带回家。女孩没有权利，几乎就是个奴隶。没有人会想念她，因为她不仅没有权利，还没有父母。

女孩告诉维多利亚，说她的母亲在分娩的时候死了，她父亲因为偷鸡而被处决。那是用红颜色的水来检验是否有罪的古老方法。

他空空的肚子里被塞满了干大米，然后被迫喝下半桶混杂着可可树皮的水。如果呕吐出红色的水，就说明无罪，但是他没有呕吐。他的肚子被大米涨满了，然后被人用铁锹活活打死。

这里没有人照顾她，维多利亚想。她可以去瑞典，名字就叫索乐思。

它的意思是"安慰"，她可以跟索乐思分享这种病态。

她还会把另外一样东西带回瑞典。

在她心中种下的一颗种子。

盖姆拉·安斯基德——科尔伯格家

珍妮特看到家里没有亮灯，意识到约翰还没有回家。他到祖父母家过周末似乎没有带来什么变化。他还是跟之前一样冷漠，她实在不知所措。她不想承认这个问题。很多孩子都有问题，但是她的儿子没有。

他现在那么脆弱，她想任何微小的误解都可能摧毁他。他可能从未想过她和阿克会分开。毕竟，他们从未离开过他。

是她的错吗？真像比林说的那样，是她工作太过努力，在家人身上花的时间不够吗？

她想到了阿克，他一有机会就离开了妻子和儿子，以及郊区暗淡而平凡的生活。

不，她想，不是我的错。也许这样更好，尽管这有些难为约翰。

她走进房子，打开灯，走进厨房，热了热昨晚剩下的豌豆汤。她头上的伤口开始愈合了，痒得难受。

她倒了一杯啤酒，打开报纸。

她最先看到的是一张检察官肯尼斯·范奎斯特的照片，他写了一篇文章，讲的是瑞典监狱的安全措施不足。

该死的白痴，她想，然后合上报纸，开始吃饭。接着传来了开门声。约翰回来了。

她放下勺子，走进门廊。他从头到脚湿透了，当他脱掉网球鞋，她注意到他脚上的袜子在地板上扑哧作响。

不要大惊小怪。"别担心那个，我会处理的。你吃晚饭了吗？"她问道。

他不耐烦地点点头，脱了袜子，从她身边快速走过，进了浴室。

她在厨房里边喝汤边看报纸，过了十分钟，她开始想他在里面干什么。没有淋浴的声音，实际上一点声音都没有。

她敲了敲门。"约翰？"

他终于开口说了什么，但是声音太小，她听不到他在说什么。

"约翰，你打开门好吗？我听不到你说话。"

又过了几秒钟，他还是没开门。

有那么一阵，她站在那里，眼睛盯着浴室门。我们之间的一道障碍，她想，像往常一样。

最后，她打开了门，他正缩成一团，坐在马桶盖上。她看到他要冻僵了，赶紧扯下一条毛巾给他裹上。

"你刚刚说什么？"她坐下浴缸沿上。

他深吸一口气，她意识到他哭了。"她很奇怪。"他小声说。

"奇怪？谁？"

"索菲娅。"约翰看向别处。

"索菲娅？你怎么想到她了？"

"没什么，不过她那么奇怪，"他继续说，"我们坐在自由坠落座椅上，到了高处，她开始朝我大喊大叫，还叫我'马丁'……下来以后，她就径直走开了。我试着跟上她，不过我想我跟错了人。这是我最后的记忆。"

她紧紧地抱着他，然后，他们同时哭了起来。

艾兹维肯——伦德斯特劳姆家

九月午后的太阳沉到了这栋建于十九世纪与二十世纪之交的隐藏在水边的高大别墅后面。一条狭窄的碎石车道通向房子，车道两旁栽着枫树。索菲娅·柴德兰把车停在了回转圈里，关掉引擎，透过挡风玻璃看着外面。天空呈蓝灰色，大雨稍小了一些。

所以，这就是伦德斯特劳姆一家的住处？

不远的地方，她看到树林里有一间船库。这块地上还有另一栋建筑，以及一个被高高的篱笆围起来的泳池。房子看起来空荡荡的，好像从未有人住进去过。她下了车，穿过碎石小路，朝房子走去。她沿着门前宽大的石阶往上走，这时，门廊里的灯开了，门开了，一个又矮又瘦的女人裹着一条黑色的毯子，出现在门口。

"进来吧，关上门。"安妮特·伦德斯特劳姆说。

索菲娅关上门，安妮特·伦德斯特劳姆晃悠悠地穿过门廊，朝左边走去。房子里堆满了巨大的搬运箱。

安妮特·伦德斯特劳姆四十岁，可是看起来快六十了。她的头发乱糟糟的，跌坐在堆满了衣服的沙发上，看起来很疲惫。

"请坐。"她低声说道，指了指桌子对面的扶手椅。

房间里很冷，索菲娅意识到暖气已经被切断了。

她思考了一下伦德斯特劳姆家的情况。丈夫先是因乱伦、恋童癖、持有儿童色情制品被捕，然后又试图自杀。女儿现在由社会福利部门看管。

索菲娅看着面前的女人。她也许曾经美丽过，但那已经过去了。

"你想喝咖啡吗？"安妮特伸手去拿桌子上半满的玻璃壶。

"好的，谢谢。"

"你可以从地上的箱子里拿个杯子。"

索菲娅弯下腰。桌子下面有个箱子，里面胡乱放着一堆瓷器。她找到一个有缺口的杯子，让安妮特给她倒满。

咖啡很难下咽，冷冰冰的。

索菲娅假装没事，喝了几小口，然后把杯子放到桌子上。

"你为什么想见我？"

安妮特一阵咳嗽，把毯子裹得更紧了。

"就像我在电话里说的……我想谈谈卡尔和琳内娅。我还想恳求你。"

"恳求？"

"是这样的……"安妮特的眼神变得锐利了，"我了解司法精神病鉴定专家的工作。死亡也无法让你们打破保密的誓言，所以我没办法让你告诉我你跟卡尔的谈话内容。不过我一直在想一个问题，你们见面之后他跟我说了一件事，说你理解他。说你理解他的……他的问题。"

索菲娅不禁一阵颤抖，房间里有股刺骨的寒意。

"我从来都不能理解他的问题，"安妮特继续说，"现在他死了，所以我不需要再保护他了。不过我不理解。我以为只发生过一次。在克里斯蒂安斯塔德，当时琳内娅三岁。那是一个错误，我知道他跟你说过了。他看那些恶心的视频是一回事，我也许可以接受这个。但是，他跟琳内娅……我是说，琳内娅喜欢他。你怎么会理解他的问题？"

索菲娅感觉到了维多利亚的存在，安妮特·伦德斯特劳姆惹怒了她。

我知道你在，维多利亚，索菲娅想。不过这个我自己处理。

"我见过这样的事，"索菲娅终于说道，"很多次。不过你也许太把他的话当回事了。我只见过他几次，当时他的情绪相当不稳定。现在琳内娅才更重要，她现在怎么样？"

安妮特·伦德斯特劳姆和比吉塔·伯格曼有一点大不相同。维多利亚的母亲是个胖女人，而这个女人则瘦得弱不禁风。她的皮肤已经啃噬了她的骨骼，很快就什么都不剩了。

她会枯萎而死。

但是，她身上有种熟悉的东西。索菲娅几乎不会忘记她见过的面孔，她突然确定自己之前见过安妮特·伦德斯特劳姆。

她回过神来。"嗯……他们把她从我身边带走了，她现在在丹德吕德的青少年精神看护中心。她几乎不认识我了，也不跟我说话。你能去见她吗？你一定有关系吧？"

"我不能就这么走进去，要求跟她见面，"索菲娅说，"只有她要见我的时候我才能见到她，说实话，我觉得这不可能发生。"

"我可以跟看护中心的人谈。"安妮特说。

索菲娅看出她是认真的。

"还有一件事……"珍妮特继续说，"我有东西给你看。"她抽出几张泛黄了的纸。"我弄不明白这些。"

她把三幅画放在桌子上。

三幅画都是用蜡笔画的，上面用孩子的笔迹写着"琳内娅"。

分别是琳内娅五岁，琳内娅九岁和琳内娅十岁。

索菲娅拿起一幅画。

这是五岁的琳内娅画的，不过数字被修改过。前景画的是一个金发女孩，站在一条大狗身边。狗的嘴里伸出一条大舌头，琳内娅在上面画了很多小圆点。味蕾，索菲娅想。背景里有一栋大房子，还有一个看上去像是一座小喷泉的东西。一条长长的链子从狗身上延伸开去，索菲娅注意到，她把链条画得非常细致，链子越来越细，最后消失在一棵树后面。

琳内娅在树旁边写了什么，不过索菲娅看不清是什么。

从女孩和狗身上发出一个箭头，指向那棵树，树后面有一个驼背的男人，戴着眼镜，面带微笑朝外偷看。

房子里的一扇窗户边，有一个人在看着外面的花园。长头发，嘴角挂着笑容，可爱而精致的鼻子。虽然整幅画的其他地方都非常细致，琳内娅却没有给这个人画上眼睛。

由于索菲娅非常清楚伦德斯特劳姆家里的情况，不难推断窗户里的人就是安妮特·伦德斯特劳姆。

安妮特·伦德斯特劳姆，她没有看到。她不想看到。

以这个为起点，花园里的情形就更有意思了。

琳内娅想展示什么？安妮特不想看到什么？

一个戴眼镜的驼背男人，一条舌头巨大而有刺的狗？

现在她看到上面写的是 U1660。

U1660？

斯德哥尔摩，1988

我们骑着车环游世界，我们在街上、广场上玩耍。

我们敲打任何会发声的东西，甚至是我们的旧自行车。

在韦姆德的别墅里，维多利亚·伯格曼站在那里，看着客厅墙壁上的恋物人物。

格里斯林奇就是个监狱。

她不知道该如何打发死气沉沉的白天，时间如一条变化无常的河，流过她的身体。

有些天，她忘了醒来。有些天，她忘了睡觉。还有些天，就那样没了。

其他时候，她读心理学的书，去长时间散步，去有沙滩的水边，或者沿着摩尔摩斯路，走到斯卡加德斯路上，222 号公路，差不多一直走到韦姆德高速公路，然后她在环形路口折返。这段路上，她可以思考，寒冷的空气吹着脸颊，让她始终记得自己的局限。

她不是整个世界。

她走过去，取下那个面具戴在脸上。它看起来很像塞拉利昂的索乐思。有一股浓重的木头的芳香，差不多像香水。

这面具代表着另一种生活，在异国他乡，一种维多利亚知道她永远都不可能拥有的生活。她被拴在他身上了。

面具上的小眼太小了，她几乎看不到前面。她能听到自己的呼吸声，感到被挡回来的气息像贴到脸上的一层潮湿的薄膜。她走到门廊里，在镜子前停下。面具让她的头显得小了一些。仿佛她是一个有着十岁面孔的十七岁女孩。

"索乐思，"维多利亚说，"索乐思·马奴迪。现在我们是孪生姐妹了，你和我。"

这时，前门开了。他下班回来了。

维多利亚立刻脱下面具，跑回客厅。她知道他不允许她碰他的东西。

"你在干什么？"他话里带着怒气。

"没什么。"她边回答边把面具挂回原处。她听到鞋架的咯吱声和木质衣架彼此碰撞的声音，然后是他在门廊里的脚步声。她坐在沙发上，从桌子上拿起一份报纸。

他走进客厅。"你在跟谁讲话吗？"他环视了一下房间，然后坐在了沙发旁边的扶手椅上。

"你在干什么？"他再次问道。

维多利亚抱着胳膊，盯着他看。她知道这样会让他紧张。她很喜欢看着他内心的不安逐渐增加，看着他紧张地拍打椅子的扶手，不停地变换坐姿，说不出一个字。

但是坐了一会儿，她便开始担心起来。她注意到他的呼吸越来越急促，仿佛他的脸开始投降了。脸上没了血色，崩溃了。

"我们该拿你怎么办，维多利亚？"他沮丧地说，双手捂着脸，"如果心理治疗师不能尽快解决你的问题，我真的不知道我们该怎么办了。"他叹了口气。

她没有回答。

她看到索乐思默默地站在那里，看着他们。

她们彼此相似，她和索乐思。

"你下去把桑拿打开，"他站起身坚定地说，"妈妈已经在路上了，我们很快就能吃饭。"

维多利亚觉得应该有人来拯救她。从一个未知的方向伸出一只手，抓住她，把她从这里拽走。或者她的双腿足够强壮，能把她带走。但是她已经忘记如何离家出走，忘记如何制定目标。

晚饭后，她听到妈妈在厨房里收拾。永远都在打扫、除尘、清理东西，全都是些徒劳无益的事。无论她怎么清洗，一切都还是原来的样子。

维多利亚知道这些就像一个安全泡沫，妈妈可以钻进去，以避免看到周围发生的事情，而本特在家的时候，锅碗瓢盆总会发出额外的声音。

她走下楼梯，来到地下室，看到妈妈又没有清理台阶之间的空隙，那里还有圣诞树上的松针。

她走到桑拿房，脱了衣服，等着他。

现在是二月份，房子外面还是一片冰天冻地，但是室内的温度已经爬升到了将近三十二度。这是因为桑拿加热器的效率非常高，他总是吹嘘自己在未经允许的情况下把它接入了电网。

洋葱的味道，食物残渣的味道，黑面包的味道，甜菜根的味道，酸奶的味道，混杂着记忆中汽油的味道。

之后，他下来了。他看上去有些悲伤。妈妈在另一端洗刷，他拿掉浴巾。

当她睁开眼睛时，自己正站在客厅里，身上裹着浴巾。她意识到它又发生了。她失去了一段时间的记忆。她能感受到下体的摩擦痕迹，手臂的无力，并为过去的几分钟或者几个小时里自己失去了意识感到庆幸。

索乐思正挂在客厅的墙上，维多利亚独自回到房间里。她坐在床上，把浴巾扔到地板上，蜷缩在被子下面。床单很凉爽，她侧躺着，眼睛看着窗户。

二月的严寒几乎要把窗户冻裂了，她能听到窗玻璃在抱怨零下十五度的冷冰冰的拥抱。

窗户被木制框架分成了六块。六幅带框的画，自从回家以来，季节已然变化了。透过上面的两格，她能看到外面的树梢，透过中间的两格，她能看到邻居的房子、树干以及她旧秋千的吊绳。透过下面的两格，她能看到满地的白雪以及那个在风中前后晃动的红色的塑料秋千。

秋天，有焦黄的草地，叶子落下、腐烂。而从十一月中旬开始，地上就覆盖了一层每天都有变化的白雪。

只有秋千始终如一，它在六格窗户后面悬着，就像被冰晶包围的横杆。

格拉斯布鲁克斯大道——一个社区

秋季从波罗的海上吹来的风，给斯德哥尔摩笼上了一层又冷又重的湿气。

从格拉斯布鲁克斯大道出发，走上卡塔琳娜山，就在摩西山下面，很难透过大雨看到船岛。不远处的城堡岛则蒙上了一层灰色的薄雾。

现在刚刚六点钟。

她停在一个路灯下，从口袋里拿出笔记本，再次确认了一下地址。

是的，她没有走错，现在只需要等待。

她知道他六点钟离开，十五分钟后到家。

她已经等待了太久，多等个把钟头没什么区别。

雨越下越大，她把钴蓝色的外套裹得更紧了，不停地跺着脚好让自己暖和点。

当她第三次回顾整个计划、预想着即将发生的事的时候，她看到一辆黑色的汽车慢慢地靠近。车玻璃是带色的，不过她还是能透过挡风玻璃看到车里只有一个男人。汽车在她不远处停下，倒进了一个空着的车位。三十秒后，车门开了，他下了车。

她立刻认出了博-奥拉·西尔弗贝里，便朝他走过去。

他的笑容还是那么熟悉。一栋位于哥本哈根的大房子，日德兰半岛的农场，以及一个猪屠宰场。尿臭味，当他向她展示如何杀猪时紧握屠刀的样子。刀刃朝上，偏右一点，直刺心脏。

"好久不见！"他朝她走来，给了她一个长久热情的拥抱，"你是碰巧来了这里，还是来找夏洛特？"

她思考着自己的回答能有什么意义，她觉得这根本不重要。他不可能查证她的话是否真实。

"嗯，并不全是巧合，"她看着他的眼睛说，"我在附近，想起来夏洛特说过你搬到这里来了，所以就想来看看你在不在家。"

"嗯，我很高兴你来了！"他笑了，揽着她的一侧，朝街对面走去，"我想夏洛特可能要几个钟头后才能到家，不过你还是进来喝点咖啡吧。"

她知道他现在是一家大型投资公司的董事会主席，习惯于别人的顺从，同时不习惯别人的质疑。没什么理由不跟他进去。

"好吧，我刚好没什么要紧的事，为什么不呢？"

他的触摸以及他须后水的味道让她感到恶心。

她感到胃里一阵翻腾，进去后的第一件事就是问洗手间在哪里。

这套公寓非常大，他带着她四处查看，她数着，有七个房间。最后，他把她引到了客厅里。客厅的装饰很有品位，昂贵而不浮夸，所有的装饰都采用斯堪的纳维亚式的浅色调。

两扇巨大的窗户俯瞰着整个斯德哥尔摩，右边有一个宽敞的阳台，足够至少十五个人同时使用。

"抱歉，我想用一下洗手间。"她说。

"不用抱歉。在门廊里，右手边。"他指了指说，"咖啡？或者你想喝点别的？一杯酒？"

她朝门廊走去。"一杯酒吧，不过前提是你也喝。"

她走进洗手间，感到心脏剧烈地跳动，透过洗手池上方的镜子，她看到额头上渗出了不少汗珠。

她坐在马桶上，闭上眼睛。回忆袭上心头，她看到博-奥拉·西尔弗贝里的笑脸,不过不是刚刚那张讨人喜欢、正经的笑脸,而是那张冷酷而空洞的笑脸。

她想起他和农场上的其他人是如何清洗猪内脏,然后把它们磨碎做成猪血糕、香肠和肝酱。还有他向她展示如何把一个猪头变成头肉冻时冷漠的笑容。

她洗了手,然后回到客厅。在屠宰的时候,卫生就是全部,她想起了自己触摸过的一切。完事后,她会擦掉所有的指纹。

博-奥拉·西尔弗贝里正在倒酒,他递给她一杯:"现在,你要告诉我这些年来你都去哪里了。"

她举起酒杯,把鼻子凑上去,深吸一口气。是霞多丽,她想。

她厌恶的那个男人看着她,她喝了一小口酒,然后眼睛直勾勾地看着他。她喝酒时发出了声音,好让空气与酒混合,以释放出酒的芳香。

"我想,过了这么久你还来找我们,一定是有原因的吧。"那个伤害过她的人说。

她想着酒的特征应该是混合了含有香料的水果,像是香瓜、桃、杏和柠檬。她还尝到了油脂的味道。

她缓慢而愉快地吞咽下去。

"你想让我从哪儿开始?"

刀刃朝上,偏右一点,她想。

格拉斯布鲁克斯大道——犯罪现场

快到十点的时候,国王岛上的警察总部传来了警报声。

一个女人大叫着,说她刚到家,发现她丈夫死了。

当电话打进来的时候,延斯·赫提格正在回家的路上,不过既然晚上没别的计划,他觉得这是个累积加班时间的好机会。

去某个炎热的国家过两周肯定非常惬意,他已经决定在天气最糟糕的时候去休假了。

尽管不像他儿时生活过的克维克约克那样冰天雪地,斯德哥尔摩在冬季的大部分时间里还是相当温和的,但每年还是有那么几个星期让人难以忍受。

这是一种不伦不类的天气。不是冬天,可又不是其他的季节。

零上五度,可跟零下五度感觉一样。都是因为潮湿,该死的水。

世界上唯一一个冬天比斯德哥尔摩还要糟糕的城市恐怕就是圣彼得堡了,它位于波罗的海的另一侧,芬兰湾的远端,建在一片沼泽地上。这个城市最初是由瑞典人建立的,后来被俄国人接管了。他们跟瑞典人一样,都有点自虐狂倾向。

你应该享受这份痛苦。

像往常一样,中央大桥上的车流一动也不动,他打开警报,好挤过去,但是无论大家多想让他过去,他们一点也动不了。

他不停地变换车道,一直到了斯塔斯公园出口,然后拐上了卡塔琳娜路。这里的车没那么多,他踩下油门。

当经过拉马诺那座西班牙内战牺牲的瑞典人纪念碑时,他的时速已经超过了一百四十公里。

他享受速度带来的快感,觉得这是这份工作的好处之一。

他把车停在门外,那里已经停着两台闪着蓝灯的警车了。

他在门口遇到一个往外走的同事。那个人脱下帽子,紧紧地攥在手里。赫提格看到他的脸煞白,其实有点白里发青。赫提格闪到一旁,好让他跑到外面呕吐。

可怜的家伙,他想,第一次从来都不好受。其实从来都不会好受。你永远都不会适应它,可能会变得不那么敏感,但这并不意味着你变成了一个更好的警察。不过至少做起工作来更容易了。

警界的行话,外行人听起来可能有些滑稽和麻木不仁。不过这也是一种让自己保持距离的方法。

当延斯·赫提格走进公寓时,他很高兴自己还留有距离。十分钟后,他认识到必须给珍妮特·科尔伯格打电话寻求帮助,当她问发生了什么时,他说这是他整个该死的生涯中见到的恐怖案子中最恐怖的案子。

盖姆拉·安斯基德——科尔伯格家

约翰已经睡着了,她还在想自己该拿他怎么办,这时,电话响了。

珍妮特接了电话,令她失望的是,是赫提格。有那么一瞬,她还想着是索菲娅打来的。

"又发生了什么事?告诉我这很重要,否则我就——"

赫提格打断了她:"是的,很重要。"

他沉默了,她听到背景里有激动的说话声。根据赫提格的说法,珍妮特没有其他选择,必须赶回市里。

他刚看到的情形惨无人道。

"不知道哪个变态的混蛋捅了那个人起码一百次，碎尸后，用滚筒把整个公寓刷了一遍。"

该死，她想。偏偏这个时候。

"我会尽快赶过来，二十分钟。"

太好了，我又要让约翰失望了。

现在，致命的刺伤案件是她最不需要的。她不仅要应付约翰，还要做被叫停了的调查工作。

另外，还有维多利亚·伯格曼。她的踪迹在纳卡地方法院消失得无影无踪了。

雨势开始减弱了，不过到处都是水洼，她害怕打滑，不敢开得太快。空气很冷。哈马比的温度计上显示是十度。下面公园里的树杈都变成了秋天的颜色，她在约翰勒斯夫桥上看向城市，觉得它真是太美了。

艾兹维肯——伦德斯特劳姆家

索菲娅看着其他两幅画。一张画的是一个房间里有三个男人，一个女孩躺在床上，还有一个人物把头转开了。另一幅画更加抽象，更难理解，但是那个形象出现了两次。一次是在画的中央，没有眼睛，被一片模糊的面孔包围了，然后在画的左下角它又出现了一次，正在朝画的外面走。只能看到身体的一半，看不到脸。

她把它们和第一幅画作比较。同样没有眼睛、透过窗户看着花园的人物。一条大狗和树后面的男人。U1660？

"这些画，有什么地方你弄不明白？"索菲娅边喝咖啡便问。

安妮特·伦德斯特劳姆迟疑地笑了笑。"这个没有眼睛的人物。我想应该是她的自画像，也就是说那个人物是她自己。不过我不明白她想说什么。"

你能有多瞎？索菲娅想。这个女人一生都在努力闭上自己的眼睛。现在，这个女人觉得自己可以通过向心理专家坦白，她可以看到她女儿的画里的某些异样来补救。一种想声称她也能看到发生了什么、只是她刚刚意识到的拙劣的做法。一切罪责都推给了她的丈夫，她则可以推掉所有的干系。

"你知道这是什么意思吗？"索菲娅指着第一幅画中树旁边的文字问道，

"U1660？"

"是的，这个我知道。琳内娅当时还不会写字，所以她画了他的名字。他就是树后面驼背的男人。"

"他是谁？"

安妮特收敛了笑容。"那不是U1660，而是维戈。维戈·杜勒，我丈夫的朋友。琳内娅画的房子是位于克里斯蒂安斯塔德的那栋。他们经常去那里拜访我们，尽管他们当时住在丹麦。"

索菲娅吃了一惊，她父母的律师。

提防着他。

安妮特突然伤心起来。

"我最好的朋友之一亨丽埃塔嫁给了维戈。我想琳内娅有点害怕维戈，也许这就是她在画里不想看到他的原因。她也害怕那条狗。它是条罗威纳犬，长得确实是这个样子。"

索菲娅点点头。"不过如果你觉得站在窗户里的没有眼睛的是琳内娅，那么站在狗旁边的女孩是谁？"

安妮特突然笑了。"那很可能是我，我穿着我的红裙子。"她放下第一幅画，拿起第二幅，"而在这幅画里，我正躺在床上，那些男人们在开派对。"想到这里，她发出窘迫的笑声。

在索菲娅看来，琳内娅的画的意思再清楚不过了。安妮特·伦德斯特劳姆说她是画里的女孩，而且她觉得那个没有眼睛、转过头去以及朝画的外面跑的人物就是琳内娅。

安妮特·伦德斯特劳姆看不到她身边发生的事。

但是琳内娅从五岁起就明白了一切。

索菲娅知道，她必须安排一次跟琳内娅·伦德斯特劳姆的会面，不论她母亲是否愿意帮忙。

"我可以给这些画拍照片吗？"

"当然可以。"

索菲娅拿出手机，给琳内娅的画拍了几张照片，然后从沙发上站起身来。"我们这么办。你和我一起去丹德吕德，那里的高级心理顾问是我的老朋友。我们把情况告诉她，如果我们处理得当，也许她会让我见琳内娅。"

当索菲娅·柴德兰开上北泰列路时，时间已经是六点钟了。

维戈·杜勒？她为什么不记得他了？他们一起在电话里解决了她父母的财产问题。他须后水的味道，旧香料和白兰地，仅此而已。

但是索菲娅意识到维多利亚认识维戈·杜勒，她肯定认识。

她感到焦躁不安，便打开了广播。一个女性温柔的声音正在讲述患有进食障碍的生活情形。因为害怕吞咽而不能吃喝，这是一种由心理创伤导致的恐惧。基本的身体反射都不起作用了，这看起来多么简单。

索菲娅想到了乌尔瑞卡·温丁和琳内娅·伦德斯特劳姆。

两个女孩的问题都是同一个男人的行为导致的。

乌尔瑞卡·温丁不吃，琳内娅·伦德斯特劳姆不开口说话。很快，她们就会坐在她对面，讲述这个男人的下一段故事。

在下着细雨的夜色里，听着广播里那个女人温柔的声音，加上来往的车辆的声音，索菲娅几乎要睡着了。

她在头脑里想象着两个眼神茫然、面部凹陷的面孔，乌尔瑞卡·温丁憔悴的形象和安妮特·伦德斯特劳姆的形象合二为一。

她突然意识到安妮特·伦德斯特劳姆是谁了。或者说，她曾经是谁。

已经过去将近二十五年了。那时她的脸要圆润一些，她当时在笑。

外耳郭

他的外耳郭听着谎言。他不能让任何谎言进入，因为它们很快就会到达他的胃，毒害他的身体。

他很早之前就学会了不说，现在，他正在努力学习不听。

小的时候，他常常去武汉的黄鹤楼听音乐。

所有人都说那个老人疯了。他说的是没人能听懂的语言，身上又脏又臭，但是高濂喜欢他，因为他的话变成了高的话。

但那个漂亮女人随着悦耳的曲子发出轻柔的声音时，他想到了那个和尚，他的心里充满了一种专属于他的温暖。

高用她给他的蜡笔画了一颗巨大的黑色的心。

如果你不小心，胃会吸收谎言，但是她告诉过他，你可以通过让胃里的酸液跟体液混合来保护自己。

来自武汉的高濂喝了一小口水，味道是咸的。

他们面对面坐了很久,高濂把自己的水给了她一些。

过了一会儿,他没有水了。但是他的脖子上留下了血液,红色的,很甜。

高寻找某种酸的东西,然后是苦的。

当她离开以后,他一直坐在地上,在手指间滚动一支蜡笔,直到指头都变黑了。

他每天都画新的画,他越来越善于把头脑里的画面转移到纸上了。他的脑袋不用告诉他该做什么。他只需用胳膊和手把画面从他脑海里的一个地方挪到纸上。

他学会了如何用黑色的阴影来突出白色,而在对比之下,他创造出了新的效果。

他画了一栋着火的房子。

克鲁努贝里——警察总部

标题是《实业家被残忍杀害》,当珍妮特打开报纸时,她看到他们详细列出了博-奥拉·西尔弗贝里的生平事迹。毕业以后,他学习了工业经济学,学了中文,且最早意识到了亚洲市场对出口企业的重要性。后来,他搬到了哥本哈根,做了一家玩具企业的总经理。

他和他的妻子回到了瑞典,身后留下了一件刑事案件,不过后来调查工作被中止了。他被认为是一位才华横溢的商人,多年来累积了越来越多的董事职责。

延斯·赫提格进来了,后面紧跟着施瓦茨和阿伦德。

"伊沃·安德里奇发来了报告,我刚看过。"赫提格递给她一扎文件。

"好的,那么你跟我们说说他都说了什么。"

施瓦茨和阿伦德满怀期待。赫提格清了清嗓子,然后才开口。珍妮特觉得他看起来有些发抖。看到受害者不再是儿童,而是一个成年人,她觉得松了一口气。

"让我们瞧瞧,上面说'在屠宰动物时,刀子以某个特定的角度切入,以到达心脏周围的主血脉'。"

"人也是动物,不是吗?"施瓦茨咧着嘴笑着说。赫提格扭头看着珍妮特,等着她开口。

"我同意施瓦茨的说法,这看起来像是一起象征性谋杀,不过我怀疑博-奥拉·西尔弗贝里的性别并不是其主要原因。我想到的是'资本主义的猪',不过我们现在先不要纠结这个问题。"珍妮特朝赫提格点点头,示意他继续读报告。

"'博-奥拉·西尔弗贝里的尸检则暗示,他的颈部有另外一种不常见的刀伤。刀子时从皮肤下面切入并旋转,然后,皮肤就被从下面割开了。'"他环视了一下听众,"伊沃从未见过这种刀伤。受害者手臂上的动脉被切开的方式也很不寻常,凶手似乎有一定的解剖知识。"

"也就说,凶手不是个医生,但可能是个猎人或者某个在屠宰场工作的人?"阿伦德说道。

赫提格耸了耸肩。"伊沃还觉得凶手可能不止一个。伤口的数量可能支撑这一观点,而且其中有些是右手造成的,还有些则是左撇子造成的。"

"所以,凶手可能是两个人,一个有一定解剖知识,另一个则没有?"阿伦德边问边在面前的本子上做着记录。

"可能吧。"赫提格回答,然后看了看珍妮特,她点了点头,并没有说话。模糊的线索,仅此而已,她想。

赫提格继续读道:"'尸体被用锋利的工具肢解,比如一把单刃的大刀。伤口的分布表明肢解工作至少由两个人完成。整体来看非常残忍,大部分证据都显示凶手具有虐待狂倾向,这里的虐待狂倾向,我指的是一个人通过把痛苦或屈辱施加给他人而变得兴奋。我要说的是,根据以往的经验,像杀害西尔弗贝里的这类凶手,有明显的倾向会再度行凶,通常用类似的手段,选择类似的受害人。像此案如此极端、少见的情况,必须仔细研究相关资料,这会耗费不少时间。'"

他放下报告,整个房间陷入了沉默。

两个人,拥有不同程度的解剖知识,珍妮特想。

"他妻子说什么?"她问道,"她知道博-奥拉收到过什么威胁吗??"

"我们昨天从她嘴里没有得到任何信息,"赫提格回答,"不过我们晚一点会再跟她谈谈。"

"她有不在场证明吗?"

"是的。她的三个朋友都确认,当谋杀案发生时,她跟她们在一起。"

"门锁完好无损,所以看起来是他认识的人干的。"珍妮特说道,不过被敲门声打断了。他们安静地等了几秒钟,伊沃·安德里奇走进了房间。

"我刚好路过。"伊沃说。

"那你有新的发现吗?"珍妮特说。

"是的,但愿能让案情更清晰。"伊沃叹气道,同时摘掉了棒球帽,挨着珍妮特在办公桌边坐下,"我猜西尔弗贝里和凶手先在街上见了面,然后进了房子。尸体上没有任何被捆绑的痕迹,所以,很可能只是情形有点失控。但尽管如此,我依然觉得这是一场有预谋的谋杀案。"

"你如何得出这个结论?"阿伦德抬起头来问道。

"没有迹象显示凶手醉酒或者有精神疾病。我们找到了一个酒瓶,但被仔细清理过。"

"你对分解尸体有什么看法?"阿伦德继续说道。

珍妮特坐着、听着。观察着她的同事们。

"之后的分尸并不常见,不是为了更容易转移尸体而分尸,看起来它发生在浴室里。"

伊沃·安德里奇描述了分解尸体的最可能的步骤,以及凶手是如何在公寓里重新组合部分尸体的。当晚以及第二天上午,公寓被仔细搜查了,以寻找其他证据。浴室水管的 U 形管、下水道以及地上的格子都被检查过。

"值得注意的是,只用了几刀便把大腿从髋骨上切掉了,手法相当娴熟,与把小腿从膝关节处切断时用的手法相同。"

伊沃沉默了,珍妮特最后问了两个开放式问题,并没有问其中的任何一个人。

"那么,尸体的分解说明凶手的心理状态如何?他还会再次作案吗?"

珍妮特依次看着他们,他们也看着她。

他们默默地坐在令人窒息的会议室里,都感到无能为力。

克拉拉湖——公诉机关

尽管名字里有个"湖",但克拉拉湖并不是个湖,而是一汪脏水,既不能钓鱼也不能游泳。

与它连通的有无数条排污管道,这个区域里的工业以及克拉拉立交桥上的来往车辆导致这里污染严重。高浓度的氮、磷、金属以及焦油,使得根本无法看透它,就如同附近的公诉机关一样。

肯尼斯·范奎斯特翻看着博-奥拉·西尔弗贝里的照片。

这太过分了,他想。我控制不了了。

如果不是维戈·杜勒,他就会舒舒服服地坐在这里,倒数着退休前的日子。

先是卡尔·伦德斯特劳姆,然后是本特·伯格曼,现在是博-奥拉·西尔弗贝里。这些人都是维戈·杜勒介绍给他的,尽管检察官并没有把他们当作朋友。他只是和他们相识而已。

一个好奇的记者会就此打住吗？一个像珍妮特·科尔伯格这样迂腐的探员呢？

根据自己的经验，他知道你唯一能确定无疑的人就是那些极度自私的人。他们总是按照固定的模式行事，你非常清楚他们将会做什么。也正因如此，他们是你唯一能成功欺骗的人。

但是，当你遇到珍妮特·科尔伯格这样的人，一个正义感极强的人，事情就没那么容易预测了。

所以他不能用常规的方法让科尔伯格闭嘴。他只要想办法确保她拿不到他掌握的资料，他也知道自己即将要做的是犯罪。

他从最下面的抽屉里拿出一份十三年前的文件，并打开了碎纸机。碎纸机发出了隆隆的声音，在把文件塞进去之前，他读了一下博-奥拉·西尔弗贝里的丹麦辩护律师的辩词：

多项指控的时间和地点都不确定，使得难以推翻它们。从根本上来说，整个案子都建立在女孩的证词、以及她的说法的可信程度之上。

他缓慢地把这一页塞进碎纸机。碎纸机发出嗡嗡声，吐出了细小、难以辨识的碎纸条。

下一页。

本案中出具的其他证据既不能增强也不能削弱女孩的证词的可信度。在被询问时，她说博-奥拉·西尔弗贝里曾对她做出过某些举动。但是，她未能完成所有的审问。因此，她的证词只能通过警方审问她时的录像来呈现。

又一张，又有一些碎纸条。

至于审问录像，被告认为主审官进行了诱导性提问，把女孩引向了特定的回答。女孩也有动机指控博-奥拉·西尔弗贝里曾做出这些举动。如果她能证明是博-奥拉·西尔弗贝里导致了她的精神疾病，她就能获准离开她的收养家庭，搬回瑞典。

回到瑞典，肯尼斯·范奎斯特边想边关掉了碎纸机。

斯德哥尔摩，1988

他说过，没什么好重新开始的。他一向都属于我，也会一直属于我。她觉得自己好像是两个人。

一个喜欢他，一个憎恨他。

周围如真空一样安静。

他用鼻子大声、沉重地呼吸着，这样一路到了纳卡，这声音把她完全吞没了。到了医院以后，他熄掉汽车引擎。

"好了。"他说，维多利亚下了车。车门砰的一下闷声关上了，她知道接下来他会沉默地坐在那里。

她还知道他会一直待在那里，所以她不需要不停地查看周围以确保他们之间的距离确实增加了。随着他们之间距离的增加，她的脚步越来越轻。她的肺部扩张了，她吸入的空气和他周围的空气如此不同。如此新鲜。

没有他我就不会生病了，她想。

没有他，她便一无所有，她知道这一点，不过她尽力避免想到这个想法导致的后果。

她要见的治疗师已经过了退休的年纪，但依然在工作。

六十六岁了，非常睿智。开始的时候，进程非常缓慢，但是几次会面之后，维多利亚觉得自己更容易敞开心扉了。

步入诊所的时候，维多利亚首先看到的就是那双眼睛。

这正是她所渴望的。她可以在其中安全着陆。

这个女人的眼睛帮助维多利亚理解她。它们年岁久远，看遍世事，值得信赖。它们不会惊慌失措，不会说她疯了，但不会说她是对的，也不会说它们理解她。

这个女人的眼睛不会瞎胡闹。

因此，她看着它们，感到很平静。

"你上次由衷地感到舒服是什么时候？"每次会面开始时，她都问一个问题，并把它用作本次会面的基础。

"上次我帮爸爸熨衬衫，他说熨得非常好。"维多利亚笑了，她知道衬衫上没有一点皱褶，领子也浆洗得恰如其分。

那双眼睛全神贯注地看着她，它们是专属于她的。

"如果以后你的一生只能做一件事，那么会是熨衬衫吗？"

"不，肯定不是！"维多利亚喊道，"熨衬衫真的很无聊。"突然，她认识到自己说了什么，她为什么这么说，以及自己本应该怎么说。"有时我会重新整理他的办公桌和抽屉，"她继续说，有些偏离话题了，"就看他回家以后会不会发现。他几乎没有发现过。"

"你的学习怎么样?"老人打断她的话,好像她并没有留意到维多利亚的回答。

"还行。"维多利亚耸了耸肩。

"你最近的一次作业得了什么评语?"

维多利亚犹豫了。

她记得一清二楚,但是不确定自己能不能说。

因为它听起来太荒唐了。

"优秀,"她讽刺地说,"上面说,'你对神经过程有异于常人的理解,并加入了自己令人兴奋的思考,我希望看到你把它拓展成一篇更长的作品。'"

治疗师瞪大了眼睛看着她,合上双手,"这太神奇了,维多利亚!当你拿回作业,上面有这样的评语,你不觉得高兴吗?"

"可是,"维多利亚说道,"这一点都不重要。我是说,这只是假话而已。"

"维多利亚,"心理专家严肃地说,"我知道你说了,自己很难分辨真话和假话,就像你说的那样,或者说重要的和不重要的,就像我说的……如果你想一想,难道这不是一个好例子吗?你说自己熨衬衫的时候很高兴,但是你其实并不想做这个。当你学习的时候,而这正是你喜欢做的事,你也做得很好,可是"——她举起一根手指,并盯着维多利亚的眼睛——"当你因为做自己喜欢做的事而受到表扬时却不允许自己高兴。"

那双眼睛,维多利亚想。它们能看到她只是怀疑、却从未看到的一切。当她努力收缩自己的时候,它们却把她扩大开来,温柔地向她展示她所认为的自己的所见、所听以及所感,和其他人的现实之间的区别。

维多利亚希望自己拥有年迈、睿智的眼睛,像这位心理专家一样。

她在心理专家的房间里感受的那种轻松自在,在她走完通往大门的二十八级台阶后便消失了。然后是默默地坐在车里回家。

他们经过一个街区又一个街区,一栋房子又一栋房子,一家又一家。她看到一个跟她差不多年龄的女孩跟她的母亲手挽手在散步,她们看起来多么无忧无虑。

那个女孩本可以是我,维多利亚想。

她认识到自己本可以成为任何人。

但是她却成为了自己。

"晚饭的时候我们谈谈。"他边说边打开车门,走到街上。他抓着裤子,使劲提过肚子,他提得太高,她都能看到他睾丸的外形了。维多利亚转过头去,朝房子走去。

房子就像一个黑洞，会摧毁任何进入其中的人，她打开门，任由房子把自己吞没。

他们进去时，妈妈什么也没说，但是她已经准备晚饭了。他们围着餐桌坐下。爸爸，妈妈，维多利亚。他们坐在那里，她认识到他们看起来像一家人。

"维多利亚。"他说，同时双手交叉，放在餐桌上。不论他要说什么，她知道这不是交谈。他只是要发号施令。

"我们觉得你换个环境会有好处，"他说，"你妈妈和我觉得，最好的解决方法就是把工作和兴趣结合起来。"他用期待的眼神看着她妈妈，后者点点头，并为他夹了一些土豆。

"你还记得维戈吗？"他用探询的眼光看着维多利亚。

她记得维戈。

一个丹麦人，她小的时候常来家里做客。

妈妈在家的时候从来不来。

"维戈在日德兰半岛有个农场，他需要有人帮他照看农舍。不会有什么难做的事，因为我们都知道他现在的状况。"

"我现在的状况？"她再次感到内心涌动着的愤怒，就像瘫痪时发光的屏幕。

"你知道我的意思，"他放低了声音说，"你不停地自言自语。尽管已经十七岁了，你还有一些想象中的朋友。你会突然发怒，像个小孩子。我们想要你好，维戈在奥尔堡有关系，可以帮助你。你春天去他的农场。就这样定了。"

她们默默地坐着，他吃完晚饭，喝一杯茶。他在嘴里放一块糖，随时都会让茶滤过糖块，直到它完全溶解。

她们安静地坐着，他则一个人喝茶。发出啧啧的声音，他一向如此。

"这是为了你好。"他最后说道，然后站起身，坐到水池边，背对着她们清洗杯子。妈妈在椅子上扭了扭身子，转过头去。

他关掉水龙头，擦干手，向后靠着柜台。"你还不是个大人，"他说，"我们对你负有责任。没什么可商量的。"

不，我知道这点，她想。没什么可商量的，从来都没有过。

克鲁努贝里——警察总部

伊沃·安德里奇、施瓦茨和阿伦德离开会议室后，赫提格探过桌子，低声对珍妮特说，"在我们调查西尔弗贝里的案子之前，我们对旧案子的调查进展如何？"

"没什么进展，至少我这边没什么进展。你呢？有什么新发现吗？"

"既有好消息，也有坏消息，"他说，"你先听哪个？"

"不要来这一套。"珍妮特说。他不知道怎么回应，她朝他咧了咧嘴。"对不起，开玩笑。先说坏消息吧，你知道我更喜欢坏消息。"

"好的。首先是杜勒和范奎斯特的诉讼历史，除了在五六个未被受理的案子中以对手相见，我看不到任何异样。他们专攻同一种刑事案件，但这也没什么奇怪的。"

珍妮特点点头。"继续。"

"赞助人名单。'流亡的锡格蒂纳'基金会的赞助者是一群锡格蒂纳人文中学的毕业生、商人和政客，都是毫无瑕疵的成功人士。只有几个人跟学校没有直接联系，不过我们可以设想他们认识一位毕业生或者有其他的联系人。"

一条死胡同，至少暂时是这样，珍妮特想，同时示意赫提格继续往下说。

"IP地址的问题有点复杂。发布赞助人名单的用户只发布了那一条评论，所以我做了一番寻找之后才确定了IP地址。你猜它通向哪里？？"

"一条死胡同？"

他摊开双手。"一家位于马尔默的7-11便利店。如果你有二十九克朗，就可以匿名从一台机器上买一张票，在一台电脑前坐上一个小时。"

"好消息呢？"

延斯·赫提格咧嘴笑了。"博-奥拉·西尔弗贝里是赞助人之一。"

珍妮特·科尔伯格下班离开警察总部之前，丹尼斯·比林告诉了她西尔弗贝里被杀案的经费。当驾车经过瑞德哈斯特时，她突然想到，仅是比林拨给她的初期调查经费，就已经超过男孩被害案经费的十倍了。

身份不明的儿童的生命没有事业有成、银行里有存款的瑞典人的生命值钱。

当他们发现了前两具尸体时，如果比林给了她足够的经费，让她在四个月前弄出一个像样的凶手档案，她就不用自己私下里做了。

现在，索菲娅不得不做这份工作，一没有报酬，二没人认可，珍妮特觉得这样非常令人难堪。她决定不给索菲娅任何压力，给她充分的时间。

她想着是什么决定一个人的价值？是在葬礼上的哀悼者的人数，财产的价值，还是媒体对其死亡的关注度？死者的社会影响？他们的祖国或者肤色？还是分配给谋杀案调查工作的警力？

她知道,当上诉法庭维持米亚伊洛·米亚伊洛维奇的谋杀判决时,外交部长安娜·琳德的死亡调查费用已经高达一千五百万克朗。她还知道,警方内部普遍认为,与至今已经花了纳税人三亿五千万克朗的首相奥洛夫·帕尔梅遇害案相比,这已经非常便宜了。

维塔山——索菲娅·柴德兰的公寓

当索菲娅·柴德兰醒来时,感到身体酸痛,仿佛她睡觉的时候跑了很多公里一样,她起床走进浴室。

我看起来糟透了,她看着水池上方的镜子里的自己想道。

她的头发乱糟糟的,睡觉前她也忘了卸妆。涂的睫毛膏弄得她好像有了黑眼圈,下巴上则沾满了口红。

昨天到底发生了什么?

她洗了脸,转过身,把浴帘拉到一边。浴缸里放满了水。浴缸底部有个空酒瓶,漂浮在水面上的商标告诉她,这是酒柜里的昂贵的里奥哈葡萄酒。

喝酒的那个不是我,她想,是维多利亚。

除了一些空酒瓶和装满水的浴缸,还有什么?我昨晚出去了吗?

她打开门,看了看门廊。没有什么不寻常的。

但是,当她走进厨房时,却看到水池下面的橱柜前有一个塑料袋,在弯下腰解开袋子之前,她就知道里面没有垃圾。

她把它们从袋子里拿出来的时候,所有的衣服都湿透了。

她黑色的针织上衣,一件黑色的背心,还有她的深灰色的慢跑运动裤。她无奈地深深叹了一口气,把它们摊在厨房的地板上,更仔细地检查一下。

衣服并不脏,但是闻起来有霉味。可能是因为在袋子里放了一夜。她在水池上方把上衣拧干。

拧出的水是脏兮兮的棕色,她尝了尝,有一股咸味,但是不能确定这味道是来自上衣的汗水,还是其他地方的盐水。

她认识到暂时还无法知道她昨天晚上做了什么,就收起衣服,挂在浴室里风干,然后拔掉了浴缸上的塞子,处理掉那个酒瓶子。

之后,她回到卧室,拉开窗帘,看了看表。七点四十五。不用着急。冲澡十分钟,在镜子前化妆十分钟,然后打车去诊所。第一位病人九点到。

她记得，琳内娅·伦德斯特劳姆一点要过来。但是在她之前她要见谁呢？她不确定。

她关上窗户，深吸一口气。

不能再这样下去了。我不能继续这样下去。维多利亚必须离开。

半个小时后，索菲娅·柴德兰坐在一辆出租车里，通过后视镜检查脸上的妆容，这时汽车正沿着市长大道行驶。

看着镜子里的自己，她很高兴。她的面具准备好了，但是在内心深处她却在发抖。

现在，不同的是她知道自己记忆中的空白。过去，这些空白是她身体自然的一部分，她的大脑甚至没有任何记录。它们直接不存在。现在，它们在那里，就像她生活中令人担心的黑洞。

她知道自己必须学会应对它。她必须学会重新振作起来，她必须去了解维多利亚·伯格曼。那个曾经的孩子。她后来长大后变成的女人，躲避世界、躲避自我的女人。

对维多利亚的生活以及她在伯格曼家度过的童年的记忆并不像一个照片档案室，在那里，你可以打开一个盒子，拿出一个写有特定日期或事件的文件夹，然后查看照片。她的童年记忆总是毫无次序地出现，在她最不想要它的时候出现。有时，没有任何外部刺激，它们便会自己跳出来，但是其他时候，一个物品或者一段话就能把她扔进记忆的深渊。

在安妮特·伦德斯特劳姆瘦削的脸上，索菲娅看到了维多利亚·伯格曼在锡格蒂纳的第一年遇到的一个女孩的影子。一个比维多利亚大两岁的女孩，一个小声议论她、在学校走廊里用狡猾的目光看着她的女孩。

她确定安妮特·伦德斯特劳姆记得工具房里发生的事，以及她曾经嘲笑她。她还确定，安妮特并不知道她雇来为她的女儿进行心理治疗的就是她曾经嘲笑的女人。

她将帮助安妮特，帮助她的女儿走出心理创伤。这是她自己也在承受的心理创伤，她知道这创伤永远都无法抹平。

然而，她依然不放弃希望，希望自己不用直面那些记忆并把它们当成自己的。她的头脑已经尽力让她免于这份烦恼，甚至不让她意识到它们的存在。但是没有用。没有记忆，她便只是一个空壳。

而且情况并没有变得更好，而是更糟了。

不论她如何看待它，唯一的解决方法就是让维多利亚·伯格曼和索菲娅·柴德兰融为一体，并同时拥有两种人格的想法和记忆。

她还意识到，只要维多利亚不停地将她推开，甚至憎恶她作为索菲娅·柴德兰的那个部分，这便不可能实现。而索菲娅也拒绝让自己跟维多利亚的暴力行径达成和解。她们是没有任何共性的两个人。

尽管她们共有一个身体。

克鲁努贝里——警察总部

"有人找你，"珍妮特刚出电梯，赫提格就对她喊道，"夏洛特·西尔弗贝里正在你办公室里坐着。你想让我一块过去吗？"

"不用，我可以应付。"珍妮特朝他挥挥手，然后沿着走廊往前走，她发现办公室的门开着。

夏洛特·西尔弗贝里背对着门，站在窗户边往外看。

"你好。"珍妮特走进去，走到办公桌边，"很高兴你能来。我还想跟你联系呢。你好吗？"

夏洛特·西尔弗贝里转过身，但依然站在窗边。她没有回答。

珍妮特看到这个女人看起来很不安。"请坐，如果你愿意的话。"

"不用了，我更愿意站着。我很快就走。"

"那么……你有什么特别的事要说吗？如果没有，我有几个问题想问你。"

"你问吧。"

"流亡的锡格蒂纳基金会，"珍妮特说，"你丈夫是赞助人之一。你对这个基金会了解多少？"

夏洛特局促不安地扭了扭身子。"我只知道是一群男人，每年会面一到两次，讨论慈善项目。我觉得这主要是喝昂贵的酒和回忆军队生活的借口罢了。他们每年都会乘坐吉拉号出海几次，这是他们的传统。吉拉号是他们的船。"

"你从来没有去过吗？"

"没有。他们从不问我们想不想去，它是男人之间的游戏。"

"你知道维戈和他的妻子几周前在一场意外中死了吗？"

"是的，我在报上看到了。是一场大火，在吉拉号上。"

珍妮特想到了本特·伯格曼和比吉塔·伯格曼，他们也是在一场大火中丧命的。据推断也是一场意外。

"你能想到谁可能想杀害杜勒夫妇吗?"

"想不到,我几乎不认识他。"

珍妮特相信这个女人确实如她所说,对此一无所知。"那么……你想跟我说什么来着?"她继续说道。

"我有件事要告诉你。"夏洛特顿了顿,使劲咽了咽口水,手臂交叉着抱在胸前,"十三年前,也就是我们搬到这里的前一年,博-奥拉被控犯了什么罪。他最后得以洗脱罪名,一切都解决了,但是……"

被控告了,珍妮特想,同时想起了自己曾读过的文章。所以,是某种不太光彩的事?

夏洛特向后靠着窗台。"有时,我感觉自己被跟踪了,"她终于说道。"还有几封信。"

"信?"珍妮特忍不住问道,"什么样的信?"

"嗯,我也不知道。很奇怪。第一封信来的时候,博-奥拉的指控刚刚未予立案。我们以为是哪个女权主义者,因为他没有被指控而有些恼怒。"

"信上说什么?那封信你还存着吗?"

"不,就是一些前言不搭后语的胡说八道,所以我们把它扔了。现在看来是有点犯傻了。"

妈的,珍妮特想。"你们为什么觉得是个女权主义者寄来的?他被指控犯了什么罪?"

夏洛特·西尔弗贝里的话里突然有了敌意。"你应该不难查到,不是吗?我不想说这个。反正我觉得,这都已经过去了。"

珍妮特意识到她最好不要招惹这个女人。"你确实不知道信是谁写的?"珍妮特奉承地笑着说。

"对,就像我说的,可能是某个不乐意看到博-奥拉免于罪责的人。"她停下来,深吸一口气,然后继续说,"上周又来了一封信,信就在我身上。"

夏洛特·西尔弗贝里从手提包里拿出一个白色的信封,放到桌子上。

珍妮特快速找到一双乳胶手套戴上。她意识到信封已经被夏洛特·西尔弗贝里的手指污染了,还有很多邮局的分拣人员,但是出于条件反射她还是戴上了手套。

一个再普通不过的白信封,在超市一捆十个的那种。

盖着斯德哥尔摩的邮戳,收件人是博-奥拉·西尔弗贝里,用孩子的笔迹写的黑色字体。珍妮特皱了皱眉。

信写在一张折起来的白色 A4 纸上。哪里都有卖,一包五百张。

珍妮特打开信，读起来。同样的黑色印刷字体：你一定会被过去算旧账。

多么新颖啊，珍妮特叹气想道。她看着夏洛特·西尔弗贝里。"它的措辞有点奇怪。大部分人会说'过去一定会和你算旧账，'"她说，"你觉得这是什么意思？"

"这并不奇怪，"夏洛特回答说，"听起来像是丹麦人的说法。"

"你既然知道这是证据，为什么等了一周才把它拿过来？"

"嗯，我最近不太舒服。我刚刚鼓足勇气回到公寓里。"

羞耻，珍妮特想，羞耻总是会阻碍她。

不论博-奥拉被控的罪名是什么，一定不体面。

夏洛特朝信点了点头。"上周我接到了两个电话。我拿起电话以后，却什么声音都没有，然后对方就挂断了。"

珍妮特摇了摇头。"抱歉。"她转身对夏洛特·西尔弗贝里说，然后拿起内部电话，用快速拨号拨通了赫提格的号码。

"博-奥拉·西尔弗贝里，"赫提格接通后她说，"上午我联系了哥本哈根警方，咨询他的那个未被立案的案子。你看一下我们有没有收到一份电报。"

珍妮特挂了电话，靠在椅背上。

夏洛特·西尔弗贝里的脸变得通红。"我在想，"她声音颤抖，然后清了清嗓子继续说，"我可以得到某种保护吗？"

珍妮特意识到可能有这个必要，"我会尽力争取。"

"谢谢。"夏洛特·西尔弗贝里放松了一些，快速收拾好东西，朝门口走去，这时，珍妮特说道，"我可能还会找你谈一次。"

夏洛特在门口停下。"好的。"她背对珍妮特说道，这时，赫提格拿着一个棕色的文件夹进来了。他把它放在珍妮特的办公桌上，然后回到了自己的办公室。

对博-奥拉·西尔弗贝里的初期调查报告总共十七页。

首先让珍妮特感到意外的是，除了没有提到关于那个指控案的任何细节，夏洛特也没有提及一个并非完全无关紧要的事实。

夏洛特和博-奥拉·西尔弗贝里有一个女儿。

玛利亚广场——索菲娅·柴德兰的办公室

九点的是个失眠患者，接着十一点的则患有厌食症。

索菲娅浏览着会见期间所做的记录，她几乎记不得他们的名字了。

经过昨天晚上的一夜空白之后，她的身体有点不舒服。她两手又冷又湿，嘴里发干。她知道马上要见琳内娅·伦德斯特劳姆，但这并没有让她的情况变好。几分钟后，索菲娅将见到十四岁时的自己。被她弃之不顾的自己。

一点钟，她由一个丹德吕德看护中心的护士陪着来到了诊所。

琳内娅·伦德斯特劳姆年龄不大，但身体和面容看起来远不止十四岁。她被迫过早长大，身体里已经背负了一生的苦难，而这需要她终其一生去学习应对。

十五分钟后，索菲娅开始认识到这没那么容易。

她以为会是一个充满了黑暗和仇恨的女孩，在与生俱来的破坏心理的驱使下，有时通过沉默来表达，有时是大发雷霆。如果是这样，索菲娅倒觉得还有办法应对。

但是，她遇到的琳内娅完全不是这样。

琳内娅·伦德斯特劳姆怯生生地回答她的问题，肢体语言里透着自我防御，也不做眼神交流。她半转身坐着，玩弄着钥匙环上的贝兹娃娃。索菲娅很惊讶，丹德吕德的高级咨询师竟然能够说服琳内娅来跟她见面。

她正要问琳内娅想从她们的会面中得到什么，女孩问了一个让索菲娅吃惊的问题。

"爸爸到底跟你说了什么？"

琳内娅的声音惊人得清晰有力，但是她的眼睛依然盯着钥匙环。索菲娅完全没想到她会问这么直接的问题，就有些迟疑。她不能让自己的回答把女孩彻底挡回去。

"他坦白了很多事情，"索菲娅说，"很多都不是真的，其他的差不多是真的。"

她停下来观察琳内娅的反应，女孩纹丝不动地坐着。

"可他说了我什么？"过了一会儿，她说道。

索菲娅想起了她去丹德吕德的别墅时安妮特给她看的那三幅画。琳内娅小时候画的三个场景，很可能是对虐待经历的描述。

"安妮特说你理解……理解我爸爸。他这样跟安妮特说的，说你理解他。是吗？"

又一个直接的问题。"如果你觉得我理解他会让你感觉好一些，也许我们可以互相帮助。你愿意这样吗？"

琳内娅并没有立刻回答。她一阵坐立不安，索菲娅看到她有些犹豫。"你可以帮我吗？"她最后说道，同时把钥匙环放进了口袋。

"当然可以，我接触过很多像你爸爸一样的人。不过我也需要你的帮助。你能协助我帮助你吗?"

"也许吧,"女孩说,"这要看情况。"

琳内娅的背影消失在关上的电梯门后,尽管护士一出现女孩就不再开口了,至少索菲娅看到她敞开心扉了。虽然出现了反转,她们的对话依然超出了她的预想,她很乐观自己可以更进一步接近这个年轻的女孩——假定她见到是真实的琳内娅,而不是一个躯壳。根据自己的经验,她知道有些东西永远也无法完全复原。

一定会有阻碍。

克鲁努贝里——警察总部

珍妮特·科尔伯格刚刚跟丹尼斯·比林进行了一次长谈,经过一番严肃认真的劝说,后者答应让她派两名警员保护夏洛特·西尔弗贝里。

挂了电话以后,她继续看丹麦警方对博-奥拉·西尔弗贝里的调查报告。

举报他的是博-奥拉·西尔弗贝里和夏洛特的养女。她出生以后便跟西尔弗贝里一家生活在一起,住在哥本哈根郊区。没有迹象显示她为什么会被收养。

因为这份文件已经公开,受害人的名字已经被加粗的黑色线条修饰了,但是珍妮特知道她可以轻而易举地找到女孩的名字。

不过眼下她主要想知道博-奥拉·西尔弗贝里是个什么样的人,至少他曾经是个什么样的人。

一个模式开始出现了。

珍妮特看到了错误,被无视、未调查的问题,还有人为操纵。警员和检察官没有尽职尽责,有影响力的人物撒谎、歪曲事实。

这份报告明显缺少主动性,不愿也无力将对博-奥拉·西尔弗贝里的指控调查清楚。阻碍调查的力量贯穿了整个报告。

她越看越对它感到沮丧。她在暴力犯罪支队工作,却感觉完全被性犯罪者包围了。

暴力和性,她想。两个本不应该在一起的事物,却常常交织在一起。

读完以后,她感觉筋疲力尽,但是她知道她要去把这些新信息告诉赫提格。延斯·赫提格正坐在那里,专心看一捆案件记录,跟她刚刚的状态很像。

"那是什么?"珍妮特惊讶地指着他手里的文件问道。

"丹麦人又发来了一些材料，我想我最好先看一下，然后我们把各自的信息放在一起。"赫提格对她笑了笑，继续说，"你先说，还是我先说？"

"我先说，"珍妮特回答，并坐了下来，"所以，十三年前，博-奥拉·西尔弗贝里被怀疑虐待了他的养女。"

"她那时刚满七岁。"赫提格补充说。

珍妮特低头看着自己做的笔记。"他的女儿详细描述了，原话是，'博-奥拉通过对她进行痛打以及其他暴力行径的物理育儿方法，但是她难以讲述性虐待方面的问题。'"

赫提格摇了摇头。"混蛋……"他不说话了，珍妮特继续。

"女孩不断地重复描述博-奥拉对她的虐待，他要求她热烈地亲吻他，以及他非常仔细地清洗她的阴部。"

"拜托……"赫提格几乎是在请求了，但是珍妮特想把这个问题说完，于是继续冷酷地读下去。

"女孩非常详细而细致地描述了当博-奥拉夜里进入她的房间里时她的情感反应。根据女孩对他在她床上的举动的描述，他和她发生了肛门和阴道性行为。"她停下了，"这是缩短了的版本。"

赫提格站起身。"我可以打开窗户吗？我需要一些新鲜空气，"他看着外面的公园说，"性行为？如果是跟孩子，肯定要说强奸吧，混蛋！"

珍妮特没有精力回答这个问题。进来的新鲜空气吹得纸张哗啦作响，孩子们在公园里玩耍的声音，混杂着敲击键盘的声音以及空调的嗡嗡声。

"那他们为什么不予立案？"赫提格转过身看着珍妮特。

她叹了口气，读道，"'因为不可能检查女孩，无法排除事实并非如此的可能性。'"

"什么？'无法排除事实并非如此的可能性？'"赫提格拍着桌子说，"这算哪门子鬼话？"

珍妮特笑了。"是的，他们根本不相信女孩说的话。博-奥拉的辩护律师指出，审问官在询问她的时候提出了诱导性问题，可能引导了她的回答，反正……"她叹了口气，"犯罪事实不清，不予立案。"

赫提格打开他手里的文件，一页一页地翻着，寻找着什么。找到了以后，他抽出那份文件，放在桌子上。

"还没结束，"他说，"调查结束以后，西尔弗贝里一家，也就是博-奥拉和夏洛特，觉得他们被中伤了，不再想跟这个女孩有任何瓜葛。丹麦的社会福利部门就把她交给了另一个家庭,也是在哥本哈根地区。"

"在那之后,她过得怎么样?"

"我不知道,不过但愿如他们说的那样,过得还好吧。"

"她现在应该有二十来岁了吧。"珍妮特说,赫提格点点头。

"不过这有一个疑点。"他挺直了身子,"西尔弗贝里一家搬到了瑞典,斯德哥尔摩。他们买下了格拉斯布鲁克斯大道上的公寓,一切看上去都很美好。"

"但是?"

"出于某种原因,哥本哈根警方想对他进行一次跟进的询问,就跟斯德哥尔摩警方取得了联系。"

"什么?"

"然后我们就把他找来进行审问。"

赫提格放下文件,推到她面前,同时手指放在底部的几行字上。

珍妮特看着他手指旁边的文字。

主审官:格特·贝里林德,强奸和乱伦支队。

外面公园里孩子们的声音和隔壁房间里键盘的声音突然消失了,只有空调的嗡嗡声和赫提格的呼吸声。

赫提格的手指,指甲修剪得整齐干净。

受审人员的法律代表:维戈·杜勒。

读了以后,珍妮特认识到在另一层薄纱之下还有一个事实。另一个真相。

陪审:肯尼斯·范奎斯特,检察官。

这个真相要更加不堪。

丹麦,1988

她不喜欢年迈衰老的人。

在牛奶柜台边,一个老头靠得太近了,身上有一股浓烈的尿酸味,污秽的味道,还有油烟味。

猪肉柜台后的女人弄来了一桶水,说没关系,然后把她吐出来的早饭拖干净了。

"摸到了吗?"那个瑞典人兴奋地看着她,"把手再往里伸一点!不要这么懦弱!"

母猪的尖叫声让维多利亚迟疑不前。她的手臂伸到了猪的身体里，几乎伸到了她的胳膊肘。

又往里伸了几厘米，她终于摸到了猪仔的脑袋。她的大拇指放在猪仔的下巴上，食指和中指放在耳朵后面的脑袋上。就像维戈教她的那样。然后，小心地往外拉。

他们觉得这是最后一只了。母猪身边的草垫子上，十只黄色斑点的小猪仔扭来扭去，争夺母猪的奶头。维戈一直站在一边，看着小猪仔的降生。那个瑞典人处理了前三只，剩下的七只是自己出来的。

阴道里的肌肉紧紧地挤压着维多利亚的手臂，有那么一会儿，她觉得母猪可能在抽搐，但是当她更用力地往外拉时，肌肉看起来反倒放松了，不到一秒钟，猪仔就露出了半个身子。片刻之后，它就躺在血淋淋的草垫子上了。

它的后腿一阵抽搐，然后就完全不动弹了。

维戈弯下腰，摸了摸小猪的背。"干得好。"他说，同时面部扭曲地对维多利亚笑了笑。

刚出生的小猪仔通常都会一动不动地躺三十秒左右。你觉得它们死了，然后它们突然动起来了，盲目地到处摸索着，直到找到母猪的奶头。但是，这只猪仔的腿抽搐了，其他的猪仔并没有这样。

她默默地数着数，数到三十的时候，她开始担心起来了。是不是她抓得太紧了？还是拉的方法不对？

维戈查看了一下脐带，他脸上的笑容消失了。"该死，它死了……"

维戈把眼镜拨下去，严肃地看着她。"没关系，脐带受损了。不是你的错。"

是的，是我的错。我们离开以后，母猪会处理掉胞衣，把一切能吸收的营养都吸收进去。

它会吃掉自己的孩子。

维戈·杜勒在斯楚厄郊外有个大型农场。除了课本，一直陪伴维多利亚的只有三十四头丹麦种猪、一头公牛、三头母牛，还有一匹疏于照料的马。农舍是一栋疏于照顾的半木结构建筑，位于一片竖着风车的平坦萧条的土地上，仿佛是丑陋版的荷兰。一块块寒风料峭、阴暗荒凉的牧场一直延伸到地平线上，在尽头，你可以隐隐约约地看到一条细长的蓝色，那是文岛湾。

她来这里有两个原因：学习和消遣。

还有两个真正的原因。

隔离和管束。

他把它叫作消遣，她想。但其实是隔离。被与他人隔离开来，被管束，学会待在某些界限之内。家务和学习，打扫、做饭、学习。

照顾猪。还有经常去她房间的猪猡。

对她真正重要的是学业。她在奥尔堡大学选修了一门心理学函授课程，她和外界唯一的联系就是她的指导老师，老师时不时地给她寄来对她的作业不痛不痒的手写评语。

远方，她想着。被困在一个前不着村后不着店的农场里。远离爸爸，远离其他人。一门函授心理学课程，独自关在拥有高等学历的养猪户拥有的房子里。

七周前，律师维戈·杜勒从韦姆德把维多利亚接上车，开着他的旧雪铁龙汽车，行驶将近一千公里，穿过被夜色笼罩的瑞典和刚从梦中醒来的丹麦。

维多利亚透过蒙上了薄雾的窗户看着农场上的空地，那里停着一辆汽车。车停下时，仿佛是放了一个屁，发出一声呻吟，顺从地行了一个屈膝礼。

维戈看起来让人恶心，但是她知道，随着时间一天天过去，他对她的兴趣正逐渐减少。而她也在一天天长大。他想让她剃光下面，但是她拒绝了。

"去剃猪吧。"她告诉他。

维多利亚拉上窗帘。她只想睡觉，尽管她知道自己应该学习。她已经落下了，这并不是因为她缺少动力，而是因为她觉得这门课混乱不堪。从一个问题跳到另一个问题。一知半解，没有任何深度思考。

她不想仓促地学习，而是使劲钻研课文，然后跳出来，深入思考。

为什么没有人理解这是多么重要？一场考试是无法讲清楚人的精神的。用两百个字来讲精神分裂和妄想症远远不够，肯定不足以让人到处炫耀说你理解了什么东西。

她躺在床上，想着索乐思。这个女孩让在韦姆德的生活变得尚可忍受了。索乐思被她爸爸当作替代品用了将近六个月，不过现在她已经离开七个星期了。

楼下的前门砰的一声关上了，维多利亚被吓了一跳。很快，她听到厨房里传来了说话声，认识到是维戈和另外一个人。

还是那个瑞典人？她想。是的，肯定是。

她小心翼翼地坐起来，下了床，把水杯里的水倒进花盆里，然后把杯子放在地板上，耳朵贴着它。

"休想！"维戈的声音。尽管已经在丹麦生活了七年，那个瑞典人还听不大懂日德兰半岛方言，所以维戈总是跟他讲瑞典语。

她讨厌维戈的瑞典语；他的口音听起来很假，他说得很慢，仿佛在跟一个白痴说话。

"为什么不行？"那个瑞典人有点生气。

维戈沉默了几秒钟。"风险太大了，你难道不明白吗？"

"我相信那个俄国人，贝里林德为他打了包票。你到底在担心什么？"

那个俄国人？贝里林德？她不明白他们在说什么。

那个瑞典人继续说。"反正，没有人会想一个脏兮兮的俄罗斯小孩。"

"小点声。楼上就有个脏兮兮的小孩，可能会听到你说的话。"

"是的，关于那个……"瑞典人笑了，毫不理会维戈的请求，继续大声说，"奥尔堡的情况怎么样？那个孩子的问题都解决了吗？"

维戈顿了顿才回答。"这周正在处理最后的一些文件。你别急，你会得到你的小女孩的。"

维多利亚稀里糊涂的。奥尔堡？那一定是……

她听到他们在楼下走动，厨房地板上的脚步声，然后是前门的关门声。当她透过窗帘往外看的时候，看到他们正朝着厕所走去。

她从床头柜里拿出日记本，重新躺到床上，等待着。她躺在那里，在黑暗里，非常清醒，她的背包一如既往收拾好了，放在地板上。

那个瑞典人在农场一直待到了凌晨。他们在黎明时分离开了，她听到两辆汽车在四点半的时候离开了。

她下了床，把日记放在外面的口袋里，拉上拉链，然后看了看时间。四点四十五分。他最早十点钟才会回来，到那时，她早就不在了。

离开房子之前，她打开了客厅里的壁橱。

里面放着一个十八世纪时的古老的音乐盒，客人来的时候维戈总喜欢向他们炫耀，她决定看看它是否真如他说的那么价值连城。

她走进斯楚厄时，早上的太阳正火辣辣地照着大地，她设法搭上了前往维堡的顺风车。

她在维堡搭乘六点半的火车前往哥本哈根。

玛利亚广场——索菲娅·柴德兰的办公室

她在办公室里的电脑前没用一分钟就找到了一张维戈·杜勒的照片。她看着他的脸，心口怦怦直跳，她意识到维多利亚正试图告诉她什么。一个脸部瘦削、戴着细框圆眼镜的老头对她并没有任何意义，她只感到胸口不适，还有对须后水的记忆。

她把照片保存到硬盘里，打印了一张高分辨率的照片。

照片上只有他的上半身，她仔细地观察他脸部的细节和衣服。他脸色苍白，头发正变得稀疏，可能已经七十多岁了，但是没有很多皱纹。相反，他的脸上很有光泽。脸上有许多大的雀斑、厚嘴唇、细长的鼻子，脸颊凹陷。灰色的西服，黑色领带，白色的衬衫，上衣胸袋上别着一枚带有他律师事务所名字的徽章。

一点具体的记忆都没有。维多利亚并没有给她任何图像或者文字，只有一些心灵感应。

她把打印出来的文件放进办公桌上的篮子里，愁闷地叹了口气，然后看了看时间。乌尔瑞卡·温丁迟到了。

这个瘦弱的年轻女人微微一笑，作为对索菲娅的回应。她眼神空洞。

连续几天的酗酒，索菲娅想。"你好吗？"

乌尔瑞卡露出了扭曲的笑容，有些难为情，但是毫不犹豫地告诉她。"我周六去酒吧了，碰到了一个看起来还不错的家伙，于是她把他带回家。我们喝了一瓶啡红根，然后上床了。"

索菲娅不知道这个故事的走向，于是点了点头，以示鼓励，耐心地等着。

乌尔瑞卡笑了。"我不知道我是否真的做了。我是说，把他带回家。感觉是其他人做的，不过我想自己当时醉得不轻。"

乌尔瑞卡稍微顿了顿，从口袋里拿出一包口香糖。同时掏出来的还有几张五百克朗的纸币。

乌尔瑞卡二话不说，迅速把它们塞回到口袋里。

索菲娅知道乌尔瑞卡没有工作，很难挣到那些钱。那些钱从哪里来的？她想。

"我很放松，"乌尔瑞卡没有看她，继续说，"因为跟他上床的并不是我。我有前庭炎。很尴尬，对吧？我不能让随便哪个人进来，但是跟他却没有关系，因为躺在那里的不是我。"

前庭炎？躺在那里的不是她？索菲娅想到了卡尔·伦德斯特劳姆对乌尔瑞卡的强奸。她知道，前庭炎的诱因之一就是过于频繁地冲洗阴部。黏膜干燥以后会变得脆弱，神经和肌肉也会变弱，而且会经常性疼痛。

她想起会用热水冲上几个小时，粗糙的海绵，还有肥皂的味道，但是依然无法洗掉他的臭味。

被迫变成另外一个人，才敢感到渴望、亲近，才能变得正常。被一个男人的所作所为永远毁掉了。索菲娅感觉血液在沸腾。

"乌尔瑞卡……"索菲娅探到桌子上方，以强调她的问题，"你能告诉我什么是快乐吗？"

女孩默默地坐了片刻，然后说，"睡觉。"

"你的睡眠如何？"索菲娅问道，"你能跟我说说吗？"

乌尔瑞卡深吸一口气。"空的，什么都没有。"

"所以，快乐对你来说就是没有感觉？"索菲娅想到了她被磨破的脚后跟，她需要那份疼痛来保持清醒，"快乐就是什么都没有？"

乌尔瑞卡没有回答问题，而是挺直了腰，怒气冲冲地说道，"那些混蛋在那个酒店里把我强奸了以后，四年里，我每天都酗酒。"她的黑眼圈很重，"然后，我努力振作起来，但是我看不到这他妈的有什么意义。我总是重新变成那个鬼样子。"

"变成什么鬼样子？"

乌尔瑞卡瘫倒在椅子上。

"好像我的身体不是我的，或者它发出一些信号，让人觉得他们可以对我为所欲为。他们可以打我，可以操我，无论我说什么或者做什么。我告诉他们说太他妈疼了，但是那根本没用。"

前庭炎，索菲娅想。讨厌的性交和干燥的黏膜。这是个不知道欲望为何物、只学会了向往逃避的女孩，而空虚的睡眠明显是个解脱。

也许乌尔瑞卡在酒吧的行为包含着一个重要因素。一个她作得了决定、可以主导的情形。乌尔瑞卡不太适应按照自己的欲望行事，以至于她都认不出自己了。

很容易把它想成是分离性障碍。但是分离性障碍不会发生于青少年时期，它是一种儿童的自我保护机制。

这更像是对抗性行为，索菲娅想，因为没有更好的描述方法。一种认知行为上的自我疗法。

索菲娅知道这个女孩在酒店房间里被人下了药，导致她下肢无法动弹和失禁。

她认识到，乌尔瑞卡的问题，包括潜在的厌食症、自我厌恶、程度相对较低的酗酒，还有一帮虐待、剥削她的男朋友，这些可能都归因于七年前的那件事。

一切都是卡尔·伦德斯特劳姆的错。

乌尔瑞卡的脸色突然变得更苍白了。"那是什么?"

索菲娅不明白她的意思,女孩的眼睛盯着桌子上的某件东西。

五秒钟的沉默。然后,乌尔瑞卡从椅子上站起身来,从装文件的篮子里拿起那张照片。维戈·杜勒的照片。

索菲娅不知道该如何回应。该死,她想。我怎么这么大意?她费力地说:"那是卡尔·伦德斯特劳姆的律师,你见过他吗?"

乌尔瑞卡盯着照片看了几秒钟,然后把它放在桌子上。"噢,算了,从来没有见过他。我还以为是另外一个人。"女孩努力挤出一丝笑容,但是索菲娅觉得她的回答并不可信。

乌尔瑞卡·温丁见过维戈·杜勒。

盖姆拉·安斯基德——科尔伯格家

"那么,你跟他的女儿进展如何?"赫提格看着珍妮特。

"很明显,她对我们非常重要。尽可能把她调查清楚。姓名,住址,等等。当然,你知道那之类的信息。"

赫提格点点头。"要我密切注意她吗?"

珍妮特想了想。"不,先不用。我们先等等,看看能找到什么信息。"她起身回办公室,"我给范奎斯特打电话,建议明天开个会,好看看到底是怎么回事。"

珍妮特给检察官打了一个简短的电话,商定明天开会讨论被中止的博-奥拉·西尔弗贝里的调查工作,之后,珍妮特坐进汽车,开车回家。

斯德哥尔摩从未如此阴暗潮湿过。一个笼罩着黑白两色的城市。天边的乌云正在散开,她可以透过云层耀眼的边缘瞥见蓝天。当她下车的时候,空气里有一股蚯蚓和湿漉漉的草地的味道。

珍妮特五点多到家的时候,约翰正坐在电视前,根据厨房里的景象,看起来他已经吃过了。她走到沙发旁边,在他头顶上亲了一下。

"嗨,亲爱的。今天过得好吗?"

他耸了耸肩,没有回答。

"祖父祖母寄来了一张明信片,我把它放在餐桌上了。"他把音量调大了。

珍妮特回到厨房里,拿起明信片,看着上面的照片。中国的长城、高山、高低起伏的绿地。她读了读背面的文字。他们很好,不过想念家里了。像往常一样。

她清理了碗架,把餐具放进洗碗机,然后上楼去洗澡。

她下来的时候,发现约翰已经回房间了,她能听到他在玩电脑游戏。

她和阿克曾经谈过要禁止约翰玩那些最暴力的游戏,但是很快就意识到没有用。他的朋友们都在玩,所以禁止根本没有效果。是我太过于保护他了吗?她想,这时,她突然有了一个主意。

他最近谈论最多的是哪个游戏?除了他,别人都有的游戏?她走进厨房,给赫提格打电话。

"嗨。你能帮我个忙吗?"

他听上去有些上气不接下气,"当然可以,帮什么忙?需要我查什么?"

"这个问题你睡着觉都能回答出来,现在最流行的电脑游戏是什么?"

"《刺客信条》。"他立刻回答。

"不对。"

"《反恐精英》?"

珍妮特认识这个名字,"不对,如果我没搞错的话,应该不是一款动作游戏。"

赫提格在电话那头深吸一口气,然后传出了关门声。"你说的是《孢子》吧?"他最后说道。

"没错,就是这个。暴力吗?"

"那要看你选择怎么玩,不过有一个进化过程,你必须把你的角色从一个小细胞升级成宇宙的主人,时不时会有一些暴力。"

约翰房间里电脑的声音消失了,他打开门,走进门廊,开始穿鞋。珍妮特让赫提格稍等一下,她问约翰要去哪里,但是他什么也没说,只是关上了前门。

他走了以后,她凄凉地笑了笑,拿起电话。"我今天提前回来就是因为担心他会把自己关在房间里或者去朋友家。我到家以后,他却把两件事都做了。"

"我知道,"赫提格说,"现在你想给他一个惊喜?"

"没错。原谅我的无知,不过你能不能把游戏借给我,我把它拷贝到约翰的电脑上,然后再还给你?"

赫提格没有立刻回答,她想她听到了他在偷笑。

"没问题,"他终于说道,"我们这么办……我现在过来,给约翰安装上游戏,这样他今晚就能收到惊喜了。"

"你真是个好人。你还没吃饭吧,我可以请你吃比萨吗?"

"谢谢,那太好了。"

"你想吃哪种？"

他笑了："你可能睡着觉都能回答出来，最近最受欢迎的比萨是什么？"

她明白了他的意思，"普罗旺斯？"

"不对。"

"四季？"

"不对，也不是这个，"赫提格说，"并不花哨。"

"维苏威？"

"就是这个！维苏威。"

一个声响把珍妮特吵醒了。她从沙发上站起来，看到桌子上放着两个空比萨盒。当然，她想。赫提格来了，我们吃了比萨，他去安装游戏的时候我在沙发上睡着了。

她在门廊里看到约翰房间里有亮光，轻声走过去，推开了门。

赫提格和约翰正背对着她坐在电脑旁，他们被屏幕上飘来飘去的蓝色的虫子深深吸引住了。

他们沉浸在游戏里，完全没有注意到她。

"吃掉它！吃掉它！"赫提格小声地催促道，用手拍了拍约翰的后背，只见那只虫子吞下了一个貌似毛茸茸的红色螺旋的东西。

珍妮特的第一反应是，问他们凌晨四点了到底在搞什么，然后让他们去睡觉，但是刚要开口，她就打住了。

算了，让他们玩吧。

她重新躺到沙发上，把毯子拉过来盖上，努力接着睡。

她听着约翰房间里低沉的笑声，翻身趴在沙发上。她在心里感激赫提格，但是同时，她也惊讶地看到他竟然这么不负责任，看起来根本不知道青少年需要充足的睡眠，才能应付第二天的课程。他明天放学后的训练估计也泡汤了。赫提格也许可以凑合着工作，可约翰就会像僵尸一样无精打采了。

她很快就发现根本睡不着。她翻过身面朝上躺下，眼睛盯着天花板。

她还能看到那次阿克喝醉了在上面写的三个字母。虽然他第二天就粉刷了，可是没用，就像很多他承诺会解决的问题一样，之后再也没有下文了。白色的天花板上透出三个字母，一个H，一个F，一个C：哈马比足球俱乐部 (Hammarby Football Club)。

如果最后我们要把房子卖掉，你最好过来帮我，她想。

会有大量的文件和地产中介来做房屋销售包装。可是，阿克只会溜到波兰，喝着香槟，售卖那些当初不是我拦着早就被他毁掉了的破画。

她想象着他们签了离婚文件以后的情形。

法律规定离婚生效前的六个月将是一个过渡期。在那之后，就是噩梦一般的财产分割。但是，想到她对他们共同财产的一半拥有合法权利，她禁不住露出了笑容，她想自己是不是应该吓唬一下阿克，说要她的那份财产，就看看他有什么反应。离婚生效之前，他卖得越多，到时她得到的钱也越多。

约翰的房间里又传出了笑声，尽管珍妮特为他感到高兴，她依然觉得很孤独。

求求你，索菲娅，快到我身边来，她侧身蜷缩在毯子下面这样想着。

她渴望抱着索菲娅的感觉。

维塔山——索菲娅·柴德兰的公寓

索菲娅拿着录音机，坐在窗户边，看着下面的街道。雨已经停了。一个遛一条黑白两色博德牧羊犬的女人从对面的人行道上走过。那条狗让她想起了汉娜，她们从欧洲旅行回来后不久，她就被一条类似的狗咬伤了，最后不得不截掉了一根手指。但她依然很喜欢狗。

索菲娅打开录音机，开始对着它说起来。

我怎么了？

我为什么不能像别人一样，感到那份对动物的温柔和爱意？

当然，我小时候尝试过很多次。

首先是竹节虫，因为它们比鱼容易养，也更合适，因为他对埃斯梅拉达过敏，他不得不去跟喜欢猫的人一块生活。之后，那个夏天又想养个宠物，一只小兔子，但是死在了车里，因为谁都没有想到，即使是再普通不过的兔子也是要喝水的。然后我们借来了一只山羊，结果它一个夏天都在家怀孕，大家记住的只是遍地的黏性黑色小球，总是粘到脚上。之后是一群不招人喜欢的母鸡，再然后，有一段时间是邻居的马，这之后是一只忠诚、快乐、温顺又热情的兔子，风雨无阻地照顾它，上学之前喂好它，但是那只兔子被邻居的德国牧羊犬咬伤了，这本没有什么恶意，但是曾经遭受痛打的人可能会非常愤怒，并袭击所有的弱者……

这次，她没有对她的声音感到厌倦。她知道她是谁。

她坐在窗户边，透过百叶窗帘看着外面发生的一切，任由大脑自由运转。

那只兔子无处可逃，因为大雪堵住了它所有的藏身之所，然后那条狗咬住了它的后颈，就像咬那个喂它吃冰淇淋的三岁小孩一样。因为那条狗什么都讨厌，它也讨厌冰淇淋然后就咬了小孩的脸。然后没有谁真正在意，他们只是尽力把伤口缝好。他们都抱着乐观的态度。然后又来了一匹马，然后是马术课、矮种马和日记里的爱心，这实际上是给某个比你大的人写的，你希望他喜欢你或者当你挺着新的乳房和紧身裤站在走廊里时至少会看看你。当你抽烟而不会咳嗽或者呕吐，就像你吃了安定而且喝了太多酒然后愚蠢地回家还摔倒在门廊里然后妈妈不得不照顾你而你只想坐在她的腿上而你实际上还那么年幼然后感受着她的拥抱和偷偷地抽烟的味道因为妈妈也害怕他所以总是偷偷地抽……

她关掉录音机，走进厨房，坐在餐桌旁。

她把录音带倒回去，然后拿出来。现在，她已经收集了相当可观的记忆，整整齐齐地摆放在书房的书架上。

高轻盈、几乎没有声音的脚步，接着是客厅书架后面的门的嘎吱声。

她站起来，朝他走去，在他们秘密、柔软又安全的房间里。

他正坐在地上画画，她坐在床上，把一盒空白磁带放进录音机。

这个房间犹如一个秘密巢穴，一个避难所，在这里她可以做回自己。

克拉拉湖——公诉机关

肯尼斯·范奎斯特滔滔不绝地解释着他在对博-奥拉·西尔弗贝里的跟进调查中扮演的角色，珍妮特注意到，他说的时候没有参考任何资料。范奎斯特把所有的细节都记在脑子里了，她越来越感觉到他是在讲述一个事前背下的好故事。检察官偷瞄了她一眼，似乎是想知道她有什么用意。

"根据我的记忆，哥本哈根警方上午打来的电话，"他说，"他们想让我作为检察官陪同参加对西尔弗贝里的审问。审问是由前警察局长格特·贝里林德主持的，博-奥拉·西尔弗贝里的律师维戈·杜勒也在场。"

"所以现场只有你们四个人？"

范奎斯特点点头，然后深吸一口气。

"是的，我们谈了几个钟头，他否认了所有的指控。他声称他的养女常常想象力丰富。我记得他说她出生以后不久就被生母抛弃了，然后被西尔弗贝里一家收养。我清楚地记得，他对自己遭受那样的指控感到非常伤心和屈辱。"

当珍妮特问他事情发生了这么久他怎么记得这么清晰的时候，他回答说自己的记忆力很好。

"凭什么相信他的话？"珍妮特试着问，"我的意思是，博-奥拉被释放以后不久就和他的妻子离开了丹麦，至少在我看来，他们看起来在隐藏些什么。"

检察官长叹一口气："我们相信他说的是真话。"

珍妮特困惑地摇了摇头，"即使当他的女儿声称他对她做尽了下流事？我觉得，他能如此轻而易举地被宣告无罪简直难以置信。"

"我不觉得。"检察官眯起眼镜后面的眼睛，他的嘴角露出一丝微笑，"我干这行太久了，我知道错误总是难免的。"

珍妮特意识到她无路可走了，于是换了个话题。

"你能跟我说说乌尔瑞卡·温丁的案子吗？"

"你想知道什么？"他喝了一大口水，"那已经是七年前的事了。"他继续说道。

"是的，不过你既然记忆力超凡，我肯定你一定记得是同一个格特·贝里林德负责对卡尔·伦德斯特劳姆的调查，而最终同样未予立案。你没有看到其中的某种联系吗？"

"不，我从未想过会有什么联系。"

"当安妮特·伦德斯特劳姆为卡尔做了乌尔瑞卡·温丁被强奸的那晚的不在场证明后，你就放弃了这个案子。你甚至没有去确认她说的话是否属实。我说得对吗？"

珍妮特感到气不打一处来，她努力克制着自己。她知道她不能爆发。无论她如何看待检察官的举动，她都必须保持镇定。

"我作出了选择，"他平静地说道，"根据我所掌握的信息作的决定。我审问的重点是伦德斯特劳姆是否在场，而我对他的审问显示他并不在场。就这么简单，我毫不怀疑他是在撒谎。"

"现在，你不觉得当初应该调查得更加仔细些吗？"

"安妮特·伦德斯特劳姆的证词只是我掌握的信息的一部分，但是很明显，当时应该跟进得更到位。一切都应该跟进得更到位。"

"你告诉格特·贝里林德以及调查团队说他们应该继续调查？"

"当然。"

"但是他们并没有那么做？"

"那可能是他们根据他们掌握的信息作出的决定。"

珍妮特看到了范奎斯特的笑容，他的声音如蛇蝎一般。

日特斯贝克——斯德哥尔摩市中心

一九九五年一月一日起实施的《心理健康保障改革法》并未经过深思熟虑，其本意是想让精神病患者融入社会。讽刺的是，它对改革委员会主席博·霍姆贝里的生活产生了直接的影响。他的妻子，外交部长安娜·琳德被一位男性凶手谋杀了，上诉法庭裁定凶手患有精神病，他本应该被关在精神病医院里。七十年代大批医院被关闭了，但是人们依然会想，如果当初心理健康调查得出了不同的结论，也许就不会发生这样的事了。

斯德哥尔摩的收容所里共有约两千个床位，而全市的无家可归人员多达五千人，他们中的大部分都酗酒和吸毒。这意味着大家总是要争抢，好让自己不用露宿街头。

而且他们中约一半人都有这样或那样的精神疾病，为床位的争斗是家常便饭，所以很多人索性选择去别处睡觉。

圣约翰内斯教堂下面巨大的地下室已经人们被瓜分占领，共同之处就是他们都脱离了文明社会的保护。

在那个潮湿的像大教堂一样的空间里，他们找到了某种类似安全的东西。

由塑料袋或防水帆布加上一些硬质板做成的小小的避难所，再加上一个睡袋。

这些避难所的质量千差万别，有些甚至可以说相当美观。

在日特斯贝克顶部，她转到约翰内斯路，沿着墓地的栏杆前进。

她每走一步都愈加靠近某个新世界，一个她可以停留并开心的地方。改变姓名，换身衣服，扔掉过去。一个开启新的生活的地方。

她从上衣口袋里拿出羊毛帽子戴上，小心地把她的金色头发盖在下面。

胃部熟悉的刺痛又回来了，就像上次一样，她想着如果需要上洗手间该怎么做。

最后问题自行解决了，因为受害人让她进去了，甚至是邀请她进去的。博-奥拉·西尔弗贝里太天真了，太过自信了。

当时他正背对她站着，她掏出那把大刀，切断了他右边小臂上的动脉。他跪倒在地上，转过身，看了看她，接着看了看灰白色的镶木地板上的血泊。他费力地喘着气,但依然挣扎着想站起来,她也任由他,因为她知道他没有机会。当她拿出宝丽来相机的时候,他有些惊讶。

她花了两周才在教堂下面的地下室里找到了那个女人。尽管她生在富室大家,但弗雷德丽卡·格鲁内瓦尔德最终落了个流落街头的下场,过去十年间,得了个"女公爵"的名号。她知道,因为弗雷德丽卡糟糕的判断和高风险投资,格鲁内瓦尔德家败光了所有的家产。

有那么一阵,她有点迟疑是否要实施对弗雷德丽卡·格鲁内瓦尔德的报复计划,因为她已然身处水深火热之中了。但是做事必须善始善终。

没有任何同情的余地。

关于弗雷德丽卡·格鲁内瓦尔德的记忆立刻浮现在她的脑海里。她看到一个肮脏的地板,听到了她们的呼吸声。混杂着汗水、湿泥和机油的臭味。

无论弗雷德丽卡·格鲁内瓦尔德是唆使者抑或只是奉命行事,她都有罪。选择默许同样有罪。

她拐上卡马卡尔路,然后左转进入道本斯路。现在,她就在教堂的对面,入口应该在这里。她放慢脚步,仔细地寻找那个乞丐告诉她的那扇门。前方大概五十米的地方,她看到树下站着一个黑色的人影。他旁边有一个灰色的铁门,门半开着,里面传出微弱的说话声。

她找到地下室了。

"你他妈是谁?"

那个人从树影中走出来。

他喝醉了,这样正好,因为这样他对她的记忆就会模糊,可能根本不记得她。

"你认识女公爵吗?"她直视他的眼睛,但是因为他两眼向外斜视很严重,她不知道该看着哪只眼。

他也盯着她看:"有什么事?"

"我是她的朋友,我需要见她。"

那个人自顾自咯咯地笑了。"噢,原来那个老太婆还有朋友呀?我一点都想不到。"他拿出一个皱巴巴的烟盒,点着一个烟蒂,"我能得到什么?我是说,如果我带你去找她的话。"

她不确定他是否真的喝醉了。他的眼神突然变得清醒了,她有些害怕。如果他记得她怎么办?

"如果你带我去找她,我给你三百克朗。可以吗?"

她拿出钱包,给了他三张一百克朗钞票,他咧着嘴满意地看了看钱,然后扶着门，示意她进去。

一股让人窒息反胃的臭味扑面而来，她从口袋里掏出一块手帕，用它捂住口鼻，防止自己吐出来。看到她的反应，那个男人咯咯地笑了起来。

台阶非常长，当她的眼睛适应了黑暗以后，她看到底部微弱的亮光。

踏进这个巨大的地下室的时候，她简直不敢相信自己的眼睛。它足有足球场那么大，屋顶至少有十米高。到处都是围着一小堆篝火的乱七八糟的帐篷、箱子和棚子，一大群人围着篝火或躺或坐。

但是最明显的是那份安静。

只有低声细语声和打鼾声。

这里有一点令人敬佩。仿佛住在这里的人都心照不宣，不去打扰彼此，各人自扫门前雪。

那个男人走到她前面，她跟着他走到了阴影里。仿佛谁都没有注意到她。

"这就是老太婆住的地方。"他指着一个用黑色的垃圾袋做成的窝棚，至少可以容纳四个人。入口用一条蓝色的毯子遮住了。"我走了。如果她问是谁给你带的路，就说是鲍耶。"

她蹲下时，看到有人在往里走。她慢慢地拿开手帕，小心地吸了一口气。空气又湿又闷，她尽力用嘴呼吸。她拿出那根钢琴丝，藏在手里。

"弗雷德丽卡？"她小声说道，"你在吗？我要和你谈谈。"

她靠近入口，从包里拿出宝丽来相机，小心翼翼地推开毯子。

如果羞耻也有气味的话，那么她闻到的便是。

玛利亚广场——索菲娅·柴德兰的办公室

安-布里特通知她琳内娅·伦德斯特劳姆到了，索菲娅·柴德兰走进候诊室去见她。

就像对待乌尔瑞卡·温丁一样，索菲娅打算把琳内娅的治疗分为三个阶段。

第一部分的治疗只有稳定和信任。关键词是支持和条理，索菲娅希望乌尔瑞卡和琳内娅都不用吃药。但是现在还不能排除这个可能。第二部分是对性创伤的回忆、讨论、再体验。最后一个阶段，必须把创伤经历和现在以及将来的性经验分离开来。

索菲娅对乌尔瑞卡所讲的从酒吧带回家一个陌生人的说法感到非常意外，一个让她感觉好些了的单纯的性举动。

然后，她想起了乌尔瑞卡看到维戈·杜勒的照片时的反应。杜勒在琳内娅的童年时期是个中心人物。

他在乌尔瑞卡的生活中扮演了什么角色呢？

琳内娅·伦德斯特劳姆在索菲娅对面坐下。"感觉我刚刚来过这里，"她说，"我病得这么严重，以至于每天都来这里吗？"

琳内娅已经放松到可以开玩笑了，这让索菲娅松了一口气。

"不，不是这样的。不过开始的时候经常见面是有好处的，这样我们可以快速了解彼此。"

慢慢地，索菲娅把谈话引向琳内娅来见她的真正原因上：女孩和她父亲的关系。

索菲娅更希望琳内娅自己提起这个话题，就像她前一次见面时那样，很快，她的希望就得到满足了。

"你觉得我如果更了解他就能更了解我自己吗？"

索菲娅沉默了片刻，然后回答，"也许吧……但是首先我想完全确定，你觉得我是适合交谈的对象。"

琳内娅有些惊讶。"好吧，不然还有谁？我的朋友，还是谁？我会羞愧而死的。"

索菲娅笑了笑。"不，不一定是你朋友。但是还有其他的治疗师。"

"你跟他谈过了。你最合适，至少安妮特是这么认为的。"

索菲娅看着琳内娅，觉得最适合她的形容词是"固执"。我现在不能失去她，索菲娅想。"我明白了……那么，回到你父亲上。如果你想谈论他，你想从哪里谈起？"

琳内娅从口袋里掏出一张皱巴巴的纸，放到桌子上。她看起来有些难为情。"我昨天有东西没有给你。"琳内娅犹豫了一下，然后把那张纸推给索菲娅，"这是今年春天爸爸写给我的一封信。你读一读。"

信上的笔迹很漂亮，但是很难辨认。这是卡尔·伦德斯特劳姆被捕几周前在一次飞行途中写的。

信的第一部分是一些常见的话语。然后，就变得越来越支离破碎和语无伦次。

天才就是耐心和对失败的恐惧。这两个素质你都有，琳内娅，所以你拥有了成功所有的先决条件，尽管现在你的感觉并非如此。

不过对我来说，一切都过去了。生活中会有伤口像麻风病一样，慢慢地吞噬你的灵魂。

不，我需要找到阴影！生命和健康努力靠近，敬畏地跟随它们并且珍视它们，我将在影子之家找到归宿。

索菲娅认出了这个词语。他们在胡丁厄医院第一次见面时，卡尔·伦德斯特劳姆曾经谈到过影子之家。他说它象征着一个秘密、禁入的所在。

一切都在我拿着的书里。它是关于我的，也是关于你的。

书上说我所渴望的，正是数千人、也许是数百万人在我之前曾经做过的，这意味着我的行为得到了历史的许可。

这些欲望无关乎我的良知，而是被其他人、其他人的欲望建立起来的集体相互作用的结果。

我只是在做别人做过的事，我不应该良心不安。但是我的良知依然告诉我有哪里不对！我不明白！

我当然可以求教神谕，皮提亚，那个从不撒谎的女人。

多亏了她，苏格拉底才认识到智者知不足。无知者多么自负，以为自己懂得某些自己并不懂得的东西，也因此是双重无知，因为他不知道他不知道！但是我认识到了我不知道！

这是不是意味着我很明智？

下面是数行难以辨认的文字，接着是一个大大的深红色污迹，索菲娅猜应该是红酒。她抬起头再次看了看琳内娅，疑惑地皱起眉头。

"我知道，"女孩说道，"有点怪异，他可能喝醉了。"

就像苏格拉底一样，我也被指控为毒害年轻人的罪犯。但是当然，他是一个鸡奸者，所以也许指控他的人是对的？国家赞颂它的神明，而我们却被指控崇拜魔鬼。

苏格拉底就跟我一样！我们错了吗？一切都在这本书里。对了，你知道你小的时候在克里斯蒂安斯塔德发生了什么吗？维戈和亨丽埃塔？都在这本书里！

维戈·杜勒和亨丽埃塔·杜勒，索菲娅想。安妮特·伦德斯特劳姆提到过他们，维戈还出现在了琳内娅的画里。

索菲娅认出了她在胡丁厄医院见卡尔·伦德斯特劳姆时他那自相矛盾的是非观，谜题的答案慢慢变得清晰了。尽管这封信让她心绪不宁，但她还是继续读下去。

伟大的睡眠。还有盲目。安妮特是盲目的，亨丽埃塔也是盲目的，这很适合锡格蒂纳人文中学的女生。

她认识到亨丽埃塔·杜勒曾和安妮塔·伦德斯特劳姆曾是同班同学。她也曾戴过猪面具，边模仿猪的哼哼声边哈哈大笑。她当时不是这个姓，很常见的姓，安德森，还是约翰松？反正她是其中的一个，戴着面具，盲目。

她嫁给了维戈·杜勒。

太让人难以置信了。索菲娅觉得胃部收紧。

琳内娅打断了她的思绪。"爸爸说你理解他。我觉得他在信里说的就是你这样的人，皮提亚，就像他说的那样……提醒你一下，他听起来确实很奇怪。"

"他说的是什么书？"

琳内娅又叹了一口气。"我不知道……他读了太多书。但是他经常谈到的一本叫《皮提亚的指示》。"

"《皮提亚的指示》？"

"是的，不过他从来没有让我看过。"

不到一周的时间，她就见到了两个被同一个男人毁掉了一生的年轻女孩。尽管卡尔·伦德斯特劳姆死了，但是她依然会让他的受害者得到公正。

什么是软弱？是作为一个受害者？还是作为女人？被剥削？

不，软弱就是没有把这些变成你的优势。

"我可以帮助你回忆。"她说。

琳内娅看着她。"你这样认为吗？"

"我知道应该这样。"

索菲娅打开办公桌抽屉，拿出琳内娅分别在五岁、九岁和十岁时画的画。

圣约翰内斯教堂地下室——犯罪现场

瑞典圣约翰内斯教堂的圣训自十二世纪就已存在，其口号是"扶助贫病"。因此，位于斯德哥尔摩北城的圣约翰内斯教堂下面的地下室被用作贫穷者和流浪者的避难所，也算是天意了。

地下室的入口处画着圣约翰内斯教堂圣训的旗帜，有人在入口处放了一个倒置的骑士盾徽，红色的底，白色的十字，可能是想告诉大家，无论他们是谁，在这里都可以感到安全无虞。然后，这条传递安全的信息也会时不时地不灵验，这时候，它便不再是符合逻辑的天意，而是对天意的讽刺。这时，一个求救声在教堂下面的地下室的墙壁间回荡。

珍妮特在早上六点被电话吵醒，警察局长丹尼斯·比林命令她立马赶到市区，因为一个女人被谋杀了，在圣约翰内斯教堂的地下室。

她迅速给约翰写了一张留言，和一张一百克朗钞票一起放到餐桌上，然后轻轻地溜出去，坐进汽车。

她给延斯·赫提格打电话。他已经接到了指挥中心打来的电话，交通顺畅的话，十五分钟就能赶到。根据赫提格听到的说法，地下室里的气氛仿佛一群愤怒的暴民，所以他们决定在教堂外碰头。

南雷登里有辆卡车爆胎了，路被堵得水泄不通。她意识到自己要迟到了，于是给赫提格打电话，让他先进去，不用等她。

中央大桥上的车重新开始移动了。

有三辆警车，闪着蓝色的灯，十几个警察保护着通往地下室的入口。

珍妮特朝阿伦德走去，她看到施瓦茨站在不远处的大铁门前。"怎么样？"她大声喊道，好让他听到。

"一团糟。"阿伦德摊开双臂，"我们把里面的人全部清空了，有将近五十个人。你也看到了……"他用手打着手势，"这到底是怎么回事？他们就没别的地方可去了，是吗？"

"你给城市使命救助会打电话了吗？"珍妮特让到一旁，好让一名警员过去处理一名极为好斗的抗议者。

"当然，但是他们那里已经满员了，眼下帮不了我们。"

阿伦德等着她回答，珍妮特想了片刻，然后继续说：

"好的。定一辆当地的运输车，尽快过来。他们能在里面避避寒，我们也能跟任何一个有话要说的人谈谈。但是我想他们中的大多数人不会太合作，他们通常都是这样。"

阿伦德点点头，拿出了对讲机。

"我下去看看是什么情况，希望不用太久他们就能回去。"

珍妮特朝铁门走去，施瓦茨拦住她，给了她一个白色的防毒面具。

"我觉得你用得着这个。"

他皱了皱鼻子。

那股臭味确实难以忍受，珍妮特把橡皮筋拉到耳朵后面，确定面具紧紧地罩住鼻子以后才走进黑暗里。

巨大的地下室被强烈的泛光灯照亮了，供电的发电机发出隆隆的声响。

珍妮特停下脚步，看着这个奇特的地下社会。

一个棚户区，就像里约热内卢的贫民窟。用在街上捡来的垃圾等物品搭成的房子。有些房子建造得相当精巧美观，其他的只是极为简陋的窝棚。尽管杂乱不堪，这里依然透着一种秩序。

一种潜在的对结构的渴望。

赫提格站在约莫二十米远的地方朝她挥手。她小心地从成堆的睡袋、垃圾袋、箱子和衣服边走过。其中一个帐篷旁边有个放满书的小书架。一张纸上写着这些书可以免费借阅，但必须归还。

她知道，歧视无家可归的人们没有文化或者对文化不感兴趣是毫无根据的。也许他们只是因为运气不佳、某些未支付的账单或者一次经济萧条，才沦落到了这里。

赫提格站在一个用大塑料袋做成的帐篷边。帐篷的入口处挂着一条蓝色的破毛毯，她看到有个人躺在那里。

"好了，是什么情况？"珍妮特蹲下来，费力地往帐篷里面看。

"里面的女人叫弗雷德丽卡·格鲁内瓦尔德，人称女公爵，应该是因为她来自某个贵族家庭。这个我们已经在查了。"

"很好，还有什么？"

"有几个目击证人说一个叫鲍耶的男人昨天下午来过这里，跟他一起的还有一个陌生女人。"

"找到这个鲍耶了吗？"

"不，还没有，不过他在这里算是个有名气的家伙，所以应该不难。我们已经发出警报了。"

"很好，很好。"珍妮特往帐篷入口靠近了一些。

"她的情况很糟糕，脑袋几乎与脖子断开了。"

"刀子？"她站起来，挺直了后背。

"我看不是，我们找到了这个。"赫提格举起一个塑料袋，里面装着一根长长的铁丝，"这很可能就是凶器。"

珍妮特点点头："不是这里的人干的？"

"我觉得不是。如果她只是被打死了，然后被偷了东西，那么还有可能……"赫提格一副若有所思的样子，"但是情况不是这样的。"

"所以她并没有丢失什么东西？"

"对。她的钱包还在，里面装着约两千克朗和一张有效的乘车月票卡。"

"好的，你怎么看？"

赫提格耸了耸肩，"可能是报复。杀了她以后，凶手在她身上涂上了粪便。大部分是在嘴边。"

"噢，上帝。"

"伊沃会检验，看是不是她自己的粪便，如果幸运的话，它可能是凶手的。"赫提格指着帐篷，伊沃·安德里奇和他的几个同事正忙着把尸体装进一个灰色的裹尸袋，以运往索尔纳。

法医团队掀开充当帐篷的塑料袋，现在，珍妮特可以看清楚这个悲惨小房子了。一个小野营炉子，一些罐头，加上一堆衣服。她小心地拿起一条裙子，看到是香奈儿的。没怎么穿过。

她看了看未打开的罐头上的商标，发现不少是进口的。蚝和鹅肝酱，不是在合作商店里卖的那种。

弗雷德丽卡·格鲁内瓦尔德在这里干什么？她想。她看起来并不缺钱，肯定有其他原因。但是，是什么原因呢？

珍妮特看着她的个人物品，缺了什么东西。她闭上眼睛，努力清空头脑，然后不带任何先入之见看着整个画面。

有什么是我没看到的？她想。

"珍妮特，"伊沃·安德里奇拍了拍她的肩膀，"我走之前跟你说一个问题。她脸上的不是人的粪便，是狗屎。"

这时她看到了。

并不是少了什么东西。

而是多了一样东西。

丹麦，1988

你今天敢吗？你这个软蛋？你敢吗？你敢吗？

不，你不敢！你不敢！你太软弱了！

你太可悲了！难怪没有人在乎你！

伊斯泰德街的两旁立着许多破旧的房屋，有宾馆、酒吧，还有情趣商店，她转到了一条安静一些的小巷，维多利亚街。距离她上次来这还不到一年，她记得这个宾馆很近，隔壁就是一家唱片商店。

一年前，她仔细地选择了那家宾馆。在柏林，她住在克罗依茨贝格区的伯格曼大道上，当她到达这里时，这个圆就完整了。维多利亚街是一个合理的死亡地点。

当她打开通往接待区的旧木门时，她注意到上面写着宾馆名字的霓虹灯依然坏着。跟上次一样，桌子后面还坐着那个无聊的男人。他把钥匙给她，她用几张皱巴巴的纸币付了账，那是她在维戈家厨房里的饼干盒里找到的。

她一共有将近两千丹麦克朗，还有超过九百瑞典克朗。这足够她住几天了，说不定她从维戈家里偷来的音乐盒还能值几百克朗呢。

七号房间在二楼，一年前她曾试图在里面上吊。

当沿着嘎吱作响的木制阶梯往上走时，她在想那个瓷水槽是否被修好了。她决定上吊前，把一瓶香水砸到了水槽的边缘，结果水槽一直裂到了下水口。

但是，在那之后，一切都非常平淡无奇了。

天花板上的钩子松了，她醒来时躺在浴室的地板上，脖子上缠着腰带，嘴唇肿了，还磕断了一颗门牙。她用一件T恤把血擦干净了。

之后，仿佛什么都没有发生过。浴室里看起来完全是老样子，除了水槽裂了一条缝，钩子在天花板上留下了一个洞。这是一次几乎没被察觉、也毫无意义的举动。

她打开门，走进房间。像过去一样，右手边靠墙有一张窄床，左手边有一个衣橱，朝向维多利亚街的窗户还跟过去一样肮脏不堪。房间里混杂着烟味和霉味，小浴室的门开着。

她踢掉了鞋，把背包扔到床上，打开窗户给房间通通风。

她可以听到外面车辆的隆隆声，还有流浪狗的叫声。

然后，她走进浴室。天花板上的洞被堵上了，水槽也用硅酮修好了，形成了一条脏兮兮的灰色条纹。

她关上浴室门，躺在床上。

我不存在，她想，然后笑了。

她从包里拿出日记本和笔，写了起来。

哥本哈根，1988年5月23日

丹麦是一个该死的国家，到处都是猪和农民、德国妞和德国仔。

我是洞是裂缝是毫无意义的举动。在维多利亚街和伯格曼大道上。然后被丹麦土地上的德国人强奸了，在罗斯基勒音乐节上，三个年轻的德国仔。

现在又在一个德国人在丹麦建造的燃料库里被一个丹麦裔德国人玷污了。维戈是德国裔丹麦人，一个德国娼妇生下的丹麦杂种。

她大笑起来。"索乐思·马奴迪，安慰安慰我，我疯了。"

疯了。一个人到底要怎么样才叫疯了呢？

接着，她放下日记本。她没有疯，是其他人都疯了。

她想到了维戈·杜勒，那个德国杂种。

就该把他掐死，扔在奥德逊的碉堡里。

德国淫妇生出来的，死在德国人建的鬼地方。然后，野猪就会把他吃光。

她重新拿起日记。

她停下来，往回翻。两个月，四个月，六个月。

她读到：

韦姆德，1987年12月13日

被他在桑拿房里折磨以后，索乐思不省人事了。我害怕她要死了。她还有呼吸，眼睛也睁着，但是她完全没有意识了。他对她很粗暴。他做动作时，她的头撞到了墙，之后，她就像捡棒子游戏里的棒子一样，瘫倒在桑拿房的长椅上。

我用湿布给她敷脸，但是她还是没有醒过来。

她死了吗？

我恨他。善良和原谅只是另一种形式的压迫和教唆。仇恨则更加纯粹。

维多利亚往后翻了几页。

索乐思没有死。她醒过来了，但是她什么也没说，她只是肚子疼，痛得直抽搐，仿佛要生孩子了一样。然后，他来到了我们的房间里。

看到我们以后，他起初非常不高兴。然后，他就朝我们擤鼻涕，弄得我们满身都是。他用一根手指堵住一个鼻孔，然后从另外一个鼻孔里擤鼻涕！

他就不能直接朝我们吐口水吗？！

她几乎认不出自己的笔迹了。

1988年1月28日

索乐思拒绝摘掉面具。我开始厌烦她那张毫无表情的脸了。她就躺在那里哀号。她尖叫。那张面具一定长到她脸上了，好像那些木头的纤维钻进了她的身体。

她是一个木头玩偶。安静而又死气沉沉，她就躺在那里，她毫无表情的脸尖叫着，因为桑拿房里太他妈潮湿了。

木头玩偶不会生孩子。它们只会遇热遇湿而膨胀。

我恨她！

维多利亚合上日记。她听到窗外有人笑了一声。

那天晚上，她梦到一座房子，房子的窗户都开着。她要去关窗户，但是她刚关好一扇，上一扇窗又开了。奇怪的是，是她自己觉得这个任务太简单了，不能同时把所有的窗户都关上。关上，打开，关上，打开，没完没了，直到她厌倦了，就坐在地上小便。

当她醒来时，床全湿了，尿液一路流下床垫，流到了地板上。

最多才凌晨四点，但是她决定起床。她洗了澡，收拾好东西，离开了房间，她拿走了那条床单，扔进走廊里的垃圾桶里，然后去楼下的接待区。

她在一张小咖啡桌边坐下，点起一支烟。

不到一个月里，这已经是她第四或第五次尿床之后醒来了。过去也发生过这样的事，但没有这么频繁，而且从来没有跟如此清晰的梦境相关。

她从背包里拿出几本书。

一本大学心理学课程课本，还有几本 R. J. 斯托勒的书。她很高兴一个名字如此接近瑞典语"疯狂"的人竟然能写心理学的书，她还发现自己带来的弗洛伊德的《性学三论》平装本竟然这么薄，这让她觉得很有趣，如果不是荒唐的话。

她的那本《梦的解析》已经被翻得快散开了，但是，与她读之前所期待的相反，她发现自己完全不同意弗洛伊德的理论。

为什么梦境应该是潜意识里肉欲和隐藏的、内在的冲突的表现？

把自己的意图掩盖起来不让自己知道，其意义何在？那就像她做梦时是一个人，醒来时变成了另外一个人，这哪有什么逻辑？

她的梦只是反映了她的想法和幻想。它们也许包含象征意义，但是她不觉得自己能通过思考其中的意义来更加了解自己。

试图通过解析自己梦境来解决生活中的问题看起来相当愚蠢，她觉得这还可能是危险的。

如果你把它解读成了并不存在的东西呢？

更有意思的是她的梦竟然如此清晰明了，她阅读了一篇相关的文章之后认识到了这点。她睡觉的时候意识到自己在做梦，她可以影响自己的梦境。

她最后总结道，她每次在梦里尿床都是自己主动选择的结果，想到这里，她不禁自顾自咯咯地笑了。

心理研究表明，梦境清晰的人通常脑容量也非常高。换句话说，她之所以尿床，是因为她的脑袋比别人的要完善发达得多。想到这一点，就变得更有趣了。

她灭了烟，拿出另外一本书。一本关于依附理论的学术综述，讲的是幼儿与其母亲的关系将如何影响孩子日后的生活。

尽管这本书并不在她课程要求的书单上，而且读了之后总感到沮丧，但是她还是禁不住经常拿出来深读。一页接着一页，一章又一章，讲的都是她被别人拒绝、同时也被她自己放弃了的东西。她与别人的关系。

打她出生起，一切都被她妈妈毁掉了，而她剩下的与别人建立关系的能力也被她爸爸严格控制着，他拒绝任何人和她接触。

她收起了笑容。

她怀念与他人的关系吗？她真的渴望其他人吗？

她当然没有任何可以怀念的朋友，也没有朋友会怀念她。

汉娜和杰西卡早已被忘却了。她们也把她忘了吗？还有她们对彼此的承诺？永远做朋友之类的话？

但是，自从到了丹麦以后，有一个人是她怀念的。这个人不是索乐思。在这里，她不需要她也能生活。

她怀念纳卡医院里那位年迈的心理医生。

如果她现在在这里，她就会认识到维多利亚来这个宾馆有一个特殊原因：重新体验自己的死亡。

但是她也认识到了什么是她必须做的。

如果你死不了，那就可以变成另外一个人，而她也知道该怎么做。

首先，她要乘船去马尔默，然后乘火车到斯德哥尔摩，之后乘汽车去蒂勒瑟，那个老太太住在那里。

这次，她要把一切都告诉她，她对自己所知道的一切。

她必须这么做。

这样，维多利亚·伯格曼才能永远地死去。

玛利亚广场——索菲娅·柴德兰的办公室

琳内娅·伦德斯特劳姆正坐在桌子对面的椅子上，索菲娅惊讶地发现她这么快就获得了女孩的信任。

"这是你,不是吗?"索菲娅指着三幅画问道,"这是安妮特吗?"

琳内娅有些惊讶,但是什么也没说。

"而这也许是家里的一个朋友?"索菲娅指着维戈·杜勒,"来自斯堪讷省,克里斯蒂安斯塔德。"

索菲娅感觉女孩稍微放松了一些。"是的,"她叹了口气,"但是他那时不是这样的。他更瘦一些。"

"他叫什么?"

琳内娅犹豫了,而当她回答时,声音也如同耳语一般,"那是维戈·杜勒,爸爸的律师。"

"你想跟我说说他吗?"

女孩的呼吸变浅了,也越来越快,仿佛有些喘不过气来,"你是第一个懂得我的画的人。"她说。

索菲娅想到了安妮特·伦德斯特劳姆,她基本理解错了琳内娅画上的每一个细节。

琳内娅的回答很迅速,也惊人地直率,尽管她并没有解释画的内容,"他是……我小的时候喜欢他。"

"维戈·杜勒?"

她低下头看着地板。"是的……开始的时候他人很好。然后,有一次,我差不多五岁的时候,他就非常奇怪。"

琳内娅自己主动谈起维戈·杜勒,索菲娅意识到治疗的第二个阶段已经开始了。回忆,并处理记忆。

索菲娅想着那幅画着维戈·杜勒和他的狗在伦德斯特劳姆位于克里斯蒂安斯塔德的家的花园里的画。卡尔·伦德斯特劳姆在琳内娅拿着的那封信里提到了这件事。琳内娅瞧不起她的父亲,却害怕维戈。她按照维戈说的做,安妮特和亨丽埃塔都是瞎的,对她们周围发生的事情闭上了眼睛。

像往常一样,索菲娅想。

卡尔·伦德斯特劳姆还写道,维戈是双重无知。根据伦德斯特劳姆信上剩下的内容,她可以推断他是说,维戈不但错了,而且不知道自己错了。

那便只剩下一个问题,索菲娅想。维戈对什么双重无知呢?

她很确定自己知道卡尔·伦德斯特劳姆的意思,她把身子探到桌子上方,看着琳内娅的眼睛。"你想告诉我在克里斯蒂安斯塔德发生了什么吗?"

克拉拉湖——公诉机关

检察官范奎斯特并非名门望族出身,他只是高中的时候决定在姓前面加一个"范"字,好让自己看起来特别。他现在依然非常自负,非常在意自己的名声和形象。

肯尼斯·范奎斯特有一个难题,而且他极度焦虑。事实上,刚刚和安妮特·伦德斯特劳姆的谈话让他非常焦虑,仿佛他那蛰伏的胃炎要变成最严重时期的胃溃疡了。

苯二氮,他想。它的依赖性非常强,任何服用此类药物的证人的证词都很有问题。是的,就是这个了。大剂量服药使得卡尔·伦德斯特劳姆什么都想得出来。

肯尼斯·范奎斯特盯着面前桌子上的那叠文件。

五毫克西泮,他读道,一毫克阿普唑仑,最后,加上零点七五毫克海乐神。每天服用。太不可思议了。

伦德斯特劳姆的断瘾症状一定非常严重,为了得到药物,他肯定什么都愿意坦白,他一边看审问记录一边想。

文字内容非常多,将近五百页打印纸。

但是,检察官范奎斯特还是有疑问。

里面涉及的人太多了。有他认识的人,至少他觉得他认识。

他一直以来都只是个有用处的白痴吗?帮助一帮恋童癖者和强奸犯逍遥法外?

博-奥拉·西尔弗贝里的养女指控她的养父虐待她,她说的话会不会是真的?

乌尔瑞卡·温丁会不会真的被卡尔·伦德斯特劳姆下了药,然后带到宾馆里强奸了呢?

真相正眼睁睁地看着检察官范奎斯特。他允许自己被别人利用,就这么简单。但是,他该怎么摆脱这一切同时又不让他所谓的朋友们失望呢?

他注意到里面重复提到在胡丁厄医院的司法精神病鉴定中心的谈话。很显然,卡尔·伦德斯特劳姆和一个名叫索菲娅·柴德兰的心理专家见了几次面。

可能把这一切都掩盖起来吗?

肯尼斯·范奎斯特吃了一片消食片,给他的秘书打电话,让她查索菲娅·柴德兰的电话。

玛利亚广场——索菲娅·柴德兰的办公室

琳内娅·伦德斯特劳姆离开诊所之后,索菲娅花了很长时间,记录下她们的谈话内容。

她习惯用两支圆珠笔,一支红色,一支蓝色,来区别病人说的话和她自己的想法。

当她翻到第八页的开头时,她突然感到一阵强烈的疲倦,感觉她都要睡着了。

她往回看了几页,以唤起对刚刚所写内容的记忆,并随意地开始读她标上"5"的那一页。

这段文字是琳内娅讲的,是用蓝色的圆珠笔写的。

维戈的罗威纳总是被拴在某个地方,一棵树上,或者房子前台阶旁的栏杆上,或者是隆隆作响的散热器上。那只狗试图朝她扑过去,她总是绕开它。维戈夜里去她的房间,那条狗就蹲在楼梯平台上放哨,琳内娅还记得狗的眼睛在黑暗里的反光。维戈给琳内娅看一本相册,上面都是赤身裸体的孩子的照片,年龄跟她相仿,她还记得相机在黑暗里的闪光,她戴着一顶黑色的大帽子,一条红裙子,都是维戈给她的。琳内娅的爸爸进了房间,维戈生气了,他们吵了起来,琳内娅的爸爸走了出去,留下他们单独在一起。

琳内娅滔滔不绝地讲着,让索菲娅感到很惊讶。仿佛这些话早就形成了,一直蛰伏在她的身体里,现在她有了可以倾诉的对象,终于可以自由流淌了。

琳内娅很害怕和维戈独处。他白天的时候很好,夜里则很下流,有时他对她做的事让她必须有人搀扶着才能走路。我问维戈对她做了什么,琳内娅回答说她"觉得是他的手和他的小弟弟,然后他拍了照,让我什么都不要跟爸妈说"。

琳内娅重复道"他的手,他的小弟弟,然后相机的闪光",然后她说维戈想玩警察抓小偷的游戏,她是小偷,必须戴上手铐。尽管琳内娅睡着了,手铐和他粗糙的小弟弟摩擦了她整个早上,她其实睡得并不深,因为当她闭上眼睛,相机的闪光就在她的眼睑里面变成了红色。一切都在外面,而不是在里面,脑袋里仿佛有一只嗡嗡叫的叮人的小虫子……

索菲娅的呼吸越来越短促，她认不出这些语句。

她看到剩下的文字是用红色的笔写的。

……一只嗡嗡叫的叮人的小虫子，如果她拿脑袋撞墙，它才会出来。然后，那只小虫子从窗户飞出去，窗户里透出德国杂种手上猪的臭味，无论他怎么洗，他的衣服上总有一股氨的味道，他的小弟弟有股马毛的味道，应该把它切掉拿去喂猪。

安-布里特走进办公室，朝她挥了挥手，告诉她有急事。"有人打电话找你。检察官肯尼斯·范奎斯特想让你一有空就立刻联系他。"

索菲娅想起了一所被田地环绕的房子。

她常常坐在楼上脏兮兮的窗户边，看着海鸟在天空中飞翔。大海就在不远的地方。

"好的。把他的电话号码给我，我现在就打过去。"

她还记得当她紧握着那把弩时，冷冰冰的金属顶着手掌的感觉。她本可以杀了维戈·杜勒。

如果她那样做了，那么琳内娅的生活就是另一番模样了。

记忆逝去了，就像一个冰块，你抓得越紧，便融化得越快。

她重新看着笔记。最后三页都是维多利亚说的话。维多利亚·伯格曼，讲述着维戈·杜勒和琳内娅·伦德斯特劳姆的故事。

……尽管他穿着西服，依然能通过衣服看到他隆起的脊椎。他强迫琳内娅脱掉衣服，在她的房间和他的玩具玩游戏，房间的门总是关着的，只有一次例外。当时安妮特，如果不是亨丽埃塔的话，打断了他们。她感到很羞愧，因为她半裸着身子趴在地上，而他则穿戴整齐，他说这个小女孩想让他看看她能劈叉，接着他们就让她再做一次，她做了一次劈叉，又做了一个后仰下腰，他们两个人鼓起掌来，尽管这令人感到恶心，因为她才十二岁，但胸脯却已差不多如成人一般……

索菲娅认出其中一部分是琳内娅说的，但是这些话跟维多利亚的记忆混在了一起。尽管如此，这段话并没有唤起任何新的记忆。

有横线的那一页写满了毫无条理的句子。

她拨通了检察官的电话。

检察官范奎斯特简单说明了想跟她谈话的缘由，是关于卡尔·伦德斯特劳姆服用苯二氮，他想知道她是什么看法。

"这并不能改变什么。即使卡尔·伦德斯特劳姆是在大量服用药物的情况下才说的那番话,但是他的说法都被他女儿证实了。现在她才是那个重要的人。"

"大量服药。"检察官轻蔑地哼了一声,"你知道阿普唑仑是什么吗?"索菲娅能听出那种熟悉的男性的傲慢,不禁有些气愤。

她尽力让自己说得温柔、缓慢,并努力带上教导的口气,仿佛是在跟一个孩子说话,"通常来说,无论病人服用多长时间的阿普唑仑,都会形成依赖性。戒除依赖非常困难,无论一个人在服用阿普唑仑后感觉多好,当药效消退时,便会感到同等程度的煎熬。我的一位病人曾经把服用阿普唑仑的感受形容为在天堂和地狱之间的快速弹跳。也因此,它被归类为麻醉药品。不幸的是,并非所有的医生都选择利用这一点。"

她听到检察官深吸了一口气。"很好,很好。听得出你功课做得不错。"他笑了,试图为自己打圆场,"但是,我还是不禁在想,他说的自己对他女儿的所作所为不是真的——"他说了一半停住了。

"我不只是感觉你错了,我确实知道你错了。"索菲娅想着琳内娅所说的一切。

"什么意思?除了他女儿的证词,你有什么证据吗?"

"我还有一个证人,琳内娅曾几次提到一个叫维戈·杜勒的男人。"

索菲娅刚提到律师的名字,就后悔自己说出口了。

格拉斯布鲁克斯大道——西尔弗贝里家

弗雷德丽卡·格鲁内瓦尔德的帐篷里,引起珍妮特注意的是一束黄色的郁金香,吸引她的不只是郁金香的颜色,还有其中一支花茎上面的卡片。

卡塔琳娜教堂的钟低沉地响了六下,珍妮特再次感到一阵强烈的愧疚,因为她还在工作,而不是在家陪着约翰。

但是在弗雷德丽卡·格鲁内瓦尔德的帐篷里发现了郁金香后,继续跟进非常重要。因此,她和赫提格现在正站在西尔弗贝里家的独栋公寓外面。他们打电话约好了这次会面。

夏洛特·西尔弗贝里把他们领进客厅。珍妮特走到那扇巨大的落地窗边,眼前的景象让她大吃一惊。正前方就是国家博物馆和斯德哥尔摩大酒店,右边是被用作青年旅社的"查普曼号"帆船。她想不出还有哪里比从这里看到的斯德哥尔摩更漂亮的了。珍妮特转过身,看到赫提格已经在一把扶手椅上坐下了。

"我猜应该很快就能结束吧。"夏洛特·西尔弗贝里站在另外一把扶手椅旁,双手放在椅背上，好像要保持身体的平衡。

珍妮特在沙发上坐下。"首先，我想知道你为什么没有跟我讲你女儿。"她的口气仿佛只是顺带提起，然后弯下腰去拿笔记本，"或者，确切地说，你的养女。"

夏洛特·西尔弗贝里毫不犹豫地回答，"因为她对我来说已经翻篇了。她总是一而再，再而三地把事情搞砸，这个家不欢迎她了。"

"什么意思？"

"我简单跟你们说一下。"夏洛特·西尔弗贝里深吸一口气，然后继续说，"我们收养玛德琳时她还是个婴儿。她妈妈很年轻，还有严重的精神疾病，没有能力照顾孩子。所以，我们收养了她，我们像爱亲生女儿一样爱她。是的，尽管她在整个童年时期都很难相处，但我们依然爱她。她经常生病，不停地哀号。我不知道有多少个晚上，我一直坐着，她一个劲地尖叫。你简直无法安慰她。"

"而你从来没有发现她出了问题？"赫提格探身向前，双手放在咖啡桌上。

"有什么问题可发现的？那个女孩是……嗯，我该怎么说呢，受损物品。"夏洛特·西尔弗贝里噘起嘴唇，珍妮特真想朝着这个女人的脸给她一拳。

受损物品。

如今，当你如此无情地对待一个孩子时，他只能诉诸他仅有的自卫手段，而你就是这样称呼他仅有的自卫方式吗？令人发狂。

珍妮特紧紧地盯着这个女人，眼前的这个女人让她有点害怕。夏洛特·西尔弗贝里不只是一个服丧的女人，她还是一个残酷无情的人。

"然后，她长大了，开始上学。爸爸的乖女儿。她和博-奥拉一有时间就待在一起，问题就出在这里。一个女孩不应该跟她的父亲有如此亲密的关系。她对他产生了很深的崇拜情结，博-奥拉觉得是时候跟她划清界限了。我猜她觉得受到了伤害，为了报复我们，就开始编造各种关于他的刻薄的故事。"

"刻薄的故事？"珍妮特再也无法抑制内心的愤怒了，"看在上帝的分上，那个女孩说博-奥拉强奸了她。"

"我觉得你最好在跟我说话的时候注意自己的用词。"夏洛特·西尔弗贝里举起两只手，好像要把她挡开，"我不想继续谈论这个话题。讨论到此结束。"

"我觉得我们还没有结束。"珍妮特放下笔记本，"你必须认识到，她被怀疑杀害了你丈夫。"

这时，夏洛特·西尔弗贝里才认识到事情的严重性，然后默默地点了点头。

"你知道她今天在哪里吗？"珍妮特继续说，"你能描述一下玛德琳吗？她有什么突出的外貌特征吗？"

这个女人摇了摇头,"我猜她还在丹麦。我们分开以后,她被社会福利部门带走了,放到了儿童精神病治疗中心。"

夏洛特·西尔弗贝里突然看起来非常疲倦,珍妮特不禁在想她是不是要哭了。但是她定了定神,继续说,"她是蓝色眼睛,金色头发。当然除非她染头发了。她那时还是个孩子,现在可能已经变成一个年轻漂亮的女人了。不过,当然我并不清楚……"

"没有突出的外貌特征?"

女人抬起头。"她左右手都很灵巧。"

赫提格大笑一声。"我也是。"

"吉米·亨德里克斯也是,还有宫本茂。"

"宫本茂?"

"任天堂的电子游戏天才,"赫提格解释道,"开发了《大金刚》等游戏的家伙。"

珍妮特没理会这些无关的细节。"所以玛德琳的左右手都非常灵活?"

"当然,"夏洛特·西尔弗贝里回答,"她常常坐在那里,一边用左手画画,一边用右手写字。"

珍妮特想起了伊沃·安德里奇说的博-奥拉·西尔弗贝里的刀伤。伤口的分布情况表明是由两个人共同实施的。

一个左撇子,一个惯用右手。两个人,拥有不同程度的解剖知识。

赫提格看着珍妮特,她很了解他,看得出他在想是否该让夏洛特看那张卡片。珍妮特谨慎地点点头,他把手伸进口袋,拿出一个小的塑料证物袋。

"这个对你有什么意义吗?"他把证物袋推给夏洛特·西尔弗贝里。她莫名其妙地看着里面那张小卡片。正面是三头小猪的照片,下面写着"大喜的日子祝贺你!"

"这是什么?"她拿起袋子,把卡片翻过来,看着背面。她先是有些惊讶,然后笑了。"你们从哪里拿到的这个?"

她把卡片放回到桌子上,三个人都盯着粘在背面的照片。

珍妮特指着照片。"这是谁?"

"那是我,是我高中毕业的时候。每个离校的学生都有自己的照片,然后我们互相交换。"夏洛特·西尔弗贝里认出了自己的照片,露出了笑容,珍妮特觉得她看起来有些怀旧。

"你能跟我们讲讲你的学校吗?我是说,你的高中。"

"锡格蒂纳?"她说,"什么意思?锡格蒂纳跟博-奥拉被害有什么关系吗?另外，你们从哪得到的这张卡片？"她皱着眉头，先看了看珍妮特，又看了看赫提格。"你们来就是为了这个，不是吗？"

"是的。当然，不过出于种种原因，我们想了解你在锡格蒂纳的生活。"珍妮特试图跟她做眼神交流，但是她的脸还是朝着赫提格。

"我没聋！"夏洛特·西尔弗贝里提高了嗓门，然后转向珍妮特，盯着她的眼睛，"我也不傻！所以，如果你们想让我告诉你们我的学校生活，你们必须跟我说清楚你们想听什么，还有你们为什么想听。"

"对不起，我会解释的。"珍妮特向赫提格投去求助的目光，但是他只是盯着天花板，一脸的不屑。珍妮特知道他在想什么。该死的婊子。

珍妮特深吸一口气。"我们只是想通过你调查一些问题。"她顿了顿，"我们在调查另外一起谋杀案，一个现在看来跟你有些关系的女人。所以我们需要了解一下你在锡格蒂纳的生活。她是你当时的同班同学，弗雷德丽卡·格鲁内瓦尔德。你还记得她吗？"

"弗雷德丽卡死了？"夏洛特·西尔弗贝里看起来非常震惊。

"是的，有迹象显示两起谋杀案的凶手是同一个人。这张卡片就是在她尸体旁边发现的。"

夏洛特·西尔弗贝里长叹了一口气，整理了一下桌布，"我们不该说死人的坏话，不过她并不是一个好人，弗雷德丽卡。那时就看得出来。"

"什么意思？赫提格再次探身向前，把手放在膝盖上，"她为什么不是个好人？""

夏洛特·西尔弗贝里摇了摇头，"毫无疑问弗雷德丽卡是我见过的最令人厌恶的人，说实话，我并不为她的死感到悲伤。恰恰相反，我很高兴。"

夏洛特·西尔弗贝里陷入了沉默，她的声音在新粉刷的墙壁间回荡。

她是个什么样的人？珍妮特想。她为什么内心充满了仇恨？

三个人默默地坐着，珍妮特环视宽敞的客厅。西尔弗贝里的血迹被一层一毫米厚的白漆覆盖住了，这种白色叫"斯德哥尔摩白"。

赫提格清了清嗓子。

"跟我们说说。"

夏洛特·西尔弗贝里讲起她在锡格蒂纳人文中学的时光，珍妮特和赫提格不打断她，让她一直说。

她非常坦白，这让珍妮特感到很意外。她并不掩盖自己是弗雷德丽卡的跟班，帮助她欺负学生和老师。

他们听夏洛特·西尔弗贝里一连讲了半个多小时，最后，珍妮特探着身子，念着笔记："如果让我总结一下你刚刚所说的话，在你的记忆中，弗雷德丽卡是个阴险狡猾的人。她强迫你们做你们不愿意做的事。你和亨丽埃塔·诺德兰是她最亲近的朋友。对吗？"

夏洛特·西尔弗贝里点点头。

"有一次，你们遵照弗雷德丽卡的命令，对三个女孩进行了一次非常丢人的入学仪式？"

"是的。"

珍妮特看着夏洛特·西尔弗贝里，看到了某种近似羞愧的东西。这个女人感到羞愧。"你还记得那三个女孩的名字吗？"

"其中的两个人离开了学校，所以我不认识她们。"

"那第三个呢？那个留下的女孩呢？"

"是的，我对她记得很清楚。她就像什么都没有发生过一样。她冷漠得像冰块，如果在走廊里跟她擦肩而过，她几乎有些傲慢。那件事之后，没有人再对她做过什么事。我们不再理她。"夏洛特·西尔弗贝里陷入了沉默。

"那个女孩叫什么名字？"珍妮特合上笔记本，准备回家。

"维多利亚·伯格曼。"夏洛特·西尔弗贝里说。

赫提格呻吟了一声，仿佛别人在他肚子上捶了一拳，珍妮特感觉心里一紧。她手里的笔记本掉到了地上。

最后的史蒂文斯楼梯——一个社区

在严重犯罪案件中，巧合是一个可以忽略的因素。和错综复杂的谋杀案件打了多年交道以后，她对这一点再清楚不过了。

当夏洛特·西尔弗贝里说她跟强奸犯本特·伯格曼的女儿维多利亚一起上过学时，珍妮特意识到这绝非偶然。

赫提格在西尔弗贝里家外面跟她道了别，然后她朝最后的史蒂文斯楼梯走去，走下通往市中心的台阶。她坐进汽车，发动引擎之前，她给约翰发了一条信息，说她十五分钟后到家。

回家的路上，珍妮特想着几周前她和维多利亚·伯格曼那次奇怪的对话。她给维多利亚打电话，希望她能帮助她调查那些男孩的谋杀案，因为她的父亲参与了数起涉及儿童的强奸和性侵犯案件。但是维多利亚对此不屑一顾,说她已经二十年没有跟她的父母联系过了。

珍妮特记得维多利亚给她留下了一个强烈的印象,她非常痛苦,说她的父亲也虐待她。有一点非常清楚,他们必须找到她。

又开始下雨了,能见度很低,她经过布拉苏特时,路边停着三辆车。一辆严重变形了,珍妮特猜它们应该追尾了。应急救援部门已经到了,还有一辆闪着警灯的警车。一位交警部门的同事正在指挥交通,车流汇入一条车道时速度变慢了,她意识到自己至少要迟到二十分钟。

我该拿约翰怎么办呢?她想。也许真该联系精神病医院了?

为什么阿克没了音讯?也许他可以照顾他一段时间。不过,像往常一样,他永远忙着做白日梦,没时间理会自己之外的人。

永远都不够,她想。这时,在距离前往盖姆拉·安斯基德的路口还有五十米的时候,交通完全陷入了停滞。

他们还没有签离婚协议呢,但是也许他们应该冒险一试?在作出最终的决定前,他们还有六个月的时间。

他们始终可以改变主意。

如果他们的分居最终导致离婚,正如一切看上去预示的那样,他们该怎么照顾约翰呢?

也许在警察总部餐厅排队取午饭的时候并非提及这个问题的最佳时间,但是珍妮特知道找到局长丹尼斯·比林多么不容易,所以,她抓住了这个机会。

"你对你的前任,格特·贝里林德的印象如何?"

"现实的猪猡。"他犹豫了一下说道,然后转过身去,往盘子上加上满满一勺土豆泥。她等着他继续往下说,但是他没再说什么,她拍了一下他的肩膀。

"现实的猪猡?这是什么意思?"

丹尼斯·比林继续加食物。肉丸子、奶油沙司、盐腌黄瓜,最后,还有一调羹越橘果酱。"他更多的是一个学者,而不是一名警察,"他继续说,"这话只有你知我知,他是个糟糕的上司,你需要他的时候他很少在那里。这个委员会,那个委员会,还有各种各样的演讲。"

"演讲?"

他清了清嗓门,"没错,我们坐下来好吗?"

他选择了餐厅远端的一张桌子,珍妮特意识到,出于某种原因,局长更愿意私下讨论。

"他在扶轮社很活跃，还有很多基金会，"他边吃边说，"他是禁酒会成员，很虔诚，虔诚得近乎夸张。他全国各地演讲，讲一些伦理问题。我听过几次他的演讲，不得不说，很吸引人，尽管他讲的大都是陈词滥调。但也许就该这样吧？人们只想确认他们已经知道的东西。"他咧嘴笑了笑，尽管珍妮特觉得他嘲讽的口气令人厌烦，她依然倾向于同意他的说法。

"你提到了基金会？你还记得都有哪些基金会吗？"

比林边把一个肉丸子在沙司和果酱之间来回滚动，一边摇了摇头。"我好像记得有点宗教性质。他的虔诚是出了名的，但是，这话我只对你说，他可能并不像他表面假装的那样虔诚。"

珍妮特竖起了耳朵。"好的，我听着。"

丹尼斯·比林放下刀叉，喝了一小口低度啤酒，"我跟你说的话必须保密，我不想你小题大做，尽管我感觉你肯定会这么做，因为你还没有放下卡尔·伦德斯特劳姆。没关系，只要不影响你的工作就行，不过如果发现你在我背后捣什么鬼，我可不会手下留情。"

珍妮特笑了笑，"别担心。我现在手里的信息已经够多了。不过，贝里林德跟伦德斯特劳姆有什么关系？"

"他们认识，"比林说，"他们通过贝里林德的一个基金会有交往，我知道他们每年会在丹麦见几次面。"

珍妮特感到自己心跳加速。如果他说的正是她想的那个基金会，也许他们真的知道些什么。

"现在看来，"比林继续说，"我们知道了伦德斯特劳姆都干了什么，我觉得关于贝里林德的传闻也有几分真实吧。"

"传闻？"珍妮特把问题变得尽可能简短，因为她担心自己的声音会泄露她内心的兴奋。

比林点点头："大家都说他雇佣妓女，好几位女同事抱怨他对她们有性企图，主要是性骚扰。但是结果都不了了之，然后他突然死了。心脏病，隆重的葬礼，他突然之间变成了英雄。他还因为对付了警局内部的种族和性别歧视而受到了好评，尽管你我都非常清楚这都是胡说八道。"

珍妮特点点头。她发现自己越来越喜欢比林，他们从未如此坦承地交谈过。"他们私下里也有交情吗？我是说贝里林德和伦德斯特劳姆。"

"我正要讲到这个……贝里林德的办公室公告牌上有一张照片，但是在伦德斯特劳姆被审问在宾馆里的强奸案的几天前，照片消失了。那个受害女孩叫什么？温丁？"

"温丁，乌尔瑞卡·温丁。"

"对，就是她。那是贝里林德和伦德斯特劳姆两个人的快照，每个人抱着一条大鱼。当我指出他不适合审问那个女孩时，他宣称自己跟伦德斯特劳姆只是点头之交。他有偏见，他也知道这一点，但是他却竭尽所能地掩盖这一点。那张度假照片化为乌有了，然后突然之间伦德斯特劳姆便只是个点头之交了。"

这个基金会，她想。一定是伦德斯特劳姆、杜勒和伯格曼资助的那个基金会。流亡的锡格蒂纳基金会。

克鲁努贝里——警察总部

弗雷德丽卡·格鲁内瓦尔德是被一个她认识的人杀害的，珍妮特·科尔伯格想。至少，我们应该从这个假设入手。

那个女人尸体上没有任何她试图自卫的迹象，她赤贫的家里也整洁依旧。她生前并没有反抗，因此，弗雷德丽卡·格鲁内瓦尔德一定让凶手进来了，然后被制服了。格鲁内瓦尔德身体状况也不好。尽管才四十岁，但过去十年的流浪生活已经在她身上留下了印迹。

按照伊沃·安德里奇的说法，她肝脏的情况非常糟糕，也许活不过两年，所以凶手白费了这么多功夫。

但是，如果赫提格说得没错，凶手这么做是为了报复，那么其主要目的并非是要杀死她，而是要羞辱和折磨她。照这么说的话，凶手完全达到了目的。

初期调查结果显示，她的死亡过程持续了三十到六十分钟。最后，那根钢琴丝深深地勒进她的喉咙，她的脑袋只通过颈椎和一些肌腱和身体相连。

他们还在她的嘴周围发现了胶水的痕迹，伊沃·安德里奇猜测应该是普通的胶带留下的。这也就能解释为什么没有人听到尖叫声。

病理学家还发现了几个关于谋杀过程中的可疑现象。伊沃·安德里奇觉得凶手的作案方式有些怪异。

珍妮特拿出那份尸检报告，读道：

如果只有一个凶手，那么凶手要么非常强壮，要么是在肾上腺素的作用下作的案，他们的手法非常熟练，可以双手并用。

玛德琳·西尔弗贝里，珍妮特想，但是她有这么强壮吗？她又为什么要杀害弗雷德丽卡·格鲁内瓦尔德呢？

死者很可能是被塞进喉咙的狗屎窒息而死。

她的口腔、鼻孔以及咽喉和耳朵之间的耳咽管中，不仅有狗屎，还有含有虾和白葡萄酒的呕吐物。

更大的可能是，凶手是两个人。一个人负责勒死死者，另一个按住她的头，往她嘴里塞狗屎。

两个人？

珍妮特·科尔伯格翻看着寄来的证人证词。询问圣约翰内斯教堂地下室里的人并不容易。愿意开口的人不多，而且——在那些愿意开口的人中——大部分人的证词也因为吸毒、酗酒或者患有精神疾病而被认为不可信。

珍妮特觉得唯一值得调查的，就是几位证人都说曾经看到一个叫鲍耶的男人跟一个陌生女人一起去过地下室。已经发出警报寻找鲍耶了，但是现在还没有结果。

至于那个女人，证词都非常含糊。一个说她头上蒙着什么东西，其他人既有说金色的头发也有说黑色的头发。把证词综合起来，她的年龄大概在二十到四十五之间，身高和体格也在这个范围内。

一个女人？珍妮特想。这看起来不太可能。她从未遇到过一个女人能如此有预谋、凶残地杀害一个人。

两个凶手？一个女人，加上一个男性帮凶？

珍妮特觉得这个解释更加合理。但是她相信这个鲍耶并没有涉案。据证人所说，他数年来一直是地下室里的名人，为人并不狂暴。

珍妮特一边沿着走廊朝赫提格的办公室走去，一边问自己一个问题。

我们对付的是西尔弗贝里分尸案的同一个凶手吗？

并非不可能，她总结道，然后没有敲门就走了进去。

赫提格正若有所思地站在窗户边。他转过身，走到办公桌后面，一屁股坐到椅子上。

"你帮我安装游戏，我忘了谢你了，"她笑着对他说，"约翰高兴坏了。"

他们默默地看着对方。

"丹麦那边怎么说？"她最后问道，"我是说关于玛德琳·西尔弗贝里。"

"我的丹麦语不好，"他笑了，"我跟她所在的治疗中心的医生谈了，在她接受治疗的这些年里，她始终声称博-奥拉·西尔弗贝里性侵了她。她说还有其他男性参与,并且这些都是在她妈妈夏洛特的祝福下发生的。"

"但是没有人相信她?"

"对,他们觉得她精神错乱了,而且有严重的妄想症,就给她服用了大量的药物。"

"她还在那里吗?"

"不,她两年前被释放了,根据他们的记录,她搬到法国去了。"他翻看着手里的文件,"去了一个名叫卜拉伦的地方。我已经让施瓦茨和阿伦德去查了,不过我觉得我们可以把她排除。"

"也许吧,不过我仍然觉得我们应该核实一下。"

"特别是因为她左右手都非常灵巧?"

"是的,那是怎么回事?你为什么从来没有提起过?"

赫提格咧嘴笑了笑,"我生下来就惯用左手,全学校只有我一个人这样。其他的学生都嘲笑我,说我是残疾。所以我就学着用右手,结果我两只手都会用了。"

珍妮特想起了自己说过的轻率的话,从来没想过它们会产生什么后果。她点点头,"但是,回到玛德琳·西尔弗贝里上,你问医生了吗,他觉得她有暴力倾向吗?"

"当然,但是他说她在医院里唯一伤害过的人就是她自己。"

"是的,他们通常都是这样。"珍妮特叹了口气,想到了乌尔瑞卡·温丁和琳内娅·伦德斯特劳姆。

"上帝,我快受够了我们正在调查的该死的案子了。"

他们隔着桌子看着对方,珍妮特对赫提格这突如其来的无助感太熟悉不过了。

"我们不能放弃,延斯。"她尽力用安慰的口气说,但是她听到这话太老套了。

他挺直腰,勉强挤出一丝笑容。

"我们总结一下手头的信息,"珍妮特说,"两个人被害。博-奥拉·西尔弗贝里和弗雷德丽卡·格鲁内瓦尔德。凶手作案手法异常凶残。夏洛特·西尔弗贝里和格鲁内瓦尔德是同班同学,世界小到了我们可以假设凶手是同一个人的地步。很可能是两个人共同作案。"

赫提格露出了怀疑的神色,"你说'很可能'。你有多大把握凶手是两个人?你的意思是我们应该这样假设?"

"不,但是我们工作的时候应该时刻记住这一点。你还记得夏洛特·西尔弗贝里所说的寄宿学校里的侮辱人的仪式吗?"

他看着窗外,当他明白了珍妮特的意思后,脸上露出了一个有节制的笑容,

"我明白了。另外两个蒙受羞辱的女孩，那两个消失了的女孩。西尔弗贝里不记得她们的名字了。"

"我想让你联系位于锡格蒂纳的学校，让他们把她们的学籍卡寄过来。如果可能的话，把她们的年鉴也寄过来。我们手头有一些可疑的名字。弗雷德丽卡·格鲁内瓦尔德和夏洛特·西尔弗贝里。她们的朋友，亨丽埃塔·诺德兰。但是我最好奇的还是消失了的维多利亚·伯格曼。她长什么样？你没有想过这个问题吗？"

"想过。"他说，但是珍妮特看得出来他没有想过。

"继续调查之前，我们还有一个因素需要考虑，但是今天暂时不讨论，你明白我的意思吗？"赫提格又来了兴致，他示意她继续，"还有本特·伯格曼、维戈·杜勒和卡尔·伦德斯特劳姆。考虑到他们三个人，还有博-奥拉·西尔弗贝里，都参与了流亡的锡格蒂纳基金会，也许它跟这一切都有关系。我们的前局长，格特·贝里林德也认识卡尔·伦德斯特劳姆。"

赫提格完全兴奋起来了。"你是什么意思？他们私下见面吗？"

"是的，还不止这些。他们是通过一个基金会认识的。傻瓜都能想到是哪个基金会。这可真是一团糟，你不觉得吗？"

"是的，该死！"忠于职守的赫提格回来了，珍妮特露出了欢迎的微笑。

"好了，"她说，"我注意到你有心事，我觉得不只是工作让你担心。发生了什么事吗？"

"还是我爸。看起来从今以后他要雕刻和拉小提琴面临的困难更多了。"

噢，不，珍妮特想。

"我长话短说，因为有很多事要做。首先，他被锯伤以后，医生给他开错了药。好消息是医院承认了过失，所以他会得到补偿，坏消息是他生了坏疽，要把手指截掉。另外，他还被一辆法拉利 GF 撞到了头。"

珍妮特目瞪口呆地看着他。

"看得出来你并不知道法拉利 GF 是什么。那是爸爸的骑式割草机，很大。"

要不是赫提格面带笑容，珍妮特肯定会想到非常恐怖的画面。

"怎么回事？"

"嗯……他当时正试着清除卡在刀片上的树枝，就用一根木棍把机器顶起来，爬到下面好看得更清楚一些，然后，棍子折断了。妈妈把他的头发剃了，他们的老邻居把他的脑袋缝了起来。十五针，就在头顶正中。"

珍妮特无言以对，她所能想到的只是两个名字：雅克·塔蒂和卡尔·贡纳·帕普哈马尔。

"他总会没事的。"赫提格不以为然地挥挥手,"你觉得我跟锡格蒂纳人文中学联系过之后要怎么办?还有几个小时,案情分析会就要开始了。"

"弗雷德丽卡·格鲁内瓦尔德。查一下她的经历。首先是她怎么会流落街头,然后往回查。查到的名字越多越好。我们现在把报复作为作案动机,我们需要找到她认识的人,跟她有过节的人,或者跟她还有恩怨没了结的人。"

"我敢说她这种人很可能到处都有敌人。上流社会,不正当的交易,欺诈,假公司。为了利益,不惜杀人放火、出卖朋友"。

"你的偏见太大了,延斯。反正,我知道你是个社会主义者。"她大笑,起身离开。

"共产主义者。"赫提格说。

"什么?"

"我是说,我是个共产主义者。其中的区别可大了。"

不洁的部位

不洁的部位可以被触碰,你要小心陌生人的手,或者是给钱以被允许触碰的手。唯一被允许触碰高濂的就是那个漂亮的女人的手。

她用手梳理他的头发,他的头发很长。他觉得头发的颜色也变浅了,也许是因为他在黑暗中待了太久了。仿佛对光的记忆深深地印在他的头脑里,像阳光一样给他的头发染了色。

现在,房间里完全变成了白色,他的眼睛看不清楚东西。她让门开着,端进来一碗水给他擦洗,他很喜欢她的触碰。

当她给他擦干的时候,客厅里传来了一阵铃声。

当你放松警惕的时候,双手便会大肆掠夺,她教会了他百分百控制它们。它们所做的每一件事都必须有意义。

他通过画画来训练它们。

如果他能够捕获外部世界,把它放到身体里,然后通过自己的双手把它释放出来,那么他再也不用害怕任何事物。然后,他就有能力改变世界了。

双脚去了被禁止进入的地方。他现在知道了,因为他曾经离开她去房间外面的城市里游荡。这样做是不对的,他现在认识到了。那里没有任何东西是美好的。他房间外面的世界是邪恶的,所以她才保护他,让他免受伤害。

城市看起来很干净很漂亮，但是现在他知道，在地面和水的下面，沉积了数千年来人类的残骸，而那些建筑和活着的人的内部只有死亡。

如果你的心病了，整个身体便生病了，你就只有死路一条。

来自武汉的高濂想着人们心中的黑暗。他知道邪恶在那里显现为一个黑点，有七种方法进入人的心里。

先是两种，然后是另外两种，最后是三种。

二，二，三。跟他出生的城市，武汉，建立的时间一样，公元 223 年。

第一种方法是通过人的舌头，舌头撒谎和诽谤；第二种是通过眼睛，眼睛看到不该看的。

第三种是通过耳朵，耳朵听到谎言；第四种是通过胃，胃消化谎言。

第五种是通过不洁的部位，它们允许别人触碰；第六种是通过双手，双手会掠夺；第七种是通过双脚，双脚会去往被禁止进入的地方。

据说，人死的时候会看到他内心的全部，高在想他会看到什么呢。

鸟儿，也许吧。

一只慰藉的手。

他画啊画，写啊写。纸越叠越高。这样的劳作使他镇定，他忘了自己对黑点的恐惧。

铃声又响了起来。

盖姆拉·安斯基德——科尔伯格家

一切都存在着某种联系，珍妮特·科尔伯格边想边乘电梯下到警察总部下面的车库里，坐进汽车，驾车回家。尽管结束了白天的工作，她依然禁不住想着所有的怪异的巧合。

两个女孩，玛德琳·西尔弗贝里和琳内娅·伦德斯特劳姆。他们的父亲，博-奥拉·西尔弗贝里和卡尔·伦德斯特劳姆都被怀疑是恋童癖者。伦德斯特劳姆还被怀疑强奸了乌尔瑞卡·温丁。恋童癖者的妻子，夏洛特·西尔弗贝里，和被害人弗雷德丽卡·格鲁内瓦尔德一同在锡格蒂纳上过学。

她朝出口驶去，朝门卫挥了挥手。他也挥挥手，升起了栏杆。强烈的阳光刺得她睁不开眼睛，有那么一会儿，她什么也看不到。

同一个律师，维戈·杜勒，本特·伯格曼也是他的客户。伯格曼失踪的女儿，维多利亚也在锡格蒂纳上过学。

然后是已经过世了的警察局长格特·贝里林德，他曾经审问过西尔弗贝里和伦德斯特劳姆。他们三个人参与了同一个基金会。检察官范奎斯特？不，珍妮特想，他并没有参与。他只不过是一个有用处的白痴。

博-奥拉·西尔弗贝里和弗雷德丽卡·格鲁内瓦尔德被谋杀，很可能被同一个人谋杀。

卡尔·伦德斯特劳姆死在了医院里，本特·伯格曼和他的妻子葬身于一场大火，跟维戈一样。

意外？是的，警方的调查结果是这样。

但是珍妮特抱有疑问。有人对这些人怀有恶意，一定跟那个基金会有关。

她把车停在房子外面，走下车，珍妮特意识到她需要帮助。她越来越迫切地需要和某个她信任的人谈一谈，一个她可以敞开心胸、亲近的人。索菲娅是唯一符合这些标准的人。

一阵微风吹拂着那棵巨大的桦树的叶子，吹过房子的外墙。这是靠不住的潮湿的风，珍妮特深吸一口气。拜托，别再下雨了，看着西边红色的、被尾气污染了的黄昏时分的天空，她想。

房子里空荡荡的，没有一个人。餐桌上有一张约翰留下的便条，说他要在大卫家过夜，因为他们要举办一个 LAN 聚会。

LAN 聚会？她想，非常确定他曾经跟她解释过它的意思。她真的这么不称职，以至于不了解儿子的业余爱好了吗？应该跟电脑有关。

她拿起电话，拨通了索菲娅·柴德兰的号码。电话响了十下索菲娅才接，她的声音既嘶哑也勉强。

"有时间聊聊吗？"

索菲娅没有立刻回答。然后，她听到她清了清嗓子："我不确定，重要吗？"

珍妮特觉得她打电话的时机不对，不过还是决定用柔和的语气来安抚她。"很难说重要。"她笑了，"阿克和约翰，像往常一样。就一些琐事。想找个人聊聊，就这些……对了，上次见到你很高兴。你的'你知道多少'进展如何？"

"'我知道什么'？什么意思？"

听起来索菲娅在咯咯地笑，不过珍妮特觉得自己一定是听错了。"你知道的，我们上次在我家谈过的。凶手档案。"

没有回答。珍妮特觉得索菲娅在地板上挪动椅子，然后是把玻璃杯放到桌子上的声音。

"喂？"她试探性地说道，"你还在吗？"

又过了几秒钟，索菲娅才回答。她的声音近了些，珍妮特能听到她的呼吸声了。

索菲娅的语速也加快了。

"一分钟之内，你已经问了四个问题，"她说道，"有时间聊聊吗？你的'你知道多少'进展如何？喂？你还在吗？"索菲娅叹了口气，然后继续说道，"答案分别是：我不知道。我还没开始做。喂，我还在这儿，不然还能在哪儿？"

她只是在跟我开玩笑，珍妮特想。"你想见个面吗？"

"是的，我想。我只是需要把这边搞好。明天晚上怎么样？"

"好的，很好。"

挂了电话，珍妮特走进厨房，从冰箱里拿出一瓶啤酒。她走进客厅，在沙发坐下，用打火机打开啤酒瓶。

她早就知道索菲娅是个复杂的人，但是这次绝非复杂这么简单。珍妮特不得不再次承认，她对索菲娅·柴德兰有一种不健康的迷恋。

要花点时间才能了解你，索菲娅，珍妮特边想边喝了一大口啤酒。

但是无论如何我要试一试。

盖姆拉·安斯基德——科尔伯格家

第二天黄昏，珍妮特在门口遇到了约翰。他又要去朋友家过夜，玩游戏、看电影。她告诉他不要玩得太晚。

他推着自行车，沿着碎石路走去。等他拐了弯，看不到了，她走进房子，通过窗户看到他跳上自行车，沿着大路骑走了。

珍妮特长舒了一口气，终于一个人了。

她很高兴，想到索菲娅要来，她内心非常期待。

她走进厨房，给自己倒了一小杯威士忌。她让这黄色的液体流过舌面，烧灼她的咽喉，感受着胸口的暖意。

冲了澡之后，她裹着一条大浴巾，看着镜子里的自己。她打开浴室里的壁橱，拿出化妆品袋子，上面已经落了薄薄一层灰。

她小心地画了眉毛。口红更加难办。鲜红色口红涂得太高了，她用浴巾把它擦掉，重新涂。涂好之后，她用嘴唇用力含住一张卫生纸。她仔细地抚平裙子，摸了摸臀部。这是她的夜晚。

　　索菲娅有些震惊，然后哈哈大笑起来："你当真？"
　　她们面对面坐在餐桌两侧，珍妮特刚打开了一瓶酒。她的舌头上还留有威士忌的甜味。
　　"马丁？我叫他马丁？"索菲娅开始被逗乐了，但是她的笑容很快就消失了。"恐慌发作，"她说，"约翰也恐慌发作了，他是看到你用瓶子砸破别人的脑袋，吓坏了。"
　　"你是说这一种精神创伤？但是这怎么解释他缺失了的记忆？"
　　"精神创伤会让人记忆差错，这些差错通常包括创伤出现之前的记忆。"
　　珍妮特明白了。恐慌发作，一个充满了荷尔蒙的少年。很明显，一切事物都有其化学解释。
　　"那么，这些新的案件呢？"索菲娅露出好奇的神情，"简单跟我说说你们的调查进展如何。你们都有什么发现？"
　　珍妮特花了二十分钟，跟索菲娅讲述了最近的两个案子。索菲娅认真地听着，时不时饶有兴趣地点点头。
　　"弗雷德丽卡·格鲁内瓦尔德，最让我感到意外的，"珍妮特说完以后，索菲娅说道，"是涉及了排泄物。狗屎，总的来说。"
　　"而且……"
　　"那看起来是象征性的，近乎仪式性的。凶手仿佛在试图传达某种信息。"
　　珍妮特想起了在帐篷里，在尸体旁边找到的那束花。
　　卡尔·伦德斯特劳姆也收到了黄色的花，但这可能只是个巧合。
　　"你们确定嫌疑人了吗？"索菲娅问道。
　　"还没有确定，"珍妮特说道，"不过我们摸到了一个名叫'流亡的锡格蒂纳'的基金会。伦德斯特劳姆和西尔弗贝里都参与了，还有律师维戈·杜勒也牵涉其中。不过，他也死了，所以我们可以把他排除在外。"
　　"死了？"
　　"是的，就在几周前。他乘坐的船发生了火灾。"
　　索菲娅看起来很震惊，珍妮特觉得她的眼神里有某种东西。最后，她终于说，"那天，我接到了一个奇怪的电话。"珍妮特看得出她不知道自己是否应该继续说下去。
　　"怎么奇怪了？"

"检察官肯尼斯·范奎斯特给我打电话，向我暗示卡尔·伦德斯特劳姆在撒谎，说他在药物的影响下编造一气，我不知道他有什么意图。"

"这不难理解，他想保全自己。在审问之前，他应该确保伦德斯特劳姆没有服用任何药物。如果没做到，那他就死定了。"

"我觉得我犯了一个错。"

"什么意思？"

"我提到了一个琳内娅说性侵了她的人，我感觉他知道那个名字。他听到之后变得非常安静。"

"你提到了谁？"

"你刚刚提到了他，维戈·杜勒。"

珍妮特立刻知道肯尼斯·范奎斯特的声音变得奇怪的原因了。她不知道自己是应该因为杜勒看起来是个下流的混蛋而幸灾乐祸，还是应该因为他很明显性侵了一个小女孩而感到伤心。"我敢赌上我的右手，范奎斯特一定会想尽办法把这点掩盖起来。毫不夸张地说，如果消息传出去，说他跟恋童癖者和强奸犯有关联，他将损失惨重。"

珍妮特伸手去拿酒瓶。

"范奎斯特到底是谁？"索菲娅边说边举着空杯子，让珍妮特给她倒满。

"他已经在公诉机关工作二十多年了，乌尔瑞卡·温丁的案子并不是唯一一个在初期调查阶段就被放弃的案子。他为我们工作，并不代表他是当年最聪明的法学毕业生。"

珍妮特笑了，当看到索菲娅脸上疑惑的表情时她解释道："谁都知道，成功毕业的学生中，最无能的人才会在警界、执法部门或社会保险部门工作。"

"为什么？"

"很简单。他们不够聪明，做不了大型外贸企业的商务律师，也不能自己开公司，挣更多的钱。范奎斯特可能梦想成为一位著名的刑事律师，但是他太愚蠢了。"

珍妮特想着她的最高上司，斯德哥尔摩警察局局长，瑞典最高调的警察之一。他从不参与关于犯罪行为的严肃辩论，却乐于登上花边杂志以及身着华服现身盛大的影片首映式。

"如果你想对范奎斯特施加压力，我可以为你提供证据，"索菲娅用手指尖敲着杯子说，"琳内娅给我看了一封信，卡尔·伦德斯特劳姆在信里暗示，杜勒性侵了她。安妮特·伦德斯特劳姆也让我照了几张琳内娅小时候画的画的照片，画中描述了性侵事件。这些我都带着呢,你想看看吗?"

珍妮特点点头,索菲娅拿出手提包,把琳内娅的画以及卡尔·伦德斯特劳姆写的信的复印件给她看。

"谢谢,"她说,"这些肯定会派上用场的。但是我觉得这只是些间接证据,而非确凿的证据。"

"我知道。"索菲娅说。

她们一言不发地坐了片刻,然后索菲娅继续说,"除了范奎斯特和杜勒……还有其他人吗?"

"是的,还有一个人的名字经常冒出来,本特·伯格曼。"

索菲娅吃了一惊。"本特·伯格曼?"

"他被举报性侵了两个孩子。一个男孩,一个女孩,都来自厄立特里亚。两个没有证件、在官方并不存在的孩子。同样没有立案。肯尼斯·范奎斯特签字确认的。伯格曼的律师是维戈·杜勒。你看到其中的联系了吗?"

珍妮特靠着椅背,喝了一大口酒。"还有一个伯格曼。她叫维多利亚,曾是本特·伯格曼的女儿。"

"曾是?"

"对,大约二十年前她消失了,1988年之后再无音讯。但是我曾跟她通过电话,她并没有掩饰和她父亲的关系。我觉得他性侵了她,她这才消失。本特·伯格曼和比吉塔·伯格曼也不在了。他们死于最近发生的一场大火。噗,然后他们也消失了。"

索菲娅迟疑地笑了笑:"对不起,我不明白。"

"不存在,"珍妮特说,"伯格曼和伦德斯特劳姆两家的共同点就是不存在。他们的历史信息被抹掉了,我觉得是杜勒和范奎斯特干的。"

"乌尔瑞卡·温丁呢?"

"是的,当然你认识她,七年前在一个宾馆房间里被一群男人强奸了,包括卡尔·伦德斯特劳姆。他们给她注射了麻醉剂。案子被肯尼斯·范奎斯特定为不予立案,而且案件信息也被抹掉了。"

"麻醉剂?跟那些孩子一样吗?"

"我们不知道是不是同一种麻醉剂,没有进行药检。"

索菲娅面露愠色。"为什么没做?"

"因为乌尔瑞卡等了两个多星期才报案。"

索菲娅看起来若有所思的样子,珍妮特等着,她意识到她在权衡着什么。

"我觉得维戈·杜勒试图贿赂她。"过了一会儿,她说道。

"你怎么会这么想?"

"她来见我的时候,有一台新电脑,还有很多钱。她还把几张五百克朗面值的钞票掉到了地上。她看到了我打印出来、忘在桌子上的维戈·杜勒的照片。看了照片以后,她退缩了一下,当我问她认不认识他时,她否认了,不过我非常确定她在撒谎。"

盖姆拉·安斯基德——科尔伯格家

盖姆拉·安斯基德居住区设计于上世纪初期,为的是让普通人也能拥有一套属于自己的有两居室、一个厨房、一个地下室外加一个花园的房子,而且和市里两居室公寓的价格完全一样。

还是黄昏时分,云层逐渐变厚。灰色笼罩着郊区,那棵高大的绿色的枫树变成了黑色,草地上方飘荡着灰色的雾气。

她知道你是谁。

不,停下。她不可能知道,这不可能。

她不愿承认,但是索菲娅怀疑珍妮特·科尔伯格藏着一个秘密的计划,要让她陷入一个圈套。

索菲娅·柴德兰咽了咽口水,她感觉像是有人往自己的喉咙里塞了一块苹果干。

珍妮特·科尔伯格晃了晃杯子里剩下的酒,然后喝了下去。"我觉得维多利亚·伯格曼是关键,"她说,"如果我们能找到她,就能破案。"

放松。呼吸。

索菲娅·柴德兰深吸一口气。"你为什么这么认为?"

"感觉而已,"珍妮特挠了挠头说,"本特·伯格曼曾经供职于瑞典国际发展合作署,在塞拉利昂等地方工作过。八十年代晚期,伯格曼一家在那里住了一段时间,感觉这也是巧合。"

"我不明白。"

珍妮特笑了。"嗯,维多利亚·伯格曼小时候去过塞拉利昂,而塞缪尔·柏来自塞拉利昂。我突然想到还有你,你也去过那里。你看,世界可真小。"

她是什么意思?她是在暗示什么吗?

"也许吧。"索菲娅若有所思地说道，但她内心却焦虑万分。

"我们调查的人里，有一人或多人认识凶手。卡尔·伦德斯特劳姆、维戈·杜勒、西尔弗贝里、伯格曼或者伦德斯特劳姆家的某个人。凶手既可能是这些人中的一个，也可能是在这些人之外。非此即彼。我还是觉得，维多利亚·伯格曼知道凶手是谁。"

"这个假设有什么根据？"

珍妮特又笑了："直觉。"

"直觉？"

"对，我血管里可流着三代警察的血。我的直觉很少出错，在这个案子里，我每次想到维多利亚·伯格曼，感觉都会变得非常强烈。如果你愿意，就把它叫作我的警察的血液吧。"

"我做了一份凶手的心理资料介绍。你想看看吗？"她伸手去拿包，不过珍妮特拦住了她。

"我很愿意，不过我想先听听你对琳内娅·伦德斯特劳姆的看法。"

"我最近见她了，为了治疗。我觉得她不止被她爸爸一个人侵犯过。"

珍妮特专心地看着她，"你相信她？"

"完全相信。"索菲娅考虑了一下，她觉得是时候敞开心扉，展示一下自己隐藏至今的那部分了，"我年轻的时候也接受过心理治疗，我知道当你有机会把一切说出来的时候，会感觉到多大的自由和解脱。能够不受限制和打扰地讲述你的遭遇，有人在真心聆听。一个可能有相同的经历、但花费了大量的时间和金钱来学习理解人类心理的人，一个认真对待你讲述的故事、并愿意帮助你分析的人，哪怕只是一幅画或是一封信，一个尝试得出结论而不是只想着该开什么药的人，一个不会只挑毛病、找替罪羊的人，即使——"

"喂，"珍妮特打断了她，"你怎么了，索菲娅？"

"什么？"索菲娅睁开眼睛，看着面前的珍妮特。

"你走神了一阵。"珍妮特身子探到桌子上方，握着索菲娅的手，温柔地抚摸着它们，"很难开口吗？"

索菲娅感到眼眶里的泪水刺痛了眼睛，她想要投降了。但是机会已经错过了，她摇了摇头。

"不，我只是说我觉得维戈·杜勒也参与了。"

"是的，嗯，这样很多事情就能说通了。"她停下来，看起来在斟酌语言。

等待，让她说下去。

"继续。"索菲娅听到自己说,仿佛她站在一旁看着。她知道珍妮特要说什么。

"博-奥拉·西尔弗贝里曾住在丹麦,维戈·杜勒也住在丹麦。当他被控告性侵了自己的养女时,杜勒为他辩护。当伦德斯特劳姆被控告强奸了乌尔瑞卡·温丁的时候,他也为他辩护。"

"养女?"索菲娅感到呼吸困难,她伸手去拿酒杯,以掩饰自己的不安。她把杯子举到唇边,看到自己的手在颤抖。

她的名字叫玛德琳,金色头发,她喜欢你挠她的小肚子。

她哭着喊着,刚来到这个世上,就接受了验血。

那只小手紧紧地抓着食指。

斯德哥尔摩,1988

她不用作任何努力,因为那些故事仿佛自己出了她的口,有时,就好像她预见到了真相。她会编个谎话,然后就真的发生了。她喜欢拥有这种奇异的能力。

仿佛她能够通过撒谎并让谎言变为现实,来左右周围的世界。

那些钱一直撑到她从哥本哈根赶到斯德哥尔摩,她在中央车站外面,把那个从斯楚厄的农舍里偷来的十八世纪的音乐盒给了一个醉汉。早上八点一刻,维多利亚登上了从古尔马斯普兰开往蒂勒瑟的巴士,坐在最后一排,拿出日记本。

因为道路施工,路面变得非常糟糕,司机又开得太快。这让她很难写字,写出的字母都颤颤巍巍的。

她陷入了自己与那位心理专家见面时的记录。一切都被她记在了日记里,她们的每一次会面。她把笔放回包里,读了起来。

5月3日

她的眼睛能够理解我,这让我感到很安全。我们谈论了潜伏期。它就是等待的意思,也许我的潜伏期很快就会结束了?

我在等待着生病吗?

她的眼睛问我关于索乐思的事,我告诉她她搬出了壁橱。现在我们同睡一张床。从桑拿房里带来的臭味伴随我们上床。我已经病了吗?我告诉她潜伏期开始于塞拉利昂。我们离开的时候我就携带了那种病,但是到家以后我并没有摆脱它。

那种传染病还在我的体内，让我发疯。
他的传染病。

维多利亚更愿意不直呼心理专家的名字。她喜欢想那个老妇人的眼睛，它们让她感到很安全。那位治疗师就是那双眼睛。在这双眼睛里，她也觉得很自在。

巴士停下了，司机下了车，打开了一侧的车门。她抓住机会，抓起笔，写了起来。

5月25日

德国和丹麦狼狈为奸。北弗里西亚群岛，石勒苏益格-荷尔斯泰因。在罗斯基勒音乐节上被一群德国仔强奸了，然后是一个丹麦籍德国杂种。两个红白黑的国家。老鹰飞过平坦的田野，在灰色的成块的田地上拉屎，然后落在了黑尔戈兰岛，一个北弗里西亚群岛岛屿，当德拉库拉伯爵把瘟疫带到不来梅时，老鼠都逃窜到了那里。那个岛看上去像丹麦国旗，锈红色的峭壁，白色的浪花。

巴士又停下了。"很抱歉延误了行程，我们现在正在前往蒂勒瑟的途中。"

在剩下的二十分钟的路程中，她把日记从头到尾读了一遍，下车以后，她在车站的木制长椅上坐下，继续写起来。

孩子们都出生在BB里，产房，而BB也是本特·伯格曼，如果把字母B贴着镜子，就能得到数字"8"。

8是希特勒的数字，因为H是字母表中的第八个字母。

而现在是1988年。88。

希特勒万岁！

黑尔戈兰万岁！

伯格曼万岁！

她收拾好东西，朝那双眼睛的房子走去。

位于蒂勒瑟的别墅的客厅里很明亮，阳光透过敞开的阳台门前面的白色蕾丝帘子照进来。她躺在被阳光晒得暖暖的沙发上，老妇人则坐在她对面。

她要把一切都说出来，仿佛她有说不完的话。

维多利亚·伯格曼必须死去。

她先讲述了一年前的旅行。关于巴黎的一个天花板上爬着蟑螂、水管漏水的房间里的一个陌生男人。关于尼斯的海岸线上的四星级酒店。关于床上躺在她身边的男人，一个房产中介，一股臭汗味。关于苏黎世，但是她完全不记得这个城市了，只有白色的雪和夜店，以及她在一个公园里帮一个男的打手枪。

她告诉那双眼睛，她相信外部的疼痛能抹去内心的痛。老妇人并没有打断她，只是让她随心所欲地说。窗帘在微风中摇摆，她给维多利亚拿来了咖啡和蛋糕。自从离开哥本哈根以来，这是她第一次吃东西。

维多利亚讲到了一个叫尼科斯的男人，她们到了希腊以后她认识的。她记得他那块昂贵的劳力士手表戴错了手腕，以及他身上的大蒜味和须后水的味道，却不记得他的模样，或是他的声音。

她努力不说假话。但是当谈到在希腊发生的事时，却很难实话实说。她能听出那是多么疯狂。

她在尼科斯的家里醒来，走进厨房，接了一杯水。

"汉娜和杰西卡都坐在餐桌边，朝我大喊大叫，我必须努力控制自己的情绪。她们说我浑身发臭，说我把手指甲咬得一定很疼，说我有赘肉和静脉曲张。还说我对尼科斯太残忍了。"老妇人像往常一样笑着看着她，但是她的眼睛没有笑，而是看上去有些担心。

"她们真的那么说了吗？"

维多利亚点点头。"汉娜和杰西卡其实并不是两个人，"她说，仿佛她突然理解自己了，"她们是三个人。"

治疗师饶有兴趣地看着她。

"三个人，"维多利亚继续说，"一个是工人，尽职尽责，而且……嗯，顺从，品行端正。一个善于分析，聪明，理解我需要做什么才会感觉好一些。另外一个则总是责备我，只知道发牢骚，她让我感到良心不安。"

"一个工人，一个分析家，还有一个抱怨者。你的意思是汉娜和杰西卡是两个有不同性格的人？"

"不是，"维多利亚回答，"她们是两个人，但是有三个人。"她犹豫地笑了。"这听起来有点混乱吧？"

"不，我觉得我能理解。"

她沉默了片刻，然后她问维多利亚是否愿意说一说索乐思。

维多利亚想了想，但是不知道自己该怎么回答好。"我需要她。"她最后说道。

"那尼科斯呢？你想谈一谈他吗？"

维多利亚笑了。"他想娶我。你能想象吗？太荒唐了！"

老人什么也没说，只是换了换姿势，靠在扶手椅的椅背上。她似乎在思考接下来该说什么。

维多利亚突然觉得又困又无聊。谈话没那么容易了，尽管她还想说，但是她说出的词句很迟钝，她必须费一番功夫才能不让自己撒谎。在那双眼睛面前，她觉得很羞愧。

"我想折磨他。"过了一会儿，她非常平静地说道。

维多利亚禁不住咧嘴笑了，但是当她看到老妇人并不觉得好笑时，她用手挡住嘴，好掩盖自己的笑容。她再次觉得羞愧了，不得不努力找回那个帮助她讲述的声音。

不久之后，心理专家离开客厅去上洗手间，维多利亚控制不住，想看看她都写了什么，于是她一走开，就翻开了那本笔记本。

过渡对象。

非洲恋物面具，象征着索乐思。

布狗玩偶特拉姆普，象征童年时的安全感。

是谁？不是父亲也不是母亲。可能是童年时期的朋友的亲戚。很可能是个大人。艾尔莎姨妈？

记忆错乱。暗示着DID或MPD。

她不明白，并且很快被门廊里的脚步声打断了。

"什么是过渡对象？"维多利亚有些失望，因为治疗师写的都是她们还没谈过的东西。

老妇人重新坐下来。"过渡对象，"她说，"就是一个代表着你很难割舍的人或者事物的物品。"

"比如说？"维多利亚回呛道。

"嗯，一个填充玩具或者一条毯子能够给孩子带来安慰，因为那个物品代表着他的妈妈。当她不在的时候，这个物品就代替她，帮助孩子从对母亲的依赖逐渐走向独立。"

维多利亚还是不明白。毕竟，她已经不是孩子了，她长大了，是个成人了。

她想念索乐思吗？那个木质面具是个过渡对象吗？

她不知道那只用真兔皮做的小布狗特拉姆普是从哪里来的。

"什么是DID和MPD？"

老妇人笑了笑。维多利亚觉得她看上去有些伤心。"看得出来你看我的笔记了，但是那些并非千真万确。"她朝桌子上的笔记本点点头，"它们只是我对我们之间谈话的思考。"

"可是 DID 和 MPD 是什么意思？"

"它们只是描述有多重自发人格的人的一种方法。它不是——"她停住了，露出严肃的神情，"它不是诊断，"她继续说，"我想让你明白这一点。它更像是一个人格特性。"

"什么意思？"

"DID 就是分离性人格障碍（dissociative identity disorder），它是一种合理的自我保护机制，是大脑处理困难事物的方式。一个人会形成不同的人格，各种人格独立行动，彼此分离，以最好的方式应对不同的情形。"

这是什么意思？维多利亚想。自发，解离，分离，独立？她通过体内的其他人而独立于自己吗？

听起来太荒唐了。

"对不起，"维多利亚说，"我们晚点再继续谈好吗？我觉得我需要休息一下。"

她在沙发上睡着了。她醒来时，外面还是亮的，但是窗帘一动不动，光线变暗了，很安静。老妇人正坐在扶手椅里织衣服。

维多利亚向治疗师问起索乐思。她是真实的吗？老妇人说她可能是个收养对象，但是这是什么意思？

汉娜和杰西卡肯定都存在，她们跟她在锡格蒂纳是同班同学，但是她们在她心里也是工人、分析家和抱怨者。

索乐思也是真实的，但是她住在塞拉利昂的弗里敦，她的真名不叫这个。但是索乐思·马努提在维多利亚体内，她是帮手。

她自己则是那只为所欲为的爬行动物，也是个眼睁睁看着生命流逝而不为所动的梦游者。爬行动物只知道吃和睡，梦游者则置身事外，看着其他的维多利亚的所作所为，并不干涉。梦游者是她最不喜欢的，但是同时，她也知道她活下去的机会最大，这是她必须培养的部分。其他的则需要除掉。

然后就是乌鸦女孩，维多利亚知道这是她无法去除的部分。

乌鸦女孩不受控制。

周一，她们去了纳卡。治疗师安排了一次体检，以确认维多利亚小时候是否遭到了性侵。她并不想举报她的父亲，但是治疗师说医生可能会给警方出具一份报告。

她也可能会被转移到索尔纳的法医鉴定单位进行更加细致的检查。

维多利亚向老妇人解释了她不愿报警的原因。她把本特·伯格曼视作死人，她无法在法庭上面对他。她之所以记录下自己受到的伤害，还有其他目的。

她想要重新来过，换个身份，新名字，开始新的生活。

治疗师说，只要有充分正当的理由，她可以换个身份。也正因为此，她们需要去医院。

当汽车停在纳卡医院的停车场里时，维多利亚已经开始规划她的新生活了。之前的未来不存在了，因为本特·伯格曼把它夺走了。

但是现在，她将有机会重新开始。她将得到一个新的名字和一个保密的身份证号码。她会规规矩矩地接受教育，在另一个城市找到一份工作。

她将挣钱养活自己，照顾自己，还可能结婚生子。

做个正常人，像其他人一样。

盖姆拉·安斯基德——科尔伯格家

盖姆拉·安斯基德一片漆黑，几乎没有一点声响，只有路上的几个年轻人。透过那丛稀疏、落光了叶子而显得相当凄惨的忍冬树篱，一束蓝灰色的光从邻居客厅的窗户里照进来，这时他们像大部分人一样在看电视。

珍妮特站起来，走到窗边，拉下窗帘，转过身，绕过沙发，在索菲娅身边坐下。

她安静地坐着，等着。由索菲娅决定她们是继续谈论工作，还是换到更加私密的话题上去。

索菲娅提醒珍妮特凶手档案的事。"我们看一下吧？"她问道。索菲娅侧过身，从沙发外面的包里拿出一个笔记本。

"好的。"珍妮特回答，她为索菲娅选择继续讨论工作而感到失望。

不过天还不是很晚，她想。约翰又在外面过夜。我们有大把的时间。

"很多信息都暗示，我们面对的是一个符合边缘型人格障碍的人。"索菲娅翻看着笔记本，"这种人对事物的看法非此即被，他把整个世界分成黑和白、善和恶、朋友和敌人。"

"你是说不是朋友便自动成为他的敌人？有点像乔治·W.布什在入侵伊拉克之前所说的？"珍妮特笑了。

"差不多。"索菲娅笑着回答。

"你怎么看待凶手凶残的作案手法？"

"这就要把其行为，嗯，也就是谋杀，看作一种语言。对某种东西的表达。"

"噢？"珍妮特想着她看到过的情景。

"所以，凶手在把内心的剧本表演出来，我们必须弄懂这个人在表达什么。首先，我觉得这些谋杀都是经过谋划的。"

"我也这么认为。"

"但是同时，这种过分的暴力行径表明，谋杀是在短暂爆发的狂怒之下犯下的。"

"所以，这可能是关于什么？力量？"

"没错。一种支配并完全控制别人的强烈欲望。受害人都经过仔细选择，但同时也显得很随机。身份不明的小男孩。"

"看起来很有虐待狂倾向？你觉得呢？"

"凶手享受看到受害人的无力和无助，也许这能给他带来快感。真正的虐待狂不可能用其他方式获得性快感。有时候，受害人会被囚禁起来，虐待行为持续很长时间。这种虐待以谋杀告终并不鲜见。这些行为通常都经过周密计划，而不是一时无端愤怒的结果。"

"但是为什么这么残暴呢？"

"就像我说的，有些凶手通过强加给别人痛苦获得满足感。它可能是通往其他表达的一种必要的前戏。"

"那我们在丹维科斯图尔发现的被做了防腐处理的男孩怎么解释呢？"

"我觉得那是一个试验，差不多是一时兴起。"

"是什么把一个人变成那样呢？"

"不同的凶手，其原因也会多种多样，说到这里，心理专家也一样。这只是一种笼统的说法，说的并不是那些移民男孩。"

"你怎么看？"

"我觉得这种行为源自于性格形成阶段遭受的创伤，是身体和心理上被虐待的结果。"

"所以受害者变成了行凶者？"

"是的，通常凶手成长于极端独裁、暴力的环境之中，母亲通常被动而且唯命是从。小的时候他可能常常感到父母会离婚，并把它归咎于自己。他很早就学会了撒谎，好面对毒打，必须插手以保护其中的一方，或者在受了委屈的情况下照顾其中一方。他不得不安抚受了委屈的一方，而不是由别人来安抚他。他可能目睹了激烈的自杀行为。他可能很早就开始打架、喝酒和盗窃，而父母对此完全没有反应。总之，他常常感觉自己是多余的，像个包袱。"

"所以，你觉得凶手的童年非常不幸？"

"我和爱丽丝·米勒的想法一样。"

"谁？"

"一个心理学家，她说一个成长于诚实、尊重和温暖的环境中的人，绝不会想去折磨一个弱者并伤害他们的性命。"

"这话有些道理，不过我还是不能完全相信。"

"是的，有时候我也怀疑。研究证明，过量的雄性激素和性侵犯行为有关联。你也可以把对女性和儿童进行虐待和性侵，看作男性建立男子气概的一种方式。男人通过暴力获得权力和支配权，而在他看来，这是社会传统的性别和权力结构赋予他的权力。"

"我明白了。"

"社会规范和心理的扭曲程度也有关联，简单来说，一个社会的双重标准越多，越有可能发生这种极端犯罪行为。"

珍妮特觉得她在跟一本百科全书谈话。

冷酷的事实和清楚明了的解释彼此堆叠在一起。

"好了，当我们概括性地讨论这类凶手的时候，能不能回到卡尔·伦德斯特劳姆和琳内娅·伦德斯特劳姆身上？"珍妮特说，"一个人童年遭受了性虐待，长大后会一点记忆都没有吗？"

索菲娅想了一会儿。"是的。临床实践和记忆研究都表明，儿童时期的深度创伤事件可以被储存起来，无法回忆起来。当警方调查这类记忆时就会产生问题，因为必须证明涉嫌的性侵行为真的发生了。我们不能忽视另一种可能，那就是一个无辜的人可能因此被起诉并被判有罪。"

珍妮特逐渐加快了节奏，她已经想好下一个问题了。"在审问中，一个孩子可能被诱导着谈论从未发生过的性虐待行为吗？"

索菲娅神情严肃地看着她。"有时候，孩子的时间观念并不强，比如某件事发生的时间和频率。他们常常觉得大人已经知道了他们要说的话，所以倾向于略去那些与性有关的细节，而不会过分强调它们。我们的记忆跟我们的感觉密切相关，也就是，我们看到的、听到的、感受到的。"

"你能给我举个例子吗？"

"举一个临床的例子，一个十几岁的女孩闻到了她男朋友的精液，意识到这不是她第一次闻到这种味道，而这激发她回忆起了她父亲对她的虐待。"

"那么，你如何解释卡尔·伦德斯特劳姆变成恋童癖者呢？"

"对有些人来说，其他人并没有任何感情意义。他们知道同情的概念，但是它并没有任何定性意义。这样的人可能做出非常可怕的事情。"

"但是他是如何掩人耳目的呢？"

"在乱伦家庭里，成人和孩子的界限模糊不清。所有的需求都能在家庭内部得到满足。女儿经常和母亲互换角色，比如，可能代替她下厨、上床。一家人所有的事情都一起做，从表面看，这是一个理想家庭。但是家庭内部的关系实则遭到了严重的破坏，孩子不得不满足父母的需要。孩子常常更多地为其父母承担责任，而不是相反。尽管可能有一些肤浅的社交生活，但整个家庭依然处于与世隔绝的状态。为了躲避监督，一家人会经常从一个地方搬到另一个地方。卡尔·伦德斯特劳姆自己可能也是一个受害者。就像米勒说的，悲哀的是，你要殴打自己的孩子，才能忘记你自己的父母的所作所为。"

"你觉得琳内娅会发生什么事？"

"遭受乱伦的女性中，超过百分之五十会试图自杀，通常在青少年时期。"

"这让我想起了那句话，'哭的方式有很多：大声哭者为嚎，低声哭者为泣，或者该哭而不哭。'"

"这句话谁说的？"

"不记得了……"

接着是一阵会心的沉默。

珍妮特觉得这个话题太过沉重了。她需要一阵大笑，以赶走那些被强奸和虐待的孩子的画面。

她把她们的杯子重新倒满，并主动改变了话题。"你都怎么哭？抽泣，哀嚎，还是该哭不哭？"

索菲娅微微笑了笑，"这要看情况。有时候是哀嚎，有时候则该哭不哭。"

"那你怎么笑？"

"我想基本也是这样吧。"

珍妮特不知道该如何继续说下去，"你是否……"她欲言又止。

我在犹豫什么？她想。至少，我知道自己现在需要什么。

"抱着我。"她终于说道。

珍妮特还没回过神来，索菲娅已经抱住了她，当索菲娅探过身子吻她的时候，仿佛这吻就是拥抱的自然延伸。

这个吻不长。

但是已经让珍妮特头晕目眩了,仿佛她们晚上喝的酒在五秒钟之内全部跑到了头上。

她想要更多,她想感受索菲娅的全部。

但是冥冥之中有个声音告诉她,她们应该等待。

她们的唇分开了,她摸着索菲娅的脸颊。

这就足够了。

至少,目前足够了。

克鲁努贝里——警察总部

斯德哥尔摩毫不妥协的冬季恶劣而多风,寒冷无孔不入,几乎没有什么可以抵御它的入侵。

长达六个月的冬季里,市民们早上醒来去上班时,天还没亮,下午下班回家时,天已经黑了。几个月里,人们生活在浓重而令人窒息的、极度缺乏阳光的黑暗中,等待着春天的到来。他们把自己关起来,生活在自己的私人世界里,避免跟其他人不必要的眼神接触,用 iPod、MP3 播放器和手机把周围的世界屏蔽掉。地铁里安静得让人害怕,任何噪声或大声交谈都会招来别人的怒目而视或者严厉批评。对外人来说,斯德哥尔摩是一个连太阳都没有足够的能量穿透铁灰色的天空,照耀这些沉闷的居民哪怕一个小时的地方。

另一方面,斯德哥尔摩秋天的景色可谓美不胜收。沿着南莫拉尔海滩排列的游艇随着波浪上下摇摆,坚忍地在粗俗的汽艇、水上摩托艇、船岛边精致的机动游艇,以及前往皇后岛和布约克上的维京城镇的白色渡船激起的尾波中左右摇晃。清澈干净的海水环抱着市中心岛屿上陡峭的灰色和锈红色的崖壁,树木被泼上了或黄或红或绿的颜料。

珍妮特·科尔伯格开车进入市区去上班的时候,天空高远而湛蓝,这是几周来的第一次,她在梅拉伦湖沿岸的码头上兜了一个大圈。

她感觉像喝醉了。

一个吻,直击心灵的五秒钟。

当珍妮特走进延斯·赫提格的办公室时,他正坐在那里清洁配枪。一把西格绍尔手枪,九毫米口径。他看起来不开心。

"武器保养?"珍妮特咧嘴说道,"你可以把我的也保养一下。"她回到办公室,从办公桌抽屉里拿出她的手枪。

"所以,对于弗雷德丽卡·格鲁内瓦尔德,我们都知道些什么?"珍妮特边问边把枪递给他。

"她出生在斯德哥尔摩,"他无动于衷地说着,同时打开皮套,拿出了手枪,"她的父母住在斯托克松德,过去九年里从未跟她有过任何联系。很明显,她糟糕的投资挥霍掉了家里的大部分财产。"

"怎么回事?"

"在父母不知情的情况下,她把他们所有的资金,将近四千万克朗,注入了数个新成立的公司。你还记得衣橱网吗?"

珍妮特想了想。"记不太清楚了,是一度被认为价值无限然后股票暴跌的互联网企业之一吗?"

赫提格点点头,同时往一块布上挤了一点枪用润滑脂,开始擦拭手枪。"没错。他们的想法是在网上卖衣服,但是结果却欠下了数亿克朗的债。格鲁内瓦尔德家是损失最为惨重的投资者之一。"

"都是弗雷德丽卡的错吗?"

"这是她父母的说法,不过我不知道。他们似乎并不缺衣少食。他们依然住在别墅里,车道上停着的汽车每辆至少价值百万克朗。"

"他们有想要摆脱弗雷德丽卡的缘由?"

"我不觉得。网络公司倒闭以后,她断绝了跟父母的联系。他们觉得这是因为她觉得很羞愧。"

"她靠什么过活?我是说,尽管无家可归,可是她看起来并不缺钱。"

"她的父亲说,不管怎么样,他都为她感到难过,每个月都会向她的账户里存一万五千克朗。这样一切就讲得通了。"

"那么,那边没什么可疑的了。"

"不,在我看来不是这样。无忧无虑的童年,小学时成绩优异,然后上了寄宿学校。"

"没有丈夫或者孩子?"

"没有孩子,"他继续说道,"据她父母所说,她不曾谈过恋爱。至少,他们没听说她谈过。"他把最后一个手枪部件装回去,然后把枪放到桌子上。

"也许我是太保守了,但是我觉得这有点奇怪。我是说,这么多年间,无论如何应该有过一个男人吧。"

珍妮特看着赫提格,捕捉到了一抹转瞬即逝的顽皮的神情,这是当他有锦囊妙计时才有的表情。

"猜猜谁跟弗雷德丽卡·格鲁内瓦尔德一个班?"

"我不清楚,是谁?"

他递给她几张纸。"这是跟弗雷德丽卡同时入学的所有学生的班级花名册。"

"好的,所以到底是谁?"她接过名单,开始翻着看。

"安妮特·伦德斯特劳姆。"

"安妮特·伦德斯特劳姆?"珍妮特·科尔伯格看着赫提格,看到她惊讶的反应,他笑了。

仿佛有人打开了一扇窗户,进来了一些新鲜空气。

珍妮特的办公室窗外正阳光普照,她坐下来,读赫提格给她的那份材料。

锡格蒂纳人文中学的班级花名册,覆盖了夏洛特·西尔弗贝里、安妮特·伦德斯特劳姆、亨丽埃塔·诺德兰、弗雷德丽卡·格鲁内瓦尔德以及维多利亚·伯格曼在校的几年。所以,安妮特和弗雷德丽卡曾是同班同学。

安妮特是金色头发,圣约翰内斯教堂地下室里的几个人说他们看到一个金色头发的女人在弗雷德丽卡的帐篷附近出现过。

但是那个为她带路、可能认得她的鲍耶,依然没有找到。

她应该审问安妮特·伦德斯特劳姆一番吗?核实一下她的不在场证明,然后或许安排一次列队辨认嫌疑犯?但是这样就会把她的怀疑暴露给安妮特,让接下来的审问变得更加困难。任何一个律师,只要开口说"她无家可归",就能让她获释。

不,最好等一等,不要打草惊蛇,至少要等到鲍耶现身。但是她可以把安妮特找来,理由是谈一谈琳内娅遭受的虐待。

她可以撒谎,就说是拉斯·米克尔森让她这样做的。这样应该可以。

就这么做,她想,丝毫不知道她的热情即将拖慢破案的节奏,而不是加快破案,并将间接导致很多人遭受不必要的痛苦。

克拉拉湖——公诉机关

肯尼斯·范奎斯特双手抚过脸颊。小问题变成了大麻烦。甚至可能无法解决。

至少，他已经认识到自己帮助博-奥拉·西尔弗贝里和卡尔·伦德斯特劳姆太过愚蠢了。他这么多年来太过专注于事业、为他人服务，同样愚蠢。他都得到了什么？

律师杜勒已经死了，但是万一卡尔·伦德斯特劳姆和博-奥拉·西尔弗贝里真的有罪呢？他开始怀疑他们可能真的有罪。

在上届局长格特·贝里林德的领导下，一切都是那么简单。大家彼此认识，你只需要跟正确的人打交道，就能往上爬。

伦德斯特劳姆和西尔弗贝里是格特·贝里林德和维戈·杜勒共同的好朋友。

自从丹尼斯·比林接手以后，和警方的合作就没么顺畅了。

至于科尔伯格，至少他有一个周密的计划，在改善他们关系的同时，把她的注意力引到另外一个方向上，哪怕是暂时性的，好让他有时间解决伦德斯特劳姆家的问题。

一石二鸟，他想，是时候力挽狂澜了。

珍妮特·科尔伯格在延斯·赫提格警官的协助下，正在私下调查那几宗未被立案的移民男孩遇害案，这在警察总部里已经不再是秘密，而传言也传到了检察官肯尼斯·范奎斯特的耳朵里。

他还知道，他们正在私下寻找本特·伯格曼的女儿，还有与维多利亚·伯格曼相关的所有文件都被保密了，以及科尔伯格在纳卡地方法院也一无所获。

他拨通了一个纳卡法院同事的电话。

他的想法既简单又狡猾，其根本就是法律上的例外总是可能的，只要各方同意保守秘密。换句话说，只要纳卡法院的同事守口如瓶，同时，珍妮特愿意感激涕零地亲吻他的脚。

五分钟后，肯尼斯·范奎斯特满意地靠在椅子上，双手放在脑后，两只脚翘到桌子上。就是这样，他想。现在，就剩下乌尔瑞卡·温丁和琳内娅·伦德斯特劳姆了。

她们跟警方和那个心理专家说了什么？

不得不承认，他对此一无所知，至少不知道乌尔瑞卡·温丁说了什么。很明显，琳内娅·伦德斯特劳姆说了一些对维戈·杜勒不利的话，尽管他对此最为担心，但是还不知道她说了什么。

"该死的孩子。"检察官一边想着乌尔瑞卡·温丁一边低声说道。他知道她和珍妮特·科尔伯格和索菲娅·柴德兰都见过面了，这就违背了他们之间的口头约定。五万克朗的封口费看来是太少了。

他必须直面乌尔瑞卡·温丁,让她意识到自己在跟谁打交道。他把脚从桌子上放下来,整了整西服,坐直了身体。

无论用什么方法,他都要让乌尔瑞卡·温丁和琳内娅·伦德斯特劳姆闭上嘴。

葛丽泰·嘉宝广场,索德马尔姆

前小商人拉尔夫·鲍耶·佩尔松,佩尔松建筑有限公司的创办人,已经无家可归四年了。起初一帆风顺,公司很成功,大把的盈利合同、新房子、新车,生意越来越多。但是随着工作的竞争日趋激烈,犯罪团伙依靠来自波兰以及波罗的海沿岸国家的廉价非法劳工进入建筑行业,公司便开始走下坡路了。欠账的账单越堆越高,直到无法继续保留汽车和房子。

过去忙碌的电话没有动静了,过去那些所谓的朋友要么消失了,要么不愿跟他有任何联系。

四年前的一个晚上,鲍耶外出买东西,便再也没有回去。本只是在街区附近转个弯的事,却变成了至今尚未到头的散步。

鲍耶站在青年大道上的国营酒类商店外面。十点刚过几分,他手里拎着一个淡紫色的塑料袋,里面装着六罐出口啤酒。诺兰古德啤酒,百分之七的酒精含量。他打开第一罐,告诉自己这是他最后一次喝液体早餐。他一摆脱哆嗦,就能掌控自己的生活了,他只需要一罐啤酒就能恢复平静,而且他觉得自己挣得了一罐啤酒。因为他要重新开始。

诺言刚刚许下,便付诸实施。

喝完啤酒、生活变得简单一点之后,他要做的第一件事就是坐地铁去克鲁努贝里的警察总部,告诉他们在圣约翰内斯教堂下面的地下室里发生的事情。

他没有错过介绍女公爵被害消息的传单,很明显,是他给凶手带的路。但是真的会是那个脸色苍白、比他的女儿大不了几岁的女人,如此野蛮地杀害了他不幸的姐妹吗?

啤酒是温的,但是已经足够了,他仰起头,把剩下的啤酒一饮而尽。

他慢慢地朝东走去,转入甘露南街,一直走到邻近卡塔琳娜南校区的葛丽泰·嘉宝广场。就是那位深居简出的女演员小时候上的学校。

广场中央有一个石块铺就的圆圈,沿着圆圈的边缘种着一圈角树和七叶树。拉尔夫·鲍耶·佩尔松找到一把树荫下的长椅,坐下来,思考着他要跟警察说什么。

无论怎么看,他都是唯一看到杀害弗雷德丽卡·格鲁内瓦尔德的凶手的人。

他可以描述一下那个女人当时穿的外套。还有她幽深的声音,那不寻常的口音。那双看起来比实际年龄年长很多的蓝眼睛。

读了关于谋杀案的报道之后,他知道一个叫珍妮特·科尔伯格的警察负责调查工作,他去警察局要找的人就是她。但是他很不情愿。流落街头的生活让他有了严重的警察恐惧症。

如果写封信寄给警察会不会更好呢?

他从口袋里拿出日记本,撕下一张空白的纸,铺在日记本皮革封面上。他从外套的口袋里拿出一支笔,思考着该写些什么。他该怎么写?哪些事比较重要?

作为对他为她带路的酬谢,她给了他一些钱。当她拿出钱包的时候,有一样东西引起了他的注意,如果他是一名调查凶杀案的警察,他这一看就会极为重要,原因很简单,这会让嫌疑人的数量大为减少。

他开始写,尽量写得清晰明了,这样别人不会误会他的意思。

拉尔夫·鲍耶·佩尔松弯下腰想再拿一罐啤酒,感觉到腰带紧绷在肚子外面,他伸出手,终于抓住了塑料袋的一角,这时,他感到胸口一阵剧烈的疼痛,就像刀扎一样。

他瞪大了双眼,从椅子上掉下来,背朝下摔到地上,手里还抓着那封信。

地面的冰凉侵入他的头部,跟脑袋里温暖的醉意混在一起。他浑身发抖,然后一切都炸开了。仿佛一列火车直直地撞上了他的头。

克鲁努贝里——警察总部

安妮特·伦德斯特劳姆没有识破骗局,第二天,她来了。

"卡尔已经死了,案子还没有了结吗?米克尔森不是——"

"我会解释的,"珍妮特打断了她,"但是我还有其他问题想跟你谈谈。你了解弗雷德丽卡·格鲁内瓦尔德吗?"她问道,同时观察安妮特的反应。

安妮特·伦德斯特劳姆皱着眉头,摇了摇头。

"弗雷德丽卡?"她说,珍妮特感觉她是真的感到意外,"关于她的什么?她跟卡尔和琳内娅有什么关系?"

珍妮特等着安妮特继续说下去。

"嗯，我能说什么呢？我们同班了三年，但是之后就再没见过了。"
"关于她，你能跟我说点什么吗？"
"什么意思？她在学校时怎么样？但是那已经是二十五年前的事了。"
"无论如何试一试吧。"珍妮特鼓励道。
"我们真的没有太多来往。我们所在的帮派不同，弗雷德丽卡跟那些爱出风头的女孩们在一起。那群强硬派，你懂我的意思吧？"

珍妮特点点头表示她懂她的意思，同时示意她继续往下说。

"在我的记忆中，弗雷德丽卡是一帮追随者的头头。"安妮特不说了，看起来若有所思的样子，珍妮特拿出一个笔记本。

"你想知道我对弗雷德丽卡·格鲁内瓦尔德的看法？"安妮特突然厉声说道，"弗雷德丽卡就是一个为所欲为的婊子，她有一群总愿为她出头的狗腿子。"她突然变得咄咄逼人了。

"你还记得她们的名字吗？那些狗腿子？"
"她们人来人往，但最忠诚的要数亨丽埃塔和夏洛特了。"

珍妮特依然低头看着笔记本，顺带提及似的问道："你提到弗雷德丽卡是个婊子。这是什么意思？"

安妮特纹丝不动。"我想不到什么具体的事情，但是她们非常可怕，谁都害怕陷入她们的恶作剧。"

"恶作剧？我觉得这没什么可怕的。"
"不，大多数时候可能并不可怕。但是有一次她们做得实在太过分了。"
"发生了什么事？"
"要接纳两三个新来的女孩为成员，但是事情失控了。"安妮特·伦德斯特劳姆又不说话了，看着窗外，整理了一下头发，"你为什么问这些关于弗雷德丽卡的问题？"

"因为她死了，被谋杀了，我们需要还原她的生活情形。"

安妮特·伦德斯特劳姆看起来非常慌乱。"被谋杀了？这太可怕了！谁会做出这种事呢？"她说，同时眼神里流露出一丝迟疑。

珍妮特非常确定，安妮特一定还有事没有说。

"你说事情失控了……到底发生了什么？"
"太可怕了，本来不可能瞒得住。但是根据我的理解，弗雷德丽卡的父亲是校长的好朋友，也是学校最大的捐赠人之一。我想就是因为这个吧。"安妮特·伦德斯特劳姆叹了口气，"不过你肯定已经知道了吧？"

"当然，"珍妮特撒谎道，"但是如果你能告诉我事情的经过，我会非常感激。我是说，如果你觉得没有问题的话。"珍妮特把身子探到桌子上方，打开了录音机。

安妮特讲的是一个关于屈辱的故事。一群年轻女孩彼此怂恿着做她们自己永远不会做的事。新学年的第一周，弗雷德丽卡·格鲁内瓦尔德和她的随从们确定了三个女孩，必须经历一个特别恶心的接纳仪式。她们披着黑色的斗篷，戴着自制的猪面具，把三个女孩带到了一个工具房里，然后把冰凉的水浇到她们身上。

"之后的事情都是弗雷德丽卡·格鲁内瓦尔德的主意。"

"之后发生了什么？"

安妮特·伦德斯特劳姆用颤抖的声音说。"她们被强迫吃狗屎。"

珍妮特感觉脑子里一片空白。

那个词。她感觉大脑死机了，然后又重启了。

狗屎。

夏洛特·西尔弗贝里对此只字未提，但也许这并不奇怪。

"继续说，我听着。"

"嗯，其实也没什么了。两个女孩晕过去了，但是很显然另外一个真的吃了，然后吐了。"

安妮特·伦德斯特劳姆继续说，珍妮特厌恶地听着。

维多利亚·伯格曼，她想。还有两个身份不明的女孩。

"弗雷德丽卡·格鲁内瓦尔德、亨丽埃塔·诺德兰，还有夏洛特·汉森应该对此负有全责。"她长叹一口气，"但是其他人也参与了。"

"你说夏洛特的姓是汉森？"

"是的，但是她现在不姓这个了。她十五还是二十年前嫁人了……"她的声音越来越小。

"什么？"

"她嫁给了西尔弗贝里，那个被谋杀的男人。太可怕了——"

"亨丽埃塔呢？"珍妮特打断了她，防止谈话进入某个单独的案件。

回答来得很快，仿佛只是顺带说起。"她嫁给了一个名叫维戈·杜勒的男人。"安妮特·伦德斯特劳姆说。

两条信息汇合成一条了，珍妮特想。

又是杜勒，所以亨丽埃塔是他的妻子。现在杜勒夫妇两人都死了。

尽管对着了火的船只的法医检查显示是意外，但很可能是谋杀。

案子渐渐有了头绪，画面越来越清晰了。

珍妮特确定，杀害博-奥拉·西尔弗贝里和弗雷德丽卡·格鲁内瓦尔德的凶手的嫌疑人又增加了两个，她低头看着笔记本。

夏洛特·汉森，现在叫夏洛特·西尔弗贝里，博-奥拉·西尔弗贝里的遗孀。

亨丽埃塔·诺德兰，后来叫亨丽埃塔·杜勒。嫁给了维戈·杜勒。死亡。

"你还记得那三个女孩的名字吗？"

"不记得了，对不起……时间过去太久了。"

"好的……嗯，今天就到这里吧，"珍妮特说，"除非你还有什么要补充的。"

那个女人摇了摇头，站起身。

"如果想到了关于那两个女孩的任何事，随时跟我联系。"

安妮特·伦德斯特劳姆面带忧虑的神色离开了，珍妮特再次感觉到她还有事没有说。

珍妮特正要把录音机关掉，这时门开了，赫提格把头伸进来。"没有打扰你吧？"他一脸严肃。

"一点都不。"珍妮特把椅子转过来，面对着他。

"在凶杀案的调查工作中，最后的证人有多重要？"他委婉地问道。

"什么意思？"

"鲍耶·佩尔松，弗雷德丽卡·格鲁内瓦尔德遇害前，被看到曾在地下室里出现过的男人，死了。"

"什么？"

"今天上午突发心脏病死亡。当他们意识到我们在找他时，南城医院打来了电话。很显然，他手里握着一封信，所以我让阿伦德和施瓦茨去把它拿过来。他们刚回来。"

赫提格把一张从笔记本上撕下来的纸放到她面前。

笔迹很整洁。

斯德哥尔摩警察局，珍妮特·科尔伯格收。

我想我知道是谁杀害了弗雷德丽卡·格鲁内瓦尔德，那个在圣约翰内斯教堂下面被称为女公爵的女人。

我要求匿名，因为我不希望跟政府部门有任何瓜葛。

你们在找的人是个女人，金色的长发，作案时穿着一件蓝色的外套。她中等身高，蓝色眼睛，苗条身材。

关于她的长相，除此之外不必多言，因为那将脱离实际，带有强烈的主观色彩。

但是,她有一个明显的特征,值得你们注意。

她右手没有无名指。

维塔山——索菲娅·柴德兰的公寓

宽恕很难,她想。但理解而不宽恕则难得多。

当你不止知道事情的缘由,还理解从头到尾的一系列事件导致了最终的病态行为,这让你感觉头晕目眩。有人把它称作原罪,其他人则说是宿命,但是,实际上它只是冰冷、不带感情的因果关系而已。

大声喊叫之后的雪崩,或是扔下的石块泛起的波纹。横在黑暗的自行车道上的一根拉紧了的绳子,或是盛怒之下的一句草率的话和一记拳头。

有时,它是一种经过考虑的自觉的举动,其结果只是思考和欲望的一种满足。

在冷漠无情的状态下,同情只是一个词语罢了,两个毫无意义的字,你开始接近邪恶。

你抛弃了人性,变成了野兽。你的声音变得阴郁,走路的方式变了,眼神也变得呆滞。

她走进浴室,从壁橱里拿出那盒镇定剂,吃了两粒帕罗西汀,迅速一抬头咽了下去。很快就会过去了。维戈·杜勒死了,珍妮特·科尔伯格知道维多利亚·伯格曼就是凶手。

"不,她不知道,"她大声说道,"维多利亚·伯格曼并不存在。"但是没必要假装。那个声音在那里,比以往更响了。

她回到客厅里,然后又去了厨房。她的眼里闪着光,就像偏头痛开始前的预兆。

那盏红色的灯发着光,表明那台小机器正在录音。

她把录音机放到面前,双手颤抖着,她全身被汗水浸透了,她仿佛离开了自己的身体,看着自己坐在桌子边。

索菲娅感觉自己同时出现在两个地方。

她正站在桌子边,同时也在女孩的头脑里。那个声音忧郁而单调,它在她头脑里回响,同时也在厨房的墙壁间回荡。

当她试图理解维多利亚·伯格曼的时候，录音里的独白起到了催化剂的作用，现在则恰恰相反。

她的记忆里有解释也有答案，它们是生活的向导和指南。

索菲娅被街上的一声巨响打断了思绪，那个声音消失了。她感觉自己好像刚刚醒来，于是关掉录音机，看了看四周。

桌子上有一个皱巴巴的撕破了的空的帕罗西汀包装盒，地板上肮脏不堪，布满了泥泞的脚印。她站起来，走到门廊里，看到鞋子又湿又脏，上面沾满了泥土和草叶。

所以，她又出去了。

她回到厨房里，看到有人很可能是她自己，在餐桌上布置了五个人的位置，她还在座位边放上了她们的名卡。

她探身过去，看着桌子上的卡片。在她的左边，索乐思和汉娜相邻而坐，另一边则并排坐着索菲娅和杰西卡。她把维多利亚放在了主位上。

汉娜和杰西卡？她想。她们怎么会在这里？汉娜和杰西卡，自从二十多年前在巴黎的火车上分别以来，她再也没有见过她们。

索菲娅跌坐到地板上，发现自己手里握着一支黑色马克笔。她把它放到一边，抬头看着白色的天花板。她隐约听到门廊里的电话铃声，但是她不打算去接，然后闭上了眼睛。

在她头脑里的咆哮淹没一切之前，她重新打开了录音机。

然后是黑暗和沉静。咆哮声停止了，药片起作用了，她镇定下来，能够休息一下了。

她睡得更沉了，对维多利亚的记忆如波浪一样朝她涌来，起初是声音和气味，然后是画面。

在完全失去意识之前，她最后看到的是一个穿着红色的夹克站在丹麦的海滩上的小女孩，这时她才意识到这个女孩是谁。

克鲁努贝里——警察总部

"凶手右手没有无名指。"珍妮特重复道，心里默默地对死去的拉尔夫·鲍耶·佩尔松表达了谢意。

"并非完全没有意义。"赫提格说。

"悲哀的是，提供最好的线索之一的却是一个无法跟我们对话的证人，"珍妮特说，"比林从警察学院调了一帮人，来帮助我们彻查锡格蒂纳的班级花名册。他们已经开始给过去的学生和老师打电话了，有三个人的名字，我特别希望今晚能被查出来。"

"我知道了，你是说接纳仪式上的三个受害人。维多利亚·伯格曼和另外两个消失了的女孩。"

"没错。另外，还有一个电话要打。最重要的一个电话，所以我留给你打，赫提格。"她把电话递给他，"你要联系的人曾是学校的校长。她现在退休了，住在乌普萨拉。她显然知道发生了什么，并且非常积极地对它加以掩盖。她至少能把三个人的名字告诉我们，如果她记不得了，也可以帮我们找到她们的档案。你来打电话，我累坏了，血糖水平极低，我要去餐厅喝点咖啡吃点甜食。你要点什么吗？"

"不了，谢谢。"赫提格笑了，"你可一刻都不放松啊。我给校长打电话，你去买咖啡吧。"

她回到办公室时，赫提格刚刚挂了电话。

"嗯，怎么样？她怎么说？"

"那两个女孩的名字叫汉娜·奥斯特伦和杰西卡·弗里贝里。我们今晚就能拿到她们的个人信息。"

"干得好，赫提格。你觉得她们中谁没了无名指吗？"

"弗里贝里，奥斯特伦，或者伯格曼？为什么不是玛德琳·西尔弗贝里？"

珍妮特愉快地看着他。"她可能有动机杀害她的养父，但是我看不到她跟弗雷德丽卡·格鲁内瓦尔德有任何直接关系。"

"好吧，但是这还不足以说明问题。还有吗？"

"亨丽埃塔·诺德兰嫁给了律师维戈·杜勒。"

赫提格什么都没说，只是若有所思地点了点头。

"另外，还有很重要的一点……在锡格蒂纳的接纳仪式上，汉娜·奥斯特伦、杰西卡·弗里贝里和维多利亚·伯格曼被弗雷德丽卡·格鲁内瓦尔德强迫吃狗屎。还需要我多说吗？"

他呼了一口气，突然看起来很疲倦。"不用了，谢谢，目前足够了。"

无论他多么疲惫，她想，他永远都不会放弃。

"对了,你爸怎么样了?"

"我爸?"赫提格揉了揉眼睛,脸上露出了愉快的笑容,"他们已经切除了他右手的几根手指,现在在用荔枝为他治疗。"

"荔枝?"

"是的,荔枝能在切除后防止血液凝结。实际上,他们设法为他保住了一根手指。你猜是哪一根?"

赫提格咧开嘴,同时打了个哈欠,然后不等她开口,就回答了自己的问题。

"他们保住了他的右手无名指。"

盖姆拉·安斯基德——科尔伯格家

当珍妮特·科尔伯格回到家时,她已经精疲力竭了,起初甚至没有留意到厨房里烹饪的味道。

汉娜和杰西卡,她想。两个腼腆的女孩,没有人清楚地记得她们。

明天,如果学校的年鉴果真能到的话,她至少能够看到维多利亚·伯格曼的模样了。那个在行为之外的所有科目中都得分最高的女孩。

她挂好夹克,走进厨房,注意到她早上离开时还整洁干净的柜台,仿佛被炸弹炸了一样。客厅里有一股淡淡的烟雾,表明有东西着了,餐桌上有一包打开了的鱼条,边上是剩下的半颗生菜。

"约翰?你在吗?"她朝门廊看去,看到他的房间里有亮光。

她又开始担心他了。

按照他老师的说法,他这周已经错过好几次课了,上课的时候又很冷漠、不感兴趣。阴郁而内向。

他已经跟同学打了好几次架了,这在过去从来没有发生过。

"咚咚咚,"她说着推开了他的房间门,他正背对着她躺在床上,"你好吗,亲爱的?"

"我给你做了晚饭,"他小声说道,"在客厅里。"

她抚摸着他的背,然后转过身,从门缝里看到他布置好了餐桌。她吻了一下他的额头,然后走过去看。

桌子上放着一个盘子,里面盛着一些烧焦了的鱼条、速食通心面,还有一些摆放整齐的生菜,边上是一大勺番茄酱。刀叉放在盘子旁边的餐巾上,还有半杯红酒，一支点着的蜡烛。

他为她准备了晚餐。这是头一遭。他费了很大一番功夫。

去它的乱糟糟的厨房，她想，他这样做是为了让我高兴起来。

"约翰？"

没有回答。

"你不知道我有多高兴，你难道不吃一点吗？"

"我吃过了。"他在房间里不耐烦地喊道。

她突然感到头晕目眩，非常疲惫。她不明白。如果他想让她高兴，又为什么这样排斥她呢？"约翰？"她重复道。

还是没有回答。她走过去，坐到他的床上，这才意识到他已经睡着了。她关掉灯，小心地关上门，回到客厅里。看到约翰为她布置的餐桌，她的眼泪几乎要掉下来了。

她叹了口气，想到以前她和阿克每天晚上坐在电视机前，吃着薯条，对着一些糟糕的电影哈哈大笑，但是现在她感觉自己已经不再怀念那段生活。那只是徒劳的等待，等待某种更好的东西，一种波澜不惊的生活，无情地吞噬了一晚又一晚，成年累月地持续着。

生命太过珍贵，不能浪费在对某种东西的等待之中。某种让你继续前进的东西。

她已经不记得自己的期望和梦想了。

另一方面，阿克一直想象着他即将到来的成功将让他们有机会实现他们共同的梦想。他说她将离开警察局，当她说那是她的生命，世上所有的金钱都不能改变这一点时，他生气了。至于她的想法——如果不想让梦想消失，梦想必须始终是梦想——则被他像从低劣杂志上抄来的伪知识分子垃圾话一样丢弃了。

那次争吵之后，他们好几天没有说话，尽管那次争吵并没有决定性意义，但是它却是结果的前兆。

维塔山——索菲娅·柴德兰的公寓

索菲娅在客厅地板上醒来。外面黑漆漆的，她注意到时间刚过七点，但是她不知道这是早上还是傍晚。

当她站起身，走进门廊，她看到有人用马克笔在镜子上写了字。上面用孩子的笔迹写着"UNA KAM O!"索菲娅立刻认出了索乐思歪歪斜斜的涂鸦。那个非洲的女仆从来学不会把字写好。

UNA KAM O,索菲娅想。这是克里奥尔语,她知道其中的意思。索乐思在求助。

当她用袖子擦去字迹的时候,她看到镜子下面还有东西,用同样的马克笔写的,但是字很小,整洁得几乎有些不健康。

西尔弗贝里家,敦茨菲尔茨路,海勒鲁普,哥本哈根。

她走进厨房,看到餐桌上有五个用过的盘子,以及同样数量的杯子。

水池前有两个装满了垃圾的袋子,她用手拨弄着,想知道她们吃了什么。三袋薯条,五块巧克力,两包猪排,三大瓶苏打水,一只烤鸡,还有四盒冰淇淋。

她还能感觉到嘴里呕吐物的味道,她已经知道了里面的东西,不用再看另外一个袋子了。

她感觉隔膜疼痛、抽搐、眩晕渐渐消失了。她决定清理干净,不论发生了什么都掩盖起来。她失控了,疯狂地吃东西。

她拿起半瓶酒,走到冰箱前。当她看到冰箱门上的笔记、剪报、广告以及她自己的画时,她停住了。有数百张,一层盖着一层,用磁铁和胶带固定住。

关于娜塔莎·坎普希的一大篇文章,那个被人囚禁在奥地利维也纳郊外的地下室的女孩。文章详细介绍了沃夫冈·普里克洛普尔为她建造的密室。

右边是一份她自己写的购物清单：聚苯乙烯板,地板胶,胶带,防水布,门闩,电线,钉子,螺丝钉。

左边是一张电击枪的照片。

好几幅画都签着"不合群的伙伴"的字样。

反社会的朋友。

她慢慢地滑到地板上。

克鲁努贝里——警察总部

当珍妮特开车送约翰去学校的时候,他看起来心情不错,看起来继续唠叨昨晚的事有点傻。早饭的时候,她再次感谢他准备了晚饭,他还对她微微笑了笑。这就足够了。

当打开办公室的门时，首先看到的就是办公桌上的包裹。

锡格蒂纳人文中学三年的年鉴。

过了几分钟，她找到了她。

维多利亚·伯格曼。

她看着照片下方的说明文字。她的手指滑过成排的穿着同样校服的年轻学生，最后确定维多利亚·伯格曼站在中间那一排，从右边数第二个，比大部分学生稍矮一些，看起来比其他学生更像个孩子。

这个女孩瘦削，金色头发，很可能是蓝色眼睛，珍妮特注意到她跟别的学生最大的不同是她严肃的表情以及她平坦的胸部。

珍妮特觉得这个严肃的小女孩有点熟悉。

让她感到意外的还有女孩平庸的长相，不知怎么的，完全出乎她的意料。她没有化妆，站在其他女孩身边，使得她看上去有些灰暗，其他人则尽量让自己看上去好看。她还是唯一没有微笑的人。

珍妮特打开下一本书，发现维多利亚·伯格曼的名字出现在了旷课名单中。同样的事情发生在了最后一年，珍妮特感觉维多利亚·伯格曼那时就已经擅长躲藏了，她拿出第一本年鉴，重新看了看。

照片已经拍了将近二十五年了，她想，应该不能用来验证身份了吧。

果真如此吗？

她认识那双眼睛里的神色，一个稍纵即逝的印象。

珍妮特·科尔伯格深深地沉浸在照片中，当电话响起时，把她吓了一跳。

肯尼斯·范奎斯特用极尽奉承的声音表明了身份，珍妮特立刻觉得厌恶了。"哦，是你呀。有什么事吗？"

他清了清嗓子。"不要这么粗鲁嘛。我有点东西给你，你会非常感兴趣。确保十分钟以内你身边没有其他人，然后接收一份传真。"

"传真？"她不知道他有什么目的，但是立刻起了疑心。

"你将收到的信息只能你一个人看到，"他继续说，"你将要收到的这份传真包含纳卡地方法院的文件，时间是1988年秋，自那时起，你是除我之外第一个看到这些文件的人。我想你应该知道文件的内容吧？"

珍妮特一时语塞。"我知道了，"她终于说道，"你可以相信我。"

"很好。嗯，不要忘了，另外祝你好运。我完全相信你，我相信这个会继续保密。"

等一等，她想，这是个圈套。

"听着,不要挂。你到底想干什么?"

"这样说吧……"他想了片刻,然后又清了清嗓子,"这是我为过去在工作中使绊子表达的歉意。我想弥补自己的过失,我想你也知道,我有一些关系。"

珍妮特还是不知道该相信哪个。他的话里透着歉意,但是他的语气还是那么自鸣得意。

挂了电话后,她靠着椅子,又拿起了年鉴。维多利亚·伯格曼还是那么难以捉摸。珍妮特依然不知道这是否就是一个狡诈的玩笑。

有人敲门,赫提格进来了。他的头发和夹克都湿透了。

"对不起,我迟到了。该死的天气。"

传真机似乎要一直往外吐纸,珍妮特双手并用把纸张从地上转移到桌子上。机器安静下来以后,她把所有的纸收集起来,在面前放了一大叠。

1988年9月,国家法医学会的报告称维多利亚·伯格曼在身体完全成熟前遭受了严重的性虐待,纳卡地方法院因此同意对她的个人信息进行保密。

珍妮特对这冷漠的语言感到恶心。完全成熟,这是什么意思?

她接着往下读,在下面找到了解释。根据法医学会的报告,女孩维多利亚·伯格曼,在零岁到十四岁之间遭受了大量的性暴力。一名妇科医生和一位法医对维多利亚·伯格曼的身体进行了一次细致的检查,发现女孩遭到了严重的破坏。

是的,上面就是这么写的。严重的破坏。

最后,她看到,无法确定施暴者的身份。

珍妮特感到非常震惊。很显然,那个瘦削、金色头发、表情严肃、眼神难以捉摸的小女孩,选择了不起诉她的父亲。

她想起了那些发给警察的起诉本特·伯格曼的报告,她自己也牵涉其中。那两个遭到了鞭打和性侵的厄立特里亚难民儿童,那个遭到暴打、被用皮带抽、肛门被插入异物的妓女。

第二份报告是由斯德哥尔摩警察局出具的,报告确认,经过审问,原告维多利亚·伯格曼至少从五六岁开始便遭到了性侵。

嗯,当然,五六岁之前的事肯定记不清了吧?珍妮特想。

要评估这份证词的可靠性肯定很难。但是如果她小的时候便遭受虐待了,那么可以认为她那时便遭到了性侵。

该死,她必须把这些文件拿给索菲娅·柴德兰看,虽然她已经答应范奎斯特了。索菲娅能够解释，遭到这般虐待，将对一个小女孩的心理产生什么样的影响。

报告的最后说，负责调查此案的警员认为原告受到了严重的威胁，她的身份信息应该保密。

这里，还是不能确定施暴者的身份。

珍妮特认识到，她必须尽快跟当时负责这些案件的调查工作的警员取得联系。虽然已经过去二十年了，但是幸运的话，也许他们还在警局工作。

珍妮特走到那扇小小的侧窗边，窗户开了一条缝。她磕出一支烟，点着了，吸了一大口。

如果有人进来抱怨烟味，她就让他们读她刚刚读过的文件。然后她会把烟递给他们，把他们引到开着的窗户边。

她回到桌子边，读那份纳卡医院精神病科出具的报告。报告中的内容跟其他的文件基本相同。鉴于在将近五十次的治疗中出现的问题，应该对原告的个人信息进行保密。这些治疗，部分是关于五到十五岁之间遭受的性侵经历，部分关于十五岁之后遭受的性侵经历。

该死的杂种，珍妮特想，真可惜你已经死了。

赫提格端着咖啡进来了，他们每人倒了一杯。珍妮特让他从头开始读那些法院文件，她读法院作出的最终建议。

她把那厚厚的一叠纸收好，看了一眼最后一页，她很好奇哪个警察调查了这个案子。

当她看到在报告上签字并建议法院对维多利亚·伯格曼的信息进行保密的人名时，她差点被咖啡呛到了。

汉斯·斯约奎斯特，受权法医

拉斯·米克尔森，探长

索菲娅·柴德兰，合格的心理专家

维塔山——索菲娅·柴德兰的公寓

本可以不同。

冰冷的油毡地板顶着索菲娅·柴德兰裸露的肩膀。外面漆黑一片。

街道上经过的汽车的车灯在天花板上闪过，伴着树上干枯的秋叶不安的沙沙声。

她躺在厨房地板上，眼睛盯着冰箱，边上是几个装着呕吐出来的食物的垃圾袋。厨房的通风窗和客厅里的窗户都开着，使得冰箱门上的纸张在冷风里哗啦作响。如果她眯起眼睛，它们看上去就像苍蝇的翅膀，在蚊帐上嗡嗡作响。

她旁边的餐桌布置好了，为了一场聚会，桌子上摆着脏兮兮的盘子和没有洗过的刀叉。

静物画。

曾经明亮的蜡烛，现在变成了蜡的残留。

索菲娅知道她明天便什么也不记得了。

就像她曾经在弗卢达的湖边发现的那块林中空地，那时时间仿佛凝固了，她徒然地花了数周，想再次找到它。从她还是个小孩起，她的记忆就是断断续续的了。

她想着蒂沃尼游乐园，以及约翰失踪那晚发生的事情。试图在她内心扎根的画面。

索菲娅闭上眼睛，把视线转到内部。

约翰当时挨着她坐在自由坠落座椅上，珍妮特站在围栏外面看着他们。他们缓慢地上升，一米又一米。

升到一半时，她开始害怕了，等过了五十米的标志，已经有些眩晕了。她突然开始出现非理性的反应了。

她不敢动弹。也不太敢呼吸。但是约翰大笑着，晃着两条腿。她让他停下，但是他只是朝她咧着嘴笑了笑，然后继续。

索菲娅记得她当时想着支撑座椅的螺栓承受了太大的非正常压力，最终会松掉。然后他们就会坠落到地面上。

座椅一直在摇晃，她请求他停下，但是他就是不听。傲慢而又自以为是，双腿摇晃得更起劲了。

突然，维多利亚出现了。

她的恐惧消失了，头脑也清晰了，她重新镇定下来了。

然后，一切又变成了漆黑一片。

她侧躺着。碎石路上的沙砾擦痛了她的臀部，钻进了她的外套和上衣。一点点往里钻。

她闻道了一种熟悉的味道。一只凉爽的手放在她发烫的额头上。

她眯着眼睛，透过密密麻麻的腿和鞋，她看到一张长椅，在长椅边，她看到自己背对着自己。

是的，就是这样。她看到了维多利亚·伯格曼。

她是产生幻觉了吗？

但是她当时并没有精神混乱。她看到了自己。她金色的头发，她的外套，她的包。

是她，是维多利亚。

她一直躺着，看到了二十米外的自己。

维多利亚走到约翰身边，抓住了他的胳膊。

她努力叫着约翰，让他小心，但是当她张开嘴时，却发不出声音。

她感觉胸口发闷，觉得自己要窒息了。

惊慌发作，她想，然后努力放慢呼吸。

索菲娅·柴德兰记得她把一个粉色的面具戴到了约翰的脸上。

她躺在位于市长大道上公寓的厨房的地板上，她知道十二个小时后她就丝毫不会记得自己躺在市长大道上公寓的厨房地板上想着十二个小时后她要站起来去上班。

但是，眼下索菲娅·柴德兰知道她在丹麦有个女儿。

一个名叫玛德琳的女儿。

而且眼下她记得自己曾经去找过玛德琳。

但是她不知道她明天还会不会记得这一点。

丹麦，1988

本可以很好。

本可以很美好。

维多利亚不知道自己是否来对了地方；她很迷惑，决定绕着街区走一走，整理一下思绪。

她已经知道了那家人的姓，现在她知道那家人住在海勒鲁普，这是哥本哈根更漂亮一些的郊区之一，里面到处是独栋别墅。那个男人是一家玩具企业的经理，现在跟他的妻子住在敦茨菲尔茨路上。

维多利亚拿出随身听，按下播放键。里面是快乐师团最近新出的专集。当她沿着大街走路时，播放的是《潜伏》，音乐在耳机里单调地响着。

孵化。孵卵，孵蛋。雏鸟，被抢走了。

她就是一个下蛋机器。

她只知道她想见到女儿,然后呢?

谁在乎会不会下地狱,她边想边转到了下一条路上,又是一条三车道大街。

她在一个垃圾箱旁边的接线箱上坐下来,点着一支烟,决定一直坐到磁带走到头。

《她失控了》《死灵魂》《爱会把我们撕裂》。磁带自动换面了:《爱永不减》《失败》。人们从她身边走过,她在想他们在盯着看什么。

当维多利亚走到那家人的别墅前,她看到大门旁边的石壁上有一个铜牌,她知道她找对了地方。

西尔弗贝里夫妇和他们的女儿,玛德琳。她笑了。多么荒谬。维多利亚和玛德琳,跟瑞典两个公主的名字一样。

她看了看周围,确保四周没有人,然后翻过石墙,落到了另外一侧。楼下的灯亮着,但是上面两层都黑着灯。她看到二楼的阳台门是开着的。

一根排水管正好当作梯子,很快她就去开阳台门。

一个书房,里面放满了书,地板上有一块很大的地毯。

她脱下鞋子,光着脚小心翼翼地走到外面宽大的走廊上。她的右手边有两扇门,左手边有三扇,其中一扇是开着的。走廊尽头是通往其他楼层的楼梯。楼下传来了电视里足球比赛的声音。

她透过开着的门往里看。有一个书房,里面有一张桌子和两个摆满了玩具的大书架。她没有再看其他的房间,因为她想没人会把一个婴儿放在关着的房间里。

相反,她溜到楼梯边,开始往下走。楼梯呈"U"形,她在中间停住了,看着楼下那个有着石头地板的巨大的房间,房间远端有一扇门,应该是前门。

天花板上吊着一个巨大的枝形吊灯,左手边的墙壁靠着一辆婴儿手推车,手推车的折叠篷打开着。

她本能地作出了反应。不计后果,只有此时此地。

维多利亚走下楼梯,把鞋放在最下面的台阶上。她不再担心地板发出声音。电视里的声音那么大,她都可以听到评论员说的话。

半决赛,意大利对阵苏联,零比零,内卡体育场,斯图加特。

手推车旁边有一对开着的玻璃门。透过玻璃门,她看到西尔弗贝里夫妇正在看电视,手推车里正是她的孩子。

孵化。下蛋机器。

她不是猛禽，她只是拿回属于自己的东西。

维多利亚走到手推车边，弯下腰看着孩子。婴儿的脸相当镇定，但是她不认识她了。在奥尔堡的医院时，孩子不是这个模样。她的头发颜色比这深，脸也要瘦一些，嘴唇没有这么饱满。现在，她看起来就像个小天使。

孩子在睡觉，在斯图加特的内卡体育场里，比分还是零比零。

维多利亚把那条薄毯子往下拉了拉。她的孩子穿着蓝色的连体衣，小胳膊弯着，两只小手紧握着，放在肩头。

维多利亚把她抱起来。电视里的声音更大了，这让她感到更安全了。小女孩还在睡，靠着她的肩膀，暖暖的。

电视里的声音更大了，她听到有人在房间里叫骂。

在斯图加特的内卡体育场里，苏联一比零领先了。

她把孩子抱到面前。孩子的皮肤更光滑了，也更白了。她的头活像一个鸡蛋。

突然，博-奥拉·西尔弗贝里站在她面前了，她默默地盯了他几秒钟。

她简直不敢相信。

那个瑞典人。

眼镜和剪短了的金色头发。银行家常常穿的那种雅皮士衬衫。她只见过他穿肮脏的工作服，从未见过他戴眼镜。

她能看到镜片中自己的映像。在那个瑞典人的眼镜片里，她的孩子正睡在她的肩头。

他看起来像个白痴，脸色煞白，肌肉松弛，毫无表情。

"加油，苏联。"她边说边摇着怀里的孩子。

他的脸上恢复了颜色，"上帝！你怎么会在这里？"

他上前一步，要抢孩子，她躲开了。

潜伏期。从感染到发病的时间。同时也是繁殖期。等待卵孵化。同一个词，怎么能同时表示等待婴儿降生和等待疾病发作呢？它们是同一个东西吗？

瑞典人的追赶使得孩子从她手里掉落了。

她的头比剩余的身体都重，她看到孩子在空中转了半圈，然后落到了石头地板上。

头像一个破裂的鸡蛋。

雅皮士衬衫忽前忽后，一件黑裙子和一部移动电话也加入了。他妻子慌乱不堪，维多利亚禁不住笑了，因为没人顾得上她了。

利托夫琴科，一比零，电视提醒道。

"加油，苏联。"她一边重复一边靠着墙蹲到了地上。

这个孩子是个陌生人，她打定主意不再关心她。

从现在起，她只是一个穿着蓝色连体衣的蛋。

克鲁努贝里——警察总部

这到底怎么回事？珍妮特想，一种不安的感觉传遍了全身。

拉斯·米克尔森参与了对维多利亚·伯格曼的调查工作没什么奇怪的，但奇怪的是，没有法庭判决，他竟然得出结论说她的身份信息应该保密。

更不寻常的是，一个名叫索菲娅·柴德兰的心理专家对维多利亚进行了心理分析。这不可能是她的索菲娅，因为调查时她还不满二十岁。

赫提格被逗乐了。"这也太巧了，现在就给她打电话。"

太奇怪了，珍妮特想。"我打给索菲娅，你打给米克尔森。让他过来见我们，最好今天就过来。"

赫提格一走，她就拨通了索菲娅的电话。她的私人电话没人接，当她给诊所打电话时，秘书告诉她索菲娅病了。

索菲娅·柴德兰，她想。维多利亚·伯格曼在八十年代的心理专家和她认识的索菲娅同名同姓，而且后者也是一个心理专家，这种事的概率有多大？

电脑上的搜索结果告诉她，整个瑞典一共有十五个人叫索菲娅·柴德兰。其中两个人是心理专家，她们都住在斯德哥尔摩。她的索菲娅就是其中之一，另一个已经退休多年，住在仲夏花环一个疗养院里。

一定就是她，珍妮特想。

整件事就像是策划好了。仿佛有人在跟她开玩笑，谋划了所有的事件。珍妮特不相信巧合——她相信逻辑，逻辑告诉她其中有联系。只是她还没有看到。

又是整体论，她想。细节看起来难以置信、难以理解，但是始终有一个合理的解释，一个符合逻辑的背景。

赫提格正站在门口。

"米克尔森现在正在大楼里，他在咖啡机边等你。我们要拿汉娜·奥斯特伦和杰西卡·弗里贝里怎么办？阿伦德说她们都未婚，都住在西城奢华的郊区。她们都是当地的政府律师。"

"一辈子都待在一起的两个女人,"珍妮特说,"再看看。看其他人打电话能否查到什么,让施瓦茨去查数据库和当地的报纸。我们先不去找她们。我不想把事情搞砸,我们需要更多的信息才能行动。眼下,维多利亚·伯格曼更加重要。"

"那玛德琳·西尔弗贝里呢?"

"法国当局也没有太多信息。我们只拿到了她在普罗旺斯的住址,最近这边这个样子,我们还没精力派人过去,不过当其他事情都陷入停滞的时候,我们也不得不走这一步。"

赫提格表示同意,他们离开了房间。珍妮特在咖啡机边找到了拉斯·米克尔森。他手里端着两杯咖啡,对着她笑了笑。

珍妮特接过一杯。"你来真是太好了,我们去我的办公室吧?"

拉斯·米克尔森待了将近一个小时,他说当他被分配到维多利亚·伯格曼的案子时还相当缺乏经验。

无可争辩,调查维多利亚的经历非常耗费精力,但是他相信自己选对了职业。

"每年,我们都收到将近九百例性侵举报。"米克尔森叹了口气,捏扁了手里的空咖啡杯,"超过八成的案子中的性侵者都是男性,而且常常是孩子认识的人。"

"但是这到底有多常见?"

"九十年代有一项针对十七岁孩子的大规模研究,发现八个女孩中就有一个曾遭受性侵。"

珍妮特快速算了一下。"所以在一个正常的班级里,可以认为至少有一个女孩有阴暗的秘密。可能是两个。"她想到了约翰班里的女孩,还有他很可能就认识某个遭到性侵的人。

"是的,差不多是这样。在男孩中,数字大概是二十五分之一。"

他们默默地坐了片刻,想着那个黑暗的数据。

珍妮特首先开口了。"所以,你确实参与了维多利亚的案子?"

"是的,一个纳卡医院的心理专家跟我联系,说她很关心一个病人。但是我不记得那位心理专家的名字了。"

"索菲娅·柴德兰。"珍妮特插进来说。

"对,听起来很熟悉。应该就是她。"

"那个参与了卡尔·伦德斯特劳姆的案子的心理专家也叫这个名字。"

"对,你提到这个,还真是。"米克尔森摩挲着下巴,"奇怪……不过我只跟她在电话里聊过几次,我不擅长记名字。"

"这只是这些案子中的众多巧合中的一个。"珍妮特指了指办公桌上那些文件夹和成摞的文件,"你要是知道事情变得多么混乱就好了。但是我知道,所有这些都是有联系的。维多利亚·伯格曼的名字不断地在各处出现。到底发生了什么?"

他想了想。"嗯,索菲娅·柴德兰跟我联系,是因为她跟那个女孩进行了很多次谈话,最后得出结论说她的处境必须得到巨大的改变。她要求采取严厉措施。"

"比如保护她的身份?但是要保护她免遭谁的伤害呢?"

"她爸爸。"米克尔森深吸一口气,然后继续说,"别忘了,虐待行为从她小时候就开始了,当时还是七十年代中期,那时的法律跟现在大不相同。当时叫'对后代进行性猥亵',法律直到 1984 年才修改。"

"我手上的文件里没有哪怕一份法院判决,她为什么不举报她爸爸?"

"她拒绝这么做,就这么简单。关于这个,我跟那位心理专家谈了很多次,但是没有用。维多利亚说如果我们起诉她父亲,她就否认一切。我们只有她的受伤证明。其他的一切都是间接证据,在当时,这些是不够的。要是在今天,他怎么也要判上四五年。还要支付赔偿金,怎么也要五十万克朗左右。"

"价格必须要高昂。"这听起来有些粗鲁,但是珍妮特也不想解释。她想米克尔森应该明白她的意思,"所以,你当时做了什么?"

"那个心理专家,索菲娅·柴德伯格……"

"柴德兰。"珍妮特纠正他说,她明白了米克尔森说自己不擅长记名字并没有夸张。

"是,对。她觉得,关键要把维多利亚和她的父亲分开,并让她有机会换个名字重新开始生活。"

"所以是你安排的?"

"是的,还有一名法医帮忙,汉斯·斯约奎斯特。"

"我在文件里看到了,你跟维多利亚谈得怎么样?"

"我们相当亲近,随着时间的推移,我觉得她开始信任我了。"

珍妮特看着米克尔森,她看得出为什么维多利亚跟他在一起会有安全感。他就像一个当别的孩子欺负她时过来救她的大哥哥。有时候,她自己也有类似的感觉。一种想把生活变得更好的愿望,哪怕只是她周围小小的世界。

"所以,你安排维多利亚·伯格曼得到了一个新身份?"

"是的,纳卡地方法院同意了我们的建议,决定把这件事做保密处理。这是规定,所以我完全不知道她现在叫什么名字,也不知道她住在哪里,但愿她过得很好。尽管不得不承认,我很怀疑。"米克尔森面露忧郁。

"这就麻烦了,因为我预感维多利亚·伯格曼就是我要找的人。"

米克尔森莫名其妙地盯着珍妮特。

她向他简单介绍了一下她和赫提格的发现,强调了找到维多利亚的重要性。即使是为了把她排除在调查范围之外。

珍妮特注意到已经将近五点了,决定等到明天再去找那位年迈的索菲娅·柴德兰。她想先跟她的索菲娅谈谈。

她收拾好包,下楼开车回家。她拨通了她的号码,然后用肩膀夹着手机,把车倒出了停车位。

电话通了,但是没有人接。

维多利亚·伯格曼,维塔山

本可以不同。本可以很好。

本可以很美好。

如果他不是那样。如果他人好。

索菲娅坐在厨房地板上。

她前后摇着身子,低声对自己说。

"我就是王道,我就是真理,我就是生命。只有经过我才能接近上帝。"

当她抬头看着冰箱门,看到上面大量的笔记、纸片和剪报,她突然大笑起来了,唾沫溅得到处都是。

她很熟悉这种心理现象,小纸人。纸片男人。

强迫症,随时随地记录你观察到的东西。

口袋里塞满了卷角的小纸条和有趣的报纸文章。

总是随身带着纸和笔。

反社会朋友。

不合群的伙伴。

索乐思·马努提。

她在塞拉利昂得到了一个新朋友。一个反社会的朋友,她给她取名叫索乐思·马努提。

这不过是玩弄文字的把戏罢了,但是无比严肃。一条生存策略就是创造一些虚构的人物，当爸爸的需求对维多利亚来说难以承受时，让她们接手。

她把内心的愧疚倾入了她的性格。

每一瞥，每一声口哨，每一个严厉的手势——她把一切都理解成自己毫无价值的证据。

她一直是污秽的。

"如果我们忏悔自己的罪行，他会忠诚而公正。洗去我们所有的恶。"

她在内心的迷宫里迷了路，酒溢到了桌子上。

"因为她满足了那个疲惫的灵魂，重新装满了每一个悲伤的灵魂。"

她又倒了一杯酒，一口气喝完，然后走进浴室。

"你们中谁给上帝备下了桌子，把混合酒倒到了曼尼身上，我会将你判给刀剑，你们将全部俯首受死。"

饥饿之火，她想。

如果饥饿之火熄灭了，你便死了。

她听着内心的怒号，还有血管里燃烧的血液。

最后，火焰会熄灭，然后她的心会被烧焦，留下一个大大的黑斑。

她又倒了些酒，洗了洗脸，喝酒，干呕。但还是强迫自己把酒喝完了，坐在马桶上，用毛巾擦了擦，站起来，化上妆。

完事以后，她看着自己。她看上去不错。足够达成她的目的。

她知道当她站在吧台前，露出无聊的表情，她从不用等太久。

她已经做过很多次了。

几乎每晚都去。

持续了数年。

愧疚感是一种安慰，因为她在愧疚中才感到安全。她麻醉了自己，在那些眼里只有他们自己、无法认可她的男人中间寻找认可。羞愧变成了解放。

但是她只想让他们看到表面的她，不让他们看到她的内心。

因此，她的衣服有时脏兮兮的，被撕破了。当她躺在公园里时沾上了草的汁液，她知道此刻将会是明天记忆中的空白。

他们会争着看谁能给她买最贵的酒，就像糖块上的苍蝇。获胜者会被她摩挲手背，第三杯酒之后，她的大腿蹭他的大腿根。她并不假装，脸上的笑也发自内心。

她知道她想让他们对她做什么，她也总是清楚明了地说出来。

但是如果要微笑，她就需要喝酒，她想着，然后就着酒瓶喝了一大口。

她感觉自己在哭，但其实只是脸上的水，她用大拇指肚小心地拭去。一定不能破坏了妆容。

突然,她口袋里的手机响了,她绕着走到门廊里。

她看到是珍妮特打来的,按了拒接,然后把手机关机了。她走进客厅,一屁股坐到沙发上。她在桌子上找到一份杂志,开始读起来,一直翻到中间的插页。

过去了这么长时间,生活还是老样子,还是同样的需求。

一张八角塔的彩色照片。

她透过酒,聚焦视线,看到那是一个寺庙旁边的宝塔。文章讲的是跟着导游游览位于长江东岸的湖北省省会武汉的经历。

武汉。

高。

她放下杂志,走到书柜前。她小心地抽出了一本破旧的皮革装订的书。

《遵生八笺》,高濂,1591 年。

她看到了固定书架的钩子。

高濂。

来自武汉的高濂。

她先是犹豫了一下,然后慢慢地拿起钩子,随着一个小得几乎听不到的声音,门开了。

贝拉维塔,维多利亚·伯格曼

维塔山——索菲娅·柴德兰的公寓

贝拉维塔。美好生活。

本可以不同。本可以很美好。

本可以很好。

如果他不是那样。如果他人好。

只要人好。

到处都是画。成百上千幅,甚至多达数千幅孩子气的天真幼稚的画,散落在地板上,或是贴在墙壁上。

所有的画都细节分明,但都是孩子画的。

她看到了火灾前后格里斯林奇的房子,还有弗卢达的小别墅。

被维多利亚用棍子攻击前后的和雏鸟待在巢中的鸟儿。

灯塔边的小女孩。玛德琳,她的女儿,被人夺去了。

她记得她告诉本特自己怀孕了的那天下午。

本特从扶手椅上忽得跳起来,一脸惊恐。他冲到她面前,对她大喊,"站起来!"他抓住她的胳膊,把她从沙发上拽起来。

"跳啊,看在上帝的分上。"

他们面对面站着,他对着她大声喘气。大蒜的味道。

"跳啊!"他重复道。她记得自己摇了摇头。永远都不会,她当时想。你强迫不了我。

她记得他重新坐到扶手椅上,哭了起来,然后转过身去。

她环视自己曾经用作避难所的房间。在墙壁上各种各样的画和纸条中间,她看到一篇文章,讲的是有难民儿童带着假护照、一部手机和五十美元抵达阿兰达机场,然后就消失了。每年都有数以百计的人失踪。

房间的一角,是她一直在用的健身自行车。骑上几个钟头,然后往身上涂上芳香精油。

她记得本特抓住她的胳膊,用力捏着。"上到桌子上去!"他啜泣着说,眼睛不看她,"上到桌子上去,看在上帝的分上!"

当她终于爬上了桌子,转过身面对着他时,感觉那身体不是她自己的。

"跳下来……"

她跳了下去。然后爬上桌子,再跳下去。一次接着一次。

她一直爬上跳下,直到那个非洲女孩走下了楼梯。她戴着面具。她一脸冷漠,毫无表情。空洞的黑眼窝后面空无一物。

它没死,索菲娅想。

玛德琳活下来了。

向日葵疗养院

第二天上午,珍妮特驾车径直前往仲夏花环去拜访那个年迈的索菲娅·柴德兰。她终于在靠近地铁站的地方找到了一个停车位,关掉了她那辆破奥迪的引擎。

索菲娅·柴德兰居住的疗养院位于天鹅湖公园附近的黄色现代派街区。

珍妮特一直很喜欢亚斯布丹和仲夏花环这种二十世纪三十年代建在市中心的小镇。很适合在那里安度晚年。

但是她也知道田园牧歌的表面之下藏着裂痕。直到几年前，草寇摩托帮还盘踞在几个街区之外的地方。

她进去之前抽了支烟，想着年轻的索菲娅·柴德兰。

是因为索菲娅她才有这么大的烟瘾吗？她现在一天差不多要抽一整包，有好几次，她像个顽皮的孩子一样，试图不让约翰知道这件事。但是尼古丁帮助她思考，更自由，更迅捷。现在她正想着索菲娅·柴德兰，那个她可能正慢慢爱上的索菲娅。

还是只是一阵暂时的好感，不过是孩子般接吻后的迷恋？一段稍纵即逝的美好？

不管怎样，爱上一个人到底意味着什么？

她曾经跟索菲娅谈过这个话题，索菲娅提供了一个全新的视角。对索菲娅来说，爱上一个人并不是一件神秘或者美好的事情。她说它就如同患上了精神病。爱，只是一个理想中的、与现实不符的图像，而陷入恋爱的人只是迷恋恋爱的感觉罢了。索菲娅把它比作孩子觉得宠物有感情，但实际上宠物并没有。

她把烟掐灭，按响了向日葵疗养院的门铃。

现在轮到年迈的索菲娅了。

和院长简单沟通之后，她被领进了一间休息室。

在房间的远处，靠近阳台门的地方，一个女人坐在轮椅上，眼睛盯着窗外。

她非常瘦削，穿着一条蓝色的长裙，裙摆一直盖到她的脚趾。她的头发全白了，长度及腰。她化着艳丽的妆容，蓝色的眼影，大红色的口红。

"索菲娅？"院长走到坐轮椅的女人身边，一只手放在她的肩上，"有人来看你，是斯德哥尔摩警察局的珍妮特·科尔伯格警官，她想跟你聊聊你之前的一个病人。"

"他们是顾客，不是病人。"老妇人的回答很迅捷，带着一丝责备的意味。

珍妮特拉过来一张椅子，在索菲娅·柴德兰身边坐下。

她介绍了自己，说明了来因，但是老妇人甚至没有屈尊看她一眼。

"嗯，你知道，我来就是想问几个问题，是关于你过去的一个顾客，"珍妮特说，"二十年前你见的一位年轻女士。"

没有反应。

老妇人依然盯着窗外。她看上去两眼浑浊恍惚。白内障，珍妮特想。她是瞎子吗？

"你为她治疗的时候,那个女孩十七岁,"珍妮特继续说,"她叫维多利亚·伯格曼。这个名字你熟悉吗?"

女人终于转过头来,珍妮特看到那张苍老的脸上露出了一丝笑容。它看上去温和了一些。

"维多利亚,"年迈的索菲娅说,"我当然记得她。"

珍妮特松了一口气。她决定直奔主题,把椅子挪近了一些。"我有一张维多利亚的照片。我不知道你的视力如何,你觉得可以认出她吗?"

索菲娅咧开嘴大笑。"噢,不。我已经瞎了二十年了。不过我能说出她当时的模样。金色头发,多半是蓝色眼睛。她常常苦笑,眼神强烈而专注。"

珍妮特看着学校年鉴上那个表情严肃的年轻女孩,她的外表符合老妇人的描述。"你停止为她治疗之后,她发生了什么?"

索菲娅又笑了。"谁?"她问道。

珍妮特开始起了疑心。"维多利亚·伯格曼。"

索菲娅的脸上又恢复了冷漠的表情,过了几秒钟,珍妮特重复了她的问题。

索菲娅再次露出了笑容。"维多利亚?是的,我记得她。"然后她脸上的笑容消失了,女人用手揉着脸颊,"我的口红没问题吧?没花吧?"

"没有,看上去很好。"珍妮特回答。她开始担心索菲娅·柴德兰的短期记忆有问题了。很可能是老人痴呆。

"维多利亚·伯格曼,"索菲娅重复道,"一个极为罕见的故事。对了,你身上有烟味⋯⋯你还有烟吗?"

珍妮特被这突然转换的话题弄得有些困惑。很显然,索菲娅·柴德兰很难抓住对话的脉络,不过这并不代表她的长期记忆受损了。

"恐怕这里不让抽烟。"珍妮特说。

索菲娅的回答很可能不全是真的。"我知道,不过是在我的房间。把我推到那里,我们去抽支烟。"

珍妮特往回挪了挪自己的椅子,站起来,小心地把轮椅转过来。"好了,我们去你的房间坐吧。房间在哪儿?"

"走廊尽头,右手边最后一间。"

珍妮特朝院长做了个手势,表示她们要离开休息室一段时间。

到了她的房间以后,索菲娅坚持要坐到扶手椅上,珍妮特帮老妇人坐舒服了。然后,她在靠窗的小桌子边坐下。

"好了,我们抽烟吧。"

珍妮特把烟和打火机举起来，索菲娅点着了一支。"烟灰缸在梳妆台上，挨着弗洛伊德。"

弗洛伊德？珍妮特扭过头去。

没错，她身后有个烟灰缸，很大一个，用水晶做的，挨着一个水晶球。

通常，水晶球里的画面都是玩耍的儿童、雪人，或是其他的冬日场景。但是索菲娅的水晶球里却是表情忧郁的西格蒙德·弗洛伊德。

珍妮特站起来去拿烟灰缸。同时，她情不自禁摇了摇水晶球。

弗洛伊德被雪盖住了，她想。索菲娅·柴德兰至少还有一丝幽默感。接着，她重复了自己的问题。"自从维多利亚·伯格曼获得被保护的身份后，你见过她吗？"

"不，从未再见过。新出了一部关于保密身份信息的法律，所以没有人知道她现在叫什么名字。"

到现在为止，没有任何进展，尽管珍妮特确认了老妇人的长期记忆没有问题。

"她的长相有什么显著的特征吗？你看起来对她的长相记得非常清楚。"

"她是个非常聪明的女孩。她很可能太过聪明了，你明白我的意思吗？"

"不明白。什么意思？"

索菲娅的回答跟珍妮特的问题几乎毫无关系。"自从1988年秋天，我就没见过她了，但是十年之后我收到了她一封信。"

"你记得她都写了什么吗？"

"是的，但很显然不是逐字逐句都记得了。主要是说她的女儿。"

"她的女儿？"珍妮特一下来了好奇心。

"是的。她怀孕了，孩子让人领养了。她没有说太多，但是我知道她在1988年夏初去找那个孩子了。她当时跟我住在一起。将近两个月。"

"她跟你住在一起？"

老妇人突然严肃起来了。仿佛她的皮肤紧张了，皱纹也变得平缓了。"是的。她当时有自杀的念头，我有责任照顾她。如果不是认识到见到孩子对她非常重要，我绝不会让维多利亚离开的。"

"她去了哪里？"

索菲娅·柴德兰摇了摇头。"她拒绝回答。但是她回来的时候，变得更加坚强了。"

"更加坚强了？"

"是的，好像她把一些困难的东西抛到了脑后。不过他们在哥本哈根对她的所作所为是错的，不该对任何人做那样的事。"

斯德哥尔摩，1988

只要他人好。

"对我来说你已经死了！"维多利亚在明信片底部写道，然后在斯德哥尔摩中央车站把明信片寄了。明信片的正面是国王古斯塔夫十四世阿道夫坐在镀金的椅子上，身边站着王后，王后面带笑容，表示她为她的丈夫感到骄傲，同时她也是他顺从的伴侣，永远臣服于他。

就像妈妈一样，她边想边走下了地铁。

那是仲夏夜，所以是个周五。维多利亚想着一个庆祝夏至的节日怎么会在六月的第三个星期五，完全不顾太阳的位置。

你们都是奴隶，她想，嘲弄地看着那些抱着装满食物的袋子走进凉爽地铁车厢的人们。顺从的仆人。梦游者。她觉得自己没什么可庆祝的，只是在返回索菲娅位于蒂勒瑟的家。

她返回哥本哈根是对的，因为现在她知道了自己毫不在乎。

即使那个孩子死了，也不会造成任何影响。

但是当她把她摔到地上以后，她没死。

她不太记得救护车来到以后发生了什么，她只知道孩子没死。

蛋裂了，但是并没有碎掉，他们对警方什么都没说。

他们放了她一马。

她也知道其中的缘由。

当火车驶过盖姆拉镇，穿过里达尔湾上的大桥时，她看到于高登河上的渡船，还有远处蒂沃尼游乐园的摩天轮，她意识到自己已经三年没去过游乐园了。自从马丁失踪以后，她再也没去过。她不知道他发生了什么，她只是觉得他掉进了水里。

当走进大门，她看到索菲娅正坐在那栋红色主体、白色山墙的小房子前的庭院椅上。她坐在一棵巨大的樱桃树树荫下，维多利亚走近了，看到老妇人睡着了。她那几乎变白了的金色头发像一条围巾一样垂过肩头，她化着妆。她擦了红色的口红，画了蓝色的眼影。

外面很冷，维多利亚捡起那条索菲娅放在脚上的毯子，给她盖上。

她走进房子，经过一番寻找，找到了索菲娅的手提包。外面的口袋里有一个棕色皮革的旧钱包。她找到了三张一百克朗的钞票，决定留下一张。她把另外两张叠好，放进牛仔裤的后兜里。

她把钱包放回去，走进索菲娅的书房。她在办公桌的抽屉里找到了她的笔记本。

维多利亚坐在桌子边，打开笔记本，开始读起来。

她看到索菲娅把维多利亚说的所有的东西都记下了，有时是逐字逐句记下的，维多利亚惊讶地发现，索菲娅还描述了维多利亚的举动，或者语调。

维多利亚想索菲娅一定知道速记法，事后把笔记补全。她慢慢地读着，仔细思考自己读到的东西。

毕竟，她们已经进行五十多次谈话了。

她拿起一支笔，把名字改正过来。如果上面说维多利亚做了什么事，而实际上是索乐思做的，她就把名字改过来。对就对，错就是错，她不想为索乐思的所作所为背骂名。

维多利亚努力地工作着，丝毫没有注意到时间的流逝。她读的时候，假装自己是索菲娅。她皱着眉头，试图诊断她的顾客。

她在页面的边缘写下自己的思考和分析。

当索菲娅无法理解索乐思所说的话时，维多利亚就在空白处用小而清晰的字迹进行解释。

她真的不明白索菲娅怎么会犯这么多错。

维多利亚完全沉浸在其中，直到她听到索菲娅在厨房里走动的声音才把笔记本放下。

她透过窗户看着外面。在路对面的湖边，一群人正坐在那里吃东西。他们占据了码头，摆好了丰盛的饭菜，准备庆祝仲夏节。

厨房里有一股小茴香的味道。

"欢迎回来，维多利亚！"索菲娅在厨房里喊道，"你的旅途如何？"

她回答说路途很顺利。

那个婴儿只是一个穿着连体衣的蛋。仅此而已。她已经把一切抛诸脑后了。

明亮的黄昏变成了几乎同样明亮的夜晚，索菲娅说她要去睡了，维多利亚则待在石阶上，听着鸟鸣。隔壁花园里，一只夜莺在树上哀啼，她可以听到码头上的聚会的喧闹声。这让她想起了在达拉纳省庆祝仲夏节的情形。

他们先走到达拉河边，观看教堂的船只，然后围着仲夏柱跳舞，柱子是男人们气喘吁吁地竖起来的。女人们戴着花环，开心地笑着，但是不久就停了，因为一旦伏特加开始流淌，而其他男人的女人都比自己的女人好看许多，就很可能得到一巴掌，告诉你你他妈有多胖。其他人的生活多么轻松自在，他们的女人淫荡、开心、令人愉快，而不是痛苦、脸色苍白。他会蜷缩在她身边，弄你、戳你，尽管你说自己胃疼，他就说你吃了太多的糖果，尽管你甚至没什么钱买苏打水只能在大街上晃荡，看着其他的孩子用大块的棉花糖买六合彩……维多利亚看了看四周。湖边静悄悄的，太阳刚从地平线上露出脑袋。再过个把小时太阳就升起来了。它从来不会变黑。

她站起来，在坚硬的石阶上坐久了，身体有些僵硬。她并不觉得疲惫，尽管已经是早上了。

尖锐的石子刺痛她光着的双脚，她只好沿着草坪边缘走。大门边，一株开放的紫丁香正逐渐枯萎，但即使枯萎了，花儿依然芬芳。

路上没有一个人，她朝码头走去。一些海鸥正在享用从垃圾箱里溢出的昨晚的残羹冷炙。它们不情愿地飞走了，尖叫着飞过湖面。湖水又黑又凉，一些鱼儿在水里游来游去，咬食在水面上飞行的昆虫。她面朝下趴下来，眼睛直勾勾地看着黑漆漆的水。

水面的波纹朦胧了她的倒影，但是她喜欢看到那样的自己。那让她看上去更加美丽动人。

舔舐嘴唇，他的舌头伸进你的嘴里，很可能有呕吐的味道，因为把两瓶樱桃酒吐出来比咽下去要容易些。可能有十五个男的，互相怂恿着，那间小房子并不大。他们打牌来决定谁跟你去另一个房间。如果是在外面，那很可能就是学校后面的斜坡，你顺着斜坡滚下去，变成了离小路只有几米远的邋遢女人，当你从下面抬头往上看，别人就会扭过头去，你就对着那个孩子喊，说他说过想在玩了摩天轮之后去游泳。现在你站在那里浑身发抖，你也想跳下去，而不是继续唠叨那个新来的可爱的保姆。

维多利亚在水里看到马丁慢慢地沉下去，不见了。

周一早上，她被索菲娅叫醒，说已经十一点了，她们很快要开车去市里。

起床时，维多利亚看到自己双脚脏兮兮的，膝盖被擦伤了，头发还是湿的，但是她不记得昨晚发生了什么。

索菲娅在花园里备好了早餐，她们坐下以后，她说维多利亚要去见一个名叫汉斯的医生，他会给她做检查，记录下自己的发现。然后，如果有时间的话，她们会去见一个名叫拉斯的警察。

"汉斯和拉斯?"维多利亚咯咯地笑了。"我讨厌警察,"她骂道,示威式地推开了自己的杯子,"我什么都没做。"

"除了从我的钱包里拿了二百克朗,所以,等我加满了油,你来付账。"

维多利亚不知道她是什么感受,好像她觉得对不起索菲娅。

这是一个新的体验。

汉斯是位于索尔纳的国家法医学会的医生,他为维多利亚做了检查。这是第二次检查,一周前她在纳卡医院做了一次检查。

当他分开她的两腿,检查她的私处、触碰她时,她希望自己是在纳卡医院,在那里,医生是个女的。

名叫安妮塔或者安妮达。

她不记得了。

汉斯对她说,这项检查可能有些不舒服,但是他是来帮助她的。别人不是一直都是这样对她说的吗?

说这可能有点可笑,不过是为了她好。

汉斯检查了她的全身,并用一个小录音机记录自己的发现。

他用一个小手电筒看她的口腔,他的声音客观而单调。"口腔。黏膜腺受损。"他说道。

然后是她身体的其他部位。

"胯部。内外生殖器,在未成熟时因强力扩张留下疤痕。肛门,疤痕,未成熟,愈合后的伤口,强力扩张,血管肿胀,括约肌开裂,瘘管……躯干,胸前,大腿,手臂上有锐器留下的伤痕,将近三分之一是在成熟前留下的。流血的证据……"

她闭上了眼睛,想着她这么做是为了重新开始,变成另外一个人,忘掉这一切。

这天下午四点钟,她见到了拉斯,那个要跟她交谈的警察。

他看起来很善于观察,比如,当他们第一次见面时她不想跟他握手,他便没有碰她。

和拉斯·米克尔森的第一次谈话是在他的办公室,她把自己跟索菲娅·柴德兰说过的话告诉了他。

当她回答他的问题时,他看起来很伤心,但是他并没有忘记自己的工作,维多利亚感到非常放松。过了一会儿，她开始好奇拉斯·米克尔森到底是个什么样的人，她问他为什么要做这种工作。

他想了想，并不急着回答。

"我觉得这种犯罪行为是所有的犯罪中最令人厌恶的。得到公正的受害者太少了，而被绳之以法的罪犯也太少了。"过了一会儿他说。维多利亚觉得这话是说给她听的。

"你知道我不会帮你把任何人绳之以法。"

他严肃地看着她。"是的，我知道，我对此很遗憾，尽管这并不少见。"

"你为什么这样想？"

他小心地笑了笑，似乎并不在意她轻松的语气。"好像是你在质问我了，"他说，"不过，为了回答你的问题，我觉得我们总的来说还生活在蒙昧时代。"

"蒙昧时代？"

"是的。你听说过抢婚吗？"

维多利亚摇了摇头。

"在蒙昧时代，男人可以通过绑架并性侵一个女人来强迫她跟自己结婚。因为她已经被性侵了，她不得不嫁给那个男人，同时他也获得她所有的财产的所有权。"

"所以呢？"

"这与财产和依附有关，"他说，"最初，强奸并不认为是对受害女性的犯罪行为，而是一种财产犯罪。强奸法律的产生是为了保护男性对贵重的性财产的权利，通过让受害女性嫁人或者把她留作自用。女人在其中没有任何话语权。她只是一件财产，命运完全由男人决定。这种对女性的中世纪的观点依然存在于今天对强奸的态度中。她本可以说不，或者她的确说不了，但是她的本意是接受。她穿得那么撩拨人。她只想报复男人。"

他的话让维多利亚非常意外，她从未想过一个男人会有这样的看法。

"同样地，那种对待儿童的中世纪的看法依然存在，"拉斯·米克尔森总结道，"时至今日，成人依然把孩子当成自己的财产。他们按照自己的法律和规则惩罚或者奖励他们。"

他看看维多利亚。"你对我的回答感到满意吗？"

他看起来很真诚，同时对自己的工作充满热情。她真的厌恶警察，但是他并不像一个警察。

夜里，索菲娅睡着了。维多利亚溜进书房，小心地关上房门。索菲娅对维多利亚在她的笔记里写字的事只字未提，她很可能还没有发现呢。

她拿出笔记本，从上次被打断的地方继续往下读。

她喜欢索菲娅写的字：

维多利亚倾向于忘记她十分钟之前或者一周前说过的话。这些"失误"是她正常的记忆缺失还是解离性人格障碍的症状？

我注意到，大部分失误出现在她谈到自己常常无法讨论的话题时。她的童年和她最初的记忆。

维多利亚的讲述有很强的关联性，从一段记忆到另一段记忆。是其中的某个人格在说吗？维多利亚表现得更像个孩子，是因为当她表现得像个十二三岁的孩子时，更容易谈论过去的记忆吗？那些记忆都是真实的吗？还是混杂了维多利亚现在对那些事情的看法？她经常提到的这个乌鸦女孩是谁？

维多利亚叹了口气，补充道：

乌鸦女孩是我们除去梦游者之外的所有人的混合体，梦游者还没有意识到乌鸦女孩的存在。

维多利亚工作了一整夜，六点钟时，她开始担心索菲娅很快就要醒来了。把笔记本放回到抽屉里前，她随意地翻着，这主要是因为她不舍得放下。这时，她发现索菲娅已经看到了她写的注释。

维多利亚读着索菲娅在笔记本第一页上写的原文。

我对维多利亚的第一印象是她非常聪明。她对我的工作以及治疗所需的东西非常了解。当我在会面的结尾指出这一点时，发生了一件意外的事，这说明她不但聪明，还有个火爆的脾气。她厉声斥责了我，说我"狗屁不通"，还说我就是个"零蛋"。我很久没见过一个人这么愤怒了，她毫不掩饰的愤怒让我非常烦恼。

几天前，维多利亚对此做了批注。

我一点都没有生气。一定是误会我了。我是说我狗屁不通，我是个零蛋。是我，不是你！

很明显，索菲娅读了维多利亚写的话，也进行了回复。

维多利亚，很抱歉我误解你了。但是你当时是那么愤怒，我几乎听不清你在说什么，你让我感觉你是在生我的气。

让我烦恼的是你的愤怒。

我已经读了你在笔记本里写的东西，我觉得你有很多有趣的事情没说。我可以毫不夸张地说，很多时候，你的分析是那么中肯，都好过了我的分析。

你很适合做一名心理学家。申请大学吧!

下面没有空白了,索菲娅画了一个箭头,指向下一页。她在那里补充道:

不过,如果你能在得到我的允许之后再借用这个笔记本,我将非常感激。也许,等你准备好了,我们可以谈一谈你写的东西?

来自索菲娅的拥抱。

向日葵疗养院

"他们在哥本哈根对维多利亚做了什么?"珍妮特问道,"你还记得信上都说了什么吗?"

"再给我一支烟,也许我就记起来了。"

珍妮特把那盒烟递给索菲娅·柴德兰。

"那么,我们刚刚在谈什么?"她吸了几大口烟,然后问道。

珍妮特开始失去耐心了。"哥本哈根和维多利亚十年前寄给你的信。你记得她写了什么吗?"

让珍妮特意外的是,索菲娅大笑了起来。"你能不能把弗洛伊德递给我……"

"弗洛伊德?"

"是的,我听到你拿烟灰缸的时候摆弄了它。我是瞎了,可是我还没聋。"

珍妮特从梳妆台上拿起那个装着弗洛伊德半身像的小水晶球,而老妇人又点了一支烟。

"维多利亚·伯格曼非常特别。"索菲娅说,在手里慢慢地转动水晶球。香烟腾起的烟在她蓝色的裙子边旋转,雪花在水晶球里翻转。"你读过我的最终建议,以及法庭关于保护维多利亚身份的裁决,你也知道其背后的原因。维多利亚遭受了她父亲严重的性侵,很可能还有其他男人。"

索菲娅顿了顿,这个老妇人在头脑清醒和痴呆似的神志不清之间来回转换,这让珍妮特非常震惊。

"但是你很可能不知道,维多利亚还患有多重人格障碍,或者叫解离性人格障碍,这些你懂吗?"

现在,是索菲娅·柴德兰在引导谈话的走向。

珍妮特隐约知道这些概念。年轻的索菲娅曾经说过,塞缪尔·柏患有类似的人格障碍。

"尽管它非常罕见,但并不复杂,"年迈的索菲娅继续说道,"为了生存和应对她对过去的记忆,维多利亚被迫创造出不同版本的自己。当我们给了她一个新身份,她便拥有了证明文件,表明她的一个分裂人格真实存在。那是她有良知的部分,那个接受教育、工作、总体上过着正常人的生活的她。"

索菲娅又笑了笑,用一只患有白内障而浑浊的眼睛对她眨了眨眼,同时摇了摇水晶球。

"弗洛伊德曾经描述过道德受虐欲,"索菲娅补充,"有着分离性人格障碍的人的受虐欲会使得他们通过允许自己的一个人格对他人做出同样的事,来重现他们遭受的虐待。我在维多利亚身上发现了这种迹象,如果她没有得到帮助以应对成年后的问题,那么她很可能还有这种人格。它会像她父亲一样行事,就为了折磨它自己,惩罚它自己。"

索菲娅在桌子上的盆栽上熄灭了烟,然后身子后倾靠在扶手椅上。珍妮特看到她脸上又恢复了冷漠的深情。

十分钟之后,珍妮特离开了向日葵疗养院,走之前还受了一顿责备。她和索菲娅在谈话过程中每人抽了五支烟,被进来给索菲娅吃药的院长和护士逮了个正着。

她坐到驾驶座上,转动钥匙。引擎噼啪作响,可就是发动不了。"妈的!"她骂道。

她走到仲夏花园购物中心,以及地铁站对面的三友酒吧。酒吧里半数桌子都是空的,她在窗边找到了一张面对花园的桌子,点了咖啡,然后拨通了赫提格的电话。

玛利亚广场——索菲娅·柴德兰的公寓

难道不能说太多也是一种不足吗?索菲娅·柴德兰走在霍恩大道上,陷入了沉思。难道不满足不是一切改变的源泉吗?

她知道,她迟早要告诉珍妮特自己的真实身份。说她曾经生病,但是现在好了。事情有这么简单吗?仅仅告诉她就足够了吗?而珍妮特又会作何反应呢?

当她帮助珍妮特做凶手档案的时候,她实际上是在说自己,实事求是,不带任何感情。她不用读对犯罪现场的描述,因为她知道它们的样子。或者说它们应该有的样子。

当她走进前台的时候,安-布里特叫住了她。

安-布里特告诉她乌尔瑞卡·温丁和安妮特·伦德斯特劳姆都打来了电话,索菲娅·柴德兰起初有些意外,然后感到很厌烦。

和乌尔瑞卡与琳内娅所有的会面都被取消了。

"所有的?她们说原因了吗?"索菲娅探到前台上方。

"嗯,琳内娅的妈妈说她现在感觉好些了,还说琳内娅回家了。"安-布里特合上报纸,继续说,"很显然,她又得到了女儿的监护权。当时把她送去精神看护中心的决定只是暂时的,现在一切都好了,她觉得琳内娅不需要继续见你了。"

"多么愚蠢!"索菲娅气不打一处来,"所以她现在觉得自己有能力决定那个女孩该得到什么样的治疗?"

安-布里特站起来,走到厨房边的饮水机边。"也许她原话并不是这样,但基本就是这个意思。"

"那么乌尔瑞卡的原因呢?"

安-布里特倒了一杯水。"她没有说太多,只是说她不想再来了。"

索菲娅转过身,朝电梯走去,下楼,然后走到外面的街上,向东朝圣保罗大街走去。她在贝尔曼大街左转,走过玛利亚·马格达莱纳墓地。

她看到前方五十米的地方有一个女人,那宽阔波动的臀部以及脚尖朝外的方式让她觉得有些熟悉。

女人低着头,好像被某种内心的重担压低了。她头发花白,在头顶盘成了一个圆髻。

索菲娅胃部一紧,她觉得全身冒冷汗。她停下脚步,看着女人在路口转上了霍恩大道。

回忆,难以重现。零零散散,支离破碎。

三十多年里,她对其他的自我的记忆一直像尖锐的碎片一样深埋在心底——另一个时空的碎片。

她迈开步子,加快脚步,慢跑到路口,但是那个女人已经消失不见了。

克鲁努贝里——警察总部

这是十月的午后,珍妮特坐在办公室里,面前放着一张A3纸,上面是写有调查中冒出来的人名的图表。

她把这些名字归类，注明他们之间的关系，当她拿起笔，用线把一个名字跟另外一个连起来的时候，赫提格冲进了她的办公室，这时，电话也响了。

珍妮特看到是阿克打来的，她示意赫提格等一等。

他看起来有些泄气。"你必须挂断电话，"他说，"我们必须马上出发。"

珍妮特盯着赫提格，竖起两根手指。"阿克，我现在不方便说话。"

他叹了口气。"没关系。我们需要谈谈——"

"现在不行！"她厉声说道，"我要挂了，我大概一个小时后到家。"

赫提格摇了摇头。"不，不，不，"他低声说道，"你不可能那么快到家。"

"阿克，你等一下。"她转过头看着赫提格。"你刚刚说什么？"

"安妮特·伦德斯特劳姆打来了电话。我们必须——"

"稍等。"她重新拿起电话，"我说了。我现在不方便说话。"

"还是老样子。"阿克叹气道。电话里安静了。他挂了，珍妮特感觉两颊发烫，眼泪要流出来了。

赫提格把珍妮特的外套递给她。"抱歉，我不是有意的。"

"别担心。"她一边穿上外套，一边推着赫提格出去，关了灯，锁上了门。

当她们慢跑下通往车库的楼梯时，赫提格告诉了珍妮特发生了什么。

安妮特·伦德斯特劳姆联系他们了。有人往她的信箱里塞了一张照片。

一个她认识的人的宝丽来照片。

她在电话里不想多说。

赫提格开得很快。先是埃辛基高速，然后是诺图尔和斯维普兰。他不停地变换车道，朝那些看到了蓝色的警灯和警笛还依然挡着他的路的汽车愤怒地按喇叭。

"她为什么给你打电话？"珍妮特问道。

一辆公交车要在公交车站靠站，赫提格猛地踩刹车。"我不知道。"

过了罗斯拉格门前的环形路口后，车辆变少了，他们转上了18号公路。

"阿克在跟你胡搅蛮缠吗？"

外侧车道上没有车，赫提格提高了车速。珍妮特看到现在车速超过了每小时一百五十公里。

"不，不是这样的。很可能是关于约翰，而且……"她感觉自己又要哭了，这次不是出于愤怒，而是因为强烈地感觉自己不称职。

"他没事的，我是说约翰。"

珍妮特意识到赫提格正看着她，而且他说话很谨慎。延斯·赫提格有时也很唐突、沉默寡言，但是珍妮特知道他内心很细腻，而且他很关心她的感受。

"但是他正处在叛逆期，"赫提格继续说道，"荷尔蒙之类的鬼东西。再加上阿克搬出去了——"他打住了，仿佛意识到了这句话非常不妥，"不过，这也没什么好奇怪的。"

"什么？"

"那个年龄。考虑到在锡格蒂纳发生的事情。汉娜·奥斯特伦，杰西卡·弗里贝里，还有维多利亚·伯格曼。我的意思是，在那个年纪，什么出格的事都可能发生。就像你的初恋一样。"赫提格有些难为情地笑了笑。

珍妮特当时的经历一定是人类智慧的一个谜团。一个火花，一个天才的灵感。

她已经知道安妮特·伦德斯特劳姆收到的照片上是谁了。

但是她什么都没说。

剩下的几公里，他们谁也没说一句话。

现在，一切都清楚了，珍妮特想尽快证实自己的猜想。

他们转入车道，看到安妮特·伦德斯特劳姆正站在一栋大房子前面的台阶上。珍妮特觉得她看上去疲惫而萎靡。

他们下车的当儿，从隔壁的房子里走过来一个男人。他介绍了自己，说他当天早些时候看到一个陌生女人把什么东西塞进了伦德斯特劳姆家的信箱。

"她是从那边走过来的。"他指着街道说，"因为在这里大家都彼此提防着，所以……"他没再说下去，珍妮特知道他的意思。

瑞典人对陌生人的戒心，她想。

"你不认识她？"赫提格问道。

"不，从来没有见过她。金色头发。衣着没有什么特别的地方。真的没有什么值得注意的。她走到邮箱旁边，把什么东西塞了进去。我没有看到是什么。"

珍妮特看着赫提格，他只是点点头。这个男人的话听起来很可信。

"好的，谢谢你的协助。"珍妮特说，然后转过身，面对着安妮特·伦德斯特劳姆，男人则回自己家了。

他们一同走进门廊，然后进入了光秃秃的客厅。

很多搬家用的箱子，窗帘导轨上也空了，到处都是灰尘。

安妮特·伦德斯特劳姆在其中一个箱子上坐下来，珍妮特停在了门口，环顾四周。

墙上有浅色的方块，是之前悬挂图画的地方。钉子留下的洞和脏手印。

窗台上有一瓶白兰地，旁边是一个装满了烟灰的烟灰缸。房间的空气令人窒息。

数天前还温暖舒适的房间，现在已然变成了一个肮脏空荡的地方。两个地方之间的无意义的存在。

一个被抛弃的家园。

"都是我的错，有些事我应该早点说出来的。"安妮特的声音很单调，珍妮特觉得她这样萎靡，并不仅仅是酒精的作用。她很可能在服用镇定剂。

珍妮特靠着门框。"你该早点说什么？"

她看着女人因为哭泣而发红的眼睛。看上去非常恍惚，过了很久她才回答。

"我们上次见面时，我应该跟你坦白的。我觉得这都过去了。弗雷德丽卡不是个好人，她敌人众多……她是……或者曾经是……"安妮特陷入了沉默。她看起来喘不上气，珍妮特希望她不要气喘吁吁，然后变得歇斯底里。

"照片上是她。"安妮特说，她拿着一个未贴邮票的信封，递给珍妮特。

信封上没有邮票，印证了邻居的是有人亲手投递的说法。

珍妮特接过信封，放在窗台上，戴上一双乳胶手套，然后才打开信封。

"就是她！"安妮特说。

珍妮特盯着照片，一张死去的弗雷德丽卡·格鲁内瓦尔德的宝丽来照片。

一张死气沉沉的脸，嘴大张着，死亡时因为痛苦而扭曲的无神的眼睛。

血液从弗雷德丽卡的白衬衫上流下，钢琴丝深深地勒进了她僵硬的脖子。

是在她咽气前照的。

但是这并不是重点，重要的是抓着钢琴丝的那只手没有无名指。

珍妮特想起了拉尔夫·鲍耶·佩尔松死后她收到的那封信。他在信的末尾说凶手少了一根无名指。

尽管让人悲哀，珍妮特也感到稍许宽慰。

现在所有的事实都摆在了她面前，但是有时也会只见树木，不见森林。并非玩忽职守，很可能是警方动作不力，她想，终于到了真相大白的时候了。从未想过的联系变得清晰了，失衡变成了和谐，荒谬形成了新的连贯。

"是汉娜·奥斯特伦。"安妮特·伦德斯特劳姆说。

克鲁努贝里——警察总部

照片证实了珍妮特的猜想，所有松散的线索合成了一个整体。她很快就会知道这个整体多么坚固。

她的直觉是对的，但它也可能很狡诈。在警察工作中，正确的感觉很重要，但是你不能让它占了上风而蒙蔽了你的视线。最近，她害怕自己变得被情感驱使，而没有听从它们，只是一直盲目地盯着事实。

珍妮特想起了她跟阿克刚在一起时，她上的人体写生课。老师说大脑一直欺骗眼睛，眼睛反过来欺骗握着炭笔的手。你只看到你认为应该看到的东西，而忽视了事物真实的面貌。

一幅画有两个物体，看你聚焦在哪个上面。一种光学错觉。

赫提格无心的话打断了她的思路，使她失去了戒备，只看到了可以看到的东西。

理解可以理解的东西，而忽视了它原本的模样。

如果她是对的，那么她就是一个尽职尽责的好警察，因此配得上她的工资。仅此而已。

但是如果她错了，她就会遭到批判，她的能力也将受到质疑。她之所以犯错就是因为她是个女人，所以当然不适合做探长，这种思想虽然不会明说，但会流露在字里行间。

整个上午，她把自己关在办公室里，告诉赫提格说她不愿被人打扰，然后开始要求把指纹和 DNA 信息送过来。

她当天应该可以得到回复。

现在，找到维多利亚非常重要，等待答复的时间，她读着自己在跟那位年迈的心理专家谈话时所做的记录，又一次为年轻的维多利亚悲惨的命运感到震惊。

整个童年都被她父亲强奸和性侵。

她秘密的新身份，使得她可以远离她的父母，在别处开始新的生活。

但是她搬去了哪里呢？她现在是什么情况？老心理专家说她们在哥本哈根对维多利亚的所作所为是错的，她是什么意思？他们对她做了什么？

她参与杀害了西尔弗贝里和格鲁内瓦尔德吗？

她不这样认为。她目前所能确定的就是，是汉娜·奥斯特伦杀害了弗雷德丽卡·格鲁内瓦尔德。她想到拿着相机的可能是杰西卡·弗里贝里,但这只是个猜测。毕竟,从理论上来说,照片也可能是通过定时器拍摄的。

索菲娅说凶手怎么着?凶手有人格分裂症?有边缘型人格障碍,所以在自己和他人之间有清晰的界限。这点是否正确,将来的讯问会证实的,目前还没那么重要。

若不是夏洛特的丈夫,博-奥拉·西尔弗贝里被杀,她可能早就把一切搞清楚了。

其实被杀的应该是夏洛特。毕竟,她收到过一封恐吓信。至于为什么最终是她丈夫被杀,便不得而知了,但不可否认的是,这是一场可怕的血债血偿的报复。

一切都太明显了,珍妮特想。隐藏在灵魂深处罪恶会挣扎着来到表面,这是人类的本性之一。

她本应该把精力集中在弗雷德丽卡·格鲁内瓦尔德以及她在锡格蒂纳的同班同学,以及每个人都提到那件事上的。

有人敲门,赫提格进来了。

"你怎么样?"他靠着门左侧的墙壁,好像他会待很久。

"我很好,我在等着今天应该拿到的信息。我希望随时都可能到,等我拿到了那个,我们就可以发布一份全国通缉令。"

"你觉得是她们吗?"赫提格走到访客座椅边,坐下来。

"很可能。"珍妮特从笔迹上抬起头,把椅子往后挪了挪,双手放在脑后。

"你跟阿克谈了吗?当时我们急着去艾兹维肯,你不得不挂了电话。"赫提格有些担忧地说。

"是的,我们回来以后,我跟他谈了。很显然,约翰无法接受亚历山德拉。他称她为'淫妇',然后闹得不可收拾。"

赫提格大笑。

"小家伙的胆量可不小。"

斯韦登伯格大道,索德马尔姆

索菲娅·柴德兰正准备回家。她感觉筋疲力尽了。

外面,小阳春把街上的光线染成了赤黄色,早些时候把窗户吹得咣当作响的风看上去也停了。

索菲娅离开诊所时,她能感觉空气里的冬意。玛利亚广场,一群寒鸦聚集在一起,准备南飞的旅程。

在南站，她又看到了那个女人。

她认出了那步态，那宽阔摇摆的臀部，那外八字脚，那佝着的脑袋，还有那扎得紧紧的灰白的圆发髻。

女人消失在了车站里，索菲娅赶紧追上去。两扇大门朝她合过来，当她终于进入了车站大厅，那个女人又消失不见了。

索菲娅跑到验票闸门处。

女人不在那里，但是她不可能有时间走进车站，通过闸门，然后坐电梯下去。

索菲娅转过身，走回去。她去餐馆和烟草商店看了。

哪里都没有那个女人的踪影。

落日在窗户和建筑物外表投下了金色的影子。

火，她想。人们的生活、身躯和思想烧焦的残骸。

克鲁努贝里——警察总部

太阳从逐渐散去的乌云后露出了脑袋，珍妮特站起身。她看着窗外，眺望着国王岛上的屋顶，然后深吸一口气。她把肺里充满空气，然后畅快地长舒一口气。

汉娜·奥斯特伦、杰西卡·弗里贝里和夏洛特·西尔弗贝里、弗雷德丽卡·格鲁内瓦尔德、亨丽埃塔·杜勒、安妮特·伦德斯特劳姆以及维多利亚·伯格曼，是锡格蒂纳人文中学的同班同学。

过去的债迟早都要偿还。

就像她猜的那样，汉娜·奥斯特伦和杰西卡·弗里贝里都失踪了，当她把证据递给检察官范奎斯特后，他同意发布拘捕她们的通缉令。她们有充分的嫌疑杀害了弗雷德丽卡·格鲁内瓦尔德。至于博-奥拉·西尔弗贝里被杀一案，证据则没那么充足。只有一定程度的嫌疑。

现在就只有等待，观察事情的进展，等待时机。

主要的问题还是作案动机。为什么？真的只是复仇那么简单吗？

珍妮特准备好了因果论，可问题是当她试图阐述整个事情的时候，整件事情看起来完全不可能。

她们把伯格曼和杜勒两夫妇都杀了吗？两场火都是她们放的？

那卡尔·伦德斯特劳姆呢？

但如果是这样的话，她们为什么想让他们的死看起来是意外呢？

内部电话响了，打断了她的思绪，她转过身，探过身子，按了接听键。

"喂？"

"是我，"延斯·赫提格说，"如果想看件有趣的事，就来我的办公室。"

赫提格的门开着的，当她走进去的时候，看到阿伦德和施瓦茨也在那里。他们看着她，施瓦茨咧着嘴，摇了摇头。

"你听听。"阿伦德指着赫提格说。

她从他们两人中间挤过去，拉过来一把椅子，坐下来。"我听听。"

"极圈村，"他说，"纳塔瓦拉教区。安妮特·伦德斯特劳姆，娘家姓是伦德斯特劳姆，还有卡尔·伦德斯特劳姆。他们是堂兄妹。"

"堂兄妹？"珍妮特不太明白。

"对，是堂兄妹，"他重复道，"他们的出生地相距仅仅三百米远。卡尔和安妮特的父亲是兄弟。两家住在拉普兰地区的村子里。拉普兰，就是以北极圈命名的。很精彩，对吧？"

珍妮特不知道"精彩"是否准确。"也许是意外吧。"她回答。

"是贴切一些。"

珍妮特觉得赫提格仿佛要笑出来了。

"律师维戈·杜勒过去住在武奥勒里姆，距离北极圈只有三四十公里。在那里根本算不上距离。相距三十公里，你们基本上就是邻居。关于极圈村，我还可以跟你讲个故事。"

"这部分是真有意思。"施瓦茨插进来说。

赫提格示意他安静。"八十年代，报纸上报道了一个故事。是关于一个教派的，它的分支遍布拉普兰地北部和北博滕省，总部位于极圈村。一个早就过时了的拉丝塔迪亚教派分支。你可能听说过科尔佩拉运动吧？"

"不，没有听说过，不过我猜你应该听说过。"

"起源于三十年代，"赫提格说，"位于北博滕省东部的一个世界末日教派。预言世界末日到来时，一艘银船会来接虔诚的信徒。他们整日放荡狂欢，按照《圣经》的说法，他们是在确认他们体内的孩子，他们在路上玩跳背游戏，光着身子四处走动，等等。一百一十八个人被审问，四十五人被罚款，还有人被指控与未成年人发生性行为。"

"在极圈村发生了什么？"

"相似的事情。最开始，有人向警方举报了一个自称'羔羊赞歌'的运动。举报是关于儿童性侵的，但是问题是举报信是匿名的。信上提到了安妮特和卡尔·伦德斯特劳姆，还有他们各自的父母，但是都没有得到证实。警方的调查工作被终止了。"

"上帝！"珍妮特说。

"我知道。安妮特·伦德斯特劳姆当时只有十三岁，卡尔十九岁。他们的父母五十多岁。"

"之后发生了什么？"

"事实上什么都没有发生。关于教派的报道渐渐被人忘却了。卡尔和安妮特搬到了南方，几年之后结婚了。卡尔接手了他爸的建筑公司，买了一个建筑巨头的股份。之后，一家人跟着卡尔被派往各地工作，在全国搬来搬去。琳内娅出生时，他们正住在斯堪讷省，当然，这点你已经知道了。"

"维戈·杜勒呢？"

"他的名字也出现在了一份报纸上。他当时在一家锯木厂工作，接受了报纸的采访。原话是：'伦德斯特劳姆一家是无辜的。羔羊赞歌从不存在，这只是你们这些记者杜撰出来的。'"

"他为什么会被采访？他的名字也出现在了举报信上吗？"

"没有。不过我猜他是想尽可能地上报纸，他可能那时就已经雄心勃勃了。"

珍妮特想到了安妮特·伦德斯特劳姆。

出生在北极与世隔绝的村庄里。儿时很可能参与了一个教派，其中发生了性侵儿童事件。嫁给了自己的堂兄卡尔。性虐待继续，像毒药一样从一代传到下一代。家庭破碎。崩溃。他们把自己抹去了。

"准备好听新内容了吗？"

"当然。"

"我已经调查了安妮特·伦德斯特劳姆的银行账户了，然后……"赫提格顿了顿，然后继续说道，"你总是说你应该跟着直觉走，所以我就按着直觉走了，结果，有人最近往她的账户里汇了五十万克朗。"

该死，珍妮特想。有人真想把琳内娅身上发生的事掩盖起来。

收买犹大的钱。

约翰·普林茨路——一个郊区

乌尔瑞卡·温丁把手机关机，走进了斯堪斯蒂尔地铁站。当她打电话说她不会再去了，接电话的是秘书，而不是索菲娅·柴德兰，这让她松了一口气。

乌尔瑞卡·温丁为允许自己被人收买而感到羞愧。

五万克朗并不算多，但是她这样就能支付后面六个月的房租，再给自己买一台新笔记本电脑。

在地铁闸机处，她把一只脚从金属栏杆下面伸进去，以激活感应器，这样她就能把回转栏杆往自己这边拉一些，然后从缝隙里溜进去。

她去见索菲娅了，这使范奎斯特有些生气。他可能担心谈话治疗会揭露维戈·杜勒和卡尔·伦德斯特劳姆对她的所作所为。

乌尔瑞卡·温丁想到了珍妮特·科尔伯格，她尽管是个警察，看起来人还不错。

她是不是应该把一切都告诉她？

不。她不愿意再遭一次罪，另外，她觉得没有人会相信她说的话。保持沉默是更好的选择，因为如果你把下巴伸出去，就可能遭到拳击。

九分钟后，她在哈马比高地站出了地铁，然后顺利通过了闸机。不论是地铁上还是在出口，都没有检票员。

费恩·马尔姆格伦斯路，走过学校以及房子之间的那一小片林地。约翰·普林茨路。走进前门，走上台阶，打开门，走进去。

一堆信件、广告传单和免费报纸。

她关上门，上了锁，然后把保险链也挂上了。

她跌坐到门廊地板上，哭了起来。她的背靠着那堆纸，软软的，她侧身躺下。

这些年来，她一直跟殴打她的男朋友们生活在一起，但她从未哭过。

当她放学回到家，发现妈妈在沙发上不省人事了，她没有哭。

她外祖母曾经说她是一个有教养的孩子。一个安静的孩子，从不哭闹。

可是现在她哭了，她哭的时候，听到厨房里有人。

乌尔瑞卡·温丁站起来，朝厨房门走去。

厨房里站着一个陌生人，还没等她反应过来，他就一拳打中了她的鼻子。

她听到了鼻子断裂的声音。

艾兹维肯——伦德斯特劳姆家

琳内娅·伦德斯特劳姆把她爸爸寄给她的信烧剩下的灰烬冲下了厕所，然后回到自己的房间。

一切都进行得井然有序。

她想起了她的心理治疗师索菲娅·柴德兰,她跟她讲过查尔斯·达尔文是如何得到《物种起源》的灵感的。说它是如何在他头脑中闪现,以及他如何花费余生为自己的理论收集证据。

索菲娅还告诉她,爱因斯坦的相对论在他头脑中闪现的时间,比拍一次手的时间还要短。

琳内娅·伦德斯特劳姆知道那是什么感觉,因为她现在正同样清楚地看待生活。

生活,过去曾是痛苦,现在是乏味的现实,她自己则只是一个驱壳。

跟达尔文不同的是,她不用收集证据,不像爱因斯坦,她也不需要什么理论。有些证据就在她的心里,如同她灵魂上的粉色的伤疤。更多的证据则以生殖器的伤痕和损害,显现在她的身上。

从绝对意义上来说,证据就是,当她早上醒来时,床单被尿湿了,或者当她紧张时,便会忍不住要尿尿。

她父亲很早之前就形成了这个命题。当她还只能说几个词的时候。在位于克里斯蒂安斯塔德的花园里的戏水池里,他就把这个命题付诸实践了,从那时起,这个命题便不断继续,而变成了一生的真理。

她记得他在床沿上慰藉的话语。

他的双手放在她的身体上。

他们就寝前共同的祷告。

"我渴望触碰你,满足你的欲望。看到你欢愉,令我幸福。"

琳内娅·伦德斯特劳姆把椅子从桌子边拉开,放在天花板上的钩子下方。那些字句她熟记于心。

"我想与你缠绵,给你应得的全部的爱。我想爱抚你的里面和外面,用我特有的方式。"

她解下牛仔裤上的腰带。黑色的皮革。铆钉。

"看着你让我快乐,你的一切都给我欲望和欢愉。"

一个套索。站到椅子上面,皮带的搭扣挂在天花板上的钩子上。

"你将体验到更高层次的满足与欢愉。"

腰带绕过她的脖子。楼下客厅里电视的声音。

安妮特在看《瑞典偶像》,一盒巧克力,一杯酒。

明天的数学测试。她整个星期都在学习,她知道自己会考个好成绩。

跨一步走到稀薄的空气中。当录音棚导演举起一个标志时,观众便热烈地鼓掌。

一小步,椅子倒向了右边。

"这是神的真实的表达。"

哈马比高地——一个郊区

乌尔瑞卡·温丁不知道是怎么回事,但是她依然站立着。她脸上发麻,眼睛直直地盯着陌生人的眼睛。有那么一瞬,她看到了类似同情的东西。一闪而过的怜悯。

然后,她回到了现实中,跟跟跄跄地后退了几步,退到了门廊里,那个男人则默默地看着她。

然后,一切都发生得那么快,但是对乌尔瑞卡来说,却如永远一样漫长。

她迅速侧过身,在那堆信件上滑了一跤,但是在抓着门把手前设法保持住了平衡。

妈的,她听到了身后急促的脚步声,这样想道。

门上了锁,保险链也挂上了。

她的双手很熟悉那些动作,但她还是感觉自己在保险链上花费了好几分钟。当她往门外冲的时候,她感到一只手碰到了她的背部。

她感觉脖子被勒住了。她听到他在她身后的喘气声,意识到他抓住了她外套上的帽子。

她无法思考。甚至没有时间感到恐惧。她只是在肾上腺素的驱使下逃跑。她挣扎着摆脱了抓着她的手,转过身,用尽全力踢了他一脚,希望获得最好的结果。

她踢中了他的裆部。

跑,跑,我他妈求你了,她想,但是她的双腿不听使唤了。

她站在那里,看着那个壮硕的男人倒在了楼梯的石板上。

看着那个男人朝向她的扭曲的面部,她才意识到自己全身都在颤抖。

他咆哮着说着什么,但是她几乎听不到,然后挣扎着想站起来。

她这才开始跑。

跑下台阶,跑出大门,一直往前跑。跑过自行车棚。绕过自行车道边的那棵树,跑进了树林的树荫里。不回头。只是跑。

看不到一个人。她不敢往回跑,前面是一座长满了灌木的小山,山那边有公寓里的灯光。

黄昏。高大的松树,路面多石而不平,她到底为什么要跑进树林里呢?

然后,她看到了他。

十米远的地方。他咧嘴对她笑了笑,她觉得他手里拿着一把刀。他的手臂向外伸着,好像手里握着什么东西,但是她看不到刀片。他镇定地朝她走过来,她很快就明白其中的原因了。她唯一的出路就是身后灌木丛生的小山。

她决定冒险一试。转过身,径直朝布满了荆棘的黑暗跑去。

她尖叫,用尽全力,没有回头看。

她向上攀爬,枝条划破了她的脸和手臂。

她觉得自己能听到他的呼吸声,但是那很可能只是她自己的呼吸。

她又尖叫起来。但是那声音紧绷而咔哒作响,让她有些喘不过气来。然后,她穿过灌木丛。几株发育不良的松树,小山有一个向下的斜坡,她跑起来。

一栋建筑的后面。一些通往地下室的台阶。她看到门是开着的,里面亮着灯,她感到胃里翻动着。

如果亮着灯,也就是说里面有人。有人可以帮助她。

她拨开最后的树枝,快步跑下台阶,跑进地下室。"救命!"她用沙哑的声音喊道。一条两旁是储藏室门的走廊。"救命!"她重复道。

那扇门。关上那扇门。

她转过身。听到了他在外面的喘气声,以及越来越近的脚步声。她用尽最后一丝力气,跑到门边,咣当一声把它关上了。

两秒钟。她这才注意到走廊里有一些搬家用的箱子,两个巨大的硬纸箱,上面是一些碎呢地毯。其中一扇门被顶开了。

"有人在吗?"

没人回答。她额头上满是汗珠,她大口喘着气。她的心脏怦怦跳,以至于她觉得心脏要跳出来了。这里没有人。

门把手,他在使劲拉门把手。然后她听到了门锁咔哒一声。

钥匙呢?

他是怎么进入她的公寓的?他有钥匙吗?

别管那么多了。

她转身,继续沿着走廊往前走,但是这时,天花板上的灯灭了。门还在咔哒作响，门旁边的灯开关像黑暗中的红点一样发着光。她走开了，不敢靠近门。

她在黑暗中摸索着往里走，紧靠着墙壁。这时，她注意到了那股味道。

一股倒胃口的味道。下水道？排泄物？她不知道。

走廊拐向了左边，她绕过拐角。没有灯开关，她急匆匆地往前走，进一步深入了黑暗。储藏室是由铁丝网做成的。她非常清楚它们的模样，尽管她什么也看不到，只能用手感觉铁丝网。

然后，她看到几米远的地方有一个红色的开关。

她听到外面的门开了，他打开了灯。

就在她面前，五米远的地方，有一扇关着的门。没有门闩，只有一个钥匙孔。

左边的墙上有一个壁龛，里面放着一个巨大的金属容器和许多管子。

空间足够她藏在后面了。

她迅速爬过去，把自己埋在管子中间，紧紧地贴着墙壁。

那股味道就是从这里发出去的。

硫磺，她想。那个巨大的金属容器是一个脂肪分离器，她隐约记得这栋建筑里有家比萨餐厅。

她听到他走近了。脚步声停止了，就在旁边。

他又开始走动了。她闭上眼睛。希望他没有听到她的呼吸声和心脏跳动的声音。

只要她不打喷嚏。打中她鼻子的那一拳很重。她无法通过鼻子呼吸，她在流鼻血。她的上嘴唇感觉暖暖的。

她意识到这毫无希望。

毫无希望。

她能透过脂肪分离器和其中一个粗大的管子之间的空隙看到他的靴子。他就站在那里，离她不到一米。什么也不说。

她待在远处，挤在金属容器和墙壁之间。时间一秒秒过去，她觉得大概过了一分钟，这时，他开始用什么东西击打管子。

一个响亮的声音，接着又一声，又一声。闪着火星，她知道那是刀柄。

她嘴里有股酸味，直涌到她的喉咙里。

他开始快步走来走去。他的靴子嘎吱作响，击打管子的声音越来越响，他好像失去了耐心。

这时，她看到了角落里，不到一臂远的地方，有一些上端被锯断了的细铜管。如果击中了要害，那些尖刺可以造成一些伤害。

她伸手去够它们，但是又停下了。

她张开的手在颤抖，她意识到这毫无意义。

她没有精力，没有精力做一件该死的事。

杀了我吧，她想，杀了我吧。

坦都山——索德马尔姆

她看到汽车驶近了，就躲在了灌木丛后面。

在她身后，远处，是碧绿的坦都树林，只能在屋顶上看到太阳的一点边缘。埃辛基教堂细长的尖塔就是斯莫兹莱登和奥尔斯登前面的一根细钉。

在坦都树林大片的草地上，一群人依然在对抗严寒。其中两个人在扔飞盘，尽管天几乎黑了。在远处的河岸边，她看到有人在游泳。

汽车停下来了，引擎熄灭了，周围安静下来了。

在丹麦的那些年里，她一直在努力忘却，但始终以失败告终。现在，她将完成自己很早很早以前就决意要做的事。

汽车里的女人将帮助她回家。

必须除掉汉娜·奥斯特伦和杰西卡·弗里贝里。

除了蒂沃尼游乐园的那个男孩，她一直都在跟病态的人打交道。把那个男孩带走是个错误，当她认识到这一点后，她饶过了他。

当她把纯酒精注射到他体内后，他昏过去了，她给他戴上了猪面具。他们在美术馆度过了整个晚上，当她最终意识到他并非她同母异父的兄弟时，她为自己的所作所为感到后悔。

那个男孩是无辜的，但是在车里等着她的女人却不是。

令她感到失望的是，她并没有感到快乐，甚至没有宽慰。

去韦姆德，也令她感到失望。外祖父和外祖母的房子被烧得只剩下架子了，他们都死了。

她还盼望着看到自己踏进房门直面他们时，他们脸上的表情呢。

当她告诉他谁是她的父亲时他脸上的表情。

爸爸和外祖父，混账本特·伯格曼。

另一方面，养父博-奥拉却明白了。他甚至祈求她的原谅，还给她钱，好像他的财产足够偿还他的罪行一样。

全世界的钱加起来也不够,她想。

最初,可怜的弗雷德丽卡·格鲁内瓦尔德并没有认出她来。这并不奇怪,因为距她们上次在维戈·杜勒位于斯楚厄的农场上见面,已经过去十年了。

也就是在那个时候,弗雷德丽卡跟她讲了在锡格蒂纳发生的事。

弗雷德丽卡站在旁边,欣赏着那场表演。

有时候,必须牺牲一些人的生命。那些生命通过死亡而有了意义。

她记得她们冷漠的眼睛、汗水,以及房间里所有人的兴奋和激动。

她把钴蓝色的外套拉得更紧了一些,决心朝汽车以及那两个她熟悉不过的女人走过去。

当她把手伸进口袋,确保自己没有忘记宝丽来照片的时候,她的右手一阵刺痛。

她并不觉得切掉无名指是多大的牺牲。

过去的债迟早都要偿还,她想。

第三卷

丹麦，1994

除非有人开始谈论起来，否则你不会觉察到夏天已经来了。当所有的东西都变得具有夏天的气息的时候，繁花似锦的景象很快就会出现。我这么做了，所以花儿盛开了，牧场变绿了。现在夏天已经到来，因为我把积雪抹去了。

这个海滩被遗弃了，只有他们和海鸥还在。

她之前已经习惯听这些海鸟的叫声和海浪的声音了，但是现在这个由蓝色塑料瓶建造起来的挡风墙发出的沙沙响声让玛德琳觉得很烦。这让她难以入睡。

她趴在那里，太阳烘烤着她的身体。她把大大的沙滩毯折了起来，盖住了头，留了一道细缝，这样她就能看到前面发生了什么。

九个乐高积木搭成的人物。

卡尔和安妮特的女儿开心地在水边玩着。

所有人都没穿衣服，除了养猪的那个农民，因为他说他有湿疹，受不了太阳。他浸在海水里，眼睛盯着小女孩。他的狗也在那儿，是一条很大的罗威纳犬，她从来都不信任它。

她吸着牙齿。好像它一直都在流血，但它就是不掉下来。

坐在她旁边的，和往常一样，是她的养父。他时不时地用手抚摸她的后背，或者给她涂点防晒霜。他和她说了两次让她翻身平躺着，但是她假装睡着了没听见。

她的头在沙滩毯下转了一下看向了另一边。这个方向的海滩空空荡荡的，只有一路通向远处的桥和红白相间的灯塔的沙子。但是海鸥比较多，可能一些游客走的时候没有清理。

"现在给我平躺过来，"他的声音很温柔，"你会被晒焦的。"

她二话不说照做了，听到他在摇防晒霜的瓶子，她闭上了眼睛。

他的手很温暖，她不清楚这是一种什么触觉。她既感到舒服又有些反感，就跟她的牙齿一样。她的牙有点疼又有点痒，当她用舌头去舔牙根的时候，牙的晃动让她发抖，就跟现在他的手摸到她她会发抖的感觉一样。

她知道和同龄人比起来她发育得比较早。她比他们都高，乳房甚至也开始发育了。至少她觉得是在发育，因为她感觉到肿胀和痒，就像它们在生长。这也是为什么她的牙齿会痒，因为它很快就会掉的。以前旧的牙齿根部会长出一颗新的牙齿，一颗恒牙。

他不再触摸她，她也正希望如此。

一个闷闷不乐的女人的声音让他躺下，她听见了她胳膊肘插进沙子里的声音。

她好奇地转过头。透过毯子缝她看见了那是一个很胖的女人，弗雷德丽卡微笑着坐在他旁边。

她想着刚才的乐高人物。小小的塑料做成的人，任由你的摆布，即使你把它放进烤箱把它烤化，它的脸上还是带着微笑。

她忍不住看着那个女人，她斜靠在他的腰上，嘴张着。

透过毯子的缝隙看得见她的头很快地上下摆动着。她刚游完泳，头发粘在脸上，整个人看起来都湿哒哒的。红红的，湿湿的。

她想到之前他们在斯卡恩的时候，她的养父第一次打了她。那是在一个沙滩上，人很多，大家都穿着泳衣。她走向一个独自坐在毯子上的男人，他一边喝着咖啡一边抽着烟。她在这个男人面前脱下了泳衣，因为她觉得这个男的想看她的裸体。

他看着她，尴尬地笑着，嘴里吐着烟圈。但是他们很恼火，爸爸博-奥拉揪着她的头发把她拖走了。"在这儿不行。"他们说着。

现在所有人只是有点好奇而已，人们的影子快要把阳光给遮住了。

她的牙痒痒的，她能感觉到太阳下山后的空气是多么冷。

他们在看，她也在看。没有什么觉得羞耻的地方。

其中有一个新来的、浅色头发的女人掏出了相机。这是种可以立刻定格画面并洗出照片的相机。一款宝丽来相机，是的。它们能让分子静止。

挡风墙沙沙地响着，相机按下快门的时候她又把眼睛闭了起来。

突然间，她的牙松动了。

她牙龈的洞疼了起来，感觉凉凉的，她一边观看一边把牙在嘴里滚来滚去。

痒痒的，有血的味道。

索德马尔姆

结束这一切开始于在坦都山最高点燃烧着的一辆蓝色轿车。

在索德马尔姆中部燃烧的小山并非珍妮特所期待的那缺失的、能够帮助她了解故事全貌的信息。当她和延斯·赫提格高速驶过霍恩斯图尔的时候，看到了坦都山的一幕，那看起来像座火山。

在变为公园以前，坦都山就像是一座垃圾场，像是人类废弃物的墓地，而现在，它又变成了垃圾堆。

公园最高处的火，斯德哥尔摩大部分的地方都看得见，火苗从燃烧的汽车跳到了一棵干枯的桦树上，把树烧着了。火噼里啪啦地响着，眼看着火势就要蔓延到十几米之外小小的社区了。

汉娜·奥斯特伦和她的同学从锡格蒂纳人文中学毕业，就读人类学，她和杰西卡·弗里贝里由于涉嫌两起谋杀案被警察通缉。正在被火焰吞噬的这辆车是注册在汉娜·奥斯特伦名下的，这也是为什么珍妮特被卷入的原因。

当她打开车门要下车的时候，她能闻到热的、带有毒气的黑色浓烟的味道。

这股恶臭混杂着汽油、橡胶和塑料的味道。

透过这致命的火焰，可以看到车前座有两个死人的轮廓。

巴尔南根——索德马尔姆

夜晚的天空浸泡在斯德哥尔摩市中心的黄色灯光污染里，肉眼可见的只有北极星。从路灯、霓虹灯还有灯泡发出的人造光源让斯堪斯蒂尔大桥显得暗淡，如果整个城市都停电、只剩下天上的星星发出光亮，那么就不会这样暗淡。

一些夜行的路人走过年代更久远的斯堪斯桥，望向北哈马比半岛，但是除了灯和影，还有晃眼的灯光污染表演，什么都看不到。

　　他们没看见那个沿着老旧废弃的铁轨前进的蜷缩身影，他们没看见这个人拿着一个大塑料袋出了铁轨站在了码头边，码头被大桥的影子吞噬了。

　　也没有人看见这个袋子被黑色的海水吞噬了。

　　这个人打开车门上了驾驶座，开了灯，从放手套的隔间里拿出一包纸。几分钟之后，灯关了，车子启动了。

　　那个在车里的女人认得出这天空中厚重的黄色灯光，这和别处不一样。

　　她能看到别人看不到的东西。

　　她看到一些小拖车咔哒咔哒地从码头上以前货物堆积过的痕迹边经过，装满了尸体。在水里有一艘巡航舰，挂着苏联的国旗，她知道经过几个月在黑海上的航行，船员们都在遭受坏血病的困扰。克里木半岛上塞瓦斯托波尔的天空和这里一样泛着芥末黄，在桥的影子里躺着被炸毁的房屋和火箭工厂产生的矿渣堆。

　　她一年多前在基辅外面的一个封闭的火车站发现了这个男孩，火车站通向比谷。这个车站的名字和当时在这个地方建的纳粹集中营的名字一样，很多人在战争期间死在了集中营里。

　　斯勒茨

　　她仍然能记得那个男孩尝起来是什么味道。那是一种黄色的、转瞬即逝的像菜籽油一样的味道，像是轻微污染过的天空和稻田。

　　斯勒茨。这个词好像可以很贴切地形容这种黄色味道。

　　这个世界被分割成了两部分，只有她清楚这点。这两个世界的区别就像 X 射线和人体的差别一样大。塑料袋里的尸体现在在两个世界里都有位置了。当他们发现他的时候他们就能知道他九岁时的模样。他的身体被保存得像一张旧照片，防腐药物的填充让他看上去像一个男孩国王。一个永葆青春的男孩。

　　车里的女人一直向北开，穿过这座城市。她看着经过的这些路人。

　　她的感觉很灵敏，她清楚没有人会知道她究竟是个怎样的人。没人知道她心里想着什么。她看得见围绕着人们的永恒的痛苦。她能看到他们周围空气中弥漫着的他们污浊的想法。

　　她自己是不会被看见的。她有一个本事是在满屋子是人的情况下隐身，人们的视网膜里看不到她的影像。但是她总是适合地出现，观察着她的周围，解读着他们。她能记住每一张脸。

不久之前，她看见一个女人独自去了北哈马比半岛的码头。按当时的季节来看这个女人穿的衣服特别少，她坐在水边有半个小时，等她最后起身要走的时候，街灯照亮了她的脸，她认出了她。

是维多利亚·伯格曼。

她上次见到她已经是二十多年前了，那时候她的眼睛里充满火热，几乎有种战无不胜的感觉。她们充满着能量。

而现在她看到的是呆滞，一种充满了全身的疲倦感，以她看相的经验来判断，维多利亚·伯格曼已经死了。

吉　拉

吃自己的孩子是野人的行为！
——苏联宣言，乌克兰，1933

父亲吃过鸽子，他正讲故事给他的女儿小吉拉听。

"亲爱的女儿。"

她饿了，但是只能吃草，在隔壁房间里男孩的状况可能更糟。他的身体太虚弱了，走累的时候就会倒下。

"故事，关于船和女巫。"

父亲在她的额头上亲了一下，她闻到了他的口臭。"从前，有一个爸爸和妈妈，他们有一个女儿叫吉拉·博科维茨。她特别小，但是长得很快，就像你一样……"

他笑了，戳了戳她的肚子，让她发笑，但是她没有笑出来。

"有一天小吉拉对她的爸爸说：我想要一艘金子做的船，它的船桨得是银子做的，这样我就可以为你和我的哥哥们找食物了。求求你了爸爸，给我一艘这样的船吧。"

"求求你了，爸爸。"她低语道。

"小吉拉得到了这艘金银做的船，每天她都下水捕鱼，把食物带给她的爸爸、妈妈还有兄弟们。每天晚上她的妈妈都回去河边喊：快上岸吧，小吉拉。"

妈妈病了，她觉得。她的嘴巴黑了，脸色苍白。

爸爸看着她。"小吉拉是怎么说的？当她妈妈呼唤她的时候？"

"金船，让小吉拉上岸吧。"她说，听见了妈妈在床上咳嗽的声音。爸爸的手冰凉的，他的脸发着光。可能是发烧了。住在街尾的小女孩就是因为发烧丧了命，然后被她妈妈吃了。那个女孩的妈妈是一个丑陋且吝啬的巫女，不像她自己的妈妈，她生病前淳朴得可爱。

"是的，就是那样的。每天如此，过了很多年。小吉拉慢慢长大了，她的妈妈每天去岸边呼唤她，直到有一天晚上……"听见躺在床上的妈妈又咳嗽了，他沉默了。

但是吉拉不想听到妈妈咳嗽。"接着说啊。"她哭了起来，爸爸把她举起来后她又笑了。"和女巫一起进烤箱！"

他把她高高地举起。现在他又戳了她的肚子，这次比较好玩了。

但是很快妈妈咳得更厉害了，爸爸高兴不起来了。他变得沉默严肃起来，把小吉拉放在了地上，手摸着她的头发。

她能看出他的悲伤，但是她想听故事的结局，当那个巫女全身燃烧起来的时候。

"我不能再说下去了。我得照顾你的妈妈，她需要喝水。"

家里没有水啊，吉拉想。天气又热又干燥，妈妈说过地里的、所有的东西都死了。妈妈还说她快要死了，快要咳死了。慢慢死去，就像庄稼一样。

"拿水也没用。"吉拉说。

爸爸一脸严肃地看着她，"你什么意思？"

他大概知道原因了。因为他总说妈妈是个预言家，一个知道外面世界发生的一切的人，而且她说的总是对的。

"妈妈说她快死了。"

他眼眶湿润了，没有答话，但是牵起了吉拉的手。然后他站了起来，走到了衣橱旁，拿出了他的帽子和外套，即使他觉得外面很热。他身体发抖，走了出去。

吉拉站在窗边，看着爸爸往街上走去。她知道外面危险，只有爸爸可以出去，她妈妈、她兄弟、她自己都不可以出去。外面都是尸体，而这些尸体会被吃掉，因为除了草、树叶、树皮、树根、虫子和昆虫，没有什么可以吃了。全吃光了。除了把尸体吃了，没有什么更好的方法。

吉拉·博科维茨从未吃过鸡肉。

爸爸说他偷了点鸡肉，但是她不信。

现在就在她的盘子里。她的兄弟们一点都不想吃，当她吃了一口之后她不明白为什么，她觉得自己从没吃过这么好吃的东西。

遗憾的是妈妈死了，她尝不到了。

她大口地吃着湿湿的肉，感觉力量又回来了。但是她并不高兴，因为她一直都在想着她的妈妈。

她妈妈死的时候的样子。她的皮肤泛黄，嘴巴是黑色的。身体蜷缩，骨瘦如柴。

她临死前的几天不停尖叫。

从那时起，家里就安静了。

吉拉想念她生病以前的样子。那个时候，她会让吉拉坐在她的腿上，喝杯子里温热的牛奶。她会想起一些有趣的游戏。她会和爸爸亲吻拥抱，幸福快乐着。她会把吉拉抱进怀里，读摩西五经。

最后的一点鸡肉尝起来最美味，吉拉意识到，它美味是因为没有什么可以吃的了。以后她再也不会吃到爸爸拿来的那么美味的鸡肉了。

根据"夜与雾"指示，危害第三帝国安全的公民都将被处死。任何违背"夜与雾"法规的人或者藏匿敌人情报的人都将被逮捕。

——德国宣言，第二次世界大战

十二年后，吉拉·博科维茨来到了正在瓦解的德国旅游。她依然记得爸爸带来的鸡肉的味道。

涂有红十字的白色公车也不再能保证可以自由通行，因为已经没有任何国际条约了。车顶带有红十字标记的货车很容易成为英国空军的攻击目标。英国空军拥有着天空的绝对管辖权。但是德国设的路障就没有什么问题了，因为车队由盖世太保护送着。

吉拉相比较她的那些狱友来说更加坚强，是为数不多的仍然保持清醒的人之一。

当他们离开达豪集中营的时候，有四十四个男的，连她在内一共就四十五个人。至少有四个人死了，七个人在路上也濒临死亡。所有人都在遭受着疖肿、伤口感染和慢性腹泻的折磨，除非生活必须的供给可以及时到位，否则会有更多的人死去。

她的状况也十分糟糕。她的脖子上有四个大痈疖，她的胃也一团糟，几周前她阴部的感染让她很困扰。她大腿内侧的血管破裂了，好像是血液中毒一样，但是她在车上无法得到治疗，因为她的外生殖器和其他人的不一样。

谁都不能知道这事,唯一知情的人大概没能在战争中存活下来。

她的秘密在她那个时候之所以可以一直保守住,是因为当时的守卫长官从一开始就比较喜欢她。或者说喜欢他,取决于你怎么看这件事。这个胖长官喜欢双性人,或者说蠼螋、马屁精,像他叫他们那样,现在他要抓住机会获得专属于自己的奉承者,以此获得一些保护和时不时的食物供应。

正是那个胖男人给她的胯部带来了伤害,但是尽管感到羞耻,她从未试图从集中营逃跑。现在,虽然别人在说她就要获得自由了,她还是在准备着逃跑。自由不是别人给你的,而是你自己的选择。

是你自己争取的。

在她的口袋里,吉拉·博科维茨有一份可以证明她是丹麦公民的文件,凭此可以接受汉堡附近的诺因加默集中营的救治,然后可以转入丹麦的隔离区。但是对于她来说,真相是一个相对的概念,因为她已经不再相信任何事了。没有什么比真相更虚伪的了。

她的口袋里还有一个拇指夹,一个小小的木质钳子,是守卫长官给她的,帮她分散痛苦时的注意力。之前帮她对付头疼和胃痉挛,现在帮她对付胯部的搅拌机一样的疼痛。她把拇指夹放在她的拇指上,用力夹紧。一圈,又一圈,同时,她环顾巴士内部。

这里的恶臭味和忧虑感与达豪集中营里的一样。

吉拉闭上了眼睛,试图去想像自由,但是好像自由从未存在过,也不会存在。无论是进达豪集中营之前还是之后都不会有。那里有着记忆,但是感觉却并不属于她。

两年前她来到了乌克兰西部的伦贝格,十三岁,但是身体却是一个二十岁的男儿身。她从德国军用车里偷了一个手提箱,被盖世太保逮捕了,变成了成千上万个"夜与雾"被拘留者之一,这些人是要被送往处决营的。

她到的时候德国人没有检查她,只是给了她一些工作服。没有进行药物治疗的必要,她很健康很强壮。

她那时候喜欢强制性劳动的,无论是挖水沟还是组装机器。因为她的身体变得更强壮了,她喜欢看到她的同伴们举手投降,一个接着一个。她比所有的成年男人都更强健。

快结束的时候变得越发艰难,但是她坚持到了最后,等到了白色巴士的到来。

只有斯堪的纳维亚的公民才会被带走,当最后一个丹麦人的名字被叫到的时候，吉拉举起来她的手。

他们给她穿上了灰色的外套，画上了白十字的标记，表明她是个自由人了。

维塔山——索菲娅·柴德兰的公寓

索菲娅·柴德兰沿着恩斯提亚纳斯反垄断协会走着，看着右边岩石上雕刻着的脸。在索菲娅大教堂下面三十米的地方，有一个从岩壁炸出来的山洞，那是瑞典最大的服务农田。下面飘着的水蒸气像云朵一样飘在街道上，秋天夜晚的寒风不停地把水蒸气往凹凸不平的岩石上吹。

极其炎热，好像下面已经沸腾了一样。

她知道地下通道的转换器和发电机被设计成可以保障所有属于瑞典政府的数据信息都不会被灾难损毁。这些数据信息里就包含着关于她的机密文件，关于维多利亚·伯格曼的。

她穿过厚重潮湿的云雾，一度什么都不看见。

很快她就站在了自家的大门口。她快速地看了一下时间。十点一刻，就是说她走了四个半小时。

她不记得经过了哪些街道和地点，也记不起来走路的时候在想些什么，就像是在回忆一场梦一样。

我是睡着走来的，她一边想着一边轻按门上的密码。

她沿着台阶往上走，尖锐的靴子跟发出的回响把她唤醒了。她甩了甩外套上的水，调整了一下衣服，当终于把钥匙插入锁眼里的时候她已经完全不记得刚才漫长的行走了。

索菲娅·柴德兰记得她坐在她的办公室里，幻想着索德马尔姆是一座迷宫，根据她的经验，入口处应该在圣保罗大街，然后出口是她在维塔山的公寓。

她不记得和她的秘书安–布里特道过别，也不记得一刻钟之后离开了这个地方。

她也不记得她在斯堪斯蒂尔的克莱瑞恩酒店里面的酒吧遇到的那个男人，她去过那个男人的房间；也不记得当时她不要钱的时候那个男人惊讶的表情。她不记得跌跌撞撞地出了旅馆休息室，一直沿着二环路往东走，到了卡塔琳娜·班格塔又去了北哈马比半岛盯着那儿的水面看，不记得驳船和仓库沿码头反方向排列，也不记得走回到了二环路，它蜿蜒向北一直到了恩斯提亚纳斯街，然后路过了下面维塔山上陡峭的岩石面孔。

她也不记得找到回家的路，走到了迷宫的出口。

索德马尔姆不是迷宫，梦游者的大脑才是，那里有很多运河，是一个由神经和信号构成的体系，有着无数弯曲的道路和十字路口，还有死胡同。在梦游者的梦中，这是一次黄昏穿越街道的行走。

钥匙在锁眼里咔嚓地响着；她往右转了两圈，门开了。

她找到了迷宫的出口。

索菲娅看了下时间，她唯一想做的就是睡觉。

她脱下了出门穿的外套，走到了卧室。桌上是一堆纸、文件和书，是通过她的努力搜集来的、帮助珍妮特证明行凶者杀害移民男孩们的证据。

真是愚蠢的想法，她想，漫不经心地拿起几份文件。什么作用都没有。她们亲吻之后就告别了，自从在盖姆拉·安斯基德那个晚上过后珍妮特就没有提过这事。可能这只是想要见面的一个借口？

她颇为不满，因为工作没有做完，维多利亚没有帮上忙，没有记住任何有价值的东西。什么都没有。

她知道她杀了马丁。

但是其他人呢？那些没有名字的男孩，还有从白俄罗斯来的那个男孩？

没有记忆，没有萦绕的愧疚感。

她走到了藏有隔音室的书架旁。当她掰开搭链要把书架滑到一边的时候，她知道屋子里什么都没有。唯一剩下的就是她自己的剩余物和她的汗味。

高濂从来没有骑过运动自行车，但是他的汗从她的头发流下，流到了背上，流满了胳膊。

她绕了地球好几圈，却没有移动一厘米。她只是在适当的位子踩着踏板。

屋里到处是从武汉来的高濂，虽然他根本不存在。在画里，在剪下来的报纸上、在笔记上、在药房的收据上，这是她研究了她的购物清单里的首字母后拼出的名字，高。

高濂找到她是因为，她希望有人能疏导她的负罪感，偿还她亏欠人性的债。

她相信所有关于死去的孩子们的文章和报纸剪贴都是关于她的。她也在不停地追寻发生了什么，一直在寻找解释，在她心里已经找到了他们。

她知道为什么她编造了他。作为她自己愧疚感的替代品，她不能留住那个孩子，而他就是那个孩子的代理人。

但是不知道从什么时候开始她失去了对高的控制。

他没有变成她想要的样子,所以最后他不存在了,她也不再相信他了。

从武汉来的高濂从未存在过。

索菲娅进了隐蔽起来的房间,拿出卷起的晚报,她打开了报纸,把它们铺在了地上。《灌木丛里发现了妈妈》和《斯德哥尔摩中心可怕的发现》。

她读着关于尤里·克雷洛夫的报道,这个来自白俄罗斯莫洛杰奇诺的孤儿,在春天被发现死于斯瓦尔茨乔兰德特,她尤其对她在文章中划线的部分感兴趣。详细信息,名字,地点。

是我做的吗?她在想。

她把地毯翻了过来。这个草图由更多的碎纸组成,小小的笔记散落在她四周。飞扬的灰尘让她的鼻子痒痒的。从一个德国版的茨巴斯基研究德国用防腐剂保存尸体方法的文章里撕下来的书页,从网上打印下来的,详细地描述了怎么把列宁的尸体防腐保存,是由乌克兰哈尔科夫解剖学院的沃若比沃夫教授写的。

她听到电话响了,放下了手上的报纸,她看到是珍妮特打来的。她起身接电话并环顾了一下房间。

地上全是厚厚的纸张,几乎没有多余的空间。但是意义、解释和最终的原因呢?

答案就在其中的某处,她一边思考一边拿起了话筒。

一个人的思想被撕裂成了零碎的纸片。

一个精神层面的展示。

克拉拉湖——公诉机关

谎言像雪一样白,不会伤害到无辜。

检察官肯尼斯·范奎斯特对自己的安排很满意,并让自己相信,已把出现的问题解决妥当,堪称典范。每个人都很高兴。

珍妮特·科尔伯格为了维多利亚·伯格曼的事忙得不可开交,肯尼斯就自己安排了和乌尔瑞卡·温丁还有伦德斯特劳姆家族的秘密交易。

检察官肯尼斯·范奎斯特试着说服自己,所有的问题都已经得到了解决,至少是暂时的解决。只是担心还会有新的问题出现。

他想着自己放入碎纸机中的那份报告。这份报告可能会帮到乌尔瑞卡·温丁,但是显然也会毁了维戈·杜勒律师、前警察局局长,也会波及他自己。

我这样做对吗？检察官想着。

肯尼斯·范奎斯特不能回答自己的问题，这也是为什么他的不适现在蔓延到了食管里，让他烧心的难受，并且消化不良。

检察官的胃溃疡刺痛着他的良心。

盖姆拉·安斯基德—科尔伯格家

宁静生活的快乐，珍妮特·科尔伯格一边把车停在她在盖姆拉·安斯基德的房子外面一边想着。此时此刻她想念简单和例行常规。经过漫长艰难的工作后，她感到心满意足，可以把工作抛在脑后。

约翰在城里和阿克还有亚历山德拉一起过夜，她一走进大厅便感到房子的空无。少了一个家庭的存在。

自从阿克搬出去之后，感觉也不一样了。她很不情愿地意识到自己其实是在怀念颜料、亚麻籽油和松节油的味道。她是不是太偏执了？当他怀疑自己天赋的时候，自己是不是过于软弱最后没有正确地引导他？但是现在不重要了。可能这段婚姻已经结束了，他做的任何事情都不再取决于她了。

在车里的女人非常有可能是汉娜·奥斯特伦和杰西卡·弗里贝里。伊沃·安德里奇现在正在努力地证明他们的猜测。

明天就会有答案，如果她是对的，这就意味着这个案子可以交给检察官并宣告结案了。

但是首先他们得搜查这两个女人的家，找到她们的罪证，然后就得靠她和赫提格把所有事情都联系起来交给范奎斯特。她并不觉得她把工作完成得很漂亮。她只是沿着蜿蜒的线索，再加上一点运气和经验，得出了一个结论。

弗雷德丽卡·格鲁内瓦尔德和博-奥拉·西尔弗贝里被两个复仇的女人给杀了。

两个疯子。共生的精神病，还有一个特点就是几乎只发生在家族内部。比如，一个妈妈和一个女儿分开住，但是有同样的精神病。虽然汉娜·奥斯特伦和杰西卡·弗里贝里没有什么血缘关系，但是她们确实是在一起长大的，上了同样的学校，然后住得也很近。

有人在格鲁内瓦尔德旁边放了黄色的郁金香。卡尔·伦德斯特劳姆死的那晚也收到了黄色郁金香。她们也把他杀了吗？吗啡过量了？好吧，为什么不是呢？卡尔·伦德斯特劳姆和博-奥拉·西尔弗贝里都是有恋童癖的人，都虐待了自己的女儿。这一定是其间的联系。黄色郁金香和锡格蒂纳人文中学是共同特征。

是复仇，她想。但是真是见鬼了，为什么会有这么严重的后果呢？

珍妮特从冰柜里拿出一条面包，切片，放进了烤面包机。

她意识到她不可能找到所有问题的答案。

珍妮特想着，你必须明白作为一个警察有一件事你是做不到的，那就是内心的平和。你不可能什么都弄明白。

面包机咔咔作响，电话也响了。肯定是阿克。

他清了清嗓子。"是的，这周末我想带约翰去伦敦。有个足球比赛，只有他和我。作为一个父亲，我觉得……"

爸爸？所以你现在想当爸爸了，是吗？她想。"好吧，他愿意去吗？"

阿克轻轻地笑了。"噢，是的，毫无疑问。"

阿克陷入了沉默，珍妮特想着他们在一起的日子，好像是很久以前了。

"呃……"他终于开口说了，"我和约翰走之前，你想一起吃顿午饭吗？"

她犹豫了。"午饭？你有时间吃？"

"有啊，不然那我干吗问呢？"他说，听起来有点生气，"明天怎么样？"

"后天比较好。但是我正在等批准去搜查几间房子，所以我们可能要临时决定。"

他叹了口气。"好的，那让我知道你什么时候有空。"然后他挂了电话。

她对着挂了的电话也和他一样叹了口气，然后从桌边起身，从烤面包机里拿出了吐司。这样不好，她一边拿黄油一边想着。这对约翰来说不好，给他一个稳定的暗示不好。她想起赫提格说过的话。"到了那个年纪所有的事情都变得不再合理。"他这样说过，这句话在奥斯特伦和弗里贝里的身上得到了很好的验证。

但是约翰怎么办呢？他的青春时光怎么办？

首先是分离，然后是在蒂沃尼游乐园发生的事情，现在是她不得不到处跑，真是该死，几乎没有时间陪他，阿克和亚历山德拉两个人像是青春期的孩子一样，几乎不知道两天以后该做什么。

她逼着自己把最后一片干干的、冷冷的吐司给吃了，回到了电话旁。她需要找个人说说话，唯一合适的就是索菲娅·柴德兰了。

秋天的夜晚满天繁星，闪闪发光很美丽，就像是珍妮特好奇到底是什么让人们把一切搞得他妈的乱七八糟。索菲娅接了电话。

"我想你了。"她说。

"我也是。"珍妮特感到温暖的回馈，"在这儿很孤独。"

可以感觉到索菲娅呼吸很近。"这儿也是，我希望很快就能见到你。"

珍妮特闭上眼睛想象索菲娅真的就在那儿和她在一起了，依靠在她的肩膀上，在她耳边轻语，就在她身边。

"我刚才打了会儿盹，"索菲娅说，"我梦到你了。"

珍妮特依然闭着眼睛斜靠在椅子上，脸上带着微笑。"你梦到了什么呢？"

索菲娅轻轻地笑了，几乎是害羞的。

"我溺水了，你救了我。"

维塔山——索菲娅·柴德兰的公寓

索菲娅·柴德兰把电话放下，瘫坐在地板上。她刚才和珍妮特说过话，但是不记得她们说了些什么。

有种模糊的互相喜欢的感觉，还有说不清楚的对温暖的渴望。

为什么说出你的真实想法会如此复杂？她思索着。为什么不说谎对于我来说这么难呢？

她感觉想尿尿于是起来去了卫生间，当她脱下裤子坐下的时候意识到她必须早点去克莱瑞恩酒店。她必须要见的那个男人在她的大腿内侧留下了痕迹。

一层薄薄的精液粘在她的阴毛上，已经干了，她在水池里把自己洗干净。她小心翼翼地用客用毛巾把自己擦干，然后回到了书架后的房间。这间屋子本来是属于高的，但是现在它却是藏着维多利亚不寻常人生轨迹的博物馆。奥德修斯，她想。答案就在这儿。

这里有打开过去之门的钥匙。

她翻看着关于维多利亚·伯格曼的文件，努力把素描、笔记和从报纸文章上撕下来的部分组在一起。她知道她在看的东西，但还是心存疑虑。

她正在看原本属于她的一个生命，当重新组织起来的时候，即使不是她自己的，也变成了一个活生生的生命。维多利亚的生命，维多利亚·伯格曼的生命。

这是一个关于堕落的故事。

许多笔记里重复出现一个名字，这在她心里掀起了很大的波澜。

玛德琳。

她女儿和她妹妹。

她和她亲生父亲一起生下的这个孩子。

一个她被迫放弃、被收养的女孩。

在关于玛德琳的笔记中还有一张照片,一张十岁女孩的宝丽来照片,她站在海滩上,穿着红白相间的衣服。

索菲娅仔仔细细地看着照片,相信那就是她的女儿。她从那个女孩的身上发现了她自己的一些特点。她的表情很忧虑,这张照片让索菲娅感觉很不安。玛德琳成年后变成什么样了呢?

她读着关于马丁的另一张表格。这个男孩是在游乐园失踪的,后来被发现死在菲里斯河里。她用石头打了这个男孩的头,然后把他扔进了水里。

警察把他的死归为意外,但是自从她带着负罪感生活后,她的那些所作所为就一直紧紧缠着她。

索菲娅记得约翰·科尔伯格失踪的时候她去了蒂沃尼游乐园。这和马丁的失踪有点类似,但是她确信自己绝不会伤害约翰。他可能是自己消失的,或者被某个人带走了。后来有人想得更乐观,觉得约翰会安然无恙。

索菲娅继续梳理着她混乱的记忆。把一份文件放下后又拿起了另一份,读着上面的内容,回忆她当时写笔记时候的感觉。她一直靠大量的药物和酒来抑制住那些不愉快的记忆。隐藏她肉体深处部分真实的自己。

这样维持了好几年。

在最薄的地方,皮肤只有五分之一毫米那么薄,但对于内部和外界来说依然是坚固的防守。它也阻隔着理性的现实和毫无逻辑的混乱。在这个特定的时刻,她的记忆不再模糊不清,而是清晰透明。但是她不知道这个状态能持续多久。

索菲娅从维多利亚在锡格蒂纳人文中学时候的日记开始读起。两年时间的折磨,肉体的欺凌和精神的折磨。日记里重复出现的字眼有"复仇"和"报应",而且她幻想着有一天回到学校,然后把学校整个都给炸了。现在,日记里曾出现的两个人都已经死了。

她知道她们的死不关维多利亚的事。

但即使她和这些谋杀无关,她还是知道她做了些什么。

她杀了她的父母。她在她童年的家里放了火,是在格里斯林奇,韦姆德的郊外,从那以后她就坐在这个隔音室里,用粉笔画那间起火的房子,一幅接着一幅。

索菲娅想着拉斯,她之前的伴侣,也是对她意义最大的一个人。但是她对他的仇恨却不及她对她父母的仇恨。无止境的失望是一个比较贴切的形容,但是她也曾短暂地怀疑过。她真的把他杀了吗?

她做了这些事情的记忆在情感上十分强烈地存在着,但是在她心里,事件却形不成一个有序的排列，使得她确定她确实杀了他。

但是她知道她确实杀了别人的事实，她的余生都会被这件事困扰。这件事她必须学着接受。

犹太森林——自然保护区

斯德哥尔摩西部，夹在昂比和奥克舍夫之间的，就是这座城市第一个自然保护区。

冰川和岩石的共同作用造就了这个地方的风景，它还包括森林、开阔的土地和一条小河。冰川的轨迹可以由大的岩石块和多石的冰碛隆起的痕迹看出来。首先冰块压迫地面，作用力深达一千米以下的地方，然后猛地把它撕开，用从地下岩石撕扯下来的圆石将地面分散开来。

森林里到处是墙壁的遗迹，这墙不是冰川建的，而是人们用双手盖起来的。根据传统，这些石头要由俄国战犯来搭建。

森林中间的那个湖叫做犹太湖。这个名字源自瑞典语的"声音"(ljuda)一词，意为"发出响声"，但是从词源学上讲，这和那些消瘦的苦力的叫喊声没有任何关系，和现在森林里的回响也没有任何关系。

一位年轻的、浅色头发、穿着钴蓝色外套的女人正盯着树木上空满天星斗的天空看。

成千上万闪亮的光点。

在清空她肺部的愤怒之后，玛德琳·西尔弗贝里回到了她的车上，车停在湖边的树丛里。

第三种尖叫声在车里回响，五分钟后车速达到了近九十公里每小时。

这个世界就是一个挡风玻璃，路在中心、视觉的边角处是模糊的树影。她闭上了眼睛从一数到五，听着引擎的声音和轮胎在地面摩擦的声音。当她再次睁开眼睛的时候，就平静了下来。

一切都按计划进行着。

很快警察就会来到法格斯特兰德的房子。

在放着一大束黄色郁金香的厨房桌子旁，他们还会发现整齐排放着的记录着谋杀事件的宝丽来照片。

卡尔·伦德斯特劳姆躺在卡罗林斯卡医院的床上。

博-奥拉·西尔弗贝里，在他高级的公寓里像猪一样被屠杀了。

警察已经有了第三张照片，因为是她留在伦德斯特劳姆家的邮箱里的。照片上是弗雷德丽卡·格鲁内瓦尔德在圣约翰内斯教堂地下室的帐篷里，照片上是她肥大、油腻和扭曲变形的死人脸。

当警察走到地下室的时候，他们就知道为什么这间房子这么臭了。

森林戛然而止，出现了更多的建筑，她的速度慢了下来。很快，在格布凯尔大道和皇后岛大道的十字路口她彻底停下来，在等待几辆车子经过的时候，她的九根手指慌张地在方向盘上敲打着。

汉娜·奥斯特伦缺失的那根手指是被狗咬下来的。

她之前用过断线钳。

当玛德琳停在皇后岛大道的时候，她在想着那些即将死去的人，已经死去的人，和她希望她有兴趣去杀死的那些人。

本特·伯格曼。她的爸爸和祖父，爸爸-祖父。

她到那之前他已经被火烧死了，但是没有人可以熄灭她的怒火。它还将杀死更多的人。

首先要死的是那个自称是她妈妈的女人。

然后是维多利亚，她的亲生母亲。

行驶在皇后岛大道回城的路上，她伸手去拿从麦当劳弄来的饮料，她掀开了盖子，手插到冰块堆里，抓了一把放进嘴里，贪婪地咀嚼着。

没有什么比冰冻后的水更纯净了。同位素被尘世的灰尘洗涤，变得可以接受宇宙的信号。如果吃了足够多的冰块，就会融入她的身体，改变她身体的属性。让她的大脑更锋利。

丹麦，1994

我带来足够的水放进小溪，所以它欢呼跳跃，奔流向前。

我带来很多燕子让它们在天空飞翔，还有燕子们吃的小虫。

我给树木带来新叶，小鸟们就到处筑巢。

我让夜晚的天空变得美丽，因为我把它变成了粉红色。

她扭动着这颗松动的牙齿到了左边。它松得快掉了,现在还没掉,不过可能今天晚上就要掉了。

她闭上了嘴。她尝到了血味,像冰块一样刺痛。

牙仙子给了她五百克朗。一颗放在枕头下的牙齿是一百克朗。她把钱放到了她秘密的盒子里,在床下,盒子里现在有六百二十七克朗了,钱和盒子都是从猪农那得来的。

她整个夏天都和他在一起,这是她养父母第三次来看她了。她从来不叫他们爸爸和妈妈,因为他们不是她的亲生父母。叫他们博-奥拉和夏洛特也是不可能的,因为他们可能会觉得她尊重他们。她只把他们称作"你"和"你们"。

这次他们带来了他们瑞典的朋友。

这两位浅色头发的人是律师或者别的什么人。

他们看起来像天使,但是她觉得他们真的很奇怪。看起来他们好像是在她这边的,因为等到晚上所有的一切都开始的时候,他们显然犹豫了。但是他们不会像她这样被一直被锁着,他们进出是自由的,这就是为什么他们奇怪的原因。因为他们总会回来。

他们其中一个人的手指被她的狗咬掉了,但是她还是宠着这条狗,这也很奇怪。

她住的那间屋子是这所房子里最小的一间,闻上去有股霉味。房间里有一张吱吱作响的床,一个老式的衣柜,闻起来是樟脑丸的味道,还有一个朝着院子的小窗户。她能玩的所有的东西只有一些粉笔、黄色的打印纸,还有一盒乐高玩具。

她不情愿地在大大的绿色乐高基座上建了一座房子。在地面上,她开始把小人粘上去。一共有九个乐高人物,和当时在农田里的人数一样,除了她自己和他们从瑞典带来的小女孩。

她摆了摆这些小人,它们在乐高搭成的房子前面站成了一排。她假装里面有五个是女人,因为玩具只有男人形象,很快它们都面带微笑地站在那里了。

猪农和两个女律师。

他们称作贝里林德的这个人是一个警察,虽然他看起来不像。这是唯一比较像人物原型的塑料人。不仅是因为它穿了警察制服,还因为它有胡子,和他一样。

他旁边站的是弗雷德丽卡,她本人比乐高玩具要胖很多。然后是这个小女孩的父母,卡尔和安妮特。

在右手最边上站着她的养父母。

她一边盯着他们看,一边玩弄她那颗松动的牙齿。她陷入了沉思,这时候有人开了门。"该走了。你整理好了吗？这次没忘了你的沙滩毛巾吧？"

一次问了两个问题，一个要说是，一个要说不是，意味着她不能不说话了。

她不能只是点头或者摇头，这是他惯用的手段之一，为了让她和他说话。

"我什么都打包好了。"她咕哝着。

他关上了门，这让她想到了掉第一颗牙时的情景。

他告诉她当小朋友把牙齿留给牙仙子的时候会发生什么。

如果你把牙放在一杯水里或者睡觉前放在枕头下面，小牙仙晚上就会飞过来给你一些东西作为回报。她搜集孩子们的牙齿，飞到很远的地方，那里是她用牙齿盖的城堡，每一颗牙她会付一百克朗。

他帮她摆脱了第一颗牙，这样她很快就会变有钱了。

这个夏天他们刚来的时候，她就坐在她现在坐的地方，但是在一个小板凳上，他把几根很坚固的棉线绑在她的牙上，线的另一头被绑在门把手上，他告诉她他要去拿点东西。但是他骗了她，相反，他猛地把门一关。

门关上的时候她的牙掉到了地上，那是她第一次拿到一百克朗。

但是那天晚上牙仙子并没有飞到她的房间。来的是他，他爬到了她的床上。他以为她睡着了，把枕头抬了起来，放下了钱。

从那以后她不得不表现出她应得那些钱，她意识到牙仙子并不是有魔力的人，而不过是一个买小孩牙的男人。

克鲁努贝里一警察总部

珍妮特打开了桌上的台灯，把照片在她面前铺开。

汉娜·奥斯特伦被烧了，脸部凹陷。一个四十多岁的女人，人生中最好的岁月。对于珍妮特来说，她刚刚还完全是一个陌生人，现在成了一系列谋杀案的重要嫌疑人。生活中没有什么是表面看起来的那样的，她想。大部分情况下是完全相反的。

汉娜的右手没有无名指，证实了珍妮特的猜测。

尸体的身份得尽快通过DNA的检验来确定，然后她们体内的二氧化碳含量也要被测量。这可能是她们死亡的原因。

真空吸尘器管从汽车的排气管里吸入毒气充到了汽车里，因为那两个女人系上了安全带，珍妮特假定她们是要一起自杀。

下一张照片是杰西卡·弗里贝里，汉娜的朋友，也被烧得面目全非。

这种典型的烧伤型血肿并不是机械损伤。

那个女人在火灾中丧生了。

她的头骨被严重炙烤，她的血本该在头盖骨和内部保护组织层之间沸腾。

两个疯子。两个人有着同样的误解，同样的被迫害妄想症，同样的幻觉和精神错乱。

通常情况下是一个人先疯了，然后另一个人被传染，先有病的那个人更具有主导性，心理更加不正常。

哪个女人是主导的那个呢？她想着。这个重要吗？她是一个警察，她的工作是搜集事实，而不是坐在这推测因果。现在这两个女人是过去的回声，很快就会减弱消失，只留下她们的尸体。

火，她在想。汉娜、杰西卡、燃烧的汽车。

然后是杜勒和那艘船。

伯格曼夫妇和他们被烧掉的房子。

这绝非巧合。她在脑子里记着笔记，想尽早把这些告诉比林。如果他同意她的看法，那么她就可以重新查看这些案子了。

珍妮特拿起电话，拨了检察官的号码。和往常一样，肯尼斯·范奎斯特慢悠悠地发放着搜捕证，即使这种情况下只要在文件上签个字就行了。

她掩饰不住自己对这位检察官无能的鄙视，也许他也注意到了。因为他在回答她问题的时候最多只说两个音节的单词，而且听起来心不在焉。

但是他确实保证，她可以在一个小时内拿到搜捕证，当他们结束对话时，珍妮特在想范奎斯特每天早上是从哪里来的动力去上班。

在去赫提格办公室向他通报他们去的这两个死去的女人家里的新发现之前，她先去了阿伦德的办公室。

她有事交待他和施瓦茨，接下来的一整天都要忙这事。

维戈·杜勒这个律师虽然已经死了，但是我们需要了解更多他的信息。有可能会发现他过去藏着的一些证据，这能帮助我们找到谋杀犯。

珍妮特发现有人付了五十万克朗到安妮特·伦德斯特劳姆的银行账户，她怀疑这很有可能是受贿，虽然他们还没能查清楚钱是从哪儿打进来的。索菲娅还告诉过她，乌尔瑞卡·温丁有充足的现金，并暗示杜勒可能是幕后主使。在卡尔·伦德斯特劳姆写给他女儿琳内娅的信中，提到这个律师可能有恋童癖，在琳内娅小时候画的画里也有所暗示。

克拉拉湖——公诉机关

肯尼斯·范奎斯特检察官感觉不太好。

他的胃溃疡是一方面，他担心所有的事情会变得一团糟是另一方面。

快速重拾自控力的方法就是服用镇定剂。

服用这种药物直肠会不舒服，但是很快就能有强烈的镇静感。他在心里感谢他的私人医生，因为他在接到消息后很快就大方地给他开出药方。医生还建议他一天喝三次威士忌，以增强镇定作用。

他的焦虑感和汉娜·奥斯特伦还有杰西卡·弗里贝里没有任何关系。

是因为他觉得一切事情都要失控了。他往后靠在椅子上，把事情又想了一遍。

他知道是维戈·杜勒策划行贿安妮特·伦德斯特劳姆还有乌尔瑞卡·温丁，虽然他清楚地知道是他最先出的主意。

很显然这不是好事，绝对不能被人知道。

有一种可行的办法就是更多地讨好珍妮特·科尔伯格，把自己的形象搞好一些。只是现在除了那些绝对不能引起她注意的事情之外，他没有更多的信息提供给她。

如果他去揭发维戈·杜勒、卡尔·伦德斯特劳姆、本特·伯格曼还有前警察局长格特·贝里林德，他自己也一定会被拖下水。

他将会被击垮，被羞辱，被踢出他的职业圈。会失业，会被曝光。

无论什么时候他帮杜勒、贝里林德或者伦德斯特劳姆办事，都会很快得到好处，基本上是得到钱，有时候会有其他的回报。最近一次他为杜勒处理了一些不易泄露的文件，于是他被建议重新调整一下投资方向，之后几天，银行就遭受了危机，他原先的股票本该变得一文不值。这几年的时间里，他也得到了很多关于竞选的技巧。他在放弃前犹豫徘徊着，但他意识到自己已经是这个奖励体制中的一员了，而这个体系比他想象的更庞大、更复杂，牵涉更多的上层。

肯尼斯·范奎斯特服用的地西泮镇定剂能让他平静下来，让他可以更理性地思考，但是却不能帮他解决他所处的困境。所以他决定拖延得久一点，看看会发生什么，这段时间里和每个卷入其中的人都好好相处，尤其是珍妮特·科尔伯格。

这是个被动的、顺从的位子,但是却无法维持太久。同时坐在两把椅子上是不可能的。

无路可逃

当乌尔瑞卡·温丁醒来时,她起初没什么感觉,然后一阵剧痛传遍全身。她的脸抽动着,鼻子很痛,嘴里有血的味道。

周围漆黑一片,她不知道自己在哪里。

她最后的记忆是地下室里油脂分离器的臭味。那个在树林里追她的男人一定是用什么办法把她弄晕了。

她咒骂自己要了那些钱。她不到一周就把那五万克朗挥霍光了。

也许有人觉得她虽然拿了钱,可还没有闭上嘴。但是报警之后什么也没有发生。没有人相信她的话。

我到底为什么会躺在这里?她想。

她感到脸上僵硬,嘴里发紧。她背朝下躺着,全身赤裸,没法动弹,因为双手被用胶带反绑在背后。

她的两侧都是粗糙的木墙,当她试图站起来时,却被膝盖和胸口上方的两根铁棍挡住了。

她开始以为脸上是干了之后发硬的血迹,原来那是一片胶带,封住了她的嘴。她躺着的地方很潮湿,她想自己一定是尿裤子了。

我被活埋了,她想。空气干燥而闷热,令人窒息,闻起来像个地窖。

她感到惊慌失措,呼吸变得急促起来。她不知道自己的叫声从何而来,但是她知道自己在尖叫,尽管她听不到。

用鼻子呼吸,镇定,你应付得了的,她想。在没有其他人的帮助下,你已经照顾自己一辈子了。

五年前,当她刚刚十六的时候,就发现她妈妈躺在厨房地板上死了,从那以后,就剩她一个人了。当她缺钱的时候,从未寻求过社会福利部门的帮助——她宁愿去偷食物——多亏了妈妈微薄的人寿保险赔偿金,她才得以付得起房租。她从未是任何人的负担。

她并不知道父亲是谁,她妈妈带着这个秘密去了天堂——如果那是她用酒精和药物缓慢而从容不迫地让自己不到四十岁就丧命,死后所去的地方的话。

她妈妈并不刻薄,但是不开心,乌尔瑞卡知道不开心的人会做出一些看起来很刻薄的事。

真正的邪恶则完全不同。

奶奶差不多要到一周后才会担心,她想。她们的联系通常不会多于一周一次。

她的呼吸变慢了,头脑也更理智了。

也许,那个心理专家索菲娅·柴德兰会想念她吧?乌尔瑞卡后悔打电话取消她们的会面了。

珍妮特·科尔伯格呢?也许,不过很可能不会。

她的心跳恢复了正常,尽管依然呼吸困难,她已经恢复了理智。至少暂时是这样。

她的眼睛适应了黑暗,她知道自己并没有瞎。她周围的阴影呈现出不同程度的灰色,她能大致看到上方有一个锅炉,连着一大堆管子。

墙壁发出有规律的隆隆声。先是刺耳的金属声,接着是砰的一声,沉寂几秒钟之后,声音再次响起。

她的第一感觉是电梯的声音。

锅炉、管子……和电梯?

所以她这是在哪里?

她扭过头,竭力想找到光源。

她竭力把头往后仰,直到她感觉脖子里的动脉和气管要爆掉了,才瞥见了什么东西。

在她身后,她看到一束被墙面反射的微光。

海上酒店——索德马尔姆

报复有股胆汁的味道,无论你刷多少次牙,都无法去除这味道。它深深地渗入你的牙釉质和牙龈。

玛德琳·西尔弗贝里住进了索德马尔姆的海上酒店,现在正在浴室里打扮。几个小时后,她就要见到那个曾经自称是她母亲的女人了,她想尽可能打扮得漂亮。她从包里拿出眼线笔,然后化了淡妆。

就像仇恨一样,报复也会在本来美丽的面孔上留下细小的皱纹,只是痛苦会在嘴边留下深深的线条,而报复的痕迹则在眼睛周围和额头。鼻子上方,那两眼之间显而易见的沟壑变得更深了。焦虑使得她长久地紧锁眉头,因为口中的酸涩,她的脸部扭曲了太多次。

从来没有时间忘却,在过去的她和今日的她之间,充斥了太多的事情。她猜想,在那个平行的世界里,还存着其他版本的她。

但是这个世界是她的,是她杀了五个人。

她合上化妆袋,走进那个狭小的酒店房间,坐到床上,数以千计的人曾在上面坐过、睡过、做爱,还有可能怀揣仇恨。

躺在床脚边的行李箱还很新,她对它还没有什么感情,但是里面装着她需要的所有东西。她已经给夏洛特打了电话,说想见面。说她们需要谈谈,之后她就不再骚扰她了。

几个小时后,她就会坐在那个曾经自称是她母亲的女人面前。她们会谈论斯楚厄郊外的养猪场,以及在那里发生的一切。

她们会一起回忆在丹麦的时光,谈论猪圈里发生的事情,就像其他的正常人谈论美好的假期记忆一样。但是,她们将要谈论的,不是美丽的日落、细软的沙滩以及可爱的餐馆,而是压在女孩身上大汗淋漓的男人,以及在一旁兴奋地观看的自称母亲的女人。

她们会促膝长谈,她会用那些宝丽来照片来点缀她讲述的故事,那些揭示了她养父母所作所为的照片。

她会给她看那份哥本哈根大学医院的文件,文件上显示她是臀位分娩,以及她连同胎盘被从她的生母身边夺走。上面还说她出生时身长三十九厘米,体重近两公斤,因为被怀疑患有黄疸病而被放进了恒温箱。在妇产医院,她被估计比文件上显示的早产了一个月。

她的行李箱里还有其他的文件,内容她都熟记于心。其中一份出自哥本哈根的儿童精神病治疗中心。

第七行写着:"该女孩有抑郁症状。"隔了两行:"她有根深蒂固的自我伤害习惯,有暴力倾向。"下一页:"不停地指控遭到了她父亲的性侵,但是从未有人相信。"

接着是在空白处用铅笔做的笔记,多年以后,字迹已经难以辨识了,但是她知道上面写的什么:"主要根据其母亲的说法,该女孩想象力丰富,这也可以从她常常语无伦次地说起日德兰半岛的农场中得到证实。重复性幻想。"

另一份文件底部有社会福利部门的印戳,这是让她进入一个"家庭住所"的官方授权书。

家庭住所,她想。真是个好名字。

她合上行李箱,她不知道等她说完、她的养母明白了摆在面前的选择之后,会发生什么。

报复很像一个蛋糕,你没办法同时留着它又吃了它。一旦完成了报复,生活还要继续下去,同时心里要明白,你必须在这毫无意义的生活中找到新的意义。

但是她知道自己要做什么。她将回到位于普罗旺斯的圣朱利安韦尔顿的房子。回到她的猫身边,回到她的小录音棚,以及那幽静而芬芳的薰衣草田。

等一切都结束了,她会停止仇恨,学着去爱。那将是宽恕的生活,而在黑暗中生活了二十年后,她需要学着去看到生活中的美。

但是,首先,那个曾经自称是她母亲的女人必须死。

法格斯特兰德——一个郊区

"我们先去谁家?"赫提格把车开上皇后岛大道后问道,"汉娜·奥斯特伦还是杰西卡·弗里贝里?"

"她们的家几乎紧挨着,"她说,"我们从近的开始,汉娜·奥斯特伦。"

驶过布罗马普兰的环形路口后,他们沿着贝里斯拉格斯路向西行驶,剩下的路程中,他们都没有说话,这很合赫提格的胃口。

他欣赏他上司的一个地方就是她能让沉默变得令人舒服,当他们穿行在犹太森林自然保护区中时,他对她微微笑了笑。

他们下到公路,驶入住宅区,朝法格斯特兰德驶去。

"好,在这里靠边停车,"珍妮特说,"一定是那边的那栋房子。"

他踩下刹车,穿过绕房子一周的树篱,驶入车道,把车停在车库前。

房子里有房间亮着灯,尽管很明显其主人不可能在家。门廊和厨房里的灯亮着,一楼的一个房间也亮着灯。

他们走到房子前,他透过厨房窗户看到了他们之前见过的东西。

花瓶里的一束黄花。

珍妮特把那张有范奎斯特签名的授权令折好,放进口袋里,赫提格打开了并未上锁的门。

一股浓重的甜味扑面而来，赫提格本能地后退了一步。

"该死！"他一脸厌恶地喊道。

房子里非常安静，只有苍蝇竭力想穿过关着的窗户的声音。"在这等着。"珍妮特说，然后重新关上了门。

她走回汽车旁，打开后备厢，拿出两副白色的呼吸面罩，四只蓝色的聚乙烯鞋套，还有两副乳胶手套。自从上次去圣约翰内斯大教堂的地下室后，她车里一直放着一些呼吸面具，以备不时之需。

她走回来，把护具递给赫提格，坐在了台阶上。她伸开双腿，感到身体非常疲惫。房子里的臭味在空气中飘荡。

"谢了。"赫提格在她身边坐下，开始把塑料鞋套套到黑色的皮鞋上。珍妮特注意到那双皮鞋看起来很贵。

"是新的吗？"她指着鞋笑着问他。

"不知道，"他笑着说，"可能吧，考虑到它们的前主人有着近乎完美的时尚感。"

珍妮特觉得他有点难为情，仿佛有些羞愧。但是还没等她开口问，他就站了起来，整了整裤子，迈步走进了房子。

珍妮特戴上乳胶手套，跟着他。

他们在门廊里没有看到任何奇怪的迹象。墙上几个衣钩上挂着几件浅色外套。一把雨伞靠在梳妆台上，梳妆台上有一本电话簿和一本日历。墙壁是白色的，地面是灰色的。一切都看起来很正常，但是那刺鼻的味道告诉他们，他们将会发现什么令人恶心的东西。

赫提格先走了进去，他们小心翼翼，尽量避免不必要的触碰。珍妮特尽量走在赫提格的脚印上。法医很挑剔，她可不想被人说她粗心大意。

穿过门廊，他们到了厨房，当珍妮特看到桌子上的东西时，她意识到他们来对了地方，尽管它还不能解释那股令人恶心的气味从何而来。

桌　上

汉娜·奥斯特伦厨房的桌子上放着两张宝丽来照片。珍妮特走过去，拿起其中一张。赫提格从她身后看着照片。

"西尔弗贝里。"她说，然后把照片放下，拿起另一张。

"看这个。"

他盯着照片看了几秒钟。"卡尔·伦德斯特劳姆,"他说,"所以他也是她们杀的?医生可不是这么说的,医生说伦德斯特劳姆是因为肾脏里积聚了太多的吗啡而死。"

"这只是表面现象,但是她们也可能是在他打的点滴里做的手脚。因为他的死看起来像是自然死亡,所以并没有仔细调查,但是其实我想到过这一点。"

她看着餐桌上的两张照片。

冥冥中有什么想法,但是她不知道是什么,这时她的思绪被外面汽车停下的声音打断了。

珍妮特走到门前的台阶上去迎接伊沃·安德里奇和他的法医团队。她拉下呼吸面罩,深吸了一口新鲜空气。无论房子里有什么,最好先让法医进去。

伊沃走下车。看到珍妮特以后,他脸上露出了笑容。"所以……"他眼睛往上翻,"今天发现了什么?"

"我们什么都不知道,除了里面有什么东西臭了。"

"是的,差不多吧。"

"你跟赫提格暂时在外面等一等。"伊沃示意法医团队,"我们进去看看。"

赫提格重新在台阶上坐下来,珍妮特拿出手机。"我给阿伦德打个电话。我让他跟施瓦茨去调查杜勒了。"

赫提格点点头。"如果这里有事,我就大声喊你。"

珍妮特朝汽车走去。她正要坐到副驾驶座位上,阿伦德接听了电话。

"查得怎么样了?有什么杜勒的有趣信息吗?"

阿伦德叹了口气。"丹麦人没有帮多大忙,不过我们尽力了。"

"好的,跟我说说。"

"杜勒五岁的时候乘坐白色巴士到达了丹麦,他之前在达豪的营地里。"

第二次世界大战?也就是集中营。她快速计算了杜勒的年龄,他死的时候已经七十八岁了。

"达豪集中营里有不少丹麦人,包括杜勒的父母,不过他们没能活下来。"

"他都有哪些经历?"

"根据丹麦税务部门的说法,很长时间里,他的收入都来自养猪。不过看起来行情不大好。有几年里,他看起来没有任何收入。农场位于日德兰半岛,在一个叫斯楚厄的地方,十年前被卖掉了。"

"他怎么会来瑞典?"

"到了上世纪六十年代末,他突然出现在了武奥勒里姆。在一个锯木厂做会计。"

"不是做律师?"

"不,奇怪的就是这一点。我找不到任何他有正式资质的证据。没有参加过考试,没有学位。"

"而在他做律师的这么多年里,竟然没有人想到去查看他的职业资格证书?"

"不,我看没有。不过他当时正因为癌症接受治疗,另外……"

珍妮特看到伊沃·安德里奇走出房子,对赫提格说了什么。

"我要挂了,我们晚点接着说。干得好,阿伦德。"

她把手机放回口袋,朝等着她的两个男人走去。

"地下室里有两条死狗,味道就是从那里传出来的。"

珍妮特舒了一口气。病理专家仿佛在笑,她猜想,像她一样,看到这次不是一具人的尸体,他也感到一丝宽慰吧。

"从尸体上看,两条狗是被屠杀的,"他继续说,"不过,关于汉娜·奥斯特伦家,我们还没有发现其他可疑的地方,至少乍一看还没有发现。"

"好的,等你仔细查看了杰西卡·弗里贝里的房子以后再跟我说。"珍妮特对伊沃说,赫提格对他点点头,然后开始朝汽车走去。

斯韦登伯格大道,索德马尔姆

索菲娅·柴德兰正坐在玛利亚广场地铁站东出口对面的那家小餐馆的窗户边。她还未从前一天的精神崩溃中恢复过来,眼睛盯着窗外光秃秃的七叶树,面前的那盘蔬菜肉丁一点未动。夏天,这是整个城市里叶子最为茂密的树木之一,但是现在她只能看到灰暗的枝干。向外伸着的枝条,映着灰色的天空,活像肺部的血管。

很快就要下雪了,她想。

她并没有吃东西,而是翻看着一本被人遗弃在桌子上的花边杂志。一篇文章吸引了她的注意,因为是关于一个她曾经诊疗过一段时间的年轻女人。那位伪名人、裸体模特、现在做了艳星的卡罗莱娜·格兰茨。

那篇文章让她更加没有胃口。根据该杂志的可靠消息,格兰茨小姐已经在一个月多一点的时间里做了第二次隆胸手术,与一个有钱的美国人结婚并离婚,为一家大型色情片制造商拍摄了十几部影片，还写了一本关于她的书。一本自传，二十二岁。

索菲娅把杂志扔到一边，在那里又坐了十分钟，依然没有动她的食物。连续几晚不安的睡眠——更确切地说是混乱的清醒——后的疲惫与过度敏感，后果已经在她身上显现了。最后，她终于开始拨弄盘子里的食物，无力地想打起一些精神。

尽管她要的是生鸡蛋，但是他们还是把它煎了。生鸡蛋，不是煎鸡蛋。但是他们搞错了菜单。

她把盘子推开，站起来，离开了餐馆。

振作起来，她边想边确认自己拿上了钱包。你还有工作要做。

穿过街道时，她看到了一个认识的人。蜷作一团，穿着黑色的外套，戴一顶红色的羊毛帽。

"安妮特？"

那个黑衣人似乎并没有听到她的声音，径直走了过去。

"安妮特？"索菲娅用更大的声音重复道，这次，女人停下来，转过身。

索菲娅小心翼翼地朝她走了几步。安妮特·伦德斯特劳姆身子一缩，仿佛被吓到了。

安妮特只是茫然地站在那里，寒风从她们身旁呼啸着吹过。红色的帽子下的脸拉着，脸色发灰。

"你这是去哪儿？"索菲娅问道。

她看到安妮特只穿着拖鞋，并没有穿紧身裤。她微微动了动嘴唇，但是索菲娅不知道她在说什么。她意识到安妮特出了什么问题。是她，可又好像不是她。

"安妮特……你好吗？"

她看着索菲娅。"我要搬家……"她用虚弱的声音低声说道，"回极圈村。"

她握住安妮特的手，冰凉的手。她一定冻坏了。

"你穿得太单薄了，"索菲娅说，"你愿意跟我走吗？我给你弄点咖啡。"

虽然不情愿，安妮特·伦德斯特劳姆还是上了圣保罗大道，朝索菲娅的办公室走去。

"你在这里坐一下。"索菲娅边对安妮特说边为她拉过来一把椅子。她坐下以后，一只袖子往上退了一些，索菲娅看到了她手腕上的手环。一个白色的病人手环，上面写着"精神病科，南斯德哥尔摩"。

当然，索菲娅想。

她让安妮特稍等一下,去找安-布里特。她小声地让她去接些咖啡和矿泉水。"安妮特·伦德斯特劳姆现在是南斯德哥尔摩一家医院精神病科的病人,你能打电话问一下是哪家吗?"

五分钟后,安妮特·伦德斯特劳姆开始暖和过来了。她的脸恢复了一些血色,但是依然一副死气沉沉、面无表情的样子。她用颤抖的双手把咖啡举到嘴边,索菲娅注意到安妮特的指间布满了伤口。

"我怎么会在这里?"女人快速转动着眼睛,一脸疑惑。

她把杯子放下,把手举到嘴边,开始咬食指上的伤口。

索菲娅探身过来。"我们只是过来稍微暖和一下。不过你刚刚说在回极圈村的路上,你去那里做什么呢?"

她的回答很自信。"回去见卡尔和维戈,还有其他人。"

她撕下一块皮,用手指尖搓了搓,然后扔进了嘴里。

卡尔和维戈?索菲娅想。"那琳内娅呢?"

安妮特闭上眼睛,一个嘴角露出了一丝笑容。"琳内娅回到上帝身边了。"

索菲娅开始担心起来,虽然考虑到她现在的状态,有很多不同的方式来解读安妮特的话。

安妮特睁开眼,露出了灿烂的笑容。她眼神恍惚,加上她的笑容,形成了一个索菲娅认识的画面。

精神错乱,一个举止怪诞的人的画像。

"首先,我要回极圈村……"安妮特咕哝道,"去找卡尔和维戈。然后,我也要回家,去找上帝和琳内娅……维戈给我钱了,说琳内娅不用再看心理专家了。所以她可以回到上帝身边了。"

索菲娅努力整理自己的思绪。"维戈·杜勒给了你钱?"

"对……他是不是很好?"安妮特瞪着呆滞的眼睛看着她,"我可以用这笔钱回极圈村,然后建一座圣所,我们可以在里面准备即将到来的荣耀。"

她们被电话铃声打断了,索菲娅抱歉后拿起听筒。

"她是罗森兰德医院的病人,"安-布里特说,"他们十五分钟后过来接她。"

索菲娅挂了电话,后悔没有多等一会儿再让安-布里特给精神病科打电话。罗森兰德医院就在不远的地方,还不到一公里远,索菲娅还想多跟安妮特谈一会儿呢。

现在,她只有十五分钟的时间,她必须非常高效。

"锡格蒂纳和丹麦。"安妮特·伦德斯特劳姆突然说道,很显然沉浸在自我之中。

"欢迎每一个锡格蒂纳的毕业生来极圈村生活,这是基本准则之一。"
"你说极圈村,锡格蒂纳,还有丹麦?都是些什么基本准则?"
安妮特·伦德斯特劳姆面带微笑,低着头看着自己流血的手指。
"神谕,"她说,"皮提亚的指示。"

极圈村,1981

我为孩子们做野草莓,因为我觉得他们配得上它们。
还有其他的适合小孩子的美好的小事。
我造出了如此可爱的地方,孩子们可以在其中跑动。
在这里,孩子们充满了夏日的热情,他们的腿充满了活力。

社会弃儿。
她在字典里查到了这个词,她非常清楚它的释义。
一个被社会遗弃、鄙视的人。
伦德斯特劳姆一家在这里都是社会弃儿,村子里没有人跟他们说话。
因为其他人都不喜欢他们的游戏。但是这只是因为他们不理解他们,因为他们不会唱羔羊赞歌,也从未听说过神谕。
过了十二岁,她就跟卡尔订婚了,到现在已经快一年了,别人也觉着这事丑恶。卡尔快十九了,他是她的堂兄。
她爱他,等她年龄到了,他们就会要个爱的结晶。
这一点,其他人同样不理解。
现在,事情到了他们不得不搬离这里的地步。幸运的是,维戈帮助他们解决了一切,她秋天将开始在锡格蒂纳上学。那里会有朋友,像他们一样并且理解他们的人。
她知道,如果不是维戈,他们便一无所有。
是他为他们指明了道路,帮助他们理解了这个世界的真相。现在,是他要帮助他们,而其他所有人,每一个邻居都敌对他们。
看到她时,维戈看起来很专注,默默地点点头。他拿着一个大纸袋,她知道里面装着给她的礼物。他一直在旅行,最远到了苏联。
他对她笑了笑,她走进了自己的房间。

如果他们能很快停止谈话,他就能走进来,把礼物给她,之后,他们可以继续准备她与卡尔近在眼前的婚礼。

她将做个孩子的好妈妈,丈夫的好妻子,而要想实现这些,她需要多加练习。

玛利亚广场——索菲娅·柴德兰的办公室

"每天早上,当我醒来,我觉得一切都很正常,"安妮特·伦德斯特劳姆说,"然后,我想起琳内娅不在这里了。我希望自己能最大限度地利用那段感觉一切正常的时间。"

琳内娅死了?索菲娅想。

即使是精神错乱,也会有短暂的清醒。索菲娅意识到这正是她清醒的片段之一,便赶快问了另一个问题,好保持跟安妮特·伦德斯特劳姆的联系。

"发生了什么事,安妮特?"

女人笑了笑。"我亲爱的女儿和上帝在一起了,这是天注定的。"

索菲娅认识到,关于这个问题,自己不会再得到任何更深入的答案。"琳内娅和维戈·杜勒的关系如何?"她转而问道。

安妮特僵硬的笑容让索菲娅充满了不安。"关系?哦,我不知道……琳内娅喜欢他。她小的时候,他们经常在一起玩。"

"她告诉我说维戈·杜勒虐待了她。"

安妮特的脸色暗了下来,她又开始咬手指了。"不可能,"她不服气地说,"维戈是那么拘谨,那么小心翼翼,唯恐惹谁不高兴。"

安妮特长吁一口气,低下了头。她开始低声地说话,索菲娅意识到她像是在引用什么话。

"在影子之家之外,你应该身心谦逊,"她说,"有人不能理解你,他们希望你受到伤害,诽谤你,然后束缚你。"

索菲娅意识到了这些话的出处。

她瞥了一眼钟表,精神病科的护士随时会到。"你说的是影子之家,"她说,"卡尔也说过,他把它描述为某种庇护所。"

沉默。安妮特·伦德斯特劳姆需要的是问题,而不是推测。

"影子之家是什么?"索菲娅转而问道。

她是对的,安妮特抬起头看着她。

"影子之家是最初的国度,"她说,"在那里,人类跟上帝很近。那是孩子的王国,但它也属于理解远古人类生活的成人。男人,女人,孩子,手拉手。我们在内心深处都是孩子。"

索菲娅浑身发抖。一个孩子的王国,成人为满足自己的欲望而创造的国度。

她开始怀疑,安妮特·伦德斯特劳姆的精神错乱中,不只是含有真相的成分,甚至还有某种忏悔的味道。如果你知道她在说什么,你会觉得她的话听起来很符合逻辑。她的精神错乱正驱使着她进行忏悔。

"你指的是一个物理的空间,还是一种心灵状态?"

"影子之家与笃信者同在,它只存在于人类被选中的儿童所在的地方。在美丽的日德兰半岛的神圣之地,以及极圈村的森林里。"

索菲娅停下来思考,又是丹麦和极圈村。

她挤出一丝微笑。"是谁引领着笃信者?"她继续用轻松愉快的语气说道,仿佛对什么都不在乎。

这招管用了,安妮特打起了精神。"卡尔和维戈,"她说,"当然,还有博-奥拉。他和维戈负责打理一切现实问题。他们确保孩子们很开心,并且有了他们可能想要的一切。"

"你是什么角色?孩子们呢?"

"我……我们女人可能没那么重要。不过,很明显孩子们是首要的。琳内娅、玛德琳,当然还有那些被收养的孩子。"

"玛德琳?被收养的孩子?"

仿佛安妮特说的每一句话都需要一个问题。不过她的回答都毫不费力,索菲娅觉得这个女人所说的是真话。

"是的,我们把他们叫作'维戈领养的孩子'。他帮助他们逃离糟糕的环境来到瑞典,他们会一直住在农场,直到他为他们找到新的家庭。有时他们只待几天,有时则要待上几个月。我们按照皮提亚的指示养育他们——"

安妮特被内线电话的铃声吓了一跳,索菲娅意识到是罗森兰德医院的护士到了。

最后一个问题。

"还有谁在农场上?你说有好几个女人?"

安妮特·伦德斯特劳姆依然面带微笑。索菲娅觉得那笑容看起来很呆板、空洞。"锡格蒂纳的每个人。"她高兴地说,"当然还有其他来来往往的人,其他的男人,以及他们的瑞典孩子。"

索菲娅意识到,她必须把这件事告诉珍妮特,默默地记着要尽快给她打电话。

移交仪式没有任何戏剧性,五分钟后,索菲娅便独自坐在办公室里,用一支笔敲着桌子边缘。

精神错乱,她想。一种坦白药形式的精神错乱。

非常罕见。

她刚从罗森兰德医院的护士那里得知,琳内娅·伦德斯特劳姆趁着安妮特在客厅里看电视,在家里上吊自杀了。

感觉琳内娅不久前还在那里。索菲娅在脑海里看到她,坐在桌子对面的椅子上。一个渴望倾诉、渴望感觉好一些的女孩。她们在会面中取得进展了,她对发生的事感到非常难过。

她看着窗外。那两个过来接安妮特·伦德斯特劳姆的护士正领着她朝路对面的停车场走去。女人瘦削、弯曲的身体看起来那么脆弱,仿佛外面的风雨都能将她撕碎。

一个瘦削的灰色背影消失在了空气中。

一个生命被撕成了碎片。

格拉斯布鲁克斯大道——西尔弗贝里家

赫提格坐到驾驶座上,拿出手机,等着珍妮特结束和伊沃·安德里奇的谈话。珍妮特打开车门前,他快速发了一条信息:"晚上聊聊?你要送照片吗?"

他发动汽车,摇下车窗,让进来一些新鲜空气,珍妮特则坐到副驾驶座位上,对他笑了笑。

伊沃·安德里奇的好心情仿佛有传染性,她高兴地拍了拍赫提格的大腿。

"所以我们现在去干什么?"他说。

"也许我们应该去见夏洛特·西尔弗贝里,把这一切告诉她。她的丈夫被人谋杀了,看起来是这两个女人干的,她有权在从报纸上读到之前知道这个消息。"

赫提格驶过警戒线,穿过开着的大门,开上外面的道路。

他们一路上默默地坐着,经过了南昂比和布罗马普兰。他们经过阿尔维克时,可以看到七角亭餐厅外面的船只,这时,他转过头对珍妮特说。"你喜欢船吗?"

"不太喜欢,"她说,"我可能是那种更喜欢夏季别墅的人。"

"你是说你更喜欢简单的生活?"

"是的,差不多。"珍妮特叹了口气,"简单的生活。上帝,听起来多么无聊。"

他看到她在思考着要说什么。"比林和范奎斯特应该很高兴案子了结了,"她最后说道,"不过我不高兴,你知道为什么吗?"

她的问题让他有些意外。"不,老实说我不知道。"

"我一点都不喜欢简单的生活,"她强调地说,"想想吧……这个案子的一切都显得太过简单利索了。在奥斯特伦的厨房里,我就有些怀疑了,不过我不明白是怎么回事。另外,我们在汉娜·奥斯特伦的家里找到了那些照片。不过它们只显示了受害者。如果你想表明自己是个连环杀手,为什么不让它看起来尽可能明显呢?为什么没有一张汉娜或者杰西卡用西尔弗贝里的血涂抹他的公寓之类的照片呢?"

他并不是很明白珍妮特的意思。"不过安妮特·伦德斯特劳姆从教堂地下室里找到的照片上认出了汉娜·奥斯特伦。"

"对,我知道。"珍妮特听起来有些不耐烦,"安妮特说那是汉娜,因为她没有了无名指,不过这是唯一的原因。汉娜为什么不露出自己的脸?还有另外的问题困扰着我。她们为什么要用如此令人作呕的方式杀害自己的狗呢?"

珍妮特说得有道理,赫提格想。不过他还没有完全信服。"所以,你的意思是凶手另有其人?有人策划了整个事件?照片之类的东西?"

她摇了摇头。"我不知道……"珍妮特严肃地看了看他,"可能这听起来有些不着边际,不过我觉得我们应该再查一下玛德琳·西尔弗贝里。我会让阿伦德再查一下市里的酒店。毕竟,玛德琳有充足的动机杀害她的父亲。"

这对他来说太快了。"玛德琳?这听起来有些牵强。"

"也许吧。"

珍妮特拿出手机,赫提格驾车从埃辛基高速下面穿过,朝林德哈根斯普兰驶去。她让阿伦德去查主要酒店的住客名单,然后停下来,拿出笔,记下了什么东西,然后挂了电话。整个通话不足一分钟。

"阿伦德说杜勒在斯德哥尔摩拥有三处房产。奥兰德大道上的公寓已经被卖掉了。还有一处公寓在图书馆大道上,在北于高登还有一栋别墅。我觉得,和夏洛特·西尔弗贝里谈过之后,我们应该去这两个地方看看。"她看着笔记,"洪杜登,你知道在哪里吗?"

又是船,他想。"是的,那里有个小码头。非常偏僻,我想……等等,你说奥兰德大道?那就是莫纽门特街区,对吧?塞缪尔·柏被发现死在了那里。"

"那个案子我们能做的不多。杜勒死后,公寓就被重新装修,然后卖掉了。我们要去图书馆大道和洪杜登。"

他们下车的时候,大楼的门打开了,夏洛特·西尔弗贝里提着一个小行李箱出来了。

女人的肢体语言和脸上的表情透着不友好。

"你要去哪里?"珍妮特指着行李箱。

"只是去一趟奥兰群岛,没什么特别的,"夏洛特·西尔弗贝里强笑一声说道,"我需要离开一下,想点别的。这是一次文化之旅,喝点酒,听一些艺术家讲述他们的作品。今天晚上,是拉斯·哈尔斯特劳姆。他是我最喜欢的导演之一。"

还是一副自以为是、傲慢的态度,赫提格想。连自己的丈夫被谋杀也没能改变她。天下怎么会有这种人?

"还是关于博-奥拉,"珍妮特说,"也许我们不应该在街上谈这种事。我们能上楼回你的公寓吗?"珍妮特指着门。

"在街上就挺好。"夏洛特·西尔弗贝里噘起嘴唇,把行李箱放在人行道上,"你们想干什么?"

珍妮特跟她说了他们在汉娜·奥斯特伦家里的发现。

女人默默地仔细听着,没有问一个问题,等珍妮特说完了,她立刻说:"好的,非常好,现在我们知道是谁干的了。"

赫提格为这无动于衷的话感到吃惊,他看到珍妮特也是同样的反应。

"我并不了解警方的工作,"夏洛特继续说,先是盯着赫提格看了好久,然后转而看着珍妮特,"不过在我看来,你们能这么快破案,真是非常幸运。我说得没错吧?"

赫提格看到珍妮特气不打一处来,知道她在尽力克制。

女人恶毒地笑了笑。"对我来说,所幸汉娜和杰西卡自杀了,"她说,"不然她们很可能也想把我杀了。也许她们想杀的是我,并不是博-奥拉?"

现在他感到怒气涌上来了。"这可能是你的看法,"他说,"不过我必须说,我实在不能理解。她们为什么要跟一个您这样迷人、敏感的人作对呢?"

珍妮特瞪了他一眼,他意识到自己越界了。

女人眨着眼。"讽刺并不适合你。汉娜和杰西卡很疯狂,中学的时候就是这样。当她们选择躲起来的时候,我想,她们的疯狂得到了空间释放。"

他意识到没话可说了。凶手已经死了,案子已经结案。尽管珍妮特还存着怀疑。

"好了，谢谢你。"珍妮特说。

夏洛特·西尔弗贝里点点头，拿起行李箱。"我的出租车到了，也许我们的谈话可以结束了吧。"她朝汽车挥挥手，汽车开过来，停在了路边。

赫提格打开后排车门，女人坐进去以后，他禁不住说道："替我向拉斯问好。"然后关上了车门。

这是他们最后一次见到夏洛特·西尔弗贝里。十二个小时后，她将在奥兰海冰冷的海水里挣扎着求生。

斯堪斯蒂尔——一个社区

索菲娅·柴德兰又要进入自己的迷宫了。

她拿起听筒，给珍妮特打电话，但是又改变了注意，重新放下电话。琳内娅死了，她想。绝望涌遍她的身心。今天剩下的时间里，她需要休息。

她换上一条黑色小裙，一件灰色的外套，还有那双因为太小而把她的双脚磨得生疼的高跟鞋。她化好妆，默默地朝接待员点点头，走到了外面的斯韦登伯格大道上。

她梦游般转到了二环路上，朝斯堪斯蒂尔附近的克莱瑞恩酒店走去。"你们这帮混蛋。"她低声说道，她听到高跟鞋走在人行道上的声音被迷蒙的梦隔断了，变得越来越轻柔。

很快，梦游者就听不到汽车从她身边驶过的声音、看不到行人了。

她朝酒店入口处的门卫点点头，然后走了进去。酒吧位于建筑的远端，她在一张桌子边坐下，等着。

回家，她想。索菲娅·柴德兰已经回家了。不，她去青年大道上的超市买食品杂货，然后回家做晚饭。

回家，一个人吃饭。

服务员注意到她以后，她点了一瓶红酒。这里最好的红酒之一。

维多利亚·伯格曼把酒杯举到唇边。

回家。

梦游者不见了，她看着四周。

坐在吧台边的一个男人转过身，从那扇巨大的玻璃窗往外看。她看着他，他脸上一副傲慢、空虚的表情。

她几乎立刻跟他进行了眼神接触。但是现在行动还太早，她必须有耐心，让他们等。这会提升体验。她想让他们爆发。看着他们躺在那里，精疲力竭，毫无防备。

但是他不能喝得太醉，而吧台边的那个男人已经喝得大醉，在吧台后面的架子上灯光的照射下，脸上的汗珠闪闪发光，他解开衬衫的扣子，松开领带，因为酒精让他的喉咙肿胀了。

他没有兴趣，她看向别处。

五分钟后，她的杯子空了，她小心地示意服务员把酒杯倒满。当服务员给她倒酒的时候，酒吧里变得热闹起来了。一群身着西服的男人在她左边的沙发上坐下了。一共十三个穿着名贵西服的男人，还有一个穿着范思哲裙子的女人。

她闭上眼睛，听着他们大声交谈。

几分钟后，她知道其中十二个男人是德国人，很可能来自德国北部，比如汉堡。穿着裙子的女人是他们的瑞典女主人，听她糟糕的、不成句的德语，应该是来自哥德堡。另外一个穿西服的男人还什么都没说，她睁开眼，对他很好奇。

他坐在离她最近的扶手椅上，也是那群人里最年轻的一个。他微笑时，看起来有点害羞，如果他跟一个异性回房间，他的同事会鼓励性地拍一下他的背。年龄在二十五到三十之间，并不是很英俊。帅哥的床上功夫都不太好，因为他们普遍觉得他们有好面相，不必那么卖力。但是他们床上功夫好不好并不重要，因为她所喜欢的并非上床本身。

没用五分钟，她就把他诱惑到了自己的身边，重新要了喝的，让他放松下来。

他点了一杯黑啤酒，她自己则要了第三杯酒。

"下一轮我请。"她说。她还会有下一轮，因为她不是应召女郎。

他的害羞很快消失不见了，他的笑容很放松，谈着他的工作、在斯德哥尔摩的大会，以及在他从事的行业中社交的重要性，还很明显地暗示了他的收入。男人没有可以用作诱饵的美丽动人的羽毛，他转而用金钱。

他的财富从他的西服、衬衫和领带上就看得出，还有他的须后水，以及锃亮的皮鞋和领带夹。但他还是暗示自己的车库里有一辆昂贵的汽车，还有一份丰厚的投资计划。他唯一未提的就是他的妻子和孩子，他们住在汉堡郊外的别墅里，但是这一点并不难看出，因为他戴着结婚戒指，打开钱包时也时不时地露出一张两个小女孩的照片。

他就可以,她想。

她这样做是为了接近他们。她可以在同一时间短暂地做他们的妻子、女儿和情人,然后他们就从她的生活中消失了。

最好的便是这之后的空虚感。

维多利亚·伯格曼把手放在男人的大腿上,对他耳语了什么。他点点头,看起来既迟疑又期待。她正要告诉他没什么可担心的,突然感觉到一只手放到了她肩膀上。

"索菲娅?"

她吃了一惊,身体变得莫名沉重,但是她并没有转身。

她的目光依然停留在这个年轻人的脸上,但是他的脸突然变得模糊了。

他的面孔混成一团,她的头在转,这时,仿佛世界多转了一圈。

她很快清醒过来,她抬起头,看到身边坐着一个身着西服的陌生人。她意识到自己的手还在他的大腿上,立刻抽了回来。

"抱歉,我——"

"索菲娅·柴德兰?"身后的声音重复道。

她认识这个声音,当她发现这个声音属于她之前的一位病人时,还是觉得有些惊讶。

洪杜登——于高登岛

透过街对面大楼楼梯井的窗户,他们能非常清楚地看到那套公寓。赫提格和珍妮特很快意识到,图书馆大道上的这套登记在维戈·杜勒的公司名下的公寓已经被完全清空了。

在去往杜勒位于北于高登的房产的路上,珍妮特预感到他们将有同样的发现——一无所获。森林变得越来越茂密,建筑物变得越来越稀少。

很快阴影投到了他们周围,开始有些凉意了,珍妮特让赫提格打开暖气。感觉他们正行驶在一条黑色的松树做成的隧道里,珍妮特惊讶地发现,距离市区这么近竟然有这样的地方。她陷入了安静的深思,但被突然响起的电话铃声打断了。

"我已经查过了斯德哥尔摩市内及周边的酒店。"他说。

"然后呢?"

"有七个叫玛德琳的住客，但是没有玛德琳·西尔弗贝里。但是我还是都查了一下，以防万一。如果她使用了假身份，可能选择保留自己的名。这很常见。当然，她也可能嫁人了。我们对她其实一无所知。"

珍妮特同意。"想法很对，你发现了什么可疑的吗？"

"我不知道。我们可以确定无疑地排除其中的六个，我都联系了她们，但是有一个人没有找到。她的名字叫玛德琳·杜尚，她登记时用的法国驾照。"

珍妮特兴奋起来。法国驾照？

"今天早些时候，她离开了斯鲁森附近的海上酒店。"

"好的。"她稍微平静了一些。即使玛德琳过去几年间一直生活在法国南部，但是根据他们掌握的信息，她依然是丹麦公民。"我想让你去酒店，跟工作人员聊聊。查出尽可能多的信息，但是，最重要的是尽量得到一个关于她长相的描述。"

他们挂了电话，赫提格好奇地看着她。"你依然觉得值得一试吗？"

"我不知道，"她说，"不过我不想错过任何可能性。"

赫提格点点头，公路再次进入弯道，他减慢了车速。"到了。"他说着转入了一条狭窄的碎石小道。

森林很茂密，看起来把房子整个围起来了。

他们下了车，站在一扇高度超过两米五的金属大门外。"你会攀爬吗？"赫提格叹了口气，"或者我们试试找一条路，从树丛下穿过去？"

"我们可以试试按门铃。"她指着门旁边的门铃说。

赫提格按了三次门铃，都没人应答，然后转过身看着珍妮特。她觉得他看起来有些泄气。

"我们爬过去。"她决定，然后把手电筒放进嘴里，好解放两只手。她敏捷地爬上去，越过顶端带刺的金属栏杆，轻轻地落在了里面的碎石车道上。

赫提格却没那么顺利，不过也很快站在了她身边，脸上带着笑，上衣被撕开了一个大口子。"该死，我还不知道你这么能爬高。"他看起来兴奋起来了，她也对他笑了笑。

车道通向一栋巨大的灰色石头建成的两层建筑，很可能建于二十世纪初，近些年进行了修缮。房子左边有两株高大的黑色松树，树旁边有一栋外屋，是一个车库，也是用灰色的石头建造的，不过时间晚了近一百年。

珍妮特打开手电筒，她注意到这里的草很深，尽管经过了修缮，一切看起来依然非常凌乱，而几株苹果树上的果子都烂掉了，花园里弥漫着一股甜而发霉的味道，更加深了这种印象。

房子里黑漆漆的,他们意识到家里没人。透过前门的窗户,他们看到一道蓝色的闪光,这表示防盗报警器是开着的。

珍妮特在车库前蹲下来。"轮胎印,"她说,"还很新。"在上方树枝的掩映下,车库前的沙砾几乎已经干了。车道上布满了松针,可以很清晰地看到轮胎印。

赫提格把手放进上衣口袋里,浑身颤抖,"来,我们看看房子里面的情况。"

他们绕着别墅走了一圈,但是房子看起来跟杜勒在市里的公寓一样,像是被人遗弃了。珍妮特透过一扇窗户往里看。至少还有家具,珍妮特想,她看到了两只沙发,一张桌子,还有一架钢琴。全都蒙上了一层厚厚的尘土。

车库后面,被黑暗和树木遮挡着的,是一辆汽车,盖着一块防水布。一辆雪铁龙,深蓝色,看上去锈迹斑斑。

"等等……"索菲娅停下脚步,把手电筒的光柱扫过房子前面的灌木丛,"看到了吗?那是什么?"

光线对着两扇窗户之间的地基。

"有一个地下室,或者曾经有个地下室。窗户被封起来了。"

她点点头。"正如我所料。"

其中一大块花岗岩看起来跟其他的石块迥然不同。差不多是一扇地下室窗户的大小,而地基上其他的石块则要小一些。

他们又绕着房子走了一圈,发现一共有八扇地下室窗户被新石块封住了。车库下面看起来并没有地下室。

"这意味着什么吗?"赫提格问道,"你觉得这只是一种把这个地方封起来的非常规做法吗?"

"我不知道……"珍妮特把灯光重新对准其中一块石头,"把它们运进来肯定费了很大工夫。我有预感,有人想掩盖有地下室的事实,而不是……"

赫提格挠了挠下巴,看起来所有所思的样子。"我不知道。不过等有了搜查令,我们就能查清楚了。你觉得我们应该监视这所房子吗?万一有人出现这里。"

"不,还不用。不过我觉得我们走之前,应该再仔细查看一下车库。"

里面足够放两辆车了,车库门锁着,后面石墙上面有一扇小窗。这栋外屋让珍妮特想起了一个小碉堡,她朝赫提格苦笑道:"你带什么工具了吗?"

赫提格也笑了。"后备厢里有个工具箱,我们要破门而入吗?"

"不,只是看看里面有什么。我还想采集一下那辆车上的油漆样本,以防万一。"

"同意。你去吧,很显然你比我更擅长爬高。"

两分钟后，珍妮特带着一把小刀和一把沉重的扳手回来了。她从车上刮下一些油漆碎屑，放进一个小的证物袋里，然后把扳手递给赫提格。她一个人够不着窗户。

他踮起脚，当他收回一只手，打算敲打窗户的时候，扭过头看着她。"如果报警器叫起来怎么办？"

"就按搞破坏的人的做法。跑，越快越好。"她咧着嘴笑了，"敲吧……"

用力敲打三下窗户，接着是震耳欲聋的玻璃破碎的声音。

然后是彻底的死寂。他们等了十秒钟，然后珍妮特说话了。

"帮我一把。"她指着破碎的窗户说。

赫提格叠起双手，她爬了上去。

窗户的大小能让她把头和手电筒伸进去。光柱扫过窗户下面一个坚固的工作台，然后扫过混凝土地面，朝挨着最靠近房子的那面墙的那个耐用的架子移动。她用手电筒扫过整个房间，然后又回到架子上。

完全荒废了。在她看来，里面什么也没有。工作台和架子上也空无一物。

仅此而已。一个再普通不过的车库，虽然非常宽敞整洁，看起来只是用来停车的，并没有其他的用途。

斯堪斯蒂尔——一个社区

人们都说叫醒一个梦游的人很危险。

索菲娅·柴德兰在克莱瑞恩酒店的苏醒，可能并不完全支持这种说法，但是她的身体反应那么强烈，以至于都有些呼吸困难了，她脉搏跳动得飞快，她都没法从椅子上站起来了。

"索菲娅，你没事吧？"

她的面前站着卡罗莱娜·格兰茨。

她看到的是一张因为整容手术而变得僵硬的脸庞。她的面相还能露出担忧的神情，也算是个奇迹了。

"您没事吧？"她隐约听到身边的男人用德语说道。

她没有心思理他了。"没事。"她用嘲笑的口吻用德语回答，然后终于挣扎着站了起来。"我要走了。"她接着对那个年轻的女人说，然后粗鲁地推开她走过去，看也没看她担忧的眼神。

她离开吧台，穿过大堂，走到外面的大街上，一次也没有回头。

回家……我要回家。

她走过通往林根购物中心的人行道，毫不在意红灯，结果导致了愤怒的汽车喇叭和急刹车。当她走到路对面时，两条腿好像无法再承载她了，她在购物中心外面的一条长椅上坐下来，双手捂着脸。

她还是觉得头晕目眩，没有注意到自己的眼泪，还有下着的大雨。

也没有注意到有人在她身边坐下了。

"你不能再去那里了。"过了一会儿，卡罗莱娜·格兰茨说道。

索菲娅稍微镇定了一些，那个年轻的女人把手放在她的背上。你这是在干什么？她想。太丢人了。

她直起腰，深吸一口气，然后不耐烦地看着这个女孩，厉声说道："你这话是什么意思？你为什么要跟着我？"

从近处看，她的脸看起来更糟了。在镜头面前也许还看得过去，但是在午后单调暗淡的光线下，她那洋娃娃一样不自然的面容看起来非常怪异。她看起来至少比实际年龄老了十五岁。

"我经常去克莱瑞恩酒店，我已经看到你好几次了，"卡罗莱娜说，"我认识一些在那里工作的人，他们觉得你在卖淫。其实，我费力阻止才没让他们把你轰出去。"透过脸上的浓妆和整容手术，她挤出一丝微笑。

好几次了？不能再去那里了？索菲娅终于明白过来了。

维多利亚。

索菲娅看着卡罗莱娜·格兰茨，稍微温和了一些。

也许她并非那么一无是处？

"我最近睡眠很差，"索菲娅说，"我刚跟人分手了，所以也许我有点不大对劲。"

"我们去喝点咖啡吧。"卡罗莱娜建议，同时朝购物中心的入口点点头。索菲娅想她是指林根购物中心里的咖啡厅。

"好啊，"她说，"我们总不能坐在这里吧，正下着大雨呢。"

当她们一同走进购物中心的时候，卡罗莱娜·格兰茨告诉她，她跟一个大出版商签订了合同，说她平生第一次觉得自己做着让她骄傲的事情。她们叫了咖啡，然后在一张桌子边坐下。

"这本书会引起轰动的。"卡罗莱娜兴奋地说道，索菲娅惊讶于这个年轻女人振作起来继续前行的能力。从一件事到另一件事，目标只有一个，那就是靠自己的名气谋生。

竭尽所能兜售自己。

很多人说这是一种进取精神,她不禁对此表示同意。

她想着自己,却努力做着相反的事情。掩盖自己的身份,不让任何人知道,从不显示真实的自己,哪怕是对自己。

今天,一切都接近崩溃。

那个年轻女人的手机响了,打断了她的思绪。简短的通话之后,她抱歉地看着索菲娅,说她的出版商想见她,所以她必须要走了。

然后,卡罗莱娜·格兰茨又突然消失了,就像她突然出现一样。

她的外貌让男人女人停下来张望,当她消失不见后,身后只留下一张张的面孔,从咖啡厅一直到购物中心的出口。

索菲娅认识到,这正是卡罗莱娜想要的效果。我在这里,看着我,把注意力放到我身上,我就把我所有的秘密告诉你。

她决定在那里坐一会儿,至少等头发干了。她越是想着卡罗莱娜,她越是肯定。

她羡慕这个年轻的女人。

她的整容手术就像是一件戏服。隐藏在那些粉和硅下面,卡罗莱娜·格兰茨敢于揭露关于自己的一切。她的戏服让她有勇气任性而为,弹奏情绪乐谱上的每一个音符,从愚蠢的粗俗到敏捷的智慧。因为索菲娅毫不怀疑格兰茨其实是个极度聪明、果断的年轻女人。卡罗莱娜·格兰茨的行为中贯穿着一种逻辑,一种本能而又发自内心的逻辑。她知道如何展示自己。

不像我,索菲娅想。

她知道,在她的内心,永远会有一个化装舞会,舞会的参与者千差万别,他们无法形成一个完整的人。不论听起来多么奇怪,披着构筑起来的外表的卡罗莱娜·格兰茨,要比索菲娅真实、连贯得多。

甚至没有"我",她想。

然后,她头脑里的哗哗声又回来了。无尽的声音和面孔,同时在她的头脑里和身体外。

她盯着走向出口的人们,过了一会儿,她看到他们的身体穿过购物中心,模模糊糊的、不同颜色的被拉长的线条,就像高速公路上飞驰而过的汽车。但是有时她又能够让画面凝固,逐一看着他们的脸庞。

两个金发女孩朝购物中心的出口走去,每人被一条狗拉着。

她们跟汉娜和杰西卡非常相像。

是三个人的两个人,她想。更准确地说,是一个人格的三个部分。

工人,分析家,抱怨者,都能在她的老同学汉娜·奥斯特伦和杰西卡·弗里贝里身上找到。两个女孩非常熟悉,几乎就像彼此的映像,像一个人孤独、冷漠的影子。

维多利亚用这些人格碎片,来避免做任何无聊的事情,但是它们也是她不喜欢的情感的替代品。

她认为她最了解悲观、卑鄙,以及毫不犹豫的顺从、谄媚、奉承和讨好。只是一群聪明的金发女孩中的一个。这些就是维多利亚在汉娜和杰西卡身上看到的品质。

工人,分析家,抱怨者,对她已经没有任何意义了。她可以应对那些平凡的情绪以及它们所代表的品质,只要变得更成熟,抛弃或是接受她本性中琐碎的部分。

即使是一条狗,也应该能够学会。

回家,她想。我要回家。

无路可逃

乌尔瑞卡·温丁不知道自己被捆在那个干燥、温暖的房间里多久了。不久之前,黑暗让她失去了时间感。

安静像黑暗一样压抑,她所能听到的只有她身体内的声音。有时,她因为身体完全没有知觉而醒过来了,缺少知觉信息,让她觉得自己是在真空中,轻飘飘地飘浮着,感觉不到一丝黑暗和安静。

她意识到自己必须想办法松开被用胶带反绑在身后的双臂,不然手臂就废掉了。她用尽力气,把身体往上抬,偶尔能让手臂恢复一些知觉。但是中间的间隔越来越长,她移动的空间也被距她胸部和膝盖上方仅仅几厘米的金属栏杆限制住了。

她把头往后仰,眼睛向上看。那束光还在。她觉得那束光就是银河,而其中的星辰如同大脑中的细胞一样繁多。也许,那里的一切最终也会混成一团,然后同时变暗吗?它只是光幻觉吗?

她看到的只是她头脑中的东西吗?

她的喉咙一直干得刺痛，可能因为高温和阵阵哭泣而加快了脱水。

唯一能让口腔不停分泌唾液的方法，就是舔封住了嘴巴的胶带。胶水的苦味让她恶心，但是她依然时不时地舔舐嘴唇的内部以及胶带的边缘。

如果她能够分泌足够多的唾液，胶带就能整个脱落了。但是，最糟糕的情形就是呕吐，因为之后她便会窒息。

尽管严重脱水，她依然能够感觉到自己想尿尿。但是她不能这么做。她的身体不听使唤，无论她多么用力，却一滴也挤不出来。当她放弃了、不再努力了才见效。接着，一股温润的感觉传遍了她的裆部和大腿。

感觉又热又痒。

她很快就意识到了那股倒胃口的味道。她不知道这是不是自己的想象，感觉她的尿液把空气变得更潮湿了，她通过鼻子深深吸了一口气。

她知道，没有食物，她可以坚持相当长的时间。数个月，她几乎记得。但是没有水，你能活多久呢？

如果她尽量不移动，躺在那里不动，不消耗那么多水分，她存活的机会应该会更大一些。把身体的活动降到最低，停止哭泣。

乌尔瑞卡·温丁双眼干巴巴地沿着上面灰黑色的阴影，舌头顶着上颚，她再次失去了意识。

在梦里，她在空中飘荡，看着下面的自己。

她想象，自己可以听到远处传来的什么东西破碎的声音，她意识到一定是银河系中心爆炸了。

波罗的海——辛德瑞拉号客轮

有一天你会发现你的生活只不过是一眨眼的工夫，玛德琳想，她看着客舱里小卫生间的镜子。生活几乎像一个觉察不到的哈欠，还没等你意识到它的开始，便已经结束了。

轮船摇晃着，她抓着门框，坐在床铺上。桌子上有一杯冰块，旁边是一瓶打开了的香槟，她往刷牙用的杯子里倒了第二杯酒。

有一天，你站在那里，嘴角挂着愚蠢的微笑，回忆着你曾经的希望和梦想，她想着，同时把杯子举到嘴边，喝了一小口香槟。气泡弄得她上颚发痒。熟透了的果子的味道，还有细微的矿物质、香料和烘烤的咖啡的味道。

她的记忆充满了平凡的记录，大多是空白的。那些逝去了而没有留下任何值得记忆的日子。永世长存的只有等待。是的，她等得太久了，以至于将时间与等待等同。

还有其他的日子，那些造就了今天的她的恐怖时刻。她在丹麦长大的几年，就像充满了白色洗涤剂的洗衣机里的红色内裤。

玛德琳戴上耳机，把耳机插到手机上。她躺在铺位上，听起来。

快乐师团乐队。先是鼓，然后是快节奏的贝斯，一个简单的前奏，最后是伊恩·柯蒂斯单调的声音。

轮船不规则的晃动和摇摆让她放松下来，门外吵闹的喝醉的人们，因为其不可预知性而让人感到宽慰。意外并不会让她害怕，安全反倒让她忧虑。

雨抽打着舷窗，仿佛伊恩·柯蒂斯在用他那含混的声音为她一个人歌唱。

她眼中的迷茫说明了一切。她失去了控制。

这位歌手只有二十四岁，却经受着癫痫的折磨，最后自缢而亡。但是她不会自杀，那意味着失败，意味着把胜利拱手让给他们。

她泄露了过去的秘密，还是我又失去了控制。

她想着那个曾经自称为她的妈妈的女人，曾经说，因为她并不是玛德琳真正的妈妈，所以她更愿意玛德琳称呼她的姓氏。而在其他场合，则决不能让别人知道玛德琳是家里的养女。这既专制，又让人蒙羞。

但是这并非她必须死的原因。

如果你默默地站在那里，看着成年男人性侵一个年幼的女孩，你便迅速失去了祈求怜悯的权利。如果你以观看赤裸的、被注射了药物的年幼的男孩在猪圈里打斗为乐，而且当其中一个男孩死了，也并不在意，那么你便配不上任何宽恕。参与其中的任何一个人都意识到了这一点，她想，同时想象着他们的尸体躺在她面前的情景。

暴怒在她内心酝酿，她用力揉着太阳穴。她知道，把自己比作复仇女神涅墨西斯很疯狂，但那就是她培育了一生的自我形象。一个带着她驯服的狮子去学校的女孩。一个人人害怕的人，一个人人敬重的人。

几个小时后，距离玛丽港还有一半路程，在奥兰群岛中，她沿着走廊朝船头的夜总会走去。她既不能太迟，也不能太早。

一切很快就会结束了，然后她就能继续前进，重塑她的未来，而不会有过去的声音在她耳边吵闹。

酒吧里满是人，玛德琳一路挤着才到了她的桌子边。音乐很吵，两个女人在一个小舞台上表演，后面是一个卡拉OK机。她们跑调得很厉害，但是观众喜欢她们挑逗的舞姿，到处都是口哨声和鼓掌声。

你们就像那些驯服的牲畜，她想。

夏洛特正独自坐在那扇全景窗户旁的一张桌子边。

那个她从未叫过妈妈的女人穿得很拘谨，一件黑色的夹克，黑色的衬衫，一条灰色的紧身裤，玛德琳觉得这像是参加葬礼的装束。

夏洛特直直地盯着她，她们长久以来第一次四目相视。

"所以……过了这么多年，我们又见面了。"夏洛特眯着眼睛说，打量着她。

我恨你，我恨你，我恨你……

"我还愚蠢地以为我们算是绝交了，"她继续说道，"但是当我找到博-奥拉的时候，我感觉你可能会回来。"

玛德琳在夏洛特对面坐下，直视这个女人的眼睛，什么都没说。她觉得自己想笑，但是嘴唇不听使唤。她想回答，但是不知道该说什么，尽管花了数年准备她的控诉，她还是突然目瞪口呆了。

就像没电了的机器。

"警察问到你了，不过我什么都没说。"夏洛特把每一个音节都咀嚼了好几遍，仿佛这些字句有苦味，她想尽快把它们吐掉。有时，她的嘴动了动，但是什么声音也没有，她看起来在痉挛。她局促不安地扭动着身体，捡拾桌子上并不存在的碎屑，然后深吸一口气，接着再长叹一口气。"你到底想要什么？"她不耐烦地问道，玛德琳在这个即将没命的女人的眼睛里看到了残忍之外的东西。在夏洛特绿色的虹膜后面，她察觉到了一丝发自内心的不知所措。

她真的不明白吗？玛德琳想。

不，这不可能。毕竟，她也在场。她站在旁边，冷眼观看。

另一方面，无知和单纯是邪恶的同义词，她想。

我恨，恨，恨……

她摇了摇头。"是的，我回来了，我觉得你知道其中的原因。"

夏洛特扑闪着眼睛。"我不知道你——"

"你非常清楚，"玛德琳打断了她，"但是在你做你必须做的事情之前，我想知道三个问题的答案。"

"哪三个问题？"

"首先，我想知道，我怎么会落到你们手里？"玛德琳问道，不过她想这是一个没有答案的问题。就像问生活的意义、一切的意义，或者一个人能承受多少悲伤一样。

"这个简单，"夏洛特回答，仿佛她并没有理解问题的真正含义，"你外公本特·伯格曼因为一个基金会的工作认识了博-奥拉，他们决定应该由我们照顾你，因为你妈妈那时有些疯癫。"

她只是避重就轻，玛德琳想。

"但是你总是非常顽固，我们不得不对你严厉一些。"夏洛特继续说。

玛德琳想着那些夜里进入她房间的男人。在她身体内形成一个小硬球并逐渐变成一块石头的一切，那石头从此成为她身体的一部分。

她无法回答，因为她并不明白这个问题，玛德琳想。不过她杀死的其他人也没人明白。当她问他们的时候，他们只是愚蠢地盯着她，好像她说的是另一门语言。

"是谁决定给我做手术的？"玛德琳没有对夏洛特所说的话作任何评价，继续问道。

夏洛特冷漠地看着她。"博-奥拉和我，"她说，"很显然，是在征询了医生和心理专家的意见之后。你常常打架咬人，其他孩子都害怕你，所以，最终我们放弃了。我们真的没有其他选择。"

玛德琳记得在哥本哈根他们是如何关掉她内心的声音的，但是从那以后，她再也感觉不到任何东西了。什么都感觉不到。

在哥本哈根之后，只有冰块还有些味道。玛德琳意识到，在这里，她同样遇到了死胡同。她永远也无法知道为什么。

她一直在寻找答案，并杀掉了那些在当时、现在、永远都掩盖真相的人。

只剩下一个问题了。

"你认识我的生母吗？"

夏洛特·西尔弗贝里伸进手提包，拿出一张照片。"这就是你疯癫的妈妈。"她咆哮道。

她们一起走到甲板上。雨已经停了，天空很静谧。波罗的海在夜晚是湿漉漉的蓝色，黑暗的大海动荡不安。

翻滚的波浪险恶地拍打着辛德瑞拉号客轮的船尾，发出巨大的嘶嘶声；猛烈的海水击打着船体，扬起一阵水雾，像小雨一样飘落在前甲板上。

夏洛特茫然地看着前方，玛德琳知道她已经决定了。她已经作出选择了。

没有什么好说的了。话说完了，剩下是只有行动。

她看到夏洛特朝栏杆走去。那个她从未叫过妈妈的女人弯下腰，脱下靴子。她爬到栏杆上，纵身跳入了黑暗的海水，没发出一点声音。

辛德瑞拉号客轮不屈不挠地前行，甚至没有减慢速度。

我在干什么？玛德琳想，空虚穿透了决心的壁垒。当他们都死掉了以后，我就会自由了吗？

不，她意识到，她从白纸一般的明净，进入了一个黑暗的房间。

克鲁努贝里——警察总部

已经快中午了，珍妮特坐在桌子边，眼睛盯着天花板上的通风口，但是她不知道自己在看什么，因为她的脑子里正想着索菲娅·柴德兰。

从洪杜登回来后，她筋疲力尽，就直接回家了。接近午夜的时候，她给索菲娅打电话，但是她没有接，之后给她发了两三条信息，索菲娅也没回复。

像往常一样，她感觉非常孤独。该索菲娅主动了。珍妮特不想黏人，没有什么比这更没吸引力了，她不会再打电话了。另外，阿克打电话过来，提醒她一起吃午餐的事。他们说好在伯格大道上的一家餐厅见面，尽管她没有说自己非常期盼。

珍妮特开始玩一支圆珠笔，看着那叠跟两名死者汉娜·奥斯特伦和杰西卡·弗里贝里有关的文件。

她本来希望能重启伯格曼家和杜勒的船的火灾案件，但是当比林对她发怒、说她是个阴谋论者时，这希望破灭了。此外，按照他的说法，那些案件已经经过详细调查了。

有人敲门，阿伦德把头伸进来。"抱歉，"他上气不接下气地说，"我昨天没空去酒店，所以我今天上午去了。结果非常幸运。"

"进来。"珍妮特咬着笔头说，"幸运？什么意思？"

他在她对面坐下。"我跟前台接待谈了，他看到玛德琳·杜尚入住和退房。"他笑了，"如果我昨晚去了，就见不到他了。他是今天的班。"

"关于杜尚，他怎么说的？"

阿伦德清了清嗓子。"一个二三十岁的女人。独自一个人，英语很差。很显然，他们不会保留欧盟公民的个人信息，不过前台接待记得那个女人的驾照上是深色头发。"

深色头发，珍妮特想。"他说的是她驾照上的头发，不过我更感兴趣的是她现实中的样子。"

阿伦德又清了清嗓子。"他说她很漂亮,不过看起来非常害羞。不会直视他的眼睛,只是低头看着地面,用一顶大的羊毛帽遮住脸。"

可真好,珍妮特想,很难说是个描述。"还有吗?高,还是矮?"

"中等身高,中等身材。考虑到他是个前台接待,不得不说他很不善于记脸。但是有一件事令他非常吃惊。"

"是什么?"

"他说那天晚上,那个女人下来好几次,跟他要冰块。"

"冰块?"

"是的,他觉得这有点奇怪,我也同意他的说法。"

珍妮特露出了微笑。"我也同意。看来,我们的这位前台接待并没有给我们的绘图师提供太多信息。你觉得呢?"

"是的,我也觉得。看上去他看到的东西太少了。这恰恰有点意思。我是说,她看起来非常注意隐藏自己的长相。"

珍妮特叹了口气。"是的,听上去是这样。我在想,为什么呢?好了,先这样吧。谢谢。"

阿伦德又消失在了门外,珍妮特决定给检察官肯尼斯·范奎斯特打电话。

当珍妮特跟他说,她怀疑维戈·杜勒组织策划了对安妮特·伦德斯特劳姆以及还可能包括乌尔瑞卡·温丁的行贿时,检察官听起来很疲倦。让珍妮特意外的是,他并没有她想象的那么难对付。

她坐在那里,不知所措地盯着电话。范奎斯特怎么了?当电话响起时,她的心思完全不在这里。她心不在焉地拿起电话,接待员告诉她,有一个克里斯蒂娜·温丁的想跟她谈谈。

温丁?她想,一下打起了精神。

那个女人自我介绍,说她是乌尔瑞卡的奶奶,说她孙女已经好几周没有跟她联系了,她很担心。

"也许她离开了?"珍妮特说,"谁知道呢,也许她攒了一些钱,只是度假去了?"

那个女人剧烈地咳嗽起来。"乌尔瑞卡没有工作,她哪来的钱去度假?"

"大部分走失的人通常几天之后就会现身,但是这并不是说我们不会严肃对待这件事。你有乌尔瑞卡家的钥匙吗?"

"是的,我有。"克里斯蒂娜·温丁说。

"好的,我们这么办,"珍妮特说,"我今天下午会跟一个同事去乌尔瑞卡的公寓。你能拿着钥匙跟我们在那里碰头吗?"

我应该担心吗?她想。不,还不用。保持理性。

这么早就开始担心,完全是浪费精力,她知道通常情况下会发生什么事情。最好的情况下,他们也许能找到乌尔瑞卡所在位置的线索;最坏的情况下,他们会发现她被迫失踪的证据。不过,通常结果是在两者之间。换句话说,就是一无所获。当电话再次响起时,她感到胃里一阵刺痛,她让电话响了几声,因为她不想让自己看起来太急切。

"珍妮特·科尔伯格,斯德哥尔摩警察局。"她嘴角挂着微笑说,暂时忘记了乌尔瑞卡·温丁。

"早上好,"索菲娅·柴德兰说,"你有时间吗?"

有时间吗?她想。我的时间都是你的。

"早上好?都快吃午饭了。"珍妮特笑着说,"听到你的声音真好,不过我现在忙得要命。"

她并没有说谎。她看着乱糟糟的桌子,他们掌握的所有关于汉娜·奥斯特伦和杰西卡·弗里贝里的信息都挤在将近三百页 A4 纸上,几张宝丽来照片,一束黄色郁金香,还有法医拍摄的地下室里的两条死狗的照片。

"好吧,我自己也没有太多时间,"索菲娅说,"那就我来说,你可以边工作边听。毕竟,谁都知道女人可以一心二用。"

"好的,说吧……"

珍妮特打开一个标有"J. 弗里贝里"字样的文件夹,她听到索菲娅吸了一口气。"安妮特·伦德斯特劳姆三天前住院了,"她说,"急性精神错乱,由她的女儿琳内娅的自杀导致的。安妮特发现,她在她们位于艾兹维肯的家里的房间里上吊自杀了。她的护士告诉我——"

"停,"珍妮特说,她立刻合上了文件,"再说一遍。"

"琳内娅死了,自杀。"索菲娅呼出一口气。

伦德斯特劳姆家被自己彻底摧毁了。珍妮特想着她上次跟琳内娅见面时她的情形,一副人体残骸,一个鬼魂。而琳内娅……

"你还在吗?"

珍妮特闭上眼睛。琳内娅死了,她想。这本不必发生,没他妈一点必要。

"我在听,你继续说。"

"安妮特·伦德斯特劳姆昨天从罗森兰德医院跑出来了。我当时刚吃完午饭往回走,在街上碰到了她,我意识到她不大对劲,就把她带回了办公室。她告诉我,维戈·杜勒给了一笔钱,作为她和她女儿的封口费。琳内娅这才停止跟我见面。"

"我正担心这个呢,至少我们确认这一点了。"

"这看起来是个非正式的和解,"索菲娅继续说,"我打赌如果你去查安妮特·伦德斯特劳姆的银行账户的话,会发现一些不符常规的记录。"

"已经查过了,"珍妮特说,"不过我们无法追踪到汇款账户。你说的并不让我吃惊,不过琳内娅的死真的让我非常难过。"

还有乌尔瑞卡,她想。她出了什么事?

乌尔瑞卡给珍妮特留下了双重印象,既坚强又脆弱。有时她都怀疑这个女孩是否自杀了,就像琳内娅一样。

"所以……"珍妮特继续说,"我们已经知道了琳内娅和你见面期间所说的话,还有她的画、卡尔·伦德斯特劳姆的信,现在是安妮特对你说的话。她现在怎么样?她可以在法庭上出庭作证吗?"

索菲娅哼了一声。"安妮特·伦德斯特劳姆?上帝,不。几乎不可能。她现在这种情况肯定不行,不过如果等热病退去,然后……"

珍妮特觉得,考虑到她刚刚说的话,索菲娅的口吻听起来相当戏谑。"热病?什么意思?"

"嗯,精神错乱是一种中枢神经系统的热病。这是一种病,当一个人的生活发生突然的变化时会发作,而这个案例中,是因为安妮特的丈夫和女儿在短时间内都丧了命。治疗过程长达十年也不稀罕。"

"我明白了,她还说了什么吗?"

"她说她想去极圈村找卡尔和维戈,建一座圣所。从她的眼神来看,她已经在那里了。遥远的永恒,你明白我的意思吧?"

"也许吧,不过极圈村并非那么脱离现实。"

"不是吗?"

"不是。我来告诉一件你不知道的事情,极圈村是一个位于拉普兰地区的真实的地方。安妮特在那里长大,卡尔是她的堂兄。他们同属一个自称'羔羊赞歌'的脱离出去的拉丝塔迪亚教派分支。警方收到了关于该教派的性侵举报信。他们的律师,维戈·杜勒,也在距离极圈村不远的武奥勒里姆生活过一段时间。"

"好吧,现在轮到我来叫停了,"索菲娅说,"堂兄妹?卡尔和安妮特是堂兄妹?"

"是的。"

"'羔羊赞歌'?性侵?维戈·杜勒参与了吗?"

"我们不知道,案子没有审理。教派解散了,一切都被遗忘了。"

索菲娅陷入了沉默,珍妮特把电话贴得更紧了。她能听到索菲娅沉重的呼吸声,既近又远。

"听起来,安妮特·伦德斯特劳姆是想回到过去。"索菲娅用更加阴沉的声音说,她笑了。

又是那个声音,珍妮特想。突然变化的语气,经常伴随着索菲娅个性的变化。

"对了,案子调查得怎么样了?"索菲娅问道。

珍妮特想起来,她们最近聊得很少,过去几天她实在太忙了。

"我可能不应该在电话上说更多。"她们见面时再把一切告诉她会更好,"听着……"珍妮特说,"也许我们可以——"

"我知道你要说什么。你想见我,我也想见你。不过今天不行。你明天下午来诊所接我,可以吗?"

珍妮特露出了笑容,终于等到这句话了,她想。"好的。我今晚刚好也去不了,因为我要去见约翰,他要跟阿克去伦敦。我——"

"听着,我要挂了,"索菲娅打断了她,"我五分钟后要去见顾客,你说你很忙。我们明天再接着谈,好吗?"

"好的。可是——"电话挂了。

珍妮特感觉很空虚,好像一下被抽空了精力。要是索菲娅不那么冷漠,不那么变化无常,该多好啊,她想。

她突然觉得一阵眩晕,心跳加速,不得不把手放到桌子上。

放轻松,呼吸……回家。你压力太大了。今天就到这吧。

不。先要去跟阿克吃午饭,然后去哈马比高地的约翰·普林茨路,看看乌尔瑞卡·温丁出了什么事。

她重新坐下来,看着乱糟糟的办公桌,她深吸一口气,慢慢地呼气。指控汉娜·奥斯特伦和杰西卡·弗里贝里的证据,可以确定两个女人的罪行的照片。结案了,比林很高兴。

但是肯定有什么不对劲。

维塔山——索菲娅·柴德兰的公寓

跟珍妮特通过话之后,索菲娅感到非常疲惫。她端着一杯白葡萄酒,坐在餐桌边，尽管她知道她本应该在诊所会见顾客的。

了解自己跟了解别人并没有太大区别，她想。它需要时间，而且总有一些东西是你没办法理解的，一些从你的指间溜走的东西，某些自相矛盾的东西。

这种状态，在了解维多利亚的过程中已经持续很长时间了。

不过索菲娅觉得她最近取得了很多进步。尽管她依然难以控制维多利亚，她们距离彼此越来越近了。

给珍妮特打电话的是索菲娅，但是挂掉电话的却是维多利亚，她清楚地记得她说的每一个字。通常不是这样的。

维多利亚对珍妮特撒谎了，说她在诊所等着见顾客，索菲娅非常清楚这个谎言，她甚至鼓励她撒谎。

这是她们共同撒的谎，而不只是维多利亚一个人。

事实上，她还记得前一天在克莱瑞恩酒店发生的事，当时有个把钟头，维多利亚接管了她。很显然，她记得卡罗莱娜·格兰茨的出现以及之后发生的事，但是她还记得维多利亚跟那个德国商人对话的片段，还相当清楚地记得他的长相和举止。

这是一个积极的进步，这帮助她理解她最近出现的记忆差错。当她早上穿着沾满泥巴的靴子在床上醒来时，完全不知道自己晚上做了什么。

她开始渐渐明白为什么维多利亚无数个晚上要把自己灌醉和钓男人了。她觉得这跟解脱有关系。

无论如何，在过去的近二十年里，她，索菲娅·柴德兰，一直是她身上主导的人格，她感觉维多利亚试图通过不端的行为来显示自己的存在。试图给索菲娅一点震动，提醒她自己的存在，而且她的意愿和感受跟索菲娅的同等重要。

她喝完了剩下的酒，站起来，把椅子往炉子边挪了挪，然后打开排风扇，点燃一支烟。维多利亚不会这么做的，她想。她会在餐桌边抽烟，她会喝三杯酒，而不是一杯。红酒，而不是白葡萄酒。

我是维多利亚创造出来的人物，换句话说，没有什么是因我而起，我只是一种生存方式，一种正常状态，就像别人一样。一种压抑受虐记忆的方式，不过它并不长久。

当她萎靡不振的时候，她会把餐桌想象成一个解剖实验室，瓶子和罐子里装的都是福尔马林、甘油以及乙酸钾，都是用来对尸体进行防腐的。在清洁橱柜里她过去看到用来放解剖的手术工具的地方，现在是一个半开着的再普通不过的工具箱，一把钢锯刀刃朝上，边上是一把小锤子的锤柄。

烟雾旋转着飘向排风扇,她能看到后面的扇叶。她在炉罩下面往上看,看到转动的扇叶微微闪烁的影子,就像偏头痛发作前的前奏。

斯楚厄,她想。

维戈·杜勒位于日德兰半岛的房子的地下室里有巨大的风扇,为的是风干猪肉,有时下面单调的嗡嗡声吵得她整夜睡不着,吵得她头痛。地下室的门则始终关着。

就应该是这样,她想。那些记忆应该自然地出现,不用我刻意去想。

就像抓着一块滑溜溜的肥皂。你放松的时候就能抓住,如果你用力捏,它就会掉。

放松,她想。不要努力去回忆,让它们自然而然地出现。

约翰·普林茨路——乌尔瑞卡·温丁的公寓

赫提格在西城购物中心外面接上珍妮特。她打开车门,跳上副驾驶座位。

赫提格把车开上圣埃里克大道。"所以给你打电话的是乌尔瑞卡·温丁的祖母?"

"是。她一直想跟乌尔瑞卡取得联系,不过没一点消息,"珍妮特说,"她会拿着钥匙在公寓外面等我们。"

那个女孩出事了,她想。放松,在我们知道更多信息之前不要想最糟糕的结果。乌尔瑞卡可能只是遇到了一个男人,陷入了爱河,和他在床上待了几天。

"对了,午饭吃得怎么样?"

起先,阿克想聊约翰,以及他自己现在的生活。

他比她记忆中瘦了一些,本来的短头发也长长了,尽管她不愿承认,她是有些想他了。也许随着时间的推移,你们会渐渐忽视彼此?开始只看到问题而不是你当初喜欢的东西?

但是然后,阿克开始吹嘘他的成功以及他的经纪人亚历山德拉·科瓦尔斯卡对他多么重要。

之后,他拿出了离婚协议书。

他已经签字了,跟他以前画作上同样的签名,她感到一阵短暂而强烈的失望。

并不是因为要迈出的这一大步,而是因为是他先迈出了这一步。因为他先到了那里。

当他们吃完午饭，分道扬镳，她感到大大的解脱。

离开阿克以后，她给约翰打电话，他们约好晚上在安斯基德的家里坐在电视机前看电影和足球比赛。在电视上看一场比赛，肯定比不上去现场看一场英超德比，不过当她提出这个建议时，他听起来其实很开心。她看了看表，她这次真的不能再让他等了。

"你看起来有心事，"赫提格说，"我问你午饭吃得怎么样。"

珍妮特回过神来。"噢，我们主要谈了一些现实问题。关于离婚之类的东西。"

他们的车驶过图里尔德斯普兰车站，珍妮特想起了第一个死去的男孩。感觉是好久之前的事了，仿佛自从在距离他们二十米远的灌木丛里发现那具干尸已经过了数年。

"对了……"珍妮特说，这时，他们上了埃辛基高速路，朝南驶去，"我要告诉你一个坏消息。琳内娅·伦德斯特劳姆死了，她在家里上吊了。"

一路上，他们没再说一句话，当汽车驶入乌尔瑞卡·温丁的公寓外面的停车场时，赫提格打破了沉默。"我妹妹也上吊了。十年前，那时她才十九岁。"

珍妮特不知道该说什么好，能说什么呢？

"我……"她再次想起来自己对同事的了解多么少。

"没事，"他说，脸上挤出的笑容不见了，"很不幸，但是你必须学着接受它。我们尽我们所能，它对爸妈的打击更大。"

"我……我很抱歉。我不知道，你想谈谈吗？"

他摇了摇头。"说实话……不想。"

她点点头。"好吧。不过如果你想说了随时跟我说，我随叫随到。"

一个又矮又瘦的女人站在门边抽烟，向四处张望着，似乎在等人。

他们朝那个等待着的女人走去，她就是乌尔瑞卡·温丁的祖母。她金色的头发已经有些花白了，她自我介绍说叫基肯。

他们走进大门，走上台阶。在公寓门外，女人拿出一个钥匙环，珍妮特想起她上次来的情形。

她跟乌尔瑞卡谈了卡尔·伦德斯特劳姆对她实施的强奸，这段记忆让她非常悲伤。如果真有什么善有善报恶有恶报的话，那就让这个女孩一切安好吧。不过珍妮特对此持怀疑态度。

基肯·温丁把钥匙插进锁孔，向左转了两次，打开了门。

在汉娜·奥斯特伦位于法格斯特兰德的家里，那臭味是两条死狗发出的。

这里的臭味，可能更加浓烈。

"发生了什么事?"基肯·温丁担心地看看赫提格,然后看看珍妮特,她迈步要走进门廊,但是珍妮特拦住了她。

"也许我们最好在外面等。"她说着,示意赫提格进去查看。

女人看起来非常震惊。"可是这股可怕的味道是从哪儿来的呀?"

"我们还不知道。"珍妮特边说边看着赫提格走进了公寓。一分钟后,他出来找她们了。

"空的,"他摊开双手说,"乌尔瑞卡不在这里,这股味道是冰箱的味道。里面的虾臭了。"

珍妮特长舒一口气。只是虾的臭味,她想,然后把手臂放到女人的肩上,让她转过身来。"我们出去谈一下,跟我来。"

"我再去看一下。"赫提格说,珍妮特点点头。

出来以后,珍妮特提议她们去坐到车里。"车里有一壶咖啡,如果你想要的话。"

基肯摇了摇头。"我请的假快结束了,我还要回去工作。"

她们坐在长椅上,珍妮特问她关于乌尔瑞卡的问题,结果发现这个女人对她孙女的生活并不了解。她并不知道什么重要的信息,根据她所知道的为数不多的信息,珍妮特得知她甚至不知道乌尔瑞卡被强奸过。

基肯·温丁转过身,离开了,珍妮特坐进驾驶座,点着一支烟,等着赫提格出来。

"门廊里有血迹。"赫提格用手敲着车顶说,珍妮特吃了一惊。

"血迹?"

"是的,我觉得最好给伊沃打电话。"

"你看了真的是血吗? 多吗?"

"只有几滴。在门旁边的地板上,已经干了,不过可以确定是血。"

克拉拉湖——公诉机关

"范奎斯特。"当珍妮特几个小时之内第二次打来电话时,检察官谨慎地接听了。当她告诉他据信乌尔瑞卡·温丁已经失踪了的时候,他胃里的压力更大了,挂了电话以后,他感觉想吐。

真他妈见鬼,他边想边站起身,走到酒柜边。

当制冰机轰隆作响的时候，他拿出一瓶冒着白雾的麦芽威士忌，倒了一大杯。

如果检察官肯尼斯·范奎斯特能有点创造力，他的脏话也会比"该死""他妈的"和"见鬼"多点花样。不过他不是那种人。"真他妈见鬼。"所以他才会重复了一遍，然后一口喝下了威士忌。

威士忌绝不会对他的胃溃疡有太多益处，不过他还是喝下去了，他感觉酒精撞上了胸口的胃酸反流。

这天上午，当珍妮特·科尔伯格探长打来电话时，他当时还觉得最好按照她说的做。现在，经过一番思考之后，他意识到，在最糟糕的情况下，乌尔瑞卡·温丁可能有生命危险。他也暗地里承认，尽管他很难算得上认真负责，但他也有自己的局限性。

该死的孩子，他想。你本该拿着那笔钱跑得远远的，然后闭上嘴。

现在事情的结局可能很糟糕。

检察官一阵发抖，他想起了大约十五年前发生的事情。那时，他受邀去拜访前任警察局长格特·贝里林德位于斯德哥尔摩群岛中的莫哈岛上的小别墅。

维戈·杜勒也在，还有一个跟他有某种联系的乌克兰人，那人连一句瑞典语都不会说。

他们坐在厨房里，杜勒和贝里林德两人因为什么事吵了起来。贝里林德喋喋不休，非常失望，杜勒坐在那里，很久都没说话，然后他转过身，用俄语对那个乌克兰人小声说了什么。贝里林德继续破口大骂，那个乌克兰人离开了厨房，走到那个笼子边，警察局长在里面养着他那些获奖的兔子。

透过开着的厨房窗户，他们听到两声呜咽声，几分钟后，那个乌克兰人拎着两只刚扒了皮、每只价值约一万克朗的种兔进来了。局长吓得脸色像纸一样煞白，他安静地请他们离开。

那时，肯尼斯·范奎斯特还认为贝里林德是为他失去的奖金伤心，或者是为兔子的死难过，可是现在他才明白，警察局长是吓坏了，他看清了维戈·杜勒是个什么样的人。

他闭上眼睛，祈祷这时自己明白过来还为时不晚。

冒着白雾的威士忌让他想起了维戈·杜勒身上的味道。他一走进房间里，你就能闻到。他身上的气味是炒过的大蒜味吗？

不，检察官想，更像是火药或者硫磺的味道。这看似有点矛盾，因为他知道杜勒也有能力融入，用某种方式消失在人群中。

如果有人想表示对肯尼斯·范奎斯特的尊重，便可以说矛盾并非他的强项。如果有人不愿意这么大方，而是更接近真相，便会说他对矛盾的观点是，根本没有矛盾。只有对或错，没有中间地带，这对一名检察官来说，是非常糟糕的品质。

但是现在他承认，维戈·杜勒是个矛盾的人。

可以极其危险，也可以像个软弱的人一样哀叹自己的心脏不好，就像他们上次见面时那样，之后不久他就死了。现在，他把这个该死的麻烦抛到脑后，范奎斯特想，而这个工作刚好由我负责。

"律师和养猪户，"他对着威士忌杯子小声说道，"这根本说不通。"

维塔山——索菲娅·柴德兰的公寓

帮手索乐思·马努提在她圆滚滚的肚子里孕育了维多利亚的女儿，玛德琳。索乐思忍受了痉挛、恶心、双腿肿胀和背疼，这是维多利亚把她忘却之前，她最后的任务。

索菲娅看着她摊开在客厅桌子上的画。画的都是一个赤裸的小女孩，戴着恋物面具。同一个女孩，同样纤细的双腿和圆圆的肚子。同一个帮手。画的旁边是一个拿着卡拉希尼科夫步枪的孩子的照片。不合群的伙伴。一个童兵。

索菲娅想起了让塞拉利昂许多男孩绝育的割礼仪式。在乡下，男孩们会把干燥了的包皮戴在项链上，以表明他们属于上帝，以保护他们免受恶灵的伤害。但是在城里的医院里，包皮和其他垃圾一起被扔掉了，和塑料移液器、一次性注射器混在一起，被运到郊区的垃圾场。割礼之后，很多孩子不育，但是在城市里，感染的几率会小一些。

拉斯的绝育手术既没有风险也出自他的意愿。输精管切除术并非宗教仪式，尽管它应该是；也不是流产或者如她曾经做过的那样把自己的孩子交给陌生人相关的仪式。她想起了玛德琳。她恨她吗？是她杀害了弗雷德丽卡和博-奥拉吗？如果是她，我会是下一个吗？

不，她想。按照珍妮特的说法，凶手不是一个人。她说到凶手时，用的是复数，而不是单数。

她把索乐思的画放到一边，意识到她必须尽快烧掉所有的笔记和剪报，拆除那个隔音室的墙壁，处理掉里面的一切。

她必须把自己的背景抛得远远的。现在的情况是，在她家里，随处可见让她想起那些帮助她活着的谎言。

她需要学会回忆。而不是在一切静止的文件中寻找答案。

让维多利亚行动,她想。但是尽力不要让她消失。

如果你把香皂捏得太紧,它就会掉。

不要努力去回忆,让它自然而然地发生。

维多利亚从书房里拿出一个笔记本,从镶着玻璃的橱柜里拿出一瓶酒,一支法国梅洛,但是她找不到开瓶器,只好用大拇指把瓶塞按进瓶子里。明天,索菲娅要见珍妮特,她需要好好休息一下。所以,她必须喝酒,红酒比白葡萄酒更有益于睡眠。

今晚,维多利亚将把精力集中在她的女儿的身上,写下她所有的想法,努力去了解她。明天,索菲娅会再次做凶手档案。

但是,首先是玛德琳。

"在夏洛特和博-奥拉·西尔弗贝里身边长大,"她写道,"承受着她必须承受的一切。"维多利亚想了片刻,然后补充道,"很可能遭到了虐待,他和本特是同一类人。"她喝了一小口酒。酒的味道温热了她,酸味刺激着她的舌头。"玛德琳和维戈·杜勒有特殊的关系。"她继续写道,但她并不知道其中的原因。但是想了想,她便意识到自己的意思了。维戈是那种喜欢对别人提要求的人,这种情况经常出现。

他就是这样对待安妮特和琳内娅·伦德斯特劳姆的,维多利亚想,他还想对我这么做。

"维戈最可怕的是他的双手,"她写道,"而不是他的生殖器。"

事实上,她不记得曾经看过维戈赤身裸体,他也只是偶尔非常暴力,而且只用他的手。他不打人,而是挠和掐。他很少剪指甲,她依然记得他用手掐她的手臂时的痛。

他的攻击,就像手淫一样。

"玛德琳恨维戈,"她继续写道,现在,她不需要思考,其中的联系自然而然地出现,她的笔在纸上沙沙作响,"不论玛德琳变成了什么样的人,她一定会恨她的养父,恨维戈。小的时候,她并不明白自己的感受,但是她一直恨他们。自从她记事起。"

维多利亚用她自己的想法作为起点,然后把这些想法转移给她的女儿。即使当她怀疑自己过头了的时候,她也没有作出改变;她可以之后再改变。

"成年的玛德琳可能有几种版本。也许她很安静、胆小、隐居起来了。也许她嫁给了他父亲在教派里的一个朋友,也许她默默地忍受着无休止的虐待。或者,也许玛德琳得到了外人的帮助,脱离了她的家庭,逃到了国外。如果她坚强,她可能继续生活下去,不过她一生可能会被那段被虐待的经历所困扰,她将很难跟伴侣维持正常的关系。还有可能,玛德琳被仇恨和报复的力量驱使,她终其一生都试图找到抑制或者释放这种力量的方式。这个玛德琳有时过着离群索居的生活,但是她从未忘记自己的遭遇。她积极主动,但缺少——"

她停住了。这是索菲娅在写,而不是她,她写的是维多利亚。她通常不会如此清晰地表达自己的想法。她甚至忘记了喝酒,好像她从未喝过。

"她积极主动,但缺少仇恨和报复之外的生活动力,"索菲娅总结道,"要想继续生活,她唯一能做的就是把自己从这些力量中解脱出来。而这绝非易事。"

索菲娅把笔和笔记本放到桌子上。

她意识到,玛德琳早晚会来找她。

她也意识到她和维多利亚之间开始出现的变化。

索菲娅不再抗拒了。

瓦萨坦——赫提格的公寓

延斯·赫提格居住的楼房建于十九世纪末,位于斯德哥尔摩北城,现在依然有着"西伯利亚"的非正式称号,这是因为它过去远离市区,而且从斯德哥尔摩市中心搬到那里的工人住房被认为是一种流放。现在,它已经是市中心的一部分,延斯·赫提格过去两个月租住的两居室公寓也算不上简陋,尽管没有电梯总让人感觉缺少点什么,特别是当他手里拿着东西的时候。比如现在,两手提着两个装着叮当作响的瓶子的袋子。

他打开门。像往常一样,迎面而来的是一堆广告传单和免费报纸,尽管他已经在信箱上方挂了一个标志,礼貌地拒绝这些东西。但是他也不自觉地可怜那些混蛋,他们带着成捆的超市传单,奔波于这些建筑之间,而在六楼,每扇门上都挂着一个拒绝的标志。

他把袋子放在门廊里,五分钟后他就坐在客厅里的电视前,手里拿着一瓶啤酒。

第三电视台在重播《辛普森一家》。他看过太多次了,都能记住对白了,尽管不愿承认,这个节目常常让他觉得很安全。他还会在以前笑的地方笑,但是今天他的笑感觉很单调。根基不稳。

当珍妮特告诉他琳内娅·伦德斯特劳姆自杀时,那些往日的回忆汹涌而来——对妹妹的记忆从未离开他,也永远不会。

是一个年轻女孩躺在停尸间的平板上的画面让他下班之后径直去买啤酒,现在,同样的画面让他无心去看电视上滑稽可笑的黄色卡通人物。

他上次看到妹妹时,她正躺在那里,双手紧握放在肚子上。她看起来坚定决绝,嘴唇几乎变成了黑色,一侧的脸和颈部被绳套勒得发紫。她的皮肤摸上去干燥而冰凉,她的身体看上去很重,尽管她是那么小那么瘦。

他伸手去拿遥控器,关掉了电视。现在,屏幕上只有他自己的影像,双腿交叉坐在扶手椅上,手里拿着一瓶啤酒。

他感觉很孤独。

她当时一定非常孤独吧?

没有人理解她。无论是他、他们的父母,还是那些只知道集体治疗和试验药物的精神病医生。他们都不明白她内心的想法,她陷入的洞太深、太暗,最后她无法承受那自我幽闭的孤独了。

那时,没有替罪羊,没有任何人可以怪罪,能怪的只有抑郁本身。今天,他知道了,那不是真的。

社会本身始终负有责任。外面的世界对她太过无情了,它向她许诺了一切,但实际上却什么都没有给她。当她生病的时候,也没能帮助她。那时,就像现在一样,它是政治性无能。强者才能生存,弱者只能自生自灭。她相信自己是弱者,她屈服了。

如果他那时能理解她,也许他就会帮助她了。

如果她得的是癌症,所有的健康服务方面的资源都会朝她涌来。但是,相反,她只得到了东拼西凑的治疗,形形色色的治疗师根本不知道其他人在做什么。他相信她服用的药物只是加重了她的病情。

但这并非真正的问题。

赫提格知道妹妹的梦想是成为一个音乐家或歌手,她也得到了家人的支持。但是社会发出的信号是,这不是一个稳定可靠的职业选择。根本不值得关注。

她不是站在某个地方的舞台上,而是学习了经济学,那种聪明人应该学习的东西,结果就是她在宿舍里把自己吊死了。

仅仅是因为我们让她相信她的梦想不值得追逐,他想。

盖姆拉·安斯基德——科尔伯格家

足球比赛开场的时候已经是晚上八点四十五了,他们没有时间观看她租的电影了。谁在乎晚不晚?她想。今天晚上太成功了,她不想因为催着约翰去睡觉而把它搞砸了。

她看了看他,他正躺在沙发上,被薯条袋子、碳酸饮料以及从城南数不清的泰国餐馆中的一家打包的泰国菜挡住了,几乎看不到他。他吃了很多,特别是考虑到他以前从未喜欢过泰国菜。另一方面,他长得很快,你几乎可以听得到,他的口味和偏好变化得太快,她都有些跟不上了。

拿他的音乐品位来说,刚开始是嘻哈,然后不知不觉变成了瑞典朋克,有一段时间留着非常接近极右派的短平头。直到春天的一天,她发现他在听大卫·鲍伊的歌。

想到这儿,她笑了。她下班回到家,听到的是《太空星尘》的旋律,刚开始,她还接受不了这个事实,那就是她的儿子喜欢听她在他那个年龄也喜欢的音乐。

但是今晚都是关于足球的,他在这方面的偏好从未改变过。

他一直支持西班牙国家队,它让其他对手看起来只是排行榜顶端短暂的过客。他在每个顶级联赛里都有一支最爱的球队,而它们从未改变过,尽管它们很明显无法和哈马比队相提并论。那些条纹永远不会褪色,她微笑着想。

比赛直播的第一个进球没过多久就出现了。约翰支持的球队在庆祝,他也很快加入了这个行列,从沙发上跳起来庆祝。"好球!你看到了吗?"他的脸上挂着灿烂的笑容,他探身过来,举起手要跟她击掌,她便举起手来跟他击掌,虽然有些意外。"上帝,真是太精彩了!"

"真的非常精彩,"她赞同地说道,"我差点没看到!"

简单谈论了那个进球以及之前的那脚传球之后,他们陷入了沉默,珍妮特觉得这跟她和赫提格之间常常出现的沉默很相似,那种让她感到轻松的沉默。当她努力寻找一个不太愚蠢、又没有妈妈的架子的方式说今晚是多棒时,他先开口了。

"该死,妈妈。我们不用一直说个不停,这样真好。"

她感到温暖传遍了全身。她甚至不在意他的脏话,不过她也不太注意自己的用词了。阿克总是迅速指出来。

"跟你一起看球,比跟爸爸一起看球有意思多了,"他继续说道,"他总是说个不停，裁判的吹罚没问题时他也会抱怨。"

她禁不住笑了起来。"是的，这点我同意。有时我不禁会想，他是不是觉得那些比赛都是关于他的。"

也许这对阿克有些刻薄，尽管是实话。但她还是为约翰说的话感到深深的满足，她也知道其中的原因。她不知道他是否注意到了，她和阿克似乎开始了某种竞争。父母争看谁更值得约翰的忠诚。她猜现在自己可能领先一两个球。

"可怜的爸爸，"过了一会约翰说，"亚历克斯对他并不太好。"

三比零，珍妮特幸灾乐祸地想，然后立刻感到胃里发胀。

"噢？什么意思？"

他扭了扭身子。"噢，我不知道……她总是不停地谈论钱，他也不明白，只知道点头，也不读一下就签字。看起来是他为她工作，而不是反过来，本该她为他工作的，不是吗？"

"你喜欢跟他们待在一起吗？"刚说出口珍妮特就后悔了。她不想重新做回爱打听的妈妈，不过约翰似乎并不在意。

"喜欢跟爸爸待在一起，不喜欢跟亚历克斯在一起。"

中场休息的时候，他清理了桌子，把剩下的薯条倒进一个碗里。她注意到他最近开始把马桶盖放下了。这些小的举动都表明他想给人留下好印象，做一个好儿子。

小事情，她想。上帝，我多么爱你啊，小约翰，尽管你已经没那么小了。

"嗯，我……"他只是重新坐下，脸上带着害羞的笑容。

"怎么了？"

他在口袋里摸索，拿出他的小皮夹，上面印着球队的队徽。他翻找现金隔层，最后找到了要找的东西。

一张小照片，护照大小。他迅速看了一眼，然后把它推给她。

那是一张漂亮女孩的照片，黑色的头发乱蓬蓬的，竭力装出凶恶的表情。

珍妮特疑惑地看了看约翰，当她看到他闪烁的眼睛时，她意识到照片里的女孩也有一张他的照片。

瞭望山

索菲娅·柴德兰步入斯德哥尔摩市图书馆宽敞明亮的圆形建筑，放慢脚步，聆听那份安静。时间还早，图书馆里几乎是空的。只有几个人歪着头，沿着这栋三层建筑的中央大厅弧形墙壁前摆放的书架走动。

藏书库中收藏了近七十万本书，而且在这里，没有人打搅她。每个人都忙于自己的事务。你所能听到的只有缓慢的脚步声，纸张翻动的哗啦声，还有时不时轻轻合上书的声音。索菲娅抬着头，开始数那些书架、分区，棕色书脊的书，红色、绿色、灰色和黑色。她低头看着地面，抛开这些难以抑制的想法，把精力集中在她来这里的原因上。

她最感兴趣的是传记，还有一本旧一些的关于施虐狂和性的书。她走到一台查询终端机前，看这些书是否在馆内，发现馆内有书，便朝咨询台走去。

图书管理员是一位中年女人，头发和肩膀都被头巾盖着，她全身黝黑，索菲娅猜她应该来自中东。

那个女人看起来很熟悉。

"要我帮忙吗？"她的声音冷静而又温柔，索菲娅只听出一丝诺尔兰口音。也许是波斯人，或者阿拉伯人？

"你能不能帮我找一下理查德·洛里那本关于安德烈·齐卡提洛的书，以及卡拉夫－埃宾的《性倒错》？"

女人默默地敲进书名时，索菲娅注意到她的眼睛一只是棕色的，另一只确是浅绿色的。她可能瞎了一只眼，很可能是事故导致的色素受损。一个不平静的过去，有人可能打过她。

"你的停车许可过期了。"女人说道。

索菲娅吃了一惊。女人说话的时候嘴唇却没有动，她的头依然低着，那双奇怪的眼睛盯着电脑屏幕，而不是看着她。

该去延期了。你应该把它停在车库里，那辆车不喜欢待在外面这么久。

停车许可？她不记得上次开车是什么时候了，甚至没有想过，更加不记得它现在停在哪里。

"对不起，你没事吧？"女人抬头看着她。她那只受伤的浅绿色的眼球比那只健康的小很多。索菲娅不知道该看哪一只眼。

"我……只是有点头痛。"

突然，她确定自己从未见过这个女人。

管理员露出了担忧的笑容。"你想坐一下吗？我可以给你接杯水，拿点阿司匹林……"

索菲娅深吸一口气。"不用担心，你找到那两本书了吗？"

女人点点头,站起身来。"跟我来,我把位置指给你。"

当她轻声跟在管理员身后时,她想到了自己的愈合过程。它就是这样的吗?一片一片地,她头脑里的鬼魂被一个个地揭露出来。

一切都变成了一场身份的游戏,其中也包括陌生人。她的自我是那么自恋,以至于她觉得自己认识每一个人,其他人也认识她。她处于世界的中心,她的自我还是一个孩子的自我。

这是维多利亚·伯格曼自我的感觉,这是一个非常重要的认识。

她现在认识到,那个头发盘成一个圆髻、她好几次看到走在街上的女人,只是她自我意识的映像。

她看到的是她的母亲,比吉塔·伯格曼。很明显,是她内心压抑的心灵鬼魂之一。

找到书以后,她便在一张桌子边坐下来,拿出前一天晚上在上面写字的笔记本。二十页对她女儿的思考,她决定花一两个小时去了解玛德琳,然后再开始读洛里和卡拉夫-埃宾的书。

她感觉非常敏感,她知道自己必须好好利用这种状态。

中央车站

珍妮特把闹钟往前调了几个钟头,好开车送约翰去学校,可是她这次却比平时更晚了,因为她那辆破奥迪第无数次在古尔马斯普兰抛锚。她把车停到路边,也懒得生气了,就打电话叫拖车。她决定,尽管阿伦德颇费了一番功夫,这辆奥迪还是要去它最终的归宿,位于胡丁厄的废车场。

她知道她需要一辆车,而现在的经济状况不允许她买一辆新的。可她又太过骄傲,不会跟阿克要钱。

走下地铁站的时候,她想着约翰。跟他说再见并没有她想象中的那么困难。他们分开时,她多年来第一次没有感到他们之间还有很多没有完成的事情。

刚走进地铁,她的手机就响了。她看到是赫提格,她突然想起来他前一天跟她说他妹妹的事。太他妈悲剧了,能说的大概只有这些。

她在车厢尽头一个靠窗的座位上坐下,然后接通了电话。

"我有两件事要告诉你,"他说道,"两件事都非常惊人。"

她能听出来他是多么兴奋。"你说。"

"差不多当我们在杜勒位于洪杜登的住所时,夏洛特·西尔弗贝里自杀了。"

珍妮特感觉自己突然聋了,"你说什么?"

"芬兰的客轮,辛德瑞拉号,前天晚上。据许多目击者说,夏洛特·西尔弗贝里一个人在甲板上。她爬到栏杆上,跳了下去。目击者没时间阻止她,不过他们立刻报告了海岸警卫队。"

车厢里的广播说下一站是中央车站,珍妮特努力理解这个消息。不,她想。不会又是自杀。"你刚刚说有许多目击者?"

"是的,毫无疑问。今天上午海岸警卫队找到了尸体。"

那么,清楚不过是自杀了?先是琳内娅·伦德斯特劳姆,现在是这个。另一个想把自己抹掉的家庭。

但是她还是禁不住觉得可疑。

"让人给船运公司打电话,要乘客名单。"她说。这时地铁停了,她站起身。

"乘客名单?"赫提格有些惊讶,"干什么用?就像我说的——"

"是自杀,我知道。不过你真的觉得夏洛特·西尔弗贝里是那种会自杀的人吗?"她走到站台上,朝着通往蓝线的楼梯走去,"我们上次见到她的时候,她想出去一阵子,喝几杯红酒,去见她的偶像拉斯·哈尔斯特劳姆。万一是船上发生了什么事才让夏洛特·西尔弗贝里作出那个致命的选择呢?"

"我不知道,"赫提格疲倦地说道,"不过船上有超过十个人都肯定了当时的情形。"

她停在了第一个台阶上,靠着栏杆。"对不起,也许是我没说明自己的意思。"好了,她想,保持镇定。也许是我想太多了,"你可能是对的,我们先不联系船运公司。你说还有另外一件事?"

她听着赫提格说,自己很快穿过人群,慢跑下楼梯。

他刚刚说的话,意味着他们必须把其他的一切放到一边。

一个名叫伊万·罗文斯基的乌克兰人因为一起失踪案要找她,他来自乌克兰秘密警察位于基辅的跨国犯罪部门。

她六个月前发给国际刑警组织的移民男孩死亡案的卷宗现在终于起作用了。DNA 配对。

玛利亚山——索德马尔姆

索菲娅·柴德兰决定走去上班,在斯鲁森,她选择了更远的一条路,走到玛利亚山顶上，走过那部旧电梯。

她装书的书包很沉，当她走过塔瓦斯特大道的鹅卵石路面时，书袋摩擦着她的臀部，在贝尔曼大街路口，她决定去"主教的手臂"餐馆，边吃午饭边看书。

她点了当天的特色菜，找到了一个角落里的座位。等着上菜的时候，她开始翻看那本关于俄罗斯连环杀手安德烈·齐卡提洛的书，但是被不甚准确的瑞典语版本书名《大屠杀犯》分了心。"大屠杀犯"指的是杀戮不是因为个人的原始本能，而是出于意识形态的原因，并开发出了大规模屠杀的方法。在野蛮的系列杀人案中，齐卡提洛一次只杀一个人。

她发现，每隔一个章节，都会讲述那个最终破获那起受害者超过五十人的案件的警察，她决定跳过这些章节。她想知道齐卡提洛是如何运作的，而不是去看警察的调查工作。令她失望的是，她很快就发现，书里大部分都是对谋杀案件的描述以及对凶手想法的捕风捉影的猜测，完全没有对他的心理进行深入分析。

尽管如此，她还是找到了几个有趣的观点，抵挡住了把那些书页撕下来的诱惑，她把那些想在组织自己的想法时利用的页面折起来。那个无法控制内心的冲动且毫不顾虑污损书本的人是维多利亚，索菲娅明智而克制，她想，同时她感觉到鞋子把脚磨得很痛。一切都是有代价的。

当服务生把食物端过来时，她又点了一杯啤酒。她吃了几口，但是意识到自己并不饿，这时，一群德国人走进了餐馆。他们在隔壁的桌子边坐下，其中一个女人转过身，用德语对索菲娅说。"您一定很为他感到骄傲吧？"

"是，非常骄傲。"索菲娅回答说，她完全不知道那个女人在说什么。

她把盘子推开，继续读那本关于安德烈·齐卡提洛的书。读了一会儿，她确认了一个模式，想跟珍妮特讨论。她在空白处做了一些笔记，然后拿出手机。珍妮特几乎立刻就接听了。

其实没什么要说的，她只是想确保她们的会面安排没变，而一听到珍妮特的声音，索菲娅就重新意识到她想她了。

珍妮特没有忘记她们要见面的约定，不过听起来压力很大。索菲娅觉得珍妮特有很多工作要做，所以就没有多说。"那办公室见，"她说，"我们可以去我最喜欢的酒吧，喝几杯啤酒，花上个把钟头聊聊工作的事。然后，我们可以叫个出租车去你那里，好吗？"

珍妮特笑了。"再谈谈工作之外的事。很好，大大的拥抱。"

肯定不能去我那里，索菲娅想。公寓里到处都是维多利亚的笔记、剪报和纸条。

她要尽快处理掉那些东西。全部烧掉。

她把齐卡提洛的传记放到一边，拿出那本关于施虐狂和性的旧书。书保存得好得令人惊讶，很可能是很少外借的缘故，她很快就知道了其中的原因。《性倒错》是用过时且冗长的英语写就的，很难理解。读了半个小时后，她觉得这本书在很多方面都毫无价值，不仅是因为她无法完全理解它，更因为其中的结论也都过时了。她在十七岁时就看透了弗洛伊德，从那之后，她就一直对用象征性的方式看待问题以及坚不可摧的理论持怀疑态度。她不理会任何关于女性的感受和欲望的东西，因为这些东西毫不例外都是男人写的。这一立场，她从未动摇过。

另一方面，她依然觉得弗洛伊德关于原欲、求生本能和性欲的观点还算中肯而有趣。他认为原欲以及侵犯是人类最强的推动力。

吸引，渴望，欲望以及肉欲，加上暴力。

索菲娅合上书，站起身，走到吧台区结账。她递给服务生几张纸币。"他们是谁？"她问道，同时朝那群德国人点了点头。

"那帮德国人？"服务生笑了，"他们在朝圣，追随伟人的脚步。他们痴迷于有关他的轶事。"

"伟人？"

"是的。斯蒂格·拉森，你知道吧？"服务生笑着把找零递给她。

离开餐厅后，她再次拿出笔记本。她想着玛德琳，一边沿着鹅卵石路面走，一边写下了几行字。

她的字几乎认不出来。

"玛德琳是她母亲的妹妹，父亲同时也是她的祖父，她绝对有理由对他们恨之入骨。如果我不知道是我放火烧了韦姆德的房子，我肯定会觉得是玛德琳干的。"

克鲁努贝里——警察总部

延斯·赫提格坐在珍妮特桌子对面的椅子上，听着她和扩音器中的那位乌克兰警察伊万·罗文斯基的对话，兴趣越来越浓。

施瓦茨和阿伦德则站在门口听着。

"他在哪里不见的？"珍妮特重复道，因为她没有听清那个基辅地铁站的名字，那是那个男孩经常出现且最后一次被人看到的地方。

"斯勒茨，斯勒茨地铁站。靠近巴比谷。没关系，我会把事情的经过发给你。"

"奇怪了。"施瓦茨咧着嘴说,"在世界一端的地铁站消失了,然后在世界的另一端被找到了。当然,只不过处境更糟糕了。"

珍妮特看了他一眼,施瓦茨立刻闭上了嘴,他意识到是时候离开了。

赫提格都怀疑施瓦茨是怎么得到他的警徽的。

"你说在斯勒茨地铁站有两个人失踪。两个男孩,都是童妓,是兄弟。伊特库尔和卡拉库尔·苏姆巴耶夫,对吗?"

"没错。"罗文斯基回答说。

一阵长久的沉默。赫提格猜珍妮特是在等待一个更加清楚的回答。

"卡拉库尔依然没有找到?"她问道。

"是的。"罗文斯基回答。

"那么他们跟……对不起,我没有记下来,克索——"

"克孜勒奥尔达州。父母是来自哈萨克斯坦南部的吉卜赛人。两兄弟出生在基辅郊外的罗曼基。记下了吗?"

"是的……"赫提格看到珍妮特皱着眉头做笔记。

"好了,"罗文斯基说,赫提格觉得他好像在打哈欠,"困了。保持联络?"

"当然,谢谢。"

"你两钟头后会收到我们制作的嫌犯图像。谢谢,击尔伯格小姐。"

扩音器咔哒一声,伊万·罗文斯基挂了电话。

"击尔伯格。"赫提格笑着说,"如果你觉得你的名字该这么念的话,他一定觉得很好笑,考虑到你的工作性质。"

珍妮特似乎没有注意到他的玩笑话,她在想其他的事。当她这样集中精力时,你很难影响到她,他想。他然后看了看表,早过了午饭时间。"怎么样?我们出去吃点东西?"

她摇了摇头。"不,我现在吃不下。不过倒想散散步。"

五分钟后,他们沿着伯格大道朝国王岛教堂走去。赫提格浑身发抖,他搓着手好让血液加速循环,感觉自己老了。他的身体开始觉得冷了,这在之前从没有过,他知道唯一有用的就是冲个热水澡。不过这要等一等。

烤肉店门边站着一个老人,在用一把走了音的小提琴弹奏熟悉的曲子,赫提格非常想知道他是如何在这么冷的天气里保持手指温暖的。曲子听起来并不好,不过他还是在老人脚边的小纸杯里放了一张二十克朗的纸币。

赫提格走进去,点了一大份烤羊肉串。"我可没办法像你一样空着肚子思考,你告诉我我们该怎么做。"他打开袋子,拿出那捆用锡箔纸包着的肉串,开始吃皮塔饼。

"有一点让我觉得很奇怪,"珍妮特说,"实际上正是施瓦茨的蠢话让我意识到了这一点。"

"好吧,我不明白。"

"那个男孩在地铁站消失,同样也在地铁站被找到。你觉得是巧合吗?"

"说实话,我不知道。"

"这么说吧,"她继续说,"同一个人在基辅抓了他,然后把他抛在了斯德哥尔摩。我觉得这个人经常在东欧旅行,或者就来自那里,了解那片区域,知道他在做什么。"

"你怎么能这么肯定——"

"我并不肯定。我刚说的是'我觉得',而不是'我肯定'。"

赫提格咬了一口肉。"罗文斯基说两个吉卜赛兄弟同时消失了,"他边吃边说,"其中一个是我们找到的男孩,另一个还没有找到。这一点你怎么想?"

"我觉得另一个孩子也死了,现在正躺在斯德哥尔摩的某个地方,等着被发现。"

"你可能是对的,"他让步了,"嫌犯图像呢?你觉得我们能从中得到什么信息吗?"

她耸了耸肩。"很可能得不到太多信息,考虑到那是根据一个可能看到了嫌犯劫持男孩的目击者的描述做成的。而目击者又是一个瞎了一只眼的八岁小女孩,她也说不出那个人的年龄。你记得罗文斯基说的吗?那个女孩在一次询问中说他四十岁,另一次询问中又说他很老,不过,当然我们都知道你不能相信一个孩子对某个人年龄的估算。"

他把剩下的羊肉串扔进垃圾桶,然后他们回到警察总部,进入电梯后,他打开那袋炸薯条。珍妮特的手机响了,她立刻露出了笑容。

"嗨,你好吗?"

赫提格想应该是索菲娅·柴德兰。她接电话的时候,他看着珍妮特的脸。是的,她一定是恋爱了,他想。

她不停地按电梯按键,好像这样能让电梯跳过几层,快点上去一样。

"当然,太好了。我的车坏了,所以我会坐地铁过来接你,然后我们就顺其自然。"

赫提格猜她们会先出去吃晚饭,然后回到珍妮特位于盖姆拉·安斯基德的住处,约翰跟阿克在一块儿,她们俩可以独享整栋房子了。

而且,又是周五晚上,她们可以喝上一两杯。

"谈谈工作之外的事,"珍妮特笑着说,"很好。大大的拥抱。"

赫提格大口吃着薯条，这时叮的一声，电梯门开了。珍妮特把手机放回上衣口袋，若有所思地看着他。"我觉得我跟索菲娅相爱了。"让他出乎意外的是，她说道。

玛利亚广场——索菲娅·柴德兰的办公室

索菲娅已经在办公桌前坐了两个多小时了，通过网络和她拿到办公室的书研究安德烈·齐卡提洛。她开始把并不算少的材料汇集起来，这些可能会对珍妮特有帮助。

在将近十年的时间里，齐卡提洛在黑海东部周围的乌克兰南部以及俄罗斯杀害了五十多个人。他杀的都是小孩，男孩和女孩，几乎毫无例外，男孩都被阉割了。有几次，他吃掉了受害者的部分躯体。

她看着笔记。

极度的猎食性行为，嗜食同类。

阉割，博取关注。

他为什么没有把受害者掩藏得更加隐蔽？她不明白，思考着齐卡提洛和斯德哥尔摩的谋杀者。这确实是一个未被回答过的问题。

索菲娅觉得凶手想表达他的羞愧。这可能听起来有些矛盾，不过，一个被如此怪异的性冲动驱使的人可能很早就意识到了自己的不同与乖张。公开表达自己的羞愧不仅是悔恨的表现，而且是在寻求接触。她对阉割的行为也有一些想法，她希望能跟珍妮特说说。

她看着电脑屏幕上的时钟。还有不到一个钟头的时间，她想。她知道要让珍妮特相信她的结论是正确的有些困难，因为感觉太过病态，让人难以接受。

当奇卡提洛杀了女人之后，他就吃掉她们的子宫。在移民男孩被杀的案件中，警方并没有发现任何嗜食同类的证据，但是尸体的生殖器都不见了。她的理论还没有完全成型，她需要再多想几次，再开口跟珍妮特讨论，这个讨论有可能把这个晚上都搞砸。

她读到的关于奇卡提洛的东西让她感到恶心，她必须限制细节的数量。

嗜食同类，她想，看着桌子对面的空椅子。

她记得，春天的时候，当塞缪尔·柏过来找她治疗的时候，好几次他们坐在这里讨论这种现象。塞缪尔说叛军把嗜食同类用作对受害者的亵渎和侮辱，但是其中也有某种宗教仪式的成分。

吃掉心脏便可以侵吞敌人的力量。

他还说了什么？

她突然又感觉头痛了，跟今天早些时候一样的抽动的疼痛。一条锯齿状的条纹在她眼前不停地闪过，让她什么都看不清。偏头痛。不过大概过了三十秒，头痛就消失了。

索菲娅站起来，走到文件柜前，里面放着档案。她打开柜子，迅速找到了塞缪尔的档案，拿着它回到桌子边。

打开以后，她发现里面只有一张纸，一读上面写的字，才明白上面只是第一次试探性会面以及之后两次会面时的笔记。没有其他会面时的任何记录。

索菲娅拿出日记本，她在上面记录了所有的会面。

他们五月份见了九次。六月、七月和八月，他每两周来一次，总是很准时，从未错过一次会面。她的日记清楚不过地显示，塞缪尔来见她四十五次。她知道这是正确的，不需要再输一遍。她的记录还显示他们每周一见面十五次，周二见面十次，七次是周三，剩下八次是周四。他们只在周五见过一次面。

索菲娅合上日记本，出去找安-布里特。

"你能帮我看一下塞缪尔·柏一共来过多少次吗？"她说，"我觉得我可能忘记给哈塞尔比的社会服务部门开发票了。"

安-布里特皱着眉头，看起来有些惊讶。

"不，你没有忘记，"她说，"已经付过账了。"

"好吧，不过他到底来过多少次？"

"只有三次，"安-布里特说，"在他袭击你以后，你就决定不再见他了。这个你肯定记得吧？"

正当头疼再次袭来时，索菲娅瞥到珍妮特走进了门。

玛利亚广场——索菲娅·柴德兰的办公室

"抱歉，我有点迟到了，"珍妮特说着抱住了她，"今天糟透了。"

索菲娅一动不动地站在那里，脑海里回荡着安-布里特的话。

"只有三次，"安-布里特说，"在他袭击你以后，你就决定不再见他了。这个你肯定记得吧？"

不，索菲娅不记得了。她不知道发生了什么。一切都分崩离析了，同时又在聚合过来。

她在脑海里看到了塞缪尔·柏。他一次次地坐在对面，跟她讲述他在塞拉利昂的成长经历以及曾经遭受的虐待。为了唤起他的一个人格，她还曾经递给他一个摩托车模型，那是她从隔壁的牙医约翰逊那里借来的。

一辆1959年产的漆着红漆的哈雷-戴维森摩托车模型。

当他看到那辆摩托车时，他就像变了个人。他之前还打过她，还……

现在，她才想起整件事的经过。

……双手抓着她的脖子把她拽起来，就像拽一个洋娃娃。

索菲娅意识到她把自己的记忆混淆了，还用许多不同的事创造了新的记忆。把数以百万计的水分子挤成一个雪球。

索菲娅能感觉到珍妮特抱着她的双臂，以及她脸颊的温度。皮肤贴着皮肤，跟另一个人如此接近。

黏黏的巧克力蛋糕，她想，同时听到了她母亲的声音。

两个鸡蛋，四分之一升糖，四勺可可粉，两茶匙香草糖，一百克黄油，一分升面粉，还有半茶匙盐。

"抱歉，我有点迟到了，今天糟透了。"

"没关系。"她说，从拥抱中挣脱。

她回到现实中，她的视野扩大了，听力恢复了正常，同时，她的心跳速度也降低了。索菲娅看着接待员。"我要走了。明天见。"她说着拉着珍妮特朝门走去。她们走到大堂里，走进电梯。

当电梯门关上，电梯朝下走以后，珍妮特朝她走近一步，两手捧着她的脸，亲吻了她。

刚开始，索菲娅整个人僵住了，她吃了一惊，不过慢慢地感觉镇定的感觉传遍全身，她的身体松弛了，她闭上眼睛，回应着她的吻。那一瞬间，一切都静止了。索菲娅的脑袋里完全安静了，当电梯最终停下来、她们的嘴唇分开时，她的感觉只能用幸福来形容了。

发生了什么？她想。

一切都发生得那么快。

开始，她坐在办公桌边，然后她看了一遍塞缪尔·柏的档案，安-布里特说他只来过三次。之后珍妮特到了，吻了她。

她看着时间。一个小时？

她回想着，很快就意识到她的记忆中有一段空白。过去的一个小时仿佛快进了，珍妮特的吻则像是停止键。索菲娅的呼吸平静下来了。

三次？她想，不过她知道这点没错。

她清晰地记得跟塞缪尔·柏三次见面的情形。

其他的便不记得了。

其他的记忆都是假的，跟她在塞拉利昂为联合国儿童基金会工作期间的记忆混淆了。一切都变得越来越清晰，她对珍妮特笑了笑。"很高兴你来了。"

她们步行前往索德马尔姆的路线跟梦游者走的路线很像。一条半圆形的路线，从斯韦登伯格大道到南站，然后再到二环路，经过克莱瑞恩酒店，向北转入恩斯提亚纳斯街，朝维塔山走去。

珍妮特的声音在她耳畔低声作响，她的手揽着她的腰，在她脖子上轻轻地吻了一下。她呼吸的温热。

"工作慢慢有了起色，"她继续说道，"我们在图里尔德斯普兰发现的那个男孩身份确定了。他叫伊特库尔，是失踪了一段时间的两兄弟中的一个。"

这种平静让索菲娅非常愉快。她异常脆弱，愿意听任何对她说的话，也为维多利亚可能作出反应的可能性做好了准备，不过她依然感觉非常平静。

是时候放下戒备、顺其自然了。

"两兄弟中的另一个呢？"索菲娅问道，尽管她非常确定那个男孩死了。

"他的名字叫卡拉库尔，依然失踪。"

"请起来像是贩卖人口。"她说。

"两兄弟当时是男妓。"珍妮特叹口气，陷入了沉默，不过索菲娅明白她的意思。她能清楚地看到事件的经过，仿佛有人告诉了她一样。

手臂再次揽着她的腰，又一次感觉到珍妮特呼吸的温热。"我们得到了一张嫌犯图像，"她说，"不过我抱的期望不大。目击者是一个瞎了一只眼的八岁小女孩，至于那张图像的脸，它——该怎么说呢——很平淡无奇？尽管我已经盯着它看了半个下午，现在脑海里还是没有一点印象。"

索菲娅点点头。当她制作凶手档案的时候，脑海里从未有过面孔，只是一块白板。这类凶手是可以有任何面貌的，直到他们被捕，你会发现他们看起来跟别人没什么两样，就像个大街上的普通人。

"还有卡尔·伦德斯特劳姆和博-奥拉·西尔弗贝里，"珍妮特继续说，"我们知道是谁杀了他们。她们是汉娜·奥斯特伦和杰西卡·弗里贝里。她们还杀害了教堂下面的那个无家可归的女人。她们已经自杀了,你可能已经在报纸上看到了。几乎牵涉到的每一个人都在锡格蒂纳上过学。"

索菲娅回答了珍妮特,不过她听不到自己说了什么。很可能是她并不惊讶的话吧,不过她其实是惊讶的。

汉娜和杰西卡?索菲娅想。她知道她应该比现在反应得强烈些,不过她只感到空虚,因为这不可能。维多利亚了解汉娜和杰西卡,她们不可能杀人。她们是喜欢狗的冷漠的小女孩,珍妮特全搞错了,不过她还不能跟她说这些。

"你怎么如此确定是她们两个干的?"

索菲娅感觉她能在珍妮特的眼中看到一丝迟疑。"有几个原因。别的不说,我们有一张汉娜·奥斯特伦杀害弗雷德丽卡·格鲁内瓦尔德的照片。她有一个非常显著的特征,她没有了右手无名指。"

索菲娅知道这是真的。汉娜被狗咬过,最后被迫切除了无名指。

然后……珍妮特的解释听起来还是太过牵强。

现在,索菲娅主动吻她。她们在邦德大道上的一扇门前停住,珍妮特的手臂滑进索菲娅的外套内。

她们在门口站了片刻,在彼此温暖的怀抱中。

身体上的亲近可以如此令人解脱。这五分钟里,思绪四散开来,只在之后形成了全新的、更加清晰的结构。

"好了,"珍妮特最后说道,"我饿了,午饭什么都没吃。"

珍妮特严肃地看了索菲娅一眼,同时打开了酒吧的门。"夏洛特·西尔弗贝里自杀了,"她说,"前天晚上,好几个人看到她从一艘芬兰客轮上跳了下去。感觉此案涉及的所有人都提前死亡了。现在只剩下安妮特·伦德斯特劳姆了,我们都知道她现在处于什么状态。"

当她们走进上了釉的门廊时,索菲娅并没有想着安妮特或者夏洛特。

她在想着玛德琳。

珍妮特打断了她的思绪。"让我烦心的,"她边脱下外套外说,"是我从未见过维多利亚·伯格曼。"

索菲娅感到自己的皮肤紧绷收缩了。

"可笑的是,我确实跟她说过一次话。"

你好,我叫珍妮特·科尔伯格,斯德哥尔摩警察局。其实是你父亲的律师给了我你的电话,他想知道你能否作为你父亲的品德信誉见证人,出席即将到来的庭审。

"有什么可笑的?"索菲娅说。

"她得到了一个保密身份,所有的官方记录都消失了。不过我见到了她之前的心理治疗师。"

索菲娅已经知道珍妮特接下来要说什么了。

"我们从那之后再也没见过,奇怪的是,我竟然没有想到在电话里跟你说这件事。维多利亚的心理治疗师跟你的名字一模一样,她现在住在仲夏花环的疗养院里。"

斯德哥尔摩,1988

默默地走,不要默默地走开。
看到危险,始终看到危险。
无休止的谈论,重建生活。
不要走开。

上次。永别,她们最后一次见面。

如果按照她的意思,她会继续见她,不过她所作的决定意味着她要完全背离自己的意愿。

维多利亚·伯格曼再也不能见索菲娅·柴德兰了。

她敲了门,但是并没有等人回答。索菲娅正坐在客厅里织衣物,当她进入房间时,抬起头看着她。她的眼睛看起来很疲惫,很可能她昨晚也没睡,可能她也在想她们即将到来的别离。

索菲娅的笑容跟她的眼睛一样疲惫。她放下手里的活计,示意维多利亚坐到沙发上。"你想喝点咖啡吗?"

"不,谢了。我还能待多久?"

索菲娅谨慎地看着她。"一个小时,就像我们之前说好的。是你提出来的,你让我承诺不会作任何说服你改变主意的尝试。"

"我知道。"她在沙发上坐下,尽量离索菲娅远一些。这是个正确的决定,她想。这是最后一次,必须正确。

但是她内心很不情愿。她很快就能拿到纳卡地方法院的裁决,然后维多利亚·伯格曼便不再存在了。一部分的她觉得跟自己的缘分还没结束,维多利亚不会仅仅因为法律上的安排而就此消失。另一部分的她明白这是个完全正确的决定,是唯一让她愈合的可能。

变成另外一个人,维多利亚想。变成像你一样的人,她迅速看了一眼心理治疗师。

"还有一件事,我们没有谈完,"索菲娅说,"因为这是我们最后一次谈话了,我想——"

"我明白你的意思。在哥本哈根发生了什么,还有奥尔堡。"

索菲娅点点头。"你想告诉我吗?"

她不知道从何说起。"你知道我去年夏天生了个孩子,"她试着说道,索菲娅用鼓励的眼神看着她,"在奥尔堡的一家医院里……"

为她产子的是那个爬行动物。在生产过程中,爬行动物忍着疼痛,几乎没发出一点声响。那只爬行动物挤出了一个蛋,然后爬开去舔它的伤口。

"他们把一个患有黄疸病的婴儿放进了恒温箱,"她继续说,"考虑到他是孩子的父亲,我是孩子的母亲,她很可能还有学习障碍。"

索菲娅为什么这么安静?只有那双眼睛看着她,鼓励着她。继续说,它们好像在说。不过她只能想到自己该说什么,但无论如何说不出口。

"你为什么不想告诉我?"索菲娅终于问道。

毕竟,当她把她丢掉在地上以后,她活过来了。

不过现在忘了她吧,忘了玛德琳。她只不过是一个穿着蓝色连体衣的蛋。

"有什么好说的?"她感到内心涌起一股怒气,但总比焦虑和羞愧要好,"那些混蛋偷走了我的孩子。他们给我下了药,然后把我拉到哥本哈根大学医院的江湖郎中那里,强迫我签了一大堆文件。维戈策划了一切。文件上说我在瑞典被宣布没有能力承担法律责任,文件上说本特有监护权,文件上说孩子比实际时间早出生了四周,因为那时我就成年了。如果我宣称自己在孩子出生时就成年了,他们就拿出文件,上面说我被认定没有能力承担法律责任。如果我敢说孩子是在某天出生的,他们就拿出另外一份文件,说孩子是在四周之前出生的,那时我还没有成年。所有那些该死的文件,无法违抗的大名。我现在成年了,不过当时没有成年,孩子出生的时候。那时我有精神病,而且没有监护权。而且,在他们的文件上,我才十七岁,而不是十八岁,我只是想确认一下。"

"你说什么?他们强迫你放弃了自己的孩子?"

我不知道,维多利亚想。

她当时很被动，很可能其中也有自己的一份责任。但是她当时差不多没有任何反抗能力。

"差不多吧，"她顿了顿说道，"不过现在不重要了。也没用了，没一点用了。他们有法律的支持，而我只想忘记一切。忘记那个该死的孩子。"

她只想再见一次孩子。不过他们不让她见，她还是见到了，她追踪孩子，找到了她的养父母家，在那对瑞典人在哥本哈根的温馨的房子里，也就是在那时，她把孩子扔到了地上。

很显然，她那时还不够成熟，还做不了人母。

她甚至抱不住孩子，也可能她是故意把她扔到地上的。

停下，停止思考。但是这不管用。

孩子完全不成比例，所以当你把她抱起来时，她就偏向一边，头太大了，她太他妈幸运了，脑袋撞到可爱的大理石地板时没有像蛋一样裂开，甚至没有流血。现在她终于证明自己没有能力为自己和自己的行为负责，所以，幸好当时她签了那些文件……

"维多利亚？"索菲娅的声音听起来很遥远，"维多利亚？"她重复道，"你感觉怎么样？"

她能感觉到自己在发抖，脸颊发烫。起初，整个房间看起来很远，然后突然变得很近，仿佛她的眼睛是一台相机，不到一秒内从远距离拍照模式更换成了宽屏模式。

该死，她想，她意识到自己像个婴儿一样坐在那里哭泣，感觉很无力。

"我希望你能接受你的记忆。"这是索菲娅对她说的最后一句话，维多利亚沿着小路朝公交车站走去的时候，她没有回头看，秋天偷偷地爬上了周围的树木。

接受我的记忆？我他妈怎么接受我的记忆？

它们必须走开，而你，索菲娅·柴德兰将会帮助我。但是同时我必须忘记你，但这怎么可能发生呢？

如果你知道我都做了什么就好了。

我盗用了你的名字。

当维多利亚填写保密身份的申请表时，她本以为别人会帮她选择一个新名字，然后通过某种方式连同她的新身份证号码一起分配给她。但是在其中一张表的底部，有三个空格，让她分别填入名字和姓氏，如果她愿意的话还有中间名。

她想都没想，就在第一个空格里填入了"索菲娅"，跳过第二个空格，因为她不知道索菲娅的中间名，然后在第三个空格里写上"柴德兰"。

还没等工作人员过来拿文件,她就已经开始练习自己的签名了。

维多利亚在公交车站的长椅上坐下,等着公交车过来,把她带进市中心,带往她的新生活。

收获家庭餐厅

现在,她什么都记起来了。她和索菲娅的见面以及在纳卡医院的体检。

她的清洗,她的愈合过程,已经进入了另一个阶段。她开始适应她的新记忆,反应也不再那么强烈。

她们在餐馆入口的左侧找到了一张靠窗的空桌子,当她们正要坐下时,珍妮特指着桌子上方的墙上一个小的铜质标志。"马伊的角落?"

"马伊·舍瓦尔。"索菲娅满不在意地说道,她知道这位作家几乎每天都光顾这里。

餐馆的主人是个荷兰人,他和他的瑞典妻子共同拥有这家餐馆。这时,荷兰人走到她们的桌边,向她们表示欢迎,并递上了菜单。

"这是你的地盘,你来决定。"珍妮特笑着说。

"这样的话,两品脱健力士,两份西博滕芝士派。"

老板称赞了她们的选择,她们等餐的时候,珍妮特告诉索菲娅约翰有女朋友了。

索菲娅问了一些问题,然后很快就意识到尽管参与对话的是她,但思考的却是维多利亚。她甚至不需要参与谈话,便会自发进行,这是一种非常特别又是同步发生的体验。就像同时拥有两个大脑一样。

索菲娅在跟珍妮特对话,维多利亚却在想着她的女儿。

这种同时发生的状态突然停止了。索菲娅再次完全集中在珍妮特身上,感觉准备好讨论凶手档案了。但是她决定,她们吃饭的时候先不说自己关于阉割和嗜食同类的理论,先从凶手的羞愧以及被人关注的渴望谈起。

她看了看周围。她们邻近的桌子都是空的,没有人会听到她们的谈话。"我觉得,关于那些移民男孩的谋杀案,我想出了一些东西,"她说,这时珍妮特刚开始吃,"我可能是错的,不过我觉得我们可能忽视了关于凶手心理的许多重要信息。"

珍妮特饶有兴趣地看着她。"所以呢?"

"我觉得阉割和对尸体进行防腐完全符合凶手的逻辑。通过把尸体制成干尸,男孩的童年被永久地保存下来留给后人。凶手把自己看成一名艺术家,而尸体是他的自画像。这是一系列的艺术品，其主题就是他关于自己性欲的羞愧。他想展示自己，而缺少生殖器便是一种标识。"

索菲娅想了想自己说的话，意识到自己可能太过绝对了。

他？她想。也可能是个女的，但是说成男的讲起来更容易。

珍妮特放下刀叉，擦了擦嘴，专注地看着索菲娅。"也许凶手想让人找到尸体？毕竟，有努力掩盖尸体，而艺术家总是希望得到大家的关注和欣赏，不是吗？我是说，我就曾经嫁给一个艺术家。"

她理解我的意思，索菲娅想，然后点点头。"他想做一次演出，给人看。我觉得他还没有结束。不被捕，他不会收手——"

"因为这就是他想要的，"珍妮特总结，"潜意识里，他想跟这个世界说些什么。最终，他将忍受不了默默地做这些事情。"

"差不多是这样，"索菲娅说，"我还觉得凶手在记录自己的所作所为。"她想着自己公寓里奇异的展示空间，"照片、笔记、强迫性的收藏，你熟悉'小纸人'的概念吗？"

珍妮特边吃芝士派边想。

"知道，"她最后说道，"当我接受训练的时候，读到了一个比利时警方调查一个谋杀了自己的兄弟的男人的故事。报纸上称他为'小纸人'，纸片男人。当警方搜查他的家时，他们在好几个地方都找到了一直堆到天花板的纸堆。"

索菲娅感觉嘴里发干，她把还没有吃一半的芝士派推到一边。"那么你明白我的意思。他在收藏自己，如果我能这么说的话。"

"是的，与之类似的说法。每个字、每个句子、每一片纸对他来说都很重要。我记得当时的证据太过广泛，他们几乎不能组成一个连贯合理的案子。尽管他们需要用来定罪的证据都在他的那所小公寓里，就在他们眼前。"

索菲娅喝了一小口苦涩的黑啤酒。"根据一个理论，病态或者成长受阻的本能冲动会通过多种异常的行为表现出来。例如反常的性幻想。如果本能冲动指向内部，指向个体本身，便会导致自恋和——"

"停！"珍妮特打断了她，"我知道什么是本能冲动，不过你能解释得再详细一点吗？"

索菲娅能感觉到自己变得冷漠无情了。如果珍妮特能理解这对她多么困难该多好。在谈论某个以折磨他人为乐、从别人的恐惧中得到满足的人时，她经受了多大的痛苦。她在说的，不仅关于别人，也关乎她自己。

关于她认为的曾经的自己，关于她过去的痛苦遭遇。

"本能冲动，就是动机，你渴望的、贪恋的、你想得到的。没有它，便不成其为人。如果我们在生活中无所求，便会躺下死去。"

索菲娅看了一眼她吃了一半的芝士派。如果她刚才能有那么一点胃口，现在也被吃光了。"人们普遍认为，"她机械地继续说，"本能冲动会被破坏性的人际关系阻碍，特别是童年时期和你的父母的关系。只要想一下那些不合理的强迫行为，比如害怕细菌或者疯狂地洗手。在这些案例中，生活中最重要的事情，其梦想和渴望就是变得干净。"

索菲娅陷入了沉默。每个人都想是干净的，她想。这是维多利亚一生的渴求。"那么，人们是如何对待它的呢？"珍妮特问道，同时把一块西博滕芝士派放进嘴里，"我的意思是，并非所有人都因为和父母关系不好而变成连环杀手。"

维多利亚看着珍妮特的好胃口，脸上露出了微笑，她喜欢眼中的她：一个不只对食物有好胃口的人，还有对知识和经验的胃口。一个本能冲动未受干扰的完好无损的人。令人羡慕。

"我不喜欢弗洛伊德，不过我同意他关于升华的说法。"维多利亚注意到了珍妮特脸上疑惑的表情，便解释道，"这是一种自卫机制，被压抑的需求得以表达，通过创造和艺术活动以及……"

珍妮特突然大笑起来，她的思路一下断了，珍妮特转过身，指着她座位上方的铜质标志。"所以，你，或者弗洛伊德的意思是，一个写了一本关于非人道凶杀案的作家本可能成为一个连环杀手？"

维多利亚也大笑起来，她们看着彼此的眼睛。她们保持这个姿势，抱着对彼此深深的认同，她们的笑声慢慢消失了，以惊奇替代。"继续。"等那一瞬过去了，她们镇定下来，珍妮特说道。

"如果我按着我的笔记读，会容易点，"索菲娅说，"如果你想让我解释什么，直接问我就行。"珍妮特点点头，嘴角依然挂着微笑。

"凶手在很多方面都是个孩子，"索菲娅说，"他的性别认同可能不确定，他很可能是性无能，从临床的角度来说。无能意思就是'没有能力'，这个人从他还是个孩子的时候就觉得自己无能。他可能是大家取笑的对象，被别人嘲笑，一个局外人。在这种孤立中，他为自己建立了一个天才的形象，而这正是别人无法应对的。他相信自己注定要成为一个大人物。他被复仇的欲望所驱使，但是当那天始终无法到来时，周围世界里的生活和爱的情景开始让他觉得恶心。他觉得这无法理解。当然，因为他是个天才。他的失意溢入了愤怒。他早晚会发现暴力让他兴奋，看到别人的性无能让他性兴奋。他自己感受到的同一种无能，可能反过来导致他走上了杀戮的不归路。"索菲娅放下笔记本。"那么,老板,有什么问题吗?"

珍妮特什么都没说,只是茫然地看着前方。"你功课做得不错,"她最后说道,"老板很满意。很高兴。"

沃尔玛·伊克斯库尔大道——索德马尔姆

珍妮特感觉有点醉了。吃了饭之后,她们又喝了两份啤酒,她还提出她们继续走一段,然后再打车回家。

"啊,我十四岁的时候曾经在这里醒来过。古老的玛利亚中心。"

珍妮特指着玛利亚治疗中心的入口,想起来在一个阳光明媚的夏日早晨,父亲发现他心爱的女儿酩酊大醉,身上到处是呕吐物,这绝不会让他高兴。前一天晚上,她跟几个朋友庆祝暑假的到来,明知可能会有灾难性的后果,还是喝了一整瓶柯尔酒。

"我还以为你是好姑娘呢。"索菲娅挑逗地抚摸着她的脸颊说。

她的触碰让珍妮特感到很温暖,她想尽快回到家里。"我也是,直到遇到你。我们不走了,打车回去,好吗?"

索菲娅点点头,珍妮特注意到她又露出了严肃而若有所思的表情了。

"我一直在想一件事,"索菲娅说,珍妮特则看着周围,找出租车,"你们找到塞缪尔·柏之后,你来到我的诊所,问了我一些关于他的问题,对吗?"

珍妮特看到远处的路上有辆空车。"当然,你见过他几次,不是吗?三次,我记得你说过。"珍妮特转过身,看到索菲娅吃了一惊,"没事吧?"

"你还记得你跟我说过你们怎么找到塞缪尔的吗?我是说,你是否向我透露了我无法知晓的细节?"

"我什么都告诉你了。比如有人击打了他的眼睛。如果没记错的话,是右眼。"她走到路上,朝出租车挥手,汽车停在了路边。

当她转过身时,看到索菲娅脸色苍白。珍妮特打开车门,探身进去。

"麻烦稍等一下,"她对司机说,"我们要去盖姆拉·安斯基德。你能等几分钟吗?请打开计价器。"

她用手揽着索菲娅,拉着她往远处走了几步。她能感觉到索菲娅在发抖,好像冻僵了。"怎么了?"

"没事,"索菲娅迅速回答,"不过我想让你再说一遍你上次说的关于塞缪尔的话。"

珍妮特看得出，出于某种原因，这对她非常重要。那次是她第二次见到索菲娅，从那时起她就被她迷住了。她非常清楚自己当时说了什么。

"我当时跟你说有人把他吊死了，然后把盐酸泼到了他身上。我们推测至少有两名凶手，因为塞缪尔太重了，一个人抬不动。我告诉你说绳子太短了。绳子要有一定的长度，这样自缢的人才能从站的地方够着绳套。"

索菲娅脸色惨白。"你肯定跟我说了这些吗？"她说，声音低如耳语。

珍妮特有些担心了，她一只手揽住索菲娅。"我当时觉得可以告诉你。我们谈了很长时间，因为你告诉我你治疗过一个女人，她被怀疑用同样的方法杀死了她的丈夫。很可能跟法医赖登提到的是同一个人。"

索菲娅的呼吸又快又浅。怎么回事？珍妮特想。

"谢谢，"索菲娅说，"我们回你的住处吧。"

珍妮特抚摸着她的头发。"你确定吗？我们可以先不坐出租车，再走一段，如果你想的话？"

"不，我没事。我们走吧。"

当索菲娅朝出租车走的时候，她突然弯下腰，吐在了鞋子上。三品脱健力士外加四口西博滕芝士派。

斯德哥尔摩，2007

你必须挺直腰板，直到你倒下，
然后死去。
我所知道的最直率的男人，
始终站出来维护我。

她要去胡丁厄医院的司法精神病鉴定中心见一个女人，她被怀疑杀害了她的丈夫。她难以集中精力，感觉劳累过度，疲惫不堪。她期盼能休个假，去纽约待几天。她调大了音响的声音，开始跟着唱起来。

噢，我康尼岛的宝贝，现在。我是康尼岛的宝贝，现在。

她想着那个刚来诊所跟她见面的男人。如果他不改变自己的性瘾，他妻子就要离开他了。他自己觉得自己对性刺激的渴望，只是因为他非常强大，还吹嘘说自己在欺骗妻子的时候是多么狡猾。他是多么擅长找不在场证据。有好几次，他说自己在市外工作，要晚点到家。他就在中央车站用现金买一张火车票。他手里紧紧地攥着车票，上了火车，找到检票员，然后在下一站下车。晚上到家以后，他会把检过票的车票放在厨房里的盘子上，他很清楚，他的妻子会去查证他的话是否真实。

索菲娅把车停在胡丁厄医院外面。她下了车，穿过医院大门。通过例行的安全检查之后，她被允许前往会见室。那个被怀疑杀了人的女人已经在桌子边的椅子上坐着了。

"整件事都非常不公正，"女人说，"我丈夫的死跟我没有一点干系。他自杀了，然后他们就拘捕了我。真的可以吗？"

"是的，"索菲娅回答，"我想是的。我来这里不是为了看你是不是有罪，而是来看你的。你知道自己为什么有作案嫌疑吗？"

"知道，也不知道。我在哥德堡工作了几天，然后回家的路上，在餐车里喝了点酒。我打车回家，当我回到公寓，就看到他吊在那里。我努力想把他放下来，但是他太重了，所以我报了警，叫了救护车。当我等着警察来的时候，我开始收拾东西，当然事后来看，这么做是非常愚蠢的。"

"什么是愚蠢的？"

"当我发现他的时候，电话簿在他之前站着的椅子上面。我不知道为什么，把它们捡起来，放回了原位。"女人哭了起来，"警察说那根绳子太短了，他没有别人的帮助不可能把自己吊死。"

索菲娅无奈地听着女人的讲述。看起来非常清楚，她丈夫发现绳子太短了，就把电话簿放到椅子上面，然后爬到上面。但是，警方非但没有安慰她，还怀疑她犯有谋杀罪，把她拷起来，关进了监狱。

盖姆拉·安斯基德——科尔伯格家

她们下了出租车，沿着车道朝珍妮特家的房子走去。院子里乱糟糟的，她为此感到羞愧，草坪没有修建，到处都是落叶。

珍妮特对索菲娅笑了笑，她们进入房子的时候，她的手机收到了一条信息。"他们已经到达酒店了。"她看了约翰发来的信息后，安心地说。

"我就说没必要担心的，你觉得阿克是因为感到愧疚才把约翰带上的吗？"索菲娅说。

珍妮特看着她。她脸上恢复了颜色，看起来也更清醒了。

她把外套挂好，然后接过索菲娅的衣服。"谁不感到愧疚呢？"

"嗯，比如你正在寻找的那个男人，"索菲娅立刻回答，显然很想继续她们在餐馆里的谈话，"但是如果有人能够虐待并谋杀儿童，那么他们很可能要比普通人拥有更为浅薄的良心。"

"对，这点肯定没错。"珍妮特走进厨房，打开食品储藏柜。

"如果这个人同时过着正常的生活，那么——"

"会吗？过正常的生活？"她拿出一瓶红酒，放到桌子上，这时索菲娅也坐了下来。

"是的，"索菲娅说，"不过要花费巨大的努力才能把不同的人格分离开来。"

"所以你的意思是一个连环杀手可能有妻儿，工作认真负责，也会见朋友，而不会露出他的双重生活？"

"没错。比起一个从外表看上去完全正常的人，一个不合群的人更容易找。同时，可能正是这种正常导致了变态的行为。"

珍妮特拔掉瓶塞，倒了两杯酒。"你是说日常生活的种种要求需要某种发泄？"

索菲娅没有回答，只是点点头，同时喝了一小口酒。

珍妮特也喝了一小口酒，然后继续说："不过这种人可能跟其他人有某种区别吧？"

索菲娅看起来若有所思。"是的，会有一些明显的迹象，比如，他的眼睛会焦虑地转动，可能不愿意做眼神接触，这些反过来会让周围的人觉得他很狡猾且难以接近。"索菲娅放下杯子，"我最近读了一本关于一个俄罗斯连环杀手安德烈·奇卡提洛的书，他的前同事说他们对他的印象非常模糊，尽管他们在一起工作了数年。"

"奇卡提洛？"珍妮特记不得这个名字。

"是的，来自罗斯托夫的食人者。"

突然，珍妮特想起了几年前在电视上看到的一部纪录片。

她看到一半的时候换了频道。

"拜托，我们能换个话题吗？"

索菲娅勉强对她笑了笑。"好吧，不过不能完全换，"她说，"我对凶手有个想法，想听听你的看法。我不会再谈论嗜食同类的行为，不过，在我告诉你我对案件的猜测时，你还是希望你心里能想着这个。"

"好的。"珍妮特又喝了点酒。血红色,感觉在葡萄的味道之后,还尝到了一丝铁的味道。

"凶手在童年时期发生了什么事,"索菲娅说,"某种影响了他一生的事件,我觉得跟他的性格认知有关。"

珍妮特点点头。"你为什么这么认为?"

"我先举个例子。这是一个真实的案例,一个五十岁的男子性侵了三个女儿,他实施暴行的时候,穿着女人的衣服。他声称自己儿时曾被迫穿成女孩的模样。"

"就像杨·米尔达一样。"珍妮特突然笑了起来。她情不自禁,而她也知道其中的原因。笑是一种对令人不快的话题的排斥反应。如果她要坐在这里,下意识里要想着嗜食同类的想法,那么她完全有理由笑一两声。

索菲娅被打断了思路。"杨·米尔达?"

"对,实验性儿童教养。七十年代的时候又非常普遍了,你记得吗?抱歉,我们跑题了。我不该打断你的……"

这个笑话看起来没有产生效果。索菲娅皱了皱眉,继续说:

"在某一类型的犯人的思想中,这是一个非常有趣的元素。凶手回到童年,回到他第一次认识到自己的性别的时候。那个五十岁的男人声称自己的性别认知是女性,一个年轻女孩,他还相信自己跟女儿玩的游戏在父母与孩子之间完全正常。通过这些游戏,他可以重现自己的童年,以及他认为真实的性别认知。"

珍妮特再次把酒杯举到嘴边。"我明白了,我觉得我明白你的意思了。对男孩进行阉割是一种仪式,是要重现某种东西。"

索菲娅敏锐地看着她。"对,但是绝不是随便什么东西。它象征着性能力的丧失。经过一番思考之后,如果本案中的凶手年幼时曾经变换性别,不论自愿或不自愿,都不会让我觉得意外。"

珍妮特把酒杯放到桌子上。"你是说变性?"

"可能——如果不是身体上,那么一定是心理上的。这些谋杀案都非常极端,我觉得你在寻找的应该也是一个同样极端的凶手。阉割象征着失去了性别,而对尸体进行防腐则用来保存凶手认为的艺术品。这位艺术家不是用颜料,而是用福尔马林和防腐液。就像我之前说的,这是一个自画像,却不仅是羞愧。其中心主题是性归属的丧失。"

有意思,珍妮特想。听起来很合理,不过她依然半信半疑。她还是不明白索菲娅为什么在开头先说嗜食同类行为。

"那些死去的男孩全都没有了生殖器,不就是这个问题吗?"

然后，她明白过来了，突然又感到恶心了。

冰吧，斯德哥尔摩

如果在外人看来，瑞典是由足够的自由、国营酒类商店和高所得税组成的，那么，对城市规划者看来，斯德哥尔摩便由三分之一的水、三分之一的公园和三分之一的建筑组成的。

同样，一个社会学家可以把斯德哥尔摩的居民分成穷人、富人和非常富有的人。然后，在这最后的一组人中，却有着相当大的差异。

那些非常富有的人竭尽全力不去炫耀他们的财富，而那些住在郊区的人则争相表现得如大富翁一样。在其他如斯德哥尔摩这般规模的城市里，你绝不会看到如此少的捷豹，如此多的雷克萨斯。

在那个检察官肯尼斯·范奎斯特马上要用朗姆酒、干邑白兰地和威士忌把自己灌得酩酊大醉的酒吧里，顾客由富人和非常富有的人组成。唯一破坏这一社会结构的是一群日本人，他们看起来像是要去考察一座外国动物园。从某种意义上，他们确实是。

这个代表团是受斯德哥尔摩司法系统之邀来到这里的，他们来自神户的公诉部门。大会在一个酒店里举行，这是世界上第一个拥有内部始终保持冬天状态的酒吧的酒店。

范奎斯特手里的杯子完全用冰做成，现在里面装满了来自麦克米拉酿酒厂的威士忌，一种看起来非常受他们的日本客人欢迎的酒。

一群该死的木偶，他想，眼睛模糊地看着周围。他跟他们不同。

他们这群人中，有十二个年轻的日本律师，加上他和公诉机关的两位同事，一共十五个人，全都穿着厚厚的银色外套，戴着帽子和厚重的手套，好让他们可以忍受这零下的温度，直到花光钱包里的钱。

酒吧内部的装饰冰块发出的冰冷的蓝光，给人一种超现实的感觉，他感觉自己仿佛置身于一部关于未来的米其林人的动画片之中。

冰吧之行，是这个长达十小时的会议活动的高潮，如果检察官这天学到了什么的话，那就是在这样的日子里，根本不可能学到任何东西。

"再来一杯。"他对吧台服务生含混地说，把自己的杯子重重地放到吧台上。

这已经是检察官今晚的第四或第五杯了，他喝了一小口，感觉心情越来越差，他知道自己需要停一下。

他决定离开之前抽支雪茄。他需要思考，尽管他迷迷糊糊地知道，在这种状态下，无论他想了什么，明天肯定不记得了。不过他还是道了声歉，挤过几乎全满的酒吧，把手套和笨重的银色外套交出去，走到了外面的街上，好自己单独待一会儿。

但是他刚点着雪茄，就被人拍了一下肩膀。

他转过身，正要说些狠话，就被人一拳打中了脸部。他的脸颊被点着了的雪茄烫了一下，雪茄被打碎了，落到了地上，他自己则脚下踉跄失去了平衡。

有人紧紧地抓着他，用膝盖顶着他的背。检察官脸贴着人行道，无助地趴在地上。

范奎斯特的身体立刻启动了由它最迅速也最耐久的肌肉控制的保护机制。那些控制眼睛的肌肉。

他紧紧地闭上眼睛，祈求能够活命。

抓着他的手很快松开了。十秒钟后，他才敢睁开眼，跪在地上。

刚刚到底发生了什么？

长　岛

长岛位于斯德哥尔摩的中心，形成了城市别具一格的风景。岛长约一公里，宽不足五百米，多年来一直是斯德哥尔摩的监狱所在地。长岛上有一名罪犯，名叫汉娜·汉斯道特。她是瑞典最后一个因巫术而被判死刑的女人。

玛德琳驾车驶过帕尔松德桥，进入小岛，把车停在了海员学校后面。她之所以认识路，是因为她以前来过这里。

她已经在西桥下面的露营点住了几个晚上。这里人太多了，她不想回答好奇的游客的任何问题。不过比海上酒店好多了，在那里她感觉自己始终被人监视着。

从玛丽港回来以后，她一直待在车里，也不休息，每天只有一个目标，那就是寻找她的生母。她口袋里装着夏洛特给她的那张照片。

她完成了自己的目标，现在，她想除掉那个生出了她的身体。这比她预料的困难。维戈曾说过他在北哈马比半岛的水边看到过维多利亚·伯格曼，玛德琳去过那里几次了，但是都没有找到她。

很快就没时间了，她需要完成跟维戈的协议。

玛德琳下了车，走到码头边。这里的水跟奥兰海的水一样漆黑。

她戴上耳机，打开收音机，调到两个频率之间。一阵没有文字的嘶嘶声通常能让她感到镇定，但是现在她只感到沮丧，于是她找出了克林特·曼塞尔为《梦之安魂曲》所做的电影配乐。伴随着耳畔响起的《永恒之光》的前奏，她开始朝之前用作监狱的建筑走去。

走到那古老的石墙前，她停下脚步，带着一丝崇敬看着它。她想到了所有从这里走过的人们。她理解所有被要把大块花岗岩切成方块的工作所压制的怒火，并能感受到在那粗糙的囚服下面怦怦作响的仇恨，囚犯们被迫建起了他们自己的墙壁。

她还想到了自己最终决定不再做一个受害者的那一刻。

法国，2007

不要夺走我的仇恨，这是我仅有的东西。

太阳高高地挂在山峰之上，蜿蜒的山路沿着山腰盘旋而上，五百米的山下，韦尔顿河看起来就像一条青绿色的线。防护栏很矮，当你遇到一辆车时，几秒钟的犹豫或是一个错误的应急决定都能让你丧命。在她上面还有二百米就是碧蓝的天空，每走一段就有一个提醒滑坡的警告标志。她每经过一个标志，就大喊一声，因为她喜欢那个被崩塌的无情石块埋在下面的想法。

如果我要勉强存活于世，玛德琳想，那么决不允许他们继续活着。

她并不认为对复仇的渴望是一个受害者苟活于世的原因。不，是仇恨维持着她的呼吸，在丹麦的生活之后，是仇恨让她活到今天。

他们死了之后，这仇恨会停止吗？她想。我会找到安宁吗？

她立刻意识到，这些问题都不相关。她可以自由选择，她会选择那条简单、心向往之的道路。

在许多原始的文化中，复仇是一项义务，一项基本的权利，它让受害者有机会重新获得尊重。冲突都以罪人得到应有的惩罚告终，复仇的权利毫无疑问；复仇的行动本身才是冲突真正的解决之道，并且从不需要分析。

她想起自己非常小的时候必须学会的东西。

当她还未被破坏、能够学习正确的知识的时候。她学到了,所有人都生活在两个不同的世界里,一个乏味,另一个诗意,但只有一部分人能够在两个世界之间迁移,并独立或同时或共生地体验它们。

一个世界如同一张 X 光照片,一个乏味的世界,而另一个则是一个赤裸的、活生生的、充满诗意的身体。这是她现在选择进入的世界。

山路陡峭地向下延伸,转过一个弯后,她闭上眼睛,双手离开了方向盘。

接下来的几秒钟变成了一个解放身心的汇流,她可能直直地撞上一段低矮、维护得很差的路障,然后飞入深深的峡谷。

生与死的交汇。

当她再次睁开眼睛,她还在路的中央,悬崖还在一段安全距离之外的路的另一边。她活了下来,距离死亡只有几米远。

她的心怦怦地跳着,全身都在颤抖。这是幸福,不惧怕死亡的得意洋洋,同时也感到一丝轻松。

她知道一个人心脏停止了跳动,并不意味着死亡。当大脑被切断了与心脏的联系,它便进入了一个全新的状态,一个没有了时间概念的状态。时间和空间失去了意义,意识得以永生。

这全在于你如何看待自己的存在,如何看待死亡。如果你知道死亡只是意识的另一种状态,那么你在杀人之前便不需要犹豫。你不是剥夺了某个人的存在,你只是判决他们进入了一个全新的状态,一个超越时空的状态。

她在接近另一个弯道,这次,她减慢了车速,不过换到了另一条车道上,然后扫过山腰的边缘。然后,转过弯重新进入直道后,她闭上了眼睛。对面没有汽车驶来。

这次依然没有死掉。不过一段生与死短暂的共生。

盖姆拉·安斯基德——科尔伯格家

她们喝完红酒,转移到客厅,把关于恋童癖和嗜食同类的讨论留在了厨房。

那些想法可以潜伏在黑暗的角落里,直到明天。

她们改喝白葡萄酒,感觉要清淡、干净些,谈话进入了更加私密的话题,珍妮特感觉好一些了。

她说了自己跟约翰一起看球的夜晚,索菲娅说这是对待他的正确方法。

"约翰会没事的,"索菲娅说,"他会从你们的离婚中恢复过来的,相信我。你跟阿克签了文件了吗?"

"是的,我们昨天中午见面时签的,在他们出发去伦敦之前。现在感觉非常明确。"

如果在此之前,珍妮特曾因为某种她必须忠于阿克的想法而犹豫的话,现在,那种感觉不在了。也许仅仅是因为她签署了离婚协议。

索菲娅谨慎地笑了笑。她放下酒杯,看着珍妮特。

"你对我非常重要,"珍妮特说,"你让我认识到……"

她不再作声了,难以表达她内心的感受。

"认识到什么?"索菲娅鼓励道,她的笑容不再害羞了,而是带着期盼。

珍妮特努力寻找合适的词句,但是她不相信自己能找到。

"认识到我并不像我想的那么简单。"她试着说道。

"你是说在性爱方面?"

"是。"

珍妮特突然觉得呼吸顺畅了许多。

一个字能造成如此巨大的变化……

是。

她刚刚对索菲娅说了"是"。

它就这样发生了。

一个吻,然后她们离开了客厅。

上楼。

一个吻是开端,就如外面的夜孕育了白天一样。

不知道多久了,珍妮特第一次想上床。

血液以一种全新的方式流过她的身体,然后感觉又如此熟悉。

一种纯粹的、发自内心的释放感,释放了的欲望。

索菲娅在床上翻滚,把两手放到枕头下面。她赤裸的臀部让珍妮特分心。

怎么回事?她想。仿佛她的动作全是自动发生的,仿佛她控制不了。

一切就自然地发生了。

她闭着眼睛探索索菲娅的胴体。她把双手、唇和肌肤用作眼睛。索菲娅的脖子很温暖,在她的嘴下跳动。她的乳房柔软而带有咸味。这是一个强壮的身体,她想据为己有的有力的身体。她的肚子缓慢地上下起伏,珍妮特的指尖触到了一撮柔软细小的毛发,在她肚脐下面变得越来越浓密而粗糙。

很快,她的舌头进入了她的身体,她自己也欲火焚身。

她感到头晕目眩。仿佛一切都变成了流体,她的大脑最终给身体让路了,而不是反过来。她们周围的空间不复存在了。

她们的动作温柔而坚定,她深深地沉醉在下面的温暖中。她几乎没有注意到索菲娅侧过身,换了个姿势。

再近些,她想。

索菲娅明白,索菲娅身体的每一块肌肉都明白。

一切都变成了流体,她们融在一起,形成了一个跳动的心脏,一个微微沸腾的躯体。

她觉得她可能是哭了。

她的泪水是释放与感激的泪水,时间不复存在了。之后,她会回想这个夜晚,觉得它既如永远一般长久,又如一瞬那么短暂。

过后,床上温暖而潮湿,珍妮特把被子推到一边。索菲娅的手轻柔而缓慢地抚摸着她的肚子。

她朝下看着自己赤裸的身体,躺着的时候比站着的时候好看一些。她的肚子也更平坦,剖宫手术留下的疤痕看起来也更光滑一些。

如果眯着眼睛看,她看起来非常漂亮。如果仔细地查看,看到的只有雀斑、血管和脂肪团。

索菲娅的身体更加纯洁,像个少女,现在她的身体湿漉漉的,带着汗水。在她的手臂和背上,珍妮特可以看到不少细小的白线,几乎像是伤疤。

盖姆拉·安斯基德——科尔伯格家

她们躺在温暖的床上,索菲娅丝毫不知道从她们上来以后,已经过了多久。

"你太美妙了。"珍妮特说。

我不是,索菲娅想。她的清洗过程让人身心交瘁,她觉得自己不再震惊于自己的记忆了,但是这个想法太过仓促了。现在,她对自己的认知发生了翻天覆地的变化。如果她的大部分记忆都是由别人对她的讲述构成的,那么她的过去还剩下什么?

那样的记忆怎么会浮现?

它们怎么会如此强烈,以至于她深信自己杀害了好几个孩子,还有拉斯?除了她的记忆,还有什么是假的?她什么时候才能再次相信自己呢?

也许最好的办法就是不去回忆?

一个人的时候,她至少可以去寻找一下拉斯,那会是一个实实在在的举动,如果他死了,她就能调查出来。但是,关于塞缪尔,她也无能为力,只能等待她恢复记忆。

她感觉筋疲力尽,不过珍妮特看起来丝毫没有受到她们在床上度过的几个小时的影响,她现在除了浑身是汗水,脸颊泛着淡淡的红晕。

"你在想什么?你看起来有些心不在焉。"珍妮特抚摸着她的脸颊说。

"噢,没什么。我只是在调整呼吸。"索菲娅笑着说。

珍妮特的身体是那么强壮有力,而她自己,则想更丰腴一些,更柔美一些,但是她知道这是个无法实现的幻想。无论她吃多少。

有一件事,她早该跟珍妮特说。当她见到安妮特·伦德斯特劳姆后的第二天,跟她打电话时就该说的。

那些被领养的孩子。

"我见到安妮特的时候,她整个人语无伦次,我很难分辨出她说的话有多少是她想象出来的。但是从那之后我一直在思考一个细节,我觉得你见到她时应该问问她。"

珍妮特眯起眼睛。"什么细节?"

"她提到了被领养的孩子。说维戈·杜勒帮助不同背景的外国儿童来到瑞典,说他们会跟他住在一起,直到他为他们找到新的家庭。有时,他们只待几天,有时则长达数个月。"

"上帝……"珍妮特一只手拂过头顶,头发被她们的汗水浸湿了,索菲娅用手背轻柔地摩挲着她的手臂。

"一个领养中介?同时还是一个养猪户、律师以及锯木厂的会计。说好听点,可真是身兼多职。他应该还在集中营里待过。"

索菲娅突然停住了。"集中营?"

"我实在看不透这个人,"珍妮特说,"他看起来似乎说不通。"

一段记忆浮现在索菲娅的脑海里。像一簇耀眼的火焰,跟着就熄灭了,在她的视网膜上留下了一个盲点。

所有的丹麦小荡妇,她们都是德国人的娼妓。操着五千头德国猪。

一段在丹麦海滩上的记忆，维戈在性侵她。是真的吗？她只记得他跟她玩了一个游戏，一边呻吟一边用身体蹭她，他把手指伸进她的身体，然后站起来走开了。留她躺在那里，身体被满是石子的地面硌得生疼，上衣被撕破了。她想告诉珍妮特，但是她做不到。

还不能说。是羞辱阻止了她，阻碍她的始终是羞辱。

"过来，"珍妮特对她耳语，"靠我近一些。"

索菲娅背朝珍妮特蜷缩起来。她像个孩子一样抱成一团，闭着眼睛，享受着这份亲近、温暖以及背后的身体镇定的深呼吸。

她们默默地躺着，她很快就意识到珍妮特睡着了。她躺了一会儿，当睡眠终于袭来的时候，它更像是一个心神不宁的小憩。一个她过去经历过许多次的状态，既不是睡，不是醒，也不是梦。

她离开自己的身体，顺着墙往上滑，在天花板上躺下。

这种感觉舒适而美好，就像在水里四处飘荡。但是当她努力扭过头，看着下面被子下面的自己和珍妮特时，她身体的每一块肌肉仿佛都被锁定了，那种美好的感觉立刻被惊慌替代了。

她突然又在床上躺着了，她无法动弹，仿佛整个身体被某种毒药麻痹。她意识到有人正坐在她身上，一个无法形容的重量压得她全身失去了知觉，让她无法呼吸。

那个陌生的身体离开了她，尽管她无法转过头环顾四周，她能感觉到那个身体离开了她，在她身后下了床，像一个逃跑的影子一样离开了房间。

接着，那种瘫痪了的感觉迅速消失了，如同它迅速地到来一样。她又能呼吸了，并开始移动手指，然后是手臂和腿。当她听到身边的深呼吸时，她意识到自己清醒了，也就镇定下来。她知道，如果她想有任何变得完整的机会，她必须得到珍妮特的帮助。

一切是从什么时候真正开始的？她什么时候创造出来她的第一个后继人格的？当然，当她还很小的时候，自从解离变成一个孩子的自卫方式以后。

她瞥了一眼时间，刚过四点半。她再也睡不着了。

她可以把高、索乐思、工人、分析家和抱怨者从名单中去掉了，因为她理解他们了。他们都完成了自己的表演。

那就只剩下爬行动物、梦游者和乌鸦女孩了。他们更加难以理解，因为他们离她更近，不是根据她身边的人创造出来的。他们就是她。

下一个要消失的很可能就是爬行动物。出于其原始的根源，这个人格的行为始终按照一个简单的逻辑,她已经弄明白了。当她分离、解构和分析那个人格时,她需要时刻记着的就是这一点。

同时摧毁并吸收它。

索菲娅·柴德兰,她想。我需要去见她,她能帮我记起我小的时候是如何利用这些人格的。但是我真的可以去见她吗?

如果去,是以索菲娅还是维多利亚的身份去呢?

还是像今天这样,我们两个,同时地?

她又躺了一会儿,然后小心地下了床,开始穿衣服。

她需要继续前行,需要愈合,而独自一个人待在黑暗中,她做不到这一点。

她需要回家。

她在床头柜上给珍妮特留了个纸条,关上卧室门,打电话叫了一辆出租车。

本能冲动,她边想边坐在餐桌边等出租车。求生本能。它在哪里终止?她自己的本能冲动由什么构成呢?

她看着一只苍蝇爬上了厨房窗户。如果她饿坏了,除了这只苍蝇没东西可吃,她会吃吗?

巴尔南根

那个女人先看到的是一个黑色塑料袋的一角。然后,她意识到她应该报警。她正在从酒吧回家的路上,时间已经是凌晨四点了。很晚了,没错,不过她并不担心这个,因为她两年前给人家做管家的时候被解雇了,不用再担心有规律的睡眠和日常的职责之类的陈腐问题了。

这天晚上并不像她希望的那样,她半醉半失望地站在北哈马比半岛的码头上,看着那个黑色的袋子在水里上下浮动。这里距离斯堪斯蒂尔不远,一箭之外有一艘前往西克拉的轮船。

起初,她打算不作理会,但是之后她想起来自己在电视上看的侦探片,片子里,一个人发现了尸体。于是她跪在码头边,伸手去拉那个袋子。出于同样陈腐的原因,她小心地打开袋子,惊讶地发现自己的猜想是正确的。

袋子里有一条干巴巴的手臂、一条腿和一只手。

但是她并没有考虑到,当她第一次看到一具尸体时自己的身体会如何反应。

女人的第一想法是这一定是个烂在水里的玩偶。当她看到那并不是玩偶,而且小孩的眼睛不见了，手和头看起来被人咬掉了，脸上满是被咬的伤痕，她吐了。

她报了警。

开始，警察不相信她的话，她花了七分多钟才让那位负责报警中心的男性警官相信她说的是实话。

挂了电话她才注意到，她的手机上粘着呕吐物。

她坐在码头上，紧紧地抓着那个塑料袋，确保它不会消失，然后等着。

她知道自己抓着的是什么，不过她假装里面是其他的东西。努力忘记刚刚看到的画面。一个被人的牙齿撕碎了的孩子的脸。

人类的牙齿真的不是用来伤人的。

维塔山——索菲娅·柴德兰的公寓

还是清晨时分，她坐在书房里的电脑前，盯着屏幕。

拉斯还活着，她想。

地址没变，还是萨尔特舍巴登的帕尔纳斯瓦根，她还发现，他经常出差。她在一份三周前在杜塞尔多夫举行的会议与会者名单上找到了他的名字。

她大笑起来。不得不说，他确实背叛了她，不过她并没有因此而杀了他。

现在，确认了这点之后，一切都显得那么微不足道。她不但为自己，还为他人虚构了另一番生活，拉上他们，随着自己内心的崩溃一起坠落。拉斯还活着，也许他还过着双重生活，就像之前一样，只不过换了个女人。在她的封闭的生活之外，他的生活继续向前了。对此，她其实是感到欣慰的。

这个过程加速了。

她依然有很多事要做，之后才能让自己睡上几个小时。她现在像是交了好运，她需要最大限度地利用这一点。她感觉自己精力集中，脑袋里的嗡嗡声让她感到安心。

她站起身，走进厨房。

厨房门后有两个装满了纸的垃圾袋。她已经开始清理那个封闭的房间了，很快就能把一切都处理掉。但是事情还远没有了结。

整个晚上，一个问题始终在她脑海里回响：那个连环杀手的本能冲动是什么？她能通过研究别人的本能冲动而找到自己的吗？那些最极端、最异常的例子？

餐桌上放着一叠纸，还有安德烈·奇卡提洛的传记，她把之前做了标记折了角的页面撕下来。

她读到，大脑里的酶需要花一段时间才能把过去的经历分解掉，并创造出第二个自我。这第二个自我并不惧怕取出腹腔的内脏，或者烹饪并且吃掉一个子宫，而第一个自我想到这个都会吓得浑身发抖。

安德烈·奇卡提洛就像分裂的细胞。

卵和细胞，她想。分裂。

原始生活，爬行动物的生活。

黏黏的巧克力蛋糕。两个鸡蛋，四分之一升糖，四勺可可粉，两茶匙香草精，一百克黄油，一公升面粉，还有半茶匙盐。

餐桌上还有另外一篇文章。是关于艾德·盖恩的，1906年出生在威斯康辛州的拉克罗斯，1984年死于麦迪逊的门多塔精神病医院。

文章讲的是警方在盖恩家里的发现，她把这篇文章钉在了一张照片上，照片上一条蛇正在吞食一颗鸵鸟蛋，这个世界上最大的单细胞。

盖恩的家就像一个博物馆。

有四个鼻子、大量完整的人骨以及骨头碎片，一个纸袋里装着个人头，另一个装在帆布袋里，一个鞋盒里装着九个阴唇。盖恩把人的头骨做成了时髦的碗和床架，还有人皮做成的座椅和面具，一条用乳头做成的腰带，还有一个用人脸皮做成的灯罩。他们还找到了十个被剥了头皮的女人头骨，以及一副用作卷帘钮扣的嘴唇。

盖恩和兽行同属一类，所以她才把一张蛇吞食鸵鸟蛋的照片跟这篇关于艾德·盖恩的文章钉在一起。

另一个问题则被别人鄙视。哪个在前？厌恶自己，厌恶他人，还有厌恶自己的性别？

至于安德烈·奇卡提洛，人们厌恶他，是因为觉得他女性的举止、下垂的肩膀，还有他整个长相令人讨厌，他们对他习惯性地触摸自己的生殖器感到恶心。他谋杀了受害者，并吃掉其部分身体，因为这样之后他才有性冲动。他跟随着自己爬行动物的原始冲动。艾德·盖恩的复杂，其核心之一就是他渴望变性，把自己变成他的母亲。他想用自己挖出来的女性尸体的皮肤做成一件衣服，这样他就能穿上，变成一个女人。

这篇文章参考了一份审讯记录，其中这一仪式被描述为具有变性性质，维多利亚还在空白处用红笔做了笔记：

爬行动物改换了皮肤。

男人变成女人，女人变成男人。

模糊的性别／性归属。

吃——睡——性交。

需求，她想起了自己在研究亚伯拉罕·马斯洛的需求金字塔理论时所读到的东西。她还想起了她当时所在的地方。在塞拉利昂，更准确地说，是在他们在弗里敦郊外租住的房子的厨房里，就在索乐思走进来之前。维多利亚在喝她父亲做的令人恶心的粥，里面放了太多的甜肉桂。

当她假装喝粥的时候，她想到了她读到的关于需求金字塔的内容，最基础的是生理上的需求。例如食物和睡眠。她想到了他是如何系统性地剥夺她的这些需求的。在这之后，是安全需求，然后是对爱和归属的需求，然后是对尊重的需求。这些需求全被他剥夺了，而且还会继续被他剥夺。金字塔的顶端是自我实现的需求，一个她甚至无法理解的词汇。她不知道她是谁，也不知道她想要什么；她的自我实现根本不可能，因为她无法理解，它在她的自我之外。她的需求，全部被他剥夺了。

现在她知道了。

她创造出了爬行动物，是为了能够吃得下和睡得着。

后来，她还利用爬行动物，好让自己能够做爱。当她和拉斯睡在一起的时候，是爬行动物允许他进入的，因为只有这样她才能享受一个男人的身体。爬行动物跟拉斯在多伦多的夜店里进行了一次多人性交。不过当她和珍妮特上床时，爬行动物并不在场，她对此非常肯定，这让她无比快乐，以至于眼睛都湿润了。

可是，爬行动物还做了什么？它杀人了吗？

她想起了塞缪尔·柏。

她在市民广场的麦当劳外面碰见了他，把他带回家，并给他下了药。然后，她冲了个澡，当他醒过来，还虚弱无力的时候，她向他展示了自己的身体，把他引诱过来，最后用一把锤子狠狠地砸向他的右眼，杀了他。

爬行动物的兽性，凶手的兽性。她还相当享受。

是这样吗？

她站起身来，急忙走进客厅，由于太过迅速，椅子都倒在了地板上。沙发，她想，珍妮特那次差点看到的沙发上的血迹。塞缪尔的血。

她直接把沙发翻了底朝天，仔细检查垫子和沙发套，可是没有血迹。之所以没有,是因为根本就不曾有过血迹。

爬行动物不是她的饥饿之火。它是一个虚构的、想象出来的本能冲动。

她又大笑起来,在沙发上坐下。

从她在市民广场碰到塞缪尔一直到她冲好澡坐到沙发上,这之间发生的事情都是真实的。但是她从未用锤子攻击过他。

她只不过是在他开始摸她的时候,把他轰了出去。

就这么简单。

她最后一次见他是把他轰出去的时候,她现在很确定了。

他有很多敌人,还被揍过好几次。一次失控了的打架?这是警察要管的事,不是她。

她回到厨房,打开冰箱。一颗脏兮兮的甜菜和一些鸡蛋。她拿出两个鸡蛋在手里滚动。两个未受精的雌性生殖细胞,握在手心里,凉凉的。

她关上冰箱,从水池上方的橱柜里拿出一个铝碗,把鸡蛋打到碗里。然后是四分之一升糖,四勺可可粉,两茶匙香草精,一百克黄油,一公升面粉,还有半茶匙盐。

她用叉子搅拌均匀,然后开始吃起来。

爬行动物是冷血的,很享受作为一个生物。它在沙滩上或是夏日草地上一块温暖的石头上晒太阳。她记得,还是一个小爬行动物的时候,她把自己的头埋进她父亲的腋下;他身上的汗味让她感到安全,在那里,她可能感受到作为动物的感觉,没有任何自诩的对于情感和行为的责任。

这是她唯一跟父亲在一起时感到安全的记忆。无论之后他会做什么,那段记忆都是无价的。

同时,她知道她从未有机会满足自己女儿的需要。玛德琳对她没有任何记忆,对自己的母亲没有任何记忆。

没有任何安全感。

玛德琳一定很恨我,她想。

病理学研究所

珍妮特感到一阵失落。当她醒来发现床上空了的时候,她还想着索菲娅是去冲澡了或是在楼下的厨房里为她们做早餐。她之前没说要急着回家。但是珍妮特脸上依然挂着笑容,把羽绒被滑到脚边,翻过身,背朝下,伸展着双臂和双腿,看着自己赤裸的身体。

昨天晚上非常美妙,她依然能闻到索菲娅的味道,仿佛她还在自己身边。

几乎像触电一样,珍妮特想。

仿佛索菲娅的触碰给她充了电一样。一个强烈的、带着火花的红色脉冲。

她们聊着,做爱,直到四点钟,然后汗流浃背、气喘吁吁的珍妮特说她觉得自己像个陷入热恋的少女,但是她们真的要记住,新的一天马上就要到来了。

珍妮特睡着了,像个孩子一般安逸。

她快速冲了个澡,走到楼下的厨房里,此时厨房已经笼罩在秋日微弱的阳光里。厨房窗户外面的温度计显示是摄氏十五度,尽管现在才早上八点半。看起来又将是美好的一天。

但并不是,不过会无比漫长。

当珍妮特在索尔纳的病理学实验室外下了出租车时,时间刚过九点。

伊沃·安德里奇正等着她,边上放着两杯双份浓咖啡。

他就是个天使,她想,昨晚折腾了一晚,她早上没时间喝咖啡。

"你跟赫提格说过了吗?也许他也过来呢?"

当然,她还没时间跟他说呢。另一方面,她醒来还不到四十五分钟呢。她摇了摇头,同时拨通了他的电话。

在北哈马比半岛上发现的那具装在黑色塑料袋里的男孩干尸,年龄据估计在十岁到十二岁之间。尸体跟在图里尔德斯普兰发现的那个男孩惊人地相似。

卡拉库尔,她想,这时电话通了。

时机刚好。她并不迷信,但是她禁不住想到伊万·罗文斯基的电话实在太巧了。

赫提格接了电话,珍妮特把最新的进展告诉他,以及她昨天以来发现的关于安妮特·伦德斯特劳姆的信息。她让他去跟她谈谈。

"别忘了问问安妮特,能不能给我们提供更多关于维戈领养的孩子的信息,在不引起冲突的情况下,尽早安排一次在警察总部的常规询问。我指的是不要有官僚做派的干扰。"

伊沃·安德里奇打开门,他们走了进去。在一个金属桌子上,放着一捆用布遮着的东西,墙边的工作台上放着大量的照片。她可以看到第一个受害者伊特库尔·苏姆巴耶夫,在图里尔德斯普兰发现的干尸男孩的照片。

"所以,你都知道些什么?"随着他揭开盖着尸体的布,她问道。眼前的景象立刻让她觉得厌恶。嘴张着，皮肤被水泡得松弛了，她的第一印象是他死时很挣扎，现在尸体正在分解。

"伤口跟在图里尔德斯普兰发现的受害者身上的伤口几乎一模一样。有被鞭子抽打以及钝器造成的伤痕，随机分布的针眼，被阉割。"

男孩面朝上躺在那里，手臂上举，在脸的上方弯曲，脸则转向一边。她觉得这就像一张死亡时刻凝固的画面，仿佛男孩生前所做的最后一件事就是保护自己。

"我怀疑尸体内含有利多卡因肾上腺素，"伊沃·安德里奇继续说，珍妮特突然感觉回到了几个月前，"样品已经送到法医化学实验室了。你也看到了，他的双脚被胶带绑在一起。上次也是同样的情形。"

她感到喘不过气来，心跳加速。有组织的打斗，她想。春天的时候，她就想到了这个，伊沃·安德里奇当时也提到了。

"跟图里尔德斯普兰发现的那个男孩，也有几个明显的区别，"伊沃说，"你能看出来吗？"

病理学家轻轻地碰了碰男孩的一只手臂。一只手不见了，右手。

现在，她看到了跟图里尔德斯普兰的男孩的不同点。尽管她难以盯着男孩的脸看，伊沃对伤口相似性的强调，让她忽略了另一点不同，一个非常明显的不同。

他的手扫过尸体。"咬伤，尸体的大部分部位，特别是脸上。你看到了吗？"

她无力地点点头。更像是有人从他身上咬下了肉，而不只是留下了咬痕。"我在想一个问题。这具尸体有点不同……该怎么说呢？颜色不同？图里尔德斯普兰的那具尸体更接近黄棕色，这具则差不多是墨绿色的。这是为什么呢？"

索菲娅怎么说得这么准确？她想。不到十二个小时前，她们刚在厨房里谈到嗜食同类行为。她又有点想吐了。

伊沃皱了皱眉。"现在下结论还太早，不过这个男孩已经在水里泡了两三天了，而且还可能经历了更为彻底的干化过程。"

"他死了多久了？"她咽了一次口水。因为反胃，她说话都有点困难了。

"同样地，难说，不过我觉得应该比图里尔德斯普兰的那个男孩要久。可能要多六个月，从这一点上，你应该可以看得出不少东西吧。"

"是的，什么都有可能。两个男孩差不多是同时死的，或者一个比一个早，也可能相反。"珍妮特叹了口气，伊沃几乎有些受伤地看着她，"抱歉，这让我觉得不舒服，仅此而已，"她解释道，"还有什么是我要知道的吗？"她感到无比疲惫。躺在平板上的男孩一定会让她做噩梦的，她尽量不去看他，但是她总能用眼角的余光瞥见尸体，现在，她感觉它在朝她伸出手来。

"是的,还有几个问题。"

她看到伊沃·安德里奇在努力思索,意识到他是在找合适的词汇。他的谨慎有时让人感觉他是在背诵事先备下的稿子,有时候,他说得过于具体,让他忽视了更为宏观的问题。但是他非常严密。

"图里尔德斯普兰的那个男孩没有了牙齿,"他终于说道,"这个男孩则有,所以我给他做了一个牙齿压印。"他走到工作台边,拿起一个小模子,"超级水电,非常好用,压印中没有气泡。"

"他的牙齿的压印?"珍妮特又开始心跳加速了,但是她尽力保持镇静,"这对身份识别非常重要。"

"当然……我们得到了一个非常好的压印,这通常能给我们提供一个清晰的答案。"

病理学家看上有些紧张了,她从未见到过他这样。他迅速转过身,把模子放回到工作台上,然后拿起一张伊特库尔·苏姆巴耶夫的照片,那具在图里尔德斯普兰发现的尸体。珍妮特的心跳得飞快。

"我还不是完全确定,不过你可能可以从这张照片上看到男孩的下巴有些扭曲?"他用手指敲着照片,"桌子上的这个男孩的下巴也有些扭曲。我猜他们应该是兄弟。"

珍妮特长舒一口气。伊沃·安德里奇不需要确定,因为她非常确认。

伊特库尔和卡拉库尔。当然,也符合逻辑。她一句话也说不出,伊沃疑惑地看着她。"尽管图里尔德斯普兰的受害者没有了牙齿,"他说,"也可以大致推测出他的牙齿长什么模样,特别是有什么畸形的话。我当时并没有注意到他扭曲的下巴,不过现在这点非常有趣。"

"是的,你说得没错。"她听得出,自己差不多有点像赫提格了,她迫不及待地想告诉他,"你一定得知了昨天发生的事情了吧?图里尔德斯普兰的那个男孩的身份确认了?"

伊沃看起来非常惊讶:"你说什么?"

珍妮特非常愤怒,一个这么无能的人怎么还能自称是上司?丹尼斯·比林昨天答应跟伊沃联系的。

"我们得知了图里尔德斯普兰的男孩的名字,我们可能也知道这个男孩的名字。他很可能叫卡拉库尔·苏姆巴耶夫,他的兄弟十有八九叫伊特库尔。"

伊沃·安德里奇摊开双手。"好吧,如果知道了这点,显然会快一点。不过我们还是开心点吧,案情越来越清晰了。"

"没错,"珍妮特拍了一下他的肩膀,"你干得太棒了。"

"还有一个问题,"伊沃说,同时用手拉着男孩双脚上的胶带,"我找到了指纹,但是有件事很奇怪。"

珍妮特紧绷了身体。

"奇怪?什么事奇怪?肯定——"

伊沃·安德里奇第一次打断了她。"很奇怪,"他说,"因为胶带上的指纹没有肤纹。"

珍妮特想了想。"你是说指纹上没有指纹?"

"差不多,是。"

到目前为止,凶手一直相当谨慎,在图里尔德斯普兰、丹维科斯图尔和斯瓦尔茨乔兰德特都没有留下指纹。这次为什么这么粗心呢?然后,另一方面……既然你没有指纹,为什么不留下指纹呢?

"你能解释一下吗?是把他的脚绑起来的人戴着手套?"

"不,肯定不是。不过这个人的指尖就是不会留下指纹。"

"怎么会这样?"

他看起来也有困惑。"确实很奇怪,我不知道。我曾经读到过一些案子,凶手会在指尖上涂上硅粉。但是这里不是这样。我设法从胶带上得到了部分手掌印记,我看到确定无疑是裸露的皮肤,不过手指的末端,就是,这么说吧……"他停顿了好久。

"什么?"

"空白的。"伊沃·安德里奇说道。

无路可逃

乌尔瑞卡·温丁明白,无论是谁把她关起来的,都不会让她活命。同时,她也知道,随着时间的流逝,她靠自己的力量从这里逃出去的希望变得越来越渺茫。她的身体状况正在急剧恶化,她担心营养缺乏将让她变得行动迟缓、无动于衷。她唯一的希望就是尽量坚持,同时希望能有人找到她。

身体的虚弱能被强大的意志逆向移动吗?她曾经听说有些人主动选择隐居生活,隐士、哲人,以及生活在封闭的修道院里的僧侣,冥思并学习如何与自我心意相通。据说,有些人甚至学会了浮空术,飘离了地面。

现在她几乎感觉不到自己的身体了,她开始明白他们是如何做到的了。有时她感觉自己几乎是飘浮在身边的黑暗里,大段大段的时间里,她甚至都不想自己身处何处，她还开始在脑海里旅行。

她花了大量的时间背诵乘法表，然后开始按字母顺序列举她所能想到的国家，之后是各国首都。其效果就是，当她觉得自己已经忘却了旧知识的时候，不断有新的想法冒出来。

她背诵美国各州的名字时，只漏掉了四个。

她认识到自己比别人让她相信的知道得更多。她在脑海里画了一幅欧洲海岸线的地图，从白海到黑海。然后是亚洲、非洲以及世界的其他地方。

最后，她从上面看着下面的世界，仿佛自己是个卫星，她知道她看到的跟事实相符。

她不需要看地图就知道世界的模样。

她不知道这是在梦里还是在现实中，但是她感觉到有人解开了胶带，用两手捧着她的脸，往她嘴里塞了什么东西，她咳嗽了几声。像粥一样的烂泥。

然后就剩她一个人，重新堕入了星空。

慢慢地，乌尔瑞卡·温丁离开了身体，消失在了闪闪发光的黑暗中。

像是核桃的味道。

罗森兰德医院

安妮特·伦德斯特劳姆经历了地狱，当赫提格走进房间时，这是他的第一印象。她脸颊深陷而灰暗，身体消瘦得仿佛他自我介绍时跟她握手都能弄折她的手。

他并没有弄折，但是她的手冰凉，让她更像个鬼魂。

"我不想待在这里，"她断断续续地低声说，"我想跟琳内娅和卡尔还有维戈在一起。我想去一切都是原来的样子的地方。"

他猜想这次任务不容易完成。"我理解，不过你要等一等。首先，我们要先聊聊，你跟我。"

他感到坐立不安，他也知道为什么。

这个房间让他想起了他妹妹在里面度过了生命中最后六个月的房间。

但现在他是个警察，他深吸一口气，努力抑制自己的回忆。

"你能帮我离开这里吗？"安妮特·伦德斯特劳姆用祈求的声音说，几乎带着期待，"我要回极圈村，好长时间没有人去看那里的房子了。要给那里的花草浇水，还有那些苹果……现在是秋天，不是吗？"

"噢，对，"他说，"我自己就来自克维克约克，离极圈村不远。不过现在那里已经是冬天了。"

他尝试改用一种熟悉的口气，看起来奏效了。安妮特·伦德斯特劳姆稍微打起了一点精神，看着他的眼睛。她的注视让人紧张不安，眼神中透着一种他说不上来的距离。

疯癫，他想。不，更像是某个离开了这个世界去了另外一个世界的人的眼睛。心理学家很可能会称之为精神病，而这正是刚刚跟他讲过话的医生所说的。但是他有种感觉，这个女人脆弱的身体和心智是某种东西的征兆，他能从她的眼睛看到这一点。

她很快就会死掉，死于悲伤。

"克维克约克，"她低声说道，"我去过那里一次，那么美丽，当时还在下雪。现在外面在下雪吗？"

"这里没下，不过那里在下雪。回到极圈村，除了卡尔、维戈和琳内娅，你还有想见到的人吗？"

"格特，当然，还有博-奥拉和夏洛特，还有他们的女儿。汉娜和杰西卡很可能不会来。"

赫提格快速地做着记录。"格特是谁？"

她大笑。声音干涩而刺耳，让他有些畏缩。"格特？难道还有人不知道他是谁？他是那么聪明，是瑞典最好的警察之一。作为一个警察，你应该知道的。"

聪明的警察，他想。就像地狱，现实的猪猡，格特·贝里林德。"我就有几个问题，如果你能试着回答一下，我将会非常高兴。"

"我还忘了说弗雷德丽卡了。"安妮特说。

"好的。"赫提格赞赏地说道，同时记下了名字。整个锡格蒂纳帮，全被谋杀了，除了两个自杀的，汉娜·奥斯特伦和杰西卡·弗里贝里。不，除了一个，当他写下最后一个名字时，就立刻意识到了。

"维多利亚·伯格曼呢？她也会去吗？"

安妮特·伦德斯特劳姆有些惊讶。"维多利亚·伯格曼？不，她为什么要去？"

克鲁努贝里——警察总部

"施瓦茨、阿伦德和赫提格都写好了报告，我现在正等着你的呢，"当珍妮特在去办公室的路上碰到他时,局长丹尼斯·比林说道,"也许你有比结案更重要的事?"

珍妮特并没有专心地听他说,因为她还在想着她在病理实验室里看到的情景。"不,不,没有的事,"她回答道,"今天晚些时候给你,这样你最迟明天早上就能寄给范奎斯特。"

"很抱歉,我有些粗鲁,"比林说,"我觉得你干得很出色,这么快就破案了。如果再拖下去,媒体上就不会好看了。不过现在范奎斯特生病休假了,所以会有其他人替他处理这件事,直到他回来。反正不急,因为可以说,凶手是抓不住了。"局长笑着说。

"范奎斯特怎么了?"珍妮特问道。上次见到他时,他看上去跟平时没什么两样,也没有说自己不舒服。

"好像是胃有点毛病,怀疑是胃溃疡,我记得他打电话的时候是这么说的,考虑到他工作是多么卖力,这并不让人感到惊讶。肯尼斯是个好人。"

"他是最好的。"珍妮特说着,继续朝办公室走着。她非常清楚,比林绝不会明白其中的讽刺意味。

"是的,见鬼,他是最好的。"他坚定地重复道,"好了,最好重操旧业吧。"

"什么意思?"

"我的意思是,现在又有一个男孩被谋杀了,我们重新开启这些案子。你可以留着赫提格,阿伦德和施瓦茨也任你调遣,除非发生更重要的事。"

更重要的?珍妮特想。我的案子之所以重新开启,只是因为不这样就不好看。"只是表面文章,你的意思是?"她说着,推开了办公室的门。

"不,不,没有的事。"警察局长不说话了,"好吧,也许你可以这么说。表面文章。噢,詹,有时候你真的非常聪明。我会记住这个的,表面文章。"

珍妮特走进办公室,看了看钉在办公桌边的公告板上的嫌疑人画像。那张画像对她而言没有任何意义,它可能是任何一个人。

它可能是个男人,同样可能是个女的,她想。

想到这个,那张脸确实看起来非常模糊。肯定应该有什么突出的面部特征吧?不过至少那位绘图者设法加入了几个胎记,一个在下巴上,一个在额头上。孩子会注意到这种东西吗?

她看着画像,给伊沃·安德里奇打电话,让他更加细致地检查乌尔瑞卡·温丁的公寓。电话响着的时候,珍妮特思考着乌尔瑞卡告诉她的在酒店房间里的强奸,以及伦德斯特劳姆对性侵过程进行了录像。

她还想起伦德斯特劳姆曾在审问中说，当录制其他的儿童色情片时他都在场，尽管他没有提及涉及乌尔瑞卡的那段录像。

伊沃·安德里奇拿起电话，并答应带着一个法医队伍再去一趟乌尔瑞卡·温丁的公寓。挂了电话，珍妮特手里拿着听筒坐在那里，胸口发闷。

伦德斯特劳姆的录像，里面可能包含着什么信息，可以帮助他们找到乌尔瑞卡·温丁。

她通过内线电话拨通了拉斯·米克尔森的电话。

万一在酒店房间里的录像在伦德斯特劳姆的收藏中呢？她之前为什么没有想到呢？如果乌尔瑞卡所说的没错，她也从未怀疑过这一点，那么那个录像将非常重要。尽管卡尔·伦德斯特劳姆死了，这并不意味着不能起诉其他的凶手。

她自顾自叹了口气。这个案子的调查工作真是被草率对待了，如果她能有更多的资源，他们本可以更加彻底细致。

米克尔森终于接了电话，她说明了打电话的原因，问他有没有人能查一遍他们搜集到的资料。

"嗯，没有，"米克尔森推托道，"我们已经忙不过来了。"

"我理解，"珍妮特说，"这样行不行，我过来拿录像，我自己检查？这样就行了，对吧？"

我真想这么做吗？意识到自己的提议后，她问自己。

"嗯，并没有任何官方的规定说不可以。但是你得签署很多文件，同意不会泄露里面的内容，等等，当然，录像不能离开大楼。伦德斯特劳姆的很多录像都还在录像带上，没有进行数字化，这意味着你得自己去检查我们手头的材料。"

珍妮特觉得他听起来有些不耐烦，不过觉得应该跟自己没关系。

"好的，我现在立刻过来。"她最后说道，不等米克尔森回答就挂断了电话。

好的，她想。回不了头了。

她到的时候米克尔森不在，但是他让一个同事来招呼她。他是个年轻人，稀疏的胡须，鼻子上打了个鼻环，他走过来，把她叫出米克尔森的办公室。"嗨，你一定是珍妮特·科尔伯格，"他说，"拉斯让我把你带到储藏室，并让你签署所有必要的文件。"他示意她跟着他走。"这边走吧。"

她又一次想到，是什么让一个成年男人自愿花时间观看儿童被其他成年男人虐待，慢放，一个镜头又一个镜头。同一个物种。朋友和同事，可能是他们儿时的玩伴，老同学，最糟糕的可能是他们的父亲或者兄弟。

"到了，"米克尔森的同事说，然后打开了一扇再普通不过的办公室门的锁，"完事以后过来找我。我的办公室就在那里。"他指着走廊的方向。

她惊讶地看着门，但是不知道等待着她的到底是什么。

可能应该会有某种警示吧，她想。"危险，慎入，"或者，"禁入"。

"如果需要帮助，大喊一声就行。"年轻的警察转过身，走回了办公室。

珍妮特·科尔伯格深吸一口气，打开了国家犯罪中心的儿童色情资料储藏室的门，走了进去。

她知道，从现在开始，她再也不会用同样的眼光看待这个世界了。

从这里开始，她想。零点。

向日葵疗养院

她的那辆小汽车停在克里普街上，索菲娅·柴德兰意识到她的居民停车许可早就过期了。除了一大堆湿漉漉的落叶，汽车还被贴满了停车罚单。考虑到它已经违规停在这里么久了，竟然没有被拖走，真是个奇迹。

她想着前一天去图书馆的情形，她遇到的那个戴着面纱、一只眼色素受损的图书管理员，让她想起了自己的汽车和停车许可。

也就是那个时候，她的清洗过程才真正开始。

这段记忆出现得那么突然，她还以为是图书管理员在跟她说话。

你的停车许可过期了。

她打开了车门，从仪表盘旁边的杂物箱里拿出一个小刷子。偏离，她边想边把雨刷和车顶上腐败的叶子刷掉。

偏离正常状态能帮她回忆，它们让她从梦游状态中醒来，虽然未必都跟那些死灰复燃的记忆有关。

没有记忆对大脑是无关紧要的，她想。相反，最重要的往往就那些最为琐碎的记忆，然而你总是去压抑本该记住的东西。大脑不相信自己，不相信自己有能力处理困难的事情，所以它更愿意记得你把车停在了哪里，而不是你被父亲强奸了的事实。

合乎常理的、感人的、悲惨的，她想。全都混杂在一起。

她把刷子和停车罚单放进杂物箱里，坐到驾驶座上。她只睡了三个小时，依然觉得精神饱满。

发动汽车前往向日葵疗养院之前,她从包里拿出笔记本,翻到空白的一页。"偏离。"她写道,然后把笔记本放回包里。

她开上邦德大道,她还不知道在疗养院下车时的身份是维多利亚·伯格曼还是索菲娅·柴德兰。她也不知道另一个偏离会对将要发生的事情产生决定性的影响。

二十分钟后,当她把车停在了向日葵疗养院外时,她看到一个站在外面、扶着拐杖抽烟的女人。门上方的灯光使得她部分的脸庞被遮在阴影里,加上香烟腾起的烟,但是索菲娅知道,那个女人就是索菲娅·柴德兰。

她认出了一切。她的动作、姿势,还有衣着。她认出了一切,向她走近时,不禁心跳加速。

但是她并没有回忆起什么,一切只感觉空荡荡的。

她年迈的心理治疗师呼出了最后一口烟,然后扭过头,灯光刚好从她脸上扫过。

大红的嘴唇和蓝色的眼影依旧,额头和脸颊上的皱纹看上去更深了一些,然而还是老样子,也并没有唤起任何回忆。

直到她看到了那个偏离,回忆才如洪水般倾泻而下。

她的眼睛。

它们已经不是她年迈的心理治疗师的眼睛,它们缺乏了什么的东西,偏离正常的状态让她记起了一切。

她在索菲娅位于蒂勒瑟的家中以及在纳卡医院的治疗过程。夏日花园里的蝴蝶,蓝色天空中的红色风筝,维多利亚·伯格曼走在医院地板上的脚步声,当接近索菲娅·柴德兰的办公室的时候变得越来越轻。

当她步入诊所的时候,维多利亚首先看到的就是那双眼睛。这正是她所渴望的,她可以在其中安全着陆。

这个女人的眼睛帮助维多利亚理解她。它们年岁久远,看遍世事,值得信赖。它们不会惊慌失措,不会说她疯了,但不会说她是对的,也不会说它们理解她。

这个女人的眼睛不会瞎胡闹。因此,她看着它们,感到很平静。

它们能看到她只是怀疑、却从未看到的一切。当她努力收缩自己的时候,它们却把她扩大开来,它们温柔地向她展示她认为的自己的所见、所听以及所感,和其他人的现实之间的区别。

维多利亚希望自己拥有年迈、睿智的眼睛。

现在,白内障让眼睛完全盲而空虚了。

维多利亚·伯格曼走到女人身边,一只手放在她的手臂上。她的声音哽住了。"你好,索菲娅,是我……维多利亚。"

索菲娅·柴德兰的脸上露出了笑容。

约翰·普林茨路——乌尔瑞卡·温丁的公寓

伊沃·安德里奇把车停在乌尔瑞卡·温丁的公寓外面,示意车里的法医跟着他走。三个年轻人,两女一男。雄心勃勃而一丝不苟。

他打开门,他们走了进去。

对,他想。全新的视角,全新的思路。

"我们先从厨房开始,"他告诉法医团队,"你们已经看过血迹的照片了。寻找细节。我上次只在这里待了一个小时,没有时间仔细搜查一切。"

仔细搜查,他想。他刚学会的新词汇,跟病理学实验室的接待员学的,一个来自哥德堡说话有点奇怪的好姑娘。

公寓里的检查工作开始以后,他想起了上午检查那具男孩的干尸的情景。太压抑了,整个过程,但还是有进展。他们已经做了他的牙齿压印,并把DNA样本与乌克兰那边提供的关于苏姆巴耶夫兄弟的信息进行比对。

哈萨克人,他看着地板上的血迹想道。他住在普罗佐尔的时候,那里曾有几个拥有哈萨克血统的家庭。他跟其中一家的男主人成了好朋友。他叫库安迪克,有一次,他曾经说过传统的名字对哈萨克人是多么重要。他自己的名字就有"快乐"之类的意思,当病理学家想着库安迪克快乐的举止以及洪亮的笑声时,他突然觉得这个名字确实很适合他。

库安迪克还告诉过他,对名字的选择通常反映了人们对新生儿的期望。一个跟库安迪克来自哈萨克斯坦南部的同一个村子的男孩,名叫特尔森。他的父母有过几个孩子,但都在出生后几天内夭折了。特尔森字面意思是"停下吧",他的父母的祷告最终得到了回应。

安德里奇听到两个女法医交谈了几句。冰箱门开了,压缩机隆隆作响。

伊特库尔和卡拉库尔,他想。两个男孩的哈萨克血统,让他想起了自己来自普罗佐尔的老朋友,那天上午,他查到了他们的名字的含义。考虑到他们的父母对两个儿子的未来的看法,他感到很伤心。伊特库尔的意思是"狗的奴隶",而卡拉库尔则是"黑奴"。

"伊沃?"其中一个女法医打断了他的思绪,"你能过来一下吗?"

他转过身。那个年轻女人正指着半开着的冰箱门。乌尔瑞卡·温丁看上去并不是一个食量大的人。他上次来的时候冰箱里就空无一物,很明显这次也是。

"你看到了吗?"那名法医指着冰箱门边缘内侧的一个区域,她刚在上面撒了一些灰白色的粉末以采集指纹。他蹲下来,仔细地看。

三根手指的指纹,事情的经过开始明晰了。

他知道,一个人在这个厨房里袭击了另一个人,然后清理了厨房。清洗的时候,有人用左手清洗冰箱门上的血迹,右手则抓着他看的地方,扶着开着的冰箱门。

他甚至不要放大镜,就看到这些指纹跟他看过的东西相匹配,事实上他这天上午刚看到过。

向日葵疗养院

索菲娅在向日葵疗养院里的房间就像那所位于蒂勒瑟的苏尔贝里亚路上的房子的玩具屋版本。

还是那个旧客厅里破旧的扶手椅和书架,她们隔着之前的那张小餐桌,对面而坐。那个里面装着被雪花覆盖的弗洛伊德的水晶球依然放在梳妆台上,维多利亚还能闻到二十年前蒂勒瑟的味道。

倾泻而下的不只是回忆,还有问题。

她想知道一切,还想确认自己已经知道的事情。

尽管已经年迈,索菲娅的记忆似乎没有任何问题。

"我很想你,"维多利亚说,"现在跟你坐在这里,我为自己的所做作为感到羞愧。"

索菲娅微微笑了笑。"我也想你,维多利亚。我经常想起你,常常想知道你过得这么样。你不用为任何事感到羞愧。相反,我记得你是个坚强的年轻女人。我相信你。我想你能够照顾好自己,你也的确做到了,不是吗?"

维多利亚实在不知道该如何作答。"我……"她换了个姿势,"我的记忆有些问题。它最近变得越来越好了,可是……"

年迈的心理治疗师饶有兴趣地看着她。"继续说,我听着呢。"

"就在昨晚,"她说,"我意识到我并没有杀我之前的伴侣。差不多一年里,我一直觉得我杀了他,但是结果他还活着,整个事情都是我想象出来的。"

索菲娅露出了担忧的神情。"我明白了,你觉得是为什么?"

"我恨他,"维多利亚说,"我非常恨他,以至于我觉得自己把他杀了。那是某种报复。只对我来说,在我的想象中,简直是可悲。"

她听到自己声音开始像年轻的维多利亚的声音了。

"仇恨和报复,"维多利亚继续说,"为什么它们是如此强大的驱动力?"

索菲娅的回答很迅速。"它们都是原始的情绪,"她说,"但是它们也是人类所特有的。动物并不会仇恨,也不会寻求报复。我觉得这其实是个哲学问题。"

哲学问题?是的,也许吧。维多利亚想。她对拉斯的报复很可能就是这样。

索菲娅探到桌子上方。"我给你举个例子。一个女人开车外出,当她停下来等红灯的时候,一群年轻人走到她的车旁,其中一个年轻人用一条长长的铁链打碎了一扇车窗。女人吓坏了,驾车跑了,回到家以后,她发现铁链卡在了保险杠上,那个年轻人的手被扯断了。"

"我明白了。"维多利亚说。

那双白内障眼睛空洞地盯着她。"你报复了吗?你停止仇恨了吗?你不再恐惧了吗?有那么多问题要考虑。"

维多利亚想了片刻。"不,我不再恨他了,"她最后说,"现在,事后来看,我得说那段虚假的记忆帮助我迈过那道坎。有时那种内疚感让人难以忍受,但是,今天,坐在这里,关于拉斯,我感觉完全干净如新了。"

该死,她想。我应该有更加强烈的感受的。但是,也许在心底里我始终怀疑他是否真的死了。

她不知道,一切都非常模糊。

索菲娅合上她那苍老而血管突出的双手。凸起的淡紫色的血管,维多利亚认出了她的戒指。她记得索菲娅曾经说过她结过婚,但是她的丈夫年轻的时候就去世了,之后她选择独自一人生活。就像天鹅一样,索菲娅想。

"你说到了干净,"老人说,"这很有趣。报复的心理学意义隐含着某种决心,这反过来又意味着与敌人的身体对抗、带有清洁并达到自觉意味的心理过程。"

就应该是这个样子,维多利亚想,就像过去一样。

但是报复真的是一个清洁过程吗?她的思绪转到了玛德琳和她包里的笔记本上。里面至少有十五页的假定,其中很多很可能是错误和自以为是的,但是她以此为出发点,那就是,玛德琳是被她曾感受过的同样的感情所驱使。仇恨和报复。

或许仇恨也可以被清洗掉吧?

维多利亚深吸一口气，然后才敢说明自己来这里的其中一个原因。

"你还记得我曾经生过一个孩子，一个女儿吗？"

老人叹了口气。"是的，我当然记得。我还知道她的名字叫玛德琳。"

维多利亚感觉全身的肌肉紧张起来。"关于她你还知道些什么？"

她感到深深的懊悔，为了没有更加努力争取留下孩子，为了没能保护那个小女孩，没有紧紧地抱着她，确保她晚上安稳地睡去。

她本可以战斗，本应该战斗，但是她那时太虚弱了。

遍体鳞伤而又对一切充满了仇恨。

那时，仇恨还只具有破坏性。

"我知道她经历过苦难。"索菲娅说。她的脸庞看上去很虚弱，当她扭头看向窗户的时候，上面的皱纹似乎更深了。"我还知道她说的任何话都不足以形成起诉。"她稍微顿了顿，然后继续说道。

"你怎么知道她经历过苦难？"

老人又叹了口气。她抽出一支烟，把窗户打开了一条缝，但是并没有点着，只是心不在焉地在手指之间捻着。"我一直通过哥本哈根大学医院里的一个关系人跟进玛德琳的进展。发生的那些事实在太糟糕了……"

她觉得自己看到索菲娅·柴德兰模糊的凝视中冒出一丝火花。"借我个火，好吗？我不知道自己的打火机去哪里了，尼古丁可以让我更好地思考。"

维多利亚拿出自己的打火机，从老人的烟盒里拿出一支烟，点着。

"你见过玛德琳吗？"

"不，不过就像我说的，我知道她的遭遇，也看过她的照片。几年前，我在哥本哈根的关系人又给我寄了一张照片，当时我刚刚失明。我自己看不到，如果你想看的话，照片就在这里。照片夹在书架上的一本书里。和弗洛伊德同一个书架，从左边数第三本，一本法式装订的参考书。你看看照片，我跟你讲讲囊切开术和感官剥夺。"

维多利亚为之一惊。囊切开术？那不是……"他们对玛德琳施行了脑叶切断术？"

老人弱弱地笑了笑。"这是一个定义问题，我来解释。"

维多利亚朝书架走去的时候，感到既愤怒，又困惑，又期待。不幸，她边想边把书抽出来。我已经二十年没见过女儿，当我终于找到她时，却是在一本五十年代的百科全书的附录里。

那张照片上，一个小女孩被毯子包裹着，躺在医院的床上。玛德琳和维多利亚长得惊人地相像。一种压抑的感觉爬上心头。

"我能留着它吗?"

索菲娅点点头,维多利亚重新坐下,老人一边又点着了一支烟,一边开始解释。慢慢地,维多利亚回到了她在蒂勒瑟的时光,她闭上眼睛,想象着自己回到了那里,想象着是夏天,她们坐在索菲娅明亮的厨房里。

"玛德琳是几年前被做的手术。"年迈的心理治疗师说。

丹麦,2002

当小一来到这个世上的时候,是布谷鸟啼叫的五月。
妈妈说到处都发红,春日明亮的绿色和阳光。
湖水银光闪闪,樱桃树的花儿怒放,
倏忽欢快的燕子,跟春天一起来了。

房间里明亮而又黑暗,她无助地盯着天花板,因为双臂被绑在床上而无法动弹。

她知道等待着她的是什么,她还记得两个月前在收音机上听到的声音,当时他们刚作了决定。

精神病学教授波尔·敏杜斯是瑞典焦虑症和强迫症领域的领军人物。在卡罗林斯卡医学院期间,他接触到了神经外科以及名为"囊切开术"的手术。通俗地讲,该手术就是进入大脑中名为"内囊"的部分,切除导致精神疾病的那部分神经。

厚厚的皮带磨痛了她的手腕,她已经放弃挣扎了。这药意味着她能感到一股安全而温暖的冷漠顺着血液流遍全身。

这项技术在应用了五十年之后,在二十世纪九十年代开始受到越来越多的质疑,因为半数的案例都导致了抽象思维能力和从错误中吸取教训的能力的下降。

"这个女孩准备接受手术了吗?"

她听到那个她在过去几周里讨厌的声音。

"我很忙,想尽快进行手术。"

他为什么这么匆忙?她想。去打高尔夫,还是去见情人?

有人打开了水龙头。他们洗了手,然后是手术液的味道。

身体里的暖意让她疲倦，她觉得自己要睡着了。如果睡着了，她想，醒来时，我就是另外一个人了。

她能感到一个医生的大褂带起的风，意识到一个人正站在床边。他的嘴被一个纸口罩遮着，但是眼睛还是那双眼睛。她对他冷冷地笑了笑。

"你会看到的，会没事的。"他说。

"去死吧，你这个瑞典杂种！"她回答，然后陷入了温暖的半睡状态。

她又听到了收音机里沙沙的声音了。

随着波尔·敏杜斯关于自己的临床试验得到了授权的谎言被曝光，对他施行囊切开术的批评声越来越大。一位强迫症领域的顶尖专家宣称这项技术有严重的副作用。还有消息称，那篇后续报道是由一个负责决定哪位病人应该接受囊切开术的人写的，是他独自评估手术的效果。

当他们把她推进手术室时，她依然被绑在床上，依然在药物的作用下昏昏沉沉的，但是她已经足够清醒，能够明白将要发生的事情了。

克鲁努贝里——警察总部

房间里明亮又黑暗。成排的书架放满了老旧的录像带、CD、硬盘以及成箱的照片。全都仔细地标记着之前主人的名字、钟点、地点和日期。

珍妮特·科尔伯格做了二十年的警察，却不曾预见这样的情形，当认识到这些积累的关于虐待的资料内容时，她感到头晕目眩。是因为我们想要视而不见吗？她想，因为我们不愿看到？

显然，更重要的是利率保持低位、房价上涨，或者平板电视是等离子的还是液晶屏的。你煎好自己的火腿扒，就着一瓶三升的红酒吃下肚。你更愿意读一本糟糕的惊悚小说，而不愿在现实生活中面对它。

乔治·奥威尔和奥尔德斯·赫胥黎并不知道自己是多么正确，她想，同时，她也非常清楚自己也好不到哪里去。

她在房间里漫无目的地转悠，不知道该从哪里开始寻找卡尔·伦德斯特劳姆的录像带。

她在一个架子上看到了一个她认识的名字。斯德哥尔摩警方的一位五十四岁的督察，在过去数年间一直与互联网上的儿童色情作斗争。珍妮特记得读过那件案子相关的报道。当米克尔森和他的同事抓到他时，这位督察的家里藏着三万五千份非法照片和视频。

珍妮特读了读标题,很多录像的内容自现。《洛丽塔美照》《小处女》《美少女》,以及《父女不伦恋》。其中一份录像带上贴着一张便签,珍妮特看到上面说录像内容是一个女孩被绑住,被一只动物性侵。

她很快就搞明白这些档案的分类方法了。大部分是按照性侵发生的日期排列的,当日期不明时,则按照得到资料的时间排列。得到这些资料的地点让她想起了自己的旧教学地图。很显然,有大城市,例如斯德哥尔摩、哥德堡以及马尔默。如果变态的概率是恒定的,那么这些地方的变态应该更多。还有小一些的城镇,如林雪平、法伦和耶夫勒,混着一些她从未听说过的村庄。由北到南,由东到西。任何一个社区,无论多么小,多么偏僻,或者多么富庶,都有具有恋童倾向的人。

都是些男性姓名。一排又一排,全是男性名字。有斯文森和佩尔松这样常见的姓氏,也有一些听起来更有贵族气派的姓氏。令珍妮特惊讶的是,外国姓氏的比例很低。也许对这些移民来说,打孩子很常见,但是很明显他们并不喜欢性虐孩子,珍妮特想着,正在这时,她找到一个标着"卡尔·伦德斯特劳姆"的纸板箱。

几乎是屏住呼吸,她把箱子拿到桌子上,打开。她在里面找到了十来份录像带。她看了上面的标签,发现好几个是八十年代在巴西录制的,她想起米克尔森说过它们在恋童癖圈子里被叫作传奇录像,但是无论它们多么传奇,她都没有兴趣,于是把它们放了回去。

她把其他的夹在胳膊下,朝那个年轻警察的办公室走去。

他正背对着她坐着。在他的电脑屏幕上,珍妮特看到一个上身赤裸的男人站在床边,床上躺着一个全身赤裸的亚洲男孩。男人的脸扭曲着,珍妮特觉得他看上去像在掩饰自己的身份。

"已经结束了,准备呕吐,还是需要一杯浓咖啡?"他转过身,神情严肃地看着她。

"三者都有。"珍妮特看着他说。

"对了,我叫凯文,"他继续说道,同时伸出一只手,"如果你想知道为什么的话,是因为我妈特别喜欢《与狼共舞》。当然,我比那个电影早出生,不过她喜欢凯文·科斯特纳早期的电影,就想给我起个英文原名。"他顿了顿,然后脸上露出了灿烂的笑容。"不瞒你说,在幼儿园的时候,就有三个凯文,两个托尼。最不寻常的名字是鲍耶。"

"真的吗?"珍妮特意识到这个年轻人语气这么轻松,是为了她好,应该是想让她打起精神。不过她并不愿意用笑回应。

他清了清嗓子。"在你进入观看室、近距离接触最丑恶的人性、被折磨几个钟头之前，我先去弄点咖啡。好吗？"他站起身，脸上依然带着微笑，走到房间一角里的咖啡机旁。

"谢了，我也喝一点。"珍妮特说。

凯文递给珍妮特一杯，然后重新坐下来。"你找到要找的东西了吗？"他问。

"我不知道，看了才知道。"她回答，尝了尝咖啡，发现浓度正是她想要的，"也许吧。"

他们静静地坐着，喝着自己的咖啡，默默地看着彼此，感觉过了几分钟，珍妮特打破了沉默。

她指着屏幕上那个半裸着身子的男人。"你认识他吗？"

"是的，我们在网上找到的，我们觉得他是个瑞典人。"

"为什么这么想？"

他靠近屏幕一些。"你看出这是什么了吗？"他说，同时把手指放在赤裸的男孩身边的床头柜上的一个物品上。

"没有，是什么？"

"如果你靠近了看，并把照片弄得更清晰一些，就会看到这是一盒瑞典产的头痛片。根据上面的价格标签，这是四月份从恩厄尔霍尔姆的一个药剂师那里买的。现在，我正在查找可能相符的银行卡消费记录，看起来某个幼儿园教师很快就会让我们登门拜访了。"

"就这么简单？"珍妮特问。

"就这么简单，"凯文肯定道，然后继续说，"把照片放到网上的人通过PS技术掩盖了这个男人的身份，所以我们正努力恢复他的面容，但是这很难，也需要很大的计算机容量。美国联邦调查局也在做同样的事，但是我敢说他们会先成功。他们比我们手头的资源多一些。"

"我看到我们的一个同事的名字也在其中。"珍妮特说着把杯子放下。

"是的，那是斯莱普内尔行动。"凯文靠着椅背，"我们抓到了大约一百个人，除了你说的那个人，我们还在斯德哥尔摩抓到了另外两个警察。"

"我不擅长算数，不过你说抓到了一百个人，其中三个是警察。换句话说，警察在其中的概率是百分之三。整个瑞典有两万名警察，也就是说，瑞典总人口的百分之零点二？这意味着，警察藏有儿童色情内容的概率是其他人的十倍还多。"

凯文点点头。"嗯，我要继续工作了。刚到了一台没收的电脑，我需要查看一下,显然这很紧急。"凯文从椅子上站起来,"另外,如果你觉得只有男的才对儿童色情感兴趣,那我可以告诉你,这台电脑的主人是个女人。"他打开门,走了出去。"我带你去看录像的地方。"

珍妮特拿起录像带,跟着他走出了房间。

"你说女人?"

"刚到的,在哈塞尔比没收的。"他一边解释一边沿着走廊向前走,"在法格斯特兰德,如果我没记错的话。"

"法格斯特兰德?"

"是的。她的名字叫汉娜·奥斯特伦,或者说她曾经叫这个名字。她现在已经死了。"

向日葵疗养院

维多利亚听着,尽力不打断索菲娅。她已经尽力抑制内心的愤怒,选择专注于自己回到了苏尔贝里亚路上房子的想象中。

"如果你问一名神经外科医生,他或她很可能不会认为囊切开术和额叶切除术是一回事。也许它可以被形容为额叶切除术的升级版,我不知道,不过就像额叶切除术一样,它是为了抑制异常行为……"

异常,维多利亚想。始终是关于异常。有了一个预设的标准,才能说一个人异常。而精神病学是接受政府的津贴补助的,所以,是实践中,由政客决定什么是病态、什么不是。不过,在心理学中应该不是这个样子吧?那里没有清晰的界限,如果有什么是她可以确定的,那就是每个人都是异常同时又都是非异常的。

"在瑞典,当然甚至是在丹麦,也就是进行手术的地方,我们很久以前就开始对那些被认为有学习障碍或者畸变的人们采取并不可靠的干预措施了。我记得一个例子,一个十四岁的男孩被迫接受了六周的电击治疗,就是因为他虔诚的基督徒父母发现他在手淫。在他们的世界里,那就是异常行为。"

维多利亚在想,这样的人怎么还能有投票权。

"笃信宗教才应该被看作异常呢。"她说。

索菲娅微微地笑了笑,然后默默地坐了片刻,维多利亚听着老人的呼吸声。急促而浅,就像二十年前一样,当她再次开口时,声音变得严肃了一些。"回到正题上,"她的声音很平静,但很尖锐,"你知道,额叶切除术就是切除那些有异常行为的人的大脑额叶的手术。额叶和下面大脑之间的联系被阻断了，病人死亡率接近六分之一。医学总会知道其中的风险，但从未干预。我的职业开始于二十世纪五十年代早期，多年间我目睹了许多可怕的事情。瑞典接受额叶切除术的病人大多数是女性。她们被形容为放荡、好斗或者歇斯底里，她们被迫付出了高昂的代价。"

塔利班政治，维多利亚想。她专心地听索菲娅讲，依然闭着眼睛，她意识到这是她第一次听到老人声音中的愤怒。这感觉很好，缓和了她自己的愤怒。

"跟额叶切除术不同，据我们所知，囊切开术并不致命，也正因此他们才决定对玛德琳实施这项手术。他们切入内囊——也就是大脑内膜——上的神经，希望她的心理问题——强迫症和破坏性行为——能够减轻。但是手术彻底失败，实际上反倒导致了相反的效果。"

维多利亚再也无法闭着眼睛或者保持沉默了，"她发生了什么事？"

索菲娅一脸怒色。"她的缺乏自制能力的问题更加严重了，她的冲动克制力差不多完全消失了，奇怪的是，她的智力反而变得更强了。"

维多利亚不明白，"这听起来有点矛盾。"

"是的，也许吧……"索菲娅呼出一个大大的烟圈，烟圈飘过桌子，撞到窗玻璃，破了，"大脑非常神奇。不仅每个部位独立且有各自的功能，而且彼此之间还有互相作用。在这里，你可以把这个手术比作在一条河上建一座大坝以阻断水流。但结果这条河绕过大坝找到了新的河道，并且更加汹涌。"

维多利亚拿起装着她的笔记本的包。

丹麦，2002

所以，妈妈说，我差不多总是一副兴高采烈的模样。
我觉得生活就像一个艳阳天。

医院里的环境并没有吓到她，因为她童年的很大一部分时间都是在或这或那的治疗中度过的。几乎总是因为肚子痛，如果不是，那就是因为恶心、头晕或者严重的头痛。

最糟的是当她和博-奥拉，还有那些玩具独自待在那所大房子里的时候。

博-奥拉，她从不称呼父亲的男人，开始的时候还可怜她，但是当她不配做他的女儿的时候便抛弃了她。

她周围的一切都有个名字，但都是指其他的东西。爸爸不是爸爸，妈妈不是妈妈。家也在另外一个地方，病了就像痊愈了。当有人说"好"的时候，真实的意思是"不"，她还记得自己当时是多么困惑。

大脑是人体内唯一没有感觉的器官，所以哪怕病人清醒的时候也可以做脑部手术。

天啊，她找到警察，告诉他们博-奥拉和他那些所谓的朋友在那个棚子里的勾当，那是为猪准备的，而不是彼此愤怒的小男孩，那时候，他们是多么气愤呀。尖叫着，大喊着，从左边打，从右边打。然后他们把她送到了一个新的地方，他们说从那以后那就是她的家了。但是，那里黑漆漆的，很安静，她双手被绑着，就像现在一样。

医生说了，如果他们只是稍微切入她的脑袋，她就不会再有这么复杂的想法了。她不会再大打出手了，有希望能够照顾自己。如果他们只是剪短她头脑里一些毫无益处的关联，一切都会好了。

爸爸就是爸爸，妈妈也是妈妈了。

她被人从床上抬起来，这打断了她的思绪。但是她闭着眼睛，因为她不想看到那把即将切开她脑袋的刀子。

的确，他们确实说过他们不再使用刀子了，因为时代变了，他们现在有更先进的技术。某种跟电有关的东西，她不太懂，但是当他们问她明不明白时，她还是点头了，因为她不想引起更多的麻烦，麻烦已经够多了。

麻烦，麻烦，麻烦，你就是个麻烦。这就是每次有东西碎了或是掉到了地板上，夏洛特，那个她从未喊过妈妈的女人，总会说的话。也确实经常有东西打碎。不是装满了牛奶的颤抖的玻璃杯，就是滑溜溜的盘子，抑或是窗玻璃太薄了，直到它们在地板上碎了一地才能看到。

有人抓住了她的头，她感受到了冰冷的刀片。

首先是他们剃掉她后脑勺上头发的刮擦声，然后是一阵疼痛，最后是电刀的声音。

卡罗林斯卡医学院的精神病专家克里斯蒂安·鲁克证实，这项手术不仅有副作用，在临床的实施也困难重重，这意味着这项手术只能在严格控制的实验中才能施行。而这时，这项技术的未来就被决定了。

会没事的，她想。我会好起来的，就像其他人一样。

罗森兰德医院

维多利亚·伯格曼不会来，赫提格想。为什么呢？

锡格蒂纳人文中学其他人的名字都在他面前的笔记本上了。

"不过你认识维多利亚吧？"

"只是上学的时候认识，"安妮特说，"她不属于我们这一派。"

"你们这一派？"

女人有些局促不安。在他们的谈话期间，她的眼睛里第一次闪出了一丝清醒。"我不知道他们让不让我说。"她最后说道。

赫提格不得不努力让自己的声音保持镇定而友好，"谁会不让你说？"

"卡尔和维戈，还有博-奥拉和格特。"

也就是，那些男人，他想。"可是卡尔、博-奥拉、维戈和格特都死了。"

该死，我为什么要说这个？他刚说出口就想到了。

安妮特·伦德斯特劳姆看起来非常困惑，"别说了，你为什么要糊弄我？我觉得这次谈话不再有趣了，你现在可以走了。"

"抱歉，"他说，"我错了。我很快就走，但是我一直在想一个问题。当然维戈——"他打住了，开口前想一想，顺着她的意思来，"当然，维戈是个好人，我听说他在瑞典帮助贫穷的儿童过上好生活，还帮助他们找到领养他们的家庭。对吧？"

女人皱着眉头。"嗯，当然对了。我不是说过了吗？我还跟另外一个警察说过，那个叫索菲娅什么的。维戈对那些孩子那么好。"

很多信息，赫提格想。他边听她说边做笔记，一个奇特的世界在他的笔记本上渐渐成形了。他还不知道自己听到的是真实的，还仅仅是一个精神病患者的观点，但是他有很多东西要跟珍妮特说，因为他在安妮特·伦德斯特劳姆的讲述中看到了一些模式，尽管她搞混了基本的时空概念。

她在说流亡的锡格蒂纳，维戈·杜勒、卡尔·伦德斯特劳姆、本特·伯格曼都参与其中的基金会。按照安妮特描述的，它听起来是那么美好。那些被领养的孩子们在瑞典生活得很好，这项国际工程帮助了那么多贫困的人们。

"你认识维多利亚的父亲本特·伯格曼吗？"

"不认识，"她回答，"他协助卡尔、博-奥拉以及维戈资助基金会，但是我从未见过他。"

又一个正面回答,同时也是正确的。好了,他想,最后一个问题。

"皮提亚的指示,这是什么意思?"

女人再次露出了不解的神色:"你不知道?你的同事也问了这个问题,几天前跟我说过话的那个索菲娅。"

"不,我真的不知道。不过我听说那是一本书,你读过吗?"

她又有些迷惑,"不,我当然没看过。"

"为什么没有?"

女人的眼神又变得空洞了。

"我从未见过这个名字的书。皮提亚的指示是经典,古老而不容置疑。"

她沉默了,低头看着地板。

当赫提格离开罗森兰德医院,驾车驶入二环路时,他的思绪慢慢地进入了一个讲得通的模式。

皮提亚的指示,他想。某种专属于那些男人的东西,他们为了自己的目的而创造的规则和真理,最适合它的词汇应该是"洗脑"。

他肯定珍妮特会对这一切有话要说,当他停下车等红灯的时候,他在想她那边进行得怎么样了。当她打电话说要去看一下伦德斯特劳姆的录像带,他还希望自己能过去帮她。他知道她很坚强,但是你得多强大才能不完全垮掉呢?

二十分钟后,当他打开国家犯罪中心珍妮特在里面坐着的房间门时,问题的答案就刻在她的脸上。

向日葵疗养院

维多利亚·伯格曼正发狂似的写着。一行接着一行,都是关于她的女儿玛德琳的,索菲娅·柴德兰则坐在她身边,听着笔尖的沙沙声。

她患有白内障的眼睛虽然看不到东西,但是它们依然盯着维多利亚。

"我知道你还没有写完。"老人说。

维多利亚没有听到她的话,但过了片刻,她停下了,看着笔记本,圈了几句话,然后把笔放下。

囊切开术起了反作用。

自杀行为——完全缺少自制力。

具有仪式色彩的疯狂的想法。

然后，她抬起头看着索菲娅，索菲娅伸出一只颤抖的、布满皱纹的手。她握住它，很快就恢复了镇定。

"我很担心你，"索菲娅平静地说，"她们还没走，对吗？"

"什么意思？"

"乌鸦女孩，还有其他人。"

维多利亚咽下口水。"不……乌鸦女孩还没有，也许梦游者也还没有走。但是其他的都走了，她帮助了我。"

"她？"

"是的……我已经做了很长时间的心理治疗师了。她一直在帮助我。"

我帮助了自己，她想，梦游者帮助了我。

"真的吗？心理治疗师？"

"嗯……其实，她很像你。不过，很明显她并没有你那么长的从业经历。"

索菲娅·柴德兰莫名其妙地笑着，握了握维多利亚的手，然后松开手，再次拿起那盒烟。"我们每人再抽一支吧，之后我就不敢再抽了。"

"院长是个严厉的女人，尽管她肯定有颗善心。"

善心？谁有善心？

"维多利亚，几年前你给我写过信，跟我说你做了一名心理治疗师。你还在做这个吗？"

没有人有善心，所有人的心都如石头一般坚硬。

"差不多吧。"

索菲娅看起来很满意这个回答，她点着了烟，然后递给维多利亚一支。"嗯，那么，"她说，"你让一个老人很开心，但是也很疲惫，我不知道现在我还能做什么。我无法集中注意力，也开始忘事，还变得昏昏欲睡。不过他们现在给我吃的新的药片效果更好，我现在比那个警察过来找我的时候清醒多了。"

维多利亚什么都没说。

"那时我更糊涂，"索菲娅继续说，"不过说实话，并不像那个女警察想的那么糊涂。有时候这么大年纪也有用，需要的时候你就可以假装痴呆。当然，除了我真的糊涂的时候。很显然，不需要的时候，很难装。"

"他们来这里干什么？"维多利亚问道。

索菲娅又隔着桌子呼出一个烟圈。"他们当然是在找你，来这里的那个人叫珍妮特·科尔伯格。我答应她，一有你的消息，就让你跟她联系。"

"好的，我会联系她。"

"好……"索菲娅疲惫地笑了笑，靠着椅子背陷了下去。

无路可逃

她的身体距离天花板只有几厘米远，她向下看着自己，那个被绑着的女孩，在一个地下的棺材里，又渴又饿。

她嘴里有一根细管子，他们在给她喝之前那种又苦又干的泥状物。这食物只会让她越来越虚弱，一种反食物。坚果和种子，又有点松脂的味道，但是她不知道那是什么。

不过她不再关心这个，她感觉很轻松很高兴。

她的嘴里是胶水的味道，这让她感到精神高涨，仿佛她知道世间所有谜题的答案。

她努力扭动身体，但是被绑得很紧。她动不了，无论如何努力。

不久前，她还能飘浮，像太空中的航天员一样自由，但是现在她的身体却被绑住了。

她开始觉得冷了，一股难以名状的寒冷冻得她浑身发抖。

但是她依然没有害怕。

只是她身体内的水变成了冰。

这寒冷传到了她的皮肤，仿佛身体内的冰在膨大，要撑破她的身体，撕破她的皮肤。就像你把一玻璃瓶水放到冰箱里，当液体凝固成冰块时，瓶子会碎掉一样。

想到这个类比，不禁笑了笑。

在她破碎成一千块细小的玻璃碎片之前，她看到了站在她身旁的男人。

是维戈·杜勒。

克鲁努贝里——警察总部

年轻警员凯文领她进入的房间小得让人压抑，完全配不上它的名称。

"这就是观影套房。"他讽刺地说道，同时示意她坐下。

她环顾四周。一张桌子，一个电脑屏幕，各种各样的视频播放器，这样不论视频是什么样的格式，大部分都可以看了。桌子中央有一个控制台，这样就能暂停、快进或快退。一个转换器用来放大画面，另一个用来增加画面的清晰度。还有其他的按钮和控制键，她一头雾水。还有一团电线和导线。

"一旦我在汉娜·奥斯特伦的电脑上找到了什么，就拿过来给你。"他继续说，"好了，有什么需要随时喊我。"

凯文关上门后，房间里完全安静下来了，连空调的声音也听不到了。她看着那叠录像带，犹豫着，然后拿起一盘，放进机器。

先是咔哒一声，接着面前的屏幕开始闪烁。珍妮特深吸一口气，靠在椅子上，同时一只手紧紧地抓着操纵杆，以便在看不下去的时候立刻暂停。她想到了火车上的安全手柄，当驾驶员突发心脏病时，拉动手柄可以让火车停下。

第一个录像带里的内容跟卡尔·伦德斯特劳姆所说的完全符合，珍妮特实在无法多看一眼，不过才一分钟就关掉了。但是她知道自己必须看完整个录像带，就双眼盯着屏幕的外面，然后快进。

她透过余光，可以模模糊糊地看到录像内容，无法看得仔细，但是足以看到场景的转换。二十分钟后，随着一声很大的咔哒声，机器停了，然后开始自动倒带。

珍妮特知道自己看到了什么，但是她不相信那是真实的。

她无法接受竟然有人会以此为乐的事实。他们为了得到这种录像花费大量的金钱，甚至冒着生命的危险。对那些变态和禁忌的幻想还不够吗？他们为什么一定要把自己病态的幻想变成现实？

第二段录像，要说的话，更加令人厌恶。

在她观看录像的约莫三十分钟里，眼睛盯着屏幕旁边并不管用，她只好看着屏幕上方一米高的地方。

墙上是一张复印的卡通画。画的是一个肥胖的男人，咧着嘴朝观众跑来，手里抓着一根铁棍。他戴着一顶条纹帽，他的牙齿对一个牙医来说是噩梦。

录像中的小女孩哭着，三个男人轮流强暴那个泰国女人。

卡通画里的男人穿着一条黑色的裤子，光着膀子，脚上穿着沉重的靴子。眼里的神情非常强烈，几乎是疯狂的。

其中一个男的把女孩抱到腿上。他抚摸着她的头发，说了什么话，珍妮特觉得像是"爸爸的乖女儿又淘气了"。

珍妮特注意到自己的嘴角湿了,她舔了舔嘴唇,尝到了咸味。通常,哭泣就像是一种发泄和解脱,但是此时它只放大了她的厌恶和无力感,她想到了死刑以及有人被关起来然后被人忘却。门上了锁,把钥匙扔掉。她甚至看到了进行阉割的手术刀,而那绝不是化学阉割,很久以来,她第一次感到了仇恨。一种非理智的、无法宽恕的仇恨,此时,她才明白为什么有些人毅然选择公开性侵犯的姓名和照片,而不顾性侵犯的家人的感受。

此时,她才意识到她还是个人,尽管是个很糟糕的警察。警察和人,一个不可能的组合?也许吧。

卡通画里的男人所表达的正是她的感受,她知道挂着这幅画的用意了。

有这幅画,在这里工作的人才不会忘记,他们既是警察,也是活生生的人。

珍妮特拿出录像带,把它放回盒子里,然后放进第三盘。

像前两盘一样,这盘录像开头也是咔哒一声。然后是一个摇晃的镜头,仿佛在寻找什么东西,然后停下、拉近、对焦。珍妮特觉得它看上去像是一个酒店房间,她有种强烈的感觉,这很可能就是她要找的录像。

她希望自己的感觉是错误的,但是直觉告诉她没有错。

拿着摄像机的人似乎觉得离得太近了,又把镜头拉远了,然后重新对焦。一个年轻的女孩正四肢张开躺在一张大床上,床边有三个半裸身子的男人。

女孩是乌尔瑞卡·温丁,其中一个男人是本特·伯格曼,维多利亚·伯格曼的父亲。那个因被怀疑强奸而被珍妮特询问的男人,那个因为他妻子为他做了不在场证明而被释放的男人。

这时,她身后的门开了,延斯·赫提格走了进来,珍妮特再次抬起头看着屏幕上方一米处的卡通画,而屏幕上正是强奸的画面。

画上的男人在喊:"用一根像样的铁棍,你可以让整个世界为之一惊!"

赫提格站到她身后,紧紧地抓着椅背,看着屏幕上强奸的画面。"这是乌尔瑞卡吗?"他低声问道,珍妮特点头表示肯定。

"是的,看起来是她。"

"他们是谁?"珍妮特感到赫提格的手抓得更紧了,"有我们认识的人?"

"到现在为止只有本特·伯格曼,"她回答道,"不过那个人——"她指着屏幕——"他在其他的录像里也出现过,我认识他的胎记。"

"只有本特·伯格曼。"赫提格低声说,然后坐了下来,这时镜头扫过整个房间。一扇窗户,外面是一个灯光昏暗的停车场,背景里有男人咕哝说话,之后,镜头重新回到了床上。

"停!"赫提格说,"角落里是什么?"

珍妮特把控制杆往左推。画面停住了,她往回倒,一个镜头接着一个镜头。

"那里,"当镜头扫过房间的一角时,他指着屏幕说,"那是什么?"

珍妮特暂停录像,增加画面的对比度,看到了他说的东西。在那个黑暗的角落里,有个人坐在椅子上,看着床上的场景。

珍妮特放大画面,但是只能大概分辨出那个人的轮廓,看不清脸。

赫提格提议他们看看背景里有什么,这让珍妮特有了个主意。"你在这里等一下。"她说,然后站起来。她打开门,大声喊凯文,赫提格则惊讶地看着她。

那位年轻的警员走到了走廊上。

"你能过来一下吗?"

"马上过来。"

凯文回到房间,然后拿着一个CD出来了。"给你,"他说,把光盘递给珍妮特,然后跟赫提格打了声招呼,"这是到目前为止我在汉娜·奥斯特伦的电脑里发现的东西,说实话,我从未见过这样的东西。"他咽了口唾沫,然后继续说道。"这个完全不同,它有……"

"它有什么?"珍妮特看着这个震惊的年轻警员问道。

"我不知道该怎么说,仿佛它有某种理念之类的东西……"

她仔细地看着他,她不明白他的意思,但是并不想问。她很快就能亲眼看到了。但是在这之前,她需要他的帮助。

她握住操纵杆,缓慢地向前移,一个镜头接着一个镜头。当镜头扫过窗户和停车场时,她停下来。外面停着许多辆车。

"你能把画面变得清晰,好看到车牌号码吗?"她转身问凯文。

"我明白你的意思了,"他说,然后靠在操纵台上,把汽车的画面放大,然后快速按了几个按钮,画面就变得无比清晰了。

"现在你想让我帮你查出这些车都是谁的吗?"他说。

"你有时间吗?"珍妮特笑着问他。

"看在你是米克尔森的朋友的分上,"他说,"只是不要把它变成习惯。"

他朝她眨了眨眼,写下车牌号码,返回了办公室。

她从眼睛的余光里看到赫提格在一旁看着她。

"佩服吧?"她边问边拿出录像带,并把CD放进去。

"非常佩服,"他回答,"所以,我们接下来看什么?"

"汉娜·奥斯特伦电脑里的录像。"她靠着椅背,准备着将要出现的场景,"我们来看看它是不是如他说的那样糟糕。"

"这个可能吗?"赫提格低声说,这时,屏幕上出现了一个小房间。录像里发出细小的嘶嘶声。

珍妮特觉得这是一个小木屋。背景中有一辆独轮手推车、几只桶、几把耙子,以及其他的园艺工具。

"感觉是从电视上录的,"赫提格说,"可以从那咔哒声和声音质量上判断出来。原视频很可能是一盘旧录像带。"

拿着摄像机的人看起来失去了平衡,画面一阵抖动。

然后,出现了一个人脸,戴着一个自制的猪面具。猪鼻子像是用塑料杯子做的。镜头拉远,出现了更多的人。他们都穿着斗篷,戴着类似的猪面具。现在,还看到了三个女孩,跪在一个大盘子后面,盘子上有东西,但是看不清是什么。

"这一定是汉娜和杰西卡。"赫提格指着屏幕说。

珍妮特点点头,她认出她们是学校年鉴上的女孩。

她意识到这一定是安妮特·伦德斯特劳姆说过的事情,那个失控了并最终导致汉娜和杰西卡离开学校的接收仪式。

"她们身边的一定就是维多利亚·伯格曼了。"珍妮特看着那个瘦削的女孩,金色的头发,蓝汪汪的大眼睛。她觉得维多利亚在笑,但是并不是开心的笑,而是嘲弄的笑。仿佛这事也有她的份,珍妮特想。好像维多利亚知道接下来要发生什么。她身上还有某种东西,让她隐约觉得熟悉,可又难以名状,不过她很快就有其他问题要思考了。

其中一个戴着面具的女孩向前一步,开口说话了。

"欢迎来到锡格蒂纳人文中学。"她说着,另一个人把一桶水浇到了汉娜、杰西卡和维多利亚身上。全身湿透了的三个女孩吐着、咳着、叫着。

赫提格摇了摇头。"该死的上层社会的孩子。"他低声说道。

他们默默地看完了录像剩下的部分。

录像的最后,维多利亚探着身子,开始吃她们面前的盘子里的东西。其中一个女孩摘掉面具,吐了起来。珍妮特认出了她。女孩又戴上了面具,但是这几秒钟就足够了。

"安妮特·伦德斯特劳姆。"珍妮特说。

"该死,是的……"

"你跟她的见面,怎么样?"珍妮特问。

"还算可以吧,"他说,然后清了清嗓子,"我觉得得到了一些有用的信息。不过我们可以晚点再说。"

当他们开始看下一段录像时，她很快就明白了凯文说的汉娜·奥斯特伦的录像里有某种理念是什么意思了。

他们看到的场景看起来发生在一个农场的猪圈里。地上有干草，上面满是黑乎乎的泥巴，也可能是其他的东西。粪，珍妮特厌恶地想，猪粪。一排人走进了镜头；他们都穿着整齐，围着猪圈坐下来，每个人她都认识。

从左边起，依次是博-奥拉·西尔弗贝里，然后是他老婆夏洛特，怀里抱着个小孩，珍妮特猜那应该是他们的养女玛德琳。然后是汉娜·奥斯特伦、杰西卡·弗里贝里，最后是弗雷德丽卡·格鲁内瓦尔德。画面的边缘有一个男人的侧脸。

仿佛珍妮特在过去几个小时看到的画面都是她做的关于最近这些案子的噩梦里的情景。所有的主要人员都在，几乎每个人都牵涉其中，她突然感到一阵强烈的不真实感，仿佛她真的是在一场噩梦里，她禁不住偷偷看了赫提格一眼。

好吧，她想。他也像是在做噩梦，跟我一样被吓懵了。

当两个赤裸的男孩走到镜头里——或者说是被镜头后面的人推进去的——噩梦结束了。

伊特库尔和卡拉库尔，她想，尽管她知道他们不可能是那对来自哈萨克斯坦的兄弟，因为录制这段视频的时候他们还没有出生。另外，这两个男孩很明显来自东亚。

他们开始打斗，开始的时候无力而小心翼翼，然后越来越激烈，其中一个男孩设法抓住了另一个男孩的头发，被抓住的男孩怒不可遏，开始疯狂地胡乱抽打。但是这没用。一记重击打在头上，他倒在了地上。

然后，另一个男孩骑到他身上，开始用拳头打他。

珍妮特感到恶心，就暂停了录像。有组织的打斗，她想。伊沃一开始就是对的吗？

"上帝，"她叹了口气，对赫提格说，"他要把那个男孩打死吗？"

赫提格凝视着她，但什么都没说。

她转而快进了，这让他们更容易忍受接下来的虐待行为。

几分钟后，她拍了一下停止键，重新回到正常的播放速度。看到地上的男孩还活着，她松了一口气，他的胸口随着呼吸上下起伏。另一个男孩站起来，站在猪圈肮脏的地面中央。然后，他走向镜头，从画面中消失之前，脸上快速闪过一丝笑容。她迅速往回倒了几个镜头，画面定格在男孩的笑容上。

"你看到了吗?"她说。

"看到了,"赫提格平静地说,"他很自豪。"

她让录像继续播放,但是之后没有再发生了,只有夏洛特·西尔弗贝里膝上的孩子开始扭动起来,当她开始安慰孩子的时候,录像结束了。

理念,珍妮特想。就像那段发生在锡格蒂纳人文中学的录像一样,其中的性元素是她无法理解的,她怀疑这是不是真的是关于性的。

谁能被这种场景挑起性欲?

"你还能接着往下看吗?"她问赫提格。

"说实话……我不知道。"他看起来非常疲惫,情绪低落。

他们被一阵急促的敲门声打断了,凯文走了进来,手里拿着几张纸条。"你们进行得怎么样了?"他问,"你看了农场上的那段录像吗?"

"是的。"珍妮特回答,然后不说话了,因为对于刚刚看到的录像,她不知道说些什么。

"奥斯特伦电脑里剩下的材料更明显是儿童色情材料。"凯文说,珍妮特立刻决定先不看那些录像,那是国家犯罪中心负责的案子。她找到了自己需要的东西,那个教派存在的证据,并证明了乌尔瑞卡·温丁所说的属实。也许她还能查出在强奸过程中坐在角落里的那个人是谁。

"你能帮我比较一下这个侧脸和那个酒店房间里的男人吗?"她把录像倒回到能看到那个男人的侧脸的地方,问道。

"好的。"经过几个快速的操作,凯文就把两个片段并排放到屏幕上了。毫无疑问,这是同一个男人。

"车牌号码你查得怎么样了?"她能听到自己声音里的焦虑。

他点点头。"这是录制视频时的车辆登记信息。"

珍妮特看着那串车辆登记名单。她知道里面可能有凑巧在那家酒店过夜的无辜者。但是当她看到车牌号码旁边的名字时,她意识到那是一份强奸了乌尔瑞卡·温丁的强奸犯名单,跟他们刚看的那份农场猪圈的录像里的那排观众一样罪不可恕。

名单后面还跟着生日和身份证号码:

本特·伯格曼。

卡尔·伦德斯特劳姆。

安德斯·维克斯特劳姆。

卡斯滕·默勒。

珍妮特正要开口把名单念给赫提格听时，她的手机在内口袋里震动起来了。

克鲁努贝里——警察总部

透过珍妮特的言简意赅的回应和神色，延斯·赫提格断定伊沃·安德里奇带来了重要消息。

"把那个男孩丢在北哈马比半岛的人曾在乌尔瑞卡·温丁的公寓里住过，"珍妮特把手机放回内口袋说道，"胶带上的指纹和伊沃在乌尔瑞卡家的冰箱上面发现的十分吻合，而且这个人很可能在接受癌症治疗。"

"癌症治疗？"赫提格说，"怎么治？"

"通过化疗药物，一种细胞毒素，可引发贫血、脱发、骨髓抑制等副反应，某些药物还会导致手脚掌以及手指脚趾的炎症。这些副作用会引发溃破，手指脱皮，伊沃认为跟案件里被害者的情况相同。"

"这么说，他怀疑把这个男孩装进袋子里的人在接受癌症治疗。他有多大把握？"

"伊沃把有关副作用的图片与我们复印的作了比较，他说有百分之九十的把握，或者百分之九十五。"

"这样的话很多事情都真相大白了，"赫提格说，"接下来是不是要对乌尔瑞卡·温丁进行全面警戒？"珍妮特点了点头。看到她满脸疲惫，赫提格如鲠在喉，他看得出珍妮特很喜欢这个女孩。

他转过身研究了一下珍妮特手里的纸张。"那么，乌尔瑞卡·温丁遭到强奸时，这些人都在旅馆，"他说道，"本特·伯格曼、卡尔·伦德斯特劳姆，还有……"他靠近仔细看了看，"维戈·杜勒？"

"这个混蛋哪里都有他。他一直都跟这张图片有牵扯，现在看来还参与了这些道德败坏的录像。"

"他已经死了，伯格曼和伦德斯特劳姆也死了。还有没有其他名字？我们知道的？安德斯·维克斯特劳姆和卡斯滕·默勒？"

"你记不记得，卡尔·伦德斯特劳姆提过有个叫安德斯·维克斯特劳姆的在翁厄有套小房子？这个混蛋第一次接受询问时，他说电脑上有段视频是在那儿拍的。"

赫提格想起来了。早先在调查卡尔·伦德斯特劳姆时，的确有个叫安德斯·维克斯特劳姆的突然闯入他们的线索，但是在翁厄我们只找到一个姓维克斯特劳姆的，年事已高，很快被排除嫌疑了。

"调查线索被米克尔森否定了。"他说。"是的，"珍妮特若有所思地说道，"不过的确有安德斯·维克斯特劳姆这个人，我们已经获得他的身份证号了。"

"卡斯滕·默勒呢？"

"无从知道。"她把手机再次拿出来，拨了个号码，放到耳边。

"阿伦德吗？立马对乌尔瑞卡·温丁进行全面警戒，还有，我需要你帮我查件事情，不，其实，是两件……"赫提格听到她在电话里重复了安德斯·维克斯特劳姆和卡斯滕·默勒的名字和身份证号。

珍妮特跟阿伦德的通话就像跟伊沃·安德里奇一样言简意赅。赫提格注意到她在那张印有强奸乌尔瑞卡·温丁嫌疑人的名字以及车的注册号码的纸张上飞速做了笔记。在珍妮特发出简短的命令后的几分钟，赫提格明白电话那头的阿伦德又投入到忙碌的战斗了。

打完电话后，珍妮特看起来精疲力竭。但赫提格看来，基于在压力下她做得很好，因此没什么好担心的。"阿伦德怎么说？"他扫了一眼那张纸，看到珍妮特在上面写了"外科医生"几个字。

"卡斯滕·默勒曾做过小儿科医生，后来去了柬埔寨，接着杳无音信。安德斯·维克斯特劳姆在翁厄并没有房子，而还有消息声称他六个月前在泰国消失了。"

"至少证明有安德斯·维克斯特劳姆这个人，"赫提格说道，"伦德斯特劳姆也一头雾水，对吗？或许他把他们搞混了？安德斯·维克斯特劳姆拍过那部录像，但是可能是另外一个人在翁厄市有座房子。可能……"

珍妮特同意他的观点，赫提格把这个房间扫视了一周。"我恨死他们了，"他心里嘀咕着，"能有做出这种事的混蛋，意味着肯定存在这样的房间。"

"那么，"珍妮特问，"你跟安妮特·伦德斯特劳姆谈得怎么样了？"他想起视频里锡格蒂纳人文中学的女生来，安妮特·伦德斯特劳姆似乎并不喜欢她扮演的女霸王角色。她还为此病了。

"安妮特精神错乱得很严重，"他说道，"但她仍能肯定索菲娅·柴德兰说的大部分话，在我看来，她虽然状态不太好，但她传达了一个意思：她想去极圈村，并且能脱口而出其他想去的人的名字……"他顿了顿，拿出笔记本，"博-奥拉·西尔弗贝里、夏洛特和玛德琳·西尔弗贝里、卡尔和琳内娅·伦德斯特劳姆、格特·贝里林德、弗雷德丽卡·格鲁内瓦尔德，以及维戈·杜勒。"

珍妮特看着他说："天哪！我烦死这些名字了。"

她站起身开始收拾录像带。"我只想离开这里。"

赫提格还说安妮特·伦德斯特劳姆确认了她之前所说的杜勒参与收养孩子一事。

"他在斯楚厄以及靠极圈村的农场里有几个外国小孩。"

"见鬼。"珍妮特叹了口气，"极圈村……"

"我对那里的地形了如指掌，"赫提格说道，"我们几个从北博滕省到极圈村挨家挨户找也不会花很久。我是说，那个村子就几户人家。"

他们走向车时，珍妮特的手机再次响起。她看了看来电，"是法医。"她自问自答。

电话打了不到三十秒。

"有什么进展吗？"

珍妮特长吁了口气。"从杜勒别墅里那辆车取的油漆样和在斯瓦尔茨乔兰德特发现的痕迹一模一样。这么说，这个律师很可能就是春天把男孩扔到码头的人，而且——"她突然打住，拍了拍脑门，"妈的！"她破口大骂，"阿伦德跟我说过杜勒得过癌症——"

"因此，指纹有可能是杜勒的——"

"乌尔瑞卡房间里的。"

"这说明杜勒根本没死……"

洪杜登——于高登岛

"这么说来，船上死的那个人不是维戈？"

珍妮特边猜测边再次掏出手机。

斯科讷警局的古尔伯格探长在铃声响了漫长的七下后才接电话，电话接通后珍妮特告诉了他一切。

谁料他立马摆出一副自我辩护的态度，就像大多数人受到威胁时一样。他回击道："你是在质疑验尸结果吗？"他火冒三丈，"我们的验尸官很靠谱。"

"你手中有没有他们的化验报告？"

"有，"他闷闷不乐地嘟囔道，"稍等片刻。"她听到电话那头他拿着刷刷响的纸回来了。"你想知道什么？"

"里面有没有提到他有癌症?"

"没有……问这个干吗?"

"因为他接受过癌症治疗。"

古尔伯格沉默良久。"哦,妈的……报告上说他年轻力壮,五十岁的体格,只是有点超重——"

"实则他快八十了。"

古尔伯格清了清嗓子,珍妮特听出他意识到他们的人出了错。"事故发生后,尸检很仓促,"他说,"马尔默实验室的人按指示工作,他们也无法总是万无一失,我们没有借口——"

"别担心,你不必解释。报告里还说什么了吗?"

"我仔细看看,它还写着死者的牙齿里塞的某些食物残渣是东南亚菜。"

是泰国,珍妮特心想。安德斯·维克斯特劳姆。

这时,一辆带有颜色玻璃的警车停在了他们身后,行动队队长从后座跳下,重重地关上警车侧门朝珍妮特走来,同时,后门打开,九个蒙面警察悄无声息地下了车,分作三组,有八个拿的是冲锋枪,另外一个所持的是螺栓行动步枪。

领队的没有蒙面,他走上前介绍了一下自己,声称准备进去。基于取的油漆样,丹尼斯·比林同意搜查维戈·杜勒在洪杜登的房子。因为斯科讷获得的最新消息以及确定了在乌尔瑞卡·温丁公寓里发现的指纹是杜勒的。

"真的有这个必要吗?"珍妮特问,朝手持步枪的警察点了点头。

"PSG-90,万一行动需要狙击手呢。"队长插嘴道。

"我们倒是希望没有万一。"赫提格咕哝道。

"那好,我们进去吧。"珍妮特转过身,看着赫提格。

"还有一个问题。"队长清了清嗓子,"嗯,一切都好快,我们接到的命令都只是个大概。主要目标是谁?我们可能会遇到哪些困难呢?"

珍妮特还没来得及回答,赫提格抢先一步。"我们认为目标一是个年轻女子,可能在这座楼里,"他说道,"目标名字叫乌尔瑞卡·温丁;其次,我们猜测目标二,也就是房主,绑架了目标一并对其进行挟持。目标二的年龄大概在八十岁左右,是个律师,对于你说的困难,我们目前也没他妈的线索。"

珍妮特把赫提格推到一边。"住口,"她嘘了几声,转向警队队长,"我为我的同事道歉,他有时很让人头疼,不过大部分还是说对了。我们怀疑房主,一个叫维戈·杜勒的律师,正在里面挟持乌尔瑞卡·温丁。很明显他可能有武器,不过我们也不清楚。"

"好的，"他僵硬地笑了笑，"我们这就行动。"说着跑回警员那边。

"你应该换种方式。"珍妮特对赫提格说完后走过警车，在全副武装的警察后面准备进入房子。队长举起右手，提醒其他警员听候命令："阿尔法负责前门和正门，布拉沃从后门穿过，查理守着房子一侧的车库。还有问题吗？"

蒙面警员都没说话。

"那好，行动！"他命令道，放下了胳膊。

珍妮特听到赫提格默默地嘟囔"是，我的老大"，但一副极不情愿的样子。

之后，一切都发生得很快。一组的三个警员用很重的螺栓刀破门而入后，迅速跑到正门口，把两边包围起来，二组警员撤离视线后，守在房子左侧，三组冲向车库。珍妮特听到玻璃破碎的声音和一声呐喊，示意房子里面的所有人他们是警察，让他们通通都趴下。

"地下室安全！"他们听到房子里传出这个声音，赫提格走到珍妮特身旁。"不好意思，"他开口道，"说来可笑，虽然我挺喜欢这些家伙，可我有时候觉得他们有点过于军国主义了。"

"我懂你的意思，"她回应，轻轻地挽起他的胳膊，"有时都很难看出他们和暴徒有什么不同。"

赫提格点了点头。

"一楼安全！"

"车库安全！"

珍妮特看着一切，这时，警队队长从里面出来，示意他们可以进入了。

"房子没人，不过是个名号。"他说道，珍妮特和赫提格走到台阶上，"是很老式的那种，没有做任何安保设计，建了只当作一个喧嚣的地狱，以前还有用，现在已经废弃了。"

"一切都在控制之中吗？"

"是的。一楼和二楼都未发现女孩，地下室是空的，不过我们还在搜查，看是否有隐蔽的地方。"

房子里的六个蒙面警察走了出来，来到台阶上。

"什么也没有，"其中一个说道，"你们可以进去了。"

刚开始什么也没发现，接下来什么也没有，后来什么也没发现，珍妮特回忆着肯特的一首老歌里的歌词，跟赫提格和其他警员一起来到草坪上。

他们经过家具零散的大厅，进了卧室，房间里充斥着一股霉味，到处布满了薄薄的尘土，就像给所有的家具和饰品上面覆盖了一层灰色的皮肤。墙上挂着一些画和陈旧的海报，大部分是以中世纪的事物为题材。一个书橱上面摆着一个骷髅头，旁边是个鸟做的标本。在珍妮特看来，这个房间有点像博物馆。

她走向书架，拉出一本书。《法医学教科书》，她读着。1994年乌普萨拉大学法医医学研究所出版。

厨房霉味轻一些，珍妮特觉察到有股消毒液的刺鼻气味。

"是漂白剂。"赫提格说，嗅了嗅空气。

卧室几乎什么也没有，只有一个衣橱、一大张床，床上只有张脏兮兮的垫子，没有毯子，也没有床单。珍妮特刚打开衣橱，赫提格就在楼下喊她了，她下楼之前瞥见橱子里整齐地挂着几件裙子、衬衫和套装。当她看到那些老式的女士内衣时，一股奇怪的感觉油然而生：几件束身内衣、几条吊袜带，是尼龙和混合面料的，白色的内裤，粗糙麻布做的。

厨房里，赫提格在搜查一个抽屉，他把各种各样的物品放到身边的橱柜上。

"他放刀的抽屉里都是些什么鬼东西。"他指着排好的工具说道。珍妮特走近看了看，有几副钳子，一把小锯子，还有几个不同大小的镊子。"这是什么？"她拿着一头有个小钩子的木棍问。

"古怪，但并没有不合法，"他回答道，"走吧，我们去看看地下室。"

地下室弥漫着一股霉味，他们下去后也一无所获，只有一箱子半快要腐烂的苹果，两根钓鱼竿，以及一个货板，上面有八袋混凝土，除此之外，这间潮湿的地下室里什么也没有。她真是搞不懂为什么要六个警察费上近十分钟的时间来确定这里没有隐藏的地方。

珍妮特大所失望，她和满脸沮丧的赫提格一起走在行动小组和他们队长前面，上了台阶。

"好吧，再看看车库我们就回家。"她说着垂头丧气地走向这座楼旁边的那个房子。

一个警员走到她身边，把巴拉克拉法帽面罩往上拉了拉，以便开口说话。"我们破门而入的时候，唯一发现的是窗户烂了，看起来像谁用我们在外面看到的扳手敲碎的。"

赫提格顿时满脸尴尬，他走到那个拿着装扳手的证物袋的警员前面，默不作声，表情极不自然，然后爬到后方的混凝土下水道盖上。珍妮特发现水泥是新的，难怪地下室有几袋水泥。

她往车库里瞧了瞧，都不屑于进去，因为里面只有一个工作台，几个空架子，其他什么也没有。

他们返回警车，珍妮特觉得一点有用的线索都没找到，也没任何进展，因此极其失落，不过欣慰的是，并没有发现乌尔瑞卡·温丁在房子里被害。

赫提格坐上驾驶座，启动车子，开到直达市里的主干路上。

刚开出几公里，他们谁也没发话，珍妮特先打破了沉默。

"你那会儿是不是说是你把窗户敲碎的，因为你没有钥匙？或者你承认你不会撬锁？"

赫提格咧着嘴笑了笑。"没啊，我不需要承认，我撬了锁也是徒劳。他说他们进车库是用了大锤，可打开门根本就不可能啊，因为里面是锁着的。"

"停车，老天！"她突然的大叫让赫提格无意识地踩了急刹车，他们后面的警车愤怒地按喇叭，不过也停了下来。

"开回去，开他妈快点！"

赫提格一脸困惑地看着她，然后调转方向，加大油门，一溜烟地往回疾驰。珍妮特摇下玻璃，伸出胳膊向警车示意跟上，警车来了个快速的"U"型漂移跟上了他们。

"妈的，妈的，妈的！"她咬牙切齿地骂骂咧咧。

无路可逃

处在休眠状态神游时，她丝毫感觉不到痛苦与恐惧，她希望带着股新的力量重返地面。

她再次尝试背诵美国各州的名字。一开始背的时候，她只有四个州名没记住，于是把所有的州都学了个遍。可现在，她又有四五个背不下来了。

哥伦比亚，她努力背着。华纳，哥伦比亚，还有新线电影公司。

她内心在咆哮，但没有声音。她的大脑会像她的身体一样，逐渐萎缩。

华纳不是州，也不是加拿大的省份。她在想美国的电影公司——哥伦比亚影业公司、华纳兄弟以及新线电影公司。

她试图用力，但毫无知觉。她的躯壳不复存在，但仍能感觉到疼痛，她想自己一定是在动，因为她想象自己能听到皮肤和木头之间的摩擦，干涩而又刺耳的沙沙声。她根本不能开口说话，她想自己肯定快不行了，身体正一点一滴地衰竭。

华纳兄弟，新线电影公司。

她可以看到新线电影公司制作的电影《七宗罪》里一连串的画面。

她是在电脑上找的这部电影，并看了好几遍。

她记得电影中按七宗罪进行的先后谋杀顺序：先是暴食，杀手强逼一个胖子把自己吃到死亡。

接着是贪婪，一个商人鲜血直流。

然后是懒惰……

她想不下去了，因为她突然意识到他们会对自己做什么。

在电影中，那个因懒惰罪而被惩罚的人被绑在一个黑暗房间的床上，一想到他的样子，她就备感恶心。

他棕灰色的皮肤几乎从他的头骨上分离开来，血管和骨头高高隆起，看上去就像是泥炭中挖出的木乃伊，或者类似的东西。

一千多年了，可他们的面部表情几乎原封不动。

她现在的样子也是那样么？

突然，她听到一阵刺耳的声音，然后是一声金属的咣当响，声音很大，几乎把她的耳朵震聋了。

警察来了，她心想，他们在开门救我出去。

在乌尔瑞卡·温丁被捆绑的房间，一股刺眼的光线照了进来，她感觉眼膜好像着火一般。

洪杜登——于高登岛

维戈·杜勒的车库门是从里面用个金属栓锁住的，里面空无一物，没有其他的门，只有一个很小的窗户，小孩都不能通过。

很像一起经典的犯罪谜团，这间紧锁的房子。

当赫提格说起撬开门费了九牛二虎之力，珍妮特打了个激灵，通往杜勒的车库肯定有其他方式。现在，他和珍妮特以及警察队长站在车库里，当她说明自己的原因后，这三个人同时转身，盯着这个木头架子，隐藏的门一定在架子后面。

警察队长命令找根撬棍，两个蒙面警员立马朝门口的警车走去。

珍妮特仔细地观察架子的构造。架子每层都很结实，最顶层到底层，每层上面都有四根镶着很大的铆钉的钢棍，好像连着架子后方，像一个很大的金属矩形。突然发现架子是跟后方固定在一起的，因为金属棍上有几只大钉子冒了出来，她刚刚还误以为车库是空的呢，她不禁感慨。恐怕他们现在已经丢掉了最佳时机。

那两个警员回来了，每人手里一把撬棍，开始忙着撬钢棍，他们身后的混凝土上的凹槽肯定就是门的轮廓,又来了个警员开始拔上面的钉子。一声巨响,门开了个小缝儿,用力拽了几下,门缝变得有十厘米宽了。

乌尔瑞卡,珍妮特心想,有那么一瞬,她大脑中浮现出一幕骇人的景象:在架子后面,乌尔瑞卡·温丁的尸体被砌在墙上,不过等门一下子打开,她脑中的景象消失了。

进去后,发现墙上有个狭小的空间,大概有半米深,往右侧走几步就通向黑漆漆的地方。小空间上方是个坏掉的窗钩,从环上耷拉下来。她感到身上每根汗毛都竖起来了。

这时,行动小组又开始行动了。

队长挑了两个最有经验的警员,同他一起钻了进去,不到十分钟就听到洞内传出"地下室安全"的喊声。

珍妮特跟赫提格急忙沿着狭窄的台阶走下去,一阵干燥、令人作呕的味道扑鼻而来。什么也没有,珍妮特万分确定,他们在下面什么也没发现。

她想起乌尔瑞卡·温丁,她的面容,她的声音,她的一举一动。如果他们刚刚在下面发现了她,不管她是死是活,他们都不会说地下室是安全的。

沿着台阶走着走着,来到一个近乎正方形的房间,远处有堵墙,几乎每隔五米就有一扇关着的门,天花板上悬着条链子,链子上挂着个电灯泡照明,地上有两只很大的狗笼。墙上挂满了地图、照片、剪报以及一层又一层的纸张,大小不一。

"这他妈的是用来干……"赫提格看到笼子后嘟哝道,珍妮特看出来他和她想的一样。

天花板上还垂着一些绳子,上面挂着玩具。珍妮特数了数,大约有二十个,其中一个是只木头做的狗,还有几个坏的贝兹娃娃。不过印象最深的还是一张又一张的纸。"来自小纸片的人。"她心想。

维戈·杜勒随身带着碎纸片,索菲娅怎么会如此料事如神呢?

这个房间还有一个小架子,上面排着几个瓶瓶罐罐,还有个很矮的橱子,橱门开着,里面有些纸张和文件。橱子上面有两只小猴子玩具,一只拿着俩铙钹,一只拿着个鼓。

她近距离地观察了下架子上的瓶子,有些上面有化学药剂的符号,有的写着斯拉夫文,不过她很清楚里面装的是什么。虽然瓶子都是密封的,仍然散发出一股淡淡的刺鼻气味。

"尸体防腐剂。"她转向赫提格低声说道,赫提格脸色更加惨白。

房间另一头的门开了。"我们发现还有另外一个通道，以及另一个房间，"警察队长说道，她听出他的声音有点颤抖，"好像是个……"他停了停，取下面罩，"干燥间还是什么……"他的脸色跟死人的一样惨白。

干燥间？珍妮特若有所思。

她带大家进了一个狭窄的走廊，只有一米宽，六七米长，全是水泥做的，尽头突然没路了，只有个梯子，通向天花板上面的一个洞，一缕光照在了梯子的金属上。

左侧墙的中间有个铁门。

"这就是干燥间？"珍妮特示意这个门，队长点了点头。

"梯子上方通向房子后面的花园，"他继续说，好像要将他们的注意力从那扇紧关的门转移开，"你可能注意过——"

"是那个下水道盖吗？"赫提格打断他，"我不到半个钟头之前还站在上面了。"

"是的，"队长回应，"不过，如果我们从外面掀开盖子的话，只看到钢丝网，下面是个黑漆漆的洞。"

她转向赫提格和警察队长，他俩正无精打采地站在铁门门口。"我想打开门，"她说，"可怎么是关着的呢？"

行动队队长摇了摇头，深呼了口气。"我们在这里处理的是什么鬼案子？"他慢慢说道，"我们追查的是什么变态混蛋？"

"我们知道他叫维戈·杜勒，"赫提格回答，"我们对他的长相也只有大致的了解，不过对于他是什么样的人，我们一无所知。"

"干出这等事的根本就不是人，"队长打断他说，"总之是个其他的什么东西。"

他们相互看了看，什么也没说。唯一的声响就是风击打车库屋顶的声音，以及其他警员在上面的花园里来回的脚步声。

这些人肯定被什么吓到了，他们不确定要不要告诉我们是发现了什么东西，珍妮特心想，并且突然犹豫起来。她回忆起那天下午在国家犯罪中心令人毛骨悚然的经历。

赫提格轻轻地推了推门。

"门的右边有个照明开关。"警察队长说。

"可是，里面有个亮着的荧光灯。"他转过身，铁门慢慢地打开了。

想到犹豫不决和优柔寡断只会浪费时间，珍妮特立马开灯，往里迈了一步。只用了几秒钟，她就在心里作好准备，要对里面的东西理性看待。

首先，她对看到的所有东西都作好记录，记录后就关门，把剩下的交给伊沃·安德里奇。

时间停住了。

她记下乌尔瑞卡·温丁不在这个房间，房间也没有其他活人，她还记下每堵墙上面都有架排气扇，而且房间内有四根细钢绳索穿过。

她记下绳索上挂着什么，以及房间正中间的东西。

然后，她关上了门。

赫提格后退了几步，靠在水泥墙上，两手插在口袋里，盯着地板。珍妮特看到他的下巴哆嗦，好像在嚼东西一样，她感觉他有些可怜。听到门关上，行动队队长再次转过身，他长吁了口气，揉揉额头，什么也没说。

当伊沃·安德里奇和法医组到时，珍妮特和赫提格看到他们意气风发、无忧无虑的样子，十分担心和同情。虽然这些助理只负责处理杜勒博物馆的接待室，里面有剪报、老式玩具和碎纸片，他们还是会看到干燥室里莫名的恐怖画面。

此刻，珍妮特和赫提格戴上塑料手套，第一次查看这些大量的文件，过了一会儿，他俩达成默契一般，对在另外一个房间所看到的东西只字不提。他们知道里面都有什么，伊沃·安德里奇会在恰当时机告诉他们答案，这就足够了。

索菲娅又说对了，珍妮特心想。回忆起阉割的画面，或者说丢失的性的归属感。那么，为什么不呢？

跟坐在国家犯罪中心的屏幕之前一样，她再次感到疲惫万分，这迫使她寻找光明。一个是乌尔瑞卡·温丁还有活着的可能，这个希望给了珍妮特足够的力量。

他们开始对物品进行拍照，对里面含有的东西做了大致的笔录。之后会有人来做更详细的检查，不过不是他们，他们的工作之重是记住第一印象，趁他们对所看到的东西的印象还相对来说没被影响。

大略一看，主要记录的好像是纸片，从报纸、杂志、照片和手写文件上剪下来的，小到便条，大到长信，还有手工艺品，主要是玩具。另一个目录记录着需要复印的文章和书籍片段。大部分案件中的个人记忆和犯罪行为的文件有多少是几乎不能确定的。这些照片中有的有塞缪尔·柏的宝丽来照片，通过他胸前的 RUF 疤痕，她一下子就认出来了。

房间里的架子上的瓶子和罐子自然要由法医组进行检查，珍妮特才不会在这些东西上浪费时间。她脑中对里面的东西已经有了大致的概念。福尔马林、甲醛，还有一些类似的防腐物质和化学药品。

对于狗笼子以及房间正中央的小排水道,她和赫提格虽然忍不住不时地看,不过也没有碰。

工作进展很快,跟他们看到的有一定变样,因此,当赫提格发现对防腐工具的图片描述时很少有反应,他想起在厨房的抽屉里发现的工具:几把钳子,一把锯子,几个镊子,还有一个一端有钩子的木棍。

他们发现有几份剪报是关于在图里尔德斯普兰、丹维科斯图尔和斯瓦尔茨乔兰德特的三个男孩,但是关于几天前在北哈马比半岛发现的男孩,并没有与他相关的简报。

匪夷所思的是,剪报的大部分都是从苏联和乌克兰的报纸上剪下的。由于珍妮特和赫提格都不懂斯拉夫语,而且几乎都没有插图,很难知道这些文章是关于什么的。它们上面都标着时间,从二十世纪六十年代早期到几乎现在,也就是2008年的夏天,这些文章将会被扫描,然后送给乌克兰秘密警察局的伊万·罗文斯基。

不一会儿,珍妮特决定结束处理物品的工作,并且和赫提格商议目前她们手中的资料已经足够了,以后一切都会真相大白。

还缺一样东西,她心想。

她站在放着玩具猴子的矮橱子前,瞅着墙中央一张照片,用一个图钉钉着。照片里有个什么是她见过的,它把她在国家犯罪中心看的录像全部召集回来了,录像里有个人和照片里的人非常相似。照片里,这个人坐在一所房子前面的走廊上。可能是维戈·杜勒,不过这个房子里还有些东西似曾相识。

她把这些照片从墙上取下,坐了下来,手里还握着照片,这时,她用疲倦不堪并且充满血丝的眼睛看了看赫提格。

"你想回警局吗?"她问。

"不想。"

"我也不想。不过我不能回家,因为今晚我不想独自待着,老实说,我连索菲娅也不想见。现在我唯一还想见的人,那就是你。"

赫提格有点局促不安:"我?"

"是的,你。"

他笑了笑。"我今晚也不想自个儿待着。先是那些录像带,现在又看到这个……"

突然间,她对他有了新的亲切感。他们今天真是一起在闯鬼门关。

"我们今晚可以在工作的地方睡了,"她脱口说道,"这样如何?来点啤酒,放松一下?把这些通通忘了,一个字也别提,今晚就他妈把所有的事情通通扔了吧？"

他小声地笑了："好呀，干吗不去？"

"太好了。不过在收工之前，我还得给范奎斯特打个电话。他看来必须得逼着自己工作了，生病也得上。我们需要把逮捕杜勒变成全国性的搜索。还有，我还想查查这张照片。"她把从墙上取下的照片拿给赫提格看。

克里普街，第一段台阶——索德马尔姆

离开向日葵养老院后，索菲娅开车去了北哈马比半岛。梦游者再也不会来这里了，她想最后一次再看看这个地方。

她在码头边坐了一会儿，冥思苦想自己为什么老是回来，一遍又一遍地想。不远处有条警戒线，还有几个法医。她不知发生了什么，可能是有人跳桥了，果不其然。待了十分钟，她回到车上回了家。

她毫不知情，自己被跟踪了。

她把车停在了伦敦高架桥一侧，沿着青年大道走去，刚走过厄斯塔路，她突然听到"砰"的一声。

一个男人在离她几米远的地方，刚刚站在自己的车前，重重地关了一下车门，锁车的时候奇怪地盯着她。

镇定，索菲娅，她心想。都结束了。

然而，并非如此。

正当她准备朝克利普加坦走去时，她又听到一个声响，她觉得非常大。

原来是个街角小店门口的铃铛声，店主出现了，身边是位弯腰驼背的小老太太。

"小心点，比吉塔，"他嘱咐道，"去教堂的台阶非常滑。"

这个老太太头发花白，后面梳了个髻，临走之前嘴里还念叨着什么，顺便把两份周刊塞进了自己的袋子里。

索菲娅注视着她，这不可能，她心想。

这个老太太低着头，她的脸上印着店铺招牌的灯光，但是索菲娅从圆胖的脖子和两颊的小酒窝认出了她。

她回想起曾经把手指放在上面，笑着问它们为什么叫酒坑儿呢。

这个老太太进了克利普加坦，朝索菲娅大教堂走去时，维多利亚的腿不停地哆嗦。多么熟悉的背影，圆滚滚的臀部，扎紧的发髻，还有那摇晃的步伐。

她朝相同的方向走了几步，可是两只脚完全不听使唤。

这个老太太的袋子里装的报纸露了出来，分别是《整年》和《撒克逊周报》，维多利亚知道这些报纸在被阅读之前，先要在咖啡桌上待上几天，然后会被当厕纸用，用之前，还要等几个填字游戏玩完。

你根本就不存在，她心想。你不过是我想象出来的而已。消失吧。

她仍然能感到自己脸上火辣辣的烫，能听到火焰噼噼啪啪地作响，一直烧到地下室。本特和比吉塔·伯格曼被装殓在一个深红色樱桃木棺中埋到了林地公墓，至少应该是这样。

在第一段台阶尽头，这个老太太在一处垃圾桶旁停下，寻找着里面的东西，然后找出一个啤酒罐，得意洋洋地放进袋子，继续淘宝贝。维多利亚走近后，发现这个老太太棕色的羊毛外套脏兮兮的，十分破旧，鞋子污秽不堪，都磨破了。

接着，这个老太太背靠一侧的扶手，开始费劲地爬克利普加坦上的台阶。扶手就像家里的楼梯上的一样，她曾经擦了一遍又一遍，不过并没有什么作用。

维多利亚紧跟其后，抓着冰冷的扶手，思绪回到了过去。"我们得聊聊，"她开口道，"你在走之前把话说清楚。你已经死了，你不知道吗？"

老太太转过身。

根本不是她，当然不是。

老太太警醒地盯了她一会儿，接着转过身继续爬阶梯，朝穿过上面小公园的小路走去。

维多利亚孤零零地站在那里。然而几米开外，台阶尽头，有个跟她一样孤零零的人。

克鲁努贝里——警察总部

检察官肯尼斯·范奎斯特正站在警局餐馆外面，握着杯香槟跟一位国家女警长谈论适时修剪天竺葵的重要性，这时，一个该死的电话响了。

其实检察官对植物一无所知，但多年以来，他得知谈话的艺术就是先提问，然后把听来的信息转换成一般客观事实。有的人认为这属于空话，但是范奎斯特坚信这是一种社交天赋。

电话响时，他说了句抱歉，然后放下杯子离开了。在接电话之前，他已经想好了重新跟这位警长聊天时的谈话内容，他会谈论二月份很适合修剪室内植物，但会注意说话分寸。

看到来电显示，他看到是珍妮特·科尔伯格打来的，一阵反感，他不想接到她的电话，只要打来，指定没好事。

"什么事？"他拿起电话，心里盼望着能早点挂。

"我们需要对维戈·杜勒进行全国警戒。"珍妮特直入主题，这让他很恼火。连在说正事儿前做一下自我介绍这么基本的礼仪都不懂吗？检察官还意识到，立马回晚会、继续探讨有关植物的有趣话题的愿望破灭了。

"我们认为杜勒还活着，我想对他发逮捕令，"她继续道，"首要地点：机场、渡口、出入境口——"

"停，停，等一下，"他打断了她，装聋作哑，"你是谁呀？我不知道是谁的号码。"

妈的，他心想，维戈·杜勒竟然没死。

这就可以解释那家冰吧外面的袭击了，检察官摸了摸还在隐隐作痛的下巴。

"是我，科尔伯格。我刚从杜勒在于高登岛上的房子回来，我正在回市里的路上。"

"那么船上发现的是谁的尸体？"

"还没有查明，不过我猜应该是安德斯·维克斯特劳姆的。"

"这他妈又是谁？"

"你应该是知道的。他的名字在卡尔·伦德斯特劳姆案件中突然出现过。"

珍妮特·科尔伯格顿了顿，他瞅准这是结束谈话的好时机。"那么……"他慢吞吞地说道，"你是凭什么，探长，根据《司法程序法》第二十四章第七段，要冒险采取这么重大的行动？第二条吗？你该不会又草率行事吧？"

他能听到电话那头她"噗嗤噗嗤"的喘气声，她肯定要火冒三丈了，这让他忍俊不禁。看到丹尼斯·比林下了出租车，通过正门走了进来，他更加慢悠悠地说道："我的意思是，这么多年以来，我们两个打了很多交道，嗯，如果我们都坦诚相待的话，探长，你不止一次因为证据不足而草率行事，所以你不得不去了好几次卡诺萨。"他正准备说"我的老天"，但欲言又止，令他吃惊的是，电话那边的珍妮特竟然放声大笑起来。

"有意思，肯尼斯。"她开口道，这让他大失所望，她竟然没有勃然大怒，本以为她会滔滔不绝地谈论有关女权主义的胡言乱语呢。

还没等他想好怎么回击，珍妮特继续语气平和地说："在杜勒的车库下面，我们发现的东西能让你最喜爱的杀手托马斯·奎克妒火中烧。不过与那个案件不同的是,我们手里有十足的证据,你明白我的意思吗?我是说身体器官、拷打工具,还有太他妈多的医学试验用品。目前,依我来看,杜勒犯的罪不仅仅是杀了一两个人,数数的话得按打计算,然后再加起来,我确定无疑我们已找对了人。他把有关整个案件的一切都整理成档了。"

他晕头转向。"你能再重复一遍吗?"

检察官肯尼斯·范奎斯特深呼了一口气,努力思考与之相关的问题、合理的法律异议、她分析中的重要矛盾,不管是他妈什么,只要能如他所愿,推迟对杜勒发逮捕令就行。

可是他的大脑一片空白。

就好像有人在他的头脑和喉咙之间建了一堵防火墙。他很清楚自己想说什么,可是嘴一个劲地不听使唤,他脑细胞的所有兵卒都叛变了,不听命令,对着耳边的话筒,他能做的只能是默默地听恪守尽职、狂妄自大的珍妮特·科尔伯格说话。她可真像个痔疮一样烦人,他心想,还有,杜勒一直都在他妈的做什么?

身体器官?他陷入沉思。

这位检察官的关联分析能力和逻辑能力一样弱,但是在新服用的药物和酒精的作用下,他更容易压抑那股特别的想法了。他微醉的状态促使他保持清醒,不过也开始想吐了。

"伊沃·安德里奇和法医还没回来,我已经对附近进行了森严的戒备,并命令无线电不要多嘴。所有的通讯都不准使用公用电话,只能用私人电话。我还明令禁止跟案件没有直接关系的人谈论我们已有的发现,因为我不想在这么敏感的时候让媒体掺和进来。虽然附近没多少人,但只要住周边的,都在猜测为什么有这么多车了,不过对此我们也束手无策。"

她顿了顿,范奎斯特的拳头在口袋里紧紧地攥了起来,心里默默祈祷她住嘴,这样一切都会美好平静,就可以回到晚会上了。毕竟,他只想开开心心地喝点免费的酒,与同事一起吃点点心。

求您了,赶紧结束吧,他恳求上帝,记得十五岁的时候在和受洗牧师经过一场激烈的争辩后他可从来不相信上帝,也再也没有回头找过牧师。然而,他现在恳求的上帝要么装聋作哑,要么就根本不存在,因为珍妮特·科尔伯格还在继续说。检察官现在感觉自己的双腿都快撑不住了,于是抓过一把离他最近的椅子坐在了上面。

"看吧,我确定对维戈·杜勒发布全国范围的逮捕令非常有必要,"珍妮特继续说,"我需要你的批准,不过,我听到你正在参加一个晚会,可能不容易脱身,那只能把文件工作往后推了。要么你就相信我,要么明天早上跟我老板解释为什么全国警戒延误那么久,主要看你。"

终于,她打住了。他听到电话那边一声急刹车,然后是她的同事延斯·赫提格的咒骂声。

"毫无疑问是杜勒对吗?"检察官在椅子上坐了一会儿,说话又有了力气,他多么希望可能会是别人,可是她的回答坚定不移,即使是其他可疑的人,也容不得考虑。

"是。"她说,这时,检察官范奎斯特意识到,他将独个启程走着去卡诺萨了。

"在这起案件中,我同意你采取任何你认为有必要的行动。"他沉默了一会儿,绞尽脑汁想说点什么以挽回自己的威严,以及克服将要了结此案的恐惧,"我知道你很迫切,可是能不能等联邦调查局把杜勒加入重要通缉犯名单呢?"这是他能脱口而出的最好的话了,不过他并不满意。他意识到这句话根本没有跟所想象的一样击中要害。

这时,丹尼斯·比林拿着两杯满是气泡的酒朝他走来,检察官准备结束这次可怕的通话。可是他不知该如何张口,好像他进了个套,越努力挣扎,被套得越紧。

"我明天才离开联邦调查局,"珍妮特·科尔伯格发话了,"反正他肯定会出现在他们的通缉单上,不管你喜不喜欢。"他听到她深吸了口气,长叹了一声。"考虑到亨利四世走路去卡诺萨,"她说,语气一字一顿,跟他之前语气非常般配,"我认为最近的调查说明亨利果然英明,他此举要比罗马教皇格里高里的贪污腐败强多了。如有不对的地方,还请多多指教,毕竟你是个历史学家,而我只是个不才妇女。"

他听到那边电话滴滴的声音,这时,珍妮特的上司丹尼斯·比林拍了拍他后背,递给他一杯酒,他浑身不痛快,只能憋着。

妈的,她含沙射影地说谁腐败呢?

克里普街,第二段台阶

希腊神话中的俄狄浦斯王的传说是个很古老的复仇故事。

俄狄浦斯小时候去找皮提亚时,皮提亚预言他会杀掉自己的父亲,也就是忒拜的国王,并迎娶自己的母亲。为了摆脱命运,这个男孩的父母决定杀死他。可是被安排杀死俄狄浦斯的杀手对他起了怜悯之心，并把他当作自己的孩子抚养成人。俄狄浦斯在对预言不知情的情况下，弑父娶母，也就是国王的遗孀。

谋杀，背叛，复仇。

一切都周而复始。

伯格曼一家就是玩火自焚，玛德琳不想参与到这个恶性循环里来。

在蒂沃尼游乐园，玛德琳偶然遇到过维多利亚·伯格曼，她以为拉着她妈妈手的男孩是她的同母异父的弟弟，她当时一时冲动，行为过激。

这次，她是在斯堪斯蒂尔桥上遇到的她，也就是维戈见到她的地方，但没有鼓起勇气走上前去。

此刻，玛德琳就站在克利普加坦的台阶上，她是一路跟着一辆驶进索德马尔姆的蓝色小汽车来的。

她盯着马路对面这个女人，正是她的妈妈。

维多利亚·伯格曼。

她蜷作一团，好像冻僵了一样。

玛德琳下了车，匆匆忙忙过了马路到达人行道，离她还有十米的距离时，她的手伸进了外套口袋，里面有把冰凉的金属左轮手枪。

枪膛里装了六发子弹，毅然决然，冷若冰霜，目的明确。

解放自己的关键时候。

一个男人关上车门，维多利亚·伯格曼赫然被这个声音吓了一跳。接着拐角处的商店开门了。一个老妇女走出来，在门口驻足，笨手笨脚地拿着个袋子，朝通往教堂的台阶走去。

是她妈妈的那个女人跟上了这个老太太。

真是让人哭笑不得。

每个人跟随另一个人，玛德琳意识到自己一直都跟在别人后面，仅有几步之遥，总是活在生活的后面。她一直觉得自己盯着别人的后背在看，可当她追上他们，杀了他们，仍然不能超过他们。他们从来都不在她的身后，一直都在她的前面，或者在身边，像一张张模糊不清而又令人不安的空洞的脸。

玛德琳发现维多利亚·伯格曼跟她一样，让高跟鞋磨得脚疼难耐。

她的脚一跛一跛的，好似踩在玻璃上，玛德琳瞥见了自己二十年之后的样子。她的身体弱不禁风，一刻也没闲下，一辈子颠沛流离，漫无目的。

如果他们没有把我从你身边带走的话会怎么样呢？玛德琳心想。那样的话会发生什么呢？

没有博-奥拉，没有夏洛特。

这些年她会不会过得好一点呢？

那个是她妈妈的女人对那个老太太说了几句话，老太太已经走到台阶中央的地方了。不过玛德琳什么也听不到，只有记忆的声音。

夏洛特对哥本哈根大学医院的精神病医生撒谎，还在医院的停车场朝她大喊大叫。

夏洛特尖声斥责她是个极其讨厌、没人要的孩子，她的到来毁了夏洛特一辈子。

夏洛特发现，她在观看养父母藏起来的录像时惊讶万分。

三个女生，一个在吃粪便。

周围的人都戴着猪面具。

跟维戈农场上的猪圈非常相似。

作为偷看录像的惩罚，她住进了地下室，期间，博-奥拉每晚都去会见她。

如果和自己的亲生妈妈一起长大，自己的童年会是什么样子呢？

玛德琳对突如其来的感情没有作好准备。她不知该怎么表达，她很久都没有感情了，久到身体里只藏有关于它们的记忆，和任何事情都没有关联。

百感交集，唯有化作一滴泪，滑过她的脸颊。

一滴孤独而又沉重的泪水，一直在追寻得不到的东西的泪水。

那位老妇人爬向第二段台阶，消失在了黑夜中。

维多利亚·伯格曼仍伫立在原地，倚靠着栏杆。在她身后，索菲娅大教堂的轮廓像一座巨大的灯塔，直通云霄。

玛德琳向前几步，在台阶尽头停了下来，从后面盯着这个佝偻的背影。

接着，她看到这个背影慢慢站了起来。维多利亚抬起头，她苍白的手紧紧地抓着栏杆。

相对于活着，死亡要丰富许多，玛德琳心想，她把手伸进口袋，握住了左轮手枪。

生活千篇一律，很容易习得。

一段动人心魄的旅程，希望不再，无需解释的话语。

维多利亚转过身，有那么一瞬，她们相互对望。

她遗忘的记忆如潮水般涌来，击打着满是礁石的海滩。

一滴泪水滑落，只为那被偷走的过去，意识到自己已到达尽头，只有回头路可走时，她感觉又冷又累。她非常想驱走寒冷，暖和起来。

她脑中全是一幅幅画面。

她期待拥有的记忆冲刷着她过去的一幕幕，一个浪头呼啸着打在了长满海藻的岩石上，渐渐平息，慢慢地退回到大海。

一个抱着女儿的母亲，柔软的乳房透出的温暖让人踏实，一只手亲切地摸着她的下巴，轻抚她的头发。

一个女儿正在给妈妈画一幅画，微笑的太阳挂在蓝蓝的天上，绿草坪上有个女孩和狗狗在嬉戏。

一位妈妈正仔细地清理着女儿手指上扎的一块碎玻璃片。她拿来了绷带，虽然根本没必要，还有热巧克力和芝士三明治。

一个女儿拿着为妈妈缝的围裙放学而归，蓝色的，上面有红色的心形，缝得歪歪扭扭，不过不要紧。妈妈为女儿感到骄傲。

玛德琳脸上的泪水干了，一滴渴望的泪珠被皮肤吸收了，仅留下一道淡白色的盐痕迹，几乎看不出来。

她们本应该关爱对方。

本应该。

可已经没机会了。

维多利亚的眼神在一层疯狂的面纱后面，隐蔽而又遥远。她看不到我，玛德琳心想，我是看不见的。

她的手松开了紧握着的左轮手枪。

妈妈，她在心里说，我为你感到难过，让你活着已经是对你最大的惩罚了。你跟我一样，没有过去，也没有未来，就像一本还未开始的书的一页空白。

维多利亚·伯格曼开始往上爬，一开始十分缓慢，不一会儿就加快了脚步，步伐也更加稳健。她爬上第一段的阶梯，接着爬第二段。

然后她就消失不见了。

玛德琳知道自己做对了。

什么也不需要做了，她的身体倒了下来，带着那么一小会儿的释然。

从现在开始，你们在我心里都死了，她心想。我在这里卸下了重负，精疲力竭，会有其他人来接这个担子。

她还有一件事要做，巴比谷，之后她将再也不回来，她心意已决，会把母语留在这里，她将再也不说一句瑞典语和丹麦语，只字不说，至死不说。

"对不起。"她悄声说，没有人听到。

吉 拉

　　1941年9月19日，周一，所有住在基辅及周边地区的犹太人都必须于早上八点在梅尔尼科娃和多科特里埃娃两条街道的拐角处（墓地附近）集合。务必带好证件、钱财还有贵重物品，以及暖和的衣服、内衣等。违抗者或者出现在其他地方的，通通将被击毙。

　　爸爸吃饭的时候一直默不作声，除了他的手拿着勺子在饭菜和嘴巴之间移动，身子才会前前后后，其他时候，他坐得笔直。她数着他在喝了二十八勺汤后，把勺子放下，搁在一个空盘子上，然后拿起餐巾，擦拭嘴巴。接着，他往后靠了靠，把两只手放到脑后，看着她的哥哥们。"你们俩，去房间里收拾一下你们最后的东西。"

　　她极不情愿地又喝了口汤，撕下一片面包，心怦怦直跳。她怀念她妈妈做的汤，这汤喝起来就跟泥土一样。

　　她的哥哥拿起自己的餐具，站起来，把它们放到壁炉旁边的一个洗碗盆里。"先收拾盘子，"他说道，她听出声音中的怒气，"是细瓷做的，他们或许让我们带着呢。总比扔在这里不要的好。把这个银餐具放到门边的木盘子里。"从他的眼角，她看出他挪了挪位子，他该不会也生她的气了吧？有时候她吃不完饭都能惹怒他。

　　但这次并没有，当哥哥们在叮叮当当地收拾盘子时，他笑了，身子掠过桌子，揉了揉她的头发。

　　"你看起来很担心呢，"他说道，"没什么好怕的，不是吗？"

　　不是，她想。我不觉得怕，你在怕。

　　她避免直面他的目光，她知道他在盯着她看。

　　"亲爱的，女儿，"他说，摸着她的小脸蛋，"我们只是被放逐而已。他们会让我们上一辆火车，带我们去另一个地方。有可能是东方，或者去北方，去波兰。我们无能为力，只能重新开始，不管是哪里。"

　　她努力微笑，但并没有多大作用，因为她开始顾虑自己做的到底对不对。

　　她之前在洞窟修道院旁边的一堵墙上看到了这个通知，当时东正教派的蠢货把自己锁在洞窟修道院，甘愿一辈子待在连窗户都没有的洞穴里，而且只进食面包和水，目的是更接近上帝。他们就是蠢货。

德国人挂起的告示牌上说，这座城里的所有犹太人都得去犹太公墓。

他们为什么不让东正教徒去他们的公墓呢？

也就在三天前，街上根本没有人知道自己的祖源。毕竟，他们不住在犹太区，也没有特别的宗教信仰，可在她把一封写着他们名字和地址的信函寄给德国人时，所有人都知道了，一些曾是他们好朋友的邻居开始在她去市场的时候往她身上吐口水。

你这个蠢货，她心想，在哥哥们回卧室收拾最后属于自己的东西时，她迅速瞄了一眼爸爸。

她知道自己不是他的孩子。

她曾经认为自己是，因为妈妈在世时没人提过这件事，可现在除了他，所有人都知道。连她的哥哥们也知道，因此他们在对相互打架烦腻的时候会打她，也因此他们可以对她的身体为所欲为。

"小杂种。"

有那么几年，她以为别人看她的眼神、对她背地里说三道四是由于其他什么原因，可能是她太丑，或者穿的衣服褴褛不堪，可真正的原因竟然是她是个私生女。当她在蔬果店碰巧遇到邻居家一个女孩时，这个女孩不怀好意地告诉她，她妈妈曾和两个街区外的一个帅气画家一起过了十年，从那之后她终于确定了自己的身世。她的哥哥之前喊过她几次"小杂种"，可她那时还不知道这个词的意思。不过等她在蔬果店见了这个女孩后，她猜出这个词的意思是她不是这个家的一分子。

她又看了看爸爸，汤已经凉了，她一口都喝不下了。

"那就剩在那儿吧，"他说，"不过要在我们出发之前把面包吃了。"他递给她最后一点面包，"毕竟，不知道下顿饭什么时候能吃上呢。"

可能永远都吃不上了，她心想，把面包塞进了嘴里。

等爸爸去取用来装东西的手推车时，她偷偷地溜了出去。身上带的东西除了一件厚毛衣、裤子、袜子，她胳膊底下还夹着一双鞋，是从哥哥的箱子里拿出来的，还有爸爸的剃须刀，除此之外，别无他物。

她在一条又一条街上奔跑着，裙子扑打着双腿，好像所有的人都在盯着她看。

"小杂种。"

天蒙蒙亮，不过街上已经有很多人了。灰蒙蒙的天上挂满了云彩，在地平线的地方有一缕红色的黎明之光，这让她很着急。她躲过一群群穿制服的人、德国人和像乌克兰人的人，他们好像在一起工作。

她要去哪里？她从来没有考虑过。一切都发生得那么突然。

她跑得上气不接下气，在一个街角处的咖啡馆停了下来。环顾四周，她已经跑了很远，不知道自己身在何处，十字路口也没个路牌，她很快打定主意不去多想，然后进了咖啡馆的厕所，准备使用剃须刀。打开门时，她发现露着的皮肤上全是泥巴。

不一会儿，她站在了厕所里碎裂的镜子前面，希望没人打扰，因为门上没有锁。她开始在厕所上面的一股水流下面清洗腿上的泥巴，其实这股水流只是地上的一个孔而已，这里没有纸巾，没有毛巾，也没有水槽。水几乎是深棕色的。

她开始变身，不过由于自己不想被看到不穿衣服的样子，她先隔着裙子穿上哥哥的裤子，然后把裙子脱下，把它连同内衣一起扔进了垃圾桶。接着，她跪了下来，把头伸在那个孔的上面，再次用手往上撩水。水闻着臭烘烘的，为了不吐出来，她屏住了呼吸。

她撩了三次水才把头发完全浸湿。然后，她站起身，站在碎裂的镜子前。手里那把剃须刀冷冰冰的。

她开始把一头又长又黑的头发剃掉，先剃掉后面的，再剃掉两边的。突然，门外传来几个男人的说话声，她整个人都僵在了那里。

她闭上眼睛。如果他们进来的话也没办法，她无论如何也挡不住。

不过声音很快消失了，几分钟后，她把头发全部剃掉了，她对着镜子里的自己笑了。

现在，她是有用的人了，可以工作的人，不再是"小杂种"。

我会强大起来的，她心想，比爸爸都强大。

洪杜登——于高登岛

"就是它了。"珍妮特打开维戈·杜勒车库下面地下室的铁门，指了指说道，紧接着就回到外面的房间忙她的去了。

这位病理学家从门口往里瞅了瞅，满脸不情愿。他立马意识到今晚没得睡了。

相比在个房间里看到的所有的绝望，他多年以来所有的痛苦简直是小巫见大巫。这个房间本身就是个装置，一个逐步累积悲伤、死亡以及扭曲的装置。

足足忙了三个钟头，工作才渐近尾声。

他的同事接二连三地找借口脱身了，他也很体谅他们。现在剩下的只有他和一位法医专家，这个专家刚进来时虽一脸的厌恶，可之后一直都在默默地做着机械的工作，没有任何抱怨。伊沃忍不住猜测这个年轻的同事是不是在极力忍耐，因为他理解这位新同事的压力：不管付出多大的代价，都得全力以赴。

"你做得很好，"这位病理学家说，顺手把嘴边的录音机关掉，"你不用待在这儿了，我们快忙完了，剩下的交给我吧。"

这个年轻人看了看他。"没事儿，谢谢。我可以坚持。"他苍白无力地笑了笑，伊沃一脸惊讶地看着他。

他再次打开录音机，所有的事情都得备好案。

他前面有四根钢丝绳，他的眼角瞥见了地板上的那个东西。他努力尝试不去看它，转而猜想，挂着小钩子的绳子上挂的是什么呢？

"总而言之，四十四个男孩的生殖器，这些器官的保存采用的是标本剥制术和尸体防腐法相结合的技术，用来填充的材料是普通黏土。"他开始沿着绳索踱步，目不转睛地盯着天花板，"黏土分很多种类，但大部分好像用的是一种漂白土，瑞典并没有这种土。"他低声说道，然后清了清嗓子。

他转过身，看了看地上的那个东西。

他不想把它叫做雕塑，不过发现只有这个称呼相对来说比较恰当。

是个人体组成的昆虫形状的雕塑，令人作呕的创意。

接着，他又转向钢丝绳。"四十四张照片，每张上都有一个男孩，这些照片是在防腐工作完成之后拍的，还有手工添加的日期，跨越时间是从1963年10月到2007年11月。"

他因为没有名字和地址而骂了几句，接着继续沿着绳索往前走一直到绳子尽头，靠着墙，旁边是台很大的排气扇。

"四根钢丝绳末端是几只完全干燥的手，都是从手腕上被锯下来的，总共有八只。从手的大小来看，好像都是小孩的……"

现在，最糟糕的是，他思考着，并一步一步地朝房间中央走去，同时看了看这个年轻的法医，只见他正背对着自己将照片一张张地取下。"在地板中央……"伊沃·安德里奇刚张开口，便不知该如何继续了。

他闭上眼睛，努力寻找合适的话。他看到的一幕简直不能用言语来形容。"在地板中央，"他再次尝试，"是个盛着身体器官的容器。这些器官都被缝在一起。"他围着那个可怕的雕塑走来走去。"在这里仍采用标本剥制术，材料是黏土，还有尸体防腐法。"他顿了顿，盯着这个头颅，或者应该说，这些头。

简直是地狱来的昆虫，他心想。

他实在看不下去了，不过发现了一个细节。

"这些身体器官是用粗线串起来的，可能是种很牢固的渔线。从四肢来看，不管是胳膊还是腿，都是孩子的，而且串成的形状很像——"

他突然打住，因为他通常避免对备案的东西加入主观想象。不过这次他实在是忍不住了。

"很像昆虫，"他说了出来，"是只蜘蛛或者蜈蚣。"

他喘了口粗气，关掉录音机，转向那个年轻人。"你拿上那些我挑的照片了吗？"

对方微微点点头，伊沃闭上眼睛，陷入了沉思。

苏姆巴耶夫兄弟，他心想，还有尤里·克雷洛夫以及那个还没确认身份的、来自丹维科斯图尔的男孩。他能把这四个孩子从这些照片中都认出来。他已经认真全面地检查过他们的干尸，因此对于哪个是谁他确定无疑，从某种程度上说这还让人欣慰一些。"还有指纹，"他说道，再次睁开眼睛，"我能再看看那些图片吗？"

一百张相同的、单一的、被癌症吞噬的指纹数字影像，那曾经在乌尔瑞卡·温丁的公寓里的冰箱上出现的指纹。

在这次，相同的指纹随处可见，伊沃·安德里奇预测到一切都结束了。

克鲁努贝里——警察总部

当珍妮特和赫提格回到警察总部时，两人对在杜勒地下室的发现只字不提，不过他们心照不宣，一致认为这个案件的调查历经了整个春天，到夏天该了结了。

现在，我们只需要找到乌尔瑞卡，珍妮特心想。

"你认为会在哪儿？"赫提格看着他们在杜勒地下室发现的照片，若有所思地问。

"哪里都有可能。"

前往北博滕的警察刚告诉他们，伦德斯特劳姆家在极圈村的老房子都被拆毁了，杜勒在武奥勒里姆的房产也是如此。

"很像在诺尔兰的，"赫提格继续说道，"不过我在斯莫兰看到房子也是一样，一个开磨坊的可恶护林员的房子，他的房子成千上万。全国到处都是。"他把照片放下，用一只脚把地上的椅子灵活地勾到身后。

"把它给我。"珍妮特说道，于是赫提格把照片递给了她。

照片中维戈·杜勒坐在一座房子前面的走廊上，眼看着镜头，面带微笑。

他的右手边是一扇小小的窗户，挂着附有图案的窗帘，后面是森林的轮廓。在珍妮特看来，这是张非常普通的假期快照，但是这张照片有些东西是她知道的。

她点着一支烟，吐出来的烟雾从小侧窗的缝隙里飘出去，她坐立不安地用一根手指头弹着香烟，虽然根本就没有弹掉什么烟灰。

"我觉得在伦德斯特劳姆的某个录像里我看到它了。"她说道。

这时，他们的谈话被打开的门打断了，施瓦茨冲了进来，后面紧跟的是阿伦德。他们两个浑身都湿透了，水滴在施瓦茨刚剪过的头发上形成了一股水流，滴在了地上。

"老天爷，终于回到人间了。"阿伦德说道，在一把椅子上面抖了抖他的湿外套，然后蹲了下来，而施瓦茨倚在墙上，环顾着四周。

"那么，你们发现什么了吗？"珍妮特问。

阿伦德告诉他们，在汉娜·奥斯特伦的财产中有一张转让契，证明汉娜对拉普兰南部的翁厄村的房子持有所有权。

"还有，"阿伦德继续说道，"汉娜·奥斯特伦反过来又把房子捐给了流亡的锡格蒂纳。为基金会'必要时用'，我记得上面写着。"

"那我们在审查基金会资金时候为什么没有看到它呢？"

"可能是因为它一直未得到法律的批准，从土地局得知，这栋房子还是在汉娜·奥斯特伦的名下。"

"那么一开始是谁把房子送给了汉娜？"珍妮特急切地问，她感觉到事情终于有了头绪。

"是个叫安德斯·维克斯特劳姆的。"施瓦茨回答。

珍妮特围着桌子走了走，然后走到窗户旁站在了那儿。

"与参与强奸乌尔瑞卡是同一个维克斯特劳姆。"她说道，又点了一支烟。

那些人都是怎么了呢？她陷入了沉思，感觉自己可能永远都不会知道答案。

"那么，安德斯·维克斯特劳姆和卡尔·伦德斯特劳姆之间是什么关系呢？"施瓦茨问。

赫提格解释一切都是怎么串在一起的。"伦德斯特劳姆说过，他们在维克斯特劳姆在松兹瓦尔外的翁厄拥有的房子里录过一个视频，因为维克斯特劳姆住在那里。不过显而易见，在拉普兰也有一个叫翁厄的地方。"

直到现在，珍妮特才意识到她的推测是准确的。窗帘，她心想，再一次拿出在杜勒家找到的照片。

"你们看到没？"她神气活现地指着照片问，"杜勒后面的窗户里？"

"带有白色花朵图案的红窗帘。"阿伦德说道。

珍妮特拿出手机，拨通了检察官的电话。"我会给范奎斯特打电话，安排去拉普兰地区的行程，我只希望我们还不是太晚。"她的思绪飞到了乌尔瑞卡身上，祈祷她还活着。

阿兰达机场

离飞机起飞还有两个钟头，玛德琳办理好电子登机手续后，朝安检处走去。她的行李很少，安检人员只检查了她的手提包和钴蓝色的外套，快到服务台时，她被告知不能携带手里的那杯冰。

结了冰的水可能会爆炸，她边想边把最后一块冰倒掉，从某些方面来说，这句话是对的。

经过金属探测器时，她闭上了眼睛。出于某些原因，她总是会受到磁场的干扰，头部后面的伤疤会隐隐作痛，有时候甚至会引起头痛。

她把包和外套取下，放到传送带上，然后进了候机厅。里面熙熙攘攘的人群让她心神不宁，好多的人，好多的故事，这些人真是可悲，都对自己的弱点一无所知。她加快了步子，直奔护照检查处。

排队时，她开始头痛了。磁场的缘故，她从包里拿出一粒药吞下，用手指揉了揉头发下面的伤疤。

边境官员检查了她的证件，是个法国护照，上面写着杜尚的名字，一张去乌克兰基辅的单程机票。他几乎没怎么看她就把证件还了回来。她注意着时间，留意着屏幕。看来飞机会在九十分钟内准时起飞，于是她在休息厅后面的一个角落坐了下来。

等去了基辅，结束在巴比谷的会面，她会把所有的东西抛之脑后。她与维戈的会面是个句号。既然维多利亚·伯格曼已经一去不复返，没有其他事情可做了。

她累了，极度困乏。任何的声音都听着刺耳，周围混杂着乌泱泱老掉牙的谈话和刺耳的争论，这让她的头疼得愈加厉害。

她强迫自己不去细听那些嘈杂声，不过根本不管用，声音不绝于耳。

她从包里拿出手机，戴上耳机，按下了收音按钮。她进入到一个只有静电干扰的频道，里面低沉的沙沙声让人放松下来，现在她终于可以思考了。

我现在在文岛湾的沙滩，在捡石头，她心想。

风和海的声音全是我的。我十岁了，身穿一件红色的夹克，红色裤子，脚蹬一双白色的橡胶靴。

耳机里的沙沙声就是大海的声音，她开始畅想。是几天之前见到的奥兰海。

那个称自己是我妈妈的女人惭愧不已，她心想。我给她看了她只是站在一边观望的照片，什么也没做。

痛苦中尖叫的孩子们的照片，不知道发生了什么的孩子的照片，还有我的照片，十岁大，赤身在沙滩上的毯子上。

她不能容忍，把这个羞辱深深地埋在了心底。

突然，耳机的静电干扰模式变了，玛德琳回想起后面高速公路上某个地方传来的模糊的声音。清香的洗发水，干净的床单。她双目微闭，一幕幕画面出现在她的眼前。白色的房子，小小的自己，刚出生几天，躺在谁的臂弯里。身穿熨烫整齐的白大褂的女人，有的嘴上戴着口罩。她感觉暖呼呼的，一切都满足惬意。她感到很安全，除了这里哪儿都不想去，耳边贴着抱她的人的胸部，随着自己的呼吸声上下起伏。

两颗心以相同的节奏一起跳动。

一只手摸了摸她的肚子，挠了挠。她睁开眼睛，看到一张嘴，里面有颗门牙缺了个口。

马　丁

水面不停地击打着码头下面，他蜷作一团，紧紧地靠着维多利亚。他不明白为什么她虽然只穿着短裤，竟然这么暖和。

"你是我的宝贝儿，"她用平和的语气说，"在想什么呢？"

小船慢慢驶过，维多利亚朝掌舵的男人挥了挥手。他喜欢摩托艇，而且很想拥有一艘，可是他太小了。可能等几年后和她一样大的时候就会有了。他想象着那艘船的样子，不一会儿，就想起堂兄答应过他的事情了。

"要是搬到斯科讷的话该有多好呀，我的堂兄住在赫尔辛堡，我们就可以几乎天天都在一起玩儿了。他有一个很长的电车轨道，他还会给我一辆车。"

她没有回应，不过他觉得她的呼吸很有趣，急促而不平稳。

"明年夏天我们就出国，新来的帮工也会来了。"

马丁一心只想着轮船、汽车和飞机，并且知道只要一长大就想拥有它们。他想有很多很多的土地，至少一个车库，还可能拥有自己的飞行员、司机和船长，因为他觉得自己可能掌控不了它们。毕竟，他现在连系鞋带都不会，有时候其他的孩子说他傻。其实他只是长得有点慢而已，他妈妈经常这么说。

突然，他们身后斜坡上的灌木丛里传出一声奇怪的声音。是吱吱的声音，像老鼠发出的，接着是一阵像妈妈的锯齿剪刀发出的咔嚓声，妈妈从不允许他拿这把剪刀剪纸。维多利亚转过身去，他感到身边的温暖消失了，禁不住打起寒战。

她穿上上衣，指着灌木丛。"你看到没，马丁……"

唰唰声更大了，一只独脚的小鸟跳了出来，看起来不太好。它浑身乱糟糟的，另一只腿不见了。"它不能飞了，"维多利亚说，慢慢往前移动，"它的翅膀也断掉了。"

他感觉这只鸟看起来凶巴巴的，它耷拉着脑袋，如果你跟它一样，那肯定十分恐怖。

"把它弄走，求你了。"他努力躲在毛巾后面，不过并没起作用，那只鸟还在，"把它弄走，维多利亚……"

"那好吧……"他听到她叹了口气，于是他在毛巾的一角旁边偷偷观望，看到她的手伸向那只鸟。

终于，她把它捉住，从地上捡了起来。他不明白她怎么会这么勇敢。"把它拿走，拿得远远的。"他说道，感觉安全点了。

她哈哈地笑话他。"什么？你害怕它吗？可这只是只鸟呀？"

维多利亚拍了拍小鸟的头，它轻轻地啄着她手指，可她竟然一点都不害怕。马丁希望它能咬她，只有这样她才知道它的危险。

"好吧，"她说道，"站在这里别动，别掉水里去了哦。"

"肯定，"他回应，"快点回来呀。"

他趴了下来，朝码头爬去，再次盯着船只出神。水面上有一艘船，是个老妇人在掌舵，还有两艘摩托艇。他朝开摩托艇的人招手，可根本没人理会。

突然，他听到什么声音，是小路上的自行车轮声，于是抬头看了看。

三个人沿着那条小路而来，一个骑着自行车，另外两个走路。他是在学校认识他们的，不喜欢他们。他们比自己高，比自己壮，这一点他们也心知肚明。他们发现了他，于是朝码头走下来，并停住脚步。

现在他是真的害怕了。那只小鸟要比现在好多了，他在心里默默祈祷维多利亚快点回来。

"小马丁!"那个个头最大的笑嘻嘻地说,"你自己在这儿做什么呢?水怪会来找你的哟。"

他不知道该说什么,只是站在那儿看着他们。

"你哑巴了,啊?"另一个发话了。他俩长得跟一个模子刻出来似的,马丁猜他们可能是双胞胎。他们五岁了,不管怎样,最大的六岁。

"我……"他不想看起来跟胆小鬼一样,于是他说了件自己根本不敢做的事情,"我是来游泳的。"

"你是来游泳的?"又是那个最大的,他歪着头,皱了皱眉头,"好吧,我们才不信呢,对吧?"他转过身面向其他人,哈哈大笑起来,他们也跟着笑作一团。"再去游一次,这样我们就相信你。跳下去吧!"他迈出步子,走到码头上,码头开始来回摇晃,晃得木头吱吱呀呀作响。

"得了吧……"马丁退后了几步。

"是不是需要我们帮你跳下去啊?"最大的说。

"好像是呢。"其中一个说道。

"必须的。"第三个附和道。

求你了,维多利亚,他心想,回来呀。

她怎么去了那么久?她干吗走那么远呢?

当马丁过度紧张时,他的身体有时会变得十分僵硬,好像只要站得笔直,像座雕塑一样,就能帮他避免任何可怕的事情。

他们把他举起来的时候,马丁僵硬的身体挺得直直的,他们把他来回扔来扔去,就像两棵树之间的吊床一样。

他们在把他扔来扔去的时候,他望着天空,这三个男孩就像放飞了一颗闪烁的小星星。

无路可逃

空荡荡的房间里,灯泡的光亮刺痛了她的眼睛。

她浑身赤裸裸地躺在冷冰冰的灰色水泥地上,她的手仍然被绑在身后,嘴上还贴着胶带,脚踝也被绑在一起。

一台巨大的通风设备断断续续地发出轰隆隆的声音,否则这个房间除了那扇用发光金属做的闪亮门，就只有灰色的水泥了。

她像个婴儿一样，头抵着脚，抱作一团，一米开外，站着个男的，手里拿着把电钻。

又笨又重的黑色靴子，破烂的牛仔裤，光着上身，汗淋淋的，圆滚滚的肚子，从裤子上方凸了起来。

她忍不住盯着电钻看，电钻很大，钻头很粗。

她禁不住观察了下这个男人空洞的眼睛，然后继续盯着电钻。她看到绳子连在门里面一段加长的绳子头上。这个男人粗糙的拳头上的肌肉紧绷着，让钻头转了起来。

机器的声音越来越大，然后平息，紧接着没声音了。她紧闭双眼，听着笨重的靴子离开了房间，直到他又回来她才重新睁开眼睛。

他把一个木头板凳放到水泥地上，爬了上去。板凳旁边是一瓶快喝完的伏特加。

电钻又转了起来，空气弥漫着干燥的水泥尘土。她不知道他在做什么，她只想大声喊叫，可嘴上贴着胶带根本喊不出来，她只能发出一声微弱的呻吟，一股胃里的气泡。她担心自己可能要吐了。

水泥尘土刺激着她的鼻子，她感觉想打喷嚏。

他伸手拿起那瓶伏特加，咕咚喝了一大口，她仍然默默地注视着他。喝完了，她看到他的眼睛通红，她知道他脸上死人般的表情说明他喝醉了。

他光着的肥胖的上身脏兮兮的，肩膀和胳膊上刻着许多刺青，右胳膊上是条弯弯曲曲的蛇，另一只上是一些女人的头，头上缠着铁钢丝圈。"结束了，女孩。"他摸着她的脸说道。

她闭上眼睛，感到他粗大的手指在她脸上摸索着，然后猛地把她嘴上的胶带撕了下来。一股猛烈的疼痛袭来，不过她忍住了没喊出来。

"小姑娘……"他小声说道，她咳嗽起来，能感到他在摸自己的头发。她一句俄语也不会说，不过她知道"devotchka"的意思是"小姑娘"，这还是在《发条橙》这部电影里学的，因为她想知道电影里那个被强奸的女孩的称呼时才学的。

"你喝。"他说。她听到了酒瓶划地板的声音。

他要强奸自己吗？他用那把电钻除了在天花板上钻个洞还用来做什么？

她慢慢摇了摇头，可他的手抓住她的下巴，用力打开她的嘴，他双手全是机油味。

当酒瓶碰到她的牙齿，她抬起头，酒精刺痛了她嘴角的伤口，她看到他在天花板上挂了个钩子。他手拿伏特加的手里好像还攥着一根类似细尼龙绳的东西。

一个绳套，她心想。他准备把我吊死。

"喝，小姑娘……喝!"他的语气很温和，几乎是用友好的口吻。

我快变成鬼了，你自己喝他妈的伏特加吧。

她透过睫毛看到他又喝了几口，然后摇了摇头。他捧着她的头，把鼻子靠近她的脸。突然，他大笑了几声，轻轻地拍了拍她的脸。"嘿，我是罗迪亚……"他咧嘴笑着并指着自己，"你呢?"

"罗迪亚……操你娘的。"她说道。自打被他们囚禁以来，这是她说的第一句话。

"不，"他说道，"我操你。"

他开始拉紧套在她脖子上的绳套。他用力很大，把她的脖子都快勒断了。她呻吟着，差点吐出来。

他抓着她，把她扔了回去，从口袋里拿出一个东西，当他抓起她的手腕，上面的绳子松了，她意识到是把刀，他把自己的手松开了。

"我把你操死。结束了，女孩。"

他用绳子把她拉起来，这让绳子更紧了。当他用背部把她抵在水泥墙上的时候，她的视线开始模糊。

她很快就会死了，她不想死。

她还想活着。

如果还有机会活下去，她再也不会像以前一样活着了。她会去实现自己的梦想。不再惧怕失败，她会向所有人证明自己的尊严。

可是她马上就要死了。

她思考着一件件自己过去不知道和知道的事情，欧洲的海岸线，美国的五十个州。她现在记住了它们所有的名字，突然之间，它们都出现在了脑海中，还有她一直记不住的四个州：罗得岛、康涅狄格、马里兰，还有新泽西，在她的世界地图里它们是多么渺小。绳子深深地勒进了她的脖子，她感觉自己的双手垂到了地上。

克鲁努贝里——警察总部

瑞典警察出动了六架直升机，EC135 号，由德国梅塞施米特公司制造，该公司以二战期间为德国空军提供战斗机而闻名。

珍妮特·科尔伯格和延斯·赫提格站在警察总部楼顶，等待有人来接应。珍妮特已经向检察官请示派一架直升机给他们，好尽快赶到西诺尔兰省北部——还请示得到行动队的支援。范奎斯特检察官答应了她的请求。

珍妮特走到楼顶边上，往远处望了望斯德哥尔摩的夜晚。

赫提格走过来，站在她旁边，他们一起默默地看着夜景。

"世界真是个好地方，值得我们为之奋斗。"赫提格突然庄严地说。

"你什么意思啊？"珍妮特看着她的同事问。

"海明威。"他解释道，"摘自他的《丧钟为谁而鸣》。我一直很喜欢里面那句话。"

"不错。"她微笑着回应。

"在我今天看到的一切中，我只认可后半句。"他说道，然后转身走开了。

珍妮特看着他走开，搞不懂他在想什么。可能跟自己想的一样，维戈·杜勒的地下室可怕的事情。

一个人能变得多恶心呢？她心想。到底是什么让他变成了这样？

天哪，好大，珍妮特心想，直升机到了。它看起来像架小客机，机顶上有两个引擎。不出她所料，它果真不能想停哪儿就停哪儿。虽然距离他们还有十五多米远，直升机开始在楼顶上降落时，他们本能地蹲下身。他们快速走到震耳欲聋的动叶片下面，在门口遇到了驾驶员和行动队队长。

"跳进来！"行动队队长喊道，"只要飞起来我们就开始走安全程序。"

直升机里共有十一个人，坐在飞机边上的长椅上。全面的战斗装备，如果不考虑赫提格不住地发问，几乎有一种视死如归的气氛。"七百五十千米，垂直高度，"他说道，"要飞多久啊？三个小时？"

"不对，比三个小时要久，"队长说，"天气和风向都不太利于飞行。大概四个小时。我们估计四点半到达，所以你们尽可能睡一会儿。"

基　辅

他曾经用假名旅游了很多次，可这次不同。

这次他的旅行证件上是个女人的名字。这才是他真正的名字。

吉拉·博科维茨。

在瑞典和拉脱维亚边境都没遇到问题，乌克兰海关官员对出示的瑞典护照丝毫不感兴趣。管它真的还是假的，他们只关注上面欧盟的标志。

在出去坐上等她已久的车之前，她向一个卖香烟的买了一包香烟，她那长满褶皱的双手青筋暴起。

她感觉胸部一阵紧张，痛苦地跳动起来，她又开始咳嗽了，一阵满是土味的又干又尖锐的咳嗽声。"结束了。"她喃喃自语道。很快就结束了。癌细胞扩散了，已经无力回天了。

驾驶座上那个又矮又胖的人发动车子，开出了停车场，对司机和房地产经理来说，吉拉·博科维茨只不过是个上层社会的瑞典-乌克兰女士，对塑像感兴趣。她在密柴洛夫斯卡每天支付七十欧元租赁一间五房的公寓，靠近基辅独立广场，价格包括使用一辆四轮的越野车，当地警察从来不会拦截这种车，即使它在他们眼皮底下误入了单行道。

她知道这里所有的事情是怎么运作的。有钱能使鬼推磨。

为了维持生计，这里的人什么都肯做，现在这个国家正面临金融危机的冲击，这种情况更为明显了。相比在西欧，这些都不是问题。在这里，你会发现你的薪水在一天之中降低了百分之三十。

车子离开机场时，她思考着这几年在这个国家街道上看到的事情，这里简直是个经济创收温床，一直让她惊讶不已。大约十年前，她对一个假设进行了验证，一个身处窘境的人会做任何事，只要报酬足够，他们对工作要求从不质疑。

这个实验主要以一个年轻的单身女性为研究对象。她拥有两份工作，仍不能解决收支平衡问题。她联系了这个女子，并支付给她每小时两欧元的报酬，让她每天早上站在某个街道路口，数数路过的没有父母陪同的孩子有多少。

第一周她去检查，看到这个女子的确按时站在哪里，说话算话。可后来她去抽查，发现这个女子仍然在那儿，手拿着黑色的笔记本，风雨不误。

验证了这个绝望可以被买卖的假设后，她把它运用到了另一些人身上，那些良心更黑的人，还有那些更绝望的人。每次都收到了令人满意的效果。

她若有所思地望着车窗外。她在基辅的联系人只有一个，他叫尼古拉·蒂莫舒克。柯利亚。一个对世界绝望的人，认为只有金钱不会撒谎。

当他们沿着高速公路朝市里行驶时，她从包里拿出手机，拨通了尼古拉·蒂莫舒克的号码。他们之间如此相互信任是因为他们都坚信钱能救急的道理。或者，她宁愿说：钱是万能的，急是处于次要地位的。

电话打了不到十秒，因为柯利亚非常清楚他需要为第二天作哪些准备，什么都不需要问。

当车子停在一所公寓门前时，她告诉司机可以走了。他们交换了一些皱巴巴的钱，并握了握手。

她打开了公寓门,终于感到一身的疲惫。她估计又要眩晕了,她把手放到了胸口,紧接着一股疼痛袭来。

她的面部肌肉拧作一团,眼前直冒金星,抓住胸口时她感觉有好几个假指甲断了。

一分钟后,疼痛消失了,于是她走进卧室,把行李箱放到沙发上。它散发着一股霉臭味,就像一个人在里面一样。她一边开行李箱一边点燃了一支劲头很大的忍冬牌烟,好驱走之前待在这里的人的味道,烟还是在机场跟一个双手青筋暴露的女人买的。

五分钟后,她站在卧室窗前,窗子没关,看着三楼下面的狭窄、坑洼不平、蜿蜒曲折的密柴洛夫斯卡路。

她把窗帘拉到一边,来回凝视着这个屋顶。万里无云的夜晚又高又冷。在这里秋天很短,空气里已经弥漫着冬天的气息了。

那么这就是结局,她心想。回到了原点。

她几乎记不清这里的地方,不过她还记得图里尔德斯普兰、丹维科斯图尔和斯瓦尔茨乔兰德特。她还记得最后一个男孩的味道。滑滑的菜籽油的味道。

还有在他们之前那些没被发现的孩子。莫哈,因加罗岛,诺尔泰利耶海峡,特雷斯塔森林。

还有女孩。被埋在了法令索岛上的小树林,在马尔默湖尽头,戴维克苏德的一个芦苇床上。加起来,至少有五十个孩子。

他们当中大部分来自乌克兰,也有的来自白俄罗斯和摩尔多瓦。

她曾学着变成一个男人。当离开父亲和哥哥们时,一个死去的丹麦士兵和一些雄性激素帮她进行了已经开始的转变。

而且,她终于比自己的爸爸强大了。

她深深地陷入了沉思,咖啡桌上的电话响了好多声她才接起来。不过她知道是个什么电话,并不着急回答,也不着急灭烟。

电话那头准确地讲述了他预期之中的事情。只有一个字。

"结束了……"声音模糊又刺耳,说完就挂了,可吉拉·博科维茨知道罗迪亚已经完成了对那个叫温丁的女孩的工作。

唯一遗憾的是,她被迫取消了对这个女孩的身体实验。

结束了……她心想,干咳了几声。我的尽头也快到了。

一切都结束了。

柯利亚会确定明天晚上一点到三点之间在巴比谷纪念碑附近没人。

大概七十年之后，她的许诺将会实现。她用了二十年来抚养帮她的人。

无路可逃

她的头砰砰地撞在墙上，尼龙绳勒进了她的喉咙，她的嘴里有个很大的东西挤着她的软腭。

但是她什么都听不到，什么也感觉不到。她渐渐失去意识，甚至没有注意到她的手突然自动地在水泥地面上摸索起来，并抓住了一个热乎乎的东西。

她在挣扎的空中看着一切，就在天花板下面，看到自己的手在电钻把手旁边，这个矮胖家伙用它在天花板上钻了个洞后还没有冷却。

电钻尖锐地嘶鸣起来，等钻头钻进这个男人的腹部时声响才变得微微含混不清，她那时发现她的力量来自下面，来自地面本身。

乌尔瑞卡·温丁闭上眼睛，等她再睁开，她怔住了。过了好几秒钟她才缓过神，意识到自己的双脚被牛皮胶带绑着，坐在一个地下室的水泥地上，不知身在何处。

她周围全是又腻又闷的味道，这让她想起乳清奶酪，和在生物课上老师命令大家拿着小刀解剖牛眼睛的味道一样。她转了转头，在她旁边，靠着同一堵墙，一个男人坐在那儿，嘴边露出一个很大的微笑，正在看她。她另一只手压在了他庞大的身躯下面。他的肚子上有个洞，味道是从那儿散发出来的。

"结束了，女孩。"他低声说，仍然面带微笑。他的面部表情不再是空洞的，令她惊讶的是他看起来几乎是幸福的。

对她来说，她感到从未有过的镇定，满怀的镇定，无暇再去顾及仇恨或者原谅。

他咳嗽起来，现在他的眼睛几乎也微笑起来。"你很厉害，女孩。"他小声说着，紧接着一股鲜血从他嘴里流出来。

她不知道他的意思。她努力咽唾沫，不过感到剧烈的疼，她意识到自己的喉咙坏掉了。

她着了魔一样地看着他，这时，他用尽全力把手伸进脏兮兮的牛仔裤口袋。他肚子上的洞不停地动。

刀子，她想，他在找刀子。

不过不是刀子，是部手机。特别小，在他巨大的手里几乎看不到。

一声嘟嘟的响声，他把手机放到耳边时又响了一声。

在等待另一头一个声音打断呼叫声时，她感觉时间静止了。这个男人依旧快乐地注视着她。

他的眼睛慢慢充满了鲜血，他只说了一个字。

"结束了。"他说，手机从他的手里滑落到了地上，他的眼睛失去了光彩。

她不知拿着电钻在那里坐了多久，她都没注意到什么时候放下的，她撕下脚踝上的胶带，站了起来。

她必须出去，可首先她得找件衣服穿，她跌跌撞撞地走到隔壁的房间，在那里她找到一条薄薄的白色防护工装裤。

外面在下雪，十分寒冷。她根本不适合穿这件衣服，可别无选择。

她一瘸一拐地下了斜坡，朝森林边缘走去，大雪几乎没过她的膝盖。

拉普兰地区——瑞典北部

珍妮特和赫提格是最后下的直升机，引擎关闭的时候，她听到被冰雪覆盖的又细又高的松树枝被风吹动的婆娑声，除此之外她什么也听不到。在斯德哥尔摩北部一千公里的山间，冬天来得早，十分寒冷，大雪钻进了他们的靴子。唯一的光线来自行动队头盔上的灯光。

"我们接下来会分成三组，从四个方向靠近那所小木屋。"

队长在地图上比画着方向，然后指着珍妮特和赫提格。"你们两个跟我来。"我们按最近的路线去小木屋。我们慢点走，这样其他人就可以静悄悄行动了，明白吗？

珍妮特点点头，其他几个警察竖了竖大拇指。

林子里的树稀稀疏疏，可她仍然不时地撞到树干上，树枝上的雪花落在她身上，落进她的领口，冰凉的雪花遇到她的体温，迅速融化为水珠滑落到背后，她禁不住打了个寒战。赫提格走在她前面，迈着宽大而又坚定的步伐，她明白这里是他的地盘。他的整个童年几乎都是在克维克约克度过的，在这种环境下不知穿越了多少个这样的森林。

队长放慢脚步，举起一只手。"我们到了。"他小声说道。

透过森林，珍妮特可以看到小木屋，她之前还是在那张照片里见过。一扇窗户透出微弱的灯光，她还看到了维戈·杜勒面带微笑坐在那里拍照的走廊，可看不见屋子里有任何的生机。

也就在那时，这座森林突然充满了生机，受过特别训练的警员拔出枪械冲进小木屋。

当珍妮特跟着赫提格走向这座房子时，她目不转睛地盯着地面，看到有串脚印通向了相反的方向。

从这间房子到森林，有一串没有穿鞋的脚印通往雪地。

维塔山——索菲娅·柴德兰的公寓

大厅里满是黑色的垃圾袋，维多利亚打算把它们通通清理掉。

所有的东西都不能留下，每张纸片。

她的疑问没有答案，答案在她心里，治愈过程进行得很顺利，她甚至觉得所有的记忆都将恢复。笔记和报纸碎片有助于她采取第一步，可她已经不需要它们了。她很清楚该何去何从。

高的房间现在空空如也，健身车在卧室里，她把床垫拿到了阁楼的储藏间，剩下的就是打开封闭的心扉。

她把最后一个袋子系起来，拖到大厅。她得亲自摆脱这些袋子，虽然还不知道这样做会起到什么作用。总共有十二个袋子，每个都有一百二十五升，她需要雇一辆拖车或者货车来把东西运走。

很明显，最简单的方式就是把它们运到回收中心，可并不太合适。她将会举行一个告别仪式，来标志着结束，就像烧掉一本书一样。

她朝卧室的书架走去，关上高的房间的那扇门。

她按住挂钩，把钩子勾在上面，然后取下，挂在书架的一侧，然后一遍遍地重复这个动作。一次，一次，又一次。

那个动作里也充满了回忆。

维戈·杜勒在斯楚厄的农场的地下室，还有里面的房间。她浑身打了个寒战。她不想回忆那段往事。

拉普兰地区

世界白茫茫的一片，天寒地冻，她一直在松软的雪地里奔跑，跑了不知多久。

除了脱水和在过去的二十四小时里缺乏睡眠,她十分清醒。好像她的身体不由自主地驱使她继续跑,虽然已经筋疲力尽了。

也有天气的原因,冷空气驱使她前进。簌簌而下的雪花像针一样刺痛了她的脸。

有那么几次,她感觉踩到了自己的脚印,原来自己一直都在原地转圈。她的脚已经失去了知觉,走路已经非常困难。她停下来暖脚时,留意是否有人追来的声音,不过一切都静得出奇。

世界白茫茫的一片,夜色也是透明的,她穿过稀稀疏疏的树林时,一股股白色棉絮般的严寒抽打着她。她知道自己活不久了。

大约还有一个小时的活头,取决于把一个人冻死需要的时间,她在心里诅咒自己怎么那么笨,应该在那座房子里仔细找找好点的衣服穿的。

温度在零摄氏度以下,她赤着双脚,身上只穿着条防护工装裤。

一个小时,要是平时,这不过是微不足道的一段时间,现在可是异常珍贵。因此,她大胆地跑着来迎接自己的命运。寒冷的空气刺痛了她的喉咙,她摔倒了,好像获得了救赎。树枝碰擦她的脸,她出现了幻觉,自己在通往哪里的路上。通往一个地方,超出前面、前方和以后的概念。

乌尔瑞卡·温丁深吸了一口气,继续跑起来。好像希望就存在于一个满是石头、冰雪和严寒的世界中。

她一边跑一边思考,一边思考一边跑。她回忆着发生的事情,不后悔自己的选择,畅想还没发生的事情。她做过的事情,她打算做的事情。

可是严寒是无情的,她的呼吸开始变得不规律。

在白色的树顶,她能看到一缕橙色的光,看来黎明破晓了,可她对升起的太阳能让她充分暖和起来不抱任何希望。瑞典冬日里的太阳起不到任何作用,对什么都毫无益处。虽然跟把非洲农田烧成灰烬的是同一个太阳,可在北部它跟冰一样寒冷。

活着,她再次思考着,就在她想的那一刻,突然听到直升机飞来的声音,当它在一公里开外时她听到它慢慢降落;接着是引擎熄火的声音,然后一起停了下来。他们就在附近,她心想。或许就在她被囚禁的房子里,她意识到自己必须快点看看能否找到回去的路。

她尝试寻找自己的脚印,可是大风已经把它们全部盖了起来。

她的双腿前进着,脚底彻底麻木了,丝毫感觉不到不停划伤她的石头和树枝。疼痛就说明活着,她告诉自己。她知道有直升机可能意味着有人来救她了。她再一次感到了希望,那就是未来。

她留在雪地里的脚印越来越模糊,直到最后,风刮了太久终于把它们全都盖了起来。此刻,寒冷带给她剧烈的疼痛让她开始麻木,她的神经在努力欺骗着她。她全身被冻得瑟瑟发抖,可大脑告诉自己她在出汗。她继续跌跌撞撞地前行,感到身上的衣服很烫。

乌尔瑞卡·温丁一生做的最后一件事是把那件超大的工装裤扯下,然后赤裸裸地躺在冰天雪地中,她意识到一切都结束了。生命还在继续,她想,永不止息。

至少,她现在感觉暖和了。

维塔山——索菲娅·柴德兰的公寓

维多利亚·伯格曼坐在厨房里宽阔的窗台上,手里拿着一杯咖啡、一部手机。上午的阳光很强烈,在下面的街上投射了长长的影子。

地面上光影斑驳,边缘就像玻璃的碎片,像一个难懂的立体图案。她苦苦思索自己内心的困惑,现在终于即将结束了。

她还可以继续做一位心理治疗师吗?她无从知道,不过她知道自己必须接受自己有段时间是索菲娅·柴德兰,一位心理治疗师,在玛利亚广场租的地方开了个私人诊所。

非正式场合叫维多利亚·伯格曼,证件上叫索菲娅·柴德兰,一直以来皆是如此。不过最大的不同在于,目前梦游者死了,我现在自己来作决定,去感受,去做事情。

不再有记忆差错了。不再有夜间行走、进酒吧,不再在公园醉醺醺地跌跌撞撞了。她无需再用那种方式提醒索菲娅自己的存在了。有一次她还掉进了水里,被从北哈马比半岛上推下去的,她记得索菲娅第二天依然穿着湿漉漉的衣服在厨房里,苦苦思考自己到底发生了什么。答案既简单又极其乏味,原来她去了克莱瑞恩酒店,和一个人去了他的房间,在那里和他上了床。直到感到不舒服,她才拿着两瓶酒,来到水边喝得酩酊大醉,然后掉下去了。

维多利亚跳下窗台,把杯子放到滴水板上,然后进了大厅把袋子分分类。

现在她知道该如何处理它们了,把它们送到那里。符合常理的地方。

她给安-布里特打去电话,说对今后已经有了打算,准备关掉诊所。她需要度个假,需要去某个地方,任何地方,也不知道自己会去待多久。她可能会待一两个月,也可能几天就回来。不过她租来做办公室的地方已经交了一年的押金,因此不用担心租金问题。

她答应还会联系对方,告诉对方更多确定的信息,随后就把电话挂了。

她又打了一个电话,这次是打给一个货车出租公司。

她预定了一辆容量为二十二立方米的小型货车,并被告知一个小时之后就可以取车。这很好,因为她开车过去需要一段时间,把这些袋子拖到货车旁也需要时间。

她打住了。

一个主意浮现在她的脑海。

当你觉得你一生中都在作错误的决定时,迟早会有一次让你作个正确的决定。

其中的一次来了。

维多利亚·伯格曼拿出手机,拨通了银行的号码。

她接通了一位女士,帮她进行转账,这次比起平时要复杂得多,一开始这位女孩还建议她不要这样做。

可是维多利亚十分坚决,毫不动摇。

而且索菲娅也不反对。

拨打第二个电话时,对方没有劝她。相反,斯密斯塔奥迪中心的一位年轻男士十分喜欢她的主意。

等她挂了电话,她感觉一切都轻松很多。

她已经结束了在斯德哥尔摩的生涯。

现在她要去一个对她来说仍有意义的地方。

一个她将自力更生的地方,在那里一年之中的这段时间,房子都是空的,当她很小的时候那里满天星辰的夜空是那么高,那么清澈。

基　辅

据说全世界只有两个地方的雪是黑色的,那就是乌克兰东部的两座工业城市顿涅茨克和第聂伯罗彼得罗夫斯克。可是黑色的雪花也下在了首都,灰烬般的雪花簌簌地打在车窗上。

玛德琳坐在后座上,挡风玻璃映着司机的脸,与高高的起重机、烟囱和工厂这些黑色背景交相辉映。他的脸没有刮胡子,又瘦又苍白,头发乌黑,眼睛是明亮的蓝色,冷冰冰的,满是焦虑。他叫柯利亚。

夜色中的街道渐渐消失在他们身后，他们开过跨过第聂伯河上的一座桥，河水泛着黑色的光，她心想要是自己跳下去的话能活多久呢。

河那边的路上坐落着一排工厂建筑，柯利亚在一个十字路口减慢车速，然后右转。"就是这儿了……"他说，看也没看她一眼。

他开进一条更小的路，把车停在人行道上，旁边是一堵很高的墙，然后下车给她打开车门。

那晚冷冷清清，寒风几乎把她冻僵了。

柯利亚锁起车门，跟她一起沿着墙往前走，在一个破旧的木栅栏旁停了下来，栅栏上白色和红色的漆已经开始掉落，旁边是有个像岗亭的小屋子。柯利亚举起栅栏示意她进去，她照做了，于是他跟着她进去，放下栅栏，然后打开了主楼的大门。

"十五分钟。"他看着手表说。这时，一个又瘦又高的黑衣男人从黑夜里走出来，示意他们跟着他走。

他们一同走到院子，那位黑衣男人打开了一扇通往大楼的门，这时柯利亚停下脚步，拿出香烟。"我在外面等。"

玛德琳走进一个过道，里面只有一扇窗户，还贴满了三合板。左手边有个开着的门，她瞥见里面有张大桌子，上面有一排齐刷刷的枪。那个很瘦的男人拿起一把半自动枪朝她点了点头。

她走进房间，四处看了看。之前已经有人把墙纸全都撕了下来，刮了墙，涂了泥灰，准备重新粉刷，可很明显一直没开始。电线呈对角线挂在墙上，好像由于太短，只能以最短的距离插在插座上。

这个男人递给她一把枪。"P08鲁格手枪，"他解释道，"战争时候的。"

她拿过这把武器，在手里掂了几下，对它竟然那么重颇为惊讶。于是她从夹克口袋拿出一把钞票，递给这个人，是维戈·杜勒的钱。

卖家向她展示这把老枪的用法。她能看到上面都生了锈，希望不影响它的功能。

"你的手指怎么了？"他问，可玛德琳没有回答他。

当柯利亚开车带她在夜色中行驶时，她在心里想着等在她前面的将会是什么。

她确定维戈·杜勒会履行承诺。她太了解他了，因此这点可以相信他。

对她来说，他们的协议意味着她将为过去画个句号，不去再想，继续纯净自己的历程。很快，所有做过对不起她的事情的人都会死。

除了安妮特·伦德斯特劳姆，不过她已经受到了应有的惩罚。失去整个家庭，最终落了个神经崩溃。此外，安妮特在虐待过程中不过是个被动的旁观者而已。

此刻，玛德琳只想回到自己的薰衣草园，她将会在那里度过自己的余生。

柯利亚减慢车速，她发现他们快到了。他把车朝人行道开去，停靠在了一个公交候车亭旁边。

"斯勒茨车站，"他说道，"在那儿。"他指着远处一座很矮的灰白色水泥建筑。"你能找到去纪念碑的路？那个烛台？"

她点点头，在夹克口袋里摸索着。当她碰触到突起的枪柄时，感到一阵冰凉。

"过二十分钟，"他说，"这片地方就安全了。"

玛德琳下了车，关上车门。

她知道自己应该右拐去纪念碑的地方，可她先下了台阶去了车站建筑下面。五分钟后，她找到了自己要找的一家小食品连锁店，要了一杯冰块。

然后，她重新上了楼梯，拐弯朝一个大公园走去。她嘎吱嘎吱地咀嚼冰块，这带来的疼痛感让她想起小时候掉牙的感觉，那种口香糖上有个洞的刺痛又打寒战的感觉，嘴里尝到鲜血的感觉。

进公园之前，她走的那条小径前面是块很小的空旷区域，一个铺砌的圆圈，中央是个基座，上面矗立着一座雕塑。雕像上的人物非常谦逊，上面有三个孩子。一个女孩举着双手，另外两个小点的孩子偎依在她脚边。

从基座上面刻的字，她看到建这座雕塑是为了纪念战争期间被处死的成千上万的孩子。

玛德琳嚼着冰块，离开了雕塑，继续沿着那条小径进了公园。此刻，她内心仍在狂呼，不过很快她就会释放出来。

弗卢达

海德穆拉周边某个地方已经开始下雪了。她对弗卢达小木屋旁那个湖面的清澈星空所抱有的所有希望早就放弃了。

可是现在的天空可能再也没有童年记忆里的清澈了。

树林更加茂密了，离这里不远。她上次来这里是爸爸开的车，她记得路上都是模糊的争论。就在卖掉小木屋之前，妈妈对小木屋的估价出了差错。

她还记得其他的旅行，幸运的是，他停车让她取悦自己的地方已经不同于往日。路被加宽了，其他的地方也消失了。

她路过一个又一个熟悉的地方。格兰耶德，尼哈马尔，还有远一点的布约尔博。所有的一切皆物是人非，变得又丑又黑，虽然她知道这不对。

既然在这里经受了那么多，她为何还对这里充满了美好的回忆呢？

可能是因为她十岁时遇到马丁和他家人的那个夏天吧。连着几周没和爸爸待在一起，只和邻居艾尔莎姨妈一起照看小孩。

又拐了个弯，然后是小木屋，在左手边。

她看到房子依旧在，她把小货车停靠在篱笆旁，熄灭发动机。如果不是树林挡着风，风早就轻轻地刮进来了，大片的雪花轻轻地在夜晚落下，她朝大门走去。

就像这里的其他房子一样，他们的老房子仍然是个度假旅馆，现在已经被荒废了，锁着门。不过它都快变得认不出了。两间外屋，一个台阶将前面和另外两间房子周围围起，现代的窗户和门，还有新的屋顶。

新事物和老事物的混合实在是没意思。

她回到货车上，坐在驾驶座上。她不能影响开车的心情，于是在那里坐了一会儿。雪花轻轻拍打着车窗，她的思绪开始游离，回到了过去。她沿着这条路跑了不知多少次，去找马丁，他在父母租的房子里。在这里看不到那个房子，可能也就是因为如此，她不能鼓起勇气发动车子走。她害怕回忆。

我必须去湖边，她心想。终于，她发动了车子。继续沿着这条路前进。从一个拐弯处，她迅速地看了一眼那个湖，看到它也被扩大了，旁边围着一大圈篱笆。它跟这个村子一样被荒废了。这条路前方有个下坡，她只能看到前面不远处的湖。路跟玻璃一样滑，她不得不将两个轮子压在雪堆上以增加阻力。转过最后一个弯，她在两根木头柱子之间经过，看到有个指示牌写着此处是指定游泳场。

她下了车，打开了小货车后面的门。

十二个袋子，装的全是碎片，关于她的生活的碎片，她写下的千言万语，还有成千上万张照片，现在都莫名其妙地回到她身边。

认识自己就像努力破解一个密码一般。

二十分钟后，她把所有的塑料袋子从车上卸下放到白雪覆盖的沙滩上。

水面还没结冰，她在水边蹲下用手划着冷冷的水。

她的眼睛已经习惯了黑夜，这里的白雪反的光对她来说足够她看清湖那边一条美丽的小路。此刻雪花仍然簌簌飘落着，其他地方也是如此，透过湖面上散布的雪花，她知道里面有块大石头。

来这里游泳时，她还很小。黑色的湖水包围着她，将她与外界隔离保护起来。

在水下面感到安全,她曾在码头和潜水石之前游四次,也就是四个五十米,然后躺在沙滩上进行日光浴。也就是有那么一次她第一次遇到了马丁。

他那时只有三岁大,整个漫长轻松的夏天,她都是他的皮皮。长袜子皮皮,是指虽还没长大却已经扮演大人的角色,被迫照顾自己的孩子。

和马丁在一起的日子里她学会了照顾别人,可六年后当她把他独自一人扔在乌普萨拉的菲里斯河时,所有的一切都破灭了。

她只不过离开了五分钟,可这五分钟是多么漫长。

或许,这只是一个巧合,也可能不是。

不管怎样,就是在那条河边她有了乌鸦女孩这个名字。在此之前她就在维多利亚身体里了,只不过是个无名的影子。

现在她确定了,乌鸦女孩不是她的一个人格。

她眼皮下面感到的摇曳闪烁和视线里的盲区说明,她完全是另外一个东西。

乌鸦女孩是对创伤的应激反应,大脑的癫痫症状,在小时候她错误地解释为内心有另外一个人。

她走回小货车,从包里拿出一条毛巾,然后回到水边,脱下鞋,把裤脚卷到膝盖上面。

等她小心翼翼地在水里迈出第一步时,她仍然感觉很麻木。好像这个湖有手一样,紧紧地抓住了她的膝盖。

她在水里站了一会。麻木感变成了一种和烫很像的刺痛感,当感觉舒服点时,她上了沙滩去拿第一个袋子。

她在前面拉着袋子,让它漂在水面上。走到十米远的地方时,水面已经没过她的大腿,她仔细地把袋子里的东西全都倒进水里。

写的字和照片在黑色的水面上渐渐地漂走,像一块块小冰川,然后她跋涉回到沙滩,去拿第二个袋子。

她很卖力,一袋又一袋。过了一会她忘记了灼烧的感觉,把裤子、外套和上衣全都脱了,浑身只穿着内衣裤的她跋涉到了更远的地方。水面很快没过了她的胸部,她都没注意到自己忘记了呼吸。周围冰冷的湖水冻得她瑟瑟发抖,她感觉不到水底了。身边的水上漂满了碎纸,一片白茫茫,有的贴到了她的胳膊和头发上。这种感觉难以言喻,万分狂喜,完美至极。她压抑着这股狂喜。

她毫不畏惧,如果抽筋了她可以碰到底部。

所有的都要消失了,她心想。这些纸都会没了字迹和颜色,上面的字都会溶解在水里,成为它的一部分。

微风把袋子里的东西都吹到了湖中央，正在沉底的小冰山，一边消失在远处的水中一边正在溶解。

倒完最后一个袋子时，她游回了岸边，上岸之前，她在水里躺了一小会儿，看着下落的雪花，寒冷就是温暖，她有一股强烈的自由感。

基辅——巴比谷

巴比谷，也就是娘子谷，城市边界的开端，是个不毛之地，于是守卫为了过得开心点便让妻子和情人出来。

巴比谷曾经是爱的标志。可她记得七十年之前那个秋日的一天这里的样子，那天大地都在悲鸣。

不到四十八个小时的时间里，纳粹分子调查了基辅的犹太人人数，多达三万三千多人，他们把基辅变成一个巨大的坟墓，用土掩埋了起来。现在很多人慕名而来，这里已变成个郁郁葱葱的公园。真理，跟所有的事物一样，是相对的。它好似藏在地底下很深的罪恶，被埋在美丽的地面之下。

一把小木质老虎钳，一个螺丝。拧了个圈儿，又拧了个。

需要用心去感受，疼痛肯定是身体上的，肯定是从拇指通过血液传到心口的。木螺丝控制着疼痛感，疼痛变成了沉思。

她的手指开始发青。一圈，又一圈，再一圈。手指上死去的脉搏的呐喊。

维戈·杜勒，真名吉拉·博科维茨，生命只剩下十分钟。她跪在一座纪念碑前，或者说一个灯台，或者说有七个手臂的烛台前面。之前有人在其中一个结实的手臂上挂了一个花环。

她的身体老了，双手十分粗糙，脸又苍白又松弛。

她穿着一件灰色外套，后背有个白色十字架图案。

这个十字架是从达豪集中营里解放出来的罪犯的标记，不过这件外套不是她的，而是一个年轻的丹麦人的，叫维戈·杜勒。换句话说，她的自由是假的。她从未获得自由，不管是在进达豪之前，还是之后。她戴着镣铐走过了七十多年的岁月，这也是她回来的原因。

她即将履行和玛德琳之间的协定。

在峡谷的尽头，她将与她害死的人一起长眠不起。

她又转了一圈拇指夹，她手指的疼痛减轻了，眼睛里泛起了泪花。她的生命只剩七分钟。

　　良心是什么？她想。后悔吗？你能去后悔自己的一生？

　　从占领期间她背叛家人的那一刻它就开始了。她把他们的种族捅给了德国人，还透露他们把所有钱财装在一个独轮手推车上，已经出发去巴比谷的犹太公墓了。驱使她透露信息的是嫉妒。

　　她是个小杂种，是个没人要的私生女。

　　那个秋天，她心意已决，余生要跟别人过相同的生活。

　　但是她还想最后看看自己的父亲和两位哥哥，她也看到了。离她不远的地方，有一些树被很高的草围起来了。她躺在那里隐蔽起来，离山谷的边缘仅有二十米远，看到了所有一切。回忆起来她的手指上的疼痛又再次袭来。

　　一个德国特遣队员和两个乌克兰特警部队负责流程。因为这一直都是个有体系、几乎工业化的过程。

　　她已经看到几百号人被带到峡谷击毙。

　　大部分都没穿衣服，身上的财物被洗劫一空。男人、女人，还有孩子，一律同等对待，民主灭绝。

　　再次拧了一圈，她转的时候木螺丝吱呀吱呀作响，不过已经不疼了，只感到一股被紧绷的压力导致的灼热感。她之前学到可以通过这一途径来赶走精神上的痛苦，于是她闭上眼睛，一切都历历在目，然后又拧了一圈。

　　一个乌克兰警察推来一辆生锈的旧独轮手推车，里面满是大哭大叫的婴儿。另外两个警察过来帮忙，一起把这些小身体扔进了峡谷里。

　　她还没看到爸爸。不过看到了哥哥们。

　　德国人把一群小男孩绑在了一起，有两三打，带刺的铁丝勒进了他们没穿衣服的肉里，还活着的被强迫拖着死掉的或者失去意识的同伴。

　　她两位哥哥都在这群人里，他们跪在峡谷边上被枪击中脑后的时候还活着。

　　她的生命只剩下五分钟，最后她取下小木质螺丝，放进口袋。她的手指脉搏恢复，疼痛再次袭来。

　　她在哥哥们曾经待的地方跪了下来，她感觉既处在现在，又处在过去。她告发了自己的家人，一切都因这而起。

　　她的一生所做的一切都可以追溯到那个秋天里发生的事情。

　　她成了告密社区的一分子。专政把朋友变成了敌人，即使是尽责的人也难以自保。当德国人到来时，一切都在继续，但角色完全颠倒了。那个时候，你就得告发犹太人和共产主义分子，她只是做着和其他人一样的工作，适应环境，谋求生存。对一个犹太女孩,或者小杂种来说,这是不可能实现的,可如果是个年轻力壮的男人,这切实可行。

隐瞒自己的生理性别着实不易,在达豪集中营尤为如此。若没有指挥官的保护,这简直就是天方夜谭。对他来说她就是个蜈蚣,偷听消息的人,既是个男人也是个女人。

心理上,吉拉·博科维茨是个双性人,或者都不是,不过从表面看,社会上的利益促使她变成一个男人,因为这更现实。她曾娶了锡格蒂纳的一个女孩,叫亨丽埃塔·诺德兰,婚姻十分美满。她给予了亨丽埃塔安静和定时扮演妻子的角色。

她从未奢望过能娶到比她更好的妻子,不过最近几年亨丽埃塔逐渐成了负担。

安德斯·维克斯特劳姆也是如此,因此需要谋划一个意外事故。

那是一个静谧的夜晚,高耸的树木挡住了城市里的噪声,她的生命只剩下三分钟。她是十年之前认识的自己的处决者,那时玛德琳才十岁。

她背叛自己父亲和哥哥们时也是十岁。

现在,玛德琳已长大成人,对许多生命耿耿于怀。

吉拉·博科维茨细听脚步声,可依然静悄悄的,只听到风吹树的婆娑声和地底下鬼魂的声音。一声低沉的呻吟。

"乌克兰大饥荒。"她喃喃道,把身上那件带着白色十字架的外套裹得更紧了。

往事一幕幕涌现在眼前。干枯的脸庞,憔悴的身体。死猪身上的苍蝇,记忆中坐在餐桌旁的父亲,手拿银制的餐具。白色的盘子里盛着一只鸽子。父亲向来吃鸽子,而她吃青草。

乌克兰大饥荒带走了她妈妈的生命。他们把她埋在了城镇外面,可是坟墓被一大群饥饿难耐的人掠夺,因为刚死的人是可以食用的。

战争期间,纳粹分子用整个种族的人皮制作手套和肥皂,这两件东西现如今都在为了赚取门票在博物馆展览。

所有令人恶心的事物到了博物馆都不足一提。

如果她感到恶心,那么所有人都会恶心,她之前还怀疑她来到丹麦是个巧合,这里有着世界上最多的防腐尸体。死者的头颅被钻孔机打了很多洞,为了让幽灵跑出来,然后将它们放进沼泽地沉陷下去。

巴比谷不远处是洞窟修道院,里面存有僧侣的木乃伊,他们活着的时候把自己关在狭窄的洞里好接近上帝,现在被存放在玻璃陈设柜里,身体就像小孩子的一样。它们被布盖着,但是皱皱巴巴的手伸了出来,有时会有只苍蝇试图飞到玻璃后面,爬在手指上,啃噬着上面还可以食用的部分。黑漆漆的洞穴里面的尸体是展览品,把它们带走的价格是一根细蜡烛的价钱。

突然,她听到了脚步声,鞋跟撞击着石头,脚步很慢目的性却很强。这意味着她的生命只剩最后大约一分钟的时间。

"结束了,"她小声说,"来我这边。"

她心想着她创作的艺术,她对自己的所作所为以及自己为什么这么做都没有解释。艺术创造它本身,因为它既难以言喻又简单原始。

那是真知,是孩子的游戏,无需表达。

如果没有亲眼看到自己的两个哥哥死在巴比谷,如果妈妈活了下来,没在那场饥荒中死掉,她永远都不会强迫两个哈萨克兄弟徒手自相残杀,而自己穿成妈妈、一个真正犹太女人的样子在一边观望。

小杂种形容了她所做的一切。小杂种是忏悔,是总结,同时也是生命和死亡,将失去的冻结了的一幕幕。

长大成人是违反童年同时又否定真知的犯罪行为,一个没有性或者性意识不强的孩子更靠近原始和本源。发现自己的性是对抗原始创造者的犯罪行为。

我是只昆虫,她听着身后的脚步声心想。脚步声逐渐放慢,然后停了下来。我是个蜈蚣,多足蜈蚣,没人能为我解释。理解我的人将会和我一样病态。没有分析。把我交给呻吟的大地吧。

当子弹穿过她埋下的头时,她什么都没再想,可她的大脑记住了"砰"的一声,小鸟拍打着翅膀消失在夜空。

然后是乌黑一片。

弗卢达

她擦干身子后穿好衣服,然后在湖边坐了几个钟头。那个曾经只有一个封闭式的小房子的地方现在已经扩张到快一公顷了。一开始它看起来像水里的百合花,现在黑夜里只有几个灰点。

几张纸被冲回岸边,书上的几行晦涩难懂的字,也可能是报纸上的一张照片,或是一个关于高濂或索乐思·马努提的记录。

春天来了,所有的纸都会烂在沙子里或者烂在湖底。

当她开车回去穿过村子时，雪已经不下了。她这回不再怎么看这些房子了。她只把注意力放在这条弯弯曲曲自南延伸到森林里的马路。

不一会儿，路上的雪就不见了踪影。松柏林里面什么树都有，有桦树，也有枫树，点缀着松树和冷杉。风景变得更加怡人，小货车在柏油路上轻如鸿毛。

她丢在身后的重量使这辆车开得快多了。她再也不用到处拖拽行李了，这时，她突然想起货车出租公司全国都有分公司，所以如果她想，就可以在斯科讷还车。

她在主干道上，油门踩到超速，并不是因为她着急想去哪里。每小时一百公里是深思熟虑之后的速度。

她其实带了所有用得到的东西。在她的包里，有钱包、驾照、银行卡，还有几件干净的内衣裤。潮湿的毛巾搭在乘客座位上，打开座椅加温器，毛巾慢慢地冒着蒸汽。

她一点都不需要担心钱的问题，支付给住房合作社的钱也是直接付款。

她逐渐靠近法格什塔，如果她继续沿着 66 号公路走，几个小时后就会回到斯德哥尔摩，那里 68 号公路朝南就是厄勒布鲁。

她在一个休息站停了车，约一公里开外的地方是个路的交叉口。

直走是家，后面是过去。如果她不按计划的路线走，她就会奔向新的东西。

一场没有目的地的旅行。她熄了火。

在过去的几周，她高效地摆脱了过去的生活，把它卸下，拆成碎片，把不属于她的那部分丢掉。她拆除了虚构的记忆，拿出并具体了那些隐藏的记忆。她的状态变得清楚透明。

精神宣泄。

她再也不会给自己的各种人格取名字了，不再通过创造其他的自己而把自我和他我区分开来。她从这些名字中解脱了出来：高濂，索乐思·马努提，工人，分析家，抱怨者，爬行动物，梦游者，还有乌鸦女孩。

她再也不会逃避生活，让自己不确定的部分处理自己认为困难的事情。

从现在开始，任何事情都发生在维多利亚·伯格曼身上，不再是其他人。

她看了看后视镜里自己的影子。她终于认清了自己，当索菲娅·柴德兰主导时，这张脸不再扭曲和畏惧。

这是张依旧年轻的脸，她在上面看不到丝毫的后悔，丝毫满是痛苦回忆的痕迹，那一定说明她最终接受了发生的一切。

她的童年和少年就是那样子，一个人间地狱。

她重新发动车上了路，一公里，两公里，然后她突然右拐，朝南驶去。她最后的顾虑也没了,窗外黑压压的森林迅速地闪过。

从现在开始,她不再做任何打算。

过去的一切跟她的生活没有任何关系。它把她变成了今天的她,可她的过去不再毒害她,不再影响她的生活和选择。她除了对自己不对任何人负责,她意识到她正在作的决定非常明确。

一个个新的路牌,上面写着新的地方,可她继续前行,一边想着珍妮特。你会想我吗?

你会,不过你会克服的。人都是如此。

我也会想你,她心想。我可能甚至爱上了你,可是我不知道那是不是真的。所以,我最好还是离开。

如果这是真爱,我会回来的。如果不是,那也没关系,然后我们会知道无论怎样打赌都不值得。

她在穿过西曼兰森林时,天开始放亮了,森林,又一座森林,中间偶尔出现一小块被砍伐的地方,或者是用来做零散的牧场或田地。她穿过里达尔许坦,这条路旁唯一的社区,当再次出现森林时,她决定顺其自然,一切都得被带走,一切都得继续。

她看了看时间。八点一刻,这意味着安-布里特应该正在上班。她拿出手机拨通了诊所的电话。响了几声后安-布里特接了电话。维多利亚直入主题,解释自己接下来的打算,以及这个诊所应怎么打理。由于有点想知道安-布里特的反应,她问她还有没有问题。

"没有,我不知道该说什么,"秘书沉默了一会儿说道,"当然,一切都好突然。"

"你会想我吗?"维多利亚若有所思地问。

安-布里特清了清嗓子。"会,我会。我能否问一下你为什么要这样做吗?"

"因为我能。"她答道,这个答案现在就得实现。

挂了电话后,她准备把手机放回口袋,发现了口袋里的钥匙。

她把钥匙环拿出来,举到身前。很重,上面有她所有的钥匙。诊所的,市长大道上公寓的钥匙,贮藏室的、洗衣房的,还有一把她记不清用途了,可能是自行车店的吧。

她把车窗摇下,把钥匙扔了出去。

她开着车窗,冷空气在车内弥漫开来。

她几乎两天没有合眼了,可一点困意都没有。

维多利亚盯着手机。她到底需要它做什么呢?里面只有大量带有责任、令人分神的电话号码,以及一个写着超多预约的日志,现在安-布里特正打算取消它们,它毫无意义。

她准备把手机也扔出去,不过改变了主意。

单手扶着方向盘,用另一只手费劲地给珍妮特发了条短信。"对不起。"她写道,同时开下了桥。

维多利亚·伯格曼最后一次看到她的手机是它"咔嚓"一声撞在桥栏杆上,然后消失在下面黑漆漆的水里。

基辅——圣索菲娅大教堂

玛德琳·西尔弗贝里坐在几棵树下面小片阴凉处的一把长椅子上,树上满是画眉鸟。虽然是秋末,可太阳仍然很温暖,她前面的大教堂的金色熔铁炉在蓝天的映衬下闪闪发光。

一群安静沉默、颜色暗淡的人正经过大教堂下面的那条路,而这座建筑主要有白、红、金三种颜色。

她戴上耳机,打开收音机。接收机还没找到乌克兰声音的频道时,先有一阵模糊的沙沙声,然后一阵手风琴的声音,伴着铜管乐器和歇斯底里的欧洲流行音乐声。音乐和教堂管理区的安静形成了鲜明的对比,跟她的生活十分相像。

她疯狂的内心生活,从不与外人说。

人来人往,沉浸在自己的关注点上,在她外面,心门紧锁。

她靠在后面,仰起头看着树枝断裂的样子。她能处处分辨出鸟儿的形状,灰色和黑色的阴影,和树与众不同,映衬着一望无际的清澈的蓝色天空。

十年之前的一个夏天,维戈带着她去了奥德逊一个红白色的灯塔,她在他的腿上坐了几个小时听他讲述自己的一生,当时的天空和现在一模一样。

她站起身,走向将此处与喧嚣的城市隔离开的那堵白墙。收音机里的音乐声消失了,重新有了说话声,就像鼓、手风琴和喇叭声一样振奋人心而真实。

当她十岁的时候,维戈告诉她关于这个地方的事情。他还告诉她为什么这些僧侣把自己锁在位于佩切尔斯克的修道院下面的洞穴里。他还告诉她人的一辈子最糟糕的莫过于后悔,于是她那时就理解了一直折磨他的东西。

他小时候做的一些事情,那时他既不是男的,也不是女的。

现在,她已经做了他想做的,一切都结束了。

他选她做最知心的闺蜜，她永远也忘不了。当时自己才十岁，备感骄傲，可现在她才发现，她只不过是他的奴隶罢了。

　　她走出那扇高耸的钟塔下面的大门，这时耳机里的说话声安静了，音乐声再次回来，跟之前的速度同样快，可这次是个女歌手，背景音乐是吹的大号。她听到自己的鞋跟以同样的节奏踏在广场路面上，等她走到另一边，穿过马路，她停下脚步，拿下了耳机。

　　马路角落里的一张小桌子旁，坐着一个老人，他让她想起了维戈。

　　同样的脸，同样的姿势，可这个人衣衫褴褛。快要散架的小桌子上立着很多玻璃杯，形状不一，大小各异。一开始她以为他打算把它们卖掉，可当他看到她时，他的脸露出微笑，牙齿都快掉光了，他用手指沾了沾舌头，轻轻地擦拭一个玻璃杯边缘。

　　这个人的手指来回移动，乐声开始响起，她才发现每个杯子里面都装着不同量的水，它们就像钢琴上三个八度一样陈列开来，共有三十六个杯子，她站在他面前惊呆了。她周围全是交通和人的嘈杂声，脖子上挂的耳机也传来沙沙的声音，可是桌子上的玻璃杯发出来的声音是她之前从未听到过的。

　　老人的玻璃杯琴听来好像是来自另一个世界的声音。

　　几分钟前，教堂里面，嘈杂的音乐声还跟高墙的肃静形成鲜明的对比。

　　现在相反的是真的。

　　玻璃杯传出来的乐声交杂在一起，带来一股摇摆的感觉，好像在空中飘浮或者被大海的波浪轻轻击打一般。清脆、呼啸的声音飞到周围的喧嚣中，所有的事情都化作一团平静的泡沫。

　　人行道上，放着个小金属罐，里面盛着几张皱巴巴的钞票。桌子下方，她看到他破烂不堪的鞋边有一桶水。

　　她明白了水放在那里是为了让玻璃杯琴弹奏出曲子，为了填补从玻璃杯中蒸发掉的水，现在她还发现桶里还装着几大块冰。

　　具有净化同位素的冰水，就像她内心深处一样。

克鲁努贝里——警察总部

　　和伊沃·安德里奇通完电话之后，珍妮特·科尔伯格一言不发地坐在桌子旁，延斯·赫提格坐在她对面的椅子上，沉默不语。他们刚听完病理学家对乌尔瑞卡·温丁冻死之前的经历的描述。他的话让他们陷入了沉默。

伊沃·安德里奇告诉他们现存的木乃伊的制法,是古代的一种技术,日本佛教的某些派别也用过。

他若有所思,慢吞吞地讲述了木乃伊的制作程序,只需要一个干燥的空间,控制氧气供给。通过喂食种子、坚果、树皮和草根,身体的脂肪会消耗完,通过喝树液减少体液。在乌尔瑞卡·温丁这个案例中,使用的是一种布满绒毛的桦树。

这位病理学家还讲述了感官剥夺,以及在一个隔绝光线和声音的密闭空间阻断所有感官信息的后果。他强调一个受害者在这种状态能活过几个小时的十分罕见。对身体缺少刺激也会影响身体,这个女孩能支撑这么久简直是个奇迹,显然,甚至久到可以设法逃跑,而且是独自逃跑。

珍妮特仔细看了看赫提格脸上沮丧的表情,原来他和自己一样都感到无能、挫败和愧疚。

赫提格直勾勾地看着她,也可能是直勾勾地看着她身后的书架,都是他们的错。

说实话,主要是我的错,她心想。如果我动作快点,跟着直觉走,而不是那么理性,我们可能就能挽救乌尔瑞卡·温丁的性命了。就那么简单,真的。

珍妮特知道,不一会儿这个女孩的祖母就会从带着一个牧师的两位警察口中得知她的死讯。有的人天生擅长完成这项特殊的任务,可珍妮特心知肚明自己不是那种人。真正地爱上一个人是很可怕的,她心想,她的思绪转移到了约翰身上,他很快将登上飞机踏上从伦敦回来的旅程。几个小时后,她会再次看到他,和他父亲顺利地待了一周他肯定十分开心,她对此的理解多半来自一条短信,收到短信时他们刚刚发现乌尔瑞卡·温丁的尸体,在一棵粗糙的松树下,已经被雪掩埋了一半。她经历了多么可怕的死亡,珍妮特永远都止不住心想,她当时一定是多么害怕啊。

她擦了擦脸上的泪水,看着赫提格。他有害怕失去的人吗?当然,他的父母,他们看起来相处得很好,对先前家里失去一员勉强挺了过来,那些再也回不来的人。

或许乌尔瑞卡·温丁的祖母根本没人诉说自己的伤痛。就像安妮特·伦德斯特劳姆,与这场恐怖的混乱有牵连的人之中唯一的幸存者。

她不知不觉想起来自塞拉利昂的一家人,他们也失去了一个家人,很快也将收到警方的证实。

法医在维戈·杜勒位于洪杜登的地下室除了发现了宝丽来照片,还发现了一个录像。

塞缪尔·柏，戴着锁链拼尽全力在和一个半裸的男人战斗，珍妮特和赫提格都认出，这个男人就是他们在拉普兰的小木屋里发现的死者。

桌子上，塞缪尔之死的影片旁有一摞文件和一堆文件夹，其中一个里面含有维戈·杜勒拍的来自图里尔德斯普兰、斯瓦尔茨乔兰德特、丹维科斯图尔，以及巴尔南根的死者的尸体照片复印件。现在偶然发现杜勒花了几年的时间治疗宫颈癌症，以及在斯瓦尔茨乔兰德特发现尸体的地方被树刮到的车和停在洪杜登盖着防水油布的车是同一辆。

不过调查不会因为四件案子水落石出就这样结束，有对另外四十具尸体的证据，所有的文件将被交到欧洲刑警组织。

然而，这些东西没有任何实质性的意义，珍妮特心想，因为每个人都关心的是死者，包括凶手。

在维戈·杜勒船上被烧成灰烬的人很可能是亨丽埃塔·杜勒和安德斯·维克斯特劳姆。

杜勒被发现死在基辅的一个公园内，后脑勺中枪致死，这起案件要在欧洲刑警组织接手后由伊万·罗文斯基处理。

结束了，她心想。可是我仍然不开心。

其中有什么不对劲，这个东西不好解释，留下一连串疑问。所有的调查都感觉有点虎头蛇尾，可她发现根本不能适应和接受。比如她一直都找不到玛德琳·西尔弗贝里这一事实。归根结底，可能她只是个幽灵。可能杀死锡格蒂纳的学生的人真的是汉娜和杰西卡。她永远都不会知道了，这也是她即将生活的一部分。

如果没有约翰我会做什么呢？她心想，辞职，去个其他地方？不，我可能根本不敢。可能会请个假做点其他的事情。注意，我可能一周之后就回来工作，因为我只能干警察这个行当。或者我会回来吗？

她也不知道，这让她想起她的个人生活就像调查的案件一样，疑问重重。她有个人生活吗？有私人关系吗？

"你在想什么呢？"赫提格冷不防地问道。

他们沉默了好久，珍妮特几乎都忘记他还坐在桌子另一边了。

在和别人交往过程中，你只能看到别人的一部分。你真实的生活在你的大脑中产生，很难轻而易举地用言语传达出来。

"没啊，"她说道，"我什么都没想。"

赫提格朝着她疲惫地笑了笑。"我也没有，感觉很不错，真的。"

珍妮特点点头，这时听到外面的走廊里传来一阵脚步声，接着是轻轻的敲门声。是比林，他关切地看了看他们，然后关上了身后的门。"进展如何？"他小声问。

珍妮特朝桌子上的文件夹打了个手势。"我们搞定了，我们只需要范奎斯特过来取我们放在一起的东西。"

"很好，很好……"这位局长喃喃自语道，"不过，如果我没理解错，这个一旦公众于世，将会引起……问题吧？"

比林满脸愁容，珍妮特突然意识到他为什么过来了。

"是啊，估计不可避免，"她说道，"把贝里林德从此案件中移除估计很不可能。"

"这是最后一件我们需要立刻做的事情。"比林叹了口气，"媒体不会放过我们的。"他摇着头离开了，门也没关。

媒体？珍妮特心想。这么说，最坏的竟然是这些报纸会怎么说我们？

她扫了一眼桌子上成堆的证据，这里面揭露了比林的前任，也就是前警察局局长格特·贝里林德参与资助儿童色情作品这一可怕事实细节。苦难这个词都不足以描述媒体的反应。

更多的是屠杀。

赫提格前脚刚出她的办公室，她的手机就响了。

电话那边说的如果不能彻底颠覆她整个生活，也会永远改变她的未来。

奇迹很少出现，这是万物的本质。

不过，它们偶尔也会出现。

电话是她的银行打来的，如果不是经常打来，怎么看都不是打给她的。

有人已经帮她还清了待结款项，以及阿克的抵押贷款。

二百四十五万三千克朗。

"你刚刚说什么？"珍妮特只憋出这么一句话。

"千真万确，"电话那头说道，听起来像是责备的语气，"当事人还往你的个人账户里另外打了两百万。"

珍妮特感到头晕目眩。

外面厨房里的咖啡机发出吱吱的声音，窗户上开始出现冰花。雨水很快将变成雪花。

"肯定是哪儿出了错——"

"不,哪儿都没有。我跟转账的人说过话,她十分清楚。"

"她?"

"赞助人希望匿名赠款,不过她让我跟你说维多利亚·伯格曼还活着,而且很好。你认识这个人吗?"

六个月里发生的事情在她脑中闪过,年鉴中那个目中无人的女孩的照片,是上面唯一没笑的人。她曾遭到过父亲的性侵。珍妮特已经观看了那个在锡格蒂纳人文中学的有关性侵的录像。

珍妮特想起维多利亚电话里的声音。

"是的。"她沉思了一会儿后回答道。

盖姆拉·安斯基德——科尔伯格家

赫提格开车把珍妮特送到盖姆拉·安斯基德时,拉普兰的天气已经抵达斯德哥尔摩,天空飘起了雪花。

她没有告诉赫提格银行转账一事,也没告诉他关于维多利亚·伯格曼的事情。

她需要想想。

可能需要很久。

如果事情不出她所料,她可能对谁都只字不提。

他们一路上一直静静地坐着不说话,离开时拥抱了对方。当她下车时,大片星星点点的雪花飘过街道,像朵朵棉絮。

她清空了邮箱里的广告单和账单,等她转过篱笆、走进车道,她看到一个让她恍然大悟的东西。

一辆崭新的奥迪车停在车库前面。

跟她最近送去报废的是一模一样的红色。

珍妮特·科尔伯格探长在车前站了良久,她感到失去了所有的理智,当她终于作出反应,竟是以微笑的形式。

接着是慰藉。

一种完美的、释然的慰藉。

在另一个时间,另一处地方,她终于有时间可以思考了。这时,她的手机震了一下。

是约翰发来的信息，说他们已经下飞机，阿克做的第一件事就是给亚历山德拉打电话，争论为什么还没有收到钱。

读完之后，她发现还有一条信息，之前没有发现。可能是在从昂热回来的路上收到的。

是索菲娅发来的。

"对不起。"上面显示。

总是太迟了，珍妮特心想。